TEORIA GERAL DO ESTADO

TEORIA GERAL DO ESTADO

Thomas Fleiner-Gerster

Com a colaboração de
PETER HÄNNI

Tradução
MARLENE HOLZHAUSEN

Revisão técnica
FLÁVIA PORTELLA PUSCHEL

Martins Fontes
São Paulo 2006

Esta obra foi publicada originalmente em alemão com o título
ALLGEMEINE STAATSLEHRE por Springer-Verlag, Heidelberg.
Copyright © Springer-Verlag Berlin Heidelberg 1980, 1995.
Copyright © 2006, Livraria Martins Fontes Editora Ltda.,
São Paulo, para a presente edição.

1ª edição *2006*

Tradução
MARLENE HOLZHAUSEN

Revisão técnica
Flávia Portella Puschel
Acompanhamento editorial
Luzia Aparecida dos Santos
Revisões gráficas
Renato da Rocha Carlos
Mauro de Barros
Dinarte Zorzanelli da Silva
Produção gráfica
Geraldo Alves
Paginação/Fotolitos
Studio 3 Desenvolvimento Editorial

Dados Internacionais de Catalogação na Publicação (CIP)
(Câmara Brasileira do Livro, SP, Brasil)

Fleiner-Gerster, Thomas
　Teoria geral do Estado / Thomas Fleiner-Gerster ; com a colaboração de Peter Hänni ; tradução Marlene Holzhausen ; revisão técnica Flávia Portella Puschel. – São Paulo : Martins Fontes, 2006. – (Justiça e direito)

　Título original: Allgemeine Staatslehre.
　Bibliografia.
　ISBN 85-336-2274-0

　1. Direito constitucional 2. O Estado I. Hänni, Peter. II. Título.

06-2974　　　　　　　　　　　　　　　　　　　　CDU-342.2

Índices para catálogo sistemático:
1. Teoria geral do Estado : Direito　342.2

Todos os direitos desta edição para a língua portuguesa reservados à
Livraria Martins Fontes Editora Ltda.
Rua Conselheiro Ramalho, 330　01325-000 São Paulo SP Brasil
Tel. (11) 3241.3677　Fax (11) 3101.1042
e-mail: info@martinsfontes.com.br　http://www.martinsfontes.com.br

ÍNDICE

Abreviações utilizadas... XXI
Prefácio à 2.ª edição XXV
Prefácio 1
Introdução... 9
 § 1. Natureza e fim da teoria geral do Estado... 9

PARTE I
O ESTADO, UMA COMUNIDADE DE HOMENS

1. A origem da comunidade estatal............................. 19
 § 2. Os homens e sua necessidade de formar comunidades 19
 § 3. Os estágios da evolução da comunidade estatal 29
  a) A divisão do trabalho como condição de formação da comunidade estatal........................ 31
  b) Os estágios de desenvolvimento do Estado ... 35
   1. Primeiros esboços de formação de uma comunidade no interior de uma população que vive da caça e da colheita; democracia anárquica 36
   2. O surgimento de comunidades territoriais compostas de agricultores; o desenvolvimento do Estado tribal 37
   3. A evolução de uma ordem econômica fundada na divisão do trabalho; o surgimento do Estado territorial moderno.................. 40

  4. O Estado na sociedade industrial complexa, o Estado organizado em partidos e o Estado legislador................................. 45
  5. A interdependência internacional e o declínio da autonomia dos Estados.............. 50
2. A imagem do homem e do Estado: ponto de partida das teorias do Estado.. 53
 § 4. **A influência da imagem do homem sobre as teorias do Estado**... 53
  a) Guerra de todos contra todos (Th. Hobbes).... 56
  b) Alienação e retorno à harmonia paradisíaca (K. Marx).. 58
  c) O homem racional no direito natural do Iluminismo (J. Locke e E. Kant)....................... 62
  d) A imagem do homem na teologia cristã...... 65
 § 5. **A imagem do Estado** 68
  a) O Estado como ser supremo..................... 71
  b) O Estado como encarnação do bem comum.. 74
 § 6. **A legitimidade da dominação do Estado**..... 80
3. O Estado e os direitos humanos............................ 93
 § 7. **A idéia dos direitos humanos**....................... 93
 § 8. **A evolução histórica da idéia dos direitos humanos**.. 96
  a) A idéia fundamental da justiça na Antiguidade.. 99
  b) O princípio da igualdade de tratamento entre os estóicos 100
  c) A contribuição da imagem cristã do homem.. 101
  d) A influência germânica 102
  e) A gênese histórica da idéia da secularização do Estado 103
  f) A idéia dos direitos irrenunciáveis............. 104
  g) A importância da separação de poderes para os direitos fundamentais............................... 105
  h) A contribuição do direito racional do Iluminismo 106
  i) Os direitos fundamentais no debate ideológico entre liberalismo e marxismo................ 109

j) Os direitos fundamentais sob o signo das decisões majoritárias na democracia 115
k) Resumo 116
§ 9. A evolução institucional dos direitos fundamentais 118
a) A história constitucional inglesa 121
b) A evolução para o Estado constitucional 124
c) A extensão da jurisdição constitucional 125
d) As garantias do direito internacional 127
§ 10. O conteúdo dos direitos fundamentais 132
a) Fim e significado dos direitos fundamentais 136
b) Direitos fundamentais, imagem de homem e concepção de Estado 137
c) Conteúdo dos diversos direitos fundamentais 140
1. Direitos fundamentais que têm por objeto a igualdade entre os homens 140
2. A integridade física do homem 142
3. *Due Process* e a idéia de Estado de direito ... 144
4. Direitos de liberdade de pensamento 148
5. Direitos de liberdade econômica 154
5.1. Garantia da propriedade 154
5.2. Propriedade e poder do Estado 157
5.3. Liberdade econômica e profissional 160
6. Direitos fundamentais sociais 163
d) Limitações dos direitos fundamentais 164
1. Quem está legitimado a limitar os direitos fundamentais? 164
2. Quais limites aos direitos fundamentais são admissíveis? 168

PARTE II
O ESTADO COMO UNIDADE JURÍDICA

1. Os elementos do Estado 179
§ 11. Significado do conceito de Estado 179
a) A evolução do conceito moderno de Estado ... 180

b) Povo, nação e Estado na Carta das Nações Unidas............... 183
c) O conceito de Estado na teoria geral do Estado................ 186
§ 12. O povo do Estado........................ 189
   a) A relação de tensão entre o Estado e seu povo................ 190
   b) O sentimento comunitário como condição da formação de um povo............... 190
     1. Comunidade tribal histórica................ 190
     2. Comunidade guerreira e defensiva.......... 191
     3. Comunidade lingüística e cultural............ 192
     4. Comunidade de destino (*Schicksalsgemeinschaft*)................ 192
   c) A solidariedade como condição da comunidade estatal................ 192
   d) Povo e contrato social................ 194
   e) A posição dos estrangeiros................ 195
   f) A posição das minorias étnicas ou raciais.... 196
   g) Estado – Povo – Nação................ 197
§ 13. O território........................ 201
   a) A evolução do Estado territorial................ 202
     1. O princípio de personalidade como fundamento original da dominação................ 202
     2. A separação entre *Imperium* e *Dominium*.. 204
     3. Centralização e descentralização como conseqüência da evolução do Estado territorial................ 204
     4. As disputas entre a Igreja e o Estado........ 206
   b) O significado do princípio de territorialidade. 206
     1. Aplicação uniforme do direito interno..... 206
     2. Evolução do direito internacional público.. 207
     3. Validade do princípio da personalidade... 208
   c) Os limites do princípio da territorialidade ... 208
     1. Evolução do direito de vizinhança............ 208
     2. Dependências inter-regionais................ 209
     3. As águas internacionais................ 209
     4. O mar........................ 210
     5. O espaço aéreo e cósmico................ 212

    d) Ocupação e anexação 212
    e) Tratados de fronteira 214
§ 14. A soberania 214
    a) O significado da teoria da soberania 215
    b) A disputa entre a Igreja e o Estado como condição de desenvolvimento da soberania 218
    c) A disputa no interior do Estado 221
    d) A teoria da soberania de Bodin 222
    e) A soberania como pressuposto da qualidade de Estado 226
        1. O Estado como unidade 226
        2. O Estado como origem e legitimação do direito 228
        3. Soberania do príncipe – soberania do povo 229
        4. Os problemas da soberania do Estado 231
    f) Os diferentes conceitos de soberania 231
        1. Conceito político e jurídico 232
        2. Soberania interna e externa 232
        3. Soberania orgânica 232
        4. Soberania relativa ou absoluta 233
        5. Soberania positiva e negativa 233
2. Soberania e poder 235
§ 15. Poder e força 235
    a) A colocação do problema 236
    b) Identidade do poder e do direito 239
    c) O poder só não basta 241
    d) A relação sociológica entre o direito e o poder 243
§ 16. Soberania e legitimação do direito 248
    a) Da soberania do monarca à soberania do povo 250
    b) O povo como origem do poder legítimo do Estado 252
    c) É soberano aquele que pode legitimar a utilização do poder e da força 255
    d) O Estado como fonte do direito 257
        1. A "criabilidade" do direito 257
        2. O direito de resistência 260

3. **Problemas da soberania interna e externa**............ 265
§ 17. Soberania e Estado Federal........................ 265
   a) É a soberania divisível?...................... 267
   b) O federalismo como concepção do Estado .. 269
      1. Evolução histórica de comunidades federativas 269
      2. Federalismo e liberdade............................ 270
      3. Federalismo e capacidade de adaptação .. 271
      4. Federalismo e humanidade...................... 272
      5. Federalismo e proteção das minorias....... 273
      6. Federalismo e justiça................................ 273
   c) Federalismo e teoria da soberania 274
      1. A idéia de participação 274
      2. Legitimação, e não soberania 275
   d) Diversos tipos de Estados federais 278
      1. Concorrência entre Estados-membros e o Estado federal......................... 278
      2. Divisão vertical dos poderes.................... 279
      3. Regulamentação das finanças.................. 279
      4. O federalismo dos Estados socialistas...... 281
      5. O federalismo como realidade política e sociológica 282
§ 18. Soberania externa 282
   a) A evolução da soberania externa 284
      1. O direito das relações entre Estados 284
      2. A igualdade dos Estados 285
   b) A função da soberania externa 286
   c) A relação entre o direito internacional e o direito nacional............................. 286
      1. A tese monista de Kelsen........................ 288
      2. A soberania como imediaticidade do direito internacional.......................... 290
   d) Regulamentação internacional dos conflitos e organizações supranacionais 292
      1. Organizações supranacionais 292
      2. As Nações Unidas.................................. 293

PARTE III
ESTRUTURA E ORGANIZAÇÃO DO ESTADO MODERNO

1. **Evolução e espécies de Estado** 299
   § 19. **Os fundamentos sociais da organização estatal** 299
      a) As estruturas de dominação dos Estados arcaicos (cf. § 3) 301
         1. As tribos nômades 301
         2. Os Estados vastos 302
         3. Os pequenos territórios 303
      b) Do Estado feudal ao Estado industrial 304
         1. A nobreza comerciante 305
         2. A opressão dos camponeses e dos operários 306
         3. A posição da economia 307
         4. A importância da tradição 309
         5. O desenvolvimento dos meios de comunicação de massa 310
         6. A mobilização das massas 312
   § 20. **A teoria das formas de Estado** 314
      a) A tipologia dos Estados segundo Aristóteles 315
      b) Critérios diversos 317
      c) A organização do poder soberano como critério determinante de classificação 319
2. **A organização dos Estados democráticos modernos** 323
   § 21. **A soberania centralizada no parlamento** 324
      a) *King in Parliament* (Inglaterra) 327
         1. A evolução até 1295 329
         2. Evoluções comparáveis no continente 331
         3. O *Reformation Parliament* de Henrique VIII . 332
         4. O *Parliament* no século XVII 334
         5. A evolução do sistema de governo parlamentar 336
         6. A evolução do sufrágio universal 338

7. Os partidos 338
8. Elementos essenciais da democracia inglesa 339
b) A Alemanha 340
1. Diferenças em relação à evolução inglesa ... 341
1.1. Descentralização do poder imperial.... 341
1.2. Representação corporativa no Reichstag 343
1.3. Fraca jurisdição 343
2. Centralização e liberalização 344
3. A Constituição da Liga Alemã de 1871 348
4. O executivo bicéfalo da Constituição de Weimar 349
5. A perda de poder do presidente na Constituição 351
6. A limitação da soberania da União pelos *Länder* 353
c) O significado do sistema de governo parlamentar em outros Estados 354
1. Japão 354
2. Índia 356
d) Os presidentes e o parlamento 359
1. América Latina 359
2. França 363
2.1. A revolução permanente até a III República 363
2.1.1. Legitimação monárquico-ditatorial 366
2.1.2. Legitimação republicano-democrática 367
2.2. A época dos governos parlamentares (III e IV Repúblicas) 371
2.3. O regime presidencial da V República 372
§ 22. **Os Estados com soberania dividida** 377
a) Os Estados Unidos da América 382
1. A influência da Constituição inglesa do século XVII 382

2. Soberania limitada e direito natural na Declaração de Independência 383
3. Poderes distintos, mas sem separação de poderes 384
4. Soberania dividida entre União e Estados-membros 386
b) A Confederação suíça 387
1. A consciência de Estado dos cantões 387
   1.1. Primeiros desenvolvimentos da democracia na Idade Média 388
   1.2. Elementos essenciais da antiga estrutura do Estado 391
   1.3. Separação do Império e Reforma 392
   1.4. Estrutura do Estado no século XVIII .. 393
2. A fundação do Estado federal 395
   2.1. A França e Napoleão 395
   2.2. Soberania dividida entre a União e os cantões 396
   2.3. Separação dos poderes na Confederação 398
   2.4. Ampliação do direito do povo 399
3. Elementos essenciais da soberania popular na Suíça 400
   3.1. Separação dos poderes 400
   3.2. Direitos do povo 401
   3.3. O povo como instância suprema, não como instância governamental 402
4. Problemas da democracia 405

§ 23. A soberania de poderes "exteriores ao Estado" 406
a) A soberania do partido 408
1. O desenvolvimento da soberania do partido 408
2. A concepção marxista da soberania do partido 410
3. A constituição da URSS 414
4. A Constituição chinesa de 5 de março de 1978 417

  b) A soberania do Alcorão 418
   1. O Alcorão como lei 418
   2. A posição do califa 419
   3. A Igreja e o Estado no Islã 420
3. A propósito das teorias sobre a organização do Estado 425
§ 24. Critérios de organização do Estado 425
  a) Teorias do *input* e do *output* 426
  b) Separação entre Estado e sociedade 427
  c) Possibilidades de resolução de conflitos 427
  d) Proteção das minorias 427
  e) Faculdade de aprendizagem e de adaptação... 428
  f) Possibilidade de participação 428
  g) Minimização de falhas humanas 428
§ 25. O pensamento democrático 429
  a) Os fundamentos do ideário democrático 433
   1. O princípio da autodeterminação 434
   2. A decisão majoritária como elemento da descoberta da verdade 435
   3. A decisão majoritária como possibilidade de superar conflitos 436
   4. A lei irrevogável da oligarquia 437
  b) A democracia como legitimação do poder do Estado 439
   1. O princípio da soberania do povo 440
   2. A soberania popular por si só não basta ... 440
   3. Limitações ao princípio majoritário 441
  c) A democracia semidireta 442
   1. A participação do povo no processo legislativo 442
   2. Vantagens e desvantagens da democracia semidireta 445
§ 26. A democracia representativa 451
  a) Os problemas da representação 454
  b) A evolução da idéia de representação 457
   1. A importância da evolução do parlamento inglês para a democracia 457

1.1. A idéia da representação 457
1.2. O parlamento como legislador 458
1.3. A dominação da maioria 458
1.4. O parlamento como órgão colegiado.... 459
1.5. Autogoverno do povo? 460
1.6. *One man one vote* como condição de modificação das tarefas do Estado..... 461
2. Rousseau, Sieyès e Burke 464
3. A Alemanha 466
4. Os Estados Unidos da América 468
5. A Suíça 469
§ 27. A separação dos poderes 472
a) A evolução da teoria da separação dos poderes 475
1. Postulados idealistas relativos ao monarca bom e ideal 475
2. Concepções institucionais na China antiga 476
3. Divisão de tarefas segundo Aristóteles 477
b) A separação dos poderes segundo Locke e Montesquieu 477
c) O Estado constitucional com separação dos poderes 479
1. O dogma da separação dos poderes 479
2. A separação dos poderes no sistema constitucional dos Estados 481
3. A administração como quarto poder 483
4. A separação dos poderes na administração 485
5. A separação dos poderes enfraquece o Estado? 488
§ 28. A vinculação à lei 490
a) A evolução do conceito de lei 493
b) Positivismo jurídico – direito natural – realismo jurídico 495
c) Lei e separação dos poderes 496
d) A Constituição como lei fundamental 502

PARTE IV
O ESTADO E A SOCIEDADE

1. Os centros de poder na sociedade pluralista 509
§ 29. Da comunidade de mulheres de Platão à sociedade pluralista 509
   a) A comunidade totalitária e a comunidade livre 511
   b) Conseqüências da limitação do Estado 516
   c) A formação de centros de poder pluralistas ... 518
§ 30. Os partidos políticos 522
   a) A origem dos partidos 524
   b) A dependência dos partidos em relação à organização do Estado 525
      1. A posição dos partidos no sistema de governo 525
         1.1. Os partidos na democracia parlamentar 526
         1.2. Os partidos no sistema suíço 531
      2. O sistema eleitoral e a situação dos partidos 534
§ 31. As associações 536
   a) Tipos e funções das associações 538
   b) O Estado e as associações 540
      1. Possibilidades de influências das associações 540
      2. Importância dos parceiros sociais 543
   c) Avaliação da atividade das associações 544
§ 32. Os meios de comunicação de massa 547
   a) A importância dos meios de comunicação de massa na sociedade 551
   b) Pluralismo ou monopólio na organização do rádio e da televisão? 553
      1. Estados Unidos da América 553
      2. Alemanha 554
      3. Suíça 555
   c) As relações dos meios de comunicação de massa com o Estado 556

§ 33. O Estado e a Igreja 562
  a) As relações entre Estado e Igreja 564
    1. França 565
    2. Inglaterra 566
    3. Alemanha 567
    4. Suíça 568
  b) Assuntos mistos 569
  c) A autocompreensão das Igrejas em suas relações com o Estado 571
    1. A autocompreensão da Igreja católica 571
    2. A autocompreensão da Igreja protestante... 573
    3. Pontos comuns entre a Igreja católica e as Igrejas protestantes 575
2. Os fins e tarefas do Estado e da sociedade 577
  § 34. A importância dos fins do Estado 577
    a) Por que fins próprios ao Estado? 578
    b) A propósito do debate sobre os objetivos do Estado 580
    c) Resumo 584
  § 35. A tarefa de proteção do Estado 586
    a) A tarefa de proteção externa 588
    b) As tarefas de proteção internas 591
  § 36. A tarefa estatal de bem-estar social 595
    a) Medidas para assegurar a existência dos homens 599
    b) A garantia da possibilidade de desenvolvimento 602
    c) Tarefas no âmbito da convivência 603
    d) A obtenção dos meios necessários para o cumprimento das tarefas do Estado 607
    e) Resumo 608
3. A divisão das tarefas entre o Estado e a sociedade .. 611
  § 37. A separação entre o Estado e a sociedade ... 611
    a) O significado da separação entre o Estado e a sociedade 614
    b) O desenvolvimento gradual do interesse estatal e do monopólio do poder pelo Estado ... 618

  1. A comunidade das famílias 618
  2. O Estado estamental 620
 c) Separação ou identidade do Estado e da sociedade? 621
§ 38. **Critérios da divisão das tarefas entre o Estado e a sociedade** 630
 a) Quando o Estado deve intervir? 633
 b) Critérios materiais da justiça 635
  1. A cada um a proteção de seus direitos (Hume) 635
  2. A cada um segundo seu desempenho (Spencer) 636
  3. A cada um segundo suas necessidades (Kropotkin) 637
 c) Critérios formais da justiça 638
  1. A *volonté générale* em Rousseau 638
  2. A justiça como princípio de *fairness* (Rawls) 641
 d) Os princípios de justiça na realidade dos Estados modernos, livres e comprometidos com a economia de mercado do tipo social ... 645
 e) A subsidiariedade 647

Bibliografia geral sobre a teoria do Estado 651
Dados sobre alguns filósofos do Estado na história mundial ... 655
Índice onomástico 691
Índice remissivo 695

*À memória de Marx Imboden
e
para Piera e nossos filhos
Cláudio, Michael, Andrea, Daniela*

ABREVIAÇÕES UTILIZADAS

AJJ	The American Journal of Jurisprudence (O jornal americano de teoria do direito), Notre Dame/Ind.
AöR	Archiv des öffentlichen Rechts (Arquivo de direito público), Tübingen
APSR	American Political Science Review (Revista americana de ciência política), Washington
ARSP	Archiv für Rechts- und Sozialphilosophie (Arquivo para filosofia do direito e social), Neuwied
Art.	artigo
Bbl	Bundesblatt der Schweizerischeen Eidgenossenschaft (Jornal federal da Confederação suíça)
BGE	Bundesgerichtsentscheide, amtliche Sammlung (Decisões do Tribunal federal, coleção oficial)
BV	Bundesverfassung der Schweizerischen Eidgenossenschaft vom 29. Mai 1874 (Constituição federal da Confederação suíça de 29 de maio de 1874)
BVerfGE	Amtliche Sammlung der Entscheidungen des Bundesverfassungsgerichts (Coleção oficial das sentenças da Corte constitucional federal)
cap.	Capítulo
cit.	citado em
cf.	conferir
Diss.	dissertação de doutorado
DÖV	Die Öffentliche Verwaltung (A administração pública), Stuttgart
ed.	edição
EK	Europäische Konvention (Convenção européia)
EMRK	Europäische Menschenrechtskonvention (Convenção européia dos direitos humanos)

EuGRZ	Europöische Grundrechte-Zeitschrift (Revista européia de direitos fundamentais), Kehl am Rhein
F	Filosofia/Torino
FZTP	Freiburger Zeitschrift für Philosophie und Theologie (Revista de filosofia e de teologia de Freiburg), Freiburg, i. Ue.
GG	Grundgesetz für die Bundesrepublik Deutschland vom 23. Mai 1949 (Constituição da República Federal da Alemanha, de 23 de maio de 1949)
HistJ	Historisches Jahrbuch (Anuário histórico), Munique
JHI	Journal of the History of Ideas (Jornal da história das idéias), Lancaster
JöR	Jahrbuch des öffentlichen Rechts der Gegenwart (Anuário de direito público contemporâneo), Tübingen
Jpol	Journal of Politics (Jornal de política), Gainesville
KZS	Kölner Zeitschrift für Soziologie (Revista de sociologia de Köln), Colônia
NS	The New Scholasticism (A nova escolástica), Baltimore
Org.	organização, organizado por
p.	página
pp.	páginas
PJ	Philosophisches Jahrbuch der Görres-Gesellschaft (Anuário filosófico da sociedade Görres), Fulda
Pth	Political Theory (Teoria política), Beverly Hills/Londres
PV	Politische Vierteljahresschrift (Revista trimestral sobre política), Colônia
RDPSP	Revue de Droit Public et de la Science Politique (Revista de direito público e da ciência política), Paris
RIP	Revue internationale de philosophie (Revista internacional de filosofia), Bruxelas
Rps	Review of Politics (Revista de política), Notre Dame/ind.
RT	Revue Thomiste (Revista tomista), Paris
s.	e seguinte
s/d	sem data
ss.	e seguintes
trad.	tradução
vol., vols.	volume, volumes
VVDStRL	Veröffentlichungen der Vereinigung der Deutschen Staatsrechtslehrer (Publicações da associação dos especialistas alemães em direito público)
ZfP	Zeitschrift für Politik (Revista de política)

ZPF	Zeitschrift für philosophische Forschung Revista de pesquisa filosófica), MeisenheimZRGG: Zeitschrift für Religions- und Geistesgeschichte (Revista de história da religião e das idéias), Marburg
ZSR	Zeitschrift für Schweizerisches Recht (Revista de direito suíço), Basiléia

PREFÁCIO À 2.ª EDIÇÃO

Desde a publicação da primeira edição desta teoria do Estado, o mundo alterou-se significativamente com a queda do regime comunista na União Soviética. Não se modificaram, todavia, as questões seculares sobre os fundamentos do Estado moderno, a ameaça aos direitos humanos elementares e a busca de um Estado social e livre, democrático, determinado pelo *"rule of law"*. Embora muitos Estados comunistas tenham desaparecido do mapa, não podemos esquecer que, no momento, um terço da humanidade ainda vive sob o domínio comunista. Além disso, muitas excrescências totalitárias de governos comunistas foram freqüentemente substituídas por variações nacionalistas do totalitarismo, igualmente ruins. Foi exatamente por isso que o capítulo sobre organizações de Estado sob o domínio de soberanias extra-estatais praticamente não perdeu o seu sentido.

Também não se alteraram os problemas fundamentais elementares do Estado moderno. As exposições sobre o Estado escritas há quinze anos, que incluem o direito de autodeterminação dos povos, permanecem atuais. É por essa razão que a segunda edição surge sem muitas alterações em relação à primeira. Somente o capítulo sobre a evolução do sistema de Estado francês foi integralmente reescrito. Depois que o sistema presidencialista dos Estados Unidos e, em especial, o modelo Westminster da Inglaterra influenciou substancialmente o sistema de governo daqueles Estados que, após a II Guerra Mundial, ou foram democratizados ou formaram novos Estados, descolonizados, o sistema presidencialista da Constituição francesa de 1958 exerceu grande atração, em particular, sobre Estados até então comunistas. Justifica-se, assim, dedicar uma atenção maior ao modelo francês.

Freiburg i. Ue., Natal de 1994
Th. Fleiner-Gerster

PREFÁCIO

Escrever (IX) uma teoria do Estado após Auschwitz, após o comunismo radical dos Khmer vermelhos no Cambodja, em uma época de totalitarismo na qual os adversários políticos são torturados e os homens são degradados e aniquilados sem razão, não é uma tarefa fácil. O entusiasmo com o Estado, que tomou conta dos cidadãos das nações européias em virtude das conquistas da Revolução francesa e do nacionalismo do século XIX, já está definitivamente encerrado. Já não é possível erigir uma teoria do Estado com base na crença no Estado que marcou as épocas precedentes, porque muitos homens padeceram e ainda hoje padecem sob o jugo dos Estados iníquos. Nas democracias ocidentais, as revoluções estudantis dos anos 68 também contribuíram para fomentar o ceticismo em relação ao "direito" do Estado. Paralelamente, a evolução do Estado social conduziu a uma responsabilidade progressiva dos Estados. Do Estado-protetor nasceu o Estado-previdência (*Versicherungsstaat*). Uma teoria do Estado não pode negligenciar esse desafio.

Todavia, esse desafio mal se deixa enfrentar com as categorias tradicionais da "teoria geral do Estado". Muito mais, é indispensável à teoria do Estado ocupar-se com os fundamentos filosóficos, com a justificação e as finalidades do Estado. Quem escreve uma teoria do Estado deve, portanto, necessariamente examinar também a fundo os debates programáticos e ideológicos contemporâneos.

Tal como todas as outras ciências, assim também os campos especializados que tratam do Estado, como, por exemplo, a filosofia do Estado, a economia nacional, a teoria constitucional, a politologia, a história e a sociologia, desenvolveram e tornaram-se de tal modo independentes que praticamente não é mais possível apreender todos esses campos a partir de uma única perspectiva específica. O teórico do Estado – isto Zippelius já aponta – é, pois, necessariamente um diletante.

A especialização avançou de tal modo nos dias atuais, que muitos cientistas perderam a capacidade de perceber grandes relações. O que falta é a busca de uma síntese que aprofunde a compreensão das grandes relações. Devemos nos esforçar mais para frutificar os inúmeros resultados obtidos graças às pesquisas individuais das ciências modernas especiais, a fim de adquirir uma visão mais precisa das grandes relações. Esta é uma tarefa específica da teoria do Estado.

Ao lado da especialização, a ciência padece atualmente com a terminologia cada vez mais incompreensível que utiliza. O jargão especializado protege-a contra intrusos não-especialistas. Mas é precisamente esta evolução que se deve combater nas ciências humanas e sociais. De fato, as ciências humanas e sociais – sobretudo nos Estados democráticos – estão, em última instância, a serviço do cidadão. Ele deve ser capaz de compreender as relações políticas e sociais e tomar decisões correspondentes. Uma linguagem compreensível e acessível ao cidadão constitui, ao meu ver, uma obrigação imperiosa. Esforcei-me, assim, por escrever de modo simples, concreto e claro.

Contra uma apresentação simples levanta-se, muitas vezes, a objeção de que ela é simplificadora ou mesmo de que não é possível apresentar de maneira simples questões complexas. A minha experiência é diferente. Eu não creio que haja conhecimento científico de ordem social que não se possa apresentar de modo compreensível para todos. Se alguém crê não poder expor os seus conhecimentos de modo simples e claro, por serem muito complexos, em geral não refletiu suficientemente sobre os problemas que trata. Aquele que persegue a fundo as coisas, sempre encontra

PREFÁCIO

uma saída clara e simples. No entanto, admito que isto, muitas vezes, não é fácil. São necessários anos de esforços para alcançar esse despojamento. Exatamente por essa razão foi para mim um desafio escrever nesse momento uma teoria do Estado. Muitos assuntos ainda não foram suficientemente pensados; outros talvez ainda não estejam amadurecidos. Mas eu estou convencido de que a via de acesso a um conhecimento melhor não deve ser buscada tão-somente nos livros, mas no debate público.

Há quase meio século Hans Kelsen escreveu a sua *Teoria do Estado* para a "Enzyklopädie der Rechts- und Staatswissenschaft" (Enciclopédia das ciências jurídicas e políticas). Após a sua teoria do Estado, quem ousaria escrever uma obra que a sucedesse? Eu só pude enfrentar esse desafio na medida em que não me lancei ao trabalho com uma pretensão de cientificidade tão grande quanto a de Kelsen, mas querendo realizar esta tarefa com paixão e engajamento interior semelhantes aos dele. Desse modo, não me pautei pela necessidade de desenvolver uma nova teoria do Estado, mas, muito mais, pelo interesse que há em escrever uma obra para estudantes que têm de analisar o seu Estado e seus fundamentos. A teoria do Estado deve despertar nos estudantes a compreensão do Estado e de seus problemas; deve incitá-los a continuar suas pesquisas em certos campos; ela deve conduzi-los a analisar objetivamente questões fundamentais vinculadas a ideologias, além de mostrar-lhes os limites e, simultaneamente, a necessidade do poder estatal.

Aquele que escreve uma teoria do Estado destinada aos estudantes tem por dever ampliar o seu horizonte. O Estado não é mais exclusivamente um fenômeno da história do pensamento europeu. O Estado, nós encontramo-lo sob as mais diversas formas em todos os continentes. Exatamente por isso importava para mim estender o olhar para além das fronteiras. Não apenas o Estado europeu, o Estado ocidental, as formas mais correntes da democracia e os filósofos europeus são abordados nessa teoria do Estado, mas também o mundo africano, asiático, sul-americano, árabe e comunista. Que essa tentativa de ultrapassar as fronteiras não possa ocorrer senão parcialmente, é evidente. O objetivo não consiste, pois, em adquirir conhecimentos vastos sobre todos os Estados, mas, ao contrário, em mostrar o nosso próprio Estado à luz de outras evoluções, relativizá-lo e, ao mesmo tempo, apontar certas vantagens que, muitas vezes, caem totalmente no esquecimento em razão da crítica radical que se exerce hoje em dia contra o nosso Estado.

Objetivo semelhante é perseguido pela apresentação do Estado com ênfase no ponto de vista histórico. A tarefa da história é esclarecer de modo pormenorizado as instituições de tempos antigos e os acontecimentos passados, ao passo que a tarefa da teoria do Estado é aproveitar os conhecimentos obtidos pela história para aprender mais sobre a historicidade do Estado. Em certa medida, a nossa época perdeu a sua memória histórica e não conhecemos senão os problemas do presente. Mas aquele que dirige o olhar para o passado surpreende-se ao perceber com que regularidade se verificaram certos desdobramentos, o grande número de questões fundamentais que se repetem continuamente, assim como o grau elevado de impregnação do nosso Estado e de nossas idéias pelo passado.

Apesar disso, toda teoria do Estado vincula-se a uma época e a um país. Um suíço não escreve a mesma obra que um alemão ou um austríaco. As tradições de cada Estado impregnam consciente e inconscientemente a maneira de apresentar o problema. Esta foi certamente uma dentre as razões pela qual os editores da enciclopédia decidiram confiar a um suíço essa difícil mas nobre tarefa. De fato, tanto na teoria quanto na prática, os juristas suíços que se ocupam com o direito público tratam freqüentemente das questões fundamentais do Estado. Nos últimos anos, porém, não se escreveram ou publicaram na Suíça trabalhos importantes relacionados com a teoria geral do Estado. Isso se deve talvez, dentre outros, ao fato de que os juristas suíços que atuam na área do direito público, via de regra, estão muito mais envolvidos com a prática e, por isso mesmo, com certa razão, vêem com muito ceticismo as discussões teóricas sobre o Estado. Também para mim, não foi fácil conciliar teoria e prática nesta obra.

Eu procurei resolver esse dilema optando, com relação aos temas em que possuo experiência prática, por me deixar guiar mais por essa experiência do que por uma apresentação científica. Ao mesmo tempo, tentei comparar as minhas experiências com concepções fundamentais (XII) sobre democracia, justiça e Estado de direito para daí extrair algumas conclusões gerais.

No momento em que um suíço publica um livro na Alemanha, ele toma consciência da diferença entre as línguas escritas nos dois países. Embora tenha me esforçado por utilizar expressões correntes na língua escrita na Alemanha, eu me ative ao lema que vale para a pronúncia da língua escrita na Suíça: "Um suíço deve falar o alto alemão (*Hochdeutsch*) de tal modo que ainda se reconheça, simpaticamente, o suíço." Isto vale igualmente para a apresentação de problemas próprios ao Estado suíço e que, em parte, são tratados pormenorizadamente nesta teoria do Estado. Os debates sobre política interna em alguns Estados – por exemplo, os concernentes à energia nuclear – colocam em evidência o papel importante que uma consulta popular pode desempenhar como catalisadora de correntes políticas opostas. É por esse motivo que uma apresentação dos fundamentos da democracia direta na Suíça pode ter uma importância não apenas para este país, mas igualmente para o estrangeiro.

Não se pode reprovar aquele que nasceu e cresceu em um Estado cujas instituições lhe são familiares por ter uma preferência pelo seu país. Os leitores devem, portanto, perdoar-me o fato de deixar transparecer uma certa inclinação pela tradição democrática da Suíça, apesar de todos os meus esforços pela objetividade. Quanto mais tratava da teoria do Estado e, em especial, da investigação das democracias estrangeiras, mais eu me sentia ligado às instituições do Estado federal suíço, apesar de todas as suas deficiências.

Para concluir, resta-me a agradável tarefa de agradecer. Primeiramente, agradeço aos editores da *Enciclopédia de ciências jurídicas e políticas* – em particular ao sr. Peter Lerche – que, após a morte do sr. Max Imboden, decidiram confiar-me a tarefa de escrever o volume consagrado à teoria do Estado. Trabalhei no tema – com o qual sempre me ocupei intensamente e que certamente não abandonarei – com grande alegria e paixão.

Dedico esta teoria do Estado à memória de Max Imboden, que exerceu influência decisiva sobre a teoria e a prática desse campo. Uma vez que a esse espírito superior não foi possível escrever uma síntese de teoria do Estado que nos servisse de guia para o futuro, que a presente obra, que ele deveria ter escrito, seja, ao menos, dedicada à sua memória.

Os meus agradecimentos dirigem-se igualmente ao Cantão de Freiburg e ao Fundo nacional suíço de fomento à pesquisa científica. O Cantão de Freiburg concedeu-me um ano de licença, e o Fundo nacional suíço colocou um assistente à minha disposição, assim como financiou minha substituição durante o meu afastamento. Substituíram-me os srs. Carl Hans Brunschwiler, Detlev Dicke (XIII), André Grisel, Ottfried Höffe, René Rhinow e Rainer Schweizer que, durante a minha ausência, assumiram os cursos e os exames, de modo que eu pudesse consagrar-me inteiramente à preparação e à redação do presente trabalho.

Uma teoria do Estado não nasce entre quatro paredes. Aquele que empreende um estudo amplo, interdisciplinar, deve necessariamente submetê-lo ao exame de seus colegas e amigos. Nesse sentido, gostaria de agradecer particularmente aos meus amigos Detlev Dicke, Ottfried Höffe e Beat Sitter, que realizaram a árdua tarefa de ler a primeira versão do manuscrito e fizeram numerosas anotações e sugestões. A eles devo os melhoramentos; quanto aos erros, assumo inteira responsabilidade.

Mas desejo igualmente estender os meus agradecimentos a todas as autoridades e políticos que me confiaram tarefas concretas, por meio das quais pude "vivenciar o Estado", e não ter um mero conhecimento livresco sobre ele. Sob a presidência do sr. Furgler, senador, tive a oportunidade de compor a Comissão para a revisão total da Constituição federal e assim ocupar-me com a reforma do Estado; sob a presidência do sr. Hürlimann, senador, adquiri um conhecimento maior sobre o campo social, cultural, educacional e de proteção do meio ambiente no âmbito dos trabalhos legislativos. Os pareceres jurídicos que redigi para o Jura, o Laufental, para os cantões de Wallis, Uri e de Freiburg, ajudaram-me a compreender a diversidade suíça, e a minha presença no Comitê Internacional da Cruz Vermelha ampliou o meu horizonte para Estados de outros continentes.

   O desejo de escrever uma teoria do Estado ao alcance de todos levou-me a mandar revisar o manuscrito do ponto de vista lingüístico, antes da revisão final. A sra. Gerda Hauck realizou essa tarefa de maneira primorosa em um espaço de tempo reduzidíssimo. A ela devo inúmeras sugestões, revisões estilísticas e formulações mais elegantes. Os seus conhecimentos filosófico-sociais e econômicos, assim como a sua sensibilidade lingüística, autorizaram-na a levantar perguntas e apresentar sugestões, também em relação a questões especializadas. Desse modo, vi-me obrigado a reelaborar e a repensar continuamente o que já havia sido escrito.

   Os meus mais sinceros agradecimentos ao meu colaborador e assistente, sr. Peter Hänni. Com uma dedicação excepcional, ele reuniu a bibliografia e os dados biográficos sobre os clássicos, que figuram em anexo, organizou os índices onomástico e remissivo. Porém, ele cuidou sobretudo da composição final do manuscrito, fez observações críticas e apresentou algumas sugestões e idéias preciosas. Por fim, atentou para que as citações dos clássicos derivem de traduções acessíveis aos estudantes da atualidade. Alia-se ao agradecimento ao sr. Hänni aquele à minha secretária, sra Krista Tschangisi, que, com uma paciência incomum, datilografou todas as quatro versões desta teoria do Estado, realizou as correções e cuidou da organização final do manuscrito para a impressão.

Para finalizar, ainda uma palavra a respeito da bibliografia. As indicações bibliográficas, de fato, não são de modo algum exaustivas. Isto nem mesmo seria mais possível de realizar em nossos dias. Trata-se, portanto, de uma seleção bibliográfica destinada a facilitar o acesso dos estudantes aos diferentes temas abordados. Ao mesmo tempo, esforçamo-nos para não apresentar uma bibliografia restrita a obras em língua alemã, mas indicar igualmente outras, em especial em francês, inglês e de autores americanos, o que naturalmente precisou ser feito à custa da literatura alemã, diante do caráter limitado das indicações bibliográficas. Para facilitar a leitura e evitar as notas de rodapé, limitei as citações ao estritamente necessário. Além disso, as fontes estão sucintamente indicadas entre parênteses. Aquele que deseja encontrar uma indicação bibliográfica mais precisa deve buscá-la na bibliografia reproduzida no parágrafo correspondente. De outro lado, os "clássicos" figuram tão-somente na indicação bibliográfica quando expressamente citados no texto do parágrafo em questão.

Marly, agosto de 1980.
Thomas Fleiner-Gerster

INTRODUÇÃO

§ 1. NATUREZA E FIM DA TEORIA GERAL DO ESTADO

Bibliografia

Achterberg, N. Die gegenwärtigen Probleme der Staatslehre (Os problemas contemporâneos da teoria do Estado). In: *DÖV*, 1978, pp. 668 ss.
Badura, P. *Die Methoden der neueren allgemeinen Staatslehre* (Os métodos da moderna teoria geral do Estado). Erlangen, 1959.
Berber, F. *Das Staatsideal im Wandel der Weltgeschichte* (O ideal de Estado na mudança da história universal). 2.ª ed., Munique, 1978.
Dombois, H. A. *Strukturelle Staatslehre* (Teoria estrutural do Estado). Berlim, 1952.
Draht, M. *Rechts- und Staatslehre als Sozialwissenschaft* (Teoria do direito e teoria do Estado como ciência social). Berlim, 1977.
Fries, S. D. Staatstheorie and the New American Science of Politics (Teoria do Estado e a nova ciência política americana). In: *JHI* 34, 1973, pp. 391 ss.
Häberle, O. Allgemeine Staatslehre, demokratische Verfassungslehre oder Staatsrechtslehre? (Teoria geral do Estado, teoria constitucional democrática ou teoria do direito público?). In: *AöR* 98, 1973, pp. 119 ss.
Höffe, O. *Ethik und Politik* (Ética e política). Frankfurt a. M., 1978.
Holerbek, R. *Allgemeine Staatslehre als empirische Wissenschaft* (Teoria geral do Estado como ciência empírica). Bonn, 1961.
Ipsen, H. P. 50 Jahre deutsche Staatsrechtswissenschaft im Spiegel der Verhandlungen der Vereinigung der deutschen Staatsrechtslehrer (50 anos de ciência do direito público alemão refletidos nos debates da Associação dos professores de direito público alemães). In: *AöR* 97, 1972, pp. 375 ss.

Kelsen, H. *Allgemeine Staatslehre* (Teoria geral do Estado). Berlim, 1925 (reeditada em 1966).
Kern, H. *Staatsutopie und allgemeine Staatslehre* (Utopia de Estado e teoria geral do Estado). Mainz, 1952.
Maier, H. *Ältere deutsche Staatslehre und westliche politische Tradition* (A velha teoria alemã do Estado e a tradição política ocidental). Tübingen, 1966.
Mols, M. *Allgemeine Staatslehre oder politische Theorie?* (Teoria geral do Estado ou teoria política?). Berlim/Munique, 1969.
Müller, F. Staatslehre und Anthropologie bei Karl Marx (Teoria do Estado e antropologia em Karl Marx). In: *AöR* 95, 1970, pp. 513 ss.
Salomon-Delatour, G. *Moderne Staatslehren* (Doutrinas de Estado modernas). Neuwied, 1965.
Scheuner, U. *Die neuere Entwicklung des deutschen Staatsrechts* (O mais recente desenvolvimento do direito público alemão). Colônia, 1960.
____. 50 Jahre deutsche Staatsrechtswissenschaft im Spiegel der Verhandlungen der Vereinigung der deutschen Staatsrechtslehrer (50 anos de ciência do direito público alemão refletidos nos debates da Associação dos professores de direito público alemães). In: *AöR* 97, 1972, pp. 349 ss.
Schindler, D. *Schweizerische Eigenheiten in der Staatslehre* (Particularidades suíças na teoria do Estado). Zurique, 1975.
Spragens, Th. A. *The Dilemma of Contemporary Political Theory* (O dilema da teoria política contemporânea). Nova York, 1973.

1. Com que freqüência se fala do Estado em nossos dias! Em visitas oficiais e conferências internacionais, no combate ao terrorismo, no recolhimento de impostos e nas regulamentações do trânsito, em toda parte o Estado aparece como uma criatura invisível, mas com uma pretensão de poder muito visível. Que criatura invisível, às vezes burocrática, marcial, outras festivamente embandeirada é esta? Por que o Estado pode restringir a nossa liberdade, recolher impostos, convocar para o serviço militar, punir ou decidir sobre litígios com o vizinho, a família ou o possuidor do imóvel? De onde vem o seu direito de apresentar-se a nós com uma pretensão de soberania?

2. Em que o Estado se diferencia de uma empresa multinacional – por exemplo, uma companhia de petróleo –, de

§ 1. NATUREZA E FIM DA TEORIA GERAL DO ESTADO   11

uma organização internacional – por exemplo, a ONU –, de um clube de futebol ou, até mesmo, de um grupo criminoso organizado – por exemplo, a Máfia? De onde vem o poder por intermédio do qual o Estado faz prevalecer os seus interesses? Como justifica as suas decisões ao cidadão e ao povo? Quais são, a rigor, as finalidades e as tarefas do Estado? Como se organiza o Estado? Como deveria ser organizado? Quais são as formas com que apareceu no passado, com que aparece nos dias de hoje e como se apresentará possivelmente no futuro? Qual a relação existente entre o Estado, por um lado, e, de outro, os diferentes grupos de pessoas, a economia e a Igreja? Como e sob quais condições pode o Estado decidir sobre os homens que estão submetidos ao seu âmbito de dominação?

3. Esta lista abundante de questões mostra claramente que de uma única disciplina científica mal se pode esperar uma resposta conclusiva. Aquele que, por exemplo, deseja saber como se organiza um Estado democrático deverá necessariamente interrogar não só a politologia, a sociologia e a teoria constitucional, mas também a economia, a doutrina organizacional e, até mesmo, a psicologia. Ele deverá certamente conhecer a natureza do homem, o seu comportamento social, as relações e os mecanismos dos diferentes grupos – por exemplo, dos partidos ou dos municípios –; necessitará saber como se pode dirigir esses grupos, como e até onde o povo participa ou poderá participar das decisões. Ele, todavia, deverá também atentar para a natureza do Estado, para os diversos tipos de abuso, assim como sobre o exercício do poder etc.

4. Aquele que deseja examinar por que o Estado tem o direito de governar sobre os homens terá de indagar a teoria constitucional, a filosofia do direito, talvez até mesmo a teologia, a história e, de maneira geral, a filosofia.

5. Ao longo da história, a teoria do Estado não só examinou empiricamente a natureza do Estado e sua organização; questionou, sobretudo, *como o Estado deve ser*. Ela buscou estabelecer normas para um Estado "bom" e "justo". Os teólogos da Idade Média, em especial, assim como a filosofia do Estado baseada na filosofia grega e no estoicismo não só debateram o fenômeno do Estado de modo explicativo, como também questionaram como o Estado ideal deve ser organizado, quais tarefas deve assumir e as maneiras de tomar decisões para servir ao bem do povo. Esses problemas normativos foram retomados, dentre outros, por Immanuel Kant (1724-1804), Georg Wilhelm Friedrich Hegel (1770-1831), Jean-Jacques Rousseau (1712-1778), John Locke (1632-1704) e Charles-Louis de Secondat Montesquieu (1689-1755) e hoje são amplamente discutidos, em particular, pelos defensores das teorias da justiça baseadas em John Rawls, pelos neomarxistas e pelos neoliberais (O. Hoeffe).

6. Uma posição completamente diversa sobre essas questões normativas adotam as escolas positivistas. Uns se contentam em examinar o fenômeno do poder na comunidade estatal e questionam sobre o seu surgimento, a sua utilização e sobre o comportamento que deve adotar aquele que pretende conservar o poder. Encontram-se representantes dessas escolas por toda parte desde a Antiguidade. Na China antiga Han Fei Tzu (falecido em 234 a.C.) pertencia a essa tendência; no mundo árabe da Idade Média Ibn Khaldûn (1332-1406) e, na Europa, Nicolau Maquiavel (1469-1527).

7. Outros, por sua vez, se abstêm, em geral, de toda e qualquer afirmação sobre o Estado bom e justo. Para estes autores, o Estado é a soma de todas as normas jurídicas, válidas para um determinado território. Segundo Hans Kelsen (1881-1973), por exemplo, o Estado por natureza não é senão um sistema de normas; enquanto tal ele não pode ser senão ordem e, portanto, tão-somente ordem jurídica (H. Kelsen, p. 16).

8. Aquele que se arriscar a escrever uma teoria do Estado deve estar consciente de que, em outros países, praticamente inexiste uma disciplina científica própria designada

§ 1. NATUREZA E FIM DA TEORIA GERAL DO ESTADO

"Teoria do Estado". Aquilo que os alemães, os austríacos ou os suíços chamam "teoria geral do Estado" corresponde à teoria da democracia ou à teoria do governo para os ingleses ou americanos e para os franceses às "instituições políticas", mais raramente à "teoria do Estado". Nos Estados socialistas, em especial nos do Terceiro Mundo, fala-se antes da teoria do socialismo nacional em oposição à teoria dos Estados capitalistas. Estas designações distintas repousam sobre uma diversidade de métodos e de pontos de vista. Apesar disso, em todos os Estados existem disciplinas científicas que, de um modo ou de outro, analisam o fenômeno do Estado. Freqüentemente estas teorias se limitam, de fato, a considerar o Estado de um ponto de vista nacional e negligenciam aquilo que é comum e que une todos os Estados, apesar de todas as suas diferenças.

9. As teorias gerais do Estado são, ainda mais que outras disciplinas científicas, filhas do seu tempo. Elas mal podem apreender a "natureza" do Estado em sua totalidade; elas, tentam, pelo contrário, responder às questões e problemas da respectiva geração. Desse modo, esta obra também tratará, antes de tudo, dos problemas que preocupam os homens de nossos dias.

10. Nesse contexto, situa-se num primeiro plano a questão da justificação do Estado. Necessitamos realmente do Estado? Ele não é algo supérfluo? Não se pode passar sem o Estado? Quais são as tarefas que o Estado deve assumir? Deve ele se ater ao modelo de sociedade capitalista ou, ao contrário, socialista? Em que medida o Estado é, verdadeiramente, origem da ordem jurídica? Pode-se imaginar Direito sem Estado? Os homens de nossos dias repetidamente colocam a questão do Estado ideal: quais são as características; como se organiza, quais tarefas deve cumprir?

11. Um Estado constitui sempre uma comunidade de homens. É exatamente esta comunidade que desejamos analisar de início. Como surgiu e se desenvolveu? Como se explica filosoficamente? Quais são suas tarefas e as suas relações com os indivíduos, quer dizer, com os seus membros?

12. A estas questões vincula-se diretamente uma outra: o que constitui a natureza do Estado? Quais condições devem ser cumpridas para que uma comunidade de homens seja reconhecida como Estado e possa diferenciar-se de um grupo criminoso organizado ou de uma outra comunidade, por exemplo, de um clube de futebol?

13. Quando soubermos mais sobre a natureza do Estado, poderemos nos voltar à sua organização. Como estão organizados os Estados modernos? Quais são os tipos de organização dos Estados? Como se desenvolveram as formas atuais de organização do Estado?

14. O Estado não é a única comunidade humana nem um produto artificial. Ao contrário, é uma realidade viva, em constante evolução, que influencia outras comunidades e é por elas influenciado. A relação entre o Estado e esses grupos sociais será estudada em maiores detalhes na última parte desta obra. Nessa ocasião, devemos responder igualmente a uma questão muito importante e controversa, a saber, se o Estado deve dissolver essas comunidades, se deve se tornar um Estado totalitário.

15. Os homens formaram os Estados; estes devem, portanto, estar a seu serviço. A estrutura e a ação da comunidade estatal são formadas pelos homens, com suas qualidades e seus defeitos, seus comportamentos positivos e negativos, seus interesses e necessidades. Portanto, toda investigação científica dos fenômenos do Estado deve partir necessariamente da natureza humana e suas especificidades. Tal como o conhecimento do homem é objeto de diferentes ciências (medicina, psicologia, antropologia, história etc.), a interdisciplinaridade científica é também necessária para se aproximar do fenômeno "Estado". Assim como a medicina e a psicologia se ocupam do homem são e do homem doente, a teoria do Estado deve também se ocupar do Estado "são" e do Estado "doente". Ao lado do exame empírico cuidadoso, é indispensável adotar uma ótica normativa.

16. A relação de tensão entre o direito e o poder, que sempre marcou o debate em torno do Estado, também será abordada pormenorizadamente nesta obra. Não só a ética política, as concepções de justiça, a razão e a capacidade de compreensão do homem serão analisadas, mas também o poder, seus objetivos, seu abuso, a sua origem, seus limites e sua divisão.

17. Todos os Estados são unidades desenvolvidas historicamente. A sua organização e a sua estrutura não são compreensíveis senão por meio de sua evolução histórica. Um "recorte temporal" não é suficiente para compreender o Estado contemporâneo. Toda teoria, toda idéia, toda instituição, toda forma de organização tem a sua própria história. Tentaremos levar em conta, tanto quanto possível, esta dimensão histórica. Mas, por outro lado, o caráter do povo, a religião, a situação geográfica, a economia e a evolução social marcam também cada Estado. Estas interações recíprocas devem, pois, ser igualmente apresentadas.

18. É impossível esgotar questões. Pode-se apenas substituí-las por outras. É por isso que esta teoria do Estado não pretende apresentar respostas exaustivas, mas levantar novas questões.

PARTE I
O Estado, uma comunidade de homens

Capítulo 1
A origem da comunidade estatal

§ 2. OS HOMENS E SUA NECESSIDADE DE FORMAR COMUNIDADES

Bibliografia

a) Autores clássicos

Aristóteles. *Politik* (Política). Trad. al. e org. O. Gigon. 2.ª ed. Zurique/Stuttgart, 1971. [Trad. bras. *A Política*, São Paulo, Martins Fontes, 2ª ed., 1998.]

Geng Wu. *Die Staatslehre des Han Fei* (A teoria de Estado de Han Fei). Viena, 1978.

Khaldûn, I. *The Muquaddimah*. Trad. ingl. F. Rosenthal, 3.ª ed., Princeton, 1974.

Marsílio de Pádua. *Der Verteidiger des Friedens* (Defensor Pacis – O defensor da paz). Trad. al. W. Kunzmann, 2 vols., Darmstadt, 1958.

b) Outros autores

Claessens, D. *Instinkt, Psyche, Geltung, Bestimmungsfaktoren menschlichen Verhaltens* (Instinto, psique, valor, fatores determinantes do comportamento humano). Colônia, 1968.

Eder, K. *Die Entstehung staatlich organisierter Gesellschaften. Ein Beitrag zu einer Theorie sozialer Evolution* (A origem das sociedades organizadas como Estado. Uma contribuição para uma teoria de evolução social). Frankfurt a. M., 1976.

Eichhorn, W. *Kulturgeschichte Chinas* (A história cultural da China). Stuttgart, 1964.

Elias, N. *Über den Prozess der Zivilisation* (Sobre o processo da civilização). 2 vols., 2.ª ed., Berna, 1969.

Hoebel, E. A. *The Law of Primitive Man* (A lei do homem primitivo). Cambridge, 1967.
Höffe, O. *Ethik und Politik* (Ética e política). Frankfurt a. M., 1978.
Krader, L. *Formation of the State* (Formação do Estado). Englewood Cliffs, 1968.
Kwant, R. C. *Phenomenology of Social Existence* (Fenomenologia da existência social). Pittsburg, 1965.
Lersch, Ph. *Der Mensch als soziales Wesen* (O homem como ser social). 2.ª ed., Munique, 1965.
Schott, R. Das Recht gegen das Gesetz. Traditionelle Vorstellungen und moderne Rechtsprechung bei den Bulsa in Nordghana (O direito contra a lei: concepções tradicionais e a jurisprudência moderna dos bulsa em Ghana do norte). In: *Recht und Gesellschaft. Festschrift für H. Schelsky* (Direito e sociedade. Edição comemorativa para H. Schelsky). Berlim, 1978.
Service, E. R. *Ursprünge des Staates und der Zivilisation* (Origens do Estado e da civilização). Frankfurt a. M., 1978.
Thomas, W. I. *Person und Sozialverhalten* (Pessoa e comportamento social). Org. por H. Volkart, trad. de O. Kimminich. Neuwied, 1965.
Wössner, J. *Sozialnatur und Sozialstruktur. Studien über die Entfremdung des Menschen* (Natureza e estrutura social. Estudos sobre a alienação do homem). Berlim, 1965.
Wurzbacher, G. et alii (org.). *Der Mensch als soziales und personales Wesen. Beiträge zu Begriff und Theorie der Sozialisation aus der Sicht der Soziologie, Psychologie, Sozialarbeit, Kriminologie, Politologie* (O homem como ser social e pessoal. Contribuições para o conceito e a teoria da socialização do ponto de vista da sociologia, psicologia, assistência social, criminologia, politologia). 2.ª ed., Stuttgart, 1968.

1. Quem pergunta ao assim chamado "homem na rua", ao "cidadão comum", por que paga impostos ao Estado, talvez receba as seguintes respostas: "Porque é preciso pagá-los"; "porque todo mundo tem de pagar impostos"; "porque, caso contrário, o Estado vai arrecadar os impostos à força". Se não nos dermos por satisfeitos e continuarmos perguntando para saber de onde o Estado se arroga o direito de exigir do cidadão que ele pague os impostos, a resposta possivelmente será a seguinte: o governo, o parlamento ou o povo decidiram-no assim; ou então: o Estado necessi-

§ 2. OS HOMENS E SUA NECESSIDADE DE FORMAR COMUNIDADES

ta de dinheiro e tem de tirá-lo de algum lugar. E se ainda assim persistirmos nas perguntas e questionarmos por que então o governo, o parlamento ou a maioria, isto é, por exemplo 51% dos eleitores têm o direito de cobrar impostos contra a vontade da minoria – 49% neste caso – e de impor a sua decisão àqueles que não estão de acordo com a decisão da maioria, o nosso interlocutor ficará provavelmente sem resposta ou responderá que sempre foi assim, ou então dirá que a Constituição dá ao governo, ao parlamento ou à maioria dos cidadãos eleitores o direito de obrigar a minoria a pagar impostos.

2. A resposta de que o governo sempre teve esse direito é inexata, visto que nem sempre houve "um governo". Ele se estabeleceu em um dado momento, seja depois de uma revolução, seja depois de uma guerra ou de uma anexação, por meio da ajuda de potências estrangeiras ou pela decisão do povo. Porém, se seguirmos diversas sucessões de diversos governos, iremos deparar, cedo ou tarde, em todo Estado, com a formação de um governo, de uma Constituição ou de um Estado, que não se pode mais justificar somente do ponto de vista formal. Sobre o que repousa então o primeiro estabelecimento de um governo ou a decisão relativa ao processo de votação de uma primeira Constituição? As respostas a essas questões são muito diversas. Uns dizem que os partidários do governo eram muito mais fortes do que os seus adversários; eles teriam tido o poder, do qual o governo pôde extrair o direito de promulgar leis. Outros sustentam que o povo, em virtude do direito de autodeterminação, comum a todos os povos, adotou majoritariamente a Constituição e, por conseguinte, o sistema de governo e que a maioria sempre tem o direito de impor obrigações à minoria, mesmo contra a sua vontade. Outros ainda responderão que o governo provou, pela sua maneira boa e justa de governar, que é o governo legítimo. Enfim, os marxistas nos dirão que o Estado e o governo somente são legítimos se, em nome do proletariado, agem sob o comando do partido comunista.

3. Antes, na época da monarquia, também se podia obter a resposta de que o rei tinha o direito de governar porque essa era a vontade de Deus.

4. Uma pequena parcela das pessoas entrevistadas negará, todavia, todo o direito de existência ao Estado. Aos seus olhos o poder do Estado é mau em si e deve ser abolido, libertando-se o homem de toda e qualquer dominação.

5. Observamos que a dominação do Estado pode ser justificada teológica, filosófica e antropologicamente. No entanto, acima de tudo, o que importa é saber como se estabeleceu realmente a dominação do Estado, para se poder dizer, de modo plausível, se ela é uma conseqüência necessária de comportamentos individuais e sociais, se, tal como o pretendem os marxistas, contradiz a natureza humana ou se, no sentido de Rousseau, esta dominação do Estado conduz o homem a uma existência mais valiosa, para torná-lo um cidadão (§ 5/25).

6. Em certas teorias sobre a dominação do Estado é, contudo, difícil separar ficção e fato histórico. Muitos adeptos das teorias contratualistas, por exemplo Thomas Hobbes (1588-1679), Locke e Rousseau (§ 5/23), não pretendem de forma alguma afirmar que os homens da sociedade primitiva teriam realmente firmado um contrato entre si e que, por este "contrato original", tenham conferido ao rei determinados direitos de dominação. Para eles, o contrato social é, muito mais, uma ficção de pensamento, um pressuposto jurídico, uma "norma fundamental" (H. Kelsen), da qual derivam outros direitos de dominação. Com isso, o livre acordo contratual serve, ao mesmo tempo, para justificar a existência de liberdades individuais anteriores ao contrato. – Contudo, mesmo entre os representantes das teorias contratualistas, é difícil separar os fatos empíricos da ficção. Eles justificam-na supondo que "isto poderia ter se passado assim" (J. Rawls).

7. Por outro lado, quem vê no Estado uma instituição essencialmente imanente à natureza do homem tentará pro-

§ 2. OS HOMENS E SUA NECESSIDADE DE FORMAR COMUNIDADES

var historicamente que o Estado, enquanto instituição, sempre foi uma grandeza histórica real.

8. Toda teoria geral do Estado tenta, portanto, explicar o fenômeno "Estado" com a ajuda de fatos ficcionais ou históricos, e provar como e por que surgiu a dominação estatal.

9. Quase todas as culturas têm, a partir de suas velhas lendas e outras tradições, uma idéia mais ou menos formada sobre a origem de sua comunidade estatal. Estas lendas e tradições são incrivelmente semelhantes entre si. Em vez de, como de costume, nos reportarmos à Antiguidade germânica ou grega, vamos nos ater, entre outras, às velhas teorias chinesas do Estado, para mostrar que as questões fundamentais do desenvolvimento estatal também foram colocadas, de forma similar, em outros países e em épocas mais antigas, recebendo respostas semelhantes. Sobre o início desse desenvolvimento existem, contudo, duas concepções completamente opostas. Uns são de opinião de que a situação foi inicialmente de caos, quer dizer, a luta de todos contra todos (Hobbes, Shang-Kun-Shu, cf. Geng-Wu, p. 49); outros afirmam que no princípio reinavam a paz e a harmonia [Rousseau, Lao-tsé (provavelmente ano 6 a.C.), Marsílio de Pádua (1275 – aproximadamente 1343), Karl Marx (1818-1883)], às quais os homens deveriam retornar (Marx e Lao-tsé).

10. Han Fei, filósofo político chinês, e que freqüentemente é também chamado de Maquiavel da antiga filosofia chinesa do Estado, descreve o estado de natureza da seguinte forma: "No começo dos tempos, os homens não precisavam cultivar o campo, pois havia frutos e grãos suficientes para comer. As mulheres não precisavam tecer, pois havia peles de animais suficientes para se vestir. Ninguém se preocupava em obter alimentos, pois a população era reduzida e, em contrapartida, havia bens em abundância. Não havia disputas entre os homens, e as medidas de castigo e de recompensa ainda eram desconhecidas. Em toda a parte reinavam a paz e a ordem" (Geng-Wu, p. 50). O estado de natureza era, conseqüentemente, uma anarquia pacífica. Como pôde desenvolver-se, então, a dominação do Estado? De inúmeras lendas antigas das civilizações gregas e babilônicas, mas também da chinesa, pode-se concluir que os homens se sentiam ameaçados pelo seu ambiente, até que surgiu um "ser dotado" que lhes mostrou como poderiam, por exemplo, se proteger dos animais selvagens. "Aí, porém, surgiu um grande e santo homem que entrelaçou galhos de árvores até formar uma espécie de ninho, no qual escapou de inúmeros perigos. Mas o povo alegrou-se de tal modo com isso que fez dele o seu rei" [Han Fei, cap. 49 (Wu tu), citado em W. Eichhorn, p. 11]. Segundo Han Fei, o fundamento da dominação reside, portanto, na habilidade, na capacidade e na qualidade do governante. Do carisma do bom governante, ele deriva o direito de dominação próprio ao Estado.

11. Encontramos uma concepção contrária no escrito "legalista" chinês *Kuan Tze*, de autor desconhecido, no qual o estado de natureza é um estado de guerra. "Então o sábio surgiu e, com a aprovação de uma multidão de homens, decretou mandamentos para coibir lutas brutais, de modo que aqueles que praticavam a violência tiveram de se esconder. O sábio empenhou-se em trabalhar para o bem do povo. Ensinava-lhes os usos e os costumes e foi aceito pelo povo como líder. Virtude e normas morais foram criadas pelo sábio. Como a virtude e as normas morais provinham da razão, o povo as observava espontaneamente. Justiça e injustiça foram por ele decididas; castigo e recompensa por ele impostos; superior e subalterno por ele distinguidos, e os povos se organizaram segundo este modelo. Desse modo estava fundado o Estado!" (Kuan Tze, cap. II, seção 37, extraído de Geng Wu, p. 52). Na concepção da velha escola legalista chinesa, o Estado, quer dizer, concretamente o poder do rei, só se desenvolveu de modo gradual. Enquanto cada qual podia viver por si e se alimentar, não havia neces-

§ 2. OS HOMENS E SUA NECESSIDADE DE FORMAR COMUNIDADES

sidade de uma comunidade estatal. A proteção contra os perigos que os ameaçavam, por exemplo, de guerras constantes ou animais selvagens obrigou os homens à convivência. O povo entregou então o poder àquele que era inteligente, forte e capaz, elegendo-o rei. A dominação surgiu de uma necessidade da sociedade ameaçada em sua existência. O rei não era uma instituição divina, mas recebera o seu poder do povo. Contudo, os homens acreditavam que ele, por obra de forças sobrenaturais, era superior a todos os outros, razão pela qual era capaz de liderar o povo. – É provável que, somente mais tarde, a dominação tenha assumido traços patriarcais e patrimoniais. "Sob o céu não há coisa alguma que não pertença ao nosso rei. E ninguém há que viva na terra, que não seja partidário de nosso rei" (provérbio da época da dinastia Chou, extraído de Geng Wu, p. 53).

12. A necessidade de ter um rei superior para proteger a tribo foi, certamente, também em outras sociedades, a razão decisiva para a formação das primeiras comunidades com transmissão de poder política e central. Também o grande estadista árabe Ibn Khaldûn vê aí a origem da formação estatal de comunidades. "Quando os homens alcançam uma determinada organização social, ... necessitam de alguém que os controle, que abafe a sua sanha de luta e proteja uns dos outros, pois a sanha de luta e a injustiça são inatas ao homem" (Ibn Khaldûn, p. 47). Para Ibn Khaldûn não são os perigos externos, mas o estado de guerra interno que obriga os homens a formar comunidades estatais. Visto que ele, tal como posteriormente Hobbes, considera o homem um ser combatente, que busca o conflito, este necessita, do seu ponto de vista, de uma liderança forte, a qual deve manter a ordem.

13. As instituições estatais desenvolveram-se, certamente, de modo muito diverso nas diferentes comunidades arcaicas (E. A. Hoebel, pp. 289 ss.). Apesar disso, é possível detectar, nos primeiros estágios de desenvolvimento dessas instituições, algumas tendências básicas gerais:

14. 1. Estruturas estatais que dispõem de um poder centralizado e de instituições determinadas e independentes de pessoas, assim como de uma jurisdição própria e normas de validade geral, não existem senão mais recentemente em *sociedades complexas e desenvolvidas, dotadas de uma estrutura social fundada sobre a divisão do trabalho.*

No estágio dos caçadores e coletores, no qual cada família ainda é em grande medida autônoma no plano social e econômico, tais instituições não são necessárias. Somente a sua evolução para uma família alargada, para um clã e para uma tribo cria maior necessidade de uma liderança mais ampla e estável. Nos estágios precedentes de desenvolvimento, os problemas da vida comunitária são regulamentados acima de tudo no âmbito da família, pelo pai, no patriarcado, ou pela mãe, no matriarcado, ou então pelo conselho dos mais velhos. Estruturas suprafamiliares só se tornam indispensáveis quando entre as famílias e as tribos o contato se intensifica e existe divisão econômica do trabalho (cf. M. de Pádua, Primeira Parte, cap. III).

15. 2. Instituições suprafamiliares surgem, particularmente, quando a sociedade alcançou um *certo grau de divisão de trabalho* em virtude do desenvolvimento econômico, quando ela tem de combater *perigos exteriores* e, em seu interior, *a base de um direito consuetudinário não passível de imposição coercitiva não é mais suficiente para garantir a ordem.* Uma outra condição, mencionada sobretudo por Ibn Khaldûn, é a presença de um forte *sentimento de pertencer* a um grupo. Enquanto este sentimento falta, é muito difícil a formação deste tipo de instituições.

16. 3. Instituições centralizadas são, de início, quase sempre criadas por meio de *formas democráticas ou, ao menos, oligárquicas de autodeterminação*. Os representantes autorizados pelos grupos ou pela tribo elegem e reconhecem o líder, a quem desejam prestar obediência. Muitas vezes, e particularmente nas tribos africanas, o líder cerca-se de um conselho de anciãos, cujo papel é o de evitar os abusos de poder (R. Schott, pp. 605 ss.).

§ 2. OS HOMENS E SUA NECESSIDADE DE FORMAR COMUNIDADES

17. 4. *Do chefe da tribo*, rei ou príncipe, *espera-se* uma liderança no *interesse de toda a tribo*, de toda a comunidade. Ele deve governar com justiça e cuidar para que o sentimento de pertencer ao mesmo grupo se preserve e fortaleça. *Para líder*, portanto, é escolhido aquele que se destaca por especial *habilidade, capacidade, sabedoria ou força*. Se este conseguir formar um exército próprio para campanhas e conquistas, poderá, dependendo das circunstâncias, obrigar a uma obediência absoluta. Com isto, estão criadas as condições para um sistema de dominação feudal e patriarcal. O senhor feudal procura fundar a sua dominação em um direito sobrenatural, na medida em que ele, por exemplo, afirma ter recebido o seu poder de Deus; desse modo, ele tenta tornar-se intocável. Além disso, ele aspira estender os seus privilégios à sua família – por meio da introdução da sucessão hereditária – e aos seus seguidores. A manutenção do exército é custeada com tributos compulsórios. Ele distribui terras aos seus protegidos, que, em seu nome, controlam o povo e o ajudam a arrecadar os impostos. Quanto pior a sua administração, tanto mais rapidamente ele será afastado do poder, junto com os seus seguidores e o grupo social a que pertence, por outras tribos ou grupos.

18. 5. Tanto as tribos nômades quanto as sedentárias sentem-se ligadas a um determinado território mais ou menos amplo. As duas, porém, desconhecem fronteiras fixas. De fato, ainda não existem demarcações fronteiriças (os marcos). Aquele que não está em condições de percorrer diariamente mais de 30 ou 50 km no máximo não pode controlar sozinho um grande território, nem reinar sobre ele. No que se refere às instituições, significativas são, no entanto, as diferenças entre tribos nômades e sedentárias. Vínculos de dominação duradouros e institucionalizados são possíveis tão-somente no estágio do sedentarismo, particularmente entre os que cultivam o campo e desenvolvem a economia leiteira. Enquanto o líder de uma tribo nômade tem de se afirmar incessantemente por meio da competência, o chefe de uma tribo sedentária pode utilizar seu poder para ampliar sua dominação, com a ajuda de seus protegidos, e impor impostos e outros encargos ao povo.

19. 6. Um outro fator mostrou-se igualmente favorável para a formação de instituições estatais: aquele que lê a história de povos antigos reconhece a profunda verdade contida na expressão aristotélica *zôon politikón*, o homem é um ser voltado para a comunidade. Segundo Aristóteles (384-322 a.C.), o homem não existe como tal, mas está integrado em um determinado contexto social, como filho, pai, mãe, escravo etc. *O homem não é capaz de sobreviver como indivíduo*, mas apenas em comunidade, na qual ele deve assumir uma determinada tarefa. O homem depende da comunidade (Aristóteles, Livro I, 1253 a e Livro III, 1280 b, assim como O. Hoeffe, p. 18). Do mesmo modo Ibn Klaldûn e os antigos teóricos chineses do Estado se referem a essa necessidade do homem de viver em comunidade. O homem está exposto aos perigos da natureza; durante a sua infância, não pode se alimentar de modo independente, não é capaz de desenvolver sozinho todas as habilidades relativas à caça, à colheita de plantas, como também à fabricação de ferramentas e assim por diante. O homem depende de uma comunidade na qual há uma divisão do trabalho. O seu impulso sexual impele-o à formação de comunidades com pessoas do outro sexo, às quais ele, em razão do tabu do incesto, deve procurar fora do círculo do seu grupo original, do seu clã ou mesmo da sua tribo. Também, por meio do comércio e do artesanato, desenvolve-se uma aliança suprafamiliar. Do mesmo modo, a necessidade de segurança em face de tribos inimigas e dos perigos da natureza, bem como a celebração de festas religiosas e de jogos coletivos, contribuem para a formação das primeiras comunidades mais extensas.

20. 7. No interior de quase todas as sociedades arcaicas o *culto dos ancestrais desempenha um papel decisivo* para a formação de instituições de dominação. Particularmente na antiga China, na Roma da Antiguidade mas também nas tribos africanas, o culto dos ancestrais está intimamente ligado ao *status* de uma família, bem como à sua hierarquia interna. A autoridade para impor o direito consuetudinário está do mesmo modo ancorada em grande medida no culto dos ancestrais; aquele que não obedece às leis da tribo é punido pelos ancestrais. A magia e a religião têm igualmente as suas raízes no culto dos ancestrais. Juntas elas servem para que o líder amplie uma dominação aceita e se previna contra motins internos.

§ 3. OS ESTÁGIOS DA EVOLUÇÃO DA COMUNIDADE ESTATAL

Bibliografia

a) Autores clássicos

Aristóteles. *Politik* (Política). Trad. al. e org. por O. Gigon, 2.ª ed., Zurique/Stuttgart, 1971.
Geng Wu. *Die Staatslehre des Han Fei* (A teoria do Estado de Han Fei). Viena, 1978.
Khaldûn, I. *The Muquaddimah*. Trad. ingl. F. Rosenthal. 3.ª ed., Princeton, 1974.

b) Outros autores

Böckenförde, E.-W. Die Entstehung des Staates als Vorgang der Säkularisation (A formação do Estado como processo da secularização). In: *Säkularisation und Utopie*. E. Forsthoff zum 65. Geburtstag. (Secularização e utopia. Edição comemorativa do sexagésimo quinto aniversário de E. Forsthoff). Stuttgart, 1967, pp. 75 ss.
Deutsch, K. Gesellschaftspolitische Aspekte de Ökologie (Aspectos político-sociais da ecologia). In: *Ökologie zwischen wirtschaftlicher und sozialer Verantwortung* (Ecologia entre responsabilidade econômica e social). Berna, 1978.
Eder, K. *Die Entstehung staatlich organisierter Gesellschaften* (A formação de sociedades organizadas como Estado). Frankfurt a. M., 1976.

Ehrenberg, V. Eine frühe Quelle der Polisverfassung. (Uma antiga fonte da constituição de polis). Trad. do inglês, *Zur griechischen Staatskunde* (Sobre a ciência do Estado grego). Darmstadt, 1969.
Farer, T. J. *War Clouds on the Horn of Afrika* (Indícios de guerra no chifre da África). Nova York, 1976.
Gschnitzer, F. Stammes- und Ortsgemeinden im alten Griechenland (Casta e comunidades locais na Grécia antiga). Wiener Studien (Estudos de Viena), *Zeitschrift für klassische Philologie* (Revista de filologia clássica). Vol. 68, 1955.
Habermas, J. *Strukturwandel der Öffentlichkeit* (Mudança estrutural da esfera pública). 4.ª ed. Darmstadt, 1969.
Herrmann, J., Sellnow, I. (org.). *Beiträge zur Entstehung des Staates* (Contribuições para a formação do Estado). Berlim, 1973.
Hoebel, E. A. *The Law of Primitive Man* (A lei do homem primitivo). Cambridge, 1967.
Jessup, P. C. *Transnational Law* (A lei transnacional). Yale, 1956.
Jouvenel, B. de. *Les débuts de l'Etat moderne* (O princípio do Estado moderno). Paris, 1976.
Kammler, H. *Der Ursprung des Staates* (A origem do Estado). Colônia, 1966.
Markakis, J. *Ethiopia, Anatomy of a Traditional Polity* (Etiópia. Anatomia de um Estado tradicional). Oxford, 1974.
Mommsen, Th. *Abriß des römischen Staatsrechts* (Esboço do direito público romano). Reimpressão da edição de 1907. Darmstadt, 1974.
Robert, J. *Le Japon*. Col. Comment ils sont gouvernés (O Japão. Coleção Como eles são governados). Vol. 20, Paris, 1970.
Rostow, W. W. *The Stages of Economic Growth* (Os estágios do desenvolvimento econômico). Edição revisada. Cambridge, 1971.
Schlesinger, W. Herrschaft und Gefolgschaft in der germanisch-deutschen Verfassungsgeschichte (Dominação e partidários na história da constituição germano-alemã). 1955. In: H. Kämpf (org.). *Herrschaft und Staat im Mittelalter* (Dominação e Estado na Idade Média). Darmstadt, 1974.
Schwägler, G. *Soziologie der Familie*. Ursprung und Entwicklung (Sociologia da família. Origem e evolução). 2.ª ed., Tübingen, 1975.
Wyrwa, T. *Les républiques andines* (As repúblicas andinas). Coll. Comment ils sont gouvernés (Como eles são governados). Vol. 23. Paris, 1972.
Zimmer, H. *Les Philosophies de l'Inde* (As filosofias da Índia). Paris, 1978.

§ 3. OS ESTÁGIOS DA EVOLUÇÃO DA COMUNIDADE ESTATAL

a) A divisão do trabalho como condição de formação da comunidade estatal

1. O homem, como vimos, é um ser inserido em uma comunidade, é um *zôon politikón*. A necessidade de viver em uma comunidade pode conduzir a diversas formas de comunidades: à formação de famílias e de clãs, de associações de amigos, de alianças federativas suprafamiliares não-estruturadas, ou à formação de um Estado dotado de poder político. Aqui interessa-nos, sobretudo, quais são as causas que levam à formação de alianças políticas suprafamiliares. Nesse contexto não se pode deixar de mencionar a necessidade que têm as comunidades de viver em paz e de sentirem-se protegidas tanto interna quanto externamente. A tranqüilidade interna não se realiza apenas pela proteção dos bens de cada membro e pela imposição de uma ordem rígida que impede a luta de todos contra todos. Da comunidade constituída com a finalidade de proteger contra o exterior, desenvolve-se com o tempo uma verdadeira comunidade solidária, na qual cada um depende do outro. Este vínculo de pertencer a uma mesma comunidade se constitui e fortalece pela crescente divisão de trabalho entre as famílias. O grau desta divisão de trabalho define, pois, também de modo essencial o desenvolvimento posterior do Estado. Os Estados, de acordo com o grau de evolução da sociedade e da divisão de trabalho, são estruturados de modo diverso. A seguir trataremos dessa relação recíproca entre divisão de trabalho e desenvolvimento estatal em detalhes.

2. Quando Robinson Crusoé buscou refúgio em sua ilha solitária, ainda não se podia falar de um Estado. De início, ele se sentia completamente só nesta ilha e ainda não tivera nenhum contato com os nativos, que somente descobriu muito mais tarde. Com os animais, que ele domesticou, não poderia formar um Estado. Este pressupõe uma comunidade de vários seres dotados de razão, que dependem uns dos outros e têm o sentimento de pertencer a uma comunidade.

3. Os animais não se agregam a uma comunidade por sua própria decisão. Ou eles cuidam isoladamente da sua subsistência ou, em razão de seu instinto, se organizam na hierarquia de um bando ou então de uma comunidade maior – por exemplo, os térmites. Além disso, os animais não têm a capacidade de desenvolver uma consciência de comunidade em si, de se identificar e se submeter aos interesses da comunidade. Certamente, conhecemos entre os animais verdadeiras ordens hierárquicas que, na maioria das vezes, são estabelecidas por meio da seleção dos mais fortes. Todavia, as ordens hierárquicas no interior de comunidades estatais, como ainda veremos, não repousam unicamente sobre o direito do mais forte, mas, dentre outras razões, também sobre sua capacidade de defender os interesses da comunidade, bem como sobre a disposição dos membros desta comunidade de se submeterem a esses interesses. "Pois é próprio do homem, em oposição a outros seres vivos, ser o único a distinguir o bem do mal, o justo do injusto, e assim por diante" (Aristóteles, Livro 1, 1253 a).

4. Além disso, os animais não podem se comunicar entre si na mesma escala em que fazem os homens e, desse modo, estabelecer ou alterar regras (normas) para a organização da vida em comunidade, fundada na divisão de trabalho, pois os animais não possuem uma língua desenvolvida, por meio da qual possam expressar e divulgar relações complexas. Por conseguinte, não se pode lhes dar quaisquer ordens complicadas e de alcance geral, como as que já existem no direito consuetudinário das sociedades arcaicas. Para tanto falta aos animais a capacidade do pensamento abstrato. Eles são incapazes de estabelecer uma relação do particular ao geral, e do geral ao particular. Esta capacidade é, porém, imprescindível para a aplicação de normas gerais em uma sociedade. A proibição do incesto, por exemplo, só pode ser pensada quando alguém é capaz de compreender abstratamente noções como mãe, filha, marido, mulher, irmão, irmã, tio, tia e aplicá-las a situações concretas. O culto dos ancestrais, que foi tão decisivo para o desenvolvimento

§ 3. OS ESTÁGIOS DA EVOLUÇÃO DA COMUNIDADE ESTATAL

da estrutura da sociedade na China, ou as obrigações que o marido, a mulher ou os familiares assumem no matrimônio, pressupõem as seguintes faculdades: comunicar-se pela língua, abstrair pelo pensamento e tomar decisões por si só.

5. Muitas vezes, utiliza-se em sentido figurado a expressão "Estado de térmites", mas, com isso, não se designa de modo algum um Estado com instituições capazes de tomar decisões. Os térmites são insetos certamente programados para viver em comunidade, mas não podem decidir livremente nem sobre a forma de sua união, nem sobre a sua própria filiação a ela.

6. *O Estado é, portanto, uma ordem estabelecida pelos homens e dirigida a eles. Ele pressupõe a razão, a capacidade de comunicar-se por meio de uma língua e o poder de tomar decisões.*

7. Por conseguinte, Robinson não podia fundar em sua ilha uma comunidade estatal com os animais. Ele também não podia constituir um Estado com os nativos, que vez ou outra chegavam à ilha, e dos quais, de início, nada sabia; pois, uma vez que ele vivia totalmente isolado, não havia a possibilidade de se desenvolver uma comunidade estatal.

8. Esta situação, contudo, modificou-se de modo decisivo a partir do momento em que Sexta-Feira introduziu-se no ambiente em que Robinson vivia. Ambos tiveram de desenvolver certas regras fundamentais de convivência e chegar a um acordo em relação a elas. Juntos conseguiram superar o seu destino com base na parceria fundada na igualdade de direitos ou na relação entre chefe e subordinado.

9. Nessa ocasião manifestou-se um outro traço típico do ser humano: simpatia e antipatia determinam a vida em comum. Estes dois homens, expostos ao infortúnio, tentavam, juntos, enfrentar o seu destino; pois unia-os exatamente *a mesma sorte*, quer dizer, *a vontade de sobreviver na ilha*. No início, eles ainda não conseguiam se comunicar por meio da língua, mas um procurava entender o outro. O destino comum exigia de ambos solidariedade e confiança.

10. Pouco tempo depois, eles chegavam a um acordo sobre uma *determinada divisão de trabalho*. Um vai caçar, o outro monta guarda; um cultiva o solo, o outro constrói a cabana. Um cuida do fogo, o outro prepara a refeição. Portanto, cada qual trabalhava simultaneamente para si e para o outro. Uma tal comunidade, fundada na divisão do trabalho, pressupõe que um possa confiar no outro; ela só é possível baseada na confiança mútua. Se Robinson não pudesse confiar em Sexta-feira, ele mesmo teria necessidade de montar guarda, caçar, preparar a refeição, bem como lavrar o campo. A divisão do trabalho trouxe um certo alívio e propiciou a cada um empregar as suas capacidades mais desenvolvidas.

11. As diferentes capacidades e interesses, a necessidade de uma vida em comunidade e a ligação a um mesmo destino uniram, portanto, os dois homens. As primeiras comunidades humanas surgiram, provavelmente, de modo semelhante. Todavia, não podemos negligenciar o fato de que a história de Daniel Defoe (1659-1731), escrita no espírito liberal do século XVII, conta o destino de uma sociedade constituída exclusivamente por homens. Para a evolução das primeiras sociedades humanas, *as relações entre ambos os sexos* e, por conseguinte, *as relações familiares* tiveram, sem dúvida, um significado muito maior. Estes vínculos familiares constituíram a base das primeiras ordens hierárquicas, mas repousavam menos sobre uma ligação de destinos racional, conscientemente desejada e apreciada, que, muito mais, sobre o impulso de reprodução e autoconservação, bem como sobre o vínculo emocional e sexual entre o homem e a mulher e as relações entre pais e filhos; daí resultaram as relações comunitárias de famílias, famílias alargadas e, em parte, também de tribos.

12. A *família alargada* originou praticamente em toda parte a comunidade tribal, da qual, pouco a pouco, se desenvolveu, via de regra, por meio da coação da tribo mais forte, uma verdadeira organização estatal. Isto vale tanto para o Japão (J. Robert, pp. 220 ss.) e os Estados africanos quanto para a Europa, a China ou a Austrália e América do Sul (por exemplo, para o Império Inca, T. Wyrwa, pp. 13 ss.). O modelo para a formação dos primeiros elementos de dominação foi, certamente, o domínio através da mãe, do pai ou dos mais velhos na família alargada. Tal como na família, o objetivo era a proteção dos membros da comunidade por meio da defesa diante dos perigos externos e da garantia da divisão de trabalho.

13. Intimamente vinculados com a dominação estão, certamente, desde tempos remotos, a religião, o culto dos antepassados e a magia. O líder procurava legitimar a sua dominação fazendo referência ao direito divino. Na qualidade de representante de Deus podia, conseqüentemente, reivindicar muito poder sobre os outros homens. Este respaldo do poder sobre forças sobrenaturais, contudo, conduzia freqüentemente ao abuso de poder.

14. Além disso, as *condições geográficas* foram decisivas para o desenvolvimento das primeiras comunidades estatais. Regiões montanhosas, por exemplo, favoreciam a formação de pequenas comunidades que, raramente, precisavam se defender de inimigos externos. Por conseguinte, não necessitavam de um exército central que só podia ser mantido com grande carga tributária. Desse modo, podiam se voltar muito mais para os problemas da justa regulamentação interna da ordem comunitária. De modo totalmente diverso deu-se a formação de comunidades estatais em grandes regiões planas. Estas comunidades tinham de se proteger continuamente contra inimigos invasores, fato que exigia um exército forte, uma administração central e uma liderança rígida e que, por conseguinte, conduziu a formas de poder diversas daquelas das pequenas comunidades em regiões montanhosas fechadas e protegidas (por exemplo, as *pólis* gregas).

b) Os estágios de desenvolvimento do Estado

15. Em sua obra *The Stages of Economic Growth* (Os estágios do desenvolvimento econômico), que se tornou famosa nos anos 60, o economista Walter W. Rostow procurou apresentar os diferentes estágios de desenvolvimento econômico de uma sociedade. Estágios de desenvolvimento similares podemos constatar nos Estados. Mesmo que o desenvolvimento em cada uma das regiões da terra ocorra de modo diverso tanto temporal quanto espacialmente, é possível constatar certos pontos essenciais comuns. Nesse sentido, certamente tanto as instituições sociais, como a família e as ligações com a religião etc., quanto as relações econômicas – por exemplo, o grau de autonomia da família ou do clã e o estágio de desenvolvimento correspondente da divisão de trabalho – desempenham papel fundamental. Por fim, o desenvolvimento do Estado também é determinado pelo meio ambiente, por exemplo, pelas condições geográficas e climáticas.

1. *Primeiros esboços de formação de uma comunidade no interior de uma população que vive da caça e da colheita; democracia anárquica*

16. Já no primeiro estágio de desenvolvimento econômico dos caçadores e coletores encontramos as primeiras formas de comunidades interfamiliares. Famílias diferentes se unem em grupos e formam uma comunidade de aldeões ou um grupo de nômades. Estes grupos são liderados por um chefe, cuja posição é reconhecida em função de suas aptidões. Muitas vezes encontram-se também esboços de um conselho. Uma vez que os mais velhos lideram as suas famílias e estão desvinculados do trabalho diário ligado à casa ou ao campo, podem, juntamente com outros chefes de famílias, deliberar sobre o destino da comunidade suprafamiliar. Este fato gera o desenvolvimento das primeiras assembléias democráticas.

Tanto o líder quanto o conselho dos anciãos precisam, antes de tudo, cuidar da defesa externa, dirimir os conflitos internos e punir membros do grupo que não se comportam

§ 3. OS ESTÁGIOS DA EVOLUÇÃO DA COMUNIDADE ESTATAL 37

com correção. Pouco a pouco desenvolvem-se as primeiras normas jurídicas a partir de convicções religiosas e morais. De resto, esses grupos como tais ainda são, contudo, pouco estruturados. Se o líder perde o reconhecimento do grupo, é substituído por um novo membro.

17. O tamanho de cada comunidade de aldeões depende das possibilidades de alimentação. Se há alimento suficiente, formam-se comunidades maiores. Se há falta de alimento, algumas famílias ou grupos de famílias se separam e se estabelecem em uma região mais ou menos próxima. Surge, desse modo, uma comunidade tribal com os mesmos costumes e parentescos.

18. Por conseguinte, decisivas para a formação dos primeiros grandes grupos suprafamiliares foram, ao que tudo indica, a necessidade tanto para o indivíduo quanto para a família de viverem em uma comunidade fundada na divisão de trabalho e, além disso, a necessidade de se protegerem contra perigos externos e de regularem em comum conflitos interfamiliares. Os grupos suprafamiliares ainda não possuíam instituições políticas estáveis; ao contrário, ainda eram amplamente anárquicos.

2. O surgimento de comunidades territoriais compostas de agricultores; o desenvolvimento do Estado tribal

19. O segundo estágio de desenvolvimento de uma sociedade é determinado pela cultura regular do solo por agricultores sedentários. Uma vez que desejam preservar e proteger a base de sua alimentação e agora também dispõem de meios próprios para tal, nascem as primeiras delimitações territoriais, as primeiras concepções de propriedade ligadas ao solo, assim como os direitos de dominação correspondentes. Chega-se às primeiras estruturas políticas estáveis.

20. Um elemento contribui essencialmente para o desenvolvimento de estruturas políticas estáveis: a maior complexidade das relações sociais, agora marcadas pela propriedade do solo e pelas primeiras formas de uma sociedade de troca baseada na divisão do trabalho, que faz crescer o sentimento de dependência e a necessidade de proteção do indivíduo e das famílias. É correto considerar este segundo estágio de evolução de uma sociedade como o ponto de partida do desenvolvimento do Estado moderno (Th. Mommsen, pp. 1 ss.).

21. No entanto, é interessante constatar que já nesse estágio de evolução da sociedade se desenvolveram claramente estruturas políticas totalmente diversas. Enquanto, por um lado, os pressupostos para um despotismo absolutista eram criados, por outro, encontramos na *pólis* da Grécia antiga os primeiros esboços de um verdadeiro desenvolvimento democrático. Quais são pois as causas para o surgimento de instituições políticas tão distintas?

22. Pode-se admitir que já nas culturas democráticas rudimentares, constituídas por caçadores e coletores, diferentes tipos e estruturas de dominação já haviam se desenvolvido. Uma vez conquistado ou obtido o poder, o homem procura geralmente conservá-lo sob quaisquer circunstâncias e, se possível, ampliá-lo. O líder de uma comunidade procura estender sua dominação aos seus herdeiros e à sua família, e eventualmente nem mesmo se sente obrigado a colocar à prova suas qualidades e capacidades, mas, ao contrário, exige obediência absoluta. Muitas vezes, recorre às tradições mágicas e religiosas para se apresentar como uma pessoa dotada de capacidade e força sobrenatural, que está em estreito contato com a divindade.

23. Tão logo o papel de liderança do chefe é assegurado, os eventuais esboços de uma democracia – por exemplo, os conselhos dos anciãos – são destruídos e lançados os *fundamentos para um poder feudal cada vez mais centralizado*. Este tipo de evolução encontramos, sobretudo, na antiga China, no Egito, na Índia e no Japão.

§ 3. OS ESTÁGIOS DA EVOLUÇÃO DA COMUNIDADE ESTATAL

24. As instituições de dominação limitavam-se, de início, sobretudo, a *dirimir os conflitos entre os indivíduos* e entre os clãs, enquanto a vingança entre clãs não era institucionalizada, bem como a exercer a jurisdição e proteger a tribo contra os perigos externos. A autonomia dos clãs e das famílias ainda era tão grande que estes ainda conseguiam se esquivar em grande medida da influência da dominação tribal. *O chefe da família dispunha sobre os seus*, contra os quais podia aplicar sanções que iam até a pena de morte; direito este que ainda por longo tempo se manteve no direito romano sob a forma do direito de vida ou de morte (*ius vitae ac necis*) do chefe da família. As respectivas estruturas familiares devem ter influenciado fortemente a forma de dominação tribal. Aristóteles, por exemplo, compara o rei com o bom pai de família. "... assim, compete ao homem governar a mulher e os filhos; nos dois casos, como a seres livres, mas não da mesma maneira: sobre a mulher como um estadista e sobre os filhos como um príncipe" (Aristóteles, Livro I, 1259 a-b). Entre os germanos na Antiguidade, as designações para o líder da tribo eram as mesmas que as para o chefe de família.

25. Se as pequenas tribos não se sentiam suficientemente fortes em face dos inimigos invasores, buscavam abrigo em agrupamentos maiores. A estrutura destes agrupamentos superiores podia ser muito frouxa (por exemplo, o Império alemão na Idade Média). Em muitos casos, príncipes de pequenas comunidades também conseguiram tomar para si o poder sobre todo o agrupamento e destituir os outros chefes tribais (por exemplo, na França ou na China). Os antigos chefes das tribos eram freqüentemente reduzidos a meros funcionários administrativos que, no entanto, apoiavam o líder se e quando gozavam de sua benevolência e podiam usufruir os privilégios que lhes eram concedidos. As tribos mais fortes, por sua vez, freqüentemente tentavam anexar novos territórios e submeter outras tribos à sua dominação. Em certas regiões, o poder feudal assumiu então a forma de poder escravagista quando os inimigos vencidos eram inseridos na sociedade como escravos. No interior da tribo o líder tentava, em geral, favorecer a sua família em relação aos outros membros da tribo. Estes membros da família apoiavam, em contrapartida, o príncipe, de quem recebiam determinados territórios que podiam administrar e graças aos quais, impondo impostos e tributos ao povo, enriqueciam.

26. Os habitantes de uma região eram protegidos pelo senhor do respectivo território, ao qual, em contrapartida, deviam obediência. O poder original do chefe de família se expande, assim, para a grande aliança. Desse modo, por exemplo, surge entre os germanos a hierarquia, fundada no direito feudal, tendo o rei como o mais alto senhor feudal (cf. W. Schlesinger).

27. Se a dependência dos vassalos era grande em relação ao seu senhor feudal, este freqüentemente procurava reforçar essa dependência, por exemplo, aumentando os impostos, com a finalidade de consolidar a sua dominação. Um típico exemplo desse procedimento ocorria na Etiópia até pouco tempo atrás com o imperador Hailé Selassié (J. Markakis). Se os camponeses não tivessem condições de pagar entre 70% e 80% de impostos sobre seus já tão magros rendimentos, eram simplesmente expropriados e tornados empregados ou escravos do senhor feudal.

3. A evolução de uma ordem econômica fundada na divisão do trabalho; o surgimento do Estado territorial moderno

28. O desenvolvimento ulterior do Estado é marcado progressivamente pela fundação de cidades. Estas nascem ao longo das rotas de comércio em locais propícios ao tráfego, ou são fundadas por príncipes e reis com a finalidade de

§ 3. OS ESTÁGIOS DA EVOLUÇÃO DA COMUNIDADE ESTATAL

proteger as fronteiras, de assegurar as vias de trânsito militar ou constituir a sede de sua justiça. Nestas cidades desenvolvem-se relações de poder verdadeiramente ligadas ao território. Os membros de diferentes tribos e de religiões e concepções jurídicas diversas vivem juntos sob uma mesma dominação. Esta, com freqüência, não se apóia nem se justifica mais por meio da religião de uma tribo. As diferentes religiões passam, então, a ser consideradas equivalentes (Roma e Grécia).

29. O *círculo de autonomia* socioeconômica das famílias *se restringe,* razão pela qual estas dependem cada vez mais da comunidade e de sua produção. A família alargada também não possui mais o mesmo significado. Em contrapartida, a posição do indivíduo se fortalece.

30. Direito e dominação vinculam-se cada vez menos à tribo e cada vez mais ao *território* da cidade. As ligações do indivíduo com a grande aliança de famílias se afrouxam e, em contrapartida, se fortalece a sua dependência com relação ao Estado superior, em parte em razão da divisão crescente do trabalho.

31. A cidade não deve oferecer tão-somente proteção; deve também prestar certos *serviços à comunidade*: construir, por exemplo, estradas, muralhas em torno da cidade, um sistema de abastecimento de água, banhos públicos, hospitais (originariamente o lazareto na entrada da cidade), bem como cunhar moedas. Em suma: ao lado da pura tarefa de proteção, o Estado assume um número crescente de prestações de serviços no interesse da comunidade.

32. O *interesse geral*, o bem comum ou o interesse público alcançam, assim, uma importância cada vez maior. A dependência gradativa em relação aos serviços do Estado tem, na maioria das vezes, uma ligação direta com a ampliação da centralização e da burocracia. Enquanto no âmbito do Estado tribal os membros da família da tribo dominante podem administrar certos territórios com autonomia, a ampliação da burocracia exige uma certa especialização. As tarefas e os cargos não são mais distribuídos apenas em função do fato de se pertencer a uma família, mas sim em função das aptidões particulares. Este fator conduziu ao desenvolvimento do funcionalismo público, um traço essencial do Estado moderno. Em íntima ligação com a constituição do funcionalismo encontra-se a formação de um exército permanente, por meio do qual os príncipes conquistam outros países e defendem o seu território. O exército não é mais, como no Estado tribal, composto por um grupo mais ou menos aleatório de voluntários, mas por soldados de profissão.

33. O desenvolvimento de serviços públicos, de uma burocracia estatal, de um corpo de funcionários públicos e de soldados, bem como o nascimento de uma *consciência comunitária*, marcada pelo novo conceito de interesse público, são características desta terceira fase do desenvolvimento do Estado e, em condições sociais comparáveis, podem ser encontradas e se assemelham praticamente em toda parte: assim, no Estado romano na época de Cícero, na França do século XVI, na Inglaterra do século XV, no Império Otomano e na China.

34. Este desenvolvimento vem acompanhado de um *aumento sensível do poder* do soberano interna e externamente. O absolutismo francês, o Império Otomano, a Inglaterra sob o reinado de Elisabeth I e a China sob a dinastia dos Ming são prova deste fato. Essa ampliação de poder cresce com a dependência dos cidadãos em relação ao Estado, pois dependência gera poder. Por isso, é nesta fase de desenvolvimento do Estado que se trava uma luta sem precedentes pela conquista do poder.

35. Enquanto os príncipes europeus procuravam consolidar externamente o seu poder, lutando especialmente contra a Igreja e, interiormente, contra uma nobreza que havia fortalecido a sua posição, os líderes de outros Estados estavam em condições de colocar tanto a Igreja quanto os seus sacerdotes (por exemplo, os astecas) e mesmo a religião

§ 3. OS ESTÁGIOS DA EVOLUÇÃO DA COMUNIDADE ESTATAL 43

(China, Constantina e o Islão) a serviço de sua dominação. A expansão do poder permitia ao soberano intervir diretamente na esfera de dominação do pai de família ou do chefe do clã e submeter diretamente os membros da família à dominação do Estado. A união das famílias transforma-se progressivamente em união de Estado, que passa a representar não apenas as diferentes famílias, mas também todo o povo.

36. Nesse estágio de formação do Estado, um outro elemento característico é o surgimento dos primeiros esboços de uma verdadeira legiferação. Certamente, o Islão, por exemplo, não admite uma legiferação que desenvolva o Corão, visto que para os muçulmanos este representa a lei única, perene e imutável. Contudo, os califas do Império Otomano se vêem obrigados a editar regras de alcance geral sobre o comportamento de seus súditos. As leis da China se aplicam, segundo a escola legalista, tão-somente ao povo, mas não à nobreza, que só está vinculada aos ritos. No entanto, não deixam de ser precursoras das leis modernas, visto que são aplicáveis indistintamente ao povo em geral, segundo o princípio da igualdade. "A lei contém ordens e disposições que são anotadas pelas autoridades competentes. Ela deve prever sanções e recompensas para o povo: recompensas para a observância das leis e sanções em caso de infração das leis" (Han-Fei, cap. 17, § 43, cit. em Geng Wu, p. 29). Leis nesse sentido encontramos igualmente nos Estados europeus no final da Idade Média e na Renascença. Elas contêm, por exemplo, normas morais, como nos estatutos das corporações de ofício das cidades medievais; determinam os direitos e os deveres dos soldados e oficiais, regulamentam o procedimento perante os tribunais assim como os deveres dos cidadãos em relação ao rei e seus funcionários.

37. Com isso atendem-se as exigências de uma *ordem social mais complexa*. Se até então o direito era em grande medida consuetudinário, desenvolvido progressivamente em estreita ligação com convicções religiosas e morais e representações mágicas, o Estado, isto é, o soberano, não precisa mais apenas revelar o direito, mas pode, agora, também criá-lo. Por meio das leis ele regula e estrutura a ordem social. De juiz supremo ele passa a legislador supremo.

38. Uma outra característica do desenvolvimento do Estado nesse estágio é a *divisão hierárquica em muitos estamentos sociais*. Na China formavam o estamento mais alto as famílias que tinham de observar apenas os "ritos", mas não as leis, e que gozavam de privilégios em relação ao povo em geral. Na Europa, eram a nobreza e o clero que possuíam vantagens em relação à burguesia; no Império Romano, os patrícios, os nobres e os senadores gozavam de privilégios em relação à plebe que não tinha praticamente nenhum tipo de direito. Em toda parte a nobreza está fortemente ligada ao rei e à realeza, possui no entanto também privilégios especiais – por exemplo, privilégios religiosos. Enquanto os muçulmanos – tal como escreve Ibn Khaldûn (pp. 191 ss.) – nos tempos mais remotos desconheciam diferenças de hierarquia social entre as famílias, os seus reis distribuíram posteriormente, ao longo e à medida que expandiram seu poder, cargos e privilégios especiais às famílias que lhes eram mais próximas, fato que resultou no aparecimento de uma verdadeira aristocracia de funções e cargos. O califa, que devia representar a lei de Maomé, foi dotado de uma autoridade real; os cargos de vizir, de mufti, de guardião das portas reais, que devia manter o povo afastado do rei, de ministro das finanças, de escriba e de chefe de polícia da cidade eram apenas concedidos às famílias que apoiavam o soberano.

39. De um lado, portanto, os nobres tinham de apoiar o rei nos seus esforços de expandir o seu poder e exercer os seus cargos no interesse do rei. Por outro lado, eles certamente também zelavam por *conservar as suas prerrogativas* e, se possível, por ampliá-las. Se o rei era forte, a nobreza recorria a ele para se proteger das exigências do povo (por exem-

§ 3. OS ESTÁGIOS DA EVOLUÇÃO DA COMUNIDADE ESTATAL

plo, na Rússia); se o soberano era fraco, a nobreza restringia-lhe os direitos (na Inglaterra) ou reforçava a sua posição em seu próprio território, independente do reino.

4. O Estado na sociedade industrial complexa, o Estado organizado em partidos e o Estado legislador

40. O Estado territorial formou-se, em diversas épocas, em conformidade com o desenvolvimento econômico e social (por exemplo, o Império Romano e os Estados europeus). O Estado moderno, organizado racionalmente em partidos e legiferante, desenvolveu-se apenas mais tarde em razão da industrialização.

41. A industrialização dos séculos XVIII e XIX fortaleceu a divisão de trabalho na economia, diminuindo, com isso, ao mesmo tempo, ainda mais a autonomia da família, o que acentuou a dependência do indivíduo em relação à comunidade e aos empregadores. Muitos empresários abusaram desta dependência econômica de classes sociais inteiras; isso provocou, no final do século XIX e início do século XX, uma polarização entre empregados e industriais. Nessa época, a autonomia econômica da família desaparece praticamente por completo. Os camponeses, cujos rendimentos eram ínfimos, e que dependiam dos seus senhores protetores ou de sua família alargada, sentiam-se atraídos pela cidade e sua liberdade. Nas cidades tinham de viver amontoados em casas miseráveis e ganhar duramente o seu pão, trabalhando em uma indústria. Visto que os rendimentos do pai eram insuficientes, a mulher e os filhos também tinham de trabalhar. Assim que as crianças alcançavam a adolescência, tinham de sair da casa dos pais e trabalhar para garantir o seu próprio sustento, já que a família mal podia reunir dinheiro para manter todos os membros. Foi assim que gradualmente nasceu a *pequena família* que somente subsiste se o pai e a mãe são capazes de trabalhar. Se envelhecem ou adoecem, ninguém poderá mantê-los. Fome e miséria são as conseqüências deste desenvolvimento.

42. À comunidade são então transferidas novas tarefas que, em épocas precedentes, podiam ser cumpridas exclusivamente pela família alargada. O Estado não devia apenas proteger os homens contra os perigos internos e externos e garantir a divisão de trabalho segundo o princípio jurídico da boa-fé, mas, uma vez que a pequena e mal remunerada família não podia responsabilizar-se mais por seus membros doentes, velhos e desempregados, o Estado teve de assumir a proteção das condições de existência dessas pessoas instituindo a seguridade social. Além disso, o Estado teve de intervir para evitar os abusos decorrentes de uma dependência crescente entre os homens e a exploração dos trabalhadores. Por fim, ele se viu progressivamente obrigado a intervir no próprio *desenrolar do processo econômico*, a fim de impedir o desemprego súbito, proteger ramos econômicos importantes e ameaçados em sua existência, conter a desvalorização da moeda e assegurar o abastecimento da comunidade com bens de primeira necessidade. A garantia do bem-estar do homem passa desse modo a constituir para o Estado uma tarefa nova e primordial ao lado da sua função de proteção.

43. Se no Estado feudal a relação de dependência entre os servos e os seus senhores era predeterminada pela hierarquia social, na época industrial a relação entre os trabalhadores e empregadores é regulada pelas *relações muitas vezes de luta entre os parceiros sociais, reunidos em sindicatos e associações de empregadores* (cf. § 31). O Estado tem a tarefa de mediar como árbitro entre os parceiros sociais. Além disso, importantes medidas tomadas pelo Estado sofrem influência dos interesses dos parceiros sociais. O Estado "soberano" não se encontra mais do lado de uma hierarquia social; ele deve, muito mais, comprovar a sua competência no contexto dos debates e conflitos sociais. Por outro lado, a *dependência existencial crescente* do indivíduo em relação ao Esta-

§ 3. OS ESTÁGIOS DA EVOLUÇÃO DA COMUNIDADE ESTATAL 47

do e ao empregador leva a uma *necessidade cada vez maior de liberdade e democracia*. É por isso que a idéia dos direitos à liberdade e à democracia só pôde se impor e prosperar especialmente nesse estágio de desenvolvimento do Estado.

44. É indiscutível que a expansão da industrialização forneceu também o germe para a *evolução em direção a um Estado totalitário*. No centro desse debate não se situavam mais a manutenção ou o desdobramento do poder de certas famílias no Estado. O interesse público não se limita mais à proteção do homem e à garantia de certos serviços públicos. O problema central torna-se a divisão justa de bens, assim como a questão de saber se, como e em que medida o próprio Estado deve assumir a repartição de bens entre os ricos e os pobres.

45. A *centralização do poder* possui igualmente estreita ligação com a industrialização. Os pequenos Estados agrários e os principados dos séculos XVII e XVIII não tinham condições de atender às novas tarefas do Estado. Eles tiveram de ceder à pressão para a fundação de grandes Estados nacionais industriais. A união aduaneira e, a seguir, a formação do Império alemão, a fundação da Itália, bem como o surgimento dos Estados Unidos no século anterior, foram uma conseqüência desse novo desenvolvimento.

46. A expansão do poder do Estado, que ainda era facilitada pelos meios de comunicação de massa, conduziu a *contra-reações*, visando vincular o poder ao povo. A *separação dos poderes*, a *democratização* e a *socialização* eram então o lema. Uma vez que já não se desejava confiar esse poder a um único rei, nas democracias burguesas vinculou-se o poder do Estado mais e mais ao parlamento democraticamente eleito. Em contrapartida, os partidos comunistas desejavam ir além e democratizar não apenas o poder do Estado, mas também o poder econômico. É por esse motivo que exigem a estatização da economia e, simultaneamente, a submissão do Estado à vontade da classe dos trabalhadores. Que isto conduziu a um novo centralismo totalitário, exercido pelos secretariados não-democráticos do partido nos Estados comunistas atuais, é um fato que intencionalmente se omite (cf. § 23).

47. A democratização progressiva e a necessidade de adaptar as medidas do Estado às condições econômicas, que se modificam constantemente, tornam cada vez mais importantes as *tarefas legislativa e de planejamento* do Estado, ao lado de sua atividade jurisdicional tradicional. As leis devem dirigir o Estado e o povo. Desta maneira, fortalece-se a *influência exercida pelas assembléias democráticas*, por exemplo os parlamentos. Visto que estas assembléias têm um funcionamento muito lento para poderem se pronunciar cotidianamente acerca das inúmeras decisões particulares indispensáveis, elas podem influenciar e dirigir a atividade do Estado apenas por meio de leis gerais (cf. a esse respeito § 28).

48. As múltiplas relações de dependência, nas quais o homem se viu envolvido nessa sociedade moderna fundada na divisão de trabalho, obrigam os Estados a editar inúmeras leis que devem ordenar as malhas cada vez mais estreitas da rede das coerções externas e garantir ao ser humano ao menos uma *pequena margem de liberdade*.

49. Assim, o Estado não tem mais como única tarefa proteger o *direito e a liberdade*, mas *deve além disso criar as condições para a liberdade*, isto é, criar as chamadas zonas de liberdade para os homens. Na teoria geral do Estado marxista, a tarefa emancipatória do Estado e do direito constitui um tema central. Mas também os legisladores dos regimes ocidentais sentem-se obrigados a intervir repetidamente para proteger a liberdade do indivíduo ou de grupos, por exemplo, locatários, consumidores ou trabalhadores, e salvaguardar as suas possibilidades de expansão.

50. A urbanização crescente é um grande problema social com graves repercussões sobre a evolução do Estado. Nova York, Tóquio, Paris, Londres, mas também Cidade do México, Cairo, Nairóbi, Pequim, Hong-Kong, Santiago, Rio de

Janeiro, Bombaim etc. são atualmente centros de conflitos ideológicos e sociais. Nestas aglomerações humanas e industriais, e particularmente nos bairros pobres, reinam a miséria, o abandono, a indigência e o desespero. Trânsito caótico, colapso do fornecimento de água e de eletricidade, greves etc. paralisam a vida nessas cidades. Cada qual luta por si e contra todos a fim de assegurar a sobrevivência. Essas cidades praticamente já não são governáveis; a autonomia econômica de seus habitantes é aqui muito mais reduzida do que em qualquer outro lugar; a comunicação entre os homens já é, por assim dizer, impossível em face dos problemas de trânsito, embora todas essas pessoas vivam lado a lado em um espaço muito reduzido. São cidades nas quais a anarquia e a revolução encontram um terreno propício.

51. Os Estados só têm condições de dominar tais evoluções se intervierem para organizar, governar, proteger, distribuir e fornecer serviços. No entanto, com isso, incha-se o *aparelho administrativo*, freqüentemente de acordo com a dinâmica própria à lei de Parkinson. *É assim que nasce uma burocracia anônima, um Estado dentro do Estado.* Os funcionários em parte não se deixam mais controlar e desenvolvem, no exercício de seus cargos, campos de dominação próprios e tentam, em muitos casos, melhorar os seus rendimentos por meio da corrupção. Os cidadãos, por sua vez, sentem-se à mercê desse exército de funcionários, contra o qual nada podem fazer (cf. § 27/20).

52. Paralelamente ao poder da administração burocrática cresce também a força dos poderes intermediários. Nos últimos vinte anos aumentou consideravelmente a influência dos *meios de comunicação de massa*, por meio dos quais milhões de pessoas podem ser informadas em curtíssimo espaço de tempo (cf. § 32). A *concentração econômica* conduziu à formação de grandes *grupos empresariais multinacionais* que tentam atuar de forma independente da política do Estado e que, desse modo, podem influenciar consideravelmente esta política. Os sindicatos e outras associações procuram imitá-los e se organizam, a fim de se imporem também no plano internacional (cf. § 31).

5. A interdependência internacional e o declínio da autonomia dos Estados

53. A *explosão demográfica e a rarefação das matérias-primas* são, indiscutivelmente, o principal problema que se apresenta na atualidade para a comunidade internacional. Atualmente há cerca de 4 bilhões* de habitantes na terra. No ano 2020, quando os estudantes atuais estiverem no apogeu de suas carreiras, a população estará em torno de 7 ou 8 bilhões de habitantes. Hoje 20% de nossos contemporâneos dispõem de 80% das máquinas; o mesmo ocorre em relação às capacidades no domínio das ciências e das pesquisas. Desde meados dos anos 70, mais de um terço da humanidade vive em cidades; no futuro, é provável que mais da metade viverá dessa forma. Desde 1955, um em cada dois homens sabe ler e escrever; no futuro, no mais distante refúgio de uma floresta virgem, todo e qualquer homem poderá ser contado por meio de um rádio. Apesar disso, o número de analfabetos não pára de crescer.

54. Os homens de amanhã terão de solucionar problemas muito mais graves do que os dos seus antepassados. "O homem primitivo que se submete à natureza tem de aprender uma série de coisas, pois há muitas plantas, muitas árvores e muitos animais na natureza. O antropólogo Jack Roberts descobriu que os índios navajos precisam conhecer cerca de 12.000 coisas para viverem normalmente em sua cultura. O homem que deseja dominar a natureza" – tal qual o homem da época industrial – "precisa saber muito mais; ele não precisa conhecer somente aquilo que há na natureza, mas também o que se pode fazer com a natureza,

---

* Edição de 1995. (N. do E.)

§ 3. OS ESTÁGIOS DA EVOLUÇÃO DA COMUNIDADE ESTATAL

assim como a maneira de modificá-la. O homem que deseja cooperar com a natureza deve dispor de conhecimentos ainda mais amplos. Ele precisa saber tudo o que conhece o homem que se submete às leis da natureza; precisa saber tudo o que sabe o homem que domina a natureza, e precisa ainda saber muito mais sobre as possibilidades e interações recíprocas" (K. Deutsch, p. 27).

55. Esses tipos de desenvolvimentos impressionantes não deixam incólumes o Estado e a sua organização. Não sabemos ainda, no entanto, como e em que direção o Estado evoluirá. Uma coisa porém é certa: da mesma forma que, em épocas precedentes, a autonomia da família alargada retrocedeu em razão da divisão crescente do trabalho e da interdependência das famílias, pode-se constatar atualmente o desaparecimento da autonomia do Estado em favor de poderes internacionais. O fato de que um golpe de Estado em um país produtor de petróleo pode paralisar a economia de muitos países industrializados evidencia esta interdependência internacional. Além disso, o abastecimento de matérias-primas, os problemas do meio ambiente, em especial a proteção dos oceanos e mares ou a proteção de outras águas internacionais, mas também a proteção da camada de ozônio e a proteção contra as modificações climáticas pelo hidrocarboneto, obrigam necessariamente os Estados à cooperação no plano internacional.

56. Foi por isso que já se desenvolveu um novo ramo do direito que leva em conta a interdependência crescente dos Estados: trata-se do direito transnacional (P. C. Jessup). Não é necessário ser adepto do *chavão* do Estado mundial para constatar que a política externa mundial (*Weltaußenpolitik*) se transforma paulatinamente em política interna mundial (*Weltinnenpolitik*). No futuro, inúmeros centros de poder internacionais, e sobretudo regionais, influenciarão com certeza o mundo dos Estados, levando-os gradativamente a uma maior aproximação.

57. A interdependência crescente dos Estados, a concentração econômica, a rarefação das matérias-primas e os problemas do meio ambiente nos obrigarão, contudo, a controlar também os centros de poder supranacionais que, no momento, ainda são pouco ou mal controlados, de modo que estes centros concorram para o estabelecimento de uma ordem internacional justa e não criem dependências unilaterais.

58. Percebem-se também, na atualidade, correntes contrárias. O homem deseja reencontrar mais proteção no seio de "um pequeno círculo", por exemplo em seu bairro, em seu município ou em sua região. A influência do poder do Estado deve ser restringida e tarefas maiores devem ser transferidas às pequenas comunidades. A fim de que o Estado não se torne um Leviatã e oprima o homem, a família e a comunidade devem voltar a ter mais autonomia e possibilidades de auto-abastecimento. O homem inseguro tem a esperança de poder satisfazer melhor às suas aspirações, no seio de uma pequena comunidade auto-suficiente.

Capítulo 2
A imagem do homem e do Estado: ponto de partida das teorias do Estado

§ 4. A INFLUÊNCIA DA IMAGEM DO HOMEM SOBRE AS TEORIAS DO ESTADO

Bibliografia

a) Autores clássicos

Agostinho. *Vom Gottesstaat* (A Cidade de Deus). 2 vols. Org. K. Hönn, trad. al. W. Thimme. Zurique, 1955.
Hobbes, Th. *Leviathan oder Stoff, Form und Gewalt eines bürgerlichen und kirchlichen Staates* (Leviatã ou matéria, forma e poder de um Estado eclesiástico e civil). Org. I. Fetscher. Neuwied, 1966.
Kant, I. Die Metaphysik der Sitten (Metafísica dos costumes). In: vol. 6 da *Akademie Textausgabe* em 9 vols. Berlim, 1968.
____. Zum ewigen Frieden (À paz perpétua). In: vol. 8 da *Akademie Textausgabe* em 9 vols. Berlim, 1968.
Lênin, W. I. *Werke* (Obras completas). Trad. al. de acordo com a 4.ª ed. russa. Org. pelo Institut für Marxismus-Leninismus (Instituto marxista-leninista), 40 vols., 2 vols. complementares, 2 vols. de registro. Berlim., 1961 ss. Nesta obra citada *Staat und Revolution* (O Estado e a revolução). In: vol. 25, 2.ª ed., 1970.
Locke, J. *Zwei Abhandlungen über Regierung* (Dois tratados sobre o governo). Trad. al. H. Wilmanns. Halle, 1906.
Lutero, M. *Von weltlicher Obrigkeit* (Sobre a autoridade secular) . Org. D. W. Metzger, 3.ª ed., Gütersloh, 1978.
Marx, K. Das Kapital (O capital). Vols. IV-VI da edição K. Marx, *Werke, Schriften, Briefe* (Obras, escritos, cartas). Org. H. J. Lieber et alii. Darmstadt, 1960 ss.
____. Manifest der Kommunistischen Partei (Manifesto do Partido Comunista). In: vol. II da edição Karl Marx, *Werke, Schriften,*

Briefe (Obras, escritos, cartas). Org. H.– J. Lieber et al. Darmstadt, 1960 ss.

Tomás de Aquino. *Summe der Theologie* (Suma teológica). Org. Albertus-Magnus- Akademie (Academia Albertus-Magnus). Heidelberg/Graz, 1934 ss.

____. *Über die Herrschaft der Fürsten* (Do governo dos príncipes). Trad. al. F. Schreyvogel. Stuttgart, 1975.

b) Outros autores

Berggrav, E. *Der Staat und der Mensch* (O Estado e o homem). Hamburgo, 1946.

Fromm, E. *Das Menschenbild bei Marx* (Conceito marxista de homem). Frankfurt a. M., 1963.

Füsslein, R. W. *Mensch und Staat*. Grundzüge einer anthropologischen Staatslehre (O homem e o Estado. Características de uma teoria antropológica do Estado). Munique, 1973.

Guevara, E. *Le socialisme et l'homme* (O socialismo humanista). Paris, 1968.

Hocking, W. E. *Man and the State* (O homem e o Estado). New Haven, 1926.

Höffe, O. *Ethik und Politik* (Ética e política). Frankfurt a. M., 1978.

Jellinek, G. Adam in der Staatslehre (Adão na teoria do Estado). In: *Ausgewählte Schriften und Reden* (Seleção de escritos e conferências). vol. 2, Berlim, 1911 (reimpressão 1970).

Pasukanis, E. B. Für eine marxistisch-leninistische Staats – und Rechtstheorie (Para uma teoria marxista–leninista do direito e do Estado). Moscou, 1931. In: N. Reich (Org). *Marxistische und sozialistische Rechtstheorie* (Teoria do direito marxista e socialista). Frankfurt a. M., 1972.

Popper, K. R. *Die offne Gesellschaft und ihre Feinde* (A sociedade aberta e seus inimigos). 2 vols. Trad. al. P. K. Feyerabend, 4.ª ed., al. Munique, 1975.

Schnatz, H. (Org.). *Päpstliche Verlautbarungen zu Staat und Gesellschaft* (Publicações papais sobre o Estado e a sociedade). Darmstadt, 1973.

Stucka, P. I. Proletarisches Recht (Direito proletário). In: N. Reich (org.). *Marxistische und sozialistische Rechtstheorie* (Teoria do direito marxista e socialista). Frankfurt a. M., 1972.

Vysinskij, A. Ja. Zur Lage an der theoretischen Rechtsfront (Sobre a situação do *front* do direito teórico). In: N. Reich (org.). *Marxistische und sozialistische Rechtstheorie* (Teoria do direito marxista e socialista). Frankfurt a. M., 1972.

§ 4. A INFLUÊNCIA DA IMAGEM DO HOMEM

Zippelius, R. *Geschichte der Staatsideen* (História das noções de Estado). Munique, 1971.

1. Suponhamos que o homem fosse um ser incapaz de aprender, compreender ou se expressar. Tais seres não poderiam jamais formar um Estado. Para tanto necessitam-se de seres capazes de aprender e aptos a receber e transmitir informações. A atividade do Estado – por exemplo, a regulamentação da vida em comum – também só tem sentido quando compreendida e aceita pelos homens que nele vivem.

2. Até esse ponto todos os filósofos do Estado são unânimes. No entanto, divergem na avaliação dos demais traços característicos do homem, importantes para explicar o poder de dominação do Estado. Se, por exemplo, todos os homens fossem deuses ou anjos, poderiam viver livres de toda e qualquer dominação. Graças ao seu discernimento, fariam por natureza sempre o bem e se comportariam corretamente em relação aos seus semelhantes, sem terem necessidade de leis ou de coerção. Anjos não têm necessidade de um governo. Aquele que partilha desse otimismo defenderá, conseqüentemente, a abolição do Estado, uma vez que este é o mal da humanidade.

3. Do lado oposto encontramos teorias do Estado, segundo as quais o homem é mau por natureza, e que não viveria senão em estado de guerra com os seus semelhantes, se a coerção do Estado não garantisse a paz.

4. Um grupo de pensadores mais moderados vêem no homem um ser que, de modo egoísta, pretende realizar os seus interesses, mas que, por outro lado, graças à sua razão, tem condições de agir racional e espontaneamente em um âmbito limitado, defendendo os interesses gerais, quer dizer, o bem comum. Para os defensores desta escola de pensamento, o homem não consegue viver sem o Estado e sua dominação; contudo, esta dominação deve ser limitada ao estritamente necessário, de modo que deixe o homem agir livremente segundo sua razão. Nesse grupo de pensadores moderados, o espectro das concepções diferentes e das nuances é muito amplo: há desde aqueles que acentuam particularmente a razão do homem (I. Kant) até os que defendem uma imagem do homem na qual o egoísmo desempenha um papel fundamental (por exemplo, certos utilitaristas).

5. Em muitas culturas desenvolvem-se teorias do Estado segundo as quais o homem é um ser criado por Deus e deve, tal qual todas as criaturas na natureza, respeitar as leis divinas a ele destinadas. Dentre essas leis, há aquela que determina que o homem é um ser dependente de outros e que deve viver no seio de uma comunidade estatal. A dominação exercida pelo Estado é, pois, desejada por Deus e, por conseguinte, imprescindível ao homem [conferir a esse respeito, por exemplo, Tomás de Aquino (1225-1274)].

6. A seguir, tomando-se alguns exemplos escolhidos dentre os diversos expoentes de diferentes escolas de pensamento, desejamos examinar a relação entre a concepção de homem e a teoria do Estado. Em oposição às concepções de homem da antiga filosofia chinesa do Estado já expostas (2/9 ss), as concepções de homem extraídas da filosofia européia do Estado, que serão apresentadas em seguida, estão fortemente marcadas pelo pensamento cristão. Como ponto central ou pano de fundo dessas reflexões existe, consciente ou inconscientemente, um Adão paradisíaco ou um Adão afastado, corrompido pelo pecado original, e que vive em estado de guerra com os seus semelhantes (Th. Hobbes) ou alienado pelo capitalismo (K. Marx).

a) Guerra de todos contra todos
(Th. Hobbes)

7. "De modo que encontramos na natureza do homem três causas principais de conflito: primeiro, a competição; segun-

§ 4. A INFLUÊNCIA DA IMAGEM DO HOMEM 57

do, a desconfiança e terceiro, a ambição. A primeira leva os homens a atacar os outros tendo em vista o lucro; a segunda, a segurança; e a terceira, a reputação. Os primeiros, usam a violência para se tornarem senhores de outros homens e suas mulheres, filhos e rebanhos; os segundos, para defendê-los; e os últimos, por bagatelas, por exemplo por uma palavra, um sorriso, uma opinião divergente... Com isto evidencia-se que, enquanto os homens vivem sem um poder comum capaz de mantê-los sob controle, encontram-se naquela condição a que se chama guerra; e esta guerra é uma guerra de todos contra todos" (Th. Hobbes, Primeira parte, cap. 13).

8. Somente um poder rigoroso, ordenador e conciliador das querelas entre os homens pode afastar esta guerra de todos contra todos. Visto que os homens temem, acima de tudo, a morte violenta, em razão da conservação da própria existência, estão interessados em aceitar uma ordem que traga a paz. Esta ordem não se pode realizar tão-somente com leis, "e contratos sem espadas são meras palavras e não possuem força para oferecer qualquer segurança a alguém" (Th. Hobbes, Segunda parte, cap. 17). É por essa razão que as leis, devem ser passíveis de imposição pela força das armas. A paz se obtém apenas quando cada qual cede todo o seu poder ou a sua força a um ou a vários homens, de modo que "cada qual se reconheça como o autor de todos os atos que vier a praticar ou a dar a causa àquele que corporifica a sua pessoa, em tudo que se referir à paz e segurança comuns..." (Th. Hobbes, Segunda parte, cap. 17). Isto só é possível através de um contrato, pelo qual todos se submetem à autoridade. E "esta é a geração daquele grande Leviatã, ou, expressando-se em termos mais reverentes, daquele Deus mortal, ao qual, abaixo do Deus imortal, devemos a nossa paz e proteção" (Th. Hobbes, Segunda parte, cap. 17).

9. O representante desse Estado possui poder supremo. Embora Hobbes não exclua outras formas de Estado, dá claramente primazia à monarquia. Todos os direitos competem a esse soberano, uma vez que o direito não nasce senão pelo contrato, que cria tanto o Estado quanto a autoridade. "É certo que os detentores do poder soberano podem cometer iniqüidades, porém nem injustiças nem ilícitos em sentido próprio. [...] Em conseqüência do que foi dito por último, aquele que detém o poder soberano não pode ser licitamente morto, ou punido de qualquer outra maneira por seus súditos. Visto que cada súdito é autor dos atos de seu soberano, estaria castigando outrem pelos atos cometidos por si mesmo" (Th. Hobbes, Segunda parte, cap. 18).

10. O contrato está pois limitado à proteção dos cidadãos e à conservação da paz interna. A autoridade tem, contudo, plena liberdade para julgar o que deve ser feito para assegurar essa proteção.

11. A imagem do homem faminto de poder, que não pode ser domado por meio de leis, mas tão-somente pela força, conduz, por conseguinte, à justificação de um poder absoluto e ilimitado do Estado, que é fonte e origem única do direito. Hobbes certamente não exclui o fato de que os detentores deste poder do Estado, de acordo com a imagem unidimensional que apresenta do homem, possam ser ávidos de poder, infames e traiçoeiros, mas considera-o um mal menor. Teria ele mantido essa opinião se tivesse conhecido as atrocidades do regime nazista na Alemanha e as dos comunistas no Cambodja?

b) Alienação e retorno à harmonia paradisíaca
(K. Marx)

12. Se Hobbes parte de antemão do homem pecador, Marx, em sua teoria, remonta a um estado paradisíaco, anterior ao "pecado original".

"Esta acumulação original desempenha na economia política aproximadamente o mesmo papel que o pecado ori-

§ 4. A INFLUÊNCIA DA IMAGEM DO HOMEM

ginal na teologia. Adão mordeu a maçã e, conseqüentemente, o pecado recaiu sobre todo o gênero humano... A lenda do pecado original na teologia conta-nos, de fato, como o homem foi condenado a ganhar o seu pão por meio do suor de seu rosto; a história do pecado original econômico nos revela, porém, como há pessoas que se livraram dessa maldição. Mas pouco importa. O que ocorreu é que os primeiros acumularam riquezas e os últimos não tinham senão a própria pele para vender. É desse pecado original que data a miséria da grande massa que, a despeito de todo o seu trabalho, continua a não ter nada para vender senão a si mesmo, e a riqueza de poucos que cresce sem cessar, embora já há muito tempo tenham parado de trabalhar" (K. Marx, *O capital*, vol. IV, pp. 864 s.).

13. Esta acumulação original só foi possível porque "o trabalhador foi", por assim dizer, "destituído da propriedade de suas condições de trabalho". "A assim chamada acumulação original não é senão o processo histórico de separação entre produtor e meios de produção" (K. Marx, *O capital*, vol. IV, p. 866). Os homens que viviam da caça e da colheita podiam viver do seu próprio trabalho e, através dele, atender às suas necessidades imediatas. O agricultor que cultiva o solo de propriedade alheia e recebe um salário pelo seu trabalho, não trabalha mais para cobrir as suas necessidades, mas sim para satisfazer às do seu empregador, e recebe um salário que não corresponde às suas necessidades, mas ao valor de mercado do seu trabalho. Segundo Marx, esta evolução se reforça ainda mais com a industrialização: o ponto de partida de suas reflexões é de que o preço de uma mercadoria necessária para o suprimento de uma necessidade se estabelece no mercado livre segundo a lei da oferta e da procura. Contrariamente, o salário do trabalhador não é fixado de acordo com o preço das mercadorias que ele produz, mas unicamente em função do custo de reprodução da mão-de-obra. Assim, o valor da mercadoria e o valor do trabalho, necessário à sua produção, divergem. A mais-valia obtida não retorna ao trabalhador, mas ao empregador; beneficia os capitalistas. Segundo a ótica marxista, o empregador explora o trabalhador ao se apropriar da mais-valia (conferir a teoria de mais-valia de Karl Marx, *O capital*, vol. IV, pp. 177 ss.).

14. Esse processo não deixa de apresentar conseqüências sociais. Visto que os capitalistas procuram elevar tanto quanto possível a mais-valia, e os trabalhadores, ao contrário, estão interessados em elevar os seus salários e, por conseguinte, diminuir a mais-valia, estabelece-se um conflito permanente que se traduz pela luta de classes. Os ricos farão tudo para assegurar a posição que conquistaram.

"Todas as classes que, em épocas anteriores, se tornaram dominantes procuravam consolidar a sua posição, sujeitando toda a sociedade às condições do seu benefício" (K. Marx, *O manifesto comunista*, pp. 830 s.). Para tanto, as classes dominantes se serviram também do Estado que, em conseqüência das contradições de classes existentes, torna-se um Estado de classes.

"A burguesia suprime cada vez mais a dispersão dos meios de produção, da propriedade e da população... E a conseqüência necessária disso foi a centralização política. Províncias independentes, praticamente só aliadas e que possuíam interesses, leis, governos e tarifas aduaneiras diferentes, foram comprimidas em uma só nação, sob um só governo, sob uma só lei, com um só interesse nacional de classe, e uma só linha aduaneira" (K. Marx, *O manifesto comunista*, p. 823).

15. Em oposição a Hobbes, Marx está convencido de que é possível restabelecer o estado paradisíaco original, melhor dizendo, que o estado paradisíaco será restabelecido. Nesse estado não haverá mais o poder político no sentido estrito da palavra.

"Quando no curso do desenvolvimento as diferenças de classes desaparecerem e toda produção se concentrar mas mãos dos indivíduos associados, o poder público perderá o seu caráter político. O poder político, no sentido es-

§ 4. A INFLUÊNCIA DA IMAGEM DO HOMEM

trito do termo, é o poder organizado de uma classe para a opressão de uma outra. Quando, na luta contra a burguesia, o proletariado é forçado a se unir em uma classe; quando, por meio de uma revolução, ele se torna a classe dominante e, como tal, suprime com violência as velhas relações de produção, com estas relações de produção ele suprime também as condições existenciais do antagonismo de classes, as classes em geral e, conseqüentemente, a sua própria dominação enquanto classe. A antiga sociedade burguesa, com suas classes e suas contradições de classes, dá lugar a uma associação, na qual o livre desenvolvimento de cada um é a condição do desenvolvimento de todos" (Karl Marx, *O manifesto comunista*, p. 843).

16. Marx, contudo, não desenvolveu uma verdadeira teoria do Estado, visto que, aos seus olhos, o Estado é tão-somente um produto das relações econômicas. Os discípulos de Karl Marx, particularmente Friedrich Engels (1820-1895) e Wladimir Iljitsch Lênin (1870-1924), aprofundaram, em contrapartida, problemas da teoria do Estado. Eles defendem o "definhamento do Estado" para suprimir a sociedade de classes e o poder político. "O Estado é o produto e a expressão do fato de as contradições de classes serem inconciliáveis. O Estado surge no caso, no momento e na medida em que, objetivamente, as contradições de classes não podem ser conciliadas. E inversamente: a existência do Estado prova que as contradições de classe são inconciliáveis" (W. I. Lênin, pp. 398 s.).

17. A revolução tem como tarefa reconduzir o homem ao estado paradisíaco original, libertá-lo de sua dependência em relação ao Estado e, por fim, dissolver o Estado. Todavia, o proletariado deve começar por expulsar a classe dominante de sua posição, recorrendo à força. Durante a fase de transição, na qual ainda não é possível renunciar ao Estado e ao exercício do seu poder, tanto ele quanto suas atividades devem estar totalmente a serviço do proletariado, representado pelo partido comunista. É a razão pela qual, atualmente, em todos os Estados marxistas, os cargos em órgãos do Estado são preenchidos direta ou indiretamente pelo partido comunista (consultar § 23).

18. Dado que, segundo a concepção marxista, somente é perniciosa a acumulação do poder e da força nas mãos da burguesia, ao partido comunista podem ser confiados sem reservas a força e o poder, já que os utilizará para "libertar" o homem alienado. A história dos últimos 50 anos provou, no entanto, com clareza quão profundamente Marx e seus discípulos se enganaram sobre a natureza humana com uma tal hipótese.

19. Marx deixa em aberto a questão de qual papel compete ao direito e ao poder do Estado na emancipação do homem. São o Estado, o direito e as leis unicamente o produto das relações sociais dadas (cf., por exemplo, P. I. Stucka, pp. 80 ss.), tem o direito um efeito modificador sobre a sociedade (assim, E. B. Pasukanis, p. 110), ou constitui o direito uma verdadeira arma na luta revolucionária pelo socialismo (cf. A. Ja. Vysinskij, p. 113)?

20. Uma coisa é, em todo caso, certa: tanto para a velha escola marxista quanto para os neomarxistas (H. Marcuse ou J. Habermas) o objetivo de toda evolução social deve ser forçosamente uma sociedade liberta de todo o domínio do Estado. (O. Hoeffe, pp. 404 ss.).

c) O homem racional no direito natural do Iluminismo
(J. Locke e E. Kant)

21. Em seu sistema de pensamento, Locke parte igualmente de um pressuposto estado natural do homem: "Dado que os homens, por natureza, são livres, iguais e independentes..." (J. Locke, *Segundo tratado*, cap. VIII, 95). Os homens não podem abandonar esta liberdade – ou parte dela – senão pelo contrato social, ou seja, senão com "finalidade de alcançar uma convivência mais confortável, segura e pacífica e uma maior proteção contra todos os que não pertençam à comunidade" (J. Locke, *Segundo tratado*, cap. VIII, 95).

22. Diversamente do pensamento de Hobbes, no contrato social os homens não cedem os seus direitos a um único soberano, mas delegam-no à maioria, que decide sobre o destino da comunidade. Os homens também não cedem à comunidade todos os seus direitos, mas tão-somente os necessários à realização do bem comum. "Ao entrarem na comunidade, os homens abdicam da igualdade, da liberdade e do poder executivo que tinham no estado de natureza, em favor da sociedade, que deles dispõe por meio do poder legislativo na medida em que o bem da própria sociedade o exige. No entanto, na medida em que cada um tem a intenção de melhor preservar a si próprio, à sua liberdade e propriedade – uma vez que não se pode supor que um ser racional troque a sua posição com a intenção de torná-la pior –, não se pode jamais supor que o poder da sociedade ou aquele do legislativo por ela instituído se estenda para além do bem comum" (J. Locke, *Segundo tratado*, cap. IX, 131).

23. Para Locke, diferentemente de Hobbes, o estado de natureza não é um estado de guerra. Ainda assim, no estado de natureza o proprietário está muito pouco seguro em relação à sua posse e à sua propriedade. Faltam, sobretudo, as leis, os juízes e o poder do Estado para garantir o respeito às leis em caso de conflito. Certamente, a lei natural poderia ser reconhecida por todo e qualquer ser racional, mas os homens se deixam influenciar por seus interesses e pouco conhecem a lei natural. É por essa razão que são indispensáveis leis positivas e gerais, claras e de fácil compreensão (J. Locke, *Segundo tratado*, cap. IX, 124 ss.).

24. O conteúdo dessas leis, no entanto, deve corresponder à lei natural. Ademais, o Estado não pode intervir nos direitos e liberdades irrenunciáveis do homem, em especial na propriedade, visto que são anteriores ao próprio Estado.

25. Com Locke, tem início o triunfo do direito natural do Iluminismo. A partir daí, a liberdade do homem passa a ser um direito irrenunciável e as leis são reproduções das leis naturais que a razão discerne.

26. Kant não se preocupa em examinar se, no estado original, os homens se encontravam ou não em constante estado de guerra. Para ele, decisivo é o fato de que os homens, em razão de interesses antagônicos, podem chegar a litígios. Segundo Kant, há um estado de permanente perigo de conflito (E. Kant, *Metafísica*, § 44, p. 312). Os homens se uniram contratualmente em uma "coletividade de homens sob leis jurídicas" (E. Kant, *Metafísica*, § 45, 313).

De fato, na *práxis* é praticamente impossível pesquisar a verdadeira origem do poder supremo. "O súdito não deve sofismar acerca desta origem como de um direito controverso, no que se refere à obediência que lhe deve" (E. Kant, *Metafísica*, § 49, p. 318).

27. Kant admite que certos Estados podem ter uma constituição deficitária; porém, segundo o seu ponto de vista, não é tarefa do povo, mas sim do soberano, modificá-la. Kant repele um direito à resistência. As leis positivas são insuficientes para distinguir entre a justiça e a injustiça. Esta questão somente se deixa deduzir da razão prática, que também dá ao homem as máximas da ação correta e justa.

28. "É justa toda ação que permite ou cuja máxima permite à liberdade de arbítrio de qualquer pessoa coexistir com a liberdade de outra, segundo uma lei universal" (E. Kant, *Metafísica*, p. 230). E em seu tratado "A paz perpétua", escreve: "Todas as ações que se reportam ao direito de outro, cuja máxima é incompatível com a publicidade, são injustas" (E. Kant, p. 381).

29. Portanto, aquilo que pode ser generalizado e publicado está de acordo com o direito. Kant cria, desse modo, o fundamento de uma teoria formal da justiça, que John Rawls desenvolveu substancialmente em nossa época (§ 38/24).

d) A imagem do homem na teologia cristã

30. Em seu estudo sobre "Adão na teoria do Estado", Georg Jellinek (1851-1911) aponta como as teorias do Estado já apresentadas partem da mesma idéia atomizada do homem, tal qual se encontra na Bíblia. O pecado original de Adão constitui também o ponto de partida das reflexões de muitos teóricos do Estado da teologia cristã. Para Agostinho (354-430), por exemplo, o Estado repousa em Adão. O Estado divino está indicado no Adão harmônico, paradisíaco. Alcançar esse Estado divino deve ser o objetivo da humanidade, mas que se realizará somente no final dos tempos. O Adão pecador e seu descendente Caim criaram o Estado terreno, a *civitas terrena*, sobre a qual paira a maldição indelével do pecado original a que sucumbirá apenas no final dos tempos.

31. Porém, a doutrina da Igreja lida com a "*civitas caelestes*" e a "*civitas terrena*" (cf. Agostinho, Livro XVIII). Fosse o homem como um anjo, sem culpa nem pecado, não haveria senão o Estado divino, no qual reinaria a paz eterna. Dado que o homem é pecador, ele deve se curvar à dominação terrena, mesmo quando é exercida por homens maus. "E toda vitória, mesmo que caiba aos maus, é um julgamento divino para humilhação dos vencidos, seja para purificá-los de seus pecados, seja para puni-los por eles" (Agostinho, Livro XIX, p. 562).

32. A "*civitas terrena*", segundo Agostinho, está repleta de guerra, miséria e de calamidades. É por esse motivo que o objetivo primeiro de toda comunidade humana consiste em estabelecer a paz que, no entanto, sempre será apenas uma paz terrena. A paz duradoura, eterna, não reinará senão na "*civitas dei*", após o retorno do filho de Deus.

33. Esta visão de Agostinho será retomada e desenvolvida por Martinho Lutero (1483-1546) em sua obra *Von weltlicher Obrigkeit* (Da autoridade secular). Ele divide o mundo em dois reinos: o cristão e o não-cristão. "Aqui devemos separar em duas partes os filhos de Adão, quer dizer, todos os homens: uns pertencentes ao reino de Deus, outros pertencentes ao reino da terra. Os que pertencem ao reino de Deus são todos os que crêem verdadeiramente em Cristo e a ele prestam obediência. Pois Cristo é Rei e Senhor no Reino de Deus... Ao reino da terra pertencem todos os não-cristãos e se submetem à lei. São poucos os que crêem, e apenas uma pequena parte comporta-se segundo os mandamentos cristãos, rejeita o mal e abstém-se de fazer o mal. Foi por essa razão que Deus, ao lado dos cristãos e do reino de Deus, criou para os não-cristãos um outro regime e sujeitou-os à espada" (M. Lutero, pp. 19 s.).

34. Segundo Lutero, os cristãos não têm necessidade de leis, pois enquanto crentes, mesmo na ausência de leis, comportam-se de maneira correta. Em contrapartida, para os não-cristãos há a necessidade de editar leis "para que eles tenham paz exterior e permaneçam tranqüilos contra a sua vontade" (M. Lutero, p. 21). A dominação profana, a espada profana devem, assim, "ser empregadas para punir os maus e proteger as pessoas de bem" (M. Lutero, p. 17). Mas, uma vez que não pode existir um verdadeiro reino de cristãos, porque poucos crentes se comportam como cristãos, a espada profana, a autoridade profana, quer dizer, a *civitas terrena*, deve ser estabelecida em toda parte.

35. Tomás de Aquino vê de modo diverso a relação homem-Estado: influenciado pelos ensinamentos de Aristóteles, para quem o homem, por natureza, depende da comunidade, conclui que não é a culpabilidade, mas sim a "sociabilidade" humana que exige a formação de uma dominação fundada na união de comunidades superiores e suprafamiliares. "Em uma cidade, que representa a forma mais completa da vida em comunidade, tem-se o suficiente quanto às necessidades básicas da vida; muito mais ainda, contudo, em um território maior, dada a necessidade de combate em comum e de ajuda mútua contra os inimigos" (Tomás de Aquino, *Do governo dos príncipes*, Livro I, cap. 1, p. 10).

§ 4. A INFLUÊNCIA DA IMAGEM DO HOMEM

36. Do mesmo modo como existe um Estado na situação anterior e posterior ao pecado original, segundo Tomás de Aquino, há igualmente dominação nos dois casos. Ele, porém, distingue duas formas de dominação: "Dominação" pode-se compreender de duas maneiras: primeiro, como o oposto da escravidão. Nesse sentido, chama-se senhor àquele a quem um outro se submete na condição de escravo. Segundo, dominação significa de modo geral uma relação com alguém que é de algum modo subordinado. Nesse sentido pode-se também denominar senhor àquele que tem a missão de governar e dirigir homens livres. No primeiro sentido da palavra, o homem em estado de inocência não teria exercido dominação sobre os homens, mas, no segundo, o homem teria podido exercer uma tal dominação sobre o homem em estado de inocência... Mas, então, pode-se dizer que alguém exerce uma dominação sobre outrem na qualidade de homem livre, quando ele a dirige para o bem pessoal do subordinado ou ao bem comum. Uma dominação desse gênero do homem sobre o homem teria existido no estado originário por duas razões: primeiro, porque o homem, por natureza, é um ser social.

...Segundo, teria sido impróprio, se um homem, superior ao outro em sabedoria e justiça, não utilizasse essa sua superioridade em proveito do outro, segundo 1Pd 4,10: "Servi uns aos outros, cada um conforme o dom que recebeu..." (Tomás de Aquino, *Suma teológica*, questão 96, art. 4). No estado paradisíaco determina-se a dominação pelo bem comum que cada qual procura realizar. Mas, uma vez que o homem está comprometido pelo pecado original e é portanto mau, deve também suportar o poder que não aceita, quer dizer, a escravidão.

37. No entanto, quem dá àquele que governa o direito de reger sobre os outros? "Por essa razão Deus dispõe as coisas de maneira que se estabeleçam certas causas para dirigir outras causas; assim como um mestre não faz dos seus discípulos apenas sábios, mas também mestre de outros" (Tomás de

Aquino, *Suma teológica*, Livro I, questão 103, art. 6). O maior soberano do mundo é pois Deus, Jesus Cristo, o Senhor (*Kyros*). É Dele que os Estados e seus regentes derivam o direito de governar. Esta concepção será muitas vezes retomada e confirmada nos ensinamentos posteriores da Igreja católica. "Se, de fato, o poder daqueles que governam o Estado é, por assim dizer, uma participação no poder de Deus, logo e exatamente por isso ele adquire uma dignidade sobre-humana; sem dúvida, não aquele poder absurdo e impiedoso que reivindicavam os imperadores pagãos quando ambicionavam para si mesmos honras divinas, mas um poder verdadeiro e real, concedido ao homem a título de dom pela graça divina" (cf. Encíclica Leão XVIII, cit. em H. Schnatz, p. 79).

§ 5. A IMAGEM DO ESTADO

Bibliografia

a) Autores clássicos

Aristóteles. *Politik* (Política). Trad. al. e org. O. Gigon. 2.ª ed., Zurique/Stuttgart, 1971.

Cícero. *Vom Gemeinwesen* (De república). Trad. al. K. Büchner. 3.ª ed., Zurique/Munique, 1973.

Hegel, G. W. F. *Grundlinien der Philosophie des Rechts* (Princípios da filosofia do direito). Vol. 7 da edição completa de H. Glockner. Stuttgart 1957-1971, 4.ª ed., 1964.

____. *Vorlesungen über die Philosophie der Geschichte* (Lições sobre a filosofia da história). Vol. 11 da edição completa de H. Glockner. Stuttgart 1957-1971, 5.ª ed., 1971.

Platão. *Der Staat* (A República). Trad. al. R. Ruefner. Org. O. Gigon. Zurique/Munique, 1973.

Políbios. *Geschichte* (História). Obras completas em 2 vols. Trad. al. H. Drexler. Zurique/Stuttgart, 1961-1963.

Rousseau, J.-J. *Gesellschaftsvertrag* (O contrato social). Trad. rev. H. Denhardt. Org. H. Weinstock. Stuttgart, 1975.

§ 5. A IMAGEM DO ESTADO 69

b) Outros autores

Bluntschli, J. R. Lehre vom modernen Staat (Teoria do Estado moderno). Vol. 1: *Allgemeine Staatslehre* (Teoria geral do Estado). 6.ª ed., Stuttgart, 1886.
Jellinek, G. Adam in der Staatslehre (Adão na teoria do Estado). In: *Ausgewählte Schriften und Reden* (Seleção de escritos e conferências). Vol. 2. Berlim, 1911 (reimpressão 1970).
Krüger, H. *Allgemeine Staatslehre* (Teoria geral do Estado). 2.ª ed., Stuttgart, 1966.

1. O *antropoformismo do Estado* – por exemplo, a personificação e a identificação com um herói da liberdade – é um fenômeno bem conhecido. Os homens identificam-se com um Estado personificado. A estátua da Liberdade, nos Estados Unidos; Joana d'Arc, na França, ou Guilherme Tell, na Suíça, são exemplos de personificações do Estado.

2. Nas antigas monarquias, nas quais o rei ainda deveria cumprir certas funções representativas, freqüentemente o monarca se tornava um *símbolo*, ao qual cabia um papel de integração sagrado, inatingível. As rainhas da Inglaterra e da Holanda, mas sobretudo o Imperador do Japão, continuam a desempenhar esse papel ainda hoje atendendo à expectativa de uma parte da população.

3. O homem, portanto, tem visivelmente a necessidade de se identificar não só com a família mas também com a comunidade estatal mais abstrata, e de possivelmente personificá-la. Não há manifestação mais clara disso do que o êxtase de um povo cuja equipe esportiva conquista um campeonato mundial ou um título nos jogos olímpicos. O Estado não é, portanto, de modo nenhum algo totalmente abstrato. Nele se corporifica a consciência comunitária dos seus cidadãos.

4. Com freqüência o Estado responde também por todas as coisas ruins que sucedem. "Ele esbanja a receita fiscal", "é corrupto", "não protege senão certos interesses", "é burocrático e centralizador." Estas e outras críticas são dirigidas ao Estado. Por outro lado, o cidadão gosta de salientar as realizações do Estado. Ele está convencido do progresso que representam as instituições de um Estado social de direito. Quando instituições públicas são criticadas e atacadas sem razão, ele próprio se sente atingido.

5. O Estado é, sem dúvida, um todo que não pode ser explicado unicamente pela soma de suas partes atomizadas. Este fenômeno de um todo, que se situa acima do ser humano, conduziu diversos filósofos a não derivar o Estado diretamente dos homens, mas concebê-lo como uma entidade independente e autônoma, acima dos homens, que encontra o seu fundamento em si mesma e que, por conseguinte, se explica por si mesma.

6. "Que o Estado, por natureza, seja anterior ao indivíduo é evidente. De fato, na medida em que o indivíduo é incapaz de viver por si autarquicamente, se comportará assim tal qual uma parte em relação ao todo. Mas aquele que não é capaz de viver em comunidade ou que em sua autarquia não necessita de uma não faz parte do Estado, mas é um animal selvagem ou Deus" (Aristóteles, Livro 1, 1253a).

7. Em oposição às teorias individualistas do Estado dos séculos XVII e XVIII, que procuram justificar o Estado a partir do indivíduo, aquele constitui, para a maior parte dos pensadores da Antiguidade, uma realidade preexistente que se encontra acima do indivíduo. "O Estado, por natureza, é também anterior à família ou a qualquer indivíduo. Pois o todo é necessariamente anterior à parte" (Aristóteles, Livro 1, 1253a). Para Platão (428-348 a.C.), o Estado é igualmente uma necessidade prévia (conferir Platão, Livro II, 369b-e). Cícero (106-43 a.C.) e Políbios (cerca de 200-117 a.C.) derivam igualmente o Estado da natureza social do homem (conferir Cícero, Livro I, 25; Políbios, Livro VI, 5).

8. A oposição entre a concepção de Estado na Antiguidade e aquela própria do Iluminismo é portanto óbvia. "Pro-

§ 5. A IMAGEM DO ESTADO

curou-se exprimir a oposição entre a concepção de Estado antiga e a moderna por uma rígida antítese: na Antiguidade o homem existia pela vontade do Estado, e nos tempos modernos, ao contrário, o Estado existe graças ao homem" (G. Jellinek, p. 35).

9. Ainda assim, encontramos também na mais recente teoria do Estado, influenciada por Hegel e Rousseau, os fundamentos de uma filosofia que emancipa o Estado em face do homem. Hegel absolutiza o Estado e eleva-o ao plano de um ser superior ao homem; para Rousseau o Estado corporifica o bem comum, a *volonté générale*.

a) O Estado como ser supremo

10. Está o Estado acima do homem, corporifica ele, por assim dizer, um ser superior, ou trata-se de um amontoado de homens, cujo valor não ultrapassa a soma dos seres humanos que vivem nesse território? Se o todo, quer dizer, se o Estado não é senão a soma de suas partes, ele não pode pretender quaisquer direitos próprios em relação a elas. Em face dos seus cidadãos, o Estado não dispõe de nenhuma base sobre a qual poderia apoiar a sua autoridade. Mas, se ele corporifica um ser superior (H. Krüger, pp. 818 ss.), seus súditos lhe devem obediência. O Estado não necessita deduzir de nenhum contrato original contraído entre parceiros o direito de promulgar leis imperativas mas, ao contrário, pode justificá-lo com o fato de que corporifica um ser superior aos indivíduos.

11. Esta teoria do ser superior foi desenvolvida por Hegel. Segundo ele, a história mundial constitui a evolução do espírito universal em direção a uma espiritualidade, moralidade, liberdade e razão superiores. No ápice desta evolução encontra-se o Estado, que corporifica a mais elevada espiritualidade e racionalidade, visto que nele se unifica uma comunidade de homens sob o domínio da razão e que confia a sorte da sua comunidade não ao destino, mas à sua razão potencializada pela comunidade. Do Estado originalmente brutal, despótico, desenvolveram-se a *pólis* grega, o Estado romano, a monarquia da Idade Média e a moderna monarquia constitucional, racional e limitada. A evolução do Estado é, portanto, uma evolução em direção a uma liberdade cada vez maior. Esta concepção de Hegel, contudo, oculta também o perigo de uma supervalorização do *status* ao Estado moderno, de uma absolutização do Estado em si. "O Estado é realidade da idéia moral – o espírito moral, como a vontade substancial evidente, clara a si mesma, que se sabe e se pensa e realiza aquilo que sabe, na medida em que o sabe. Tem na moral a sua existência imediata e na consciência, no saber e na atividade do indivíduo a sua existência mediata, assim como este, por sua vez, obtém a sua liberdade substancial por meio de sua crença no Estado, da essência deste, de sua finalidade e de produtos de sua atividade" (G. W. F. Hegel, *Princípios*, § 257).

12. No Estado a história atinge o seu apogeu e a sua perfeição divina: "O Estado é a vontade divina enquanto espírito presente que se desdobra na real formação e organização de um mundo" (G. W. F. Hegel, *Princípios*, § 270). "... além disso, é necessário saber que todo valor que tem o homem, toda a realidade espiritual, ele tem somente por meio do Estado" (G. W. F. Hegel, *Lições*, p. 71).

13. No Estado realiza-se também a razão. "As leis da moralidade não são casuais, mas são o próprio racional. Que o substancial conte na ação verdadeira dos homens, no seu modo de pensar, que exista e se conserve a si mesmo, é o fim do Estado ... O divino é a idéia, tal qual existe sobre a terra" (G. W. F. Hegel, *Lições*, pp. 70 s.). A Constituição não é senão a racionalidade desenvolvida e acabada.

14. Contrariamente a Hobbes e Locke, Hegel não questiona de onde os Estados deduzem o seu direito de promulgar Constituições e impor direitos e deveres aos indivíduos. A questão de saber quem deve fazer as Constituições é, para

§ 5. A IMAGEM DO ESTADO

Hegel, sem sentido. Esta pergunta pressupõe a existência de uma quantidade de indivíduos atomizados que devem fazer uma Constituição. No entanto, uma tal multidão de indivíduos não forma precisamente uma entidade estatal que, por sua vez, é condição indispensável para uma Constituição. "De maneira geral, é simplesmente essencial que a Constituição não seja considerada uma coisa criada, ainda que produzida no tempo. Ela é, ao contrário, aquilo que simplesmente existe em si e por si, e deve por isso ser considerada como o divino e o permanente e acima da esfera daquilo que é criado" (G. W. F. Hegel, *Princípios*, § 273).

15. Visto que a objetividade do espírito divino toma corpo no Estado, o homem, enquanto súdito, está obrigado a obedecer às leis. Hegel tem o seu próprio entendimento da liberdade: refuta a concepção de liberdade de Locke, como seja, fazer e poder fazer aquilo que se lhe apraz. A história do mundo é, para Hegel, uma evolução em direção a uma liberdade cada vez maior do homem. No império dos déspotas asiáticos da Antiguidade, os súditos não possuíam liberdade alguma, havia tão-somente a tirania dos déspotas. É somente na cidade-Estado (*Staatsstadt*) grega que surge uma liberdade restrita do pai e chefe de família. Segundo Hegel, é somente o cristianismo que traz a verdadeira igualdade e liberdade para todos, ao passo que a Reforma ampliou consideravelmente esta liberdade.

16. Em que consiste pois a liberdade para Hegel? Segundo a sua concepção, o homem é livre quando obedece à vontade da lei. "Pois a lei é a objetividade do espírito e a vontade em sua verdade; e somente a vontade que obedece à lei é livre; ... Na medida em que o Estado, a pátria, constitui uma comunidade da existência, na medida em que a vontade subjetiva do homem se submete às leis, desaparece a oposição entre liberdade e necessidade. O racional, enquanto o substancial, é necessário, e nós somos livres se o reconhecemos como lei e o aceitamos como a substância de nosso próprio ser..." (G. W. F. Hegel, *Lições*, p. 71).

17. O suíço Johann Kaspar Bluntschli (1808-1881) é igualmente um representante da concepção do Estado como um ser superior. Ele defende uma teoria orgânica do Estado, quer dizer, este constitui um ser semelhante ao homem, com uma cabeça (governo), um corpo, braços e pernas (J. K. Bluntschli, pp. 14 ss.). Tão absurdas quanto possam parecer essas concepções ao Estado como um ser orgânico, parecem-me pertinentes os grãos de verdade que contêm.

18. O fato de que os homens se identificam com o Estado, que o emancipam em seu pensamento, é bem conhecido. No entanto, parece-me errôneo deduzir disso um ser superior, independente dos homens, para, desse modo, sancionar a relação de submissão do homem ao Estado. Por outro lado, não é possível negar que, em certos casos, os interesses privados de determinados cidadãos devem ser preteridos em face do interesse geral do Estado. Se o Estado deve assegurar o ensino escolar, os cidadãos devem pagar os impostos para tal fim; no interesse da defesa nacional, os cidadãos podem ser obrigados a cumprir o serviço militar. Ainda hoje, em diversos municípios das regiões montanhosas existe o serviço obrigatório dos membros da comunidade, sendo os cidadãos obrigados a colocar a sua força de trabalho à disposição do município em caso de catástrofes, por exemplo em caso de avalanches ou enchentes.

O interesse privado de cada indivíduo deve, pois, em certos casos, ceder lugar ao interesse público da comunidade. Contudo, isto não vale senão enquanto o interesse público está a serviço do bem comum, quer dizer, da justiça.

b) O Estado como encarnação do bem comum

19. O bem comum, em geral, sobrepõe-se ao bem do cidadão individual. Como isto se justifica? Como já constatamos, o Estado tem a tarefa de assegurar e direcionar para o bem dos cidadãos a dependência recíproca formada atra-

§ 5. A IMAGEM DO ESTADO

vés da divisão do trabalho na comunidade. Logo, ele administra por assim dizer um bem comunitário: a proteção e a promoção da liberdade dos cidadãos, bem como a garantia das necessidades existenciais e gerais em uma ordem social fundada na divisão do trabalho. Esta tarefa não pode mais ser assumida somente pelos cidadãos tomados individualmente. Em razão da evolução econômica e social, eles cederam parte de sua autonomia, que não podem exercer senão indiretamente, através da comunidade, quer dizer, do Estado.

20. Robinson e Sexta-Feira são capazes de produzir muito mais ao dividirem o seu trabalho, cada qual explorando suas aptidões. Do mesmo modo, juntos dispõem de um conhecimento muito mais amplo do que cada qual isoladamente. Assim, o saber de um não é simplesmente adicionado ao do outro, visto que cada um deles lucra com o conhecimento do outro, analisa-o com o seu próprio saber para, assim, poder adquirir novos conhecimentos. Portanto, a comunidade pode saber mais que a soma dos seus membros. Do meu ponto de vista, no entanto, isto não significa que Robinson e Sexta-Feira devam ser reduzidos ao estado de escravos de uma "dupla" que eles constituem e à qual estariam subordinados. A dependência recíproca em relação ao saber comum e à divisão do trabalho deve, afinal, servir para um desenvolvimento mais pleno de ambos. Aquilo que é "comum" não pode tornar-se independente dos interesses particulares; deve mais ou menos convergir com eles. Afinal, o Estado deve necessariamente guiar a dependência dos homens no interesse destes. Se há abuso ou separação dessa dependência em relação a seu contexto, o Estado perde os seus direitos sobre os indivíduos.

21. Aquilo que é "comum", criado pela coexistência dos diferentes homens no interior do Estado, só se encontra acima dos interesses particulares na medida em que serve ao bem comum. Caso os interesses individuais prevalecessem, o "comum" conduziria, em última análise, à exploração da comunidade por um pequeno número de homens. Se um proprietário pudesse com sucesso se opor à construção de uma estrada sobre o seu terreno, pois deseja construir a sua mansão no local, o interesse geral em uma rodovia para ligar duas vilas estaria então subordinado ao interesse privado do proprietário. Desse modo, abusar-se-ia da dependência de todos os que precisam de uma boa rodovia. Os habitantes teriam de pagar uma estrada muito mais cara, os automobilistas deveriam aceitar como inevitáveis acidentes em razão das más condições de tráfego ou contar com um trânsito caótico.

22. Encontramos uma emancipação do que é "comum" na *volonté générale* de Rousseau. Ele distingue entre a vontade de todos, que exprime apenas a soma dos interesses particulares, e a vontade geral, na qual convergem todos os interesses da sociedade. "A primeira e a mais importante conseqüência dos princípios até aqui estabelecidos é que só a vontade geral pode dirigir as forças do Estado, segundo a finalidade de sua instituição, que consiste no bem comum; pois, se a oposição dos interesses particulares torna necessário o estabelecimento da sociedade, foi o acordo destes mesmos interesses que o tornou possível. O que existe de comum nestes diferentes interesses forma o liame social e, se não houvesse nem um único ponto em que todos os interesses concordassem, então nenhuma sociedade poderia existir. É unicamente com base neste interesse comum que a sociedade deve ser governada" (J.-J. Rousseau, Livro II, cap. 1, p. 28).

23. Tanto quanto Hobbes e Locke, Rousseau parte de um suposto estado de natureza do homem. Para ele, a família constitui a mais antiga forma de toda e qualquer sociedade. Assim que os filhos se tornam adultos, adquirem independência e passam a ser senhores de si mesmos (J.-J. Rousseau, Livro I, cap. 2, p. 6).

Uma das principais razões pelas quais o estado de natureza não pode ser mantido sem que, com isso, os homens

§ 5. A IMAGEM DO ESTADO

pereçam é o aumento populacional. Os homens, portanto, necessitam agrupar-se em uma nova comunidade.

24. "Como encontrar uma forma de sociedade que defenda e proteja a pessoa e os bens de cada membro com toda a força comum e pela qual cada um – embora se una a todos os outros – no entanto só obedece a si mesmo, de modo que permaneça tão livre quanto antes? Este é o problema fundamental, cuja solução é oferecida pelo contrato social" (J.-J. Rousseau, Livro I, cap. 6, p. 17).

25. O contrato social cria um novo corpo coletivo e imaterial, composto de tantos membros quantos sejam os votantes, e que, exatamente por esse ato, obtém a sua unidade, o seu eu comum, a sua vida e a sua vontade. O contrato social cria, portanto, uma nova unidade. Visto que os membros do povo, na qualidade de cidadãos eleitores, participam do Estado erigido pelo contrato social, tornam-se sócios do novo ser, do poder público e, por conseguinte, cidadãos do Estado; tornam-se novos homens. "A passagem do estado de natureza para o estado civil produz uma mudança notável nos homens, ao substituir na sua conduta o instinto pela justiça e dar às suas ações a moralidade que antes lhes faltava" (J.-J. Rousseau, Livro I, cap. 8, p. 23).

26. Por que, segundo Rousseau, deve o cidadão obedecer às ordens do Estado? A vontade do Estado se expressa na assim denominada *volonté générale*. "A primeira e a mais importante conseqüência dos princípios até aqui estabelecidos é que só a vontade geral pode dirigir as forças do Estado de acordo com a finalidade de sua instituição, que é o bem comum" (J.-J. Rousseau, Livro II, cap. 1, p. 28). "A manifestação dessa vontade é um ato de soberania e tem força de lei. A essência das leis reside no fato de que elas regulamentam coisas gerais, não especiais. O objeto das leis é sempre geral" (J.-J. Rousseau, Livro II, cap. 6, pp. 41 ss.). A *volonté générale* se exprime, por conseguinte, na lei. Uma vez que esta *volonté générale* "é sempre certa e tende sempre à utilidade pública..." (J.-J. Rousseau, Livro II, cap. 3, p. 32), é necessário obedecê-la e submeter-se às leis.

27. Essa vontade geral deve diferenciar-se da soma das vontades individuais (*volonté de tous*). A *volonté de tous* não está a serviço do bem comum, mas dos interesses privados de todos. Como se pode então impedir que as leis realizem tão-somente a *volonté de tous* e não a *volonté générale*? Se em um referendo se formam partidos, então a decisão perde o seu caráter de validade geral. É por isso que a formação de uma vontade geral só é possível quando se pode encontrar um denominador comum ao maior número possível de opiniões individuais. Este denominador comum corresponde então à vontade geral. "Para alcançar um claro enunciado da vontade geral, importa, pois, que não haja no Estado sociedades parciais e que cada cidadão não opine senão de acordo com sua própria convicção" (J.-J. Rousseau, Livro II, cap. 3, p. 33). As leis devem, sempre que possível, ser aprovadas pelo povo em uma assembléia popular. "Toda lei não ratificada pessoalmente pelo povo, é nula, não é lei" (J.-J. Rousseau, Livro III, cap. 15, p. 107).

28. No entanto, Rousseau reconhece que devem existir diferentes formas de governo. Ele tem como forma ideal as antigas Constituições das cidades-Estado da Grécia antiga e do Império Romano, onde as leis eram aprovadas nas assembléias populares. Isso, no entanto, pondera ele, não é possível senão em repúblicas muito pequenas. Quanto ao poder executivo, não pode ser exercido pelo povo. Nesse sentido, jamais houve e jamais haverá uma verdadeira democracia. "Se existisse um povo de deuses, seria governado democraticamente. Um governo tão perfeito não convém aos homens" (J.-J. Rousseau, Livro III, cap. 4, p. 76).

29. Enquanto Hegel absolutiza a lei como forma suprema da realização da idéia moral, Rousseau absolutiza a *volonté générale* dos cidadãos do Estado, que são ligados pelo contrato social. A *volonté générale* é, para ele, por assim dizer, o ser supremo, ao qual todos se submetem. Contudo, vincula esta vontade geral à decisão popular e lança, desta maneira, os fundamentos para a evolução democrática.

30. Ao meu ver, aquilo que é comum não se cria por uma decisão do Estado, mas nasce em razão do desenvolvimento econômico e social. A difusão do rádio e da televisão, o telejornal, o telefone televisual, a dependência comum das matérias-primas e das fontes de energia, ou mesmo o automóvel e a estrada, todos eles criam novos pontos comuns entre os homens. Escuta-se ou vê-se, nesta ou naquela noite, este espetáculo, essa série policial ou aquele jogo de futebol. O elemento comum, a dependência mútua existe, e o Estado deve cuidar para que não ocorram abusos.

31. Enquanto as famílias e os clãs eram autônomos, podiam, por exemplo, ocupar-se dos membros velhos e doentes da família. Com a industrialização crescente cada qual começa a depender mais e mais da sociedade, pois a família, freqüentemente, não estava mais em condições de cumprir essa tarefa. Aquilo que é comum, isto é, a dependência em relação à sociedade, passa a existir; por conseguinte, o Estado foi obrigado a desenvolver obras sociais para levar em conta essa nova dependência. Contudo, isso não pode, de modo algum, conduzir a uma total autonomia das obras sociais. Estas devem, pelo contrário, ser colocadas a serviço dos homens, quer dizer, devem ser concebidas e organizadas para assegurar a sua existência.

32. Aquilo que é geral ou comum não é, portanto, algo abstrato, que pode ser criado ao bel-prazer do Estado. É, ao contrário, algo concreto, nascido de circunstâncias dadas e que o Estado deve levar em conta. Por outro lado, o Estado certamente pode também promover aquilo que é geral ou comum, quer dizer, as dependências no interior de uma sociedade. São especialmente os países em desenvolvimento que aceleram tais dependências através de uma industrialização forçada e uma economia planificada.

33. Em outras palavras, a comunidade estatal não é uma mera adição de todos os seus membros, mas encarna um valor que é maior do que a soma de suas partes. Contudo, este valor superior se limita aos pontos comuns e dependências sociais efetivas e, de modo algum, autoriza o Estado a se emancipar totalmente e escravizar os seus cidadãos. O Estado deve, pelo contrário, colocar a sua atividade a serviço da comunidade, pois, senão, as suas ações e as suas decisões não se justificam. Ele deve assegurar que aquilo que é comum esteja a serviço da justiça e da liberdade.

§ 6. A LEGITIMIDADE DA DOMINAÇÃO DO ESTADO

Bibliografia

a) Autores clássicos

Grócio, H. *Vom Recht des Krieges und des Friedens (De jure belli ac pacis)* (Do direito da guerra e da paz). Trad. al. W. Schätzel, Tübingen, 1950.

Khaldûn, I. *The Muquaddimah*. Trad. ingl. F. Rosenthal. 3.ª ed., Princeton, 1974.

Mill, J. St. *Die Freiheit* (A liberdade). Trad. al. e org. A. Grabowsky. 4.ª ed., Darmstadt, 1973. [Trad. bras. *A liberdade/Utilitarismo*, São Paulo, Martins Fontes, 2000.]

Weber, M. Die drei reinen Typen der legitimen Herrschaft (Os três tipos puros de dominação legítima). In: M. Weber, *Gesammelte Aufsätze zur Wissenschaftslehre* (Metodologia das ciências sociais). Org. J. Winckelmann. 4.ª ed., Tübingen, 1973.

b) Outros Autores

Austin, J. *The Province of Jurisprudence etc.* (O campo da jurisprudência etc.). Nova York, 1965.

Dux, G. *Strukturwandel der Legitimation* (A mudança de estrutura da legitimação). Freiburg i. Br., 1976.

Fetscher, I. *Herrschaft und Emanzipation*. Zur Philosophie des Bürgertums (Poder e emancipação. Para uma filosofia da burguesia). Munique, 1976.

Friedrich, C. J. *Tradition and Authority* (Tradição e autoridade). Londres, 1972.

_____. Die Legitimität in politischer Perspektive (A legitimidade na perspectiva política). In: *PV* 1, 1960, pp. 119 ss.

§ 6. A LEGITIMIDADE DA DOMINAÇÃO DO ESTADO

Heller, H. *Staatslehre* (Teoria do Estado). 3.ª ed. Leiden, 1963.
Hondrich, K. O. *Theorie der Herrschaft* (Teoria do poder). Frankfurt a. M., 1973.
Kenyon, I. P. *The Stuart Constitution* (A constituição Stuart). Cambridge, 1966.
Kielmansegg, P. G. (org.) Legitimationsprobleme politischer Systeme (Problemas de legitimação dos sistemas políticos). Caderno especial da *Politischen Vierteljahresschrift* (Revista trimestral sobre política). Colônia, 1975.
Kielmansegg, P. G., Matz, U. (orgs.). *Die Rechtfertigung politischer Herrschaft.* Doktrinen und Verfahren in Ost und West (A justificação do poder político. Doutrinas e procedimentos na Alemanha oriental e ocidental). Freiburg/Munique, 1978.
Kliemt, H. *Untersuchungen über die Begründbarkeit staatsphilosophischer Legitimitätskriterien* (Investigações sobre a fundamentabilidade dos critérios de legitimação da filosofia do Estado). Dissertação. Frankfurt a. M., 1977.
Lapierre, J.-W. *Vivre sans Etat?* Essai sur le pouvoir politique et l'innovation sociale (Viver sem Estado? Ensaio sobre o poder político e a inovação social). Paris, 1977.
Le pouvoir. *Mélanges offerts à G. Burdeau* (Miscelâneas oferecidas a G. Burdeau). Paris, 1977.
Lieberwirth, R. *Die historische Entwicklung der Theorie vom vertraglichen Ursprung des Staates und der Staatsgewalt* (A evolução histórica da teoria da origem contratual do Estado e do poder público). Berlim, 1977.
Pašukanis, E. B. Für eine marxistisch-leninistische Staats - und Rechtstheorie (Para uma teoria do direito e do Estado marxista e leninista). Moskau, 1931. In: N. Reich (org.). *Marxistische und sozialistische Rechtstheorie* (Teoria do direito socialista e marxista). Frankfurt a. M., 1972.
Rawls, J. *A Theory of Justice.* 3.ª ed., Oxford, 1972. [Trad. bras. *Uma teoria da Justiça*, São Paulo, Martins Fontes, 2.ª ed., 2002.]
Ronge, V., Weihe, U. (Org.). *Politik ohne Herrschaft?* (Política sem poder?). Munique, 1976.
Stallberg, F. W. *Herrschaft und Legitimität.* Untersuchungen zu Anwendungen und Anwendbarkeit zentraler Kategorien Max Webers (Poder e legitimidade. Investigações sobre as aplicações e a aplicabilidade das categorias centrais de Max Weber). Meisenheim, 1975.
Sternberger, D. *Grund und Abgrund der Macht.* Kritik der Rechtmäßigkeit heutiger Regierungen (A base e o abismo do poder. Crítica sobre a moderação jurídica dos governos atuais). Frankfurt a. M., 1964.

Unruh, G.-C. Die Legitimation der hoheitlichen Gewalt als konstitutionelles Verfassungsproblem (A legitimação do poder soberano como problema constitucional). In: *Festschrift für E. Forsthoff* (Edição comemorativa para E. Forsthoff). Munique, 1972.

Winckelmann, J. *Legitimität und Legalität in Max Webers Herrschaftssoziologie* (Legitimidade e legalidade na sociologia da dominação de Max Weber). Tübingen, 1952.

Württenberger, Th. *Die Legitimität staatlicher Hersschaft*. Eine staatsrechtlich-politische Begriffsgeschichte (A legitimidade da dominação do Estado. Uma história do conceito político e jurídico do Estado). Berlim, 1973.

1. A questão sobre a legitimidade da dominação do Estado sempre ocupou os filósofos do direito e do Estado. Por que homens que cumprem uma tarefa estatal podem exercer dominação sobre outros homens? Por que podem, no cumprimento de suas tarefas no Estado, promulgar normas jurídicas vinculantes para os outros homens? De onde vem o direito de um juiz condenar o autor de um crime?

2. Enquanto ser social, o homem depende da comunidade. É no interior da família que ele experiencia pela primeira vez esta comunidade. A densidade crescente da população, a necessidade social de comunidades suprafamiliares conduzem à formação de associações entre famílias. As tarefas que originalmente competiam à autoridade familiar devem ser delegadas a essas associações, a fim de que, no âmbito da divisão do trabalho, elas possam assegurar a liberdade, proteger a comunidade contra o exterior e regular os conflitos internos.

3. Esta dominação suprafamiliar, todavia, só se legitima quando é exercida no interesse do bem comum e é administrada de modo racional. Pode-se por isso falar de um Estado somente a partir do momento em que as comunidades suprafamiliares se unem em uma associação maior e, no seu interior, a dominação seja exercida no sentido da justiça. A dominação suprafamiliar não é legítima "em si", mas

§ 6. A LEGITIMIDADE DA DOMINAÇÃO DO ESTADO

unicamente quando se constitui e se exerce no interesse da comunidade.

4. Uma vez que tais associações estatais são uma conseqüência da evolução das sociedades fundadas sobre a divisão do trabalho, é necessário examiná-las sempre em sua historicidade. O Estado não nasce através de um ato único (por exemplo, um contrato social). Ele se desenvolve antes progressivamente de baixo para cima e não pára de se modificar no curso da história.

5. A apresentação do desenvolvimento paulatino do Estado mostrou-nos pois o seguinte: formas de dominação e relações de poder se estabelecem porque os homens, em razão de circunstâncias exteriores e sobre as quais não exercem influência, tornam-se *dependentes uns dos outros* na comunidade. Os pais podem tomar decisões em relação ao filho, pois este depende deles e porque esse é o melhor modo de, via de regra, atender aos interesses do filho a longo prazo. Os pais cuidam da criança, protegem-na e conhecem suas aptidões e os seus interesses. Portanto, as formas de dominação na família são muito conhecidas pelos homens. Na medida em que a família perde autonomia em virtude das implicações sociais crescentes e da divisão do trabalho, ela precisa ceder à comunidade uma parte dos seus direitos de dominação. *No entanto, a comunidade tem apenas o direito de exercer dominação na medida em que isto seja necessário diante da efetiva dependência dos membros desta comunidade.* A dominação deve necessariamente ser exercida de forma justa e a serviço da liberdade.

6. Como já se ressaltou, os homens dependem uns dos outros em razão da divisão do trabalho e de suas capacidades, inclinações, possibilidades e interesses distintos.

Por meio dessas *dependências* surgem *posições de poder* daqueles dos quais outros dependem. A fim de ordenar no interior de uma sociedade estas posições de poder e dependências no interesse do desenvolvimento do indivíduo, é necessário que haja uma dominação estatal. Sem esta não se pode conceber uma ordem social fundada na divisão do trabalho.

7. Sendo a dominação estatal derivada da situação social concreta de uma comunidade, ela deve também ser estruturada diferentemente, segundo a evolução social. Um Estado que se limita a proteger a comunidade dos perigos exteriores e a solucionar os conflitos internos será organizado de modo diverso daquele que, em uma sociedade industrial complexa e desenvolvida, deve garantir a existência econômica da comunidade.

8. Sem dúvida, *abusa-se freqüentemente dos direitos de dominação*. Tanto quanto há bons e maus pais, que exploram e maltratam os seus filhos, assim também conhecemos regimes estatais que tiram proveito da dependência dos homens, até mesmo reforçam-na conscientemente, explorando e abusando assim de uma parte de seus súditos.

9. Abuso de poder, abuso econômico, exploração e violação dos direitos humanos mais elementares provêm do fato de que algumas poucas pessoas possuem poder excessivo. Os constitucionalistas, politologistas e filósofos do Estado deveriam sempre levar em conta a famosa frase de Lord Acton: "Power corrupts and absolute power corrupts absolutely." O poder corrompe e o poder absoluto corrompe os homens absolutamente.

10. Hobbes quis pôr um fim no abuso do poder (para ele, este abuso é permanente), colocando o poder absoluto nas mãos de um monarca. Porém, ele não ponderou o fato de que também o monarca pode abusar do seu poder. Se se deseja construir uma teoria do Estado a partir do fato de que o homem é um ser falível, é necessário que ela assegure que os *efeitos inevitáveis da deficiência humana sejam minimizados*. Isto só é possível quando, no interior de uma comunidade, o poder é partilhado entre os particulares e o Estado, e o poder estatal, por sua vez, novamente dividido

§ 6. A LEGITIMIDADE DA DOMINAÇÃO DO ESTADO

entre diversos órgãos (cf. § 27). As deficiências humanas só podem ser evitadas quando o poder é controlado e mantido dentro de certos limites por um poder contrário.

11. Isto vale igualmente para o Estado marxista. De fato, até o presente momento nenhum marxista pôde provar que os líderes do proletariado não abusam do seu poder. Por que aqueles pertencentes à classe dos trabalhadores também não se corromperiam ao deterem o poder? Por que somente os líderes e os representantes da ideologia marxista estariam a salvo da alienação? Por que exatamente eles adotam um comportamento altruísta?

12. O século XX, mais do que qualquer outro, mostrou do que o homem é capaz, quando dispõe de um poder excessivo. Todavia, isso não pode nos levar a censurar tudo indistintamente e a condenar toda e qualquer dominação estatal. Aquilo que realmente importa é que, no interior de uma sociedade, o poder seja distribuído e ordenado de tal modo que as pessoas que dele dispõem empreguem-no para o bem dos cidadãos, se controlem mutuamente.

13. O Estado de uma sociedade industrial complexa deve cuidar para que os homens possam evoluir o mais livremente possível. A promoção da liberdade não conduz, em última instância, à morte do Estado. Pois *o Estado é o resultado da interdependência entre os homens e da divisão do trabalho.* As liberdades criadas pelo direito devem minimizar as dependências que surgem por meio dessas interpenetrações. O direito trabalhista deve assegurar ao trabalhador um espaço de liberdade, por exemplo férias, salário mínimo etc. Mas, a rigor, somente um Estado forte pode cumprir essa tarefa e não um Estado agonizante. O Estado deve garantir que o poder existente seja exercido racionalmente, quer dizer, de acordo com a justiça; ele deve racionalizar o poder.

14. Todavia, o Estado não é, de modo algum, simplesmente uma conseqüência das hostilidades existentes entre os homens, como quer Hobbes. Há certamente o perigo de que uma comunidade humana, interdependente e complexa, se desintegre na falta de uma liderança, em razão de as hostilidades tornarem-se cada vez mais extremadas. Mas, mesmo que este não fosse exatamente o caso, haveria a necessidade de uma forma de dominação superior aos indivíduos para regular as relações entre os homens e assegurar, em um determinado quadro, a divisão do trabalho, a previdência social e as condições de existência. *O Estado não é uma conseqüência do "homo homini lupus", mas o resultado da socialização do homem,* e esta é, sobretudo, uma conseqüência da divisão crescente do trabalho, do crescimento demográfico e da capacidade de organização, bem como do sentido comunitário do homem.

15. Concepções unilaterais e unidimensionais do homem podem, por conseguinte, conduzir a conclusões errôneas de grande alcance. Aquele que observa o homem, tal como é hoje, tem de admitir que a agressividade é tão-somente um aspecto da natureza humana. Há, por exemplo, igualmente homens dispostos ao sacrifício, homens solícitos, prestativos e conscientes de seus deveres. A realidade da sociedade humana é, no entanto, ainda mais complexa e não pode ser apreendida em algumas poucas frases. Ao lado de uma mãe que não pode mais alimentar os seus filhos famintos, encontra-se talvez um soldado que sofre por sentir-se impotente por não poder fazer nada pelas crianças; ou um soldado frustrado e ávido pelo poder, que quer descarregar a sua cólera sobre a mãe impotente. Ao lado de um executivo estressado talvez trabalhe uma secretária que cumpre conscientemente as suas obrigações, mas que, ao mesmo tempo, se alegra com o findar do expediente. Uns têm como meta de vida ganhar muito dinheiro ou possuir muito poder; outros sentem-se realizados se podem alimentar a sua família e trazer felicidade para os seus filhos. Assim, quão falho não seria construir uma teoria do Estado fundada sobre uma imagem de homem unilateral, puramente teórica e irreal.

§ 6. A LEGITIMIDADE DA DOMINAÇÃO DO ESTADO

16. Enfim, a dominação estatal também não pode ser atribuída a um contrato original fictício ou real do qual provêm todos os subseqüentes direitos ao exercício do poder, como se deduzidos de uma vez por todas de uma norma fundamental. Uma vez que o contrato pressupõe já a existência do princípio jurídico fundamental, segundo o qual contratos devem ser cumpridos, ele também não pode servir como condição para a instituição de uma ordem jurídica estatal.

Ao contrário, o Estado se desenvolveu, construiu e modificou paulatinamente com a história do homem. Ele está ligado à natureza do homem. A dominação estatal só se justifica se, em última análise, é instituída para o bem-estar do homem, quer dizer, para o seu livre desenvolvimento.

17. Mas como se pode verificar se a dominação estatal está sendo exercida de maneira justa? Pelo reconhecimento da população que vive no Estado em questão. A socialização crescente do homem conduziu a uma diminuição da autonomia da família e, simultaneamente, a uma transferência e concentração do poder. Esta *concentração* do poder em um plano suprafamiliar constitui o primeiro passo para a formação de uma comunidade estatal. Todavia, se o exercício do poder não é aceito pela população em questão, trata-se de uma quadrilha de bandidos. Pode-se falar de um Estado legítimo apenas quando o exercício do poder é igualmente reconhecido pela população em questão. Isto pressupõe, de um lado, que a população se considere uma comunidade que deve ser guiada segundo leis comuns (conferir, por exemplo, a descrição do sentimento comunitário em Ibn Khaldûn). Além disso, a referida população tem de estar convencida de que a dominação se exerce para o seu bem e em seu interesse. Caso contrário, a população se recusará a reconhecê-la, isto é, não a legitimará.

18. Esse reconhecimento, no entanto, não se opera por um plebiscito original permanente. Ele torna-se patente no fato de a população obedecer às ordens, e isto não apenas porque teme as sanções, mas também porque considera-as legítimas e sente-se obrigada a obedecer disposições legítimas.

19. A *legitimidade da dominação*, segundo Max Weber, pode ter diferentes fundamentos (1864-1920). Ele denomina-a legal quando se exerce e repousa sobre um estatuto racional; tradicional, se se funda sobre a crença na santidade das ordens existentes desde sempre e dos poderes senhoriais (dominação patriarcal), e carismática se repousa sobre uma devoção afetiva à pessoa do soberano em razão das suas capacidades mágicas, do seu heroísmo ou então da força de seu espírito ou do seu discurso. A melhor base de legitimidade é, certamente, o exercício justo da dominação. Quando o maior número possível de homens se convence da justiça da dominação e das leis, a dominação alcança o mais alto grau de legitimidade (M. Weber, pp. 475 ss.).

20. Quando o poder social existente é atribuído ao Estado, é absolutamente necessário que *seja exercido no interesse e pelo bem da coletividade*. O poder do Estado deve harmonizar-se com a finalidade do Estado, isto é, deve ser empregado para o bem da coletividade. "De fato, todas as instituições humanas desenvolvem um poder e, *a menos que se estabeleça um sentido* para o poder próprio ao Estado, este não se diferencia nem daquele de uma quadrilha, nem daquele de um cartel do carvão ou nem mesmo daquele de um clube de boliche" (H. Heller, p. 203).

21. Intimamente ligada com o exercício justo do poder há naturalmente a questão de saber a quem compete o direito de controlar isso. Muitos monarcas sustentaram, por exemplo, o ponto de vista de que a eles cabia a tarefa de reinar no interesse do bem comum. Todavia, aquilo que correspondia ao bem comum, somente eles, e não o povo, podiam julgar. É o que Jaime I explica em 21 de março de 1610 ao seu parlamento: "Todo o poder que Deus conferiu ao rei, ele deve empregá-lo para *edificar* e não para destruir... Eu não admito que o meu povo julgue a minha dominação, mas sempre esclarecerei as razões que, em conformidade

§ 6. A LEGITIMIDADE DA DOMINAÇÃO DO ESTADO

com as minhas decisões e as minhas ações, constituem a base de minhas leis (consultar I. P. Kenyon, p. 14. Citação traduzida pelo autor).

22. Apesar disso, em todas as épocas houve possibilidades de manter, ao menos em parte, dentro de certos limites os direitos de dominação absolutos do rei. Hugo Grócio (1583-1645) relata que os reis do velho Egito, depois de suas mortes, podiam ser acusados pelos cidadãos de violação dos princípios essenciais de governo. Caso fossem considerados culpados, o juiz privava-os do direito de ter um funeral solene (H. Grócio, Livro 1, cap. 3 XVI, 3). O autor relata também que outros reis detinham um poder ilimitado mas, caso transgredissem os seus direitos reais, era permitido apedrejá-los (H. Grócio, *idem, ibidem*).

23. Se a dominação é exercida por um rei ou pela maioria democrática de um povo, em ambos os casos coloca-se sempre a questão de saber se o "soberano" está acima do direito ou se está submetido a ele. Certamente, o soberano não pode ser simplesmente qualificado como um órgão de execução, que não tem outra tarefa senão a de aplicar o direito preeditado. Por outro lado, o soberano também não tem o direito de fazer a injustiça. O direito e a injustiça – contrariamente ao que Hobbes pensa – são anteriores ao Estado. *Há princípios jurídicos elementares, reconhecidos por todos os povos, que não podem ser violados nem mesmo pelo soberano.*

24. Mesmo na linguagem corrente, o termo "direito" tem uma acepção que ultrapassa a lei positiva. Uma ação ou uma decisão é julgada como justa ou injusta porque está ou não de acordo com os princípios jurídicos reconhecidos, e não simplesmente pelo fato de ser legal ou ilegal.

25. Assim, o soberano não está acima do direito, mas inserido no direito. Ele deve certamente criar grande parte da ordem jurídica, mas ao fazê-lo não pode ultrapassar o âmbito dos princípios de direito reconhecidos de modo geral. Estes princípios de direito correspondem aos valores fundamentais e racionalmente fundamentados concernentes à dignidade humana, e dos quais a grande maioria dos homens partilha. Não se pode perder de vista que a maioria formal dos cidadãos de um Estado se deixa, às vezes, seduzir por medidas que contrariam os princípios elementares dos direitos humanos. Tanto a perseguição dos judeus no *III Reich* quanto a discriminação racial em outros Estados são degenerações extremamente cruéis da tirania da maioria. John Stuart Mill (1806-1873) escreve a esse respeito: "Em conseqüência disso, o povo pode desejar oprimir uma parte de si mesmo, e é indispensável tomar-se providências tanto contra isso quanto contra qualquer outro tipo de abuso do poder" (J. St. Mill, cap. 1, p. 124).

26. *Por essa razão não basta que as decisões do soberano levem em conta os princípios de direito reconhecidos pelo povo em geral; ele deve necessariamente observar sempre e de maneira geral os princípios jurídicos racionais e justificáveis.*

27. A *razão* deve ser, conseqüentemente, determinante. Quando o governo abusa do seu poder por meio da violação dos princípios elementares da justiça e da razão, perde o seu direito de governar. Os cidadãos têm então o direito de se oporem caso a sua resistência conduza, em última análise, a um governo melhor e a desagregação não seja pior que o abuso de poder pelo governo (cf. § 16/31 ss.).

28. Aquele que parte do princípio de que o homem é um *ser capaz de aprender*, também em relação às questões do exercício do poder, e que pode se corrigir quando está sob controle, defenderá um Estado com poder limitado e controlado. Os Estados que reconhecem os direitos humanos em suas Constituições, mas delegam aos governantes um poder ilimitado, violam esse princípio elementar. Quando os homens têm poder excessivo e não necessitam prestar contas do uso que dele fazem, certamente abusarão desse poder.

29. O Estado diferencia-se de uma quadrilha de ladrões pelo fato de que deve administrar, no interesse dos ho-

§ 6. A LEGITIMIDADE DA DOMINAÇÃO DO ESTADO

mens, a parte de autonomia humana que lhe foi confiada. Ele deve se preocupar com o bem comum dos seus cidadãos e não pode privilegiar interesses particulares enquanto tais (J. Rawls, pp. 253 ss.). Em todas as épocas e em todos os lugares onde os Estados ou os soberanos o fizeram, cedo ou tarde, tiveram de abandonar a sua dominação. Já no século XIV, o estadista árabe Ibn Khaldûn considerava que todo rei perderia a sua dominação caso vivesse somente para si e para o seu luxo, e não buscasse mais o interesse geral do seu povo. "Quando uma monarquia evolui em direção à dominação absoluta e ao luxo, ela se torna senil e pronta para o declínio" (Ibn Khaldûn, p. 133, tradução do autor).

30. A estrutura e a legitimação da dominação estatal ligam-se sempre intimamente às circunstâncias específicas do Estado em questão, determinadas pelo nível de desenvolvimento, pela formação, pela tradição histórica, pelo caráter do povo, pela extensão do território e sua geografia. Pessoa alguma ousará sustentar que a República da China deveria ser organizada e dirigida segundo os mesmos princípios que vigoram nos minúsculos principados de Andorra ou de Liechtenstein.

31. Hobbes acreditava que o Estado poderia solucionar o conflito entre os homens pela ordem e pelo poder. O Estado, no entanto, em última instância, é uma ordem racional a serviço da paz, que só é reconhecida se realiza os valores de liberdade e de justiça, que são caros aos homens.

Capítulo 3
O Estado e os direitos humanos

§ 7. A IDÉIA DOS DIREITOS HUMANOS

Bibliografia

Granet, M. *Die chinesische Zivilisation* (A civilização chinesa). Munique, 1976.
Mutwa, C. *My People* (Meu povo). 3.ª ed., Londres, 1977.
Zimmer, H. *Les philosophies de l'Inde* (As filosofias da Índia). Paris, 1978.

1. A história da humanidade não deixa de ser também uma história da crueldade, da escravidão e da violação da dignidade elementar do homem. Tal qual nos dias atuais, sempre houve, em todas as épocas, governantes que abusaram do seu poder e perseguiram os seus súditos com brutalidade e crueldade. A polícia secreta não é uma invenção contemporânea; ela já existia na China antiga e em outros continentes.

2. Por mais cruelmente que a dignidade humana tenha sido pisoteada pela tortura e pela escravidão, nada conseguiu destruir completamente a esperança e o engajamento de algumas personalidades que lutaram por uma ordem social justa e mais digna para o homem, que garantisse a liberdade e a possibilidade de desenvolvimento a cada indivíduo. O anseio de levar uma vida independente no seio de sua família, de sua tribo ou da comunidade com seus próximos, seus amigos e parentes, a busca de uma felicidade próxima ou distante, neste ou no outro mundo, foram e continuam a ser tão difundidos quanto as tentativas de abusar do poder conquistado justamente pela destruição deste tipo de liberdade.

3. Do mesmo modo, as idéias sobre o homem virtuoso e justo parecem fazer parte do patrimônio comum da humanidade. Coragem, bom senso, piedade, perseverança, castidade, humildade, amor, honra, fidelidade etc. não pertencem apenas às virtudes da antiga Grécia, mas são valores igualmente fundamentais nas tribos africanas há muitos milhares de anos (C. Mutwa, p. 141); bem como na velha filosofia chinesa (Confúcio, 551-479 a.C.).

4. Concepções sobre o soberano bom, justo e previdente não se encontram só em Platão e Aristóteles; nós as encontramos também na Índia (H. Zimmer, pp. 104 ss.) ou na China. Neste país, no ano 162 a.C., o imperador Wen já proclamava: "Ao amanhecer, me levanto! Tarde da noite, me deito! Todas as minhas forças, dedico-as ao Império: eu me preocupo com todo o meu povo, e sofro!" (M. Granet, p. 257).

5. Apesar de, como provam estes testemunhos, as concepções fundamentais relativas à dominação justa a serviço do bem do povo serem muito difundidas, o nascimento da verdadeira idéia de direitos humanos deve ser atribuído à história do pensamento europeu. Por quê? Nós já apontamos que, originalmente, quase todo soberano apoiava o seu poder sobre forças sobrenaturais, sobre o direito divino. No início, mesmo o direito foi fundado sobre a religião; era um direito imutável, estabelecido por Deus, ao qual também estava vinculado o soberano. O direito estava, por assim dizer, escrito na alma do povo. Se um soberano abusasse ou violasse esse direito, tornava-se evidente que seu poder ou o de seus descendentes cedo ou tarde pereceria. Todo direito era, portanto, direito do homem e, no âmbito de uma tal concepção, a idéia de direitos particulares, atribuídos aos homens em face de seu governante, era supérflua.

§ 7. A IDÉIA DOS DIREITOS HUMANOS

6. Na época da baixa Idade Média, a idéia dos direitos do homem tornou-se cada vez mais importante na Europa, com a secularização progressiva da dominação. Enquanto a dominação foi fundada em Deus, encontrou os seus limites no direito sobrenatural. Mas, a partir do momento em que o soberano passou a editar o seu próprio direito, foi necessário fixar-lhe certos limites, a fim de que não agisse de modo arbitrário e sem quaisquer restrições, mas sim que levasse em conta os direitos dos seus súditos. É assim que nasce a idéia dos direitos originais e irrenunciáveis do homem diante do poder do Estado.

7. A seguir faremos uma breve apresentação da evolução histórica da idéia dos direitos humanos, limitando-nos à história européia do pensamento humano, visto que esta está intimamente ligada com a gênese do Estado secularizado. Nesse contexto, todavia, não se pode jamais perder de vista que a idéia fundamental de uma dominação justa, a serviço do bem dos homens, é absolutamente própria a todos os povos da terra, e que as crueldades, os abusos e as violações do direito, com exceção da escravização do inimigo, sempre foram considerados um mal.

8. A noção de direitos humanos é uma noção coletiva que abarca diferentes tipos de direitos fundamentais, liberdades individuais, direitos políticos e civis, mas também econômicos e sociais. Uma vez que, a seguir, o nosso interesse estará voltado para a questão de saber se o homem possui direitos originais e irrenunciáveis, e limitativos da dominação do Estado, nos contentaremos com a abordagem dessa noção coletiva dos direitos do homem. Na segunda parte deste capítulo examinaremos com mais detalhes os diferentes tipos de direitos do homem e de liberdades fundamentais.

9. Por direitos do homem (ou direitos humanos) designaremos, a seguir, em especial os direitos supra-estatais, que contêm exigências morais que limitam o Estado. Ao contrário, ao utilizarmos a noção de direitos fundamentais, estaremos nos referindo, em primeira linha, à formação dos direitos do homem no interior do Estado e do ponto de vista do direito constitucional.

§ 8. A EVOLUÇÃO HISTÓRICA DA IDÉIA DOS DIREITOS HUMANOS

Bibliografia

a) Autores clássicos

Aristóteles. *Politik* (Política). Trad. al. e org. O. Gigon. 2.ª ed., Zurique/Stuttgart, 1971.
Cícero. *Vom Gemeiwesen* (De república). Trad. K. Büchner. 3.ª ed., Zurique/Munique, 1973.
Espinosa, B. de. *Opera/Werke* (Obras). Vol. I: Theologisch-politischer Traktat. Org. G. Gawlick e F. Niewöhner. Darmstadt, 1979. [Trad. bras. *Tratado teológico-político*, São Paulo, Martins Fontes, 2003.]
Kant, I. Die Metaphysik der Sitten (Metafísica dos costumes). In: vol. 6 da *Akademie Textausgabe* em 9 vols., Berlim, 1968.
Locke, J. *Zwei Abhandlungen über Regierung*. Trad. al. H. Wilmanns. Halle, 1906. [Trad. bras. *Dois tratados sobre o governo*, São Paulo, Martins Fontes, 1998.]
Marsílio de Pádua. *Der Verteidiger des Friedens* (Defensor pacis – O defensor da paz). Trad. al. W. Kunzmann, 2 vols., Darmstadt, 1958.
Milton, J. *Rede für die Pressefreiheit und gegen die Zensur* (Discurso pela liberdade de imprensa e contra a censura). Trad. al. H. Fleig. Basiléia, 1944.
Montesquieu, Ch.-L. *Vom Geist der Gesetze*. Trad. al. K. Weigand. Stuttgart, 1974. [Trad. bras. *O espírito das leis*, São Paulo, Martins Fontes, 2.ª ed., 1996.]
Nicolau de Cusa. De concordantia catholica. In: K. G. Hugelmann (org.). *Von der allgemeinen Eintracht* (Da concordância universal). Salzburg, 1966.
Políbios. *Geschichte* (História). Obras completas em 2 vols. Trad. al. H. Drexler. Zurique/Stuttgart, 1961-1963.
Pufendorf, S. von. *Die Verfassung des Deutschen Reiches* (A Constituição do império alemão). Trad. al. H. Denzer. Stuttgart, 1976.

§ 8. A EVOLUÇÃO HISTÓRICA DA IDÉIA DOS DIREITOS HUMANOS   97

Sêneca. *De clementia* / Über die Güte (De clementia / Tratado sobre a clemência). Trad. al. K. Büchner. Stuttgart, 1970.
Tomás de Aquino. *Summe der Theologie* (Suma teológica). Org. Albertus-Magnus - Akademie (Academia Albertus-Magnus). Heidelberg/Graz, 1934 ss.
____. *Über die Herrschaft der Fürsten* (Do governo dos príncipes). Trad. F. Schreyvogel. Stuttgart, 1975.

b) Outros autores

Allan, D. J. Individuum und Staat in der Ethik und der Politik des Aristoteles (O indivíduo e o Estado na ética e na política de Aristóteles) (1965). In: F.-P. Hager (org.). *Ethik und Politik des Aristoteles* (Ética e política de Aristóteles). Darmstadt, 1972.
Bloch, E. *Naturrecht und menschliche Würde* (Direito natural e dignidade humana). Frankfurt a. M., 1961.
Brephol, W. *Die sozialen Menschenrechte, ihre Geschichte und ihre Begründung* (Os direitos sociais do homem, sua história e sua fundamentação). Wiesbaden, 1950.
Duerig, G. Grundrechte und Zivilrechtssprechung (Direitos fundamentais e jurisprudência civil). In: *Festschrift für H. Nawiasky* (Edição comemorativa para H. Nawiasky). Munique, 1956, p. 157 ss.
Encyclopedia Britannica. Chicago/Londres. Edição de 1962.
Hartung, F. *Die Entwicklung der Menschen- und Bürgerrechte von 1776 bis zur Gegenwart* (A evolução dos direitos do homem e do cidadão de 1776 até a atualidade). 4.ª ed., Göttingen, 1972.
Hebere, O. *Das göttliche Recht des 15. und 16. Jahrhunderts als Vorläufer der Menschenrechte.* Eine ideengeschichtliche Untersuchung (O direito divino dos séculos XV e XVI como precursores dos direitos do homem. Uma investigação da história das idéias). Dissertação. Frankfurt a. M., 1961.
Huber, E. R. Bedeutungswandel der Grundrechte (Mudança da significação dos direitos fundamentais). In: *AöR* 62, 1933, pp. 1 ss.
Huber, H. Die Bedeutung der Grundrechte für die sozialen Beziehungen unter den Rechtsgenossen (A significação dos direitos fundamentais para as relações sociais entre os juristas). In: *ZSR* 74, 1955. Vol. 1, p. 173 ss.
Keller, R. von. *Freiheitsgarantien für Person und Eigentum im Mittelalter. Eine Studie zur Vorgeschichte moderner Verfassungsgrundrechte* (As garantias de liberdade para a pessoa e a propriedade na Idade Mé-

dia. Um estudo sobre os antecedentes dos direitos fundamentais modernos). Heidelberg, 1933.

Kolakowski, L. *Die Hauptströmungen des Marxismus* (As principais correntes do marxismo). 3. vols., Zurique, 1977-1979.

Leisner, W. Grundrechte und Privatrecht (Direitos fundamentais e direito privado). *Münchner öffentlichrechtliche Abhandlungen* (Ensaios sobre direito público de Munique). Caderno 1, 1960.

Marcuse, H. *One Dimensional Man* (O homem unidimensional). Boston, 1968.

Maritain, J. *Les droits de l'homme et la loi naturelle* (Os direitos do homem e a lei natural). Nova York, 1942.

Mommsen, Th. *Abriß des römischen Staatsrechts* (Esboço do direito público romano). Reimpressão da edição de 1907. Darmstadt, 1974.

Müller, J. P. *Die Grundrechte der Verfassung und der Persönlichkeitsschutz des Privatsrechts* (Os direitos fundamentais da Constituição e a proteção da personalidade do direito privado). Dissertação. Berna, 1964.

Nozick, R. *Anarchy, State and Utopia* (Anarquia, Estado e utopia). Oxford, 1975.

Oestreich, G. *Geschichte der Menschenrechte und Grundfreiheiten im Umriß* (Esboço da história dos direitos do homem e das liberdades fundamentais). 2.ª ed., Berlim, 1978.

Samwer, S.-J. *Die französische Erklärung der Menschen - und Bürger rechte von 1789/91* (A declaração francesa dos direitos do homem e do cidadão de 1789/91). Hamburgo, 1970.

Schnatz, H. (org.). *Päpstliche Verlautbarungen zu Staat und Gesellschaft* (Publicações papais sobre o Estado e a sociedade). Darmstadt, 1973.

Schnur, R. (org.). *Zur Geschichte der Erklärung der Menschenrechte* (A história da declaração dos direitos do homem). Darmstadt, 1964.

Schwabe, G. *Die sogenannte Drittwirkung der Grundrechte* (O denominado efeito perante terceiros dos direitos fundamentais). Munique, 1971.

Voigt, A. *Geschichte der Grundrechte* (História dos direitos fundamentais). Stuttgart, 1948.

Willke, H. *Stand und Kritik der neueren Grundrechtstheorie. Schritte zu einer normativen Systemtheorie* (Situação e crítica da mais nova teoria dos direitos fundamentais. Procedimentos para uma teoria normativa do sistema). Berlim, 1975.

a) A idéia fundamental da justiça na Antiguidade

1. O desenvolvimento dos direitos do homem remonta à Antiguidade grega. Já no século V a.C., os sofistas ensinavam que o direito natural era superior e melhor que as leis positivas existentes. Alcidamas (séc. IV a.C.) expressou esta idéia através da célebre frase: "Deus criou os homens livres e de nenhum deles fez um escravo" (*Enciclopédia Britânica*, tópico Alcidamas). Esta idéia fundamental da igualdade entre todos os homens e da igualdade de seus direitos atravessa a história dos direitos humanos como um fio condutor.

2. Também segundo Platão, o homem não deve se resignar com toda e qualquer ordem política. Deve-se rejeitar uma ordem estatal que rebaixe o homem moralmente. Somente as leis que emanam da razão vinculam, em última instância, o homem. Platão parte do ponto de vista de que existe uma ordem anterior ao Estado a qual o monarca deve respeitar e realizar por meio de suas leis.

3. Aristóteles, preceptor de Alexandre o Grande, expressa isso de modo muito mais claro. Para ele, por natureza, aquilo que é lícito e justo existe paralelamente ao direito positivo editado pelo aparelho político. Este direito por natureza é original e dado pelos usos e costumes e pela tradição. Na sociedade primitiva, portanto, o homem se comporta corretamente e os seus hábitos, as suas convicções morais e os seus usos lhe são adequados e, portanto, não podem ser violados (conferir a esse respeito a análise crítica de D. J. Allan, pp. 403 ss.).

4. Todavia, Aristóteles considerava a escravidão como justificada. Segundo ele, os homens podem ser desiguais. Pois, por natureza, ou nascem como homens livres, ou vêm ao mundo como escravos, dotados de uma razão limitada. Os escravos, precisamente por serem desiguais, devem ser tratados como desiguais. "Todos aqueles cuja tarefa é a utilização da força corporal, e esta é o melhor que eles têm a oferecer, são escravos por natureza" (Aristóteles, Livro I, 1254 b). Além disso, há pessoas que se tornam escravos pela lei e não por natureza. "A lei é uma espécie de acordo, segundo a qual se admite que o vencido na guerra se torna propriedade do vencedor" (Aristóteles, Livro I, 1255 a).

b) O princípio da igualdade de tratamento entre os estóicos

5. Enquanto para Platão e Aristóteles a ação justa emana da virtude, os estóicos descobriram a íntima relação entre a justiça e o princípio da igualdade. A escola estóica desenvolveu também uma verdadeira doutrina sobre a igualdade entre os homens. Todos os homens, mesmo os escravos, têm o dom da razão. "É a verdadeira lei a razão correta que está em consonância com a natureza, que se derrama sobre todos, que é coerente e eterna, cujas ordens chamam para o dever e cujas proibições afastam do erro e, ora com suas ordens, ora com suas proibições, jamais se dirige inutilmente aos bons, nem deixa de impressionar os maus. Contestar a validade desta lei é um sacrilégio; ela não pode nem ser em parte derrogada, nem revogada. Nem o Senado nem o povo podem nos isentar do cumprimento desta lei ... não há uma lei em Roma e outra em Atenas, uma agora e outra mais tarde, mas uma única, eterna e imutável, entre todos os povos e todos os tempos; uno será sempre o seu mestre e governante: Deus!" (Cícero, Livro III, 22). "A espécie humana distingue-se dos outros seres vivos pelo fato de ser a única a possuir razão..." (Políbios, Livro VI, 6).

6. Pensamentos similares encontramos em Epicteto (aproximadamente 50-138 d.C.) e em Sêneca (aproximadamente 0-65 d.C.). Em sua obra *De clementia*, Sêneca parte do princípio de que todos os homens – escravos ou livres – têm, em última análise, parentesco. "Embora tudo seja permitido em relação ao escravo, há todavia ações que o direito comum a todos os seres vivos não autoriza contra o homem" (Sêneca, Livro I, 18/2. p. 53).

O direito natural é, portanto, um direito de validade imediata; não existe paralelamente às leis. O direito natural não é somente objeto da filosofia; deve ancorar-se no direito positivo. O direito natural obriga o legislador.

7. Não obstante a sua íntima ligação com a escola estóica, o direito romano não conheceu o direito fundamental do homem à liberdade. A igualdade dos homens foi reconhecida como um dever moral, mas não como um dever jurídico. A sociedade romana estruturou-se, à parte os escravos, que eram desprovidos de direito, em uma hierarquia muito sutil e respeitada (Th. Mommsen, pp. 29 ss.).

c) A contribuição da imagem cristã do homem

8. A imagem cristã do homem contribuiu essencialmente para o desenvolvimento da concepção de homem sobre a qual repousam os direitos do homem. A compreensão do homem como uma criatura à imagem de Deus foi determinante para essa questão (conferir, por exemplo, Tomás de Aquino, *Suma teológica*, Livro I, questão 93, artigo 6). A criação do homem à imagem de Deus conduz, conseqüentemente, à igualdade de todos os homens diante de Deus. Todavia, da igualdade diante de Deus ao direito universal de igualdade na sociedade, um longo caminho teve de ser percorrido. Assim, Tomás de Aquino, por exemplo, admitia a desigualdade entre as classes sociais e a servidão ou escravidão (Tomás de Aquino, *Suma teológica*, Livro II, segunda parte, questão 183, artigo 1). Nem os doutrinadores dos primeiros tempos da Igreja nem a teologia medieval puderam dar o passo definitivo em direção à igualdade dos homens entre si. Foram somente os reformadores que, ao delegarem certas tarefas da Igreja às comunidades eclesiásticas, instituíram os princípios que conduziriam a uma democratização das Igrejas, enquanto a Igreja católica por longo tempo invocou para si o direito a liberdade, mas somente no século XX pôde transpor todos os obstáculos e reconhecer completamente os direitos do homem. Assim, em sua encíclica *Venerabile Fratres*, o Papa Leão XIII ainda defende em 1881 a seguinte idéia: "Dessas considerações resulta que não é de modo algum permitido exigir, defender ou garantir a liberdade de pensamento, de expressão, de ensino, de religião, como se todas essas liberdades fossem direitos que a natureza confere ao homem" (H. Schnatz, pp. 183 ss.). Somente no II Concílio do Vaticano a liberdade de religião foi reconhecida integralmente como um direito do homem.

d) A influência germânica

9. O direito natural medieval foi fortemente influenciado pelas idéias germânicas, além daquelas dos estóicos e dos filósofos gregos. A proteção contra a arbitrariedade da autoridade, o dever de fidelidade dos súditos, o dever do suserano de protegê-los bem como o direito de resistência a um rei que viola as leis eram elementos de origem germânica.

10. Entretanto, o pensamento jurídico germânico foi fortemente modificado pelas teorias eclesiásticas. O suserano supremo é Deus. O soberano recebeu como feudo a sua dominação de Deus. Desse modo, ele está ligado tanto ao direito divino quanto ao direito natural. O rei recebe do Papa a espada profana, quer dizer, o direito de reger sobre o mundo. John Salisbury (1115-1180), em sua obra *Polycratus* (1159), requer uma separação rígida entre a espada divina e a profana (teoria das duas espadas). Somente se pode tirar do rei a sua espada profana, ou poder temporal, quando ele não obedece ao direito ou não rege mais o povo. Salisbury reconhece, ao lado do direito divino, o direito ensinado pela Igreja, a *ratio aeterna* como fonte da justiça. O homem, graças à sua razão, discerne a natureza e o princípio vital do homem. É por essa razão que o rei não está ligado apenas ao direito eclesiástico, mas especialmente à razão humana. Salisbury assenta, desse modo, a pedra fundamental para o desenvolvimento do direito racional, que alcança o seu apogeu no Iluminismo.

11. Tomás de Aquino é o autor da célebre frase: "Homo naturaliter liber et propter se ipsum existens." Segundo ele,

§ 8. A EVOLUÇÃO HISTÓRICA DA IDÉIA DOS DIREITOS HUMANOS 103

a verdadeira monarquia deve reconhecer a liberdade da propriedade, da pessoa e da vida. É tão-somente sobre esta base que o rei poderá realizar o bem comum. Todavia, encontramos também em sua obra passagens nas quais justifica a escravidão por motivos de ordem econômica, bem como a inferioridade da mulher que, comparada ao homem, é um ser falho e inacabado. Por outro lado, quanto aos assuntos religiosos, ele limita a liberdade de consciência aos não-cristãos, restringindo, desse modo, consideravelmente a liberdade religiosa (consultar Tomás de Aquino, *Do governo dos príncipes*, Livro I, cap. 1, p. 8).

12. Da Idade Média a meados do século XVII, a propriedade era, de resto, um direito geral e global tal qual é hoje a dignidade humana. Nele inseria-se também a totalidade dos direitos de liberdade de uma pessoa. Liberdade e propriedade eram, portanto, duas noções inseparáveis. A propriedade continha igualmente o direito do indivíduo de dispor livremente do seu trabalho e da sua capacidade de conservação da própria existência. À propriedade opunha-se o direito do governo, a prerrogativa do rei.

e) A gênese histórica da idéia da secularização do Estado

13. A idéia dos direitos fundamentais foi sensivelmente ampliada por Marsílio de Pádua, em sua obra *Defensor pacis*. Do seu ponto de vista, a coletividade política é uma comunidade de homens livres. Pelo agrupamento dos cidadãos, o soberano pode ser vinculado à lei e ao direito. "Toda forma de Estado se estabelece ou pela vontade dos súditos ou contra a sua vontade. A primeira corresponde ao tipo de constituição bem dosada; a segunda, à corrompida..." (M. de Pádua, Parte 1, cap. IX. 5). "Os monarcas reais, os eleitos como os não-eleitos, assemelham-se pelo fato de que governam com o consentimento dos súditos. Mas são diferentes pelo fato de que, na maior parte dos casos, os monarcas não-eleitos governam sobre um menor número de súditos que consentem e segundo leis de menor caráter político, quer dizer, que pouco servem ao bem comum, tal qual as leis bárbaras, das quais há pouco falamos. Em contrapartida, os monarcas eleitos governam com o consentimento dos súditos e segundo leis mais políticas, promulgadas, como dissemos, em função do bem comum. Disto resulta aquilo que se esclarecerá a seguir, isto é, que a forma de governo eletiva é superior à não-eletiva" (M. de Pádua, Parte 1, cap. IX, §§ 6-7).

14. Com a sua obra *Defensor pacis*, Marsílio de Pádua introduz a secularização do Estado na história das idéias. O poder do rei, segundo a sua concepção, não se deduz de Deus, mas tão-somente dos homens. É por esta razão que o rei não está mais vinculado à Igreja e ao Papa, mas somente às leis.

f) A idéia dos direitos irrenunciáveis

15. Reflexões similares encontram-se em Guilherme Occam (cerca de 1300-1350). Segundo ele, a propriedade e a liberdade são direitos conferidos por Deus e pela natureza. Eles estão indissoluvelmente ligados à pessoa. Estes direitos encontram-se no homem, mas este jamais poderá renunciar a eles definitivamente. Pela primeira vez, a idéia dos direitos inalienáveis e irrenunciáveis é expressa através de Occam. Esta idéia será de grande importância para o pensamento de Locke. O Estado não tem o direito de cercear estes direitos irrenunciáveis, nem mesmo com o assentimento de todos os seus súditos. Segundo Nicolau de Cusa (1401-1464), todos os direitos inatos dos homens precedem às leis. "Toda Constituição tem as suas raízes no direito natural, e se ela o contradiz não pode ser válida. Desse modo, uma vez que o direito natural é naturalmente inerente à razão humana, toda lei, na verdade, é inata ao homem" (N. de Cusa, II, 14).

§ 8. A EVOLUÇÃO HISTÓRICA DA IDÉIA DOS DIREITOS HUMANOS

16. Os filósofos ingleses desempenharam um papel decisivo para o desenvolvimento posterior das idéias de direitos fundamentais e direitos do homem. John Milton (1608-1674), secretário de Cromwell, reivindicou o direito de autodeterminação do homem. Tornou-se célebre a sua batalha pela liberdade de imprensa e contra a censura de livros. "Aquele que mata um homem mata um ser dotado de razão e de espírito, uma imagem de Deus. Mas aquele que destrói um bom livro mata o próprio espírito e, de certa forma, mata a imagem de Deus diante do mundo" (J. Milton, p. 25).

Depois de Milton, Locke foi o representante da teoria liberal do direito natural que mais se destacou. A vida, a propriedade e a liberdade são, por natureza, ligadas ao homem, e este não tem o direito de renunciar a elas. "O homem, como provamos, nasce com direito à total liberdade e ao gozo pleno de todos os direitos e privilégios do direito natural, tal como qualquer outro homem ou grupo. Por isso ele tem, por natureza, o poder de preservar não só a sua propriedade, quer dizer, a sua vida, a sua liberdade e os seus bens, contra os danos e os ataques de outros homens, mas igualmente o poder de julgar a violação deste direito por outros..."(J. Locke, *Segundo tratado*, cap. VII, 87).

g) A importância da separação de poderes para os direitos fundamentais

17. Locke, de modo muito realista, compreendeu que pouco valia postular a liberdade filosoficamente; ela deve, necessariamente, ter também uma base institucional. O poder do rei não deve ser restrito apenas na teoria, mas também de fato. Foi por esse motivo que defendeu uma divisão dos poderes do Estado em um poder executivo e um poder judiciário. Mas foi sobretudo Montesquieu (Ch.-L. Montesquieu, Livro XI, cap. 4; conferir igualmente § 27) quem destacou a estreita ligação entre a separação dos poderes e os direitos de liberdade.

h) A contribuição do direito racional do Iluminismo

18. Ao lado dos filósofos ingleses, os filósofos alemães também viam cada vez mais na *ratio* o fundamento de todos os direitos humanos. Para Benedictus de Espinosa (1632-1677), a razão independe do reino da teologia. A predominância das Igrejas na vida intelectual deve, por essa razão, ser rompida. A liberdade da razão, a *libertas philosophandi*, é um direito original e irrenunciável do homem. De acordo com isso, a liberdade ocupa em sua filosofia política um lugar de destaque. Para ele, assim como para Hobbes, o contrato social é o fundamento do poder e do direito do Estado. É por meio desse contato que se atribui ao soberano o direito de exercer o poder. Todavia, contrariamente a Hobbes, ele defende a idéia de que os homens não se mantêm individualmente ligados ao contrato social senão durante o tempo em que dele podem tirar vantagens. As vantagens provenientes do contrato social são as liberdades, que devem necessariamente ser garantidas pela ordem pacificadora do Estado. De modo conseqüente, Espinosa defende igualmente a democracia que, do seu ponto de vista, é a melhor forma de Estado, conquanto os proprietários do solo tenham o comando (conferir particularmente B. de Espinosa, *Tractatus theologico-politicus*).

19. Um outro representante do direito racional foi Samuel Pufendorf (1632-1694). Segundo ele, o soberano está vinculado ao direito natural; deve respeitar os deveres gerais e não tem o direito de ofender sem razão um homem honrado, de violar a sua propriedade privada ou usar de violência contra o seu corpo. Toda comunidade humana está ordenada segundo três direitos distintos: o direito deduzido da razão é determinante para toda a humanidade. Além disso, os cristãos se submetem ao direito divino, e os cidadãos ao direito do Estado. O direito natural se compõe do direito racional e do direito divino e encontra-se acima dos deveres cívicos e morais. Pufendorf rejeita um direito de resistência propriamente dito quando o soberano viola o direito natu-

§ 8. A EVOLUÇÃO HISTÓRICA DA IDÉIA DOS DIREITOS HUMANOS

ral. Os cidadãos têm unicamente o direito de deixar o Estado em questão (*ius emigrandi*). Há certamente o princípio *Cuius regio eius religio*. Todavia, "nenhum príncipe tem o direito de levar os súditos de um outro príncipe a mudar de religião ou protegê-los contra o seu príncipe em razão de sua religião. Contudo, os súditos que confessam uma fé diferente daquela do seu príncipe têm o direito de vender os seus bens e de emigrar" (S. Pufendorf, cap. 5, § 10. Citação traduzida pelo autor).

20. Para a evolução da concepção de direito fundamental – determinante para o direto administrativo – a teoria da propriedade de Pufendorf é altamente importante. O Estado pode restringir a propriedade em três aspectos: pelo tributo, pela desapropriação e pela ocupação temporária. O tributo só é admissível quando o conselho ou a assembléia das entidades de classe aprovam-no (confrontar o princípio ulterior da legalidade). Finalmente, a desapropriação só é aceitável se há um interesse público superior (*ius eminens*) e se é concedida uma indenização adequada. Enfim, o Estado pode prescrever a exploração da propriedade ou pela compra forçada ou pelas ocupações temporárias.

21. Cristiano Tomásio (1655-1728), discípulo de Pufendorf, concede outros direitos de liberdade aos cidadãos. Dentre os direitos originais, *iura connata*, incluem-se, entre outros, a liberdade de credo, de consciência e a liberdade individual. Christian Wolff (1679-1754), jovem colega de Tomásio, vai mais além. Ao contrário de Hobbes, Wolff defende que o homem é um ser bom que abomina o mal. É por essa razão que fará bom uso de sua liberdade, conquanto os seus sentimentos não subjuguem a razão. Wolff amplia o rol das liberdades, particularmente na direção de um primeiro direito social, o direito à educação e à formação, obrigando o Estado a uma tolerância geral. Ele foi, enfim, o primeiro a elaborar o conceito da capacidade de direito, de extrema importância para o direito alemão. O homem não pode contrair direitos e deveres senão quando possui capacidade de direito.

22. Johann Gottlieb Fichte (1762-1814) foi ocasionalmente considerado o mais corajoso defensor dos direitos do homem. Segundo ele, o homem deve cumprir a determinação moral de encontrar a sua liberdade. A isto se ligam o direito à vida, a liberdade de pensamento bem como a liberdade de pesquisa, de expressão, de imprensa, a liberdade de formação e a do ensino. Dentre os direitos de liberdade individuais mais importantes, Fichte aponta o direito da liberdade de culto. Além disso, o homem tem um direito inalienável sobre a sua pessoa.

23. Para Fichte, o direito inalienável à igualdade é um direito do homem, que se pode deduzir da participação de todos à razão eterna e que deve ser considerado como pressuposto necessário à formação do Estado por intermédio do contrato dos cidadãos. Fichte amplia consideravelmente o direito à propriedade em relação aos seus antecessores. Trata-se de um verdadeiro direito à propriedade do trabalho no sentido dos fisiocratas. É por isso que o direito ao trabalho engloba o direito a um mínimo necessário à existência e o direito à previdência social.

24. A filosofia política de Kant é extremamente ambivalente em relação à questão dos direitos fundamentais. Se, de um lado, sob a influência de Rousseau, parte do princípio de que o poder legislativo compete somente à vontade unificada do povo (E. Kant, *Metafísica*, § 46, p. 313), por outro nega ao povo o direito de alterar uma Constituição do Estado contra a vontade do soberano. Ele limita o exercício dos direitos populares a alguns raros cidadãos honrados; a estes não pertencem, por exemplo, "o rapaz aprendiz em um comércio ou em uma oficina; o criado, o menor de idade, todas as mulheres e, de modo geral, todas as pessoas que, para sua existência, não dependem de sua própria atividade, mas estão sob as ordens de um outro" (E. Kant, *Metafísica*, § 46, p. 314). Todavia, Kant ensinava em uma época em que o pensamento liberal não era visto com bons olhos. Isto pode explicar, em parte, a contradição interna da

§ 8. A EVOLUÇÃO HISTÓRICA DA IDÉIA DOS DIREITOS HUMANOS 109

sua filosofia política. Em sua antropologia, em todo caso, admite expressamente ser favorável a uma Constituição republicana, na qual a liberdade e a limitação legal podem encontrar um equilíbrio e em que, em última instância, a lei pode ser aplicada com a força (E. Kant, *Metafísica*, §§ 47-49, pp. 315 ss.). Nessa altura, não se pode deixar de apontar que a imagem do homem defendida por Kant foi extremamente importante para o desenvolvimento posterior dos direitos de liberdade. Seu reconhecimento de que o homem como sujeito é ele próprio a causa de sua ação e decisão, e de que esta subjetividade distingue o ser humano dos animais, leva-o ao postulado fundamental da liberdade. Pela sua própria natureza, o homem tem o direito de planejar a sua vida no âmbito da sua própria liberdade. Sem liberdade destrói-se a sua essência.

i) Os direitos fundamentais no debate ideológico entre liberalismo e marxismo

25. O desenvolvimento das teorias marxistas influenciou indiscutivelmente o pensamento de uma parte dos filósofos em relação aos direitos fundamentais. Segundo a ótica marxista, pouco resolve proporcionar a liberdade ao homem alienado, visto que ele dela abusará, explorando outros homens, enquanto não a utilizar – no sentido marxista – para libertar todos os homens do sistema capitalista. A liberdade, por conseguinte, não é senão o direito da classe dominante de continuar explorando a classe trabalhadora. Na acepção marxista, a verdadeira liberdade existe tão-somente no momento em que se reúnem as condições para uma sociedade sem classes. Os proeminentes representantes da Escola de Frankfurt (M. Horkheimer, Th. Adorno e J. Habermas) acusam, nesse contexto, a filosofia do Iluminismo de que o seu pensamento racional é totalitário e, em última análise, pouco criativo, visto que ele matematizou toda a ciência com o puro pensamento racional e, por conseguinte, declarou como inexistentes segredos e enigmas do mundo. "Do seu ponto de vista, o pecado original da filosofia do Iluminismo residiu no fato de que rompeu o vínculo do homem com a natureza e colocou-a como mero objeto de exploração, em virtude do que o homem, enquanto parte da ordem natural, foi por fim também concebido como objeto de exploração" (L. Kolakowski, vol. 3, p. 409). A crítica de Herbert Marcuse (1898-1979) em seu anarquismo romântico vai na mesma direção. Para ele, o poder, a ciência e a cultura corromperam o homem contemporâneo e transformaram-no em um ser unidimensional. Seu objetivo, porém, é o homem bidimensional, que pode satisfazer os seus desejos: "A cultura do futuro deve herdar esta independência, criar uma segunda dimensão da sensibilidade e do pensamento, salvaguardar o espírito da negação e retornar à universalização do Eros" (L. Kolakowski, vol. 2, p. 446). Esta "liberdade do prazer" não é realizável senão pela destruição violenta da liberdade burguesa que conduziu à criação do *establishment* e à corrupção da classe dos trabalhadores. Mas quem pode, então, conduzir a sociedade em direção à liberdade? São os marginais, aqueles que não participam do processo democrático; em suma, não a classe dos trabalhadores, mas o proletariado dos excluídos (*Lumpenproletariat*): "However underneath the conservative popular base is the substratum of the outcast and outsiders, the exploited and persecuted of other races and other colours, the unemployed and the unemployable..."(H. Marcuse, p. 200).

26. Esta concepção de liberdade descompromissada e de inspiração marxista conduz, em última análise, à ausência de liberdade. Em face disso, em especial os socialistas de tendência democrática postulam uma atenção especial à igualdade e à fraternidade. Isto corresponde também à convicção que Ernst Bloch (1885-1977) expõe em sua obra *Naturrecht und menschliche Würde* (O direito natural e a dignidade humana), na qual tenta integrar direito natural e marxismo. Embora acentue que também o socialismo inclui liberdades

§ 8. A EVOLUÇÃO HISTÓRICA DA IDÉIA DOS DIREITOS HUMANOS   111

burguesas, a saber, a liberdade de expressão, de imprensa e de associação, Bloch entende que a verdadeira liberdade só se obterá em uma sociedade sem Estado (consultar L. Kolakowski, vol. 3, p. 481). "E mesmo que fosse uma única pessoa a honrar em si a dignidade humana, esta dignidade vasta e plena é suficiente como quintessência do direito natural. Isso exatamente no socialismo, na medida em que ele deseja entender tanto de pessoa quanto de coletivo, e – longe do homem massificado e padronizado, próximo da solidariedade desalienada – deve encerrar um no outro" (E. Bloch, pp. 237 s.).

27. Os socialdemocratas liberais adotaram uma outra orientação na questão dos direitos fundamentais. Particularmente sob a influência de Ferdinand Lassalle (1825-1864), desvincularam-se dos marxistas radicais e doutrinários. Eles se ocuparam intensamente com o pensamento dos representantes das utopias socialistas, a começar por Platão, Thomas More (1478-1535), Tommaso Campanella (1568-1639), pelos socialistas franceses Claude-Henri Saint Simon (1760-1825), Charles Fourier (1772-1837) bem como por Pierre Proudhon (1809-1865) e pelo inglês Robert Owen (1771-1858), fundador do movimento dos trabalhadores e dos sindicatos. Além disso, encontram-se neles também influências da filosofia utilitarista de Jeremy Bentham (1748-1832), opositor do contrato social e defensor da realização plena da felicidade pelo Estado.

28. As diferentes concepções dos socialistas não-marxistas em relação aos direitos fundamentais não se deixam, todavia, conduzir a um denominador comum. Eles se diferenciam dos marxistas doutrinários sobretudo pelo fato de que não querem suprimir o Estado pelo uso da força; em princípio, também não preconizam a eliminação do Estado, mas defendem o ponto de vista de que o movimento dos trabalhadores tem a tarefa de manter o Estado sob controle e de colocá-lo à disposição dos fins do socialismo. Estão convencidos de que a concentração incontrolada das riquezas e a concorrência conduzem inevitavelmente a uma pauperização crescente e crises e de que, em um novo sistema, o Estado e a organização da produção e da troca têm de suprimir a miséria e a exploração, bem como redistribuir os bens segundo os imperativos da igualdade. Esta redistribuição deveria se operar segundo o princípio de "cada qual de acordo com suas capacidades" ou "cada qual de acordo com as suas necessidades", ou então "cada qual de acordo com o seu desempenho".

29. Durante a Revolução Francesa, liberais e socialistas ainda lutaram lado a lado e defenderam a liberdade, a igualdade e a fraternidade. Mas, pouco tempo depois, os seus caminhos se separaram. Os representantes da *bourgeoisie* entendiam por liberdade não apenas a liberdade de expressão e opinião, mas, sobretudo, o direito de propriedade e a liberdade econômica. Os socialdemocratas, por sua vez, davam prioridade à igualdade e à fraternidade. Mostrou-se que a liberdade no sentido dos liberais não poderia ser simultaneamente obtida com a igualdade, pois estes dois postulados encontram-se em uma relação antagônica.

30. Os defensores do liberalismo partiam da utopia que consistia em "projetar no passado" uma liberdade e igualdade pré-estatais, reivindicando do Estado a proteção tanto desta liberdade do indivíduo quanto da propriedade.

O Estado deveria intervir na esfera da liberdade social exclusivamente à maneira de um "guarda noturno", se isto se fizesse necessário para manter a ordem e a segurança. Os sociais-democratas, ao contrário, com base na miséria dos trabalhadores, das crianças e das mulheres, aniquilados nas fábricas, desenvolveram uma utopia de igualdade total. Combateram, conseqüentemente, o "Estado gendarme do liberalismo e defenderam que o Estado não deveria apenas defender a propriedade, mas também reparti-la de modo eqüitativo. Eles se opuseram particularmente à propriedade atribuída a um indivíduo, sem que ele tenha trabalhado para adquiri-la, quer dizer, por herança ou por juros dos capitais (P. Proudhon).

§ 8. A EVOLUÇÃO HISTÓRICA DA IDÉIA DOS DIREITOS HUMANOS

31. No final do século XIX, as posições antagônicas entre os partidos de orientação marxista e os de tendência liberal pareciam intransponíveis em relação à questão dos direitos fundamentais. Com a evolução da socialdemocracia no século XX, eles contudo se aproximaram o suficiente, ao menos nos Estados liberais, para que fosse possível criar uma base comum de discussão, que permitiu, mesmo no campo liberal, uma ampliação da concepção de direitos fundamentais e de liberdade. A esse respeito, convém mencionar três etapas decisivas:

32. 1. Os direitos sociais devem criar as condições para a realização da liberdade. A idéia fundamental dos direitos sociais não era decerto totalmente estranha aos liberais (conferir, por exemplo, J. St. Mill), uma vez que eles se pronunciaram favoráveis a um direito à formação. Posteriormente foram exigidos também o direito ao trabalho, o direito à moradia, o salário mínimo, direito a férias etc. Apesar disso, a relação entre a realização da liberdade individual e a construção de um Estado social é negada, por exemplo, pela filosofia econômica da Escola de Chicago (Milton Freedman). É assim que Robert Nozick, por exemplo, defende o retorno a um "Estado gendarme" limitado, que não teria outra tarefa senão a de assegurar os direitos pré-estatais de propriedade e de liberdade (J. Locke). "The minimal state treats us as inviolate individuals, who may not be used in certain ways by others as means or tools or instruments or resources; it treats us as persons having individual rights with the dignity this constitutes. Treating us with respect by respecting our rights, it allows us, individually or with whom we choose, to choose our life and to realize our ends and our conception of ourselves, insofar as we can, aided by the voluntary cooperation of other individuals possessing the same dignity" (R. Nozick, pp. 333 s.).

33. 2. Uma certa convergência entre as concepções dos direitos fundamentais, originalmente opostas, delineia-se também na jurisprudência dos tribunais constitucionais. A

Suprema Corte nos Estados Unidos deu uma nova dimensão aos direitos de liberdades individuais, não apenas em relação ao Estado, mas também em relação aos particulares, com a *State Action Doctrin*. Segundo a *State Action Doctrin*, é vedado às autoridades estatais defender a liberdade de um grupo poderoso em face de uma minoria – por exemplo, os negros – quando a maioria abusa do seu direito de liberdade com a finalidade de discriminar a minoria. Desse modo, uma cláusula contratual que proíbe a revenda de uma casa a pessoas negras não pode ser aplicada pelo tribunal [conferir Shelley v. Kramer, 334 U.S. 1, 68 ct. 836, 92 L. Ed. 1161 (1948)]. Esta idéia foi recebida e ampliada pelas doutrinas européias sob o título *Drittwirkung* (efeito perante terceiros). De acordo com isso, os direitos fundamentais não têm validade somente em relação ao Estado, mas também em relação aos particulares. Isto é formulado no artigo 25 do projeto da nova constituição da Confederação suíça, elaborada em 1977 por uma comissão de especialistas:

> "Efeito dos direitos fundamentais entre particulares
> 1. A legislação e a jurisprudência cuidam para que os direitos fundamentais tenham efeito adequado também nas relações entre particulares.
> 2. Aquele que exerce os seus direitos fundamentais deve respeitar os direitos fundamentais dos outros. Em particular, ninguém pode prejudicar direitos fundamentais abusando de sua posição de poder."

O efeito perante terceiros deve sobretudo conduzir a uma interpretação do direito privado que esteja de acordo com a Constituição, quer dizer, de acordo com os direitos fundamentais. Assim, por exemplo, a proteção da personalidade será interpretada e possivelmente limitada à luz da liberdade de imprensa (consultar *BVerfGE* 7, 198 ss. e J. P. Mueller). Os direitos fundamentais contêm, assim, ordens dirigidas ao legislador de aperfeiçoar o direito privado de tal modo que os direitos fundamentais não possam ser vio-

§ 8. A EVOLUÇÃO HISTÓRICA DA IDÉIA DOS DIREITOS HUMANOS 115

lados. Assim, por exemplo, as normas sobre cartel deveriam velar para que a liberdade econômica de uma empresa não pudesse ser prejudicada pelas medidas de boicote tomadas por particulares.

34. Uma outra evolução na compreensão dos direitos fundamentais reside no fato de que, ao lado do simples efeito de defesa dos direitos de liberdade, também se acentua a tarefa positiva. Até aqui, os direitos fundamentais tinham uma significação puramente negativa, fato que se explica sobretudo pelas teorias contratualistas. De acordo com estas, os homens não poderiam ceder ao Estado os seus direitos de liberdade irrenunciáveis e, portanto, o Estado não tinha o direito de intervir na liberdade do indivíduo. Isto conduziu àquilo que se denomina o *status negativus* dos direitos de liberdade, quer dizer, o Estado não pode interferir na liberdade individual, mas também não tem o direito de fazer algo de positivo para criar de algum modo esferas de livre desenvolvimento para seus cidadãos. Por exemplo, o Estado não está autorizado a proibir a publicação de certas opiniões na imprensa, mas também nada pode fazer para incentivar a imprensa, mesmo quando a existência de monopólios privados impedem a publicação efetiva de certas opiniões. A nova evolução leva pois, nesse sentido, a conferir ao Estado a tarefa positiva de criar as condições para uma livre possibilidade de desenvolvimento.

j) Os direitos fundamentais sob o signo das decisões majoritárias na democracia

35. Se os filósofos do Estado de épocas passadas trataram de limitar a dominação arbitrária dos monarcas, hoje coloca-se a questão de saber se, na época da democracia e das decisões majoritárias, os direitos fundamentais ainda têm a mesma importância, uma vez que o povo, pela via de uma decisão majoritária, pode a qualquer momento se defender do poder excessivo do Estado. Enquanto no último século os direitos da maioria eram considerados ilimitados e o legislador, quer dizer, o Parlamento, não conhecia nenhum limite, impõe-se atualmente cada vez mais a idéia segundo a qual os direitos fundamentais constituem limites que devem ser respeitados mesmo pela maioria democrática. Os direitos fundamentais não devem somente proteger o indivíduo em face da onipotência do Estado, mas também oferecer proteção à minoria em face da maioria.

36. A discriminação das minorias raciais, religiosas, lingüísticas e nacionais, um dos grandes problemas do século XX, contribuiu para o desenvolvimento da seguinte idéia: os direitos constitucionais vinculam igualmente a maioria democrática em face de quaisquer minorias.

k) Resumo

37. O desenvolvimento histórico das idéias relativas aos direitos do homem e aos direitos fundamentais dá-se em diferentes estágios. De início, trata-se da realização do *princípio da igualdade de todos os homens*. O homem, enquanto pessoa dotada de razão, tem direito à igualdade de tratamento. Este pensamento fundamental da escola estóica, contudo, não se realiza integralmente, pois a conseqüência lógica, a saber, o postulado para a abolição da escravidão, não é alcançada.

38. Na fase seguinte, na Idade Média européia, o *direito de resistência* passa a ocupar o primeiro plano. Os direitos de dominação do Estado são limitados pelas leis divinas. O homem não pode ter violados seus direitos conferidos por Deus. Se o monarca não respeita este imperativo, é permitido resistir-lhe; ele pode, portanto, ser deposto.

39. A evolução posterior dos direitos fundamentais é desencadeada pela *secularização* do Estado. Depois de desvincular-se progressivamente da hegemonia da Igreja no final da Idade Média, o Estado justifica o seu poder por meio da teoria contratual, sem recorrer aos mandamentos divinos. Contudo, os espíritos se separam. Uns – por exemplo, Locke – defendem a idéia de que o homem tem direitos *inalienáveis* que não pode ceder ao Estado, mesmo através do contrato fundamental; esses direitos naturais ou anteriores ao Estado são deduzidos da natureza humana por meio da razão. A outra tendência – por exemplo, Hobbes – é de opinião que os direitos fundamentais não são direitos anteriores ao Estado, mas foram conferidos aos homens somente pelo direito *positivo estatal*. O Estado poderia, por conseguinte, restringir ou expandir esses direitos ao seu bel-prazer. Em todo caso, eles não seriam deduzíveis da natureza do homem.

40. A pauperização crescente da grande massa de trabalhadores em decorrência da industrialização conduz à rejeição radical dos direitos de liberdade tradicionais pelos marxistas. Lassalle zomba do Estado liberal confinado ao papel de polícia, que não zela pelas verdadeiras necessidades e interesses de sua população. Marx postula uma mudança radical da sociedade, por meio da qual os homens, conduzidos pelo proletariado, retornariam à harmoniosa liberdade do estado de natureza.

41. Os utilitaristas, bem menos radicais, querem, ao contrário, que o Estado tenha como objetivo a realização do bem comum, entendido como a otimização do interesse pessoal e das necessidades da pessoa, em resumo a felicidade do cidadão.

42. O debate em torno da *questão social* conduziu também a uma compreensão mais positiva dos direitos fundamentais, à criação dos *direitos sociais* e à *idéia do efeito perante terceiros*.

43. Se partirmos da idéia de que a evolução do Estado depende da evolução da sociedade e que compete ao Estado principalmente proteger o homem em relação à sua dependência de uma sociedade fundada na divisão do trabalho bem como promover o seu desenvolvimento, chegaremos a uma concepção mais positiva dos direitos fundamentais. A liberdade não é então apenas a ausência de coerção, mas pressupõe também que o homem tem a possibilidade de escolher entre várias alternativas, o que, por sua vez, exige que as condições intelectuais (conhecimento das alternativas) e as possibilidades econômicas devam ser criadas.

44. A avaliação dos direitos fundamentais e dos direitos do homem difere pois segundo a evolução econômica ou social. Quanto maior for a divisão do trabalho e a integração do homem na sociedade, tanto mais importante se torna garantir e promover a liberdade humana. A concentração crescente da imprensa, por exemplo, exige da parte do Estado um esforço no sentido de salvaguardar a diversidade de opiniões.

Em outras palavras, os direitos fundamentais são tarefas conferidas à ordem estatal, cujo conteúdo e importância dependem, em cada caso, do grau de desenvolvimento de uma sociedade. A tarefa, que consiste em salvaguardar, proteger e promover a dignidade humana, precede, em termos de Estado, os direitos fundamentais. Quais são os meios próprios para se realizar essa tarefa? Esta questão deve ser decidida com base nas condições econômicas e sociais dadas.

§ 9. A EVOLUÇÃO INSTITUCIONAL DOS DIREITOS FUNDAMENTAIS

Bibliografia

Bohatec, J. *England und die Geschichte der Menschen- und Bürgerrechte* (A Inglaterra e a história dos direitos do homem e do cidadão). Graz/Colônia, 1956.

Bundesverfassungsgericht und Grundgesetz. Festgabe aus Anlass des 25jährigen Bestehens des Bundesverfassungsgerichts (Corte constitucional federal e a Constituição da República Federal da Alema-

§ 9. A EVOLUÇÃO INSTITUCIONAL DOS DIREITOS FUNDAMENTAIS

nha. Edição comemorativa aos 25 anos de implantação da Corte constitucional federal). Org. Ch. Starck, M. Drath et al. 2 vols., Tübingen, 1976.

Chrimes, St. B. *English Constitutional History* (História constitucional inglesa). 3.ª ed., Londres, 1965.

Goose, P. E. *Die Normenkontrolle durch den französischen Conseil Constitutionnel* (O controle da constitucionalidade das normas pelo Conseil Constitutionnel francês). Berlim, 1973.

Grundrechtsschutz in Europa (Proteção dos direitos fundamentais na Europa). *EMRK e EK.* Org. H. Mosler, R. Bernhardt, M. Hilf. Berlim/Heidelberg/Nova York, 1977.

Häberle, P. (org.). *Verfassungsgerichtsbarkeit* (Jurisdição constitucional). Darmstadt, 1976.

Haller, W. Ausbau der Verfassungsgerichtsbarkeit? (Ampliação da jurisdição constitucional?). In: *ZSR* 97, 1978, pp. 501 ss.

____. Der Supreme Court – Oberstes Gericht und politischer Faktor in den USA (A Suprema Corte – O Supremo Tribunal e o fator político nos EUA). In: *JöR* 22, 1973, pp. 539 ss.

____. *Supreme Court und Politik in den USA* (A Suprema Corte e a política nos EUA). Berna, 1972.

Heller, H. *Rechtsstaat oder Diktatur?* (Estado de direito ou ditadura?). Tübingen, 1930.

Hubatsch, W. *Die englischen Freiheitsrechte* (Os direitos de liberdade ingleses). Hannover, 1962.

Keir, D. L. *The Constitutional History of Modern Britain since 1485* (A história constitucional da Grã-Bretanha moderna desde 1485). 8.ª ed., Londres, 1966.

Khol, A. *Zwischen Staat und Weltstaat.* Die internationalen Sicherungsverfahren zum Schutze der Menschenrechte (Entre Estado e Estado mundial. Os procedimentos cautelares para a proteção dos direitos do homem). Viena/Stuttgart, 1969.

Kimminich, O. *Deutsche Verfassungsgeschichte* (História da constituição alemã). Frankfurt a. M., 1970.

Kluxen, K. *Geschichte Englands.* Von den Anfängen bis zur Gegenwart (História da Inglaterra. Dos primórdios à atualidade). Stuttgart, 1968.

Kronstein, H. *Die Entwicklung des amerikanischen Verfassungsrechts durch den Supreme Court* (A Suprema Corte e a evolução do direito constitucional americano). Karlsruhe, 1972.

Lauterpacht, H. *International Law and Human Rights* (Direito internacional e os direitos humanos). Londres, 1950.

Loewenstein, K. *Staatsrecht und Staatspraxis von Großbritannien* (O direito público e a *práxis* estatal na Inglaterra). 2 vols. Berlim, 1967.
Mayer-Tasch, P. C. *Die Verfassungen der nicht-kommunistischen Staaten Europas* (As Constituições dos Estados europeus não-comunistas). 2.ª ed., Munique, 1975.
Menger, Ch. F. *Deutsche Verfassungsgeschichte der Neuzeit* (História da Constituição alemã da época moderna). Karlsruhe, 1975.
Moderne deutsche Verfassungsgeschichte (1815-1918) [História da moderna Constituição alemã (1815-1916)]. Org. E.-W. Böckenförde com a colaboração de R. Wahl. Colônia, 1972.
Raymond, J. *La Suisse devant les organes de la Convention européenne des Droits de l'Homme* (A Suíça diante dos órgãos da Convenção européia dos direitos humanos). In: *ZSR* 98, 1979. Vol. 2, pp. 1 ss.
Saladin, P. *Grundrechte im Wandel* (Direitos fundamentais em mudança). 2.ª ed. Berna, 1975
Schindler, D., Toman, J. *The Laws of Armed Conflicts* (As leis dos conflitos armados). Leiden, 1973.
Simma, B. *Die Menschenrechte, ihr internationaler Schutz* (Os direitos humanos e a sua proteção internacional). Munique, 1979.
Smith, G. *A Constitutional and Legal History of England* (A história constitucional e legal da Inglaterra). Nova York, 1955.
Sohn, L. B., Buergenthal, Th. *International Protection of Human Rights* (A proteção internacional dos direitos humanos). Indianápolis, 1973.
Stammen, Th. *Der Rechtsstaat, Idee und Wirklichkeit* (O estado de direito, concepção e realidade). 2.ª ed., Munique, 1967.
Thompson, F. *Magna Charta*. Its role in the making of the English Constitution, 1300-1629 (Carta Magna. O seu papel na formação da Constituição inglesa, 1300-1629). Minneapolis, 1948.
Trechsel, S. *Die europäische Menschenrechtskonvention, ihr Schutz der persönlichen Freiheit und die schweizerischen Strafprozeßrechte* (A convenção européia dos direitos humanos, sua proteção da liberdade individual e os direitos processuais penais da Suíça). Berna, 1974.
Verfassungsgerichtsbarkeit in der Gegenwart. Länderberichte und Rechtsvergleichung (A jurisdição constitucional na atualidade. Informes regionais e direito comparado). Org. H. Mosler. Colônia, 1962.
Walter, H. *Die europäische Menschenrechtsordnung*. Individualrechte, Staatenverpflichtungen und ordre public nach der europäischen Menschenrechtskonvention (A ordem dos direitos humanos na Europa. Direitos individuais, obrigações internacionais e a *ordre public* segundo a Convenção européia dos direitos humanos). Colônia/Berlim, 1970.

§ 9. A EVOLUÇÃO INSTITUCIONAL DOS DIREITOS FUNDAMENTAIS 121

Wildhaber, L. Erfahrungen mit der Europäischen Menschenrechtskonvention (Experiências com a Convenção européia dos direitos humanos). In: ZSR 98, 1979, vol. 2. pp. 229 ss.
Wormuth, F. D. *The Origin of Modern Constitutionalism* (A origem do constitucionalismo moderno). Nova York, 1949.

1. Entre os teóricos do Estado discute-se, há muito, a questão de saber se, em primeira instância, a história das idéias impulsionou a evolução dos direitos fundamentais, ou se, ao contrário, a história das idéias foi impulsionada pelo desenvolvimento institucional e jurídico destes direitos. Na verdade, entre a história das idéias e o desenvolvimento institucional dos direitos fundamentais sempre houve uma influência, uma complementação e impulso mútuos.

a) A história constitucional inglesa

2. O ponto de partida do desenvolvimento institucional dos direitos fundamentais deve certamente ser buscado na história constitucional inglesa. Na origem das garantias institucionais encontra-se a Carta Magna, promulgada pelo rei João Sem Terra, em 1215. No artigo 39 da referida Carta consta: "Nenhum homem livre pode ser detido, encarcerado, privado de seus bens, deportado ou aniquilado de alguma maneira, nem desejamos proceder contra ele ou persegui-lo, senão com base em um julgamento legal por seus pares e de acordo com a lei do país." Ao lado desse princípio de legalidade, os vassalos ainda puderam arrancar do seu senhor feudal, o rei João, outros direitos de liberdade nos 63 artigos da referida Carta como, por exemplo, o direito de serem consultados no caso de arrecadação de impostos (artigo 12), direitos de propriedade (artigo 31) e outros direitos próprios à sua classe social (conferir a tradução alemã da Carta Magna em P. C. Mayer-Tasch, pp. 229 ss.).

3. Em alguns outros principados da Idade Média, também foram criados instrumentos que podem ser comparados com a Carta Magna (conferir, por exemplo, a Carta Magna da Polônia de 1374). No entanto, foi somente a Carta Magna da Inglaterra que alcançou uma significação que ultrapassou os limites da Idade Média.

4. O direito de não poder ser punido sem base legal foi fortalecido no artigo 3 da *Petition of Rights* de 1627, por meio do direito ao devido processo legal. Em 1679, o *habeas corpus* garantiria a toda pessoa comparecer diante de seu juiz no período de três dias após a sua prisão.

5. Introduziu-se, dessa maneira, a tradição de garantir um processo penal correto e – posteriormente – uma correta condução processual em geral, que influenciou de modo decisivo tanto o direito anglo-saxão quanto o direito internacional, a jurisprudência da Corte internacional e a Convenção européia dos direitos humanos.

6. Neste ponto, o direito americano foi recentemente ampliado e complementado, em especial pelas decisões da Suprema Corte em relação às emendas V, VI e VII da Constituição americana. Toda esta evolução contribuiu para que o processo penal nos países anglo-saxões fosse diretamente influenciado pelos direitos humanos e fundamentais. Intimamente ligada com a exigência de uma condução processual correta encontra-se a idéia de que a realização dos direitos fundamentais e humanos não reside tanto nos limites materiais da atividade do Estado, mas antes no procedimento formal. De fato, quando a liberdade do cidadão não pode ser limitada senão em virtude de um procedimento correto e justo, há, antes de tudo, a garantia de que também o julgamento será justo.

7. A história da institucionalização do procedimento justo é, além disso, por outros motivos, muito elucidativo no que se refere aos direitos fundamentais: a Carta Magna, a *Petition of Rights*, o *Habeas corpus Act*, bem como o *Bill of Rights* (1689) foram adotados em uma época em que as classes sociais, particularmente os homens livres e o parlamento, na

§ 9. A EVOLUÇÃO INSTITUCIONAL DOS DIREITOS FUNDAMENTAIS 123

realidade representavam um contraponto ao rei, quer dizer, restringiam efetivamente o seu poder. É por essa razão que as primeiras leis ou cartas não reconheciam os direitos a todos os habitantes, mas tão-somente aos homens livres e dos nobres. Isto demonstra de modo muito claro que uma institucionalização verdadeira dos direitos fundamentais só é possível em um Estado no qual o poder do governo pode ser limitado pelo poder do parlamento.

8. Os direitos fundamentais não protegem apenas os cidadãos da onipotência do Estado; devem igualmente limitar o poder do governo em uma proporção considerável. Nesse contexto, as classes sociais – e posteriormente o parlamento – curiosamente viam a sua tarefa menos no fato de criar novos direitos fundamentais do que em confirmar os direitos existentes, que inúmeras vezes haviam sido claramente violados.

9. Um primeiro pequeno e sucinto rol de direitos fundamentais encontra-se no *Bill of Rights*. Mencionam-se, dentre outros, o direito dos protestantes de portar armas (art. 7), o direito de eleição livre dos membros do parlamento (art. 8), a liberdade de opinião no parlamento (art. 9), assim como a proibição de penas cruéis (art. 10). Com o *Bill of Rights* o parlamento assegurou para si certos direitos em relação ao rei, particularmente o direito de voz no que concerne à criação de impostos e outras leis. Além disso, proibiu-se o soberano de editar leis sem o consentimento do parlamento.

10. A história da Inglaterra mostra que a concretização institucional dos direitos fundamentais resultou do antagonismo entre o parlamento e o monarca. O parlamento pretendeu vincular o monarca a determinados princípios – por exemplo, a garantia de certas liberdades e a observação das leis editadas pelo parlamento – sendo que lhe competia determinar, em larga medida, o conteúdo dos direitos fundamentais. De acordo com a composição do parlamento naquela época, o princípio da livre eleição, por exemplo, tal qual foi garantido no *Bill of Rights*, não conduziu de modo algum à atribuição ao cidadão de um direito de voto igual, livre e secreto. Por meio dos direitos fundamentais, os membros do parlamento pretendiam, muito mais, assegurar que o rei não influenciasse mais a votação no interior da parlamento. Por outro lado, outras lesões ao direito de voto livre, por exemplo pelos lordes ou parlamentares influentes, permaneceram impunes, como revelam as práticas parlamentares da época.

b) A evolução para o Estado constitucional

11. Enquanto as forças políticas dominantes na Inglaterra se contentaram num primeiro momento em estabelecer os limites do poder do monarca em diferentes documentos históricos, a idéia de uma verdadeira constituição mais ampla impôs-se nos primeiros Estados dos emigrantes ingleses, por meio da qual os limites do poder estatal deveriam ser estabelecidos em definitivo. É no espírito da doutrina do direito natural de Locke que nasce a Declaração de Independência dos Estados Unidos (cf. § 22/10). O Estado de Virginia traz à luz um trabalho pioneiro com a sua constituição de 1776, que atinge o seu ápice no *Bill of Rights* dos Estados Unidos da América.

12. A consolidação institucional do poder do Estado sob a forma de uma Constituição revela a nítida influência da idéia contratualista. Pela Constituição o povo podia conferir poderes às autoridades e, simultaneamente, limitá-los. Assim, o art. 1 da Declaração francesa dos direitos do homem e do cidadão de 25 de agosto de 1789 estabelece que:

"Os homens nascem e permanecem livres e iguais em direitos."

O artigo 2 determina:

§ 9. A EVOLUÇÃO INSTITUCIONAL DOS DIREITOS FUNDAMENTAIS 125

"O fim de toda associação política é a conservação dos direitos naturais e indisponíveis do homem. Estes direitos são a liberdade, a propriedade, a segurança e a resistência à opressão" (trad. P. C. Mayer-Tasch, p. 210).

No século XIX, as Constituições nascem por todos os lados. As Constituições americanas e a declaração dos direitos humanos da Revolução Francesa foram os modelos das Constituições adotadas pelos Estados nacionais europeus de regime liberal.

13. Se o Estado constitucional conheceu o seu apogeu no século XIX, já se fala no século XX de uma crise do Estado constitucional. Certamente, nesse meio tempo, todo Estado – com exceção da Inglaterra e de Israel – tem uma constituição escrita. A realidade porém mostra que muitas Constituições escritas não apresentam instrumentos por si só aptos a limitar o poder do Estado. Elas certamente contêm os fins do Estado e proclamam solenemente os direitos humanos, mas estes são considerados um bem coletivo e não a garantia de liberdade individual em face do poder do Estado.

c) A extensão da jurisdição constitucional

14. Os direitos fundamentais experimentaram, além disso, um reforço institucional através da criação da Suprema Corte dos Estados Unidos. No célebre julgamento Marbury *v.* Madison [1 Cranch 137, 2L. Ed. 60 (1803)], a Suprema Corte americana, conduzida pelo corajoso e perspicaz Justice Marshall, declarou que o Tribunal Superior tinha não apenas o direito mas também o dever de examinar as leis do Congresso sob o ponto de vista da sua conformidade com o direito supremo, quer dizer, com o direito constitucional dos Estados Unidos. A Constituição, segundo Justice Marshall, é ou o direito supremo que a lei não pode modificar, ou uma lei simples que o legislador pode revogar ou alterar como bem entender. Por intermédio da Constituição, o povo desejava limitar o poder dos órgãos estatais, incluindo o dos legisladores. Se a Constituição tivesse apenas força de lei, o povo não poderia ter alcançado o seu fim, a saber, limitar o poder do legislador por meio dela. Desse modo, é totalmente absurdo colocar as leis no mesmo plano da Constituição. Também o legislador está vinculado ao direito supremo, quer dizer, à Constituição. A tarefa mais importante e mais honrosa do juiz consiste em aplicar o direito. Assim, ao juiz compete naturalmente reconhecer a Constituição como direito supremo e, por conseguinte, aplicá-la também contra leis que violam esse direito supremo.

15. Com esta obra-prima política e jurídica de julgamento da Suprema Corte, Justice Marshall inaugurou uma evolução que, até os nossos dias, ainda não se concluiu, a saber, o controle das decisões legislativas através de um Supremo Tribunal. Somente depois de mais de 140 anos é que o exemplo americano foi imitado pela República Federal da Alemanha e pela Índia (§§ 21/65 e 21/81), que previram em suas Constituições a instituição de uma verdadeira corte constitucional. A maior parte dos países, até o momento, recuou diante desse passo decisivo. Na Suíça o fator determinante foi o temor de um Estado nas mãos de juízes e a profunda convicção de que o povo, enquanto a instância última em matéria de legislação, não necessita de outros limites institucionais. Pouco a pouco o controle jurisdicional das leis dos cantões vem sendo realizado pelo Tribunal federal. Porém, um controle amplo das leis federais sob o ângulo de sua constitucionalidade é contrário ao artigo 113 da Constituição federal da Confederação Suíça. Em outros países foi o parlamento que se negou ou não pôde aceitar um vínculo de dependência com uma Corte Suprema.

16. Em grande parte dos Estados uma ampla concepção dos direitos fundamentais garantida por uma sólida base institucional, que proteja a minoria em face da maioria e conduza a uma limitação da soberania, é ainda desconhecida. Para alguns Estados da Europa continental, as declarações dos direitos fundamentais constituem muito mais uma espécie de base ideológica e filosófica no sentido da Declaração francesa dos direitos humanos. Essas declarações fixam os fins do parlamento soberano no sentido de uma linha diretriz política, mas elas não lhe limitam os direitos em face do cidadão. Todavia, os órgãos públicos subordinados, que não participam diretamente do exercício da soberania, em particular a administração pública estão vinculados aos direitos fundamentais. Os tribunais administrativos devem garantir que essas autoridades não intervenham sem autorização nos direitos dos cidadãos (cf. a esse respeito § 10/29 ss.).

d) As garantias do direito internacional

17. Ao lado das garantias internas do Estado, tenta-se obter também uma garantia extra-estatal dos direitos fundamentais por meio do direito internacional. Esta evolução foi indiscutivelmente introduzida pelo direito bélico internacional, que remonta, sobretudo, aos atos da primeira conferência da Cruz Vermelha, de 1864, às instruções do presidente Lincoln, de 1863, ao Manual de Oxford, de 1880, e à conferência de Bruxelas, de 1874 (conferir D. Schindler, J. Toman, pp. 3 e 35).

18. O direito bélico internacional protege os feridos, os doentes, os prisioneiros e os civis dos excessos cometidos pelos soldados inimigos, sob a custódia dos quais se encontram. Ele se aplica tão-somente em tempos de guerra e limita-se particularmente à preservação da integridade física e psíquica de todas as pessoas que não estão diretamente envolvidas em um combate. Em razão dos protocolos I e II de Genebra, que entraram em vigor no ano de 1978, bem como do artigo 3 das Convenções de Genebra de 1949, o direito bélico é também aplicável às guerras civis, embora de modo mais restrito.

19. O direito bélico internacional obriga imediatamente os beligerantes a respeitar os princípios elementares de humanidade no que diz respeito às pessoas que não participam diretamente dos combates. Tenta, com isto, restringir a autonomia dos Estados em caso de conflito e obrigá-los a tratar com humanidade os inimigos por eles capturados. A partir disso, necessitou-se apenas de um pequeno passo para estender estes princípios também ao direito internacional em tempo de paz e obrigar os Estados a respeitar os princípios de humanidade em relação aos seus próprios cidadãos. Embora o direito internacional em tempo de paz entre, desse modo, em conflito com a soberania e com o direito de autodeterminação dos Estados, acumulam-se especialmente desde a segunda Guerra Mundial resoluções e convenções internacionais nesse sentido.

20. O artigo 1 da Carta das Nações Unidas obriga, por exemplo, os Estados-membros a promover e a consolidar o respeito aos direitos humanos e às liberdades fundamentais de todos sem distinção de raça, sexo, língua ou religião. Segundo o artigo 55 da Carta, as Nações Unidas fomentam o melhoramento do nível de vida, o pleno emprego e as condições para o progresso e a ascensão social e econômica. Para esse fim instituíram um Conselho econômico e social, que pode elaborar recomendações em escala internacional em matéria de economia, de instituições sociais, de cultura, de educação e saúde, assim como também preparar acordos e convocar conferências (artigo 62 da Carta).

21. Apenas três anos após a fundação das Nações Unidas, a Assembléia Geral adotou, em 10 de dezembro de 1948, a Declaração Universal dos Direitos Humanos. Ela inicia com o fundamental artigo 1: "Todos os seres humanos nascem livres e iguais em dignidade e em direitos. Eles são dotados de razão e de consciência e devem agir uns com os outros no espírito da fraternidade." Os 29 artigos restantes contêm uma ampla relação dos direitos fundamentais e dos direitos de liberdade como, entre outros, a proibição da tortura (ar-

§ 9. A EVOLUÇÃO INSTITUCIONAL DOS DIREITOS FUNDAMENTAIS

tigo 5), a proteção da vida privada (artigo 12), a liberdade de se estabelecer e de emigrar (artigo 13), a garantia da propriedade (artigo 17), o direito à segurança social (artigo 22), bem como o direito ao trabalho, ao salário igual para um trabalho igual e a liberdade de associação e filiação sindical. Além disso, o artigo 29 contém os *deveres fundamentais* do cidadão, assim aqueles do indivíduo em relação à sua comunidade e a proibição de exercer sua liberdade de maneira contrária às finalidades e aos princípios das Nações Unidas.

22. O artigo 30, além disso, determina que: "Nenhuma disposição da presente Declaração pode ser interpretada de tal modo que, para um Estado, um grupo ou uma pessoa, isso resulte em um direito qualquer de exercer uma atividade ou praticar uma ação, que vise à destruição dos direitos e das liberdades enunciadas nesta Declaração."

23. Por mais generosa e completa que esta Declaração dos direitos humanos nos possa parecer, a partir de então ela foi mais e mais violada pelos diferentes Estados. Isto conduziu certos países a tentar, tanto no âmbito das Nações Unidas quanto através da criação de um direito internacional regional, lutar contra a terrorização crescente das populações por regimes totalitários.

24. É assim que, em 1959, o Conselho econômico e social adota uma resolução que dá ao secretário geral a possibilidade de comunicar à Comissão dos direitos humanos as violações destes direitos. Em 1967, 1970 e 1971 seguiram-se outras resoluções, visando a uma melhor proteção dos direitos humanos.

25. Em 1966, as Nações Unidas adotam o Pacto internacional dos direitos civis e políticos. Os artigos 28-45 atribuem a um comitê de direitos humanos a tarefa de elaborar um relatório sobre as violações de direitos humanos denunciadas por um Estado contratante em relação a um outro Estado. Todavia, este procedimento, que naturalmente só se aplicava aos Estados que aderiram ao pacto, tampouco alcançou maiores resultados. Elaborou-se, por conseguinte, em 19 de dezembro de 1966, um protocolo facultativo ao pacto internacional, que permitia a pessoas individuais comunicar ao Comitê de direitos humanos fatos relativos à violação destes direitos.

26. Finalmente, em 1977, este Comitê iniciou o seu trabalho. Em 15 de agosto de 1979, em razão de uma queixa individual, ela pôde, pela primeira vez, tomar uma decisão contra violações dos direitos humanos no Uruguai. A autora da queixa era uma mulher, cujo marido estava encarcerado em condições inumanas que colocavam a sua saúde em risco. Embora houvesse um alvará de soltura, mantinham-no na prisão e negavam-lhe o direito de contato com os seus familiares. Além disso, o sogro da autora da queixa havia sofrido tortura (cf. "Uruguai viola o pacto dos direitos humanos", EuGRZ, 1979, pp. 498 ss.).

27. Esta decisão reveste-se de grande importância para a evolução da proteção dos direitos humanos pelo direito internacional no plano das Nações Unidas, porque justifica a esperança de que, pouco a pouco, também no plano internacional, poderão ocorrer progressos no caminho árduo, e de inúmeros reveses, da institucionalização dos direitos humanos.

28. Ao lado das Nações Unidas, alguns Estados tentaram fortalecer a proteção dos direitos humanos por meio de acordos regionais. É assim que, em 1950, foi assinada a Convenção européia de proteção dos direitos humanos e das liberdades fundamentais. Em 1967, a Organização dos Estados Americanos (OEA) promulgou uma Convenção para a proteção dos direitos humanos. Do mesmo modo a ata final da Conferência sobre a segurança e a cooperação na Europa (CSCE) previu disposições sobre a proteção dos direitos do homem. Nela, os Estados da Europa ocidental e oriental assim como os Estados Unidos se obrigam a reconhecer a liberdade do indivíduo; a respeitar as minorias, a liberdade

§ 9. A EVOLUÇÃO INSTITUCIONAL DOS DIREITOS FUNDAMENTAIS

de pensamento, de consciência, de religião ou de convicção, bem como promover os contatos humanos entre os Estados participantes.

29. Estes esforços são impressionantes. No entanto, não convém acalentar ilusões, pois a realidade nos mostra que ainda levará muito tempo até que se possa realizar uma proteção vasta e eficaz dos direitos humanos no plano do direito internacional. Muitas resoluções e pactos não são ratificados precisamente pelos Estados acusados de violar os direitos humanos. Além disso, muitos Estados se opõem a uma verdadeira garantia institucional dos direitos humanos por meio de tribunais internacionais independentes, que examinem os recursos individuais concernentes à violação desses direitos e possam eventualmente responsabilizar os Estados.

30. Mesmo nos casos em que tais instituições existem, permanece aberta ao Estado a possibilidade de decidir, por iniciativa própria, sobre sua adesão a elas e sobre o reconhecimento da proteção internacional dos direitos humanos. Todos os acordos relativos aos direitos humanos devem necessariamente vencer o obstáculo da soberania nacional. Uma vez que a soberania dos Estados-membros e o princípio do direito de autodeterminação não devem ser violados, mesmo pelos tribunais dos direitos humanos, reivindicou-se recentemente para os direitos humanos não apenas uma imposição multilateral, mas também bilateral por meio de medidas adequadas dos Estados em causa (conferir, por exemplo, B. B. Simma).

31. Os numerosos esforços que, ao longo dos séculos, os homens já despenderam e que hoje ainda despendem de forma abrangente, como contribuição para impor a idéia dos direitos humanos, justificam pois a esperança de que talvez, num futuro mais ou menos longínquo, será alcançada a garantia de proteção dos direitos humanos em toda parte e de modo completo.

§ 10. O CONTEÚDO DOS DIREITOS FUNDAMENTAIS

Bibliografia

a) Autores clássicos

Confúcio. *Gespräche* (Os analectos). Trad. al. R. Wilhelm. Colônia, 1976. [Trad. bras. *Os analectos*, São Paulo, 2.ª ed., 2005.]
Lactantius Firmianus, Epítome. In: *Ausgewählte Schriften des Firmianus Lactantius* (Seleção de escritos de Firmianus Lactantius). Trad. al. P. H. Jansen. Kempten, 1875.
Locke, J. *Zwei Abhandlungen über Regierung* (Dois tratados sobre o governo). Trad. al. H. Wilmanns. Halle, 1906.
Mill, J. St. *Die Freiheit* (Liberdade). Trad. al. e org. A. Graboswsky. 4.ª ed., Darmstadt, 1973.
Milton, J. *Rede für die Pressefreiheit und gegen die Zensur* (Discurso pela liberdade de imprensa e contra a censura). Trad. al. H. Fleig. Basiléia, 1944.
Tomás de Aquino. *Summe der Theologie* (Suma teológica). Org. Albertus-Magnus-Akademie (Academia Albertus-Magnus). Heidelberg/Graz, 1934 ss.

b) Outros autores

Adler, A. *The Idea of Freedom* (A idéia da liberdade). 2 vols., Nova York, 1958-1961.
Bäumlin, R. Böckenförde, E.-W. *Das Grundrecht der Gewissensfreiheit* (O direito fundamental da liberdade de consciência). In: *VVDStRL*, 28, Berlim, 1970.
Bay, Ch. *The Structure of Freedom* (A estrutura da liberdade). Stanford, 1958.
Benn, S. I., Peters, R. S. *Social Principles and the Democratic State* (Princípios sociais e o Estado democrático). 5.ª ed., Londres, 1966.
Berlin, I. *Two Concepts of Liberty* (Dois conceitos de liberdade). Oxford, 1958.
Bethge, H. *Zur Problematik von Grundrechtskollisionen* (Sobre a questão das colisões entre direitos fundamentais). Munique, 1977.
Brunner, G. *Die Problematik der sozialen Grundrechte* (A questão dos direitos fundamentais sociais). Munique, 1962.
Burdeau, G. *Les libertés publiques* (As liberdades públicas). 2.ª ed., Paris, 1961.
Cranston, M. *Freedom, A New Analysis* (Liberdade, uma nova análise). Londres, 1953.

§ 10. O CONTEÚDO DOS DIREITOS FUNDAMENTAIS 133

Crombach, E. *Die öffentliche Versammlung unter freiem Himmel.* Garantie und Schranken der Versammlungsfreiheit im Recht Englands und der Bundesrepublik Deutschland (A assembléia pública a céu aberto. Garantias e limitações da liberdade de reunião no direito da Inglaterra e da República Federal da Alemanha), Berlim, 1976.

Däubler, W., Sieling-Wendeling, U., Welkoborsky, H., *Eigentum und Recht.* Die Entwicklung des Eigentumsbegriffs im Kapitalismus (Propriedade e direito. A evolução do conceito de propriedade no capitalismo). Darmstadt, 1976.

Die Grundrechte. Handbuch der Theorie und Praxis der Grundrechte (Os direitos fundamentais. Manual sobre a teoria e prática dos direitos fundamentais). Org. K. A. Bettermann, H. C. Nipperdey. 2.ª ed., Berlim, 1966-1972.

Dietel, A., Gintzel, K. *Demonstrations- und Versammlungsfreiheit* (Liberdade de reunião e de manifestação). 2.ª ed., Colônia, 1970.

Emerson, Th. I. *The System of Freedom of Expression* (O sistema da liberdade de expressão). Nova York, 1970.

Emerson, Th. I., Haber, D., Dorsen, N. *Political and Civil Rights in the United States* (Direitos civis e políticos nos Estados Unidos). 2 vols. Boston, 1967.

Friedrich, C. J. *Man and his Government* (O homem e o seu governo). Nova York, 1963.

Fuller, L. Freedom, A Suggested Analysis (Liberdade, uma análise sugerida). In: *Harvard Law Review*, 68, 1955, pp. 1305 ss.

Goerlich, H. *Wertordnung und Grundgesetz* (Ordem de valores e Constituição). Baden-Baden, 1973.

Grisel, E. Les Droits sociaux (Os direitos sociais). In: *ZSR*, 92, 1973, vol. 2, p. 1 ss.

Häberle, P. *Öffentliches Interesse als juristisches Problem* (Interesse público como problema jurídico). Bad Homburg, 1970.

____. *Die Wesensgehaltsgarantie des Art. 19 Abs. 2 Grundgesetz* (A garantia do conteúdo essencial do art. 19 alínea 2 da Constituição). 2.ª ed., Karlsruhe, 1972.

Hayek, F. A. *The Constitution of Liberty* (A Constituição da liberdade). Londres, 1960.

Hesse, K. *Grundzüge des Verfassungsrechts der Bundesrepublik Deutschland* (Traços essenciais do direito constitucional da República Federal da Alemanha). 11.ª ed., Heidelberg, 1978.

Hippel, E. von. *Grenzen und Wesensgehalt der Grundrechte* (Limites e conteúdo essencial dos direitos fundamentais). Berlim, 1965.

Homont, A. *L'expropriation pour cause d'utilité publique* (A expropriação em razão da utilidade pública). Paris, 1975.

Horner, F. *Die sozialen Grundrechte. Weltanschauliche und gesellschaftspolitische Aspekte* (Os direitos fundamentais sociais. Aspectos ideológicos e político-sociais). Salzburgo, 1974.

Huber, H. *Die verfassungsrechtliche Bedeutung der Vertragsfreiheit* (O significado jurídico-constitucional da liberdade contratual). Berlim, 1966.

Jouvenel, B. de. *De la souveraineté* (Sobre a soberania). Paris, 1955.

Klein, H. *Die Grundrechte im demokratischen Staat* (Os direitos fundamentais no Estado democrático). Stuttgart, 1972.

Knight, F. *Freedom and Reform* (Liberdade e reforma). Nova York, 1947.

Leisner, W., Goerlich, H. *Das Recht auf Leben* (O direito à vida). Hannover, 1976.

Malinowsky, B. *Freedom and Civilisation* (Liberdade e civilização). Londres, 1947.

Markakis, J. *Ethiopia, Anatomy of a Traditional Polity* (Etiópia. Anatomia de um Estado tradicional). Oxford, 1974.

Marti. H. *Die Wirtschaftsfreiheit der schweizerischen Bundesverfassung* (A liberdade econômica da Constituição federal suíça). Basiléia/Stuttgart, 1976.

Mitteis, H. *Lehnrecht und Staatsgewalt* (Direito feudal e poder do Estado). Reimpressão da edição de 1933. Darmstadt, 1974.

Müller, J. P. Soziale Grundrechte in der Verfassung? (Direitos fundamentais sociais na Constituição?). In: *ZSR* 92, 1973. 2 vols., pp. 687 ss.

Müller, W. *Wirkungsbereich und Schranken der Versammlungsfreiheit, insbesondere im Verhältnis zur Meinungsfreiheit* (Alcance e limites da liberdade de reunião, particularmente em relação à liberdade de opinião). Berlim, 1974.

Noll, P. *Pressefreiheit in Gefahr* (A liberdade de imprensa em perigo). Zurique, 1975.

Oppenheim, F. E. *Dimensions of Freedom* (Dimensões da liberdade). Nova York/Londres, 1961.

Rittstieg, H. *Eigentum als Verfassungsproblem* (Propriedade como problema constitucional). 2.ª ed., Darmstadt, 1976.

Rüpke, G. *Der verfassungsrechtliche Schutz der Privatheit* (A proteção jurídico-constitucional da privacidade). Baden-Baden, 1976.

Russel, B. Freedom and Government (Liberdade e governo). In: R. N. Anshen (org.) *Freedom: Its Meaning* (Liberdade: o seu significado). Nova York, 1940.

Saladin, P. *Grundrechte im Wandel* (Direitos fundamentais em mudança). 2.ª ed., Berna, 1975.
Scheuner, U., Küng, E. *Der Schutz des Eigentums* (A proteção da propriedade). Hannover, 1966.
Schmitt-Glaeser, W. *Mißbrauch und Verwirkung von Grundrechten im politischen Meinungskampf* (Abuso e perda dos direitos fundamentais na luta de opinião política). Bad Homburg, 1968.
Schneider, H. *Die Güterabwägung des Bundesverfassungsgerichts bei Grundrechtskonflikten* (A ponderação dos bens do Tribunal constitucional federal em conflitos dos direitos fundamentais). Baden-Baden, 1979.
Schneider, P. *Pressefreiheit und Staatssicherheit* (A liberdade de imprensa e a segurança do Estado). Mainz, 1968.
Steger, Ch. O. *Der Schutz des gesprochenen Wortes in der Verfassung der Vereinigten Staaten von Amerika*. Zur Problematik des Abhörens von Gesprächen durch Behörden des Staates (A proteção da palavra falada na Constituição dos Estados Unidos da América. Sobre a questão da escuta de conversas pelos órgãos públicos). Berna, 1975.
Steinberger, H. *Rassendiskriminierung und Oberster Gerichtshof in den Vereinigten Staaten von Amerika. Ein Beispiel richterlicher Fortentwicklung von Verfassungsrecht* (Discriminação racial e Suprema Corte nos Estados Unidos da América. Um exemplo de evolução judiciária do direito constitucional). Colônia, 1969.
Sturm, G. Probleme eines Verzichts auf Grundrechte (Problemas de uma renúncia aos direitos fundamentais). In: *Festschrift für F. Geiger* (Edição comemorartiva para F. Geiger). Tubingen, 1974.
Voss, H. K. *Meinungsfreiheit und verfassungsmäßige Ordnung*. Verfassungsrechtsprechung und Verfassungslehre in den Vereinigten Staaten von Amerika (Liberdade de opinião e ordem constitucional. A jurisprudência constitucional e a teoria constitucional nos Estados Unidos da América). Berlim, 1969.
Wildhaber, L. Soziale Grundrechte (Os direitos fundamentais sociais). In: *Der Staat als Aufgabe*. Gedenkschrift für Max Imboden (O Estado como tarefa. Edição em memória de Max Imdoden). Basiléia, 1972.
Zimmer, H. *Les Philosophies de l'Inde* (As filosofias da Índia). Paris, 1978.
Zippelius, R. *Wertungsprobleme im System der Grundrechte* (Os problemas de avaliação no sistema dos direitos fundamentais). Munique, 1962.

a) Fim e significado dos direitos fundamentais

1. A evolução institucional dos direitos fundamentais mostra que a consolidação jurídica destes direitos resulta de uma luta interna entre diferentes poderes do Estado, os cidadãos e seu governo. Nesse contexto encontra-se, sempre, num primeiro plano, a limitação do poder do monarca ou, na atualidade, a limitação do poder executivo. No curso da expansão e do desenvolvimento de formas democráticas de dominação, as minorias também têm tentado edificar os direitos fundamentais como forma de proteção contra os abusos de poder da maioria.

2. Atualmente, em praticamente todas as Constituições democráticas encontramos um elenco mais ou menos abrangente dos direitos de liberdade e dos direitos fundamentais. As diferenças situam-se, sobretudo, na formulação e na interpretação dos direitos fundamentais. Enquanto para alguns Estados os direitos fundamentais e os direitos humanos constituem a base e um instrumento de luta para instituir um determinado sistema – por exemplo, a ditadura do proletariado –, para outros esses direitos têm a finalidade de limitar o desdobramento do poder das autoridades públicas. Uns escrevem os direitos fundamentais e os direitos humanos em suas bandeiras com a finalidade de "libertar" os homens através de uma ordem coletivista que, em última análise, destrói a liberdade; outros consideram os direitos fundamentais parte da ordem do Estado de direito, que deve oferecer a cada indivíduo a possibilidade de se desenvolver. Alguns consideram que a garantia concreta das liberdades conduziria à anarquia e colocaria os objetivos nacionais em risco, visto que o homem sempre tenta abusar de sua liberdade e explorar o seu semelhante; outros, por sua vez, entendem que os sistemas coletivistas são, por definição, hostis aos direitos fundamentais, já que não concedem nenhuma liberdade ao indivíduo.

3. Certos Estados se dão por satisfeitos mencionando os direitos fundamentais como fins em sua Constituição; outros não apresentam uma lista exaustiva desses direitos em sua Constituição e estabelecem, em contrapartida, garantias institucionais para a proteção efetiva dos direitos fundamentais no seu sistema estatal. Para uns, os direitos fundamentais são a promessa de um mundo distante e bem-aventurado; para outros, constituem a medida das realidades presentes.

4. Não há dúvida de que os direitos fundamentais e os direitos humanos se tornaram o ponto de partida de querelas internas e internacionais. Se no século XIX a organização do poder público foi o centro das discussões políticas sobre o Estado e, no início do século XX, o tema da soberania ocupou o primeiro plano, nos dias atuais as atenções e preocupações estão centradas nos direitos humanos e nos direitos fundamentais. Trata-se muito menos da classificação dos Estados em democracias, monarquias e oligarquias, que de suas atitudes em face a esses direitos e liberdades.

5. A seguir trataremos do conteúdo e do significado dos diferentes direitos fundamentais. Antes disso, porém, cuidaremos das suas diversas interpretações.

b) Direitos fundamentais, imagem de homem e concepção de Estado

6. Aquele que considera o homem um ser dotado de razão – como, por exemplo, a filosofia do Iluminismo – reconhecer-lhe-á um direito à realização de si mesmo. O homem como o único ser que, com a sua razão, pode distinguir o justo do injusto, decidir aquilo que deseja fazer, e que, portanto, pode ser a causa de si mesmo (no sentido de E. Kant, por exemplo), deve ter por conseqüência igualmente a liberdade de planejar e realizar a sua existência. Esta imagem do homem, característica do Iluminismo, conduz a uma fundamentação filosófica dos direitos de liberdade. No primeiro plano da filosofia européia da liberdade encontra-se sempre o desenvolvimento da personalidade.

7. As filosofias do extremo Oriente nos fornecem idéias totalmente distintas a respeito do desenvolvimento da personalidade. A sociedade é uma ordem hierárquica no interior da qual cada um deve se inserir e em cujo reconhecimento encontra a sua felicidade. "O príncipe Ging de Tsi interroga o mestre Confúcio sobre a arte de governar. Mestre Confúcio responde: "O príncipe é príncipe, o criado é criado; o pai é pai, o filho é filho! O príncipe exclama: Deveras! Se o príncipe não é príncipe e o criado não é criado; o pai não é pai e o filho não é filho, embora eu tenha os meus rendimentos, posso eu então deles usufruir?" (conferir Confúcio, p. 125).

8. Este tipo de idéias soa bastante estranho em uma sociedade democrática e competitiva, que tem como ideal a igualdade de chances, e no interior da qual a liberdade implica também a possibilidade de romper a ordem social preestabelecida e ascender socialmente. Segundo as idéias orientais, esta visão ocidental destruiria a calma e a serenidade interior da pessoa. Mas, nesse sentido, a filosofia da Índia é ainda mais radical. Segundo ela, a pessoa – em consonância com a origem grega e latina da palavra *persona* – é uma máscara, da qual nos devemos desprender. Aquele que deseja se desenvolver deve buscar o caminho em direção a um verdadeiro eu. Isso só é possível quando o indivíduo se desprende dos seus interesses e dos seus desejos, conduz uma vida ascética e, conseqüentemente, se torna independente de sua pessoa, quer dizer, de sua máscara. Pois o verdadeiro "eu" não se encontra senão pelo total desligamento do mundo exterior e pela mais completa interiorização (cf. H. Zimmer, pp. 186 ss.).

9. Essas rápidas observações podem ajudar a esclarecer até que ponto a concepção de liberdade é influenciada pela postura cultural e filosófica. O europeu, que sofre a influência da tradição ocidental cristã – "que a terra inteira vos seja submissa" –, possui uma concepção do desenvolvimento da liberdade diferente da de um hindu, chinês, africano, japonês ou de um sul-americano.

§ 10. O CONTEÚDO DOS DIREITOS FUNDAMENTAIS 139

10. Porém, mesmo no interior de uma mesma cultura ou nação registram-se diferenças consideráveis. Enquanto na Suíça a concepção de liberdade está tradicionalmente ligada de modo estreito com o destino da pequena comunidade corporativa, o que conduz ao fato de que a liberdade individual não é mais importante do que a da comunidade, no mundo anglo-saxão, por sua vez, considera-se muito mais a liberdade no sentido individual. Isto tem conseqüências até mesmo em questões concretas específicas. Nos países anglo-saxônicos, por exemplo, em nome da liberdade de imprensa é permitido questionar até mesmo o Estado ou o governo (cf. Watergate) e, mesmo em épocas de grande perigo (a Inglaterra durante a II Guerra Mundial), é inadmissível a censura de imprensa. Na Suíça, mas também na Alemanha ou na França, muito mais rapidamente se fará apelo à razão de Estado e ao interesse público para restringir esta liberdade.

11. A interpretação e a concretização da liberdade e dos direitos fundamentais não se relacionam somente com as idéias culturais e filosóficas relativas ao desenvolvimento da personalidade, mas também com a idéia particular que um grupo ou que uma nação faz de si mesma. Uma nação em desenvolvimento, cujo sentimento de identidade ainda não se firmou, tolerará menos liberdades no interesse nacional. Ao contrário, uma nação internamente forte tolerará, por exemplo, os ataques individuais de certas pessoas na imprensa ou as objeções de consciência sem se sentir ameaçada.

12. Todos os Estados justificam as limitações dos direitos fundamentais invocando a proteção da coletividade e o interesse público. O âmbito dos direitos fundamentais difere muito, segundo a consciência nacional e a situação política interna ou externa.

13. Por fim, a realização dos direitos fundamentais também é determinada pela situação econômica de um país. Uma garantia de liberdade de imprensa abrangente pouco vale, por exemplo, quando somente uma pequena parcela da população sabe ler e escrever e ninguém possui os meios financeiros indispensáveis para a publicação de um jornal.

14. No entanto, todas estas reflexões não significam que os direitos fundamentais se deixam relativizar completamente. Há, de fato, um núcleo elementar de humanidade que independe de toda situação filosófica, ideológica, cultural, histórica e econômica. A conservação da dignidade humana e o respeito da igualdade básica de todos os homens deveriam pois, independentemente das circunstâncias de lugar e de tempo, ser concretizadas sempre e em toda parte.

c) Conteúdo dos diversos direitos fundamentais

15. Do ponto de vista do conteúdo, os direitos fundamentais subdividem-se nas seguintes categorias: direitos fundamentais que garantem a igualdade dos homens; direitos que asseguram a integridade intelectual e a possibilidade de desenvolvimento do homem; direitos que salvaguardam a integridade física dos seres humanos, bem como os que têm por objeto a segurança e a possibilidade de desenvolvimento econômico dos indivíduos. Além disso, devem ser mencionados os direitos fundamentais que regulamentam a participação política dos cidadãos nas decisões do Estado. Estes direitos de participação serão tratados no capítulo referente à organização democrática do Estado (§§ 19 ss.).

1. Direitos fundamentais que têm por objeto a igualdade entre os homens

16. A história das idéias referentes aos direitos fundamentais mostrou que, no início, tratava-se sobretudo da igualdade entre os homens. Com a obrigação do Estado de tratar os homens de maneira igual, inicia-se o desenvolvimento dos direitos fundamentais.

17. Na história das idéias, duas escolas nos fornecem os fundamentos para a noção de igualdade: o estoicismo e a filosofia escolástica do ocidente. Os filósofos da escola estóica vêem no homem uma pessoa, um ser dotado de razão, que se diferencia do animal exatamente através dessa razão; este ser é essencialmente igual e deve ser tratado de modo igual. A tradição cristã do ocidente, antes de mais nada, constrói a sua concepção de igualdade sobre o homem criado à imagem de Deus.

18. Todavia, falta à escolástica uma base que lhe permita tratar a mulher igualmente ao homem; abolir a escravatura e considerar as diversas religiões como iguais em direitos. Segundo o princípio "tratar o igual como igual, o desigual como desigual", as desigualdades consideradas como secundárias ao homem – por exemplo, as referentes ao sexo ou ao nascimento – podiam também ser tratadas de modo desigual. É somente no século XIX, e particularmente no século XX, com o desenvolvimento institucional dos direitos fundamentais, que se impõe progressivamente a idéia da igualdade integral no tratamento jurídico.

19. O fato de se atingir este desenvolvimento institucional é, sem dúvida, fruto do debate filosófico em torno do contrato social, discussão filosófica que constitui a base da luta política pelos direitos fundamentais. O contrato social pressupõe um estado de natureza do homem no qual todos são iguais. Desta igualdade dos homens "anterior à criação do Estado" são partidários tanto Locke quanto Hobbes e Rousseau.

20. De modo geral, a idéia de igualdade começa a se impor sempre em relação aos direitos políticos (One man one vote). A garantia do direito de voto também para os cidadãos desprovidos de propriedade e patrimônio, para os de outras convicções religiosas, para as mulheres e, por fim, para as minorias raciais foi o ponto de partida para a supressão da discriminação destas categorias da população, subjacente no lugar de trabalho e na sociedade em geral. Todavia, a pretensão jurídica dos cidadãos de tratamento igual não significa que diferenças efetivas – por exemplo, as entre pais e filhos, entre mulheres e homens, ou entre ricos e pobres – devam ser ignoradas ou negligenciadas. Ao contrário, o princípio exige que se trate como igual ao igual e como desigual ao desigual. No entanto, um tratamento desigual deve ter uma justificação segundo princípios gerais. A exclusão da mulher do direito de voto político não se justifica, mas, em contrapartida, os seus privilégios com relação a determinados pontos durante o período de gestação são justificados. Do mesmo modo, a exclusão das crianças do direito de voto se justifica, mas não uma discriminação pelo fato de pertencer a uma determinada raça ou religião.

21. A pretenção de igualdade de tratamento implica, em primeiro lugar, a *igualdade de todo homem perante a lei*. Além disso, ela proíbe as autoridades estatais de tratar os homens de forma arbitrária. Porém, politicamente, não há nenhuma concordância em relação ao postulado da *igualdade perante a lei*. Em que medida o Estado, por exemplo, é obrigado a garantir a igualdade de chances em matéria de educação? Em que medida deve realizar hospitais sem distinção de classes? Em que medida o Estado deve também cuidar para que cada pessoa, para fazer uso de sua liberdade, disponha das mesmas possibilidades de ordem econômica? A dificuldade de fazer afirmações de caráter geral neste domínio reside sobretudo no problema de saber o que deve afinal ser tratado de maneira igual. O postulado "igualdade perante a lei" aplica-se ao princípio da igualdade das aptidões, das chances, do rendimento ou das necessidades? Para além do significado político desta questão, e para evitar que o princípio de igualdade se torne uma fórmula vazia, a resposta só pode ser encontrada, em última instância, em uma concepção mais fundamental e mais ampla da justiça, sobre a qual discutiremos no § 38.

2. *A integridade física do homem*

22. O aspecto central no que se refere à integridade física é o direito elementar do homem à sua vida. Este direito à in-

§ 10. O CONTEÚDO DOS DIREITOS FUNDAMENTAIS 143

tegridade corporal e à liberdade de movimento foi desenvolvido nesta forma primeiramente na consciência jurídica anglo-saxônica (*habeas corpus*). As pretensões a um processo legal, a um julgamento justo e à interdição de castigos cruéis daí derivadas atravessam como um fio condutor toda a história jurídica e constitucional anglo-saxônica.

23. Já no artigo 39 da Carta Magna enuncia-se o princípio de que nenhum homem livre poderá ser preso sem julgamento legal. Este princípio é retomado expressamente na *Petition of Rights* de 1627. Nas atas do *Habeas Corpus* de 1679, exige-se que todo prisioneiro seja apresentado ao tribunal no prazo de três, dez ou vinte dias, segundo a distância, excetuando-se os casos de traição ou crime contra o Estado. Em 1816, esses direitos dos prisioneiros foram ampliados, ocorrendo o mesmo em relação às regras do processo penal de 1906. Estes princípios foram adotados também no direito penal dos diversos Estados que constituem os EUA e foram consideravelmente ampliados em numerosas decisões da Suprema Corte dos Estados Unidos por meio da aplicação dos *amendments* IV, V, VI, VIII e XIV da Constituição americana.

24. Ao longo do século XX, o direito à integridade física foi ampliado e aperfeiçoado pelos tribunais constitucionais da Alemanha e da Suíça a título de liberdade pessoal, enquanto nos países anglo-saxônicos esse direito foi particularmente desenvolvido em relação com o *Due Process Law*. Da interdição de fazer, sem base legal, uma extração de sangue de um automobilista à anulação da obrigação de utilizar o cinto de segurança, em razão de uma base legal insuficiente, o Tribunal federal suíço reuniu todas as liberdades possíveis sob o denominador comum deste direito fundamental, criando, desse modo, um verdadeiro receptáculo para os direitos fundamentais que não estão expressamente garantidos na constituição. De fato, na Suíça, o direito de personalidade é um direito constitucional não-escrito.

25. No centro dos debates atuais sobre a integridade física do homem encontra-se a questão de saber se e em que medida o Estado tem a obrigação de proteger a vida dos nascituros e, conseqüentemente, de limitar a liberdade de dispor da futura mãe. Conhecidas são as opiniões divergentes que os diversos tribunais constitucionais expressaram em relação a esse problema. Nesse contexto discute-se igualmente o problema de constatação da morte relacionada com o transplante de órgãos, bem como o "direito à própria morte" de doentes incuráveis. Nestas questões também não é possível encontrar decisões absolutas e gerais. Decisões que favoreçam um direito e prejudicam o outro pressupõem um exame prudente sobre os valores que estão em jogo. Neste caso, em última análise, não se pode jamais perder de vista, de um lado, a necessidade de respeitar integralmente a dignidade da pessoa humana e, de outro, os limitados meios de que dispõem o Estado ou o legislador, pois valores podem ser rapidamente abandonados, mas raramente recuperados. É por esse motivo que valores não devem ser simplesmente cortados, mesmo que parcialmente; devem, ao contrário, ser analisados e pesados à luz de valores superiores.

3. Due Process *e a idéia de Estado de direito*

26. Estreitamente ligados com o direito fundamental da integridade física, como mencionado, encontram-se os direitos fundamentais relacionados com o processo jurídico. Estes direitos processuais remontam igualmente ao patrimônio ideológico e jurídico dos anglo-saxões e, em última instância, à história do direito romano. Eles repousam sobre uma apreciação certamente muito realista, segundo a qual o homem, qualquer que seja a sua função – se juiz, funcionário público ou governante –, está sujeito à tentação de uma decisão preconcebida e que, em geral, não está em condições de proceder objetivamente, sem pré-julgamento algum. É por esse motivo que se deve assegurar que todo julgamento, que, em última análise, conduz a uma redução da liberdade de um indivíduo, deve necessariamente efetuar-

§ 10. O CONTEÚDO DOS DIREITOS FUNDAMENTAIS

se segundo um determinado procedimento. Além disso, o procedimento deve garantir que as pessoas atingidas sejam ouvidas, que as autoridades que julgam não tenham interesse pessoal no desfecho do processo, sejam independentes, não decidam senão em um âmbito delimitado (por exemplo, nos limites da lei), preparem o seu julgamento segundo um procedimento justo prescrito, se informem completamente e que, enfim, se submetam ao controle de uma instância superior.

27. Um procedimento no qual se contrapõem os diferentes pontos de vista perante uma instância independente, ela mesma submissa ao controle de uma instância superior; um procedimento no qual cada parte tem uma chance real de persuadir o juiz com os seus argumentos, garante melhor a justiça do que normas materiais constitucionais e legais mais detalhadas. Esta idéia fundamental reflete o pensamento jurídico anglo-saxão e influenciou, cada vez mais, o pensamento jurídico da Europa continental. Os melhores direitos fundamentais materiais efetivamente não servem, na verdade, para muita coisa, se não podem ser aplicados por um juiz independente e por meio de um procedimento justo.

28. O *Due Process*, todavia, até os dias de hoje, ainda não alcançou no direito continental europeu a importância que tem nos países anglo-saxões. Encontramos, contudo, nas mais recentes Constituições princípios de um procedimento judicial imparcial – por exemplo, o direito de ser julgado por um juiz independente (cf. art. 97 da Constituição da República Federal da Alemanha, de 23 de maio de 1949), o direito de ser julgado pelo juiz constitucionalmente competente (artigo 58 da Constituição federal da Confederação Suíça, de 29 de maio de 1874) ou o direito de ser ouvido judicialmente (artigo 103, alínea 1 da Constituição da República Federal da Alemanha), direito que, na Suíça, o Tribunal Federal desenvolveu particularmente a partir do princípio da igualdade perante a lei (artigo 4 da Constituição federal da Confederação Suíça).

29. Em vez do *Due Process*, encontramos no direito continental da Europa o princípio geral do "Estado de direito". Este se estende sobre toda a atividade do poder público e, por conseguinte, reveste-se de grande importância para a relação entre o Estado e os cidadãos. Estado de direito significa, em primeiro lugar, a legitimidade do poder do Estado (K. Hesse, pp. 79 ss.). Todo poder que o Estado dispõe está vinculado ao direito. O Estado reconhece e protege os direitos do homem. Mas estado de direito significa também a vinculação do poder executivo às leis elaboradas pelo legislador, bem como o controle de decisões administrativas através de um Judiciário independente (conferir igualmente § 28). Assim como na idéia do *Due Process*, as concepções sobre as quais repousam o Estado de direito visam evitar a atribuição de um poder ilimitado ao executivo.

30. O desenvolvimento do Estado de direito progrediu muito com a introdução da jurisdição administrativa. De fato, os tribunais administrativos podem fiscalizar amplamente as decisões tomadas pela administração e têm a oportunidade de elaborar os princípios e as diretrizes para os procedimentos da administração, que prevêem a proteção do cidadão. Em muitos casos, no entanto, o tribunal administrativo não é capaz de proteger os cidadãos, pois estes freqüentemente temem um confronto com a administração ou contratar um advogado dispendioso, sem falar nos casos em que não há uma decisão passível de recurso ou daqueles em que o executivo age nos limites do seu poder discricionário.

31. Em razão destas lacunas, a proteção jurídica estendeu-se por meio da instituição do assim chamado *ombudsmann*, de inspiração sueca, também chamado *Beauftragter* na Alemanha – por exemplo, encarregado da defesa (*Wehrbeauftragter*), encarregado da proteção de informações (*Datenschutzbeauftragter*) etc. Desse modo, o cidadão deve ser igualmente protegido em relação à administração também nos casos em que não é formalmente possível um recurso pela via jurídico-administrativa. Tais "encarregados" podem aconselhar a administração, informá-la sobre determinados fatos ou situações e, assim, melhorar as relações entre a administração e os cidadãos. Entretanto, eles não estão habilitados a dar ordens ou instruções vinculantes à administração, nem mesmo a anular decisões por ela tomadas. Podem, exclusivamente, informar o parlamento sobre eventuais abusos e, desse modo, apelar para que haja uma fiscalização política do executivo e, sob certas circunstâncias, até mesmo propor sanções políticas ao governo.

32. Quanto mais complexas as relações sociais, a dependência mútua dos cidadãos e das instituições públicas; quanto mais vastas as tarefas do Estado e, conseqüentemente, quanto maior a burocracia administrativa, tanto mais importante se torna o controle do Estado de direito. O representante de uma pequena comunidade suíça constituída de 20 a 100 habitantes no cantão de Freiburg não necessita de um *ombudsmann* para melhorar as relações entre ele e os cidadãos. Mas a cidade de Zurique, com seus 400.000 habitantes e um aparelho administrativo complexo, compreendeu que a instituição de um *ombudsmann* poderia contribuir decisivamente para melhorar as relações entre a administração e os cidadãos. Contudo, o desenvolvimento do Estado de direito não pode conduzir a uma burocratização ainda maior da administração pública. Um controle excessivo da parte dos tribunais administrativos certamente diminuirá o sentido de responsabilidade no âmbito da administração. Dessa maneira, para prevenir-se contra uma eventual sanção, tomará decisões não mais "apropriadas", mas apenas legais; não mais "adequadas", mas unicamente "em conformidade com a lei", quer dizer, tal qual um computador. Isto, por sua vez, conduzirá a uma significativa desumanização da administração e, conseqüentemente, do Estado. A administração de um estado de direito deveria, pois, ser acompanhada de uma descentralização do poder do Estado, a fim de estar mais próxima do cidadão e conquistar a sua confiança.

33. Embora tenha sido possível até o momento edificar aqui e ali procedimentos do Estado de direito para proteger os cidadãos das intervenções do Estado, nos dias de hoje ainda faltam, em larga medida, meios necessários para lutar contra a arbitrariedade da administração pública, nos domínios em que atua por meio de medidas de promoção. É certo que a administração pública deve na promoção da atividade cultural, econômica ou científica, mesmo que em um âmbito bem determinado, poder decidir segundo o seu livre poder de apreciação, mas deve, tanto quanto possível, julgar tais projetos de forma objetiva e não tem o direito de exercer o favoritismo. Isto tornou-se tanto mais necessário a partir do desenvolvimento da administração no domínio da promoção e da previdência social, que tornou os cidadãos cada vez mais dependentes do Estado, de modo que existem atualmente empresas que, em grande parte, vivem dos trabalhos encomendados ou das subvenções concedidas pelo Estado – por exemplo, o setor da construção civil. Isto pode eventualmente até mesmo incitar estas pessoas a recorrer a meios ilegais para obter encargos do Estado como, por exemplo, o suborno.

4. Direitos de liberdade de pensamento

34. Por direitos de liberdade de pensamento foram inicialmente entendidas as liberdades religiosas. Uma concepção abrangente da liberdade de crença e de consciência desenvolveu-se somente na Idade Moderna. No fim da Antiguidade, Firmianus Lactantius (260-340 d.C.), também conhecido como o Cícero cristão, reivindicava: "E certamente é na religião que preferencialmente se estabeleceu a liberdade. Ela é antes de mais nada qualquer coisa de livremente consentido e não se pode forçar o homem a venerar aquilo que não deseja"(F. Lactantius, *Epítome*, 54). Santo Agostinho, ao contrário, sustentava que a Igreja tem o direito de forçar toda e qualquer pessoa à filiação (*compelle entrare*). To-

§ 10. O CONTEÚDO DOS DIREITOS FUNDAMENTAIS 149

más de Aquino distingue, de um lado, os que são crentes mas perderam a fé e, de outro, os que não crêem. Os primeiros podem ser constrangidos à fé pela Igreja e pelo poder temporal (Tomás de Aquino, Livro II, Segunda parte, questão 39, artigo 4). Quanto aos segundos, deixa em aberto saber até que ponto podem ser coagidos a participar dos serviços religiosos, mas qualifica expressamente o culto idolátrico como pecado (Tomás de Aquino, Livro II, Segunda parte, questão 94, artigo 2).

35. Visto que após a Reforma chega-se a uma nítida e rigorosa separação territorial entre reformistas e católicos, cada príncipe passa a determinar a crença de seus súditos (*Confesso Augustana* de 1555). Na França, a *liberté de conscience* aparece pela primeira vez no comentário do Edito de janeiro de 1562 e no texto do Edito de Amboise, em 1563, em que se menciona a garantia do culto privado para a nobreza. No Edito de Nantes, esta liberdade é territorialmente limitada, mas ampliada no interior dos territórios correspondentes. Uma primeira tentativa para o desenvolvimento de uma verdadeira liberdade de crença e de consciência foi certamente o *ius emigrationis*, a saber, o direito de emigrar. Paralelamente, desenvolveu-se na Inglaterra a idéia de tolerância, pois o *ius emigrationis* não pôde se concretizar no território insular inglês tão facilmente quanto nos pequenos principados europeus. Os católicos em comparação com os protestantes eram, decerto, muito mais limitados no que tange a seus direitos – por exemplo, o direito de porte de armas, artigo 7 do *Bill of Rights* –, contudo não eram queimados em razão da fé que professavam. No ano de 1829, os católicos ingleses foram, em grande medida, integrados pelos "Atos de emancipação" católico-romanos e reconhecidos os seus direitos políticos.

36. Os batistas, que derivam a Revelação da consciência e são, por conseguinte, partidários de uma rígida separação entre Igreja e Estado, reivindicavam uma ampla liberdade de crença e de consciência. A sua influência atingiu, particularmente, os Estados americanos. O *Agreement of the People*, de 1647, um projeto de Constituição preparado pelos membros do parlamento, pelos "Levellers", registra, por exemplo, que a comunidade temporal não tem o direito de influenciar a crença e a consciência do indivíduo. Na seqüência, a liberdade de crença e de consciência foi adotada tanto nas Constituições dos Estados americanos quanto no *I Amendment* da Constituição dos Estados Unidos. De fato, como reação à estreita ligação entre a Igreja e o Estado na Coroa britânica, os Estados Unidos instituem, neste *I Amendment* do ano de 1791, a total separação entre os dois e, com isso, a liberdade integral de crença e de consciência. Esta *freedom of establishment clause* foi criada com o interesse de garantir um bom entendimento e cooperação das diversas comunidades religiosas que emigraram para os Estados Unidos e que não possuíam nenhum caráter hostil à religião, tal como ocorreu com a laicização do Estado no âmbito da Revolução Francesa. A separação entre Igreja e Estado deve, portanto, ser julgada diversamente, isto é, de acordo com o fato de ela apoiar-se na tradição americana ou na tradição francesa.

37. No continente europeu, Espinosa, Kant, Hegel, Johann Heinrich Pestalozzi (1746-1827) e Fichte, entre outros, lutam pela liberdade religiosa. O interesse de Fichte centra-se, em especial, na ampla garantia da liberdade de culto. Toda religião deveria ter a possibilidade de celebrar o culto correspondente às suas convicções religiosas. É a partir da liberdade de culto e do direito de orações em família que se desenvolve pois a liberdade geral de crença e de consciência.

38. Todavia, a liberdade de crença e de consciência estava inicialmente limitada à profissão da fé cristã. Assim, o artigo 44 da Constituição federal suíça de 1848 ainda previa expressamente que tão-somente a celebração dos serviços religiosos cristãos era livre. Em 1866 garantiu-se a liberdade de estabelecimento para os não-cristãos e, em 1874, concedeu-se ampla liberdade de crença e de consciência.

39. Nos dias atuais, em um Estado pluralista, a liberdade de crença e de consciência concebe-se como um direito fundamental que garante as convicções não só religiosas, como também as ideológicas em geral (consultar E. W. Böckenförde e R. Bäumlin, in: *VVDStRL*, 28). Entretanto, os que recusam o serviço militar por motivos de consciência são julgados de modo diferente em diferentes países. Na Suíça, por exemplo, são punidos, enquanto na Alemanha são isentos do serviço militar.

40. Aquilo em que se crê, aquilo do qual se está convencido, aquilo que se pensa, deve-se também poder expressar livremente. A liberdade de expressar a opinião é pois uma conseqüência lógica e necessária da liberdade de crença e de consciência. No entanto, no plano histórico, ela encontra-se menos ligada a este direito fundamental pessoal, embora este direito de liberdade emane também do direito de desenvolvimento pessoal. Pelo contrário, a liberdade de expressão se desenvolveu em estreita relação com os direitos políticos, particularmente com a liberdade do discurso parlamentar (consultar o artigo 9 do *Bill of Rights*) e a liberdade de imprensa.

41. Milton é indiscutivelmente o pai da liberdade de imprensa. Em seu célebre discurso de 1644, bateu-se por esta liberdade. "A verdade e a compreensão não são mercadorias que possam ser monopolizadas ou comercializadas na medida em que são etiquetadas, fixadas e normatizadas. Não se pode pensar em transformar todo o conhecimento disponível em mercadoria..." (J. Milton, p. 60). "A verdade é comparada na Escritura sagrada com uma fonte jorrante. Se o fluxo de suas águas não jorra ininterruptamente a sua água transforma-se em uma poça d'água repugnante e lodosa de conformismo e tradição morta. Um homem pode ser um herege, mesmo em posse da verdade. Se crê em algo somente porque seu Pastor assim o afirma, ou porque ele estaria em condições de apresentar um outro motivo, então a verdade que defende torna-se heresia, mesmo quando honesta e sinceramente ele crê em algo totalmente correto" (J. Milton, p. 67; consultar também Th. I. Emerson, D. Haber, N. Dorsen, vol. 1, pp. 1 ss., bem como Th. I. Emerson). Com este discurso Milton criou uma base que permitiu concretizar uma ampla liberdade de imprensa nos Estados anglo-saxônicos, que jamais pôde se realizar de modo tão completo sobre o continente europeu.

42. Os direitos de liberdade de pensamento estão tão intimamente ligados à natureza do ser humano, que a sua perda e limitação abusiva torná-lo-iam inferior e privá-lo-iam de sua dignidade. Estes direitos são para o homem uma garantia de que ele não será um objeto ou um joguete nas mãos de poderes estranhos, e sim que ele, enquanto sujeito, enquanto ser independente, tem a possibilidade de fazer frente aos desejos e às exigências de outros homens. Graças a estas liberdades, cada qual pode formar a sua própria opinião e, de acordo com ela, tomar uma decisão. Pode, portanto, planejar e dirigir livremente a sua vida, segundo suas próprias convicções.

43. Sem a livre expressão de opinião, uma evolução independente da razão humana bem como do conhecimento humano não é possível, tal como Milton já apontara. Somente quando os homens podem expressar livremente o que pensam é que estão em condições de, uns com os outros, examinar as suas opiniões e, se for necessário, criticá-las e complementá-las. Uma sociedade que não conhece a liberdade de expressão abala as suas raízes intelectuais, culturais e históricas. A nossa compreensão da verdade parte da idéia de que ela é demonstrável intersubjetivamente, quer dizer, que deve ser admitida como verdadeira pelos outros. No entanto, isto só é possível em uma sociedade na qual se pode discutir, examinar e julgar os conhecimentos a partir de uma perspectiva crítica.

44. O desenvolvimento histórico da liberdade de expressão mostra que ela está intimamente ligada com a edificação dos direitos políticos. Esta liberdade é um pressuposto dos processos de decisão democráticos. De fato, as decisões objetivas tomadas democraticamente pela maioria, e que, em última análise, servem também ao bem comum, não são possíveis senão quando as alternativas em discussão podem ser criticamente avaliadas em um debate aberto e no qual cada um tem uma chance justa de fazer valer o seu argumento em um processo de decisão. Isto vale para as decisões objetivas e aquelas referentes às pessoas, por exemplo quando nas eleições devem-se encontrar as personalidades capazes de dirigir o Estado ou então quando o cidadão dá o seu voto a um partido em função do seu programa.

45. Aqui, no entanto, não se pretende de modo algum idealizar os fatos, professando que a garantia da liberdade de expressão é por si suficiente para assegurar uma decisão adequada. As paixões, as tomadas de posições demagógicas, a histeria das massas e preconceitos, a corrupção e o favoritismo contribuem para que este ideal seja consideravelmente adulterado. No entanto, uma ampla garantia da liberdade de expressão permite manter tais distorções dentro de certos limites, uma vez que precisamente esta liberdade assegura certos controles. A liberdade de expressão impede evoluções extremadas e dá aos que não puderam se impor sob determinadas circunstâncias a esperança de que os seus interesses ainda serão ulteriormente considerados.

46. A liberdade de expressão, nesse sentido, é também a garantia de uma ordem social estável, capaz de se adaptar progressivamente – e sem revolução – à evolução social e econômica. Graças à liberdade de expressão, as minorias podem ser entendidas e ouvidas a tempo. As informações relativas aos abusos e desenvolvimentos nocivos chegam em tempo hábil aos ouvidos das autoridades competentes. A liberdade de expressão permite o diálogo entre os governos e os governados, eleva em ambos os lados a faculdade de aprendizagem e assegura uma regulação rápida das decisões a novas evoluções. As autoridades que ignoram o que o povo pensa, cedo ou tarde governam sem levá-lo em consideração, isolam-se e abrem um fosso entre elas e o povo.

47. É também na liberdade de expressão que repousa, como já mencionado, a esperança de uma minoria oprimida ou negligenciada de poder convencer ulteriormente a maioria da justiça de suas solicitações. Ela constitui a base para a confiança de todos os que se sentem injustamente tratados em um Estado de que podem ter a esperança de convencer a maioria sobre esta injustiça através do diálogo. A maioria não tem o direito de oprimir a opinião da minoria, caso contrário a democracia torna-se mais tirânica que a tirania (J. St. Mill e Alexis de Tocqueville, 1805-1859).

48. No entanto, a liberdade de expressão sem informar amplamente a população sobre o governo, a administração e a economia é praticamente inútil. O corolário da liberdade de expressão, isto é, a liberdade de informação, necessita, por essa razão, de uma concretização abrangente. Até que ponto as autoridades ou outros grupos sociais dirigentes estão dispostos a informar constitui, muitas vezes, o barômetro para indicar com precisão o grau de realização da liberdade de opinião e da liberdade de imprensa no Estado em questão.

5. Direitos de liberdade econômica

5.1. Garantia de propriedade

49. No centro de todas as liberdades fundamentais econômicas encontra-se a garantia da propriedade. Na Idade Média ela significava mais do que um direito de liberdade econômica, pois servia de receptáculo jurídico a uma série de outras liberdades. A garantia da propriedade possuía antigamente o mesmo peso que tem atualmente o direito à dignidade humana; englobava muito mais que o direito de propriedade sobre imóveis: garantia trabalho, dominação, autonomia e inclusive a integridade física e a vida.

50. Na história das idéias, Locke exerceu, sem dúvida, uma grande influência sobre as concepções da propriedade em

§ 10. O CONTEÚDO DOS DIREITOS FUNDAMENTAIS 155

curso nos países ocidentais, pois construiu toda a sua doutrina contratual sobre a doutrina da propriedade. Retomando, Locke considera o estado primitivo do homem – anterior ao surgimento do Estado – com otimismo: os homens são livres e racionais; o Estado não pode, por conseguinte, restringir esta liberdade. Apesar desta concepção de homem, segundo a qual todos os homens são iguais, como Locke justifica as diferenças de posse e de propriedade na Inglaterra do século XVII?

De acordo com o seu ponto de vista, os homens no seu estado primitivo não tinham propriedade. Toda a terra pertencia em comum aos caçadores e coletores. Tudo constituía uma propriedade comum. Mas cada qual tinha o direito de se apropriar do que era necessário para a sua subsistência. Segundo Locke, esta apropriação não se dava pela ocupação (como, por exemplo, em Grotius), a saber, por meio de uma tomada de posse pela força, mas sim pelo trabalho do homem (consultar J. Locke, *Segundo tratado*, cap. V, pp. 27 ss.; H. Rittsteig, pp. 77 s.). Pelo trabalho – concretamente falando, pela cultura do campo – o homem adquire a propriedade da terra ao se tornar sedentário, tal como o nômade podia adquirir, pelo trabalho com a caça e a colheita, a carne, e as frutas. No entanto, ninguém podia se apropriar mais do que o necessário para atender às suas necessidades. Não podia colher frutos para deixá-los apodrecer.

51. Esta restrição desapareceu no entanto com o surgimento da moeda (J. Locke, *Segundo tratado*, cap. V, 36; H. Rittsteig, p. 78). De fato, a moeda não se deteriora como as frutas. Com ela pode-se armazenar a produtividade sem que se deteriore, tal como ocorre com certas frutas menos perecíveis – por exemplo, como as nozes. "Com a introdução da moeda inicia-se o direito natural à apropriação ilimitada e à propriedade sem restrições. Deus deu o mundo para ser usufruído pelos homens trabalhadores e racionais. A invenção da moeda concedeu a estes homens a oportunidade de ampliar as suas propriedades proporcionalmente ao seu zelo ao trabalho e para além do que eles mesmos necessitam" (H. Rittstein, p. 78).

52. Porquanto, segundo Locke, tudo isto ocorre ainda no estado natural, trata-se de uma propriedade adquirida neste estado natural e, portanto, de um direito anterior ao Estado que, conseqüentemente, não pode ser suprimido ou limitado pelo Estado. A garantia da propriedade é, deste modo, anterior ao Estado e não pode ser suprimida pelo direito estatal. O Estado tem somente a tarefa de proteger a propriedade, mas não está habilitado a intervir nas relações de posse.

53. Diversamente de Locke, Hobbes defende um absolutismo do Estado também em relação à garantia da propriedade. Segundo ele, a soberania absoluta do Estado pode igualmente dispor da propriedade dos cidadãos; já que o Estado criou esta garantia, pode igualmente suprimi-la.

54. Indiscutivelmente as concepções de Locke têm grande influência ainda hoje sobre a idéia de propriedade nos Estados ocidentais. "A propriedade, cuja origem descende do direito do ser humano de utilizar todo ente inferior para o sustento e a comodidade de sua vida, serve exclusivamente para o bem e a vantagem do proprietário, a tal ponto que ele pode mesmo destruir aquilo que possui como propriedade pelo uso, se a necessidade assim o exige. O governo, no entanto, visa salvaguardar o direito e a propriedade de cada um, na medida em que o protege da violência e da destruição de outros, estando assim a serviço do bem dos governados. Pois a espada da autoridade deve inspirar temor aos malfeitores e assim coagir os homens a observar as leis positivas da sociedade, calcadas sobre as leis naturais, pelo bem público, quer dizer, o bem de cada um dos membros da sociedade, na medida em que isto pode ser efetuado por prescrições gerais. A autoridade não detém a espada apenas para o seu próprio proveito" (J. Locke, *Primeiro tratado*, cap. VIII, 92).

5.2. Propriedade e poder do Estado

55. A evolução das primeiras idéias de propriedade estão estreitamente ligadas com o processo sedentarista progressivo das tribos nômades primitivas. A partir do momento em que as tribos se tornaram sedentárias, foi necessário cultivar o solo e torná-lo produtivo. A floresta tinha de ser desmatada, o solo lavrado e cultivado, assim como as habitações e os burgos protegidos com muralhas e fossos contra as invasões dos inimigos. A propriedade, de início, era comum ao clã, que defendia o seu território. O clã possuía o domínio tanto sobre o território quanto sobre os seus membros que ali viviam. Cada uma das famílias do clã recebia uma determinada área de terras para cultivar. Em relação ao chefe do clã, elas eram responsáveis pela boa utilização da terra, mas não podiam dispor dela. Até pouco tempo atrás ainda havia na Etiópia esse tipo de relações de propriedade (conferir J. Markakes, pp. 118 ss.).

56. Ao longo do tempo, as famílias que pertenciam às camadas sociais inferiores e não podiam cultivar senão uma pequena área de terras permaneceram ligadas a esta terra e deixaram de ser livres. Por outro lado, os vassalos, aos quais o rei atribuiria propriedades agrícolas como feudos, estavam sujeitos à cobrança de impostos e tinham de prestar o serviço militar. À exploração da terra vinculavam-se, portanto, dependências pessoais em relação ao rei, que foram concretizadas de modo impressionante no direito feudal da Idade Média na Europa (conferir H. Mitteis). A dominação real e a propriedade sobre a terra – *imperium dominium* – formavam uma unidade. Dessa modo, o solo não era livremente disponível e também a sua utilização era prescrita; por exemplo, o cultivo trienal, o dever do cumprimento do serviço militar pelos vassalos, os bens comuns de uma comunidade, o serviço obrigatório etc.

57. Os primeiros grandes conflitos entre o rei e os seus vassalos em relação à propriedade de terras dizem respeito aos tributos. Os vassalos queriam participar das discussões referentes à fixação dos rendimentos do rei: *No Taxation without Representation*. Além do direito de opinar sobre os tributos, os vassalos alcançaram, particularmente na Inglaterra, mas também no continente, uma separação progressiva entre *imperium* e *dominium*. Com isso, os direitos do proprietário foram delimitados em face dos direitos de dominação do rei, as obrigações referentes à exploração foram reduzidas e ampliada a liberdade de dispor da propriedade. Esta evolução conduziu finalmente à ordem da propriedade do direito civil, que concede ao indivíduo o poder ilimitado de dispor e utilizar de sua propriedade. Somente em determinados casos é que a autoridade do Estado poderia intervir na propriedade, a saber, na fixação de impostos e na presença de um interesse público preponderante (expropriação).

58. O nascimento desta concepção de propriedade foi fortemente marcado pela aparição da economia de mercado e pela economia monetária vinculada àquela. A partir desse momento não era mais necessário pagar o trabalho com mercadorias ou pela assistência do senhor feudal; ele poderia ser pago com moeda. Foi assim que os servos ligados à terra tornaram-se trabalhadores rurais e passaram a receber dos seus senhores um mísero salário como remuneração do seu trabalho. Desse modo, rompem-se os últimos vínculos diretos entre o trabalho e a propriedade da terra. O trabalho poderia ser convertido em capital assim como também em propriedade, o que em uma economia monetária, a partir de então, significava ser considerado uma mercadoria.

59. Na Europa continental, a separação entre propriedade e poder estatal conduziu a uma separação entre o direito civil e o direito público. A propriedade pertencia exclusivamente à alçada do direito civil, que atribuía ao proprietário um direito ilimitado de disposição e de uso. Assim, com exceção das obrigações fiscais, a propriedade estava livre da

§ 10. O CONTEÚDO DOS DIREITOS FUNDAMENTAIS 159

interferência do Estado. Com base na teoria fiscal, o Estado podia se apropriar de um bem pelo viés do direito civil e pelo juiz civil, quer dizer, poderia expropriar, mas sob a condição de pagar uma indenização correspondente (consultar S. de Pufendorf).

60. Uma despersonalização crescente e uma socialização da propriedade nas sociedades de capitais é característica da evolução do direito de propriedade no Estado social fundado sobre a divisão do trabalho, bem como, de um lado, no aparelho dos serviços públicos e da segurança social e, por outro, nas operações bancárias e de critério. A criação da sociedade anônima no âmbito do continente europeu e da relação fiduciária (*trust*) no mundo anglo-saxão permitiram dotar o capital de uma autonomia jurídica e efetiva, do qual o acionário não participa mais senão por meio das ações que detém. Os acionários não decidem mais diretamente sobre a aplicação do capital, mas a decisão cabe ao conselho administrativo ou ao conselho fiscal. As operações bancárias e de crédito permitem um aumento do capital pela criação de uma nova moeda de crédito (título cambial). Com a criação de um aparelho público de prestações de serviços muito aperfeiçoado (escolas, transportes, hospitais etc.) e de um sistema de seguridade social, parcelas importantes (30 a 60%) dos rendimentos do cidadão individual são comprometidas com impostos e prêmios; o cidadão torna-se um associado das instituições públicas de previdência e bem-estar social.

61. Ao lado da socialização, a vinculação social da propriedade em geral e da propriedade imobiliária em particular ganhou importância. O planejamento do espaço e a proteção ao meio ambiente conduziram a limitações expressivas da propriedade imobiliária. Todavia, mesmo as vinculações muito antigas – como, por exemplo, a limitação da livre disponibilidade – tornaram-se importantes no direito agrário e no direito florestal. Além disso, o número crescente de trabalhadores assalariados que participam da propriedade pelo seu trabalho, mas não pelo capital, conduz a uma expansão de instituições democráticas no Estado, ao sufrágio universal independente da propriedade, a uma participação mais ativa dos trabalhadores com a ajuda dos sindicatos e, por fim, à reivindicação de uma verdadeira participação dos trabalhadores nas empresas e empreendimentos.

62. O cidadão, hoje em dia, não está mais reduzido à situação de um mero carente de proteção do Estado e da sociedade; tornou-se sócio da sociedade no verdadeiro sentido da palavra. É por isso que o desenvolvimento pessoal do indivíduo, a sua liberdade, a sua vida e a sua proteção não dependem mais do solo, mas estão vinculados às suas possibilidades de trabalho, às suas rendas, à sua casa, à sua formação, assim como a certas prestações do Estado. Isto conduziu forçosamente ao desaparecimento do "liberalismo paternalista" e ao desenvolvimento de direitos fundamentais sociais. Se antes a existência, a liberdade, a independência, a vida, os rendimentos e a segurança do pai e chefe de família eram garantidos pela proteção da propriedade de terras, hoje o Estado precisa para obter a mesma proteção em face de uma massa atomizada de cidadãos garantir os direitos à liberdade intelectual, ao trabalho, à moradia, ao respeito à esfera privada, à segurança na velhice e à assistência aos familiares em caso de falecimento, bem como proteger os cidadãos contra os mais diferentes riscos: acidente, doença, desemprego etc.

5.3. Liberdade econômica e profissional

63. Ligando-se ao liberalismo econômico (Adam Smith, 1723-1790) e ao darwinismo social (Herbert Spencer, 1820-1903), o direito ao livre desenvolvimento econômico se impôs como a mais recente das liberdades individuais. Este direito dirigiu-se primariamente contra os privilégios do Estado, o protecionismo estatal e a dominação corporativa das cidades. Os princípios de uma ordem econômica livre foram apresentados por Smith. Ele defendia a concepção de que o melhor meio de realizar o bem-estar econômico é permitir que cada um busque os seus próprios interesses. Segundo ele, desse modo cada pessoa procura exercer a atividade econômica mais lucrativa. Além disso, o indivíduo fica mais motivado para o trabalho e tem iniciativa própria, se pode satisfazer os seus interesses pessoais pela atividade econômica. A partir do momento em que cada um possui essa liberdade, o objetivo, a saber, o bem-estar geral, é atendido. Mesmo o capitalista, que não está interessado senão no seu próprio bem-estar, é guiado em direção a esse objetivo por uma espécie de mão invisível (conferir a esse respeito § 34/8 ss.).

64. O darwinismo social contribuiu igualmente para consolidar o liberalismo econômico e promover a livre concorrência. A teoria evolutiva de Charles Darwin (1809-1882), que se baseia sabidamente na idéia de que a evolução no reino animal e no reino vegetal se explica por um processo de seleção, que privilegia sempre o ser vivo mais apto a se regenerar, o mais bem adaptado ao seu meio circundante, o mais forte e o mais desenvolvido. Esta idéia de seleção do mais apto (*selection of the fittest*) foi transposta para a sociedade humana particularmente por William G. Sumner (1840-1910) e Spencer. Para Sumner, a ordem social é o resultado de uma luta na qual cada um busca fazer prevalecer o seu interesse sobre o dos outros. Os melhores, os mais agressivos e os mais engenhosos combatentes podem se afirmar nesta luta, e isto é *justo* e *correto*, visto que são o produto de uma seleção natural. De modo análogo, o mercado livre conduz automaticamente a uma divisão justa dos bens.

65. Seguindo o exemplo de Vilfred Pareto (1848-1923), os partidários do liberalismo econômico defendem o ponto de vista de que a atividade estatal, econômica e científica deveria ser considerada sob o prisma do binômio custo/benefício. O fim destas atividades consiste em otimizar os lucros. Todavia, considerando-se que a atividade do poder público é, muitas vezes, muito mais cara do que a atividade da economia privada, dada a lentidão do aparelho administrativo, além do fato de que ela não estimula a iniciativa privada, seria necessário, tanto quanto possível, encontrar uma solução muito mais no âmbito da iniciativa privada que no da pública (por exemplo, rádio, telefone, televisão etc.).

66. Aos defensores extremistas de um liberalismo econômico é necessário fazer uma crítica semelhante à dirigida aos partidários das ideologias marxistas. Afinal de contas, eles sempre partem de teorias científicas simplistas acerca do homem, para chegar a conclusões sobre os objetivos políticos da atividade do Estado. Além disso, pressupõem que cada um participa da concorrência com as mesmas chances; que nenhuma pessoa detém um monopólio e que cada qual pode discernir seus próprios interesses e agir de acordo com eles. Isto certamente não seria realizável em nenhuma sociedade.

67. Além disso, o Estado não é somente uma comunidade destinada a satisfazer os interesses individuais. Ele tem um valor próprio como comunidade solidária e, por fim, só é viável quando a comunidade intervém para proteger os membros mais fracos e ameaçados. O homem não quer apenas otimizar lucros e reduzir os custos; ele também se atém a outros valores, por exemplo culturais e espirituais, sem se deixar guiar pelas considerações sobre a relação custo/benefício.

68. A liberdade econômica é um direito fundamental que floresceu plenamente na Suíça sob o nome de liberdade do comércio e da indústria (Handels. und Gewerbefreiheit) e que zelosamente cuida da separação – garantida pelo direito constitucional – entre as tarefas públicas e as privadas, consolidando o sistema da livre economia de mercado no plano constitucional.

69. Na Lei Fundamental de Bonn (*Bonner Grundgesetz*), por sua vez, a liberdade econômica foi abordada principalmente à luz do desenvolvimento pessoal sob o título de liberdade profissional (Berufsfreiheit) (art. 12 GG). O Estado não deve determinar a carreira profissional do cidadão. Ao contrário, cabe ao indivíduo escolher a sua própria carreira, de acordo com suas capacidades, suas inclinações e possibilidades.

6. Direitos fundamentais sociais

70. Em oposição aos direitos de liberdade econômica, os direitos fundamentais sociais exigem do Estado uma ação positiva em favor das minorias socialmente necessitadas. Incluem-se nestes, por exemplo, o direito à educação, com o qual deve ser concedida, no âmbito da formação, uma igualdade de chance às crianças socialmente desfavorecidas, ou o direito a uma moradia digna, o direito ao trabalho etc. (conferir J. P. Müller, pp. 687 ss.).

71. O conteúdo e o significado dos direitos fundamentais sociais foram e são ainda hoje muito contestados. Uns rejeitam estes direitos por considerarem que se opõem aos direitos de liberdade, comprometendo a garantia de propriedade (por exemplo, o direito à moradia) ou a liberdade econômica (por exemplo, o direito ao trabalho). Este último não se realiza senão quando o Estado intervém na economia e obriga as empresas a manter ramos de produção que não são rentáveis.

72. Por outro lado, acusam-se os direitos sociais fundamentais de não se concretizarem diretamente pelo juiz constitucional, como ocorre com os direitos de defesa clássicos. De fato, seria exigir demais de um juiz que garantisse a um pequeno grupo de pais de uma vila retirada nas montanhas o direito à formação de seus filhos em escolas de nível superior, visto que lhe faltariam os meios financeiros e a competência administrativa para poder aplicar esse direito constitucional. Em inúmeros casos, os direitos fundamentais sociais não podem ser concretizados e apenas suscitariam expectativas entre os cidadãos, às quais o Estado não estaria em condições de atender.

73. Por essa razão é preciso dar aos direitos sociais um outro estatuto jurídico que o conferido aos direitos de liberdade. Eles são tarefas atribuídas ao legislador, de modo que este e o governo, em vista da tarefa social que o Estado deve cumprir, devem sob sua própria responsabilidade realizar o programa social do Estado no âmbito das possibilidades econômicas, financeiras e públicas do momento. A partir dessa ótica, não há uma contradição entre os direitos fundamentais sociais e os direitos de liberdade. Eles obrigam o legislador a criar – respeitando os direitos de liberdade – as condições sociais próprias para garantir a maior liberdade possível a cada cidadão. Nesse sentido, os direitos fundamentais sociais complementam os direitos de liberdade clássicos existentes.

d) Limitações dos direitos fundamentais

74. Podem os que usufruem da liberdade de imprensa se prevalecer do direito de publicar, por exemplo, obscenidades de todo tipo nos órgãos de imprensa? A liberdade de religião autoriza a efetuar exorcismos sádicos? Pode o Estado restringir a liberdade de expressão de seus funcionários? A liberdade de consciência autoriza um indivíduo a se opor a prestar o serviço militar por motivos de consciência? Pode o Estado proibir certos partidos políticos que representam um perigo para o próprio Estado?

75. Estas questões atuais e controvertidas são problemas relacionados com os limites dos direitos fundamentais. Estes não têm validade absoluta. A liberdade de um é limitada pela liberdade do outro. Os direitos fundamentais não autorizam a colocar em perigo nem a ordem pública nem a moralidade pública. Mas quem detém o direito de determinar onde começa e onde cessa a liberdade?

1. *Quem está legitimado a limitar os direitos fundamentais?*

76. Os limites dos direitos fundamentais são, muitas vezes, definidos no âmbito da Constituição. Assim, por exemplo, o artigo 22 da Constituição federal da Suíça determina que:

§ 10. O CONTEÚDO DOS DIREITOS FUNDAMENTAIS

> "A propriedade é garantida. No âmbito de suas competências constitucionais, a Confederação e os cantões podem, pela via legislativa e no interesse público, efetuar a expropriação e a restrição da propriedade."

O legislador constituinte reserva-se pois o direito de definir de forma independente as restrições dos direitos fundamentais.

77. De forma geral, o artigo 19 da Lei Fundamental de Bonn prevê certas restrições. Esta determina que os direitos fundamentais podem ser limitados apenas por meio de leis, mas de modo algum em seu conteúdo.

78. Pode o legislador constituinte restringir de modo ilimitado os direitos fundamentais? Esta questão está estreitamente ligada com o problema da validade pré-estatal dos direitos fundamentais. Segundo a doutrina defendida, dentre outros, por Locke, que postula a anterioridade dos direitos fundamentais ao Estado, a Constituição não pode dispor deles livremente. Os direitos fundamentais são anteriores ao Estado e não são criados pela Constituição; o legislador constituinte não pode, por conseguinte, restringi-los segundo a sua vontade. O artigo 19, alínea 11, da Constituição federal da Alemanha repousa igualmente sobre esta convicção, ao determinar que:

> "Em caso algum é permitido violar um direito fundamental em seu conteúdo essencial."

O artigo 19 parte, portanto, do princípio de que mesmo a Constituição não pode dispor livremente dos direitos fundamentais, e que há um conteúdo essencial que deve necessariamente permanecer intacto. Todavia, as opiniões sobre o conteúdo e a significação dessa garantia de conteúdo essencial divergem profundamente.

79. Se partirmos da idéia de que o Estado tem a tarefa de assegurar a dignidade humana em uma determinada situação social e de permitir o seu desenvolvimento, é necessário ser conseqüente e estabelecer certos limites ao legislador constituinte, quando tem a intenção de restringir os direitos fundamentais. Ele não pode dispor desses direitos livremente, pois sempre deve observar a dignidade humana e a humanidade elementares.

80. De resto, deixa-se ao critério do legislador constituinte fixar os limites dos direitos fundamentais bem como determinar quem está habilitado a restringi-los. O legislador constituinte pode proceder pontualmente e prever limites particulares para cada direito fundamental (conferir a Constituição federal da Suíça). Mas ele também pode tentar definir restrições de ordem geral para os direitos fundamentais, o que ocorreu, ao menos em parte, com o artigo 19 da Constituição federal da Alemanha.

81. Na Suíça, o Tribunal federal reconheceu até mesmo como determinantes os direitos fundamentais que não são expressamente mencionados na Constituição (BGE 87 I 117, 91 I 480 ss., 100 Ia 339 E. 4a, 101 Ia 150E. 2, 174E. 1, 104 Ia 88; 89 I 92 ss., 95 I 226E. 4a, 100 Ia 193E. 3a, 102 Ia 381E. 2, 104 Ia 35 ss.). Os direitos de liberdade não-escritos existem, segundo o Tribunal federal, quando se vinculam estreitamente à noção de homem (por exemplo, a liberdade pessoal) e ao sistema democrático da Constituição (por exemplo, a liberdade de expressão). Esta jurisprudência parte implicitamente da preexistência dos direitos fundamentais em relação ao Estado; de fato, a noção de homem contida na Constituição não é diretamente inteligível a partir da Constituição, mas está contida nas idéias e concepções, cuja existência e validade são anteriores à da Constituição.

82. Excetuando-se o legislador constituinte, quem estaria ainda igualmente habilitado a definir os limites dos direitos fundamentais? Uma das conquistas essenciais ainda hoje válidas do Estado burguês liberal consistiu em arrebatar do monarca o direito exclusivo de intervir na liberdade do cidadão e em todas estas decisões vinculá-lo ao *legislador*. Desse modo, no século XIX os direitos fundamentais eram amplamente modelados pelo legislador. Somente com base em uma lei a administração podia intervir nos direitos individuais. O princípio americano *No Taxation without Representation* foi transposto para todas as liberdades dos cidadãos (consultar a esse respeito § 29).

83. O legislador, no entanto, também pode violar os direitos fundamentais, por exemplo ao assegurar privilégios para a maioria em detrimento da minoria. Os direitos fundamentais não protegem somente os cidadãos e a sociedade contra o Estado, mas também as minorias contra os abusos da maioria. Mas esta tarefa o legislador mal pode cumprir, visto que ele decide segundo o princípio absoluto da maioria. É por esse motivo que cada vez mais ganha espaço a idéia de que ao lado do legislador cabe ao *Tribunal constitucional* um papel decisivo. Contudo, um tribunal constitucional fraco não tem condições de modificar uma tendência nacional hostil a uma minoria. Mesmo esse tribunal se integra ao espectro político de opiniões de uma nação. Ainda assim, aqui e ali ele pode estabelecer marcos que, a longo prazo, podem chegar a ter grande importância. Um destes marcos foi certamente a célebre decisão da Suprema Corte dos Estados Unidos no caso Brown v. Board of Education [347 US 483 98 L. Ed. 873, 74 S.Ct 686 (1954)]. Com este julgamento, a Suprema Corte americana, pela primeira vez, declarou o princípio "igual, mas separado" como contrário à Constituição do ponto de vista da igualdade perante a lei (*Equal Protection, IV Amendment*), visto que efetivamente conduzia a uma discriminação da população negra, e por ela mesma sentido como discriminação.

84. Este julgamento marcou, a longo prazo, a política americana ao menos tanto quanto muitas leis. Ele mostra igualmente qual o significado que uma jurisdição constitucional abrangente pode ter para um país que deve resolver problemas relacionados com minorias. É pois indispensável que o legislador democrático trace limites para si próprio e reconheça direitos à minoria, nos quais a maioria não possa intervir por meio de leis. Sem esta *autolimitação do legislador* a proteção dos direitos da minoria será sempre extremamente frágil.

2. Quais limites aos direitos fundamentais são admissíveis?

85. Um país ameaçado por um Estado vizinho tem o direito de interditar, apesar da liberdade de imprensa, um órgão da imprensa que apóia abertamente a política do Estado vizinho? Ou então: manifestantes reivindicam para si o direito de não somente desfilar nas ruas portando faixas, mas também de paralisar o trânsito por vários dias, sentando-se nas vias públicas. Podem eles, neste caso, apelar para o direito fundamental da liberdade de expressão? Um grupo de empresas de comunicação alcança uma posição de monopólio e elimina todos os órgãos de imprensa de uma região. Pode este grupo, invocando a liberdade de imprensa, recusar a publicação de opiniões que não são do gosto do chefe do grupo? Ou ainda, pode o grupo em questão apoiar um determinado partido político? Podem os mórmons se arrogar o direito de se casarem com várias mulheres? Podem os adeptos de uma seita se negar a prestar o serviço militar em razão da liberdade de crença e de consciência? Têm os pais judeus direito a não mandar os seus filhos à escola aos sábados? Pode um cantão se permitir evocar a proteção de sua juventude, para censurar todos os filmes projetados publicamente? Pode um partido político, que propaga a proibição da liberdade de expressão e a supressão das liberdades civis, perder todo direito à liberdade de expressão? Pode o Estado submeter bordéis a uma tributação proibitiva? Em nome da proteção do meio ambiente, pode-se proibir uma indústria química de produzir substâncias danosas ao meio ambiente? – Nestas e noutras questões semelhantes trata-se de limitações dos direitos fundamentais.

§ 10. O CONTEÚDO DOS DIREITOS FUNDAMENTAIS

86. A *práxis* jurisprudencial, particularmente a do Tribunal federal suíço, fixou ao longo dos últimos cem anos as seguintes limitações aos direitos fundamentais: os direitos fundamentais encontram os seus limites na segurança do Estado e na ordem constitucional (P. Saladin, pp. 342 ss.). A liberdade de expressão, por exemplo, não pode ser utilizada para provocar, por meio da violência, a queda do regime constitucional. Assim é proibido incitar alguém a cometer uma ação ilícita contra o Estado (por exemplo, a propaganda a favor de atos terroristas). Esta restrição é determinada pelo conceito de ordem constitucional. Uma constituição aberta, que pode ser modificada ilimitadamente pelos meios democráticos, deve igualmente tolerar opiniões de partidos políticos que, pela via democrática, propagam uma modificação fundamental, por exemplo a realização de uma Constituição comunista. Se a própria Constituição contém restrições à revisão constitucional, como é o caso da Lei Fundamental de Bonn (conferir artigo 20 GG), a liberdade de expressão deve manter-se também dentro destes limites. Se a Constituição prevê limites a uma modificação dos direitos fundamentais, partidos ou ideologias não têm o direito de se engajarem em favor de uma supressão total dos direitos de liberdade.

87. A ordem pública e a segurança do cidadão individual constituem um outro limite (P. Saladin, pp. 343 ss.). Nenhuma pessoa pode evocar a liberdade de crença e de consciência caso pertença a uma comunidade religiosa que exige das pessoas um comportamento que poderia colocar em risco a segurança de outros homens. Concepções religiosas que, por exemplo, exigem exorcismos acompanhados de violações psíquicas e físicas não podem invocar a proteção conferida pelos direitos fundamentais. Manifestantes que colocam em risco bens importantes, como a integridade física e a vida de outros seres humanos, podem ter a sua manifestação interditada. É evidente que, também nesse caso, a extensão dos direitos fundamentais a serem garantidos depende da situação concreta do país em questão. Em um clima político tenso, em que uma pequena faísca pode provocar uma disputa perigosa, a liberdade de expressão deve ser submetida a limites mais severos do que em uma ordem social mais tolerante.

88. Os limites impostos em nome do interesse público são os mais contestados. Os tribunais constitucionais defendem, em regra, a idéia de que o legislador pode limitar os direitos fundamentais individuais quando interesses públicos essenciais à coletividade estão em jogo. Nos casos concretos eles pesam, de um lado, os interesses da coletividade e, de outro, o interesse do indivíduo na garantia de sua liberdade. Se ao final chegam à conclusão de que, do ponto de vista da proporcionalidade, a balança pende claramente a favor do interesse público, pronunciam-se a favor da proteção deste interesse e contra o do indivíduo (P. Saladin, p. 351; conferir também P. Häberle, *Interesse público*).

89. Estas considerações valem para as limitações dos direitos fundamentais, que são de natureza geral e, por isso, estabelecidas pela via da legislação. Se se trata de limitar os direitos fundamentais em um caso particular, é necessário ter à disposição uma base legal e, além disso, respeitar o princípio da proporcionalidade, quer dizer, a limitação dos direitos fundamentais não pode ser realizada com meios que ultrapassem o objetivo visado. A religião dos mórmons, por exemplo, não pode ser proibida de modo geral pelo fato de propagar e admitir a poligamia. O Estado pode exclusivamente proibir aos mórmons o casamento simultâneo com várias mulheres.

90. As bases filosóficas das limitações da liberdade são discutíveis e difíceis de serem transpostas na prática. O ponto de partida é sempre o conceito de liberdade que certamente é aplicado de maneiras diversas. Quando se trata da questão da liberdade do povo palestino, pensa-se antes de tudo na autodeterminação deste povo. Quem se refere à liberdade do empresário, em contrapartida, pensa na liberdade

§ 10. O CONTEÚDO DOS DIREITOS FUNDAMENTAIS 171

deste em relação às coerções estatais. Ao se utilizar a expressão "liberdade de voto", trata-se da liberdade de poder escolher entre diversas alternativas. Ao se esforçarem para alcançar uma liberdade interior, os homens desejam tomar decisões do ponto de vista racional e não passional.

91. A liberdade política e social pressupõe sempre a existência de uma relação com outros homens. Se uma pessoa é livre, o seu comportamento não pode ser predeterminado. A causa do seu agir não pode ser imposta do exterior, mas reside, ao contrário, em sua própria subjetividade (conferir S. I. Benn e R. S. Peters, p. 199). Nesse sentido, o próprio homem dispõe amplamente de sua liberdade. Um homem interiormente frágil será muito mais dependente das circunstâncias exteriores e, por conseguinte, muito menos livre do que um homem que está pronto a assumir grandes riscos em relação às suas próprias decisões, por exemplo torturas ou até a morte. "O homem é livre, mesmo enclausurado."

92. Quando alguém tem a "liberdade" de influenciar o comportamento de outras pessoas, fala-se de poder, se esta possibilidade ou "chance" (M. Weber) é julgada neutra, e de autoridade se o poder se justifica, quer dizer, se é legítimo.

93. O oposto da liberdade é a dependência. Se o homem torna-se objeto de circunstâncias externas, perde a sua subjetividade e cai na dependência de poderes externos, por exemplo poderes sociais e estatais.

94. A liberdade de um indivíduo é, conseqüentemente, sempre social, isto é, no sentido de que se refere à comunidade. Esta constatação não pode, contudo, conduzir ao fato de que a liberdade depende tão-somente da comunidade. Não é apenas o homem que se comporta de acordo com as leis (G. W. F. Hegel) ou segundo a *volonté générale* (J.-J. Rousseau) que é livre. Livre no interior da comunidade política é ao contrário aquele que pode decidir sem coações formais (legais ou burocrático-estatais), ou coerções sociais de fato.

95. A liberdade é, pois, por natureza, algo relativo, algo que é aliás limitado pela comunidade dada. Ela é, além disso, dependente da liberdade da própria comunidade. Um povo que necessita lutar contra a fome é, tanto quanto o indivíduo, menos livre que os indivíduos de um Estado rico.

96. Quando, nas páginas que se seguem, falarmos de liberdade, referir-nos-emos à liberdade política. A liberdade política é a liberdade pública formal, simultaneamente limitada e garantida pela legislação. Esta liberdade política encontra-se naturalmente em estreita ligação com a liberdade social. Mesmo que o Estado garanta a liberdade de crença e de consciência, ela está efetiva ou socialmente suprimida se a maioria dos habitantes de uma pequena vila exerce uma pressão social decisiva sobre a minoria que pensa de modo diferente, a fim de levá-los a aceitar a crença da maioria. Aquele que não encontra um emprego ou precisa contar com o despejo de sua moradia, cujas crianças são maltratadas na escola, está tão limitado em sua liberdade quanto aquele que, em razão de uma lei, deve abraçar uma religião determinada.

97. Uma sociedade intolerante pode tiranizar a minoria, mesmo quando o Estado garante direitos de liberdade formais amplos. Uma sociedade tolerante e aberta, no sentido de Karl Popper, pode realizar uma vida comunitária livre, mesmo com uma liberdade formal mais restrita (cf. também J. St. Mill; S. I. Benn e R. S. Peters, p. 220).

98. A liberdade política, jurídica ou formal legal, no sentido de Locke, existe pois quando cada qual tem o direito de fazer o que a lei permite (J. Locke, Segundo tratado, cap. VI, 57). No sentido negativo, a liberdade pressupõe, portanto, a ausência da coerção externa, quer dizer, o poder arbitrário do Estado, e, no sentido positivo, a liberdade implica a possibilidade de escolher entre diversos modos de conduta. Logo, a liberdade tem tanto um aspecto positivo quanto um negativo. Por conseguinte, de pouco adianta o Estado deixar o indivíduo escolher livremente a sua via de formação, se pra-

§ 10. O CONTEÚDO DOS DIREITOS FUNDAMENTAIS

ticamente nenhuma pessoa tem a possibilidade de se formar como deseja.

99. Essencial é pois que cada um goze de liberdade política ou formal em igual medida e do mesmo modo (J. Rawls). A liberdade jurídica não pode ser limitada a uma pequena minoria ou ser reservada aos representantes de um dos dois sexos, aos indivíduos de uma raça determinada ou aos adeptos de uma religião. O princípio da igualdade exige a mesma liberdade para todos. Quando o Estado restringe a liberdade política deve fazê-lo da mesma maneira e na mesma medida para todos.

100. Quais condições devem ser preenchidas para que o Estado possa limitar a liberdade? "... toda limitação enquanto tal já é um mal... nesse sentido *ceteribus paribus* é sempre melhor deixar as pessoas entregues a si mesmas, que controlá-las" (J. St. Mill, cap. V, p. 239). Segundo Benn e Peters, isto é simplesmente um princípio formal que obriga o Estado a fundamentar ou a justificar toda restrição da liberdade, já que, de fato, toda limitação da liberdade é, por princípio, perniciosa. Segundo Mill, restrições são, por conseguinte, sempre possíveis quando têm fundamento. Mas quais são então os fundamentos válidos ou legítimos para a restrição dos direitos de liberdade? Para Mill, a única justificação é a autopreservação do outro ou da comunidade (J. St. Mill, cap. V, pp. 240 ss.). As restrições da liberdade são pois admissíveis quando permitem evitar prejuízos aos outros. Em outras palavras: a liberdade de um encontra os seus limites na liberdade do outro.

101. Até este ponto, tudo bem. Na prática, no entanto, os Estados liberais apresentam outras razões para a restrição dos direitos de liberdade. Não apenas a segurança, mas também a predominância do interesse público justificam as restrições da liberdade. É assim que o Estado obriga os pais a mandar os seus filhos à escola e os cidadãos a pagar impostos necessários para financiar a formação dos alunos. Em ambos os casos, trata-se de limitações da liberdade individual. Elas se justificam?

102. No sentido de Locke, tendo o Estado exclusivamente a tarefa de proteger a propriedade e a liberdade do indivíduo, tais restrições certamente não se justificam. Do meu ponto de vista, no entanto, o Estado é igualmente uma comunidade fundada sobre a solidariedade, que deve velar para que o indivíduo, cuja dependência se torna cada vez maior em razão da divisão do trabalho, possa se desenvolver livremente. É por isso que, no interesse de um desenvolvimento positivo da liberdade, o Estado deve encarregar-se, por exemplo, de uma educação suficiente. Por isso, as restrições da liberdade podem se revelar admissíveis, ou mesmo indispensáveis para promover a liberdade de escolha (*liberty of choice*) dos cidadãos, desde que não restrinjam ainda mais a liberdade dos cidadãos em geral, por exemplo em conseqüência da ampliação da burocracia estatal. Se, por exemplo, o Estado utiliza uma parte da sua receita fiscal para auxiliar os idosos mas estes, em razão do controle estatal, perdem totalmente a sua liberdade, não se justifica uma tal intervenção. Um seguro geral e obrigatório que, de certa forma, limita a liberdade de cada um mas, em contrapartida, respeita globalmente a liberdade das pessoas idosas é preferível a um sistema liberal, já que cada qual tem o direito à previdência social na velhice.

103. A liberdade não pode sofrer restrições senão no interesse da liberdade. Ela não é somente um bem individual, mas também um bem comunitário. De que serve, por exemplo, uma liberdade econômica amplamente garantida pelo Estado se toda a economia nacional passa a depender progressivamente de outros países ou de grupos estrangeiros? De que serve garantir amplamente a liberdade de imprensa, se grande parte da população não sabe nem ler nem escrever? Uma vez que a liberdade sempre se relaciona também com a comunidade, não se pode dela abusar por meio de ações associais e anticomunitárias. A liberdade pressu-

§ 10. O CONTEÚDO DOS DIREITOS FUNDAMENTAIS

põe que cada qual a utilize tendo plena consciência da sua responsabilidade em relação à comunidade. Esse uso responsável da liberdade não se deixa controlar pelo aparelho estatal. O Estado deve confiar a liberdade a cada um dos cidadãos. Sem esta base de confiança a liberdade não se realiza. Em contrapartida, o mal uso da liberdade conduz necessariamente à promulgação de restrições estatais e políticas da liberdade.

104. O sistema das restrições da liberdade é pois extremamente complexo (consultar, a esse respeito, em especial Th. I. Emerson, pp. 717 ss.). Se limitações são justificadas ou não, é uma questão que não se deixa estabelecer de modo abstrato, mas somente no pleno conhecimento das circunstâncias concretas. No entanto, o juízo de valor concreto depende da respectiva noção de homem. De fato, aquele que confia no indivíduo, aquele que parte de uma concepção liberal do Estado estabelecerá limites muito mais estreitos ao Estado do que aquele que, em última instância, vê o homem como um ser perverso, que sempre abusará da sua liberdade.

PARTE II
O Estado como unidade jurídica

Nós aprendemos a conhecer o Estado como uma forma de dominação no seio de uma comunidade humana e examinamos sobretudo a natureza da relação fundamental que existe entre o indivíduo e o Estado.

Essa forma de dominação – o Estado – não é todavia mais ou menos indefinida, mas constitui uma *unidade jurídica*. Na comunidade internacional, o Estado tem os seus próprios direitos e obrigações: é sujeito de direito no direito internacional. Mas, também internamente, o Estado se distingue de todas as outras formas de dominação humana.

Somente ao Estado é concedido o direito de punir os homens e privá-los de sua liberdade por um determinado tempo. Somente o Estado pode editar leis, revogá-las ou alterá-las e, desta maneira, declarar quais atos são lícitos e quais são ilícitos. Somente o Estado pode obrigar os seus funcionários a usar a força para aplicar o direito em seu território. Enfim, somente o Estado tem o assim denominado monopólio da força.

O Estado constitui, portanto, uma unidade jurídica. Ele pode editar leis, celebrar contratos, dispõe de uma polícia e de um exército e, em grande medida, determina sozinho o que é justo e o que é injusto.

Nesta segunda parte de nossa *Teoria geral do Estado* examinaremos quais são as condições que devem ser preenchidas para que se possa qualificar de Estado a forma de dominação que se exerce no interior de uma comunidade humana. O primeiro capítulo tratará dos elementos fundamentais do Estado.

Uma condição essencial da estadicidade (*Staatlichkeit*) moderna é a soberania. Todavia, ela não é apenas a condição da qual depende a unidade do Estado, mas, segundo a opinião de inúmeros positivistas, também o próprio fundamento do direito. Por conseguinte, a relação entre o direito e a soberania será objeto de investigação do segundo capítulo. A doutrina da soberania está no centro das tensões que caracterizam a evolução moderna do federalismo e do direito internacional. O terceiro capítulo tratará justamente dessa tensão entre soberania interna e externa.

Capítulo 1
Os elementos do Estado

§ 11. SIGNIFICADO DO CONCEITO DE ESTADO

Bibliografia

Bärsch, C.-E. *Der Staatsbegriff in der neueren deutschen Staatslehre und seine theoretischen Implikationen* (O conceito de Estado na nova teoria alemã do Estado e suas implicações teóricas). Berlim, 1974.
Bracher, K. D. Staatsbegriff und Demokratie in Deutschland (O conceito de Estado e a democracia na Alemanha). In: *Demokratisierung in Staat und Gesellschaft* (A democratização no Estado e na sociedade). Munique, 1973.
Cassese, A., Jouve, E. (org.). *Pour un droit des peuples* (Por um direito dos povos). Paris, 1978.
Genése et déclin de l'Etat (Gênese e declínio do Estado). In: *Archives de philosophie du droit 21* (Arquivos de filosofia do direito), 1976, pp. 1 ss.
Häfelin, U. *Die Rechtspersönlichkeit des Staates* (A personalidade jurídica do Estado). Dissertação. Tübingen, 1959.
Huber, M. *Die Entwicklungsstufen des Staatsbegriffs* (As fases de desenvolvimento do conceito de Estado). Basiléia, 1903.
Kelsen, H. *Der soziologische und der juristische Staatsbegriff* (O conceito sociológico e jurídico de Estado). 2.ª ed., Tübingen, 1928.
Kern, E. *Moderner Staat und Staatsbegriff* (Estado moderno e conceito de Estado). Hamburgo, 1949.
Mager, W. *Zur Entstehung des modernen Staatsbegriffs* (A origem do moderno conceito de Estado). Wiesbaden, 1968.
Passerin d'Entrèves, A. *The Notion of the State* (A noção de Estado). Oxford, 1967.
Veiter, Th. Staat und Nationsbegriff nach westlicher Lehre (Estado e conceito de nação segundo a doutrina ocidental). In: *Internationa-*

les Recht und Diplomatie (Direito internacional e diplomacia). Colônia, 1972.

Weihnacht, P.-L. *Staat*. Studien zur Bedeutungsgeschichte des Wortes von den Anfängen bis ins 19. Jahrhundert (Estado. Estudos sobre a história do significado do termo dos primórdios ao século XIX). Berlim, 1968.

a) A evolução do conceito moderno de Estado

1. O Estado moderno europeu e americano nasceu de uma evolução secular a partir da ordem social fortemente hierarquizada da Idade Média. Neste contexto, quais foram os fatores essenciais?

2. No primeiro plano encontra-se, sem sombra de dúvidas, a centralização crescente e a politização do poder. Na estrutura feudal da Idade Média, o poder significava ainda, em grande medida, uma dependência pessoal e jurídico-privada de um proprietário rural ou do mestre de uma corporação. Os servos pertenciam ao proprietário da terra, para o qual deviam trabalhar, mas que, por sua vez, devia deles cuidar. O aprendiz dependia, em grande medida, do seu mestre. A dependência foi, posteriormente, abrandada em relação aos oficiais, mas não abolida.

3. Esta relação de dependência privada (todavia, na época, ainda não se podia falar propriamente de um direito privado, nem tampouco de um direito público) assemelhava-se substancialmente com a dependência que ligava o proprietário rural aos duques ou aos príncipes, aos quais deviam fidelidade e prestação do serviço militar. Em contrapartida, os nobres protegiam as suas terras e sua dominação. Nas cidades, por sua vez, os mestres se associavam a corporações. Estas administravam o monopólio corporativo e atribuíam a cada um certo contigente de produção. Todas as corporações administravam conjuntamente a cidade que, por sua vez, quase sempre se encontrava sob a proteção de um príncipe, ou sob a proteção direta do Império.

§ 11. SIGNIFICADO DO CONCEITO DE ESTADO

4. A dominação dos príncipes também era, em grande medida, de natureza privada. Eles dividiam as suas terras entre os seus filhos e, através de casamentos, podiam estender a sua dominação sobre novos territórios.

5. A centralização crescente do poder de dominação nas mãos dos príncipes e dos condes no Sacro Império Romano-Germânico, mas sobretudo do rei na França e do czar na Rússia, conduziu a uma dissolução dessas dependências fortemente escalonadas. Todo indivíduo tornou-se mais e mais súdito direto do rei ou do príncipe. O poder do rei não repousava mais sobre dependências pessoais provenientes em especial da propriedade, do nascimento, do casamento, ou da compra e venda, mas sim sobre o seu poder militar e o da sua polícia. O soberano não representava mais exclusivamente os seus príncipes ou condes, mas velava pelo interesse de todo o povo, que se tornara submisso ao seu poder. Ao lado da dependência dos servos ou dos oficiais aos seus senhores, desenvolveu-se progressivamente uma relação de sujeição, fundada sobre o direito público, entre o rei e o seu povo.

6. Para a antiga relação de dependência, bastante licenciosa, e para o organismo dirigido muitas vezes de modo muito rígido pelo rei, era necessário encontrar um nome. Como denominar esta dependência de pessoas a um príncipe, que repousa exclusivamente sobre a sua força militar e policial, e não sobre a tradição? Maquiavel, autor político da Renascença, que redigiu para os príncipes das cidades-Estado da Itália orientações sobre o uso do poder e a maneira de tratar os seus sujeitos para permanecer no poder, criou a expressão *"lo stato"* para designar as novas relações entre o povo e o soberano, tomando como referência as cidades-Estado gregas e o *status rei publicae romanae*. Esta unidade, que progressivamente se forma entre o rei e o povo, passa a ser chamada "Estado". Todavia, a atividade vinculada com o Estado recebeu, desde o século XV, o nome de "política", com base na palavra grega *pólis*.

7. Uma vez que a nova relação de dependência entre o rei e o povo não se fundava nem legitimava pela tradição, foi necessário buscar uma nova legitimação do poder. Uns encontraram-na no "contrato social"; outros, no conceito de "soberania". O Estado soberano é a nova unidade racional, desejada pelo povo e pelo seu rei, que dispõe em seu seio do monopólio da força e que, em relação ao exterior, é independente.

8. Permanece aberta a questão de saber quem pertence a essa nova unidade. Os súditos que se encontram sob o poder direto do rei passam a constituir o povo. Uma vez que esta estrutura de poder não repousa mais sobre dependências pessoais, os seus limites não são mais traçados pelas origens e pela tradição, mas por uma determinada extensão geográfica, isto é, por um território.

9. Assim, já é possível discernir os elementos do Estado moderno: ele é uma unidade constituída por um povo e um território, no interior da qual o poder político é exercido como soberania de maneira racional e centralizada e, externamente, independente.

10. Povo, território e soberania são, portanto, os elementos essenciais do Estado moderno que analisaremos nas páginas ulteriores. Todavia, não se trata, como constataremos logo a seguir, de conceitos universalmente estabelecidos e reconhecidos. Muito pelo contrário. A controvérsia em torno da questão de saber quais são as condições das quais depende a existência de um Estado moderno é origem de grandes debates políticos. Alguns exemplos são suficientes para esclarecer a razão desta discussão explosiva: o antigo *Reich* alemão, em suas fronteiras de 1937, é hoje representado por dois Estados alemães ou por um único? Têm os palestinos, têm os israelenses direito à formação ou ao reconhecimento de seu Estado? Divide uma guerra civil um Estado em dois Estados distintos, ou somente um partido (e qual?) representa o Estado? Pertence a África aos africanos, ou se justifica o poder de uma minoria branca na África do Sul?

§ 11. SIGNIFICADO DO CONCEITO DE ESTADO

11. Ao examinar nas páginas que se seguem os três elementos – povo, território e soberania –, tentaremos aprofundar essas controvérsias políticas e científicas.

b) Povo, nação e Estado na Carta das Nações Unidas

12. No preâmbulo da Carta das Nações Unidas, os povos destas nações se obrigam, para o futuro, a impedir a guerra e a preservar a paz. Mas quem são pois os povos das Nações Unidas? Para nossa surpresa, constatamos que, segundo o artigo 3 e seguintes da Carta, somente "Estados", mas não povos ou nem mesmo "nações" podem ser membros das Nações Unidas. A Carta emprega portanto os conceitos de povo, Estado e nação, sem definir a significação particular de cada um destes diferentes termos. Na declaração solene do preâmbulo não consta o conceito abstrato, inanimado e racional de "Estado"; são antes os povos que juram solenemente preservar a paz. Por outro lado, não falamos nem dos "Povos Unidos" nem dos "Estados Unidos", mas sim das "Nações Unidas", e referimo-nos, desse modo, tanto aos Estados-membros quanto aos povos que neles vivem.

13. Esta confusão conceitual (consultar a esse respeito especialmente a declaração de Argel de 1976, bem como A. Cassese e E. Jouve) mostra claramente quão difícil e problemático é o conceito moderno de Estado. Não está claro a qual território e a qual povo cabe a condição de "Estado", quer dizer, quando o Estado e o povo são idênticos e quando não o são. Quem pode, por exemplo, invocar o direito de autodeterminação? Os Estados-membros ou os povos, que são em parte submissos aos Estados-membros das Nações Unidas?

14. O conceito moderno de Estado é um produto da história européia dos Estados e das idéias. As condições desta evolução foram a supressão da dependência do monarca em relação à Igreja, a consolidação de sua autoridade no interior de um determinado território e o surgimento do Estado nacional no século XIX.

15. Para os Estados do terceiro mundo, esse problema, no entanto, coloca-se freqüentemente de um modo muito diverso. Um número expressivo dentre eles tem um passado colonial. O seu poder estatal desvinculou-se da dominação colonial e necessita se afirmar sobre um território estabelecido artificialmente, que, em muitos casos, não leva em conta nem a evolução histórica, nem mesmo as fronteiras entre tribos e povos. Assim, especialmente na África, inúmeros povos têm dificuldade de compreender que o povo ou a nação deve ser idêntico ao Estado. Os membros de muitas tribos freqüentemente não podem ou mal podem se identificar com o seu Estado, o qual é dominado por uma outra tribo.

16. Além dos antigos Estados coloniais, outros Estados também devem integrar povos diferentes. Se consideramos que o artigo 1, alínea 2, da Carta menciona expressamente o direito dos povos à autodeterminação, e que o artigo 2, alínea 1, por outro lado, dispõe que a Organização das Nações Unidas se baseia nos princípios de igualdade e de soberania de seus membros, torna-se então evidente que, mesmo nas declarações e disposições mais fundamentais, não foi possível evitar conflitos que são altamente explosivos na atualidade. Os palestinos reivindicam a Palestina invocando o direito de autodeterminação dos povos, enquanto Israel, como membro das Nações Unidas, exige os seus direitos de Estado soberano.

17. Mesmo no interior dos Estados, a autoridade estatal é cada vez mais questionada. Se o século XIX se encontrava sob o signo de uma unidade nacional crescente, o século XX se caracteriza pelas tendências de busca de autonomia das minorias: bascos, córsicos, tiroleses, jurássicos, canadenses de língua francesa, curdos, eritreus, tibetanos, bantos, somalis ocidentais etc. Por toda parte, etnias, minorias raciais ou tribos minoritárias reivindicam mais autonomia ou mesmo

§ *11. SIGNIFICADO DO CONCEITO DE ESTADO*

uma independência total. No século XX, praticamente todos os conflitos são caracterizados por problemas relacionados com minorias. Com a finalidade de se fazerem ouvir em escala internacional, as minorias buscaram aliados nas Nações Unidas, que as amparam e lhes conferem ao menos um *status* internacional provisório. Assim, já há algum tempo, um número cada vez maior de minorias participa de conferências internacionais na qualidade de observadores ou apenas como convidados.

18. Visto que a Carta das Nações Unidas exige dos Estados-membros que renunciem ao emprego da força para solucionar conflitos internacionais (artigo 2, alínea 4), toda uma série de Estados tenta derrubar governos de outros Estados que lhe são hostis, apoiando minorias que a estes se opõem. Desse modo, os antagonismos internacionais são resolvidos pelo desencadeamento de conflitos internos. Por meio da ajuda externa corrói-se a soberania interna do Estado e a sua autoridade. Esta evolução é também uma das conseqüências da oposição ideológica entre o leste e o oeste. Ao longo dos séculos precedentes, os Estados estavam sobretudo empenhados em conquistar novos territórios. Hoje, ao contrário, alguns dentre eles procuram levar ao poder de outros Estados um governo que, tanto interna quanto internacionalmente, obedeça aos mesmos princípios ideológicos e que, pela ligação econômica, possa se integrar de tal modo ao grupo dos Estados de uma mesma ideologia, que em razão da dependência econômica e militar se tornem facilmente submissos.

19. Decerto, no âmbito internacional, os Estados aparecem como unidades jurídicas, que não podem ser questionadas por nada nem por ninguém. No entanto, esta aparência é freqüentemente desmentida pela realidade interna e internacional. Mesmo que o território de um Estado permaneça intacto, a sua estrutura interna pode ser modificada de tal modo que, freqüentemente, é necessário falar não somente de um novo governo, mas de um novo Estado. As diversas mudanças no Cambodja, a deposição do imperador

Hailé Selassié na Etiópia, as desordens no Irã, no Afeganistão, no Paquistão, em Bangladesh, Tschad ou no Chipre ilustram essas profundas mutações internas dos Estados.

c) O conceito de Estado na teoria geral do Estado

20. Quais são a posição e a tarefa da teoria geral do Estado em face destas modificações tão radicais? Ninguém exigirá de *uma única* disciplina científica que solucione todas essas controvérsias, decorrentes de conflitos políticos profundos. Além disso, não é tarefa da teoria geral do Estado antecipar-se a outras disciplinas, por exemplo ao direito internacional. Este deve definir, por exemplo, sob quais condições uma unidade territorial pode, no sentido do direito internacional, ser um sujeito de direito dotado de capacidade de agir. O mesmo ocorre em relação ao direito constitucional interno ao Estado; este determina, por seu lado, autonomamente, quais são as autoridades e os órgãos que podem agir em nome do Estado de modo juridicamente vinculante, como se organiza a relação entre o Estado e os cidadãos e quais são as atribuições do Estado.

21. No entanto, quando examinamos mais detalhadamente as disciplinas atuais do direito internacional e do direito constitucional, constatamos que elas consideram o Estado e, por conseguinte, também o conceito de Estado como uma realidade preestabelecida, sem analisar a sua verdadeira origem. A ordem jurídica e, com isso, a Constituição deduzem da soberania do Estado o seu direito de criar direito; de sua parte, o direito internacional se entende como um direito interestatal, editado pelos sujeitos do direito internacional (Estados) e que se aplica a estes mesmos sujeitos (Estados), de modo que, por sua vez, pressupõe também a noção de Estado. Pressupor o conceito de Estado como uma grandeza preestabelecida e imutável não é, de resto, uma particularidade das disciplinas da ciência do direito, uma vez

§ 11. SIGNIFICADO DO CONCEITO DE ESTADO

que a "filosofia do Estado", a sociologia do "Estado", as "ciências políticas" e a "polito"logia pressupõem um certo conceito e uma certa compreensão do Estado.

22. A tarefa da teoria geral do Estado consiste pois em extrair um conceito de Estado que seja praticável nos dias atuais. Esta tarefa, no entanto, não se limita a uma finalidade puramente científica em si, mas esta análise dos elementos necessários ao Estado se reveste de uma importância prática e até mesmo muito freqüentemente existencial, tanto para o Estado quanto para o homem. Se a este ou àquele povo ou território se nega o direito de constituir uma unidade estatal, trata-se de uma questão da existência, no que se refere ao destino futuro deste povo e de seus vizinhos. O debate em torno da questão se a Alemanha é um Estado dividido ou se há duas Alemanhas está longe de ser uma discussão de natureza acadêmica.

23. Desde o nascimento do Estado nacional do tipo liberal no século XIX, a teoria geral do Estado considerou como essenciais para o Estado os três elementos seguintes: povo, território e soberania. Sem homens, não há Estado. Enquanto a lua não for permanentemente habitada, nenhum território lunar poderá ser qualificado como Estado. O Estado moderno necessita, além disso, de um território, no qual suas leis têm validade ilimitada. Finalmente, o Estado deve ser soberano para ser reconhecido tanto interna quanto externamente, quer dizer, ele deve poder fazer respeitar as suas leis dentro do território. Se ele não pode mais exercer este poder, a sua existência será questionada. Aos três elementos já mencionados, é absolutamente necessário acrescentar um quarto: os órgãos do Estado. Sem estes, um Estado não está apto para agir. Ele deve dar a um ou a outro órgão a competência de representá-lo interna e externamente.

24. Segundo cada ótica científica, esses elementos são apreciados de modo muito diverso. O sociólogo, sob o conceito de povo, entende uma unidade histórica e cultural. Para o jurista, o povo identifica-se com a noção do cidadão prevista na lei sobre cidadania, ou coincide com os homens que vivem sobre um determinado território. O representante das ciências do Estado vê no povo, antes de mais nada, o contribuinte e o consumidor, enquanto o politólogo começa por investigar os diferentes grupos políticos populares. A soberania, por exemplo, equivale para a politologia ao conceito de poder, enquanto para o positivismo jurídico assimila-se à competência para estabelecer a própria competência.

25. Em toda a diversidade das óticas possíveis, convém considerar cada um dos elementos da definição de Estado também em suas dimensões históricas e geográficas, fato que, contudo, foi negligenciado em certas épocas, na medida em que se tentou representar o Estado como um fenômeno abstrato e atemporal. Com isso esqueceu-se que os Estados têm uma história e constituem entidades moldadas pelas estruturas regionais, e que ninguém pode declarar coisa alguma sobre as suas particularidades, a sua natureza ou o seu comportamento sem conhecer igualmente a sua evolução histórica. Não é permitido, nem é possível, destruir a consciência histórica de um povo. Um povo jamais esquece a injustiça que sofreu; ele se sente uma unidade histórica, mesmo que seja subjugado durante muitos séculos.

26. Do mesmo modo, reduzir o Estado ao direito assim como o fazem os positivistas (H. Kelsen) é desprezar a história. Considerar o Estado tão-somente como fenômeno da ordem jurídica significa conceber igualmente o homem somente como sujeito de direito. Decerto o Estado e o direito estão intimamente ligados. No entanto, a história já nos ensinou suficientemente que ele é mais do que o direito. De fato, quando o Estado é abalado ou destruído, subsiste nos corações dos povos uma realidade de fato no sentido de uma visão de futuro, que sempre se tentará transformar novamente em uma realidade jurídica. Não é possível criar Estados tão facilmente quanto artigos de lei. O nascimento, o desaparecimento ou a divisão de um Estado é um processo tão doloroso e revolucionário que não pode ser concluído por meio de algumas disposições constitucionais.

§ 12. O POVO DO ESTADO

Bibliografia

a) Autores clássicos

Khaldûn, I. *The Muquaddimah*. Trad. para o inglês por F. Rosenthal, 3.ª ed. Princeton, 1974.

b) Outros autores

Burdeau, G. *Droit constitutionnel et institutions politiques* (Direito constitucional e instituições políticas). 18.ª ed., Paris, 1977.
Heidelmeyer, W. *Das Selbstbestimmungsrecht der Völker* (O direito de autodeterminação dos povos). Paderborn, 1973.
Jellinek, G. *Allgemeine Staatslehre* (Teoria geral do Estado). 3.ª ed., Berlim, 1914 (Reimpressão 1966).
Johnson, H. S. *Selfdetermination within the Community of Nations* (A autodeterminação no interior da comunidade das nações). Leiden, 1967.
Jouve, E. L'emergence d'un droit des peuples dans les relations internationales (A emergência de um direito dos povos nas relações internacionais). In: Cassese, A., Jouve, E. *Pour un droit des peuples* (Por um direito dos povos). Paris, 1978.
Kelsen, H. *Allgemeine Staatslehre* (Teoria geral do Estado). Berlim, 1925 (reimpressão, 1966).
Leibholz, G. *Volk, Nation und Staat im 20. Jahrhundert* (Povo, Nação e Estado no século XX). Hannover, 1958.
Liermann, H. *Das deutsche Volk als Rechtsbegriff* (O povo alemão como conceito jurídico). Berlim/Bonn, 1927.
Malberg, C. de. *Contribution à la théorie de l'Etat* (Contribuição à teoria do Estado). 2 vols., Paris, 1920-1922.
Stoffel, W. *Die völkervertraglichen Gleichbehandlungspflichten der Schweiz gegenüber den Ausländern* (As obrigações de igualdade de tratamento da Suíça em relação aos estrangeiros, previstas nos tratados internacionais). Dissertação. Freiburg in Üechtland, Zurique, 1979.
Sureda, A. R. *The Evolution of the Right of Self-determination*. A Study of United Nations practice (A evolução do direito de autodeterminação. Um estudo da prática das Nações Unidas). Leiden, 1973.
Thürer, D. *Das Selbstbestimmungsrecht der Völker* (O direito de autodeterminação dos povos). Berna, 1976.

a) A relação de tensão entre o Estado e seu povo

1. Que não possa haver um Estado sem homens é uma evidência: não há, de fato, um Estado sem povo. Com esta pequena frase introdutória poderia ser concluído o tópico sobre o povo, se o conceito jurídico de povo do Estado fosse sempre idêntico com a noção sociológica de povo ou de nação. Mas isto, justamente, não é o que ocorre. Há numerosos povos que não formam uma unidade estatal (por exemplo, os tibetanos, os mongóis, os armênios, os palestinos etc.) e, por outro lado, há inúmeros Estados que não unem senão uma parte de um povo (por exemplo, a Alemanha, a Áustria, os Estados árabes etc.). Além disso, no domínio do direito de nacionalidade ou do direito de cidadania, os Estados distinguem entre os cidadãos que gozam de plenos direitos e os estrangeiros, que têm apenas direitos restritos. Conhecidas são igualmente as discriminações jurídicas de diferentes povos e raças como, por exemplo, a legislação sobre o *apartheid* na África do Sul, a posição de inferioridade dos "infiéis" no interior dos Estados islâmicos ou a discriminação dos não-judeus em Israel.

2. Entre o Estado racional, às vezes nascido sob circunstâncias artificiais, e o povo "que se constitui historicamente", existe freqüentemente uma grande relação de tensão, que examinaremos com mais atenção no tópico a seguir.

b) O sentimento comunitário como condição da formação de um povo

1. Comunidade tribal histórica

3. Quais são os homens que se unem em uma comunidade estatal? Já examinamos anteriormente que a origem das estruturas de poder suprafamiliares reside na dependência da comunidade de clãs ou de tribos. Originalmente, a comunidade tribal era igualmente uma comunidade de descendência. Todos os membros de uma tribo tinham o mesmo ancestral, quer dizer, o mesmo avô ou a mesma avó, ou ao menos acreditavam nisso firmemente. Ainda hoje, por exemplo, os zulus da África do Sul crêem descender de um único ancestral. Uma tal origem comum foi a condição da qual dependeu a evolução de formas de poder sobre uma comunidade mais ampla. O sentimento de solidariedade derivado do parentesco de sangue, de um lado, e um mesmo destino histórico, de outro, favoreceram o surgimento de um sentimento comunitário de associações, que ultrapassaram a família e o clã.

2. Comunidade guerreira e defensiva

4. Um sentimento comunitário autêntico e durável todavia não nasce senão quando a comunidade em questão deve necessariamente se afirmar e estabelecer limites em relação a uma outra comunidade. Assim, o nascimento da comunidade tribal ou de clãs é inconcebível sem a existência de um conflito com outras tribos ou clãs.

5. Ao lado da defesa e da afirmação da independência em relação ao exterior, no clã desenvolveram-se usos e costumes próprios. É assim que as tribos não tardam a se distinguir por concepções de direito e por instituições jurídicas diferentes umas das outras. No início da Idade Média, por exemplo, isso se constata na Europa pelo fato de que membros de tribos diversas que viviam lado a lado em uma mesma cidade casavam-se, herdavam ou eram punidos segundo normas jurídicas distintas. O direito que devia regulamentar as relações entre os membros destas diferentes tribos denominava-se *ius gentium* (Th. de Aquino, Jean Bodin, 1530-1596). Este direito sofria influências dos princípios do direito eclesiástico da época e do direito romano. É somente muito mais tarde que o *ius gentium* se subdivide em *direito internacional público* – que trata das relações entre Estados –

e *direito internacional privado* – que se aplica às relações entre particulares de diferentes círculos jurídicos.

3. Comunidade lingüística e cultural

6. Ao lado da descendência, os traços de união significativos entre os membros de uma mesma tribo eram a língua e a cultura comuns. As duas constituíam conjuntamente as condições para o surgimento de um sentimento comunitário que, por sua vez, é um pressuposto importante da ordem estatal (conferir Ibn Khaldûn, p. 107).

4. Comunidade de destino
(Schicksalsgemeinschaft)

7. Entretanto, um tal sentimento comunitário não nasce forçosamente apenas na comunidade tribal. Sem dúvida, a história vivida em comum (comunidade de destino), as convicções políticas comuns, um *way of life* comum, ou uma religião comum podem se revelar tão constitutivos de uma comunidade quanto a origem comum. Nesse contexto, qualquer que seja a causa, antes de tudo interessa-nos saber qual a importância que o sentimento de grupo tem para o surgimento de formas do dominação estatal.

c) A solidariedade como condição da comunidade estatal

8. Toda comunidade estatal pressupõe uma certa disposição de seus membros à solidariedade comunitária. Que hoje os cidadãos dos diversos Estados mobilizem de 20 a 70% de seus rendimentos para repassar ao Estado sob a forma de impostos e contribuições sociais, não é concebível a longo prazo sem um mínimo de disposição solidária. Além disso, a comunidade estatal exige também dos seus membros ou-

§ 12. O POVO DO ESTADO

tros sacrifícios como, por exemplo, o serviço militar que, em determinadas circunstâncias, exige do soldado colocar a sua vida em risco para a defesa do Estado.

9. Uma vez que o Estado depende de uma certa disposição à solidariedade, uma comunidade estatal só é durável para os povos que se dispõem a uma tal solidariedade. Os povos que não se integram não podem, a longo prazo, ser subjugados nem mesmo através dos meios de coerção mais fortes. A história dos últimos dois séculos comprova de modo impressionante qual a força libertadora latente que pode ter um povo mesmo que durante longo tempo tenha sido privado de autonomia.

10. O reconhecimento da importância do sentimento comunitário para uma verdadeira solidariedade estatal não deve no entanto ser confundido com o nacionalismo moderno. Este identifica de maneira unívoca o Estado com a nação e parte da idéia de que somente nações idênticas podem constituir um Estado. O nacionalismo rejeita a formação de comunidades solidárias a partir do destino comum vivido ou de um *way of life* comum (conferir por exemplo os Estados Unidos ou a Confederação Suíça).

11. A conclusão de Aristóteles de que o homem é um ser dependente da comunidade é certamente correta. Porém, muitos se esquecem de que o homem não está disposto a se integrar em qualquer comunidade. O ser humano busca evidentemente segurança no interior de uma comunidade. Caso ele não a encontre, volta-se contra a comunidade. Mas não só o indivíduo, também as minorias étnicas têm necessidade de autonomia a fim de que possam traçar por si mesmas o seu destino. De fato, se não se concede a uma comunidade a liberdade de escolher o seu próprio caminho, ela se revolta e passa a considerar a comunidade que a ela se sobrepõe como exploradora.

12. Essa realidade foi freqüentemente muito pouco apreciada pela teoria geral do Estado. Certamente, os teóricos do

Estado trataram de estabelecer uma distinção minuciosa entre os conceitos de povo, de nação e de raça, mas o essencial, a saber, que o sentimento comunitário – tal qual já fora esclarecido por Ibn Khaldûn – deve constituir a base de uma comunidade estatal, foi por eles muito pouco realçado. O Estado não é somente uma entidade racional, um produto da vontade dos homens, mas é também uma unidade configurada historicamente e o resultado de um destino comum. Neste contexto, não é importante saber sobre o que repousa o sentimento comunitário. Ao contrário, essencial é o fato de que a comunidade estatal oferece ao indivíduo e às pequenas comunidades a ela pertencentes uma pátria e segurança, criando assim os fundamentos para uma verdadeira disposição à solidariedade.

d) Povo e contrato social

13. As teorias contratuais partiam e partem ainda hoje da idéia de que o povo, que conclui um contrato de dominação ou um contrato social, não é determinado por este contrato. Ao contrário, elas deixam em aberto a questão de saber se se pode admitir que a unidade necessária entre os contratantes é preexistente, ou se ela surge progressivamente pela evolução histórica ou se é imposta arbitrariamente, por exemplo pela guerra. Para os ingleses – um povo insular – que participou de modo determinante do desenvolvimento dessa teoria (Th. Hobbes e J. Locke), o povo, sem sombra de dúvidas, é uma grandeza preexistente, abstraindo-se dos escoceses e dos galeses. Para os outros povos europeus, em contrapartida, as fronteiras não eram geograficamente predeterminadas. Qual comunidade podia, então, concluir um contrato de dominação, quer dizer, formar um Estado? Visto que este problema não foi resolvido pelas teorias contratuais, alguns teóricos do Estado acreditavam que se podia constituir um Estado por meio de uma comunidade humana qualquer, com a única condição de que um

§ 12. O POVO DO ESTADO

território estivesse claramente delimitado. Isto, no entanto, foi um erro fatal que conduziu alguns estadistas, tanto da Europa quanto da América, a dividir, extinguir ou criar Estados com um simples traço de caneta sobre um mapa, por exemplo nos territórios coloniais ou após as grandes guerras (a divisão da Alemanha etc.). Estes políticos certamente não investigaram a alma desses povos atingidos.

14. O positivismo e o absolutismo de Hobbes conduziram, dentre outras coisas, à superestimação do Estado e de suas possibilidades. Comunidades étnicas totalmente diferentes sem dúvida também se deixam integrar. A Suíça oferece esse exemplo. Mas isto só é possível quando se concede às comunidades suficiente autonomia e existe uma base comum de coexistência – por exemplo, convicções políticas comuns como federalismo, democracia e neutralidade –; sem a qual a solidariedade não é possível.

15. A urbanização das populações, os novos meios de comunicação tais como o rádio e a televisão, bem como a intensificação da mobilidade criarão talvez no futuro a base para comunidades maiores e mais extensas. Isto não conduz necessariamente a um cosmopolitismo, mas poderá possibilitar a formação de grandes Estados em regiões como a África, onde o sentimento étnico e tribal, no sentido estrito do termo, ainda é muito vivo.

e) A posição dos estrangeiros

16. O direito estatal moderno de praticamente todos os Estados aplica-se certamente sem restrições a todas as pessoas presentes no território em questão, mas não coloca os estrangeiros no mesmo plano que os naturais. Os direitos fundamentais, por exemplo os direitos políticos ou a liberdade econômica, são limitados em relação aos estrangeiros. Certos direitos fundamentais limitam-se ao período da autorização de permanência, mas não para a sua prorrogação. Por conseguinte, o poder de apreciação que dispõe a administração permite expulsar um estrangeiro, negar-lhe a renovação de um visto de permanência e, desse modo, despojá-lo de sua existência. Por outro lado, regra geral, os estrangeiros são dispensados do serviço militar. O direito internacional garante-lhes certos direitos mínimos que, com freqüência, são consideravelmente ampliados e melhorados por meio de convenções bilaterais sobre estabelecimento (consultar W. Stoffel).

17. Quando os cidadãos de um Estado se sentem ameaçados pela presença de um número alto demais de estrangeiros em seu território, tentam salvaguardar e fazer prevalecer os seus interesses. O exemplo eloqüente de um fenômeno desse tipo nos é dado, ao longo dos anos 1960 e 1970, pela discriminação social dos trabalhadores estrangeiros na Suíça.

f) A posição das minorias étnicas ou raciais

18. Como já ressaltamos, os Estados não se podem dividir, fundar ou suprimir à vontade. A fim de que sua existência seja duradoura, eles devem repousar sobre comunidades configuradas historicamente e não podem destruí-las. As minorias devem ter a possibilidade de se desenvolverem de maneira autônoma e não podem ser desconsideradamente oprimidas pela maioria. Os Estados têm a tarefa de criar as condições para a integração de suas minorias, a fim de impedir a desintegração da comunidade estatal. Isto é especialmente indispensável lá onde as minorias não estão estabelecidas em um território bem delimitado, mas sim diluídas por todo o país, como ocorre, por exemplo, com os negros nos Estados Unidos. A realização plena de uma integração exige décadas, quando não séculos. Trata-se de um desafio que não se vence facilmente.

19. Mesmo que os conceitos de povo e de Estado-membro das Nações Unidas não sejam idênticos, o direito internacional não pode e não deve negar aos Estados existentes o direito de governar suas minorias. O direito de autodeterminação dos povos, estabelecido na Carta das Nações Unidas, não confere nenhum direito à revolução, por meio do qual possa ser extinto a soberania do Estado.

20. Porém, a Carta das Nações Unidas expressa claramente a idéia de que os Estados não podem encontrar uma base sólida senão apoiados sobre a autodeterminação de seus povos. Se os Estados não reconhecem os direitos de suas minorias e nada empreendem no sentido de integrá-las progressivamente, cedo ou tarde terão de contar com um violento levante delas. O princípio da autodeterminação dos povos deve ser também particularmente respeitado por ocasião da fundação de novos Estados. Se as Nações Unidas contribuem para a formação de novos Estados, devem se ater a esse princípio, pelo qual reconhecem que o povo é um elemento constitutivo de cada Estado.

g) Estado – Povo – Nação

21. Quais são as relações que existem entre o povo, a nação e o Estado? Se, segundo Kelsen (H. Kelsen, p. 149), o povo se define como uma unidade, não preexistente ao Estado, mas que, contrariamente, é criada somente por meio do direito estatal, existe forçosamente sempre uma identidade entre o Estado e seu povo. O povo é então um conceito jurídico, definido pelo Estado, pelo seu território e pelas pessoas submetidas ao poder estatal.

22. A teoria clássica do Estado, fundada na Revolução Francesa, também parte da idéia da unidade entre nação e Estado. Os pais das constituições revolucionárias da França queriam antes evidenciar que o novo Estado burguês seria uma conseqüência da consciência revolucionária da nação. Não se tratava, portanto, de suprimir a diferença e a oposição entre o conceito sociológico de nação e o conceito jurídico ou filosófico de Estado (conferir C. de Malberg, p. 13).

23. Jellinek tem, por sua vez, um outro ponto de vista (G. Jellineck, pp. 116 ss.). Partindo do conceito de nação, defende que ela é uma unidade sociológica anterior ao Estado, mas por este influenciada (G. Burdeau, p. 21, sustenta o mesmo ponto de vista). Aquele que compreende a nação como uma entidade sociológica parte da idéia de que há Estados que abarcam várias nações (Grã-Bretanha) e que existem nações subdivididas em vários Estados (Árabes).

24. Aquele que estuda problemas ligados às minorias e às causas dos conflitos internos e internacionais constatará que os conceitos de povo e de nação não se deixam reduzir à soberania nem aos limites territoriais dos Estados atuais.

25. Desse modo, coloca-se de imediato a questão de saber como se pode traduzir o povo ou a nação como uma entidade não definida pelo direito do Estado. De maneira correta, Jellinek aponta que o conceito de nação não se deixa determinar por um só elemento, por exemplo a língua. Trata-se, muito mais, de uma unidade histórica e social (G. Jellinek, p. 117). Esta unidade é determinada por elementos totalmente diferentes tais como: uma história comum, uma língua comum, uma cultura comum e/ou uma religião comum. Enfim, são igualmente essenciais a consciência comum de uma identidade, uma disposição à solidariedade bem como a vontade de formar uma unidade política.

26. Contudo, se concebemos a nação ou o povo como uma entidade independente do Estado, devemos nos interrogar se tais entidades podem, em face dos Estados soberanos, pretender direitos próprios como, por exemplo, o direito à autodeterminação. Este direito dos povos de se autodeterminarem, que não foi mencionado expressamente nos estatutos da Liga das Nações, mas figura na Carta das Nações Unidas, transformou-se, nesse meio tempo, em palavra de ordem de numerosos povos do terceiro mundo contra o mundo imperialista, racista e neocolonialista. Esse direito foi acolhido em diversas decisões tomadas no plano internacional,

§ 12. O POVO DO ESTADO

por exemplo no Pacto internacional sobre os direitos civis e políticos, em vigor desde 1976; na resolução n.º 2621 das Nações Unidas, de 1970, e na Declaração universal dos direitos dos povos de Argel, de 1976 (consultar a esse respeito E. Jouve, pp. 105 ss.).

27. Essa exigência também encontrou ressonância no novo direito de guerra. Assim, o artigo 1 do primeiro protocolo adicional às Convenções de Genebra determina que, nos conflitos internos a um Estado, onde uma parte da população usa o seu direito de autodeterminação e luta contra uma dominação racial ou colonial ou contra uma ocupação por um poder estrangeiro, é integralmente aplicável o direito de guerra, válido para uma guerra entre Estados. Essa restrição de aplicabilidade do direito à autodeterminação a formas de dominação bem precisas mostra que mesmo os Estados que, nos últimos trinta anos, contribuíram diretamente para o surgimento desse direito não querem que ele se realize integralmente. Por exemplo, para proteger a sua soberania territorial, os Estados africanos convencionaram entre si impedir toda tentativa que possa questionar, por meio de disputas tribais, essa soberania artificialmente criada.

28. Segundo a doutrina comunista, o direito dos povos à autodeterminação compete apenas às nações que estão dispostas e em condições de conduzir uma luta revolucionária para instaurar uma ordem social socialista (conferir H. S. Johnson, pp. 53 ss.). Esta restrição do direito à autodeterminação permite apoiar as minorias em uma luta contra os governantes nos Estados capitalistas e, inversamente, oprimi-las nos Estados comunistas.

29. O dilema é, portanto, evidente: aquele que parte de uma noção sociológica de povo ou de nação e concede aos diversos povos um direito à autodeterminação fundado no direito internacional mina a soberania atual dos Estados. Aquele que rejeita esse direito à autodeterminação confere aos Estados plena liberdade para oprimir as suas minorias. Como sair desse dilema?

30. Em sua Declaração de Independência de 4 de julho de 1776 (conferir § 22/10) os colonos americanos fizeram valer contra o governo inglês o seu direito à autodeterminação, argumentando que o referido governo não estava mais a serviço da liberdade e da felicidade dos colonos americanos e não seria mais reconhecido como governo legítimo. Optam, na época, pela via da autodeterminação, porque eles mesmos desejavam e tinham condições de atender a esses objetivos estatais e de reconher a legitimidade de um governo próprio.

31. Nos dias atuais, tem esta Declaração de Independência ainda um certo valor? A tarefa de todo governo consiste em buscar o reconhecimento e a integração também das minorias. Os direitos destas minorias quanto à língua, à cultura e à religião não podem ser oprimidos; ao contrário, certos direitos de autonomia devem lhes ser concedidos. No entanto, se o Estado soberano oprime as minorias, perde, aos seus olhos, a legitimidade. Enfim, se as minorias dão um passo em direção à luta, as relações entre as partes conflitantes passam a ser reguladas pelo direito internacional, quer dizer, pelo direito de guerra (conferir a esse respeito § 16/31 sobre o direito de resistência, assim como o artigo 3 das Convenções de Genebra de 1949).

32. O direito à autodeterminação contido na Carta das Nações Unidas obriga, desse modo, os Estados soberanos a cuidar dos direitos de suas minorias e conferir-lhes direitos autônomos. No entanto, a Carta não outorga às minorias direitos à autodeterminação imediatamente aplicáveis diante dos Estados soberanos. Se os direitos das minorias são grosseiramente violados, elas podem iniciar um processo de secessão pela via da resistência. Todavia, a possibilidade de uma resistência pela violência só se admite quando conseguem tornar convincente o fato de que a grande maioria da população apoia o seu combate contra o governo estabelecido (conferir também § 16/42).

§ 13. O TERRITÓRIO

Bibliografia

a) Autores clássicos

Francisco de Vitoria. *Vorlesungen über die kürzlich entdeckten Inder und das Recht der Spanier zum Kriege gegen die Barbaren* (1539) (Lições sobre os hindus recentemente descobertos e o direito dos espanhóis à guerra contra os bárbaros). Trad. al. W. Schätzel, Tübingen, 1952.
Grócio, H. *Vom Recht des Krieges und des Friedens* (*De jure belli ac pacis* – Do direito da guerra e da paz). Trad. al. W. Schätzel, Tübingen, 1950.
____. *Von der Freiheit des Meeres* (De mare liberum. Da liberdade do mar). Trad. R. Boschan. Leipzig, 1919.
Khaldûn, I. *The Muquaddimah*. Trad. ingl. F. Rosenthal, 3.ª ed., Princeton, 1974.

b) Outros autores

Bader, K. S. Volk, Stamm, Territorium (Povo, tribo, território). In: *Herrschaft und Staat im Mittelalter* (Dominação e Estado na Idade Média). Org. H. Kämpf. Darmstadt, 1974.
Caflisch, Ch. *La Suisse et la protection des eaux douces dans le cadre du droit international* (A Suíça e a proteção das águas doces no âmbito do direito internacional). Dissertação Neuchâtel. Berna, 1976.
Cavin, J.-F. *Territorialité, nationalité et droits politiques* (Territorialidade, nacionalidade e direitos políticos). Dissertação Lausanne, 1971.
Dauses, M. A. *Die Grenze des Staatsgebietes im Raum* (O limite do território estatal no espaço). Berlim, 1972.
Habscheid, W. J., Rudolf, W. *Territoriale Grenzen der staatlichen Rechtsetzung*. Referate und Diskussion der 12. Tagung der Deutschen Gesellschaft für Völkerrecht in Bad Godesberg (Limites territoriais da legislação estatal e discussão da 12.ª Reunião da Associação alemã de direito internacional em Bad Godesberg), 1971. Karlsruhe, 1973.
Hellbling, E. C. *Österreichische Verfassungs- und Verwaltungsgeschichte* (História da Constituição e da administração da Áustria). 2.ª ed., Viena, 1974.
Klemm, U.-D. *Die seewärtige Grenze des Festlandsockels*. Geschichte, Entwicklung und *lex data* eines seevölkerrechtlichen Grundproblems (A fronteira marítima da plataforma continental. História, desenvolvimento e *lex data* de um problema fundamental do direito internacional dos mares). Berlim, 1976.

Marcoff, M. G. *Traité de droit international public de l'espace* (Tratado de direito internacional público do espaço). Fribourg, 1973.

Mayer, T. Die Ausbildung der Grundlagen des modernen Staates im hohen Mittelalter (A formação dos fundamentos do Estado moderno na Alta Idade Média). In: *Herrschaft und Staat im Mittelalter* (Dominação e Estado na Idade Média). Org. H. Kämpf. Darmstadt, 1974.

Menger, Ch. F. *Deutsche Verfassungsgeschichte der Neuzeit* (História da Constituição alemã na época moderna). Münster, 1979.

Mitteis, H. *Lehnrecht und Staatsgewalt* (Direito feudal e poder do Estado). Reimpressão da edição de 1933. Darmstadt, 1974.

Verdross, A., Simma, B. *Universelles Völkerrecht* (Direito internacional público universal). Berlim, 1976.

Wengler, W. Völkerrechtliche Schranken der Gebietshoheit (Limites jurídicos internacionais da supremacia territorial). In: *Internationales Recht und Diplomatie* (Direito internacional e diplomacia). Colônia, 1972.

Zukov, G. P. *Weltraumrecht* (Direito do espaço cósmico). Trad. al. H. P. Kehrberger. Berlim, 1968.

a) A evolução do Estado territorial

1. A delimitação territorial é uma outra característica essencial do Estado moderno. A necessidade de fronteiras territoriais desenvolveu-se primeiramente com o sedentarismo progressivo das diferentes tribos étnicas. A cultura do campo, o desmatamento e a manutenção da pastagem, os muros e os fossos das cidades, bem como os marcos limítrofes, contribuíram para estabelecer uma ligação territorial com o solo, que era uma propriedade comum no passado.

1. *O princípio de personalidade como fundamento original da dominação*

2. Originalmente, as vinculações com a dominação nos clãs e nas tribos eram pessoais e não ligadas ao território. O clã era uma associação que se mantinha unida pelas relações

§ 13. O TERRITÓRIO

pessoais e pela dependência. Certamente, já naquela época, havia também certas noções territoriais. Assim, por exemplo, a existência das muralhas para defesa das fronteiras romanas (limes) mostra claramente que o Império Romano já era um Estado territorial, no interior do qual o poder e a soberania se exerciam com base em uma dominação de fato sobre um território. Porém, nessa época, os romanos já eram sedentários havia séculos. Isto ainda não procedia para as tribos germânicas na época das grandes migrações. Nesse período, as ligações pessoais e a dependência recíproca repousavam ainda sobre o parentesco de sangue, tal como ainda ocorreu por longo tempo entre as tribos nômades árabes (Ibn Khaldûn, pp. 98 ss.).

3. Desse modo, durante a Idade Média européia, ainda não havia praticamente limites nacionais. O Sacro Império Romano (*sacrum imperium romanum*) era concebido como uma dominação que se estendia por todo o mundo, no qual o papa exerçia o poder com a espada espiritual e o imperador com a espada temporal. Uma vez que a divisão do reino, prevista originalmente por Carlos Magno em 806, em três reinos independentes atribuídos aos seus três filhos foi ao menos parcialmente revogada com o coroamento do seu sucessor em 813, a relação de tensão entre o poder do imperador e o de seus reis permanece de início latente. É somente mais tarde que os reis da França e da Inglaterra levantam suas pretensões de, em seus reinos, estarem no mesmo plano que o imperador alemão e gozarem dos mesmos direitos que ele. Desse modo, Aegidius Romanus (1247-1316), o preceptor de Felipe o Belo, em sua obra *De regimine principum*, foi o primeiro a designar a entidade política acabada não como *imperium*, mas sim *regnum*.

4. Em 1302, Jean de Paris, em seu "tractatus de potestate regia et papali" (tratado do poder real e papal), refere-se a um ocidente europeu subdividido em Estados nacionais. No âmbito eclesiástico, certamente, subsiste a unidade da ordem universal divina, que não tem porém validade no âmbito temporal (conferir Ch. F. Menger, p. 11, e H. Mitteis, pp. 208 ss.).

2. A separação entre Imperium e Dominium

5. Depois que as tribos se tornaram sedentárias, o território foi primeiramente explorado em comum. A terra pertencia ao clã, enquanto *o direito de uso* era repartido entre as famílias. Uma vez que estas dependiam da exploração do solo, mas o clã continuava a conservar o direito de dispor e de decidir sobre sua utilização, as famílias permaneciam dependentes do clã. Neste sentido, elemento decisivo para o desenvolvimento do Estado territorial europeu foi a separação progressiva entre dominação soberana e propriedade. Impõe-se a idéia de que aquele que cultiva o solo pode igualmente dele dispor. Uma tal visão foi então reforçada pelos inúmeros e em parte extensos desmatamentos, pois aquele que desmata deseja naturalmente dispor, na qualidade de proprietário, do terreno cultivável assim conquistado. Com isso, a relação de dependência com o clã se transforma igualmente. No que tange a seus membros, ele assume agora uma função protetora. Em contrapartida, os membros fornecem prestações de ordem militar e pagam tributos (dízimos).

6. Com o passar do tempo, os direitos do clã são transferidos a um rei ou a um duque. Estes assumem cada vez mais verdadeiros direitos de soberania em relação aos seus súditos. No final da Idade Média, esses direitos eram até mesmo comercializados, como por exemplo o direito de jurisdição em primeira instância (consultar K. S. Bader, pp. 243 ss., Th. Mayer, pp. 248 ss., bem como H. Mitteis).

3. Centralização e descentralização como conseqüência da evolução do Estado territorial

7. A evolução progressiva em direção a um Estado ligado ao território e à superfície, como já apontado, foi de importância decisiva para o desenvolvimento do Estado. As dependências pessoais, enquanto meios de assegurar a coesão do Estado, passam para um segundo plano, dando lugar a uma dominação de fato e de direito sobre um território. Na verdade, o poder se exerce sobre os homens que vivem em um território conhecido e limitado de modo muito mais simples e eficiente do que sobre uma associação de homens pouco estruturada e não ligada a um território.

8. A mentalidade territorial coloca também imediatamente o problema do exercício do poder centralizado ou descentralizado. A França e a Inglaterra desvinculam-se do originariamente unitário Sacro Império Romano da Idade Média e se tornam Estados nacionais independentes. A renúncia de Maximiliano I a ser coroado imperador pelo papa significa igualmente o fim da soberania imperial sobre a França e a Inglaterra. Em 1486, uma lei imperial fala pela primeira vez do Sacro Império Romano da nação germânica. Em 1499, a Confederação suíça desvincula-se do Império por ocasião da paz da Basiléia. Todavia, foi somente em 1801, quando da assinatura do tratado de paz de Lunéville, que oficialmente o Império passa a ser denominado *Deutsches Reich* (Império alemão).

9. O *Reich* alemão era composto de numerosos principados, pequenos ou grandes, nos quais os príncipes ou senhores exerciam, "pela graça de Deus", uma dominação cada vez mais ilimitada. A necessidade de pôr um fim às guerras e aos conflitos incessantes entre os diversos territórios conduziu finalmente a um reconhecimento mútuo das posses de cada um dos soberanos. O príncipe pela graça de Deus, em face dos seus súditos, quer dizer, do povo do seu território, pôde então substituir os diferentes direitos privados e feudais, conquistados ou herdados, por direitos divinos de soberania e, desse modo, legitimar a sua dominação.

10. No reino insular inglês, os *Lords* não conseguiram impor perante o rei a sua dominação ilimitada sobre os *Boroughs*, o que permitiu o triunfo do centralismo. No entanto, uma vez que o poder do rei era limitado pelos *Lords* e pelos *Commons*, a Inglaterra não conheceu um centralismo absoluto.

4. As disputas entre a Igreja e o Estado

11. Ao lado da luta pelo Estado central e unificado, a evolução do Estado territorial deve ser atribuída na Europa a um profundo conflito entre o poder da Igreja e o poder do Estado. Este conflito manifesta-se sobretudo na luta entre o imperador e o papa, no que diz respeito aos direitos de soberania (conferir § 14/10 ss.). Mas já nos níveis inferiores os vários príncipes tentam impor a unidade territorial do direito em face da Igreja. Isto forçosamente conduziria a um primeiro afrontamento entre a Igreja e o Estado. O Estado passa a tributar os bens da Igreja, que o direito canônico declarara inalienáveis, e a reclamar um direito de ser consultado na atribuição de dignatários eclesiásticos – por exemplo, os bispos – assim como também o direito de inspeção dos conventos (conferir E. C. Hellbling, p. 109).

b) O significado do princípio de territorialidade

1. Aplicação uniforme do direito interno

12. A evolução para um Estado territorial permitiu uma aplicação uniforme do direito no interior do país. Se até então os membros das tribos eram submetidos ao seu direito tribal independentemente do seu lugar de residência, com o passar do tempo o direito válido no território em questão é que passa a valer, independentemente da filiação tribal do habitante em questão. O direito não estava mais ligado à pessoa, mas ao território. É por isso que a organização judiciária foi estruturada segundo uma ótica territorial, a saber, em tribunais de vilas, tribunais de províncias e tribunais de cidades (conferir E. C. Hellbling, pp. 83 ss.).

13. Isto conduziu a ordens jurídicas territorialmente distintas. Mas, uma vez que os homens não se deixavam prender ao território, coloca-se então a questão de saber em que medida um Estado deve reconhecer decisões jurídicas pronunciadas em relação a esses homens em um outro Estado. A resposta a esta questão nos é atualmente fornecida pelo direito internacional privado. Assim, por exemplo, se um casal contrai matrimônio legal na Suíça e posteriormente fixa residência na Alemanha, não necessita se casar novamente, pois o casamento na Suíça também é reconhecido na Alemanha. Contudo, os Estados se reservam o direito de reconhecer estes atos relacionados com a soberania estrangeira ou os julgamentos pronunciados por tribunais estrangeiros apenas dentro de certos limites – aqueles da *ordre public*. Assim, por exemplo, o casamento de um xeque com várias mulheres – união que foi contraída legalmente em um Estado árabe – é certamente reconhecido; no entanto infringiria a *ordre public* suíça, caso esse xeque quisesse se casar uma vez mais na Suíça, embora as regras do direito internacional privado suíço, na verdade, exijam que, em um tal caso, o direito árabe seja aplicado. Os Estados conhecem igualmente restrições no âmbito das atividades remuneradas. Um médico formado na Alemanha não poderá sem mais exercer a sua profissão na Suíça.

2. *Evolução do direito internacional público*

14. A aplicação uniforme do direito no interior do país conduz igualmente a um novo direito internacional público, válido entre os Estados territoriais. Se na Idade Média o direito canônico da Igreja constituía ainda a base para a solução dos conflitos entre os membros das tribos, esse direito não podia mais ser aplicado aos Estados territoriais independentes da Igreja, razão pela qual se tornou indispensável desenvolver um direito próprio, válido para as relações entre Estados territoriais soberanos.

3. Validade do princípio da personalidade

15. Nos dias atuais, o assim denominado princípio da territorialidade se impôs largamente em face do princípio da personalidade. Em virtude do princípio da territorialidade compete exclusivamente ao Estado regular as relações jurídicas de pessoas que se encontram em seu território. O princípio de personalidade não encontra senão uma aplicação muito limitada. Assim, por exemplo, os Estados podem regular o direito de cidadania dos seus cidadãos que residem no exterior, convocá-los para prestar o serviço militar no seu país de origem ou então exigir-lhes o pagamento de certos tributos ou outras prestações. O cantão de Tessin confere aos tessinienses o direito de voto mesmo aos que residem no estrangeiro.

16. Todavia, nem todos os deveres jurídicos dos cidadãos que residem no estrangeiro são realizáveis, visto que os direitos de soberania não podem ser exercidos em outros Estados. Nesse caso, o Estado em questão depende muito mais da boa vontade e da ajuda dos outros Estados. Uma conseqüência direta do princípio de territorialidade são pois os diferentes acordos de cooperação jurídica que os Estados concluíram entre si. Segundo estes acordos, os Estados se obrigam reciprocamente a fornecer em seu território nacional uma cooperação jurídica em favor do outro Estado contratante, por exemplo perseguir um criminoso e extraditá-lo ao país de origem, ou ouvir uma testemunha etc.

c) Os limites do princípio da territorialidade

1. Evolução do direito de vizinhança

17. O princípio de territorialidade, mesmo que seja aplicado de modo rigoroso, não pode evitar todos os conflitos jurídicos. Onde deve, por exemplo, um empresário pagar os seus impostos, se dirige uma empresa na Alemanha mas está domiciliado na Suíça? Estes tipos de conflitos "de vizinhança" são, em grande parte, regulados pelos acordos bilaterais ou multilaterais de bitributação, que distinguem claramente a competência fiscal dos Estados contratantes. Ao lado do direito tributário internacional há igualmente um direito penal, privado, administrativo e ambiental internacional.

2. Dependências inter-regionais

18. O tradicional princípio de territorialidade é freqüentemente questionado pela evolução muito veloz no domínio técnico e social. Por exemplo, justifica-se submeter as empresas multinacionais a uma única ordem jurídica, mesmo quando a direção de uma empresa pode, a partir do país onde se encontra a sua sede, influenciar a estrutura econômica de outros Estados indiretamente através de suas filiais (as filiais submetem-se ao direito nacional do país em questão, mas não à direção da empresa)? Da mesma forma, a poluição do meio ambiente não se detém diante das fronteiras dos Estados individuais; a luta contra a poluição pressupõe uma ampla cooperação internacional, que é também do interesse de uma neutralidade de concorrência.

3. As águas internacionais

19. O direito que rege as águas internacionais é um campo que há muito tempo tem escapado à aplicação pura e simples do princípio de territorialidade. A regulamentação da navegação fluvial em rios internacionais (por exemplo, o Reno ou o Danúbio), a colaboração dos Estados vizinhos de grandes lagos e rios (por exemplo, o lago de Constança) ou a regulamentação dos direitos sobre o mar originaram e originam ainda hoje grandes discussões que não se resolvem simplesmente aplicando-se o princípio da territorialidade. Em relação às águas de rios e lagos, uns defendem o ponto de vista de que a fronteira passa no meio do curso de água, enquanto outros sustentam que essas águas são propriedade comum dos Estados fronteiriços. Uma tal discussão existe, por exemplo, entre a Suíça, a República Federal da Alemanha e a Áustria em relação ao traçado da fronteira no Lago de Constança. Aquele que acompanha as diferentes regulamentações sobre os direitos de pesca ao longo da fronteira franco-suíça no Doubs poderá se deleitar constatando que o princípio da territorialidade, ao ser aplicado com rigor, pode conduzir a conseqüências absurdas. Assim, a fronteira franco-suíça em certos trechos é traçada no meio do curso d'água, mas, em outros, o seu traçado se dá ora ao longo da margem francesa, ora da margem suíça do Doubs. Por sua vez, os direitos de pesca não correspondem ao traçado das fronteiras entre Estados. O direto de controle dos inspetores de pesca dos cantões de Berna, do Jura e da França tampouco se define com base na fronteira entre os Estados.

4. O mar

20. As discussões relativas à extensão dos direitos de soberania dos Estados sobre a costa marítima são bem conhecidas. Os direitos de pesca, o direito de prospecção e a imposição da soberania aduaneira e policial são os principais direitos de soberania a serem regulados no que se refere às águas costeiras e que motivam discussões internacionais. É tarefa do direito internacional e, particularmente, do tribunal internacional estabelecer os princípios que conduzam a uma regulamentação razoável para todos os Estados. É sobretudo a Conferência internacional sobre o direito marítimo que se esforça atualmente por alcançar um consenso de todos os Estados (também dos que não possuem acesso direto ao mar) com base em tratados multilaterais. Para isso,

§ 13. O TERRITÓRIO 211

deve-se partir do fato de que o alto-mar são águas internacionais e, assim, um bem que pertence à coletividade [*res communis omnium*, H. Grócio, *Vom Recht des Krieges und des Friedens* (*De jure belli ac pacis – Do direito de guerra e de paz*), Livro II, cap. 3, IX]. O alto-mar deve, portanto, ser acessível a todos indistintamente. Este princípio, desenvolvido por Francisco de Vitória (cerca de 1490-1546), Gabriel Vasquez (1549-1604) e Hugo Grócio (*Mare liberum*, obra publicada em 1608), é importante ser aplicado em uma época em que o mar pode ser explorado economicamente (petróleo, plâncton etc.) em todas as suas riquezas (conferir B. Verdross/A. Simma, p. 550). Que os Estados costeiros não podem excluir países que não têm acesso direto ao mar, como por exemplo a Suíça, é evidente.

21. Há a necessidade de distinguir entre o alto-mar, no qual, segundo o princípio da *res communis omnium*, a navegação deve se manter livre, e a exploração das riquezas do solo marinho. Tais riquezas, de fato, são patrimônio de toda a humanidade (*common heritage of mankind*). É pois importante assegurar que a exploração dessa herança beneficie todos os homens. Este objetivo só será alcançado se as Nações Unidas concederem certos direitos de uso aos diversos Estados, segundo um esquema de divisão justo e baseado em concessões e encargos. Esta soberania das Nações Unidas em relação ao fundo do mar começa todavia a partir das 200 milhas marítimas da costa. Até este limite, o direito de prospecção cabe aos respectivos Estados costeiros.

22. Antigamente os Estados se baseavam em suas possibilidades de ordem militar para fixar os limites das águas internacionais [*Imperium terrae finitor ob ifinitor armorum potestas*, H. Grócio, *Vom Recht des Krieges und des Friedens* (*De jure belli ac pacis – Do direito de guerra e de paz*), Livro II, cap. 3, em especial XIII]. Mas isto conduziu igualmente a interpretações divergentes (zona de 3 milhas – zona de 12 milhas). Em uma época de mísseis, os Estados costeiros não podem mais definir a sua soberania com base no alcance de suas armas. Importa muito mais que a soberania costeira se estenda à área reconhecida pelos diferentes Estados.

5. O espaço aéreo e cósmico

23. Se na época da formação do Estado territorial tivesse sido possível imaginar que o homem um dia reinaria não somente sobre o mar, mas também sobre o espaço, certamente teriam sido previstas regras jurídicas para este fato. Mas a regulamentação da soberania aérea ficou reservada para o século XX. Também nesse caso deve-se partir do fato de que os Estados respeitam reciprocamente o espaço aéreo sobre os seus territórios até a altura em que sua soberania pode ser normalmente imposta. No entanto, o espaço que se situa acima da atmosfera pertence a todos. Ninguém tem o direito de, por exemplo, se apropriar de uma parte da lua. Os direitos de soberania sobre o espaço são regulados nos tratados internacionais, particularmente no Tratado de 27 de janeiro de 1967 sobre princípios reguladores das atividades dos Estados na exploração e uso do espaço cósmico, inclusive a lua e demais corpos celestes.

24. Não se deve apresentar a fronteira de um Estado como uma simples linha, mas sim como uma superfície que se estende do subsolo à atmosfera até o limite em que é possível impor sua soberania.

d) Ocupação e anexação

25. Podem os Estados se apropriar de novos territórios? Para responder a esta questão é necessário distinguir entre as regiões ou terras que não fazem parte de nenhum Estado e os territórios que já estão ocupados pelos Estados existentes. Na época do colonialismo, os Estados do século XVI defenderam a teoria segundo a qual era legítimo anexar por meio de ocupação, isto é, pela posse efetiva e duradoura, as

§ 13. O TERRITÓRIO

terras de ninguém, bem como as que eram habitadas por autóctones não-europeus. Foi dentro deste contexto que os americanos expulsaram os índios e os europeus conquistaram os Estados coloniais. Não é necessário demonstrar em detalhes que, com isso, os Estados coloniais da Europa deixaram de levar em conta os principais interessados.

26. Como fica a ocupação de territórios submetidos à competência de um Estado territorial existente? Visto que a Carta das Nações Unidas proíbe expressamente a agressão, a anexação por meio de uma intervenção armada é, de acordo com o direito internacional público, inadmissível. Uma tal anexação é juridicamente possível quando muito no âmbito de um acordo contratual (por exemplo, a conclusão de um tratado de paz). A IV Convenção de Genebra de 1949 se aplica aos territórios ocupados por intervenções armadas, e ela regula expressamente os direitos e as obrigações tanto do ocupante quanto da população civil atingida. Mas o fato de que, por exemplo, o Estado de Israel exclui a aplicação jurídica da IV Convenção de Genebra aos territórios ocupados após a Guerra dos seis dias mostra que também esta questão é controversa na prática. De resto, a IV Convenção de Genebra confere às relações de fato um certo significado jurídico. Segundo o artigo 6 desta Convenção, somente um número restrito destas disposições continua a ser aplicado aos territórios ocupados, contanto que a força de ocupação mantenha a sua presença mais de um ano após o término das hostilidades e exerça a sua soberania no território em questão.

27. Quando um território é incorporado ao território nacional do Estado vencedor por meio de um ato unilateral, trata-se de uma anexação. Embora a anexação seja inadmissível segundo a Carta das Nações Unidas, diferentes guerras do passado mais recente mostram que se deve efetivamente contar com tais atos de guerra unilaterais. No entanto, é muito mais freqüente os Estados recorrerem a um sistema de governo de marionetes, quer dizer, à instalação de um governo inteiramente dependente no país conquistado, que, entretanto, deve dar a ilusão de um governo independente, eleito pelos habitantes do país ocupado. A exploração das dependências econômicas, políticas e militares permite aos Estados controladores contornar, sem grandes riscos e com meios simples, as regulamentações do direito internacional e dirigir o respectivo governo de marionetes.

e) Tratados de fronteira

28. O traçado efetivo da fronteira, sempre que possível, é estabelecido em tratados internacionais bilaterais entre Estados vizinhos. Na falta de tais tratados, os Estados se apóiam no direito consuetudinário que, no entanto, muitas vezes é interpretado de maneira divergente, conduzindo a pretensões territoriais recíprocas, como aquelas entre a União Soviética e a China, ou entre a China e a Índia.

§ 14. A SOBERANIA

Bibliografia

a) Autores clássicos

Bodin, J. *Über den Staat* (Seis livros da República). Trad. al. G. Niedhart. Stuttgart, 1976.
Khaldûn, I. *The Muquaddimah*. Trad. ingl. F. Rosenthal, 3.ª ed., Princeton, 1974.

b) Outros autores

Dennert, J. *Ursprung und Begriff der Souveranität* (Origem e conceito da soberania). Dissertação. Hamburgo, Stuttgart, 1964.
Dicke, D. Chr. *Intervention mit wirtschaftlichen Mitteln im Völkerrecht* (Intervenção com meios econômicos no Direito Internacional público). Baden-Baden, 1978.
Fleiner, Th. *Die Kleinstaaten in den Staatenverbindungen des 20. Jahrhunderts* (Os pequenos Estados nas uniões de Estados do século XX). Dissertação Zurique. 1966.

§ 14. A SOBERANIA

Gunst, D. W. *Der Begriff der Souveranität im modernen Völkerrecht* (O conceito de soberania no direito internacional público moderno). Berlim, 1953.
Heller, H. *Die Souveranität. Ein Beitrag zur Theorie des Staats- und Völkerrechts* (A soberania. Uma contribuição à teoria do direito público e do direito internacional público). Berlim, 1927.
Hinsley, F. H. *Sovereignity* (Soberania). Londres, 1966.
Imboden, M. *Johannes Bodinus und die Souveranitätslehre* (Johannes Bodinus e a teoria da soberania). Basiléia, 1963.
Kelsen, H. *Das Problem der Souveranität und die Theorie des Völkerrechts* (O problema da soberania e a teoria do direito internacional público). 2.ª ed., Tübingen, 1928.
Kern, F. *Recht und Verfassung im Mittelalter* (Direito e Constituição na Idade Média). Reimpressão inalterada da edição de 1952. Darmstadt, 1976.
Kunz, J. *Die Staatenverbindungen.* Handbuch des Völkerrechts (As uniões de Estados. Manual de direito internacional público). Org. Stier-Somlo, 2 vols., Stuttgart, 1929.
Mann, G. Nitschke, A (org.). Propyläen, Weltgeschichte (Propileu, história universal). Vol. V: *Islam, die Entstehung Europas* (Islão, a origem da Europa). Frankfurt a. Main/Berlim, 1963.
Mommsen, Th. *Abriß des römischen Staatsrechts* (Esboço do direito público romano). Reimpressão da edição de 1907. Darmstadt, 1974.
Mutwa, C. *My People* (Meu povo). 3.ª ed., Londres, 1977.
Quaritsch, H. *Staat und Souveranität* (Estado e soberania). Berlim, 1970.
Simson, W. von. *Die Souveranität im rechtlichen Verständnis der Gegenwart* (A soberania no entendimento jurídico contemporâneo). Berlim, 1965.
Thürer, D. *Das Selbstbestimmungsrecht der Völker* (O direito de autodeterminação dos povos). Berna, 1976.
Vital, D. *The Inequality of States* (A desigualdade dos Estados). Oxford, 1967.
Von der Heydte, F. A. *Die Geburtsstunde des souveränen Staates* (O nascimento do Estado soberano). Regensburg, 1952.

a) O significado da teoria da soberania

1. A evolução do conceito de Estado e da teoria da soberania na história européia das idéias e dos Estados pode, sem dúvida, ser qualificada como uma obra única e particular da cultura européia. Mesmo que esta evolução nos dias de hoje tenha se tornado muito problemática, ainda repercutirá por muito tempo e de modo decisivo sobre o desenvolvimento dos Estados.

2. Retomemos brevemente a história de Robinson e Sexta-Feira. Ambos vivem em uma ilha isolada, vêm de países, de povos e de culturas diferentes. Têm igualmente concepções diferentes sobre o direito e se sentem obrigados em relação à sua própria pátria: Robinson respeita as leis do seu país. Aquilo que, desde a sua infância, conhece como justo ou injusto, também considera como justo ou injusto na ilha. O mesmo ocorre com Sexta-Feira. Também ele distingue entre o justo e o injusto segundo o que aprendeu no interior de sua tribo e de sua família.

3. De acordo com o antigo direito internacional, Robinson pode subjugar Sexta-Feira e obrigá-lo a respeitar as leis de seu (de Robinson) país, na medida em que, na qualidade de enviado de seu país de origem, ocupa a ilha militarmente. Caso ele não o mate, pode reduzi-lo à condição de escravo. Por sua vez, Sexta-Feira também pode agir do mesmo modo em relação a Robinson, caso seja mais forte que este. Mas a teoria da soberania e do Estado, desenvolvida desde a Idade Média, oferece a ambos uma outra possibilidade. Eles podem convencionar reger a ilha conjuntamente ou sob a dominação de um deles e decidir aquilo que é justo ou injusto, isto é, podem estabelecer um acordo para se darem novas leis. Neste caso, eles não decidem apenas o seu próprio destino, mas determinam o que, a partir de então, será considerado justo ou injusto na ilha.

4. Não o que a tradição lhes transmitiu como sendo justo ou injusto deverá ser doravante justo ou injusto, mas sim o que eles estabelecerem como tal. Eles mesmos, portanto, se arrogam o direito de criar direito, por exemplo de editar leis. A partir desta tomada de consciência surge uma ordem

§ 14. A SOBERANIA

social que é muito mais independente e autônoma, uma vez que não se funda sobre valores que remontam a um passado muito longínquo e obscuro. Pela primeira vez Robinson e Sexta-Feira podem tomar uma decisão voluntária consciente comum e declará-la como juridicamente válida para a ilha. A comunidade não depende mais de um destino obscuro, mas, ao contrário, pode tomar a sorte em suas mãos. *É desse modo que nasce o Estado racional*, no qual as leis não provêm de um passado longínquo mais ou menos obscuro, mas são editadas por uma decisão racional do legislador.

5. A teoria da soberania, contudo, vai mais além. Robinson e Sexta-Feira, que vêm de círculos culturais completamente diferentes, podem racionalmente decidir formar uma nova comunidade, independente da história de suas respectivas tribos. Eles chamam esta comunidade "Estado". O seu Estado não é uma comunidade que resulta de um processo histórico, mas é uma comunidade fundada pela vontade de ambos. Se os seus parentes chegassem à ilha, seriam de início considerados estrangeiros, mas posteriormente poderiam ser "naturalizados". É a lei – e não mais o sangue – que determina quem pertence à comunidade. Em outras palavras, o Estado é uma ordem e uma criação comunitárias, consciente e racionalmente desejadas.

6. De onde, no entanto, Robinson e Sexta-Feira derivam o direito de criar um novo direito para a ilha, abandonar a sua concepção original do direito em favor de regras inventadas e adotadas conjuntamente e, finalmente, se submeterem às novas leis? De onde se arrogam eles o direito de se organizarem como uma nova comunidade igual em direitos em face de outras comunidades? Porque a sua vontade e as suas decisões têm subitamente um caráter vinculante maior do que o do direito tradicional?

7. A palavra mágica, a chave que responde a todas estas perguntas chama-se "soberania". É da soberania que o Estado deduz, dentre outros, o direito de se organizar e estabelecer o direito aplicável à "sua" população. A partir do momento em que Robinson e Sexta-Feira, como comunidade, são soberanos, podem reger sobre a ilha; a soberania concede-lhes esse direito.

8. Aquilo que se mostrou em relação ao significado da teoria da soberania, tomando-se como exemplo Robinson e Sexta-Feira, em diversos sentidos é certamente uma esquematização. De fato, a conscientização das comunidades estatais não se operou de forma brusca. Desde o início da evolução da teoria da soberania existiram igualmente muitas tendências segundo as quais a autonomia do Estado no campo da legiferação seria limitada. Esta concepção foi sobretudo defendida pelos representantes da doutrina do direito natural, que hoje, em parte, é apoiada por certos sociólogos (conferir § 28/8 s.).

9. Apesar de certas reservas, é possível afirmar com segurança que a teoria da soberania foi decisiva para o desenvolvimento da comunidade estatal porque lhe deu, por assim dizer, a consciência, permitindo-lhe se organizar de maneira autônoma e governar os homens que nela vivem.

b) A disputa entre a Igreja e o Estado como condição de desenvolvimento da soberania

10. Como pôde a teoria da soberania se desenvolver? Por que ela se desenvolveu primeiramente no continente europeu? Fator decisivo para o desenvolvimento da teoria da soberania foi, sem dúvida, a disputa na Idade Média entre o Estado e a Igreja, quer dizer, a polêmica entre o rei da França e o rei da Inglaterra, bem como o Imperador, de um lado, e o Papa, de outro.

11. Nós vimos que, de início, todas as formas de dominação tinham uma origem religiosa. Os monarcas, com a ajuda da

§ 14. A SOBERANIA

magia ou da religião, tentavam consolidar o poder que haviam conquistado e deduzir do direito divino os seus direitos de dominação. No entanto, não somente o direito dos monarcas, mas todo o direito em geral era atribuído a uma origem sacra, razão pela qual não podia ser modificado *ad libitum*. Dominação, direito e religião formavam uma unidade. No Império Romano, por exemplo, os sacerdotes estavam a serviço do Estado. "Em geral, também no plano pessoal, o sacerdócio e a magistratura coincidiam; em todas as épocas, a carreira política se desenvolvia de maneira paralela à carreira dos sacerdotes. A dupla aristocracia da Idade Média, desenvolvida posteriormente a partir da oposição entre o Estado e a Igreja, era desconhecida em toda a Antiguidade, cujos deuses em toda parte encontravam-se sempre integrados no seio do Estado" (Th. Mommsen, p. 70).

12. No Estado judeu e no Estado islâmico, por exemplo, encontramos uma imbricação semelhante muito forte entre a religião e o Estado. O cargo de califa é, simultaneamente, um cargo público e um cargo religioso (Ibn Khaldûn, pp. 160 s. e § 23/29 ss.). Encontramos também uma origem religiosa da dominação na África (C. Mutwa, p. 102), ou ainda no Japão, na Índia e na China.

13. De modo totalmente distinto desenvolveu-se a relação entre a religião cristã e o Estado. O cristianismo surgiu no interior do Estado romano já constituído. Este fundava a sua dominação sobre diferentes religiões. Mas, visto que o cristianismo não reconhecia o politeísmo, os romanos entenderam-no como uma ameaça à dominação do Estado. Assim, desde a sua origem, a religião cristã foi forçada a encontrar uma autocompreensão que, no âmbito de uma ordem de dominação estatal preexistente, lhe concedesse um direito de existência. Com expressões como "Dai, pois, a César o que é de César, e a Deus o que é de Deus" (Mt 22,21), a tensão entre a dominação do Estado e a dominação transcendental de Deus sobre os homens deveria ser superada. Todavia, o conflito mesmo resistiu: deve o homem obedecer mais a Deus que ao imperador, quando as ordens deste contradizem as disposições divinas?

14. É assim que a disputa entre a Igreja e o Estado já surge com o nascimento do cristianismo. Em oposição a outras religiões que serviram para legitimar a dominação temporal, desde as suas origens o cristianismo questiona toda dominação temporal que também se arroga o direito de decidir acerca da religião dos homens. Este conflito foi contornado sob o domínio de Constantino, na medida em que o cristianismo, em razão de oportunismo político, foi declarado religião do Estado. Todavia, o germe de futuras disputas entre o poder temporal e o poder espiritual não estava com isso extirpado, mas reapareceria na Idade Média. A teoria das duas espadas permitiu que se encontrasse novamente uma solução – temporária – para as tensões entre o Estado e a Igreja. De acordo com essa teoria, o imperador deteria a espada temporal enquanto o papa disporia da espada espiritual (desde cerca de 1050). O papa Gregório VII defendeu então a idéia de que, na qualidade de representante de Deus sobre a terra, detinha *ambos* os poderes e que, no ato do coroamento, enfeudava o imperador com a espada temporal.

15. Para a história subseqüente dos Estados cristãos, a consolidação da posição do Papa, quer dizer, da direção da Igreja, desempenhou um papel essencial ao lado do poder do Estado. No começo de sua ampla dominação na Europa, a Igreja pôde exercer uma influência decisiva sobre os imperadores. Os arcebispos tinham o direito de participar na eleição do imperador, que, por sua vez, recebia a unção do próprio papa etc. Apesar disso, o germe da separação já existia. Os dois poderes encontravam-se em uma relação de mútua concorrência.

16. Por conseguinte, na seqüência chegou-se forçosamente a uma disputa entre o poder temporal e o poder espiritual. O poder estatal se defendia das interferências da Igreja e, de seu lado, desejava exercer influência sobre o meio eclesiástico. A concessão da imunidade permitiu, de início, se-

§ 14. A SOBERANIA

parar a soberania eclesiástica da temporal. Na disputa das investiduras, de 1111, tratava-se da designação dos bispos e de sua submissão ao imperador. Também a PFFanfenbrief, escrita no início da Confederação suíça, mostra que pequenas comunidades sabiam se defender com sucesso contra a excessiva interferência da Igreja. Em Colônia, já no ano de 1112, os cidadãos impuseram sua confederação contra a vontade da arquidiocese (conferir Propileu, p. 389). Progressivamente o poder temporal pôde assim afirmar a sua autonomia em face do poder espiritual.

c) A disputa no interior do Estado

17. O regime feudal repousava sobre uma ordem hierárquica tradicional constituída de direitos feudais – limitados – conferidos a diferentes senhores feudais. O suserano não possuía um poder de dominação ilimitado em face dos seus súditos, mas tão-somente sobre os direitos decorrentes de sua incumbência de proteção. No entanto, os príncipes mais poderosos tentavam incessantemente abolir esses limites e ampliar os seus direitos em relação aos seus súditos. Eles queriam tornar-se independentes e soberanos não somente em relação ao papa, mas também em relação às várias classes sociais. O rei da França alcançou essa meta sem quaisquer restrições.

Ele pôde se estabelecer como monarca absoluto. Na Inglaterra, desde a Carta Magna, o rei estava vinculado às decisões do parlamento. Soberano era somente o *King in Parliament*, quer dizer, o rei e o parlamento unidos. Contrariamente ao rei da França, o imperador da Alemanha não pôde se impor em relação aos seus príncipes. Nesse país, o poder soberano não foi detido por um imperador poderoso à frente de seu império, mas sempre permaneceu nas mãos de pequenos principados, que concorriam entre si.

18. Em outras palavras, a forma tomada pelo poder soberano do Estado dependia do curso das disputas entre os príncipes, o império e as classes da sociedade feudal, de um lado, e dos antagonismos entre os poderes temporais e o papa, de outro.

d) A teoria da soberania de Bodin

19. Nestas polêmicas, Jean Bodin, célebre filósofo do Estado francês, veio auxiliar os príncipes com a sua doutrina da soberania. "O Estado define-se como um governo de muitas famílias e daquilo que lhes é comum, dotado de poder soberano e conduzido legitimamente" (J. Bodin, Livro 1, cap. 1, p. 8). A soberania significa neste contexto o mais elevado poder de comandar, "é o poder absoluto e perpétuo de um Estado, que no latim se denomina *majestas*" (J. Bodin, Livro 1, cap. 1, p. 19).

20. Segundo Bodin, pode-se falar de soberania somente quando alguém detém duradouramente o poder de comando supremo. Este é o caso da monarquia hereditária, mas também do monarca vitalício eleito; ambos não necessitam mais dar satisfações a ninguém. Por sua vez, o monarca eleito por um determinado período não é soberano; ele é somente alguém que exerce uma função. Neste caso, a soberania pertence à aristocracia ou ao povo, dependendo de quem está habilitado a eleger o monarca por um período determinado.

21. De acordo com Bodin, o que importa é que o soberano não deve prestar contas de sua atividade senão a Deus. Ninguém está autorizado a julgá-lo. De modo conseqüente, Bodin nega ao povo o direito de resistir e o direito de matar o tirano, uma vez que, em ambos os casos, alguém se arroga injustamente o direito de julgar o soberano. Bodin ignorava certamente o costume do antigo Egito e de Israel onde, após a morte do monarca, julgava-se o seu reinado e, caso ele tivesse se comportado como um tirano, negavam-se-lhe os funerais de chefe de Estado. A concepção de Bodin sobre a

§ 14. A SOBERANIA

soberania contém implicitamente também um ataque contra os direitos do papa, já que o soberano não devia satisfações nem à Igreja nem ao papa; em outras palavras, o soberano não era vassalo da espada temporal, mas sim o lugar-tenente de Deus sobre o terra.

22. "Contudo, quanto às leis divinas e naturais, todos os príncipes da terra estão a elas sujeitos" (J. Bodin, Livro 1, cap. 8, p. 26). A soberania não dá ao soberano o direito de se insurgir contra Deus. Bodin não é portanto defensor de um poder absoluto de dominação não limitado por nenhum outro direito superior. No entanto, segundo ele, o soberano não está vinculado às suas próprias leis. Ele pode assinar leis com a fórmula *car tel est notre plaisir*, que corresponde à do monarca absolutista da França. Esta concepção de lei de Bodin levou a uma clara ruptura com a tradição jurídica herdada da Idade Média e foi aplicada até mesmo às leis que não eram justas. "Pois a lei é mais forte que a justiça aparente, a não ser que a proibição expressa na lei seja diretamente contrária ao direito de Deus e da natureza" (J. Bodin, Livro 1, cap. 8, p. 35).

23. Segundo a concepção medieval do direito, não o Estado, mas sim Deus era o princípio de todo o direito. "O direito é uma parte da ordem do mundo; ele é inabalável" (conferir F. Kern, p. 13). É por essa razão que, na Idade Média, também valia o princípio que atualmente nos soa tão estranho: "o direito antigo revoga o direito mais recente" (conferir F. Kern, pp. 30 ss.). A teoria de Bodin sobre a soberania foi o fundamento para uma nova concepção do direito, essencialmente diversa da antiga. O direito tira a sua força da soberania e não da tradição histórica.

24. Fundamentado na doutrina da soberania de Bodin, o Estado pode doravante editar um novo direito que revoga o antigo e, por conseguinte, é mais forte que a tradição ou a justiça aparente. Desse modo, está posta a pedra fundamental para as teorias positivas do direito e do Estado, embora

Bodin ainda devesse ser considerado um dos representantes da doutrina tradicional do direito natural, visto que ele não deu o segundo passo necessário em direção à completa laicização do poder do Estado, a saber, a legitimação da dominação com base no povo e não mais em Deus. "Aquele que se volta contra o rei peca contra Deus, do qual ele é a imagem sobre a terra" (J. Bodin, Livro 1, cap. 10, p. 39). É somente com os representantes da teoria do contrato social, particularmente com Hobbes, que se realiza a desvinculação do poder do Estado de Deus.

25. Embora Bodin sempre tente fundar o poder supremo em Deus, encontramos em sua obra uma série de indicações que apontam para a soberania como poder de dominação formalmente supremo: por exemplo, um funcionário público que recebe seu cargo por um tempo determinado mas consegue conservá-lo por toda a vida por meio da força é um tirano. "Não obstante, o tirano é soberano: assim como a posse de um ladrão, fundada sobre a violência, é uma verdadeira posse, mesmo sendo contrária à lei" (J. Bodin, Livro 1, cap. 8, p. 21).

26. Um outro problema da doutrina da soberania de Bodin refere-se à distinção obscura entre a soberania do Estado e a soberania orgânica. Quando perguntamos sobre a soberania orgânica, investigamos qual é o órgão que, no interior da associação estatal, detém o poder soberano em face de outros órgãos; quando, no entanto, perguntamos sobre a soberania do Estado, investigamos se a associação estatal enquanto tal é soberana tanto externa quanto internamente.

27. Para Bodin, encontra-se indiscutivelmente no primeiro plano a soberania orgânica e, em primeiro lugar, a soberania do príncipe em relação aos seus súditos, particularmente em face das diversas classes sociais. A esse respeito Bodin está perfeitamente consciente do fato de que o rei não dispõe de um poder ilimitado e que deve consultar especialmente o parlamento em determinadas ocasiões. Assim, ele não pode impor tributos ilimitados ao povo. No entanto, essencial é pois o fato de que, em caso de necessidade, o rei não depende do consentimento das várias classes sociais. "Todavia, no caso da urgência de uma necessidade, o príncipe não precisa esperar a assembléia das classes em geral, nem mesmo o consentimento do povo, cujo bem-estar depende da previdência e da diligência de um príncipe sábio" (J. Bodin, Livro 1, cap. 8, p. 31).

28. Bodin vê claramente que ao lado da soberania dos órgãos é decisiva a soberania do Estado, e até mesmo que a soberania daqueles pressupõe a soberania deste. Isto já se revela na sua definição, citada na abertura deste capítulo.

29. No entanto, permanece obscura em Bodin a relação entre o direito e o poder. É soberano todo aquele que tem o poder de impor suas ordens no interior de uma associação estatal, ou faz igualmente parte do poder uma certa legitimação? As considerações de Bodin sobre a soberania do tirano permitem concluir que, para ele, o direito de editar leis decorre da plenitude do poder e não necessita de nenhuma outra legitimação. Bodin insiste sem cessar sobre o fato de que o soberano não pode abusar desse direito, mas simultaneamente nega a qualquer um o direito de emitir um julgamento sobre o príncipe soberano.

30. De maneira conseqüente, Bodin também rejeita a possibilidade de uma divisibilidade da soberania. O príncipe não pode dividir a sua soberania com uma segunda pessoa. "Tal qual o grande Deus soberano não pode criar um segundo Deus que lhe seja semelhante, visto que é infinito e, comprovadamente, duas coisas infinitas não podem existir uma ao lado da outra, então podemos dizer que o príncipe, que descrevemos como a imagem de Deus, não poderá jamais declarar um súdito igual a ele sem, com isso, abalar simultaneamente o seu poder" (J. Bodin, Livro 1, cap. 10, p. 41).

31. Pode-se dizer que Bodin apresenta uma grande visão de estadista ao tratar dos atributos da soberania. Quais são as competências, quais são as atribuições que um Estado ou um monarca devem ter, a fim de que possam ser qualificados como soberanos? À soberania pertence, em primeiro lugar, o direito de editar leis para todos os indivíduos. Este direito inclui também a competência de modificar um direito consuetudinário existente e distribuir privilégios. "Este poder de criar e revogar leis engloba simultaneamente todos os outros direitos e sinais distintivos da soberania..." (J. Bodin, Livro 1, cap. 10, p. 43). Entre os demais atributos da soberania, Bodin inclui o direito de declarar a guerra e de fazer a paz, o direito de nomear as pessoas que exercerão os principais cargos oficiais, o direito de ser a última e suprema instância, o direito de receber os juramentos de fidelidade dos vassalos e dos súditos, o direito de indulto, o direito de cunhar moedas, o direito de fixar os pesos e as medidas e, por fim, o direito tributário e aduaneiro (conferir J. Bodin, idem, ibidem).

e) A soberania como pressuposto da qualidade de Estado

32. Em sua teoria da soberania, Bodin fez do príncipe um soberano independente em relação ao exterior, único competente quanto aos assuntos internos e responsável apenas diante de Deus. Em que medida essa teoria foi importante para o desenvolvimento do Estado moderno?

1. O Estado como unidade

33. Segundo a teoria da soberania desenvolvida por Bodin, o Estado consiste em uma unidade indivisível e independente do exterior, diante da qual nenhum outro poder exterior pode legislar de maneira vinculante. O Estado decide com exclusividade quem está habilitado a estabelecer o direito, isto é, habilitado a editar leis. Bodin iguala esse Estado ao monarca. Contrariamente, a teoria do contrato social, surgida posteriormente, não coloca a soberania nas mãos do príncipe responsável somente perante Deus, mas nas mãos do povo; com isso, dava-se o passo decisivo em direção à secularização do Estado.

34. Esta descrição do Estado como uma ordem pacífica unitária que constitui a base e a legitimação do direito interno ao Estado não se reveste apenas de uma importância empírica, mas também e sobretudo de uma normativa. Isto significa que, por um lado, o príncipe deve conquistar independência tanto interna quanto externamente, quer dizer, em relação à Igreja e aos outros Estados. De sua parte, os outros poderes devem respeitar esta independência e não podem se intrometer nas questões internas do Estado em questão.

35. Todavia, a significação normativa da doutrina da soberania vai muito mais além. A soberania de um Estado não deve ser apenas respeitada; um Estado torna-se, na verdade, um Estado tão-somente a partir do momento em que é soberano. A soberania não é, portanto, uma conseqüência, mas sim uma condição da qualidade de estado (*Staatlichkeit*). Somente as comunidades humanas territorialmente delimitadas e soberanas, tanto no plano interno quanto externo, são Estados no sentido próprio do termo. Isto implica que o caráter constitutivo do Estado encontra-se à disposição dos homens, quer dizer, pode ser adquirido, modificado ou suprimido pela conquista, anexação ou ocupação. Quando uma associação conquista a soberania sobre um determinado território, ela torna-se soberana. As unidades estatais podem, portanto, desaparecer, modificar-se ou renascer. Encontra-se aí uma base teórica para o colonialismo mas também para a guerra justa. A qualidade de Estado está à disposição de todas forças que estão em condições de conquistar a soberania sobre um determinado território.

36. Por fim, ainda segundo a teoria da soberania, o Estado é também uma unidade que tem a pretensão de dirigir a ordem de maneira centralizada e de dispor com exclusividade do monopólio, de impor o direito estatal por meio da força quando necessário. Somente os príncipes têm o poder e a tarefa de dirimir e pacificar conflitos. As lutas, as vinganças e os linchamentos privados são pois inadmissíveis; somente o Estado tem o direito de recorrer à força, quer dizer, de fazer a guerra ou punir culpados.

2. *O Estado como origem e legitimação do direito*

37. Segundo a teoria da soberania, o Estado não é somente uma unidade central, independente do exterior. Graças à soberania, ele é igualmente a origem da ordem jurídica. O príncipe, que é responsável somente perante Deus, edita as leis. O direito teológico, ligado à tradição, é secularizado e colocado nas mãos do príncipe. Este pode promulgar, modificar ou revogar o direito. Ele tem o direito de fazê-lo, quer dizer, está legitimado, porque dirige o Estado na qualidade de representante de Deus.

38. Esta posição lhe compete quando é soberano sobre um determinado território, quer dizer, quando pode reger independentemente de poderes estrangeiros. Em outras palavras, o seu poder concede-lhe a legitimação.

39. Os sucessores de Bodin desenvolveram esse pensamento e reconheceram o poder como o fundamento único do direito. Portanto, pode promulgar leis aquele que tem poder para tanto. Só o poder cria o direito. O justo e o injusto nascem por meio do Estado soberano. Assim, não é apenas o Estado, mas também a posição do príncipe que se torna modificável. Se um príncipe é destronado por um novo tirano que conquistou a soberania, este passa, por sua vez, a ter o direito de editar leis.

40. A soberania assim compreendida permite mais ainda: aquele que pode estabelecer o "direito" pode transformar aquilo que era "injusto" em "justo" e vice-versa. Desse modo, estão reunidos o fundamento e as condições necessárias para a criação do Estado que transformará a sociedade de maneira revolucionária.

3. Soberania do príncipe – soberania do povo

41. Para Bodin, a soberania do Estado é idêntica à soberania orgânica do príncipe. Este, na qualidade de príncipe pela graça de Deus, se destaca em relação ao povo. Cria-se, assim, uma autoridade secularizada, quer dizer, dissociada do papa, mas ainda assim sobrenatural e transcendental, que se encontra acima do homem normal. O súdito deve obediência a esta autoridade não apenas porque ela detém o poder, mas também porque representa o reino de Deus sobre a terra. Deve-se pois buscar nesta linha de pensamento a justificação do Estado autoritário.

42. À soberania do príncipe corresponde o dever de obediência de todo o povo. Em sua totalidade, o povo está submisso ao príncipe. Uma ordem social estruturada tal qual a da Idade Média contradiz essa concepção. O monarca representa, ao mesmo tempo, os interesses gerais do seu povo, e não apenas os interesses dos duques que lhe são submissos. Esta nova concepção foi condição indispensável para a centralização e a racionalização do poder do Estado.

43. A soberania do príncipe transformou-se em soberania do povo com a teoria do contrato social. Assim conclui-se a secularização das teorias relativas ao Estado e à soberania. Se o príncipe ainda legitima a sua soberania com base no direito divino – como príncipe pela graça de Deus, ele deve se ater às leis divinas – inicia-se com a doutrina do contrato social uma nova legitimação do poder do Estado, que repousa no próprio povo. Neste contexto, em última instância, pouco importa se no contrato social o povo, como em Hobbes, cede ao mesmo tempo todos os seus direitos ao monarca ou se, como em Pufendorf, o povo conclui um contrato social e depois legitima a dominação no contrato de dominação e se submete a esta por meio do contrato de submissão.

44. O contrato social libera a soberania de seus liames transcendentais e coloca-a à livre disposição do povo. A dominação encontra a sua legitimação nos homens e não em Deus. A única ligação que subsiste com a dominação é a *ratio*. Assim, não é por acaso que a doutrina da soberania pôde se desenvolver com o triunfo da *ratio*, que fundamenta a soberania do indivíduo.

45. O príncipe pela graça de Deus representa, em um determinado campo, Deus sobre a Terra. As suas leis são vinculantes porque são editadas com base em um direito superior ao homem. Contrariamente, as leis do "rei pela graça do povo" devem servir aos interesses do povo, ao bem comum. Ao ligar o poder do Estado ao povo, desenvolve-se, por conseguinte, também o conceito de interesse público, quer dizer, uma compreensão secularizada do bem comum.

46. Não obstante, nem todos os representantes da doutrina da soberania do povo contribuíram para legitimar uma dominação do Estado centralizada e absoluta. Segundo as idéias de Locke, por exemplo, existem direitos anteriores ao Estado, aos quais o povo não pode renunciar nem mesmo no contrato social.

47. Também na Confederação suíça a soberania popular não é absoluta: a pretensão de soberania do povo se reportou à aplicação do direito, mas não à sua criação. De fato, o povo considerava o direito como uma ordem preestabelecida, que ele não teria o direito de modificar. As revoltas de então foram exclusivamente dirigidas contra os juízes estrangeiros; o *Landsgemeinde* (Conselho cantonal da Suíça) queria decidir todos os conflitos de maneira soberana. Que o povo não se considerava fonte do direito se expressa ainda hoje nos preâmbulos de muitas Constituições cantonais e da Constituição federal, que iniciam com a invocação do nome de Deus e, desse modo, sublinham que a soberania popular, em última análise, é concebida como uma soberania limitada.

4. Os problemas da soberania do Estado

48. Aquele que arroga a si o direito de criar direito pressupõe que há um direito que lhe concede esse direito. A soberania, enquanto conceito jurídico, pressupõe a existência de um direito que lhe é superior.

49. Este dilema de uma soberania sem pressuposto não foi até hoje superado pela teoria do Estado. Já Hegel reconhecera que mesmo a doutrina do contrato social não seria concebível sem uma ordem jurídica preexistente, uma vez que o contrato é uma criação do direito e, portanto, não pode ser celebrado senão no âmbito de uma ordem jurídica preexistente. Assim, a teoria da soberania instaura um debate entre os que reconhecem uma ordem jurídica superior à soberania do Estado (teorias do direito natural) e os que derivam o direito exclusivamente da soberania [Th. Hobbes, John Austin (1790-1859) e H. Kelsen].

50. Soberano é aquele que tem um poder ilimitado sobre um território e um povo: a relação entre Estado, direito e poder é sem dúvida evidente. É o poder desprovido de direito ou está a ele vinculado? Repousa o caráter vinculante do direito, a sua validade, sobre a possibilidade de sua aplicação coercitiva, ou existe igualmente um direito vinculante que não é aplicável coercitivamente? É o exercício de fato do poder sinônimo de exercício legítimo? Pode um exercício de fato do poder ser ilegítimo? No próximo tópico, estes complexos problemas da filosofia do Estado e do direito serão examinados mais detalhadamente.

f) Os diferentes conceitos de soberania

51. O termo "soberania" é freqüentemente utilizado pelos diversos autores em acepções diferentes. Uns entendem-no como soberania política, outros, como soberania jurídica. Uns partem de um conceito absoluto de soberania, outros, de um conceito relativo. Desejamos de início precisar estes diferentes conceitos para, em seguida, examinarmos em detalhes certas questões fundamentais da teoria da soberania.

1. Conceito político e jurídico

52. As explanações sobre a teoria da soberania de Bodin mostraram que a soberania deve necessariamente ser examinada a partir de diferentes ângulos. Por exemplo, deve-se distinguir entre a soberania como competência soberana e a soberania como plenitude de poder. A soberania como competência soberana é um conceito jurídico que engloba o direito de tomar decisões obrigatórias para os outros – por exemplo, editar leis. A soberania enquanto plenitude de poder é um conceito político e significa simplesmente o poder de comandar os outros.

2. Soberania interna e externa

53. Deve-se distinguir também entre a soberania interna e a soberania externa. Tem soberania externa quem é sujeito do direito internacional público e, no plano da igualdade de direitos, pode concluir tratados com outros Estados, bem como declarar guerra e estabelecer a paz. No que se refere à soberania interna, trata-se de saber se, no plano interno, um Estado pode dominar e governar sem interferências externas. Quando o Estado constitui a autoridade suprema perante os seus cidadãos, ele é internamente soberano.

3. Soberania orgânica

54. Relacionada com a soberania interna, coloca-se em seguida a questão de saber qual é o órgão que exerce internamente o poder supremo em toda a sua plenitude, quer dizer, pergunta-se a respeito da soberania orgânica. Em Bodin, por exemplo, trata-se do príncipe ou do monarca. Nas democracias modernas, esta característica é atribuída ao povo, ou seja, fala-se de uma soberania popular.

4. Soberania relativa ou absoluta

55. Há igualmente concepções divergentes em relação à extensão da soberania. Para uns, a soberania é a competência suprema ou competência para o exercício do poder, não mais derivável, por exemplo a competência suprema (*Kompetenz-kompetenz*). Para outros, a soberania não é a competência suprema para o exercício do poder, mas antes engloba as competências normalmente necessárias para um Estado, por exemplo a defesa nacional, a polícia, o aparelho judiciário, a economia e a organização. Às vezes, sob o termo soberania inserem-se simplesmente todas as competências de que uma coletividade dispõe (por exemplo, artigo 3 BV – Constituição suíça).

5. Soberania positiva e negativa

56. A soberania positiva designa a margem de manobra que um Estado dispõe, enquanto a soberania negativa significa o espaço de liberdade que lhe é concedido pelo sistema jurídico ou pelas relações de poder (conferir D. Chr. Dicke, p. 106).

Capítulo 2
Soberania e poder

§ 15. PODER E FORÇA

Bibliografia

a) Autores clássicos

Confúcio. *Gespräche* (Os analectos). Trad. al. R. Wilhelm. Colônia, 1976.
Weber, M. Die drei reinen Typen der legitimen Herrschaft (Os três tipos puros de dominação legítima). In: *Gesammelte Aufsätze zur Wissenschaftslehre* (Metodologia das ciências sociais). Org. J. Winckelmann. 3.ª ed., Tübingen, 1968.

b) Outros autores

Austin, J. *The Province of Jurisprudence etc.* (O campo da Teoria do Direito etc.). Nova York, 1965.
Burckhardt, C. J. *Zum Begriff der Macht* (Sobre o conceito de poder). Zurique, 1972.
Clegg, S. *Power, Rule and Domination.* A Critical and Empirical Understanding of Power in Sociological Theory and Organizational Life (Poder, lei e dominação. Uma compreensão crítica e empírica do poder na teoria sociológica e na vida organizacional). Londres, 1975.
Dahl, R. *The Concept of Power* (O conceito de poder). Chicago, 1961.
Deutsch, K. W. *The Nerves of Government, Models of Political Communication and Control* (A força do governo, modelos de comunicação e controle políticos). 2.ª ed., Toronto, 1967.
Eschenburg, Th. *Über Autorität* (Sobre a autoridade). 2.ª ed., Frankfurt a. M., 1969.
Fleiner, Th. Norm und Wirklichkeit (Norma e realidade). In: *ZSR* 93, 1974. 2 vols., pp. 279 ss.

Friedrich, C. J. *Constitutional Government and Democracy* (Governo constitucional e democracia). 4.ª ed., Waltham/Mass., 1968.
____. *Man and his Government* (O homem e o seu governo). Nova York, 1963.
Gunst, D. *Verfassungspolitik zwischen Macht und Recht* (A política constitucional entre poder e direito). Mainz, 1976.
Hart, H. L. A. *The Concept of Law* (O conceito de direito). Oxford, 1961.
Kriele, M. *Einführung in die Staatslehre* (Introdução à teoria do Estado). Hamburgo, 1975.
____. *Recht und praktische Vernunft* (Direito e razão prática). Göttingen, 1979.
Lasswell, H., Kaplan, A. Power and Society: A Framework for Political Inquiry (Poder e sociedade. Uma estrutura para a pesquisa política). New Haven, 1950.
Patridge, P. H. Some Notes on the Concept of Power (Algumas notas sobre o conceito de poder). In: *Political Sudies* (Estudos políticos), 1963, pp. 107 ss.
Peczenik, A. The Structure of a Legal System (A estrutura de um sistema legal). In: *Rechtstheorie* 6 (Teoria do direito), 1975, pp. 1 ss.
Recht und Macht in Politik und Wirtschaft. Sozialwissenschaftliche Studien für das Schweizerische Institut für Auslandsforschung (Direito e poder na política e na economia. Estudos sociológicos para o Instituto de pesquisa estrangeira da Suíça). Zurique, 1976.
Sternberger, D. *Grund und Abgrund der Macht. Kritik der Rechtmäßigkeit heutiger Regierungen* (Base e abismo do poder. Crítica sobre a legitimidade dos governos atuais). Frankfurt a. M., 1962.
Stone, J. *Social Dimensions of Law and Justice* (Dimensão social do direito e da justiça). Londres, 1966.

a) A colocação do problema

1. Em que se diferencia o pagamento de impostos pelo contribuinte da entrega do conteúdo do cofre pelo funcionário de um banco ao *gangster*, que, sob a ameaça de um revólver, o obriga a fazê-lo?

A resposta usual a esta questão é a seguinte: os impostos têm de ser pagos porque são um dever jurídico, ao passo que se entrega o cofre-forte a um *gangster* porque se é coagido a fazê-lo. Esta resposta não é todavia inteiramente

§ 15. PODER E FORÇA

satisfatória, pois o contribuinte pode ser igualmente coagido a pagar os seus impostos por intermédio de uma execução judicial. A diferença reside, portanto, na definição de "dever jurídico".

2. O que é um dever jurídico? Um tal dever existe quando se pode deduzi-lo de uma lei, por exemplo de uma lei fiscal. No entanto, em que uma lei fiscal se diferencia da ordem geral dada por uma *gang* mafiosa, que exige 30% da arrecadação das salas de jogos de um setor da cidade? A resposta usual a esta nova questão é a seguinte: porque a lei "vale", ao passo que a ordem da Máfia não tem "validade". Mas então o que significa "validade jurídica"?

3. A que nos referimos quando dizemos que uma disposição legal está em vigor e que, portanto, é válida? Há diversas respostas a esta questão. A escola de filosofia do direito de Uppsala (A. Ross etc.) parte do princípio de que é válido todo direito que tem toda a probabilidade de ser aplicado. Segundo esta teoria, a validade depende portanto do prognóstico sobre a aplicação do direito. Tais previsões, no entanto, são também possíveis em relação às ordens da Máfia. Além disso, a escola de Uppsala não responde à questão por que o juiz, pelo menos o juiz supremo, aplica o direito. Para ele o prognóstico não pode ser determinante para a aplicação do direito, visto que ele mesmo deve decidir se o prognóstico de aplicabilidade, formulado por exemplo pelos advogados, é ou não procedente (conferir a este respeito, entre outros, M. Kriele, Einführung in die Staatslehre, *Introdução à teoria do Estado*, pp. 19 ss. e A. Peczenik, pp. 1 ss., bem como Th. Fleiner, pp. 279 ss.).

4. Para Kelsen, a lei é "válida" porque foi promulgada segundo o procedimento em vigor para a legislação e porque se harmoniza com o direito que lhe é superior, por exemplo com a Constituição ou com o direito internacional público. Desse modo, desloca-se a questão para a "validade" do direito supremo, quer dizer, da Constituição. Segundo Kelsen, por que então a Constituição é válida? Porque pode ser deduzida de uma norma fundamental por ele (Kelsen) admitida. Esta norma fundamental, no entanto, não tem nenhum conteúdo material e significa unicamente que deveres normativos, portanto normas de dever, podem coexistir com "o ser" e que, em última análise, todo direito está fundado no dever ser, assim como todo ser fático e concreto tem o seu fundamento na categoria abstrata do ser.

5. Se, portanto, a Máfia estrutura um sistema para proceder a promulgação de ordens, então estas também serão "direito", na medida em que não concorrerem com outras normas em um sistema jurídico já existente. Este, no entanto, não seria mais o caso em um Estado mafioso.

6. A filosofia do direito de Austin fornece-nos uma terceira resposta à questão da validade jurídica. Para ele, o direito e as leis "valem" porque podem ser deduzidos da soberania do Estado e impostos pelo poder do Estado. Segundo Austin, existe uma conexão intrínseca entre a validade do direito, a soberania do Estado e o seu poder de impor o direito.

7. Esta ligação intrínseca entre o direito e o poder que o impõe é evidente. É por esta razão que começaremos por nos ocupar com a relação entre a soberania e o poder enquanto fenômenos fundamentais da ordem jurídica.

8. Vai ficar demonstrado, diga-se de antemão, que o poder estatal não é senão em parte determinado pela força militar ou policial do Estado. Uma grande parte do seu poder baseia-se na legitimidade racional. É por esse motivo que distinguiremos entre a força do Estado (*Staatsgewalt*) e o seu poder (*Staatsmacht*), a fim de examinar completamente a relação entre o direito e o poder.

9. O funcionário do banco entrega o dinheiro ao *gangster* porque é coagido a fazê-lo. O contribuinte não se sente somente coagido a pagar os seus impostos, mas também obrigado a fazê-lo. Ele reconhece a legitimidade das leis que, graças à sua racionalidade, obrigam-no a efetuar o pagamento.

§ 15. PODER E FORÇA 239

10. Se a soberania do Estado não depende unicamente da força deste Estado, mas tem necessidade de uma legitimidade intrínseca, então há uma força que se manifesta na forma de força do Estado, mas que não estabelece direito, ou justiça, mas sim a injustiça. O campo de concentração de Auschwitz ou a dizimação brutal da população no Combodja pelos Khmers vermelhos são exemplos de um tal comportamento ilegítimo dos órgãos do Estado. Qual é então a atitude que o cidadão deve adotar em face desse Estado ilegítimo? Tem ele o direito ou mesmo o dever de uma resistência ativa ou passiva? Este problema do direito de resistência reveste-se de uma importância crucial e, por conseguinte, será examinado separadamente no final deste capítulo.

b) Identidade do poder e do direito

11. Quais são as relações entre o direito e o poder? Aquele que detém o poder para reger o Estado tem o direito de fazê-lo? É conhecido o fato de que Bodin também atribuiu àquele que exerce o poder supremo no Estado também a auréola da soberania. Logo, foi o conceito de soberania criado para legitimar o poder de fato no Estado?

12. Essa teoria, em si muito lógica, é defendida da maneira mais conseqüente por Austin: "If a determinate human superior, not in a habit of obedience to a like superior, receive habitual obedience from the bulk of a given society, that determinate superior is sovereign in that society, and the society political and independent" (J. Austin, p. 194).

13. A soberania se determina pois pela obediência ou pela submissão de um povo a um governo. A maneira pela qual se obtém a obediência, como seja, alternando-se belevolência e severidade, ou então pelo convencimento e pela informação, não é determinante. O que importa é o fato de que o povo seja submisso (*oboedientia facit imperantem*).

14. Mas quem é afinal soberano? Segundo Austin, soberano é aquele que possui o poder supremo e é independente, quer dizer, não obedece a nenhum outro governo. Quando um governo deve se submeter a um outro governo que lhe é superior, é neste último que reside a soberania. Um outro elemento importante é a obediência. A maioria de um povo deve regularmente obedecer ao seu soberano. Por exemplo, se um país é ocupado por tropas estrangeiras por um breve período, segundo Austin, a soberania não passa de um soberano ao outro. "A given society therefore is not a society political unless the generality of its members be in a habit of obedience to a determinate and common superior" (J. Austin, p. 196). Para Austin, portanto, a soberania política e a soberania jurídica são idênticas.

15. Austin deduz o direito positivo da soberania. Deveres jurídicos são ordens. Em que pois se distinguem os comandos do direito das ordens de um ladrão que aponta a pistola para o peito do caixa, exigindo dinheiro? A diferença decisiva reside no fato de que os comandos jurídicos provêm do soberano, e os do ladrão não. "But every positive law, or every law strictly so called, is a direct or circuitous command of a monarch or sovereign number in the character of political superior: that is to say, a direct or circuitous command of a monarch or sovereign number to a person or persons in a state of subjection to its author. And being a *command* (and therefore flowing from a *determinate* source), every positive law is a law proper, or a law properly so called" (J. Austin, p. 134).

16. Estas considerações de Austin, que datam de 1832, constituem uma espécie de prolongamento do positivismo jurídico introduzido por Hobbes. Austin não contesta a existência do direito divino, nem a existência de Deus, do qual se deduz. Na verdade, Austin é até mesmo um moralista extremamente severo. No entanto, o direito divino diferencia-se do direito positivo, que emana do soberano, bem como das normas da moral que, em parte, se cruzam com o direito positivo mas, em parte, são imperfeitas, porque não provêm do soberano e por isso não podem ser impostas coercitivamente.

17. Com isso, a secularização do direito se completa difinitivamente. Se, na Antiguidade, o direito tinha uma origem diretamente divina, a partir de Bodin passa a derivar-se do soberano que, por sua vez, recebe o seu poder de Deus e permanece vinculado ao direito divino. Contrariamente, Austin separa definitivamente o direito positivo do direito divino. Ele deduz este direito positivo da soberania do Estado. Esta, por sua vez, é uma conseqüência da obediência do povo, portanto baseia-se no reconhecimento espontâneo ou forçado pelo povo.

18. As teorias positivistas modernas são inconcebíveis sem as doutrinas de Austin sobre a soberania e a de Hobbes sobre o contrato social. No século XX, elas foram desenvolvidas sob diferentes aspectos. O autor que mais se aproxima de Austin é, sem dúvida, Hart (conferir H. L. A. Hart). Porém, segundo o seu ponto de vista, a soberania não se explica simplesmente pela obediência, pelo costume e pelos comandos. Também o soberano deve necessariamente se ater a certas regras, caso queira editar leis. Ele deve respeitar certas prescrições de procedimento. Isto vale tanto em uma democracia, na qual diversos órgãos participam da soberania do Estado, quanto para um Estado que é dirigido por um único ditador. Além disso, todos os Estados soberanos estão vinculados ao direito internacional público. O direito, segundo Hart, não se deixa reduzir ao conceito de comando. O direito pressupõe uma obrigatoriedade que não se baseia exclusivamente sobre o poder ou sobre o medo da sanção, mas sim, que depende do reconhecimento e da convicção acerca da sua justiça.

c) O poder só não basta

19. Com este reconhecimento de uma obrigatoriedade intrínseca do direito abrem-se novos horizontes à teoria do direito e à teoria da soberania. Robinson pode ordenar certas coisas a Sexta-Feira. Enquanto este aceitá-las como direito, obedecerá aos comandos. Caso se convença de que as ordens são injustas, ele não se submeterá a elas senão sob coação; neste caso falta o caráter vinculante intrínseco do direito. Assim, não é soberano aquele que possui o poder em sua plenitude máxima, mas sim aquele que edita leis conforme regras prescritas, das quais o povo aprova o caráter vinculante. Quanto mais totalitária e cruel a dominação se revela, tanto menos se reconhece a sua legitimidade e tanto mais incerta é a sua sobrevivência. A soberania, portanto, não implica um poder absoluto que habilita o soberano a editar leis arbitrárias. A soberania autoriza somente a promulgação de leis, cujo caráter vinculante seja reconhecido pelo povo. Se o ditador deseja dar ordens que são consideradas injustas, ele terá de lançar mão do terror e do medo. Em outras palavras, ele não está acima do direito e não pode, por conseguinte, modificar ao seu bel-prazer a opinião do povo em matéria de justiça e injustiça. Nesse sentido, o seu poder é limitado. Se ele vai de encontro àquilo que a consciência popular considera justo, ele terá de impor as suas ordens por meio da intervenção de uma polícia secreta fiel aos seus serviços.

20. O roubo de um banco não se torna simplesmente uma expropriação legítima porque foi ordenado pelo ditador ou até mesmo cometido por ele. Há, portanto, certos princípios jurídicos elementares que o soberano deve igualmente respeitar. Ele não pode mudar a natureza do homem e ordenar, por exemplo, que doravante os homens não podem dirigir-se ao seu trabalho senão voando. Ele não pode igualmente obrigar os pais a matar os seus filhos, ou forçar cristãos a se converterem ao islamismo.

21. Enquanto a primeira das exigências (voar para ir ao trabalho) esbarra na impossibilidade física, a segunda e a terceira contradizem os sentimentos naturais e mais elementares dos homens. O ser humano não pode ser obrigado a

§ 15. PODER E FORÇA   243

violar os princípios naturais universalmente reconhecidos. O direito e, conseqüentemente, o soberano estão vinculados às possibilidades físicas e ao comportamento psíquico natural e universalmente reconhecido do ser humano. A soberania formal não legitima todo e qualquer comando do Estado.

22. Contudo, o soberano – o legislador, por exemplo – não tem necessidade de motivar sua decisão de maneira detalhada em cada caso, antes de fazê-la entrar em vigor. Há uma presunção de legitimidade e legalidade da decisão. Por outro lado, não se pode concluir das minhas considerações precedentes que o Estado não teria mais necessidade do seu poder para impor o direito, ou então concluir que o direito que tem de ser imposto pelo poder é injusto em si. A positivização e secularização do direito, introduzidas pela teoria de Bodin sobre a soberania, não deveriam contudo conduzir os Estados a sobrestimar as suas possibilidades. Eles podem certamente legislar em um domínio muito amplo, mas estão vinculados a certos limites relacionados com a natureza humana, com as faculdades e possibilidades do homem bem como com os imperativos de humanidade, que não podem de modo algum ser transgredidos impunemente.

d) A relação sociológica entre o direito e o poder

23. Quando no interior de um Estado dois ou mais grupos disputam a soberania, isto conduz à anarquia e à guerra civil. Os homens têm de saber que o direito é aplicado, se necessário, mesmo contra a sua vontade, com a autoridade do Estado e sua força. Se, um dia, se instalasse a convicção de que o Estado renunciaria aos impostos que não fossem pagos, então ninguém mais os pagaria, já que cada pessoa suporia que o seu vizinho faria o mesmo. Ao contrário, quando os contribuintes sabem que os impostos são cobrados sem exceção, atentam cuidadosamente para que cada um os pague e não lucre a partir de uma negligência das autoridades fiscais. O direito, portanto, necessita do poder do Estado para ser aplicado. Mas, muitas vezes, é suficiente saber que o Estado empregará este poder, se necessário, para incitar a grande maioria dos cidadãos a contribuir para o respeito ao direito.

24. Inversamente, os primeiros sinais de uma administração pública corrupta podem repercutir de modo catastrófico. Cada um tentará corromper os funcionários de acordo com os seus interesses, de modo que se dissolverão tanto a autoridade do Estado quanto a do direito. Uma vez que a corrupção passe a reinar, o direito só será aplicado em todo seu rigor às pessoas economicamente menos favorecidas; isto fomenta o Estado e a justiça de classes.

25. Coloca-se então a questão: o que se entende por poder estatal? Um parlamentar detém poder quando está em condições de convencer outros parlamentares, que inicialmente tinham opiniões diversas das suas, a defender sua posição. Se desejamos medir ou definir o poder desse parlamentar, constataremos que é determinado pela probabilidade ou pela chance que ele tem de alterar a opinião de seus colegas. Robert Dahl (R. Dahl, p. 214) vai mais longe ainda e define o poder "as the difference between the probability of an event given certain actions by A and the probability of the event given no such action by A" (conferir igualmente K. W. Deutsch, p. 114).

26. Tomado em um sentido tão amplo, o poder é determinado por inúmeros fatores. Certamente o poder pode basear-se na possibilidade de aplicar a força. Mas, enquanto possibilidade de exercer uma influência, o poder depende, antes de tudo, da força de persuasão, da confiança, bem como da disposição do indivíduo que deve ser convencido. Se este é economicamente menos favorecido e depende de um rendimento melhor; se é psiquicamente fraco, se não se dispõe a correr um risco maior; se está habituado a se deixar guiar e a obedecer, será mais fácil, para aquele que deseja exercer o poder, convencê-lo a defender a sua causa do que quando confrontado com um adversário independente, que gosta de correr riscos e é econômica e psiquicamente superior.

27. Tal como o poder do parlamentar, também o poder do Estado é determinado por diferentes fatores. O cidadão paga os seus impostos porque, até certo ponto, teme a execução judicial. Logo, ele teme o poder público que está por detrás da lei. Mas, em parte, ele também está intimamente convencido da necessidade de pagar os impostos, pois crê na justeza da lei. Esta foi editada segundo um procedimento justo e contém prescrições justas. O direito de editar tais leis cabe ao legislador, porque é tradicionalmente reconhecido pelo povo como autoridade, em razão do seu carisma ou de sua racionalidade (M. Weber).

28. O *poder do Estado* subdivide-se pois em *força do Estado*, de um lado, e *autoridade do Estado*, de outro. Examinemos primeiramente a força do Estado. A força é a utilização de meios de coerção física. Somente os órgãos do Estado podem recorrer a meios tais como a privação da liberdade ou da execução judicial. O Estado não tem o monopólio do poder, mas certamente o da força. Este monopólio da força diferencia o Estado moderno dos Estados precedentes. O antigo direito do senhor de, por exemplo, castigar os seus criados está abolido. O uso da força está exclusivamente reservado aos órgãos do Estado.

29. A força pública é inflexível. O cidadão está exposto ininterruptamente a ela. Aquele que é culpado será punido ao cair nas mãos dos órgãos de persecução penal. Por isso, é igualmente necessário assegurar que as autoridades que detêm a força do Estado sejam controladas. De fato, a força do Estado só pode ser exercida dentro dos limites da lei. O homem que dispõe da força, sem ser ele mesmo submetido a um controle, torna-se na maioria das vezes inumano.

30. O recurso à força é legítimo quando ocorre em nome da autoridade pública. O Estado deve dispor da força como *ul-*

tima ratio. Se pessoas privadas encarceram um indivíduo, agem ilicitamente; os órgãos de persecução penal, em contrapartida, têm o direito de aprisionar uma pessoa condenada em razão de uma sentença judicial. Este direito, no entanto, carece de controle e de limitação.

31. Todavia, o Estado raramente faz uso da força. Nos Estados totalitários são suficientes a ameaça do recurso da força e o medo da arbitrariedade do Estado. Nos Estados onde reina a liberdade, o Estado pode se impor diante dos cidadãos através de outros meios de poder, particularmente através da sua autoridade.

32. Em que consiste pois a autoridade do Estado? Max Weber distingue três tipos de dominação legítima: a dominação legal, a dominação tradicional e a dominação carismática (M. Weber, pp. 475 ss.). Ao meu ver, a autoridade do Estado se funda sobre a confiança que os órgãos do Estado inspiram aos cidadãos. Esta confiança depende da racionalidade, de suas decisões (M. Kriele, *O direito e a razão prática*, p. 117), do processo de decisão, da tradição e, em certos Estados, também do carisma.

33. O poder pressupõe sempre uma relação entre duas ou mais pessoas. Ele repousa sobre a força e a superioridade de uma parte e, simultaneamente, sobre a – relativa – dependência e fraqueza da outra. A dependência de ordem econômica constitui, por conseguinte, um dos principais fatores de poder. Em Estados onde a economia é centralizada e estatizada, a dependência econômica pode ser utilizada, ao lado da força e da autoridade do Estado, para impor as decisões do Estado. Em um tal Estado, aquele que depende de um emprego, de uma moradia ou de um lugar de estudo na universidade se comportará corretamente sem que seja necessário recorrer à força do Estado, porque, caso contrário, ele terá de contar com desvantagens que não está preparado para suportar. O mesmo vale para Estados onde reina a liberdade, quando o indivíduo depende de uma subvenção, de uma bolsa de estudos ou de uma outra prestação do Estado.

§ 15. PODER E FORÇA

34. O que importa é que o poder econômico do Estado seja submetido ao mesmo controle que o exercício da força pública. Este poder deve ser aplicado segundo os princípios da legalidade e da igualdade de tratamento. Não se pode recusar uma bolsa de estudos a um estudante pelo fato de ele estar filiado ao partido "errado". A aposentadoria não pode ser reduzida porque o idoso cometeu no passado ou comete agora um delito. Uma tarefa importante do legislador consiste pois em velar para que a dependência econômica dos cidadãos individuais não seja motivo de abuso por parte da administração e, desse modo, sejam realizados de fato novos atentados à liberdade.

35. Quais são pois as relações existentes entre a força do Estado, a dependência econômica, a autoridade do Estado e o direito? As estreitas ligações que unem estes elementos podem ser mais bem descritas a partir de uma imagem. A luz se acende e brilha quando uma lâmpada elétrica é ligada à corrente elétrica. A força do Estado e o poder econômico são comparáveis à corrente elétrica. Esta, no entanto, só pode produzir luz por intermédio de uma lâmpada que funcione. A luz, quer dizer, o direito, só se produz quando a lâmpada, quer dizer, a autoridade pública, funciona. Sem legitimidade estatal se pode exercer a força, mas um tal exercício não cria nenhum direito. Se a autoridade do Estado ocupa uma posição elevada, ela pode governar fazendo uso moderado da força pública. Uma lâmpada boa e econômica consome pouca energia. No entanto, se a autoridade do Estado é fraca, ela necessita de muita energia para obter luz, quer dizer, direito. Enfim, quando a autoridade do Estado desaparece, mesmo a melhor corrente elétrica não pode produzir nenhum direito.

36. Tzeu Koung interrogou Confúcio sobre a maneira – justa e correta – de governar. O mestre respondeu: "Cuidar para que os alimentos não faltem, que as forças militares sejam suficientes e que o povo lhes dê (aos governantes) a sua confiança." Tzeu Koung disse: "Se fosse absolutamente necessário abrir mão de uma destas três coisas, qual delas seria conveniente negligenciar?" O mestre respondeu: "As forças militares." Tzeu Koung disse: "Mas, se fosse absolutamente necessário abrir mão também de uma destas, qual das duas se poderia negligenciar?" O mestre respondeu: "Os víveres. Desde sempre, todos devem necessariamente morrer; contudo, se o povo não crê em algo, nenhum governo pode se erigir" (Confúcio, p. 123). Esta velha sabedoria chinesa diz muito mais sobre a relação entre o direito e o poder que muitas dissertações científicas complicadas. As forças armadas encarnam a força do Estado; os alimentos personificam a dependência econômica, enquanto a confiança ilustra a autoridade do Estado. Para Confúcio, cujo pensamento é de orientação idealista, a legitimidade interna é o fator mais importante. Em contrapartida, em Maquiavel ela desempenha um papel secundário. Todavia, a longo prazo, nenhum soberano se mantém sem esta legalidade interna. Cedo ou tarde ele terá de buscar uma legitimidade interna para a sua dominação.

37. O direito pode se consolidar e se desenvolver tão-somente em um Estado econômica e militarmente forte e que goze da confiança da população. A soberania não depende somente de baionetas. Muitos governos já cometeram o erro de crer que a polícia e as forças armadas seriam suficientes para restabelecer a confiança da população. Um ditado popular diz que com as baionetas pode-se fazer tudo, menos sentar-se sobre elas. O fundamento da soberania deve pois ser a confiança do povo na legitimidade da atividade governamental.

§ 16. SOBERANIA E LEGITIMAÇÃO DO DIREITO

Bibliografia

a) Autores clássicos

Tomás de Aquino. *Über die Herrschaft der Fürsten* (Do governo dos príncipes). Trad. al. F. Schreyvogel. Stuttgart, 1975.

§ 16. SOBERANIA E LEGITIMAÇÃO DO DIREITO 249

b) Outros autores

Austin, J. *The Province of Jurisprudence etc.* (O campo da Teoria do Direito etc.). Nova York, 1965.
Bäumlin, R. Jean-Jacques Rousseau und die Theorie des demokratischen Rechtsstaats (Jean-Jacques Rousseau e a teoria do Estado de direito democrático). In: *Berner Festgabe zum schweizerischen Juristentag* (Edição de Berna em comemoração ao dia dos juristas suíços). 1979, pp. 13 ss.
____. *Lebendige oder gebändigte Demokratie* (Democracia viva ou subjugada). Basiléia, 1978.
Beyme, K. von. *Die verfassungsgebende Gewalt des Volkes*. Demokratische Doktrin und politische Wirklichkeit (O poder constituinte do povo. Doutrina democrática e realidade política). Tübingen, 1968.
Comes, H. *Der rechtsfreie Raum. Zur Frage der normativen Grenzen des Rechts* (O espaço jurídico vazio. Sobre a questão dos limites normativos do direito). Berlim, 1976.
Dunn, Th. *Die richtige Verfassung*. Ein Beitrag zum Problem des richtigen Rechts (A constituição correta. Uma contribuição para o problema do direito correto). Zurique, 1971.
Emerson, Th. I., *The System of Freedom of Expression* (O sistema da liberdade de expressão). Nova York, 1970.
Fleiner, Th. Norm und Wirklichkeit (Norma e realidade). In: *ZSR* 93, 1974, 2. vols., pp. 279 ss.
Görlitz, A. *Politische Funktionen des Rechts* (Funções políticas do direito). Wiesbaden, 1976.
Hofmann, H. *Legitimität und Rechtsgeltung* (Legitimidade e validade jurídica). Berlim, 1977.
Honoré, A. M. Groups, Laws and Obedience (Grupos, leis e obediência). In: *Oxford Essays in Jurisprudence* (Ensaios de teoria do direito de Oxford). Segunda série. Oxford, 1973.
Jakobs, G. (org.). *Rechtsgeltung und Konsens* (Validade jurídica e consenso). Berlim, 1976.
Kelsen, H. *Reine Rechtslehre* (Teoria pura do direito). 2.ª ed., Viena, 1960.
Kettembeil, K. *Die Frage nach dem "richtigen Recht" als Strukturproblem* (A questão do "direito correto" como problema estrutural). Berna, 1976.
Kielmansegg, P. G. *Volkssouveränität* (Soberania do povo). Stuttgart, 1977.
Kriele, M. *Recht und praktische Vernunft* (O direito e a razão prática). Göttingen, 1979.

Kurz, H. (org.). *Volkssouveränität und Staatssouveränität* (Soberania do povo e soberania do Estado). Darmstadt, 1970.
____. *Volkssouveränität und Volksrepräsentation* (Soberania e representação popular). Colônia, 1965.
Maritain, J. The Concept of Sovereignty (O conceito de soberania). In: *The American Political Science Review* (Revista de ciência política americana). 1950, pp. 343 ss.
Murhard, F. *Die Volkssouveränität. Im Gegensatz der sogenannten Legitimität* (A soberania do povo. Em oposição à denominada legitimidade). Reimpressão da edição de 1832. Aalen, 1969.
Reibstein, E. *Volkssouveränität und Freiheitsrechte. Texte und Studien zur politischen Theorie des 14. bis 19. Jahrhunderts* (Soberania do povo e direitos de liberdade. Textos e estudos sobre a teoria política do século XIV ao século XIX). 2 vols., Freiburg i. Br., 1971.
Schnatz, H. (org.). *Päpstliche Verlautbarungen zu Staat und Gesellschaft* (Publicações papais sobre o Estado e a sociedade). Darmstadt, 1973.
Thoreau, H. D. *Über die Pflicht zum Ungehorsam gegen den Staat* (Sobre o dever de insubordinação contra o Estado). Zurique, 1973.

1. Quem confere autoridade intrínseca ao poder público, ao Estado e ao direito? Os cidadãos respectivos, o povo. A autoridade nasce do seu reconhecimento pelo povo. Uma comunidade reveste caráter de Estado quando apenas os órgãos estatais podem recorrer à força e, ao fazê-lo, gozam da autoridade necessária, quer dizer, de reconhecimento popular. A origem verdadeira da "qualidade de Estado", a saber, a soberania, reside portanto no povo. Sem povo pode-se exercer a força, mas não a autoridade. A soberania, enquanto fundamento de legitimação da autoridade do Estado, emana, em última instância, do povo. Como se chegou a esta mudança na teoria da soberania e o que ela significa?

a) Da soberania do monarca à soberania do povo

2. Desde Bodin, as concepções sobre a soberania modificaram-se profundamente. A evolução democrática, em espe-

§ 16. SOBERANIA E LEGITIMAÇÃO DO DIREITO

cial a teoria do contrato social, transformou a soberania do monarca, o tradicional soberano, na soberania do povo. Bodin, cujo pensamento marcou de maneira decisiva a concepção da soberania nos séculos que a ele se seguiram, igualou – consciente ou inconscientemente – a soberania orgânica do monarca à soberania em si. Por sua vez, Rousseau transferiu a soberania das mãos do monarca às mãos do povo. Para ele, a soberania incorpora-se na "volonté générale", que sempre é correta e justa; esta idéia encerra em si todavia o perigo de uma democracia totalitária e absolutista ou, em todo caso, pode ser interpretada nesse sentido (conferir a esse respeito J. Maritain, pp. 343 ss.). Porém, não podemos perder de vista que, em suas reflexões sobre a democracia, Rousseau sempre partiu de um grupo pequeno e restrito e jamais pensou em uma grande democracia centralizada e burocrática (consultar § 25/2).

3. Todavia, é significativo o fato de que, na passagem da soberania do monarca à soberania do povo, as ligações do monarca com o direito divino, ainda essenciais em Bodin, se rompem e esta relação transcendental desaparece com o surgimento da soberania popular. Isto conduz a afirmações tais como: o povo sempre tem razão; os interesses do povo sempre prevalecem; o povo e o Estado jamais cometem injustiças quando a decisão é tomada no interesse do Estado ou da nação. Com afirmações desse tipo, regimes totalitários, tanto fascistas quanto comunistas, conduziram a soberania popular *ad absurdum*.

4. A soberania do monarca não é comparável à do povo ainda por uma outra razão. Enquanto no caso do monarca é relativamente fácil estabelecer nas mãos de quem se encontra a soberania política e jurídica, isto é, o poder efetivo, a noção de um governo do povo é antes abstrata. Aquilo que no passado constituía o poder do monarca, na soberania popular não é repartido de maneira igual entre todos os cidadãos, embora cada voto tenha o mesmo valor. As inumeráveis dependências dos cidadãos no Estado moderno, as complexas estruturas do poder, muitas vezes impenetráveis, a multiplicação dos diferentes centros de poder conduziram muito mais a uma situação em que é freqüente que o povo não se sinta soberano, mas, ao contrário, um joguete de poderes desconhecidos (conferir a esse respeito R. Bäumlin).

5. Nos dias atuais, o direito e o poder parecem estar em grande medida dissociados. Juridicamente o povo é competente em inúmeros domínios, mas, de fato, é freqüente que ele se sinta ignorado. Ele não sente que o governo está a seu serviço, mas sim que ele está a serviço do governo.

6. O povo não se identifica com o Estado nem com a soberania estatal. É certamente por essa razão que é tão fácil construir uma imagem do Estado como inimigo, responsabilizando-o por tudo, em especial por todos os males, bem como maldizer a burocracia que o administra.

7. Mesmo na pequena democracia do *Landsgemeinde* (Conselho Cantonal da Suíça), a soberania do povo não pode ser comparada à soberania do monarca, já que, em uma democracia direta, as minorias e as maiorias também podem se modificar a todo momento, e nem sempre os mesmos cidadãos se sentem responsáveis pela atividade decisória durante um longo período de tempo. Diante disso, já seria tempo de abandonar a noção superada de soberania?

b) O povo como origem do poder legítimo do Estado

8. Não há dúvidas de que a soberania, entendida como plenitude de poder, divide-se de fato na moderna democracia – o que ainda era impensável para Bodin – em diferentes instâncias e grupos. Nenhum destes grupos possui um poder de dominação absoluto ou supremo. Pelo contrário, o poder do Estado, as competências estão repartidas tanto entre os órgãos quanto entre o Estado federal e os Estados-membros. Isto conduziu alguns teóricos do Estado a

§ 16. SOBERANIA E LEGITIMAÇÃO DO DIREITO

atribuir a soberania ao órgão que tem a competência de determinar as competências. Sendo assim, deteria a soberania jurídica aquele que tivesse a competência superior, a competência para estabelecer competências (*Kompetenzkompetenz*). Mas, desse modo, reduz-se a discussão sobre o conceito de soberania ao plano meramente jurídico desvinculando-a da noção de plenitude de poder (consultar Z. Giacometti).

9. De fato, a soberania do Estado moderno está fundamentalmente limitada. As suas possibilidades econômicas, políticas e técnicas são restritas. Além disso, o Estado não pode desconsiderar sua história, as convicções do seu povo e as leis e costumes existentes. Ele deve ainda tomar decisões segundo um procedimento no qual os diversos centros de poder podem exercer influência. A Constituição e as leis impõem limites à liberdade de ação do Estado. O que restou nos dias de hoje da velha concepção de Bodin, segundo a qual é absoluta a soberania do monarca, que está acima do povo?

10. Se nos interrogamos mais uma vez a respeito de qual seria, em última instância, a origem da doutrina de soberania defendida por Bodin, constatamos que, para ele, se tratava de fundar a legitimidade. Com a soberania do monarca, Bodin pretendia legitimar a dominação deste sobre o povo: aquele que detém o pleno poder, aquele que em um país é a última e suprema instância tem igualmente o direito de exercer dominação sobre o povo. A plenitude de poder dá ao monarca o direito de editar leis, revogar o direito consuetudinário e dar ordens unilateralmente. O seu poder legitima-o.

11. O povo de um Estado democrático não tem mais essa necessidade de legitimação. O povo não deduz a sua legitimação da soberania, mas do princípio da democracia e da maioria. Esta tem o direito de decidir contra a opinião da minoria. Ela está autorizada a fazê-lo, não só porque detém mais poder, mas também porque a maioria possui mais direitos em face da minoria (conferir § 25 a propósito da legitimação da democracia).

12. De onde tira o juiz o direito de condenar o culpado? Naturalmente da lei que lhe concede esse direito. De onde extrai o legislador o direito de condenar certos comportamentos dos homens e de incumbir o juiz de julgar acusados? Evidentemente da Constituição. De onde deduz o constituinte o direito de dar ao legislador a competência de editar leis? Do direito democrático de autodeterminação do povo, não da soberania.

13. A grande importância dada à soberania e a maneira pela qual ela foi compreendida conduziram muitas vezes os Estados a sobrestimar excessivamente o seu poder de dominação. Eles acreditavam que a sociedade humana pudesse ser modificada e guiada ao seu bel-prazer, e que eles eram chamados a isso na qualidade de detentores da soberania. Na verdade, a possibilidade de guiar os homens é muito restrita. A tarefa do Estado consiste em encontrar o caminho justo nos limites das possibilidades que lhes restam. Para tal fim necessitam de órgãos que possam tomar decisões vinculantes para a população, mas necessitam igualmente da força pública, por meio da qual possam impor, se preciso, as decisões estatais. Os órgãos, do legislador ao juiz supremo, devem poder justificar os seus atos. Essa legitimação da atividade do Estado é conferida pelo povo, pela decisão popular, e não pela soberania. A legitimação desaparece a partir do momento em que os órgãos ultrapassam os limites prescritos pelo povo. Todavia, as decisões da maioria também não são irrestritamente legítimas. A maioria não tem o direito de oprimir a minoria ou as minorias, nem violar os direitos humanos elementares. É tão-somente neste âmbito, e atendendo às convicções nascidas no decorrer da história, que a maioria pode e tem o direito de atribuir competências aos órgãos do Estado.

14. Assim entendida, a legitimação pelo povo não conduz a uma concepção errônea e, eventualmente, totalitária da autodeterminação. O povo não pode governar a si mesmo, mas ele certamente pode legitimar o governo e sua atividade.

c) É soberano aquele que pode legitimar a utilização do poder e da força

15. Bodin legitimou o emprego do poder do monarca considerando-o representante de Deus nos assuntos temporais. Hobbes secularizou completamente a força do Estado e legitimou-a através do contrato social; ocorreu então o triunfo da teoria do contrato social. A supressão da vinculação moral e religiosa da força do Estado significou ao mesmo tempo o desaparecimento de um contrapeso no exercício do poder; deste modo, restou muito pouco ao povo para se afirmar contra o poder, visto que, pelo contrato social, ele conferiu definitiva e irrevogavelmente poder ao monarca.

16. Com a secularização do poder do Estado cresceu a necessidade de uma legitimação temporal desse poder. O contrato social ofereceu a legitimação correspondente. Com isso, modificou-se, porém, também o conteúdo do poder. Enquanto o poder estatal esteve vinculado a uma legitimação de origem divina, o seu conteúdo teve de se harmonizar com as leis divinas. O contrato social, no entanto, justificava tão-somente o poder enquanto tal, mas naturalmente não determinava o seu conteúdo. Por conseguinte, o monarca não estava ligado a nenhuma linha diretiva relativa ao conteúdo na aplicação do contrato social. Segundo Hobbes, ele podia exercer o seu poder sem quaisquer restrições, enquanto Locke considerava que o seu poder só era limitado pelos direitos (naturais) irrenunciáveis. No âmbito destas limitações, o monarca dispõe todavia de um poder conteudisticamente independente.

17. No entanto, a legitimação da dominação pelo contrato social (príncipe "pela graça do povo") trouxe consigo dois outros problemas essenciais que, ainda hoje, não perderam a sua atualidade. Primeiramente, cabe perguntar quem faz parte desse povo. Está ele delimitado pelo território de fato, ou trata-se do povo histórico, de pessoas que sociologicamente têm afinidade? Do meu ponto de vista, pertencem inicialmente a um "povo" todos os homens em relação aos quais existe um mínimo de disposição de solidariedade por parte da maioria. Quando um povo deseja discriminar completamente uma raça e exterminá-la – por exemplo, os judeus –, ele perde a pretensão de legitimação em face desta minoria. Os "arianos" não puderam legitimar a força estatal brutal que usaram em relação aos judeus. As etnias ou outras minorias, em relação às quais não existe nenhuma disposição de solidariedade, não podem, nesse sentido, ser consideradas como pertencentes a um "povo".

18. Assim, chegamos ao segundo problema: aquele que legitima o poder por meio de uma autoridade transcendental, quer dizer, uma autoridade que está acima dos homens, não tem necessidade de legitimá-la. Mas aquele que funda o poder sobre o povo, quer dizer, legitima-o de modo secular, deverá forçosamente responder também à questão: por que o povo tem o "direito" de legitimar a "autoridade jurídica" e o poder de Estado? Em última instância, isto pode deduzir-se tão-somente do direito de autodeterminação dos povos que não pode, por sua vez, ser fundamentado. No entanto, esse direito de autodeterminação dos povos não é, tampouco, ilimitado. Assim como, por exemplo, a soberania tradicional do povo suíço sempre foi entendida como uma soberania limitada que, em última análise, também está ligada a Deus (preâmbulo da constituição federal e das diversas Constituições cantonais), ao meu ver o direito à autodeterminação tampouco é absoluto (conferir §§ 12/21 ss., 16/18 ss.).

19. Em que medida o povo é pois soberano? Para legitimar o poder do Estado não é necessário nenhum outro fundamento secular. É soberano todo povo que constitui o fundamento último e supremo da legitimação para salvaguardar o poder do Estado.

§ 16. SOBERANIA E LEGITIMAÇÃO DO DIREITO

20. Se, para Bodin e sua teoria da soberania, se trata de conferir ao príncipe, enquanto detentor efetivo do poder do Estado, a legitimação para o exercício do referido poder, é necessário distinguir atualmente entre a soberania do povo e a dos diferentes órgãos do Estado, detentores de uma parte do seu poder. A legitimidade do poder desses órgãos não é conferida pela soberania do Estado, mas sim pelo povo. No entanto, para legitimar está autorizado todo povo que é soberano, quer dizer, que não necessita mais de nenhuma outra legitimação para salvaguardar o seu direito de autodeterminação.

d) O Estado como fonte do direito

1. A "criabilidade" do direito

21. A concepção secularizada da soberania conduziu igualmente a um outro entendimento do direito: este pôde ser criado, quer dizer, tornou-se passível de modificação. Se originalmente o direito era tradicional e preexistente, ele poderia, segundo a doutrina de Bodin, ser modificado, revogado ou criado pelo soberano pela via da legislação. Segundo Hobbes, o lícito e o ilícito não nascem verdadeiramente senão pelo contrato social. Tão-somente o Estado poder criar o lícito e o ilícito. Para esse filósofo, o Estado é a única fonte do direito.

22. Assim nasceram as condições para o positivismo jurídico, o qual, no sentido de Austin (conferir § 15/12 ss.), remete o direito ao soberano e não reconhece como normas jurídicas senão as que provêm do soberano. Sem dúvida alguma é correto que somente o Estado soberano tenha o direito de recorrer à força pública para impor o direito. Somente o Estado está habilitado a fazer prevalecer o direito pela coerção. No entanto, pode ele também modificar o direito, revogá-lo ou completá-lo ao seu bel-prazer? Nasce o direito pois somente por meio do Estado? Pode-se concluir do monopólio de poder do Estado o seu monopólio sobre o direito?

23. Colocar estas questões significa respondê-las. O direito e o poder não são idênticos. O dever jurídico existe mesmo quando não é imposto. O criminoso que escapa ao Ministério Público e cujos crimes prescrevem violou um dever jurídico, ainda que não seja punido por isso. O direito é uma grandeza que está vinculada ao poder do Estado, mas que não se identifica com o Estado nem pode ser modificada por ele ao seu bel-prazer.

24. Uma vez que somente o Estado pode impor o direito, ele constitui uma importante, mas não única, fonte do direito. O Estado deve poder modelar e modificar o direito de acordo com os fatos da época, levando em conta o caráter e as necessidades do povo, as condições geográficas e de organização, bem como as concepções de valor em matéria de liberdade e de justiça. Todavia, o Estado não pode dispor do direito à vontade. Uma grande injustiça não se torna jamais justa, mesmo que seja decretada pelo Estado. A força coercitiva do Estado não é em todo lugar e em qualquer tempo força de coerção legítima para impor todo e qualquer comando. O Estado está vinculado pelos limites da humanidade.

25. No entanto, permanece aberta a questão de saber como discernir os limites da soberania, quer dizer, da possibilidade de fazer (*Machbarkeit*) direito. Quais são as normas invioláveis de humanidade?

26. A ciência jurídica que seria certamente a indicada para responder a esta questão, embora seja uma disciplina das ciências humanas, durante longo tempo se deixou guiar por critérios próprios das ciências naturais e reconheceu apenas aquilo que é *discernível* e demonstrável. Porém, o conhecimento científico do direito só pode ser tão "puro" quando, simultaneamente, se abdica a enunciados relativos a conteúdos materiais essenciais do direito e da justiça.

§ 16. SOBERANIA E LEGITIMAÇÃO DO DIREITO

27. Recentemente, Martin Kriele propôs uma reabilitação da razão prática, da *"prudentia"* diante da ciência pura (*scientia*) (M. Kriele, pp. 17 ss.). Se os fatos estabelecidos pela razão prática são igualmente reconhecidos como conhecimentos científicos, a ciência do direito pode formular postulados de conteúdo em face de ordens jurídicas positivas. Ao menos é possível deduzir da ciência jurídica o que deve ser considerado injustiça e que permanece como tal, mesmo quando é exigido por uma "ordem ilícita" (*unrechtsordnung*) positiva. De fato, não se compreende por que o genocídio sistemático de povos inteiros, a cruel e absurda tortura de prisioneiros sem defesa e a discriminação consciente das minorias – atos contrários aos conhecimentos elementares da razão prática e que, por isso, constituem injustiças gritantes – devem ser considerados "deveres jurídicos".

28. Certamente não se pode deduzir todo preceito jurídico da razão ou da natureza humana, tal como a teoria do direito natural professava no Iluminismo. Por outro lado, há limites das competências do Estado que são discerníveis por meio da razão prática, porque infringem princípios morais universalmente reconhecidos. Os métodos pelos quais é possível traçar esses limites da soberania são o princípio da generalização, já reconhecido por Kant, e o debate, quer dizer, a discussão socrática sem pré-julgamento, na qual os parceiros em igualdade de condições trocam argumentos e contra-argumentos (conferir M. Kriele, pp. 30 ss.). Princípios que podem ser generalizados, que saem vitoriosos de um debate público e, por conseguinte, são aplicáveis à realidade humana assim como explicáveis à opinião pública resistem ao exame da razão prática.

29. A razão prática, contudo, não determina cada decisão particular do Estado. Da razão prática podem-se deduzir tão somente os limites da liberdade de decisão do Estado. Portanto, o direito é criado pelo Estado dentro dos limites que a razão prática permite discernir. Estes limites devem necessariamente deixar ao Estado um poder discricionário suficientemente amplo. Uma vez que o Estado, pela sua própria força coercitiva, confere ao direito um caráter mais vinculante que o dos princípios morais, assume uma responsabilidade própria em matéria de legislação. Ele deve pois, em razão de sua responsabilidade, editar leis em um âmbito limitado, as quais devem estar em harmonia com as circunstâncias, com a sensibilidade popular e as possibilidades concretas, além de serem aplicáveis pelos órgãos do Estado. O Estado deve pois ter a possibilidade de dispor de um amplo campo de competência legislativa própria.

30. Ao lado dos conhecimentos evidentes da razão prática e da soberania do Estado, deve-se também mencionar as normas do direito internacional público (conferir § 18/1 ss.) como fontes do direito, que impõem limites à soberania do Estado e, portanto, à possibilidade de "fazer" direito. Se Estados soberanos podem legislar no plano interno, então o direito, que eles – na qualidade de Estados soberanos – declaram vinculante em um acordo comum, deve necessariamente ser reconhecido como lhes sendo superior.

2. O direito de resistência

31. Se partimos da idéia de que a soberania do Estado tem limites, coloca-se a questão de saber até que ponto os homens têm o direito de resistir ao poder do Estado, que cria a injustiça em vez do direito.

32. A questão do direito de resistência é um dos problemas mais difíceis que a teoria do Estado deve resolver. Tal como em relação a todas as outras questões, há também aqui uma grande controvérsia entre as teorias do Estado de diferentes épocas assim como entre os seus diversos expoentes.

33. Na Idade Média, a teoria do Estado encontrava-se sob o signo da autoridade do rei, sobrenatural e conferida por Deus. Este tinha o dever de realizar as leis divinas. Como deviam se comportar todavia os súditos em relação aos

§ 16. SOBERANIA E LEGITIMAÇÃO DO DIREITO

monarcas que violavam as leis divinas? A esta questão, as doutrinas e as tradições medievais dão diversas respostas. Tomás de Aquino rejeitava a idéia de assassinar o monarca hereditário que se comportasse de maneira tirânica porque acreditava que, na maioria das vezes, o tirano assassinado seria substituído por um tirano muito pior ou então que a resistência levaria o tirano a exercer uma dominação ainda mais brutal. Contrariamente, no caso do monarca eleito pelo povo, que exerce apenas uma *"potestas concessa"*, Tomás de Aquino admite a resistência: o povo que elegeu um monarca pode também depô-lo quando ele abusa do seu poder (conferir Tomás de Aquino, Livro 1, cap. 6, p. 24). Em contrapartida, John Salisbury, partidário da teoria das duas espadas, em sua obra *Polycratius* considera o assassinato do tirano como fundamentalmente legítimo quando este viola as leis divinas.

34. Com a teoria do contrato social altera-se consideravelmente a ótica. Enquanto uns – por exemplo, Hobbes – são de opinião de que por meio do contrato social transferem-se *todos* os direitos ao monarca, outros – por exemplo, J. Locke – defendem os assim chamados direitos irrenunciáveis dos indivíduos. Se o Estado pode dispor de todos os direitos, incluindo as liberdades fundamentais e os direitos humanos, ele não pode então criar a injustiça porque o direito não nasce senão pelo Estado. Por conseguinte, um *direito* de resistência está excluído. A resistência ao poder do Estado é, quando muito, uma questão da moral, mas não do direito.

35. A questão do direito de resistência é respondida de maneira controversa pelos representantes da teoria do contrato social que partem do princípio de que o referido contrato não confere ao Estado senão direitos limitados. Segundo eles, o homem possui direitos irrenunciáveis que nem mesmo o tirano pode violar. De modo conseqüente, Locke, autor da teoria do contrato social limitado, propõe um direito à resistência, ao menos em casos extremos. Kant, por sua vez, refuta um verdadeiro direito de resistência.

36. Em seu ensaio intitulado "The Resistence to Civil Government", publicado em 1849, Henry David Thoreau (1817-1862) defende um direito de resistência bastante amplo em face do Estado. Do seu ponto de vista, o indivíduo está inclusive moralmente obrigado a desobedecer ao Estado quando este comete uma injustiça. Por razões de justiça, a partir de sua consciência, o indivíduo deve oferecer resistência ao Estado, recusando-se a pagar os impostos (H. D. Thoreau, pp. 15 ss.). Esta filosofia de uma resistência não-violenta, mas ilegal, exerceu grande influência sobre muitos movimentos políticos do século XX. A resistência pacífica de Mahatma Gandhi (1869-1948) à dominação inglesa na Índia aproximou-se deste pensamento. Do mesmo modo, a resistência da juventude americana contrária à Guerra do Vietnã (conferir a esse respeito também Th. I. Emerson, pp. 340 ss.).

37. No século XIX, a fundação, inspirada pelo Iluminismo, de diversos Estados em parte hostis à religião resultou em que sobretudo a Igreja Católica se pronunciou a favor de um amplo direito de resistência. É assim que em sua encíclica "Venerabile Fratres", de 1881, o papa Leão XIII declara: "Se as leis do Estado estão em clara contradição com a lei divina, se elas causam injustiça à Igreja ou entram em conflito com os deveres impostos pela religião; se violam em seu Pontífice supremo a autoridade de Jesus Cristo, em todos estes casos a resistência é um dever e a obediência um sacrilégio, e isso no interesse do próprio Estado, pois sobre este repercute negativamente toda a ofensa feita à religião" (H. Schnatz, p. 197). Nós encontramos uma reflexão similar na encíclica "Redemptor hominis" do papa João Paulo II: "Aquele bem comum a serviço do qual está a autoridade do Estado não se realiza plenamente senão quando todos os cidadãos têm assegurados os seus direitos. Caso contrário, se chegará à desagregação da sociedade, à resistência dos cidadãos contra autoridade ou, então, a uma situação de opressão, de intimidação, de violência, de terror, dos quais os totalitarismos de nosso século nos forneceram inúmeros exemplos."

§ 16. SOBERANIA E LEGITIMAÇÃO DO DIREITO

38. A Igreja Protestante vai menos longe. Lutero defendia a idéia de que se deveria obedecer mesmo a um Estado injusto, conquanto ele permitisse a prática religiosa.

39. As experiências com os Estados totalitários do século XX, assim como a violação crescente dos direitos humanos mais elementares – a tortura, as penalidades arbitrárias e os campos de concentração –, conduziram a uma nova apreciação do direito de resistência. Com base no direito natural, os juízes dos tribunais de Nuremberg e de Tóquio condenaram os dirigentes do nacional-socialismo e do fascismo. Os acusados não puderam invocar o fato de que haviam aplicado leis regularmente editadas e executado ordens dadas legalmente. Uma vez que nenhum Estado tem o direito de intimar alguém a cometer um crime, não é somente permitido resistir a uma tal ordem, como também é um dever fazê-lo dependendo das circunstâncias.

40. Kriele se pronuncia igualmente a favor de um direito de resistência contra toda dominação que viola gravemente os princípios da razão prática (M. Kriele, pp. 111 ss.). Uma vez que da razão prática se deduzem diretrizes para uma ordem jurídica positiva, esta somente se legitima enquanto se harmoniza com aquelas. Se o poder do Estado viola estes princípios, o indivíduo pode então deduzir um direito de resistência a partir do direito anterior ao Estado e às regras positivas, discernível no âmbito da razão prática. Após a II Guerra Mundial, os criminosos do regime nazista foram julgados e condenados pelo tribunal de Nuremberg. Mas de onde este tribunal tirou o direito de punir estes criminosos? Eles podiam invocar para a sua defesa o fato de que agiram de acordo com a ordem jurídica positiva em vigor no regime nacional-socialista da Alemanha. Uma punição somente se justificaria se se partisse da idéia de que esta ordem jurídica positiva era nula porque violava o direito anterior ao Estado. Mesmo esta hipótese não era suficiente para condená-los. De fato, o tribunal tinha de partir do princípio de que os criminosos nazistas, em razão do direito pré-estatal, estavam obrigados a rejeitar as ordens para cometerem atos criminosos, previstas pelas regras do direito positivo, por meio de uma resistência passiva. O tribunal de Nuremberg pressupôs a existência de um direito à resistência, ou melhor, um dever de resistência.

41. O dilema que se oculta sob um direito à resistência amplo é evidente. Certamente, o fato de que todo cidadão pode invocar o seu direito à resistência para se negar a obedecer à autoridade estatal poderia conduzir a uma total anarquia. Quando todo cidadão pode questionar a legitimidade da autoridade do Estado, este se torna ingovernável. É por isso que o direito à resistência não pode ser simplesmente remetido ao plano da moral. Isto levaria a resultados tão absurdos quanto a afirmação sem reservas do direito à resistência.

42. A resistência é sem dúvida admissível tão-somente contra injustiças extremas. É por essa razão que a autoridade estatal deve constantemente se afirmar em face de um espírito crítico da contradição. Quando um povo conserva este espírito crítico em relação à autoridade estatal, o perigo de abuso é muito restrito. Neste caso, o povo pode se defender suficientemente cedo contra o abuso da autoridade do Estado. Mas, regra geral, o direito à resistência exclui o uso da violência. Quando uma autoridade pública comete uma injustiça pelo uso da força, ela não legitima com isso o uso da violência por parte de um movimento de resistência. Inúmeros exemplos de revoluções recentes mostraram, além disso, com toda nitidez que, em grande parte dos casos, um novo regime de terror sucede ao que foi deposto. As revoluções devoram os seus próprios filhos. O emprego da força não se justifica senão quando se pode assegurar que, pelo uso da força e sem banho de sangue, será instalada uma nova autoridade legítima, quer dizer, reconhecida pelo povo.

Capítulo 3
Problemas da soberania interna e externa

§ 17. SOBERANIA E ESTADO FEDERAL

Bibliografia

Aufgabenteilung zwischen Bund und Kantonen. Grundzüge des Ist-Zustandes. Aufgezeichnet anhand der Ergebnisse einer bei den eidgenössischen Departmenten und ausgewählten kantonalen Verwaltungen im Jahre 1974 durchgeführten Erhebung (Divisão de tarefas entre a confederação e os cantões. Características da condição efetiva. Apontamentos resultantes de um levantamento realizado no ano de 1974 nos departamentos confederados e nas administrações de cantões escolhidos). Berna, 1977.
Bothe, M. *Die Kompetenzstruktur des modernen Bundesstaates in rechtsvergleichender Sicht* (A estrutura de competência do Estado federal moderno do ponto de vista do direito comparado). Berlim, 1977.
Burdeau, G. *Droit constitutionnel et institutions politiques* (Direito constitucional e instituições políticas). 18.ª ed., Paris, 1977.
Dafflon, B. *Federal Finance in Theory and Practice*. With special reference to Switzerland (Finanças federais na teoria e na prática. Particularmente, na Suíça). Berna, 1977.
Deuerlein, E. *Föderalismus*. Die historischen und philosophischen Grundlagen des föderativen Prinzips (Federalismo. Os fundamentos históricos e filosóficos do princípio federativo). Munique, 1972.
Deutsch, K. W. *The Nerves of Government, Models of Political Communication and Control* (A força do governo, modelos de comunicação e controle políticos). 2.ª ed., Toronto, 1967.
Esterbauer, F., Héraud, G., Pernthaler, P. (orgs.). *Föderalismus als Mittel permanenter Konfliktregelung* (Federalismo como meio permanente de regulamentação de conflitos). Viena, 1977.

Fleiner, F., Giacometti, Z. *Schweizerisches Bundesstaatsrecht* (Direito público federal suíço). Zurique, 1949. Reimpressão 1969.

Fleiner, Th. Die föderalistische Staatsstruktur der Sowjetunion (A estrutura federalista de Estado na União Soviética). In: *ZSR* 88, 1969. Vol. 1, pp. 399 ss.

Flückiger, M. *Die Anhörung der Kantone und der Verbände im Gesetzgebungsverfahren* (A consulta dos cantões e das ligas no processo legislativo). Berna, 1968.

Frenkel, M. *Föderalismus als Partnerschaft* (Federalismo como parceria). Berna/Frankfurt a. M., 1977.

Hesse, K. *Der unitarische Bundesstaat* (O Estado federal unitário). Karlsruhe, 1962.

Hicks, U. K. *Federalism* (Federalismo). Londres, 1978.

Huber, H. *Der Kompetenzkonflikt zwischen Bund und den Kantonen* (O conflito de competência entre a confederação e os cantões). Dissertação. Berna, 1962.

Kisker, G. *Kooperation im Bundesstaat* (Cooperação no Estado federal). Tübingen, 1971.

Laband, P. *Das Staatsrecht des Deutschen Reiches* (O direito público no *Reich* alemão). 4 vols., 5.ª ed., Tübingen, 1911-1914. Reedição 1964.

Lang, E. *Zu einer kybernetischen Staatslehre* (Para uma teoria cibernética do Estado). Salzburgo, 1970.

Laufer, H. *Das föderative System der Bundesrepublik Deutschland* (O sistema federativo da República Federal da Alemanha). 2.ª ed., Munique, 1974.

Loewenstein, K. *Verfassungsrecht und Verfassungspraxis in den Vereinigten Staaten* (Direito e *práxis* constitucional nos Estados Unidos). Berlim, 1959.

McWhinney, E. *Föderalismus und Bundesverfassungsrecht* (Federalismo e direito constitucional federal). Heidelberg, 1962.

Nawiasky, H. *Allgemeine Staatslehre* (Teoria geral do Estado). III Parte, Staatsrechtslehre (Teoria do direito público). Einsiedeln/Zurique/Colônia, 1956.

Neidhart, L. *Föderalismus in der Schweiz*. (Federalismo na Suíça). Zurique, 1975.

Nyman, O. *Der westdeutsche Föderalismus*. Studien zum Bonner Grundgesetz (O federalismo da Alemanha ocidental. Estudos sobre a Constituição de Bonn). Estocolmo, 1960.

Saladin, P. *Lebendiger Föderalismus* (Federalismo vivo). In: *ZSR* 97, 1978. Vol. 1, pp. 407 ss.

Scharpf, F. W., Reissert, B., Schnabel, F. *Politikverflechtung: Theorie und Empirie des kooperativen Föderalismus in der Bundesrepublik* (Entrelaçamento político: teoria e prática do federalismo cooperativo na República Federal). Kronberg, 1976.

Scheuner, U. Struktur und Aufgabe des Bundesstaates (Estrutura e tarefa do Estado federal) (1962). In: *Staatstheorie und Staatsrecht* (Teoria e direito do Estado). Berlim, 1978.

1. A doutrina da soberania absoluta e indivisível conduziu a teoria do Estado a assimilar em grande medida os Estados federados aos Estados unitários. Pois, se se reconhece a soberania da União, os Estados-membros não podem ser soberanos e, por conseguinte, não seriam verdadeiros Estados. Assim, a teoria do direito não pôde definir juridicamente a passagem progressiva da federação de Estados ao Estado unitário, passando pelo Estado federado. Ela distinguiu exclusivamente entre federação de Estados e Estado unitário. Desse modo, perde-se freqüentemente de vista o fato de que também o Estado federado é uma *federação,* um *foedus.* Esta federação implica uma solidariedade entre os Estados-membros, mas também entre a União e os Estados-membros, bem como entre os Estados-membros e a União. Trata-se de um verdadeiro *foedus* que se funda sobre a independência, a autonomia e a diversidade dos Estados-membros e do Estado federado. Nas páginas que se seguem, levaremos em conta estas idéias.

a) É a soberania divisível?

2. Quase não causa estranheza que os representantes da teoria alemã do Estado tenham se dedicado muito pouco a escrever sobre o Estado federativo e o federalismo. "Não se pode deixar de constatar que hoje a teoria alemã do direito público não dispõe de nenhuma teoria moderna e bem adaptada às questões da nossa época no que tange ao Estado federal" (conferir U. Scheuner, pp. 415 ss., e também K. Hesse, pp. 3 ss.). Desde a publicação da obra de Ulrich Scheuner, em 1962, pouca coisa se alterou. A teoria da soberania, abstrata e pouco adaptada à realidade, obstruiu o caminho da teoria do Estado em direção a uma compreensão íntima do federalismo.

3. Ainda assim, o federalismo consagrou-se em um bom número de novas Constituições. Mas o federalismo está mais vivo do que nunca também na América Latina, nos Estados Unidos, no Canadá, na União Soviética, na República Federal da Alemanha, na Áustria e na Suíça. Como explicar esse florescimento do pensamento federalista? Por que a teoria e a *práxis* se correspondem tão pouco neste caso? Nós tentaremos aprofundar estas questões a seguir.

4. Para a doutrina clássica da soberania, um Estado federal dividido é inconcebível, o poder supremo é indivisível. Ou este poder supremo pertence à União e, nesse caso, os membros não são Estados; ou então o poder supremo compete aos Estados-membros, o que faz com que a União não seja um Estado, quando muito uma federação de Estados. O Estado é uma entidade indivisível, porque a soberania é indivisível. Assim, quando no seu artigo 3 a Constituição federal da Suíça fala da soberania dos cantões, não se deve entender, de acordo com a teoria do Estado dominante na Suíça (por exemplo, F. Fleiner/Z. Giacometti, pp. 36 ss.), o conceito "soberano" no sentido clássico de soberania, mas sim como "competência".

A União detém a soberania suprema: ela tem a competência para estabelecer competências e, nesse âmbito, deixou ou delegou aos cantões certas soberanias, quer dizer, certas competências. Por isso, é igualmente errôneo quando os Estados-membros, em suas Constituições cantonais, se intitulam "República" ou "Estado livre", visto que não constituem Estados no sentido próprio do termo.

5. Em relação a este problema, Hans Nawiasky (1880-1961) desenvolveu uma idéia particular sob a influência da teoria do direito puro (consultar H. Nawiasky, pp. 144 ss.). Visto que a soberania é indivisível, mas os Estados-membros assumem claramente competência própria paralelamente à do Estado federal, o autor criou um super-Estado que se situa acima da União e dos cantões, isto é, um Estado global. Este é dotado de personalidade jurídica e engloba tanto os Estados-membros quanto o Estado federal, dividindo as competências entre eles. Portanto, para Nawiasky, soberano não é nem o Estado federal nem os Estados-membros, mas sim o Estado global fictício que engloba ambos.

b) O federalismo como concepção do Estado

1. Evolução histórica das comunidades federativas

6. Ao observar a evolução histórica das primeiras comunidades sedentárias, constatamos dois tipos de comunidade: de um lado, as grandes federações territoriais e, de outro, as pequenas comunidades democráticas. As grandes federações territoriais nasceram no Oriente Próximo, geralmente ao longo dos cursos dos rios (por exemplo, a Mesopotâmia, o Egito etc.). Estas comunidades ocupavam um território aberto, difícil de ser defendido, razão pela qual necessitavam formar grandes federações. Os cursos dos rios favoreciam essa união. Em alguns casos, desenvolveu-se uma cultura de alto nível (por exemplo, as pirâmides egípcias). Todavia, tais comunidades dependiam de uma burocracia fortemente centralizada e organizada de maneira muito rígida. Estas administrações desenvolviam uma vida própria e eram inteiramente voltadas ao seu soberano, em razão do nepotismo reinante. Os funcionários não examinavam se suas ações eram boas ou más; o critério decisivo era a ordem do monarca. Assim, tanto quanto é possível apreender historicamente, foram também estas burocracias que, pela primeira vez, praticaram genocídio em grande estilo (por exemplo, extermínio dos israelitas pelos egípcios).

7. Pelo contrário, em regiões geograficamente acidentadas, esse tipo de grandes comunidades dificilmente se formava. Aqui desenvolviam-se pequenas comunidades autônomas, com uma autogestão abrangente. Estas pequenas comunidades podiam, em grande medida, se autodefender, já que o relevo ou a localização geográfica lhes era propício. As primeiras cidades-Estado gregas, mas também a federação de Israel nos tempos bíblicos, são exemplos característicos dessas primeiras comunidades. Não foi por mero acaso que nestas pequenas comunidades foi possível o desenvolvimento do sentido de defesa e conservação de valores humanos como liberdade, democracia e dignidade humana. Uma grande burocracia não podia nascer nestas regiões, pois as dimensões modestas permitiam que cada um fosse controlado. No entanto, esta configuração conduzia, ocasionalmente, à mesquinhez e à intolerância em relação aos concidadãos, que eram vistos como passíveis de oferecer perigo (por exemplo, o julgamento de Sócrates). O pensamento fortemente "cooperativo" nas pequenas comunidades deixa freqüentemente pouco espaço de liberdade ao indivíduo.

2. Federalismo e liberdade

8. A preferência manifesta de muitas pessoas pelo pequeno grupo, que lhes garanta a segurança e seja facilmente controlável, conduziu ao fato de que, na organização de comunidades, tenha sido preciso levar em conta esta necessidade de uma ou de outra maneira. Esta tendência fortaleceu-se ainda mais com a expansão da democracia, visto que esta forma de Estado de modo geral dava ao povo a possibilidade de expressar a sua opinião. Por outro lado, o povo pouco se preocupa se os sistemas autoritários ou totalitários são organizados segundo estruturas federalistas ou centralizadas, já que ele, de qualquer maneira, não tem voz nesses casos. Na democracia, o povo se interessa sobretudo em participar de assuntos que está em condições de compreender.

9. Muitas vezes os teóricos do Estado se surpreendem com o fenômeno de expansão do federalismo e com a descentralização crescente nos Estados modernos. Esta tendência, no entanto, responde certamente a uma necessidade natural dos homens. Em nossa época, a dependência cada vez mais estreita da comunidade e, por conseguinte, a perda de liberdade só podem ser compensadas por meio de uma maior autonomia dos pequenos grupos e comunidades. Quando a dependência aumenta, o ser humano deseja ao menos dispor da máxima medida de possibilidades de participação no âmbito da comunidade. Isto é perfeitamente realizável sobretudo no âmbito das pequenas comunidades, facilmente cognoscíveis. Mas, para evitar que essa autonomia política crescente caia no vazio, é necessário incluir a economia nesse processo. É necessário reduzir as coações objetivas de ordem tecnológica que colocam os homens em dependências sempre novas e imprevisíveis, a fim de que se possa realmente alargar a margem de manobra política.

3. Federalismo e capacidade de adaptação

10. Uma tarefa essencial de toda comunidade estatal consiste em regular e adaptar constantemente a comunidade às mudanças de condições. Certamente é necessário tomar decisões para vencer, por exemplo, uma escassez no âmbito do fornecimento de energia; a comunidade deve zelar pela sorte dos desempregados, dos drogados e das crianças abandonadas. Quanto menor é uma comunidade, tanto mais simples é sua adaptação às circunstâncias e sua auto-regulação, desde que esteja disposta a fazê-lo e não persista na imobilidade em razão de estruturas antiquadas. No entanto, freqüentemente as pequenas comunidades não têm meios financeiros e pessoais suficientes para poderem se adaptar. É por esse motivo que, muitas vezes, é necessário selar compromissos entre soluções federalistas e centralizadoras (a propósito da tarefa de auto-regulação dos Estados, conferir E. Lang e K. W. Deutsch). Nestes casos, as pequenas comunidades apresentam igualmente uma outra vantagem pelo fato de que têm muito mais maleabilidade e capacidade de inovar que as grandes burocracias, que se afogam em papel e conflitos de competências.

4. Federalismo e humanidade

11. O tratamento comum de problemas comuns no interior de pequenos grupos permite instaurar uma administração humana e próxima do cidadão, protegendo-o de uma burocracia anônima e distanciada da realidade da vida. O administrador da comunidade, bem como os seus poucos funcionários administrativos estão integrados na comunidade. É possível conhecê-los e controlá-los. Eles não caem na tentação de tomar decisões alheias ao mundo e à vida. Eles devem, ao contrário, poder sempre justificar suas decisões aos seus concidadãos. O mesmo não se dá em relação à administração burocrática e distante. Os funcionários que a compõem têm, na maioria das vezes, antes de tudo um interesse em suas próprias carreiras e em problemas específicos da administração. O cidadão que não está de acordo com uma decisão tomada tem pouca influência sobre ela, a não ser que pertença à elite dos raros privilegiados dotados de influência. O bem comum e o interesse público são também realidades muito abstratas para os funcionários. Se o direito do funcionalismo público lhe garante a possibilidade de uma ascensão segura, pouco dependente de seu desempenho, ele tentará naturalmente fazer prevalecer as suas próprias concepções sobre o interesse público, que, muitas vezes, podem ser abstratas e alheias à realidade, de tal modo que funcionários diversos tomam decisões totalmente diferentes. As grandes burocracias, além disso, desenvolvem freqüentemente uma vida própria. O funcionário deve encontrar a sua razão de ser na burocracia. Se ele não possui tarefas suficientes para solucionar, buscará outras possibilidades para ampliar o seu campo de atividade. Desse modo, a burocracia

§ 17. SOBERANIA E ESTADO FEDERAL 273

tem sempre a tendência de estender o seu poder em relação aos cidadãos. A lei de Parkinson, segundo a qual todo funcionário procura ter vários subordinados e, de acordo com a qual, o seu prestígio no seio da administração não depende de sua produção, mas do número de seus subordinados e da dimensão de seu escritório, favorece enormemente esta vida própria em grandes Estados.

5. Federalismo e proteção das minorias

12. Soluções federalistas permitem também, particularmente às minorias, se integrarem na comunidade estatal. Elas podem se desenvolver de modo autônomo no interior do agrupamento estatal e mesmo, sob certas circunstâncias, eleger um governo próprio e decidir sobre a sua própria sorte em relação a várias questões. A proteção de minorias étnicas, lingüísticas e históricas constitui certamente a principal razão pela qual a idéia do federalismo pode se impor hoje de maneira tão veemente. Nas antigas colônias muitas vezes a criação de Estados autônomos apenas foi possível com base em soluções federalistas, visto que, em sua época, os colonizadores não levaram em conta os verdadeiros dados étnicos e geográficos ao traçar as fronteiras destes domínios. Hoje os antigos Estados coloniais precisam dar conta da hipoteca praticamente impossível de liqüidar os inúmeros problemas de minorias.

6. Federalismo e justiça

13. Leis diferentes nos diversos Estados-federados (por exemplo, as leis fiscais) provocam naturalmente desigualdades de direitos entre os cidadãos de um Estado federal. Este deve igualmente contar com a desigualdade diante da lei, ao conferir aos Estados-membros a autonomia de decidir sobre a realização de certas tarefas. Na Suíça, por exemplo, os cantões agrícolas adotam prioridades diferentes das dos cantões muito industrializados. Ao decidir sobre a aplicação dos recursos financeiros, a *Landsgemeinde* (Conselho Cantonal) de um pequeno cantão certamente dará preferência à subvenção de atividades agrícolas em detrimento do apoio financeiro a jovens estudantes por meio de bolsas de estudo.

14. No entanto, se partimos da idéia de que, paralelamente aos cantões, a Confederação é também uma comunidade solidária, na divisão das tarefas não é apenas o interesse dos cantões que conta, mas também aquele que se refere a uma solução justa para todos os cidadãos.

c) Federalismo e teoria da soberania

15. Em que o Estado federativo se distingue do Estado unitário? A teoria do Estado, fortemente dominada pela doutrina da soberania, tem grande dificuldade para distinguir o Estado unitário do Estado federativo. A soberania indivisível – enquanto condição da qual depende o caráter de Estado – não permite uma distinção entre Estado unitário e Estado federativo. Ou a soberania deve ser atribuída ao povo e ao território do Estado-membro, o que faz com que a federação não seja mais um Estado, ou então o povo e o território do Estado-membro não têm soberania, o que significa que eles fazem parte do Estado unitário que lhes é superior.

1. A idéia de participação

16. Paul Laband (1838-1918) vê exclusivamente no direito de opinar dos Estados-membros uma certa diferença em relação ao Estado unitário. Uma vez que os Estados-membros são consultados para a formação da vontade no Estado federal e que este está obrigado a consultá-los no exercício de sua soberania, o Estado federal se distingue do Estado unitário. Também para Georges Burdeau é decisivo o fato de que os Estados-membros participam da vontade do Estado federativo.

17. Estas reflexões conduziram ao fato de que, em determinados Estados federativos, o direito de opinar dos Estados-membros passasse a ter um peso decisivo. A Constituição da República Federal da Alemanha é a que vai mais longe, na medida em que concede aos *Länder** um direito de participação direta na câmara dos estados, o *Bundesrat* (Conselho federal). Os votos dos *Länder* da República Federal da Alemanha são avaliados segundo o número dos habitantes que representam, se bem que a proporcionalidade não seja perfeita. O Senado dos Estados Unidos ou o *Ständerat* na Suíça se opõem ao sistema alemão e apresentam uma fórmula de representação fundada no princípio da igualdade dos estados ou dos cantões (dois conselheiros por cantão).

18. Todavia, aquilo que é característico para a Câmara dos *Länder* na República Federal da Alemanha é o fato de que os representantes dos *Länder* votam de acordo com as instruções dos seus governos respectivos, e não segundo as suas próprias convicções pessoais. Eles representam a opinião dos seus governos. Na maior parte dos parlamentos de outros Estados federativos, os delegados dos estados federados votam segundo os seus pontos de vista pessoais sem receberem instruções de seus governos estaduais.

2. *Legitimação, e não soberania*

19. Aquele que passa pela experiência da realidade política de um Estado federal, só pode se surpreender com as concepções unitárias, teóricas e abstratas. Há Estados federativos – e a Suíça é certamente um deles – nos quais o federalismo é uma realidade política e vivida. Apesar de todas as

---

* *Land* = cada um dos estados (Länder) que compõem a República Federal da Alemanha (N. da T.)

teorias de Estado, o Estado federal suíço experimenta todos os dias a restrição à sua soberania em razão dos cantões. Os cantões não têm somente o direito real de opinar por meio da Segunda Câmara. O federalismo suíço é uma realidade em cada uma das votações populares, mesmo no caso de referendos legislativos em que as vozes dos cantões não têm valor algum para a aceitação ou a recusa da lei em questão. Se uma lei é concebida de modo muito centralizador, ela não tem grande chance de passar pela votação popular. O argumento do federalismo já enterrou mais de uma lei. Quando uma tarefa é assumida pelo Estado, ela deve ser cumprida tanto quanto possível "próxima" do povo, quer dizer, deve ser confiada aos Estados-membros ou cantões.

20. Mas, quando visivelmente a teoria – leia-se doutrina da soberania – e a prática, quer dizer, o federalismo político real, se distanciam visivelmente, alguma coisa na teoria não está em ordem. O erro só pode então estar na própria doutrina da soberania.

21. Se um motorista valdense (Vaud é um cantão de língua francesa que faz parte da Confederação, cuja população possui uma mentalidade federalista extremamente desenvolvida) for parado para controle por um policial federal em uma rodovia valdense, ele se sentirá profundamente ferido em sua alma valdense. Para ele está fora de discussão confiar a um policial federal o exercício da força pública sobre o solo valdense, pela simples razão de que a Confederação tem a competência de fixar competências ou é detentora da soberania. O motorista de Vaud certamente contestará dizendo que um policial federal não tem o direito de intervir sobre o território valdense, uma vez que o povo de Vaud não lhe confiou nenhuma tarefa. Nas auto-estradas valdenses somente os policiais de Vaud podem exercer a força pública. Portanto, para este motorista somente um policial valdense tem competência para proceder a um controle. Ele não tira o seu direito de autoridade da legislação federal, mas sim da Constituição e da legislação do cantão de Vaud.

§ 17. SOBERANIA E ESTADO FEDERAL 277

22. Esta Constituição cantonal encontra, por sua vez, a sua legitimação pelo referendo popular. Contudo, jamais um valdense chegaria à idéia de que o referendo popular valdense é legítimo porque a Constituição federal dá ao cantão o direito de ele mesmo organizar a polícia. A idéia de que a soberania foi delegada ao cantão lhe é totalmente estranha. O valdense buscará, ao contrário, a legitimação da força pública em seu próprio cantão, quer dizer, no referendo popular democrático.

23. Por outro lado, ele atribuirá à federação o direito de exercer o seu poder soberano, somente na medida em que isto lhe seja autorizado pela Constituição federal. Em outras palavras: ele encontra a legitimação da força pública na decisão popular do Estado-membro ou do Estado federado em questão, sendo que a decisão de um Estado-membro não necessita de legitimação por meio de uma decisão do Estado federado. A legitimação reside no próprio referendo popular. Uma vez que toda transferência de um novo direito de soberania à Confederação só pode se efetuar pela via de uma modificação da Constituição, esta transferência do poder dos Estados-membros ao poder da Confederação legitima-se igualmente na dupla aprovação, indispensável às modificações da Constituição, a saber: a maioria dos votos dos cidadãos e os dos cantões.

24. O exemplo precedente mostra que a legitimidade do poder estatal no Estado federal está dividido. O povo do Estado federado se dá a legitimação do seu poder soberano de Estado-membro; esta legitimação não decorre do poder federal. O preâmbulo da nova Constituição do Jura expressa com nitidez essa consciência de si mesmo: "O povo do Jura, consciente de sua responsabilidade diante de Deus e dos homens, desejando restabelecer a sua soberania e criar uma comunidade unida, se dá a seguinte Constituição: "... amparado por estes princípios, apóia a República e o Cantão do Jura, fundado no ato de livre autodeterminação de 23 de junho..." Por mais contestado que esse preâmbulo tenha sido, ele expressa muito claramente a consciência federalista que ainda predomina na Suíça.

25. Todavia, se considerarmos a soberania não mais como poder estatal supremo e não derivado, mas, ao contrário, partirmos da idéia de que é soberano o povo que confere a legitimidade a um poder estatal exercido sobre o seu território, então podemos perfeitamente aceitar uma divisão da soberania entre Estados-membros e Estado federal. Isto pressupõe, todavia, que a soberania popular do Estado-membro é original e não se deriva do Estado federal. Este é precisamente o caso da Confederação suíça que, historicamente, se desenvolveu a partir dos cantões, seus Estados-membros.

26. Estas reflexões evidenciam também que o verdadeiro federalismo só é possível quando baseado na soberania popular. Autoridades estatais hierárquicas, legitimadas pela graça de Deus, não podem ser concebidas de modo federalista tal qual os regimes totalitários, que não toleram nenhuma oposição das associações autônomas que lhe estão subordinadas.

27. Aquele que aceita o fenômeno de um verdadeiro federalismo terá igualmente dificuldade para admitir a doutrina do contrato social como legitimadora do Estado. O contrato social pressupõe a existência de um povo unificado, que dispõe de um poder estatal central. No entanto, exatamente isto não é possível no sistema federalista. O Estado federal assumiu certas formas estruturais da época da hierarquia feudal e adaptou-as às necessidades da "estadicidade" moderna e racional.

d) Diversos tipos de Estados federais

1. Concorrência entre Estados-membros e o Estado federal

28. A divisão de poder entre os Estados-membros e o Estado federal pode ser muito diversa. No Estado federal ame-

§ 17. SOBERANIA E ESTADO FEDERAL

ricano, o poder estatal não é apenas dividido verticalmente, mas também horizontalmente entre os órgãos federais e os Estados-membros. A União aplica as suas leis por intermédio de seus próprios órgãos federais e dispõe de tribunais federais próprios para tratar de litígios relacionados com a esfera federal. Por sua vez, os Estados-membros são independentes para a aplicação e a execução de suas próprias leis. Esta via dupla conduz naturalmente a conflitos entre os dois poderes soberanos, por exemplo entre a polícia federal (FBI), de um lado, e a polícia dos Estados-membros, de outro. Visto que o Estado federal não executa as suas tarefas por meio dos Estados-membros, o cidadão encontra-se constantemente diante de dois poderes distintos: o do Estado federal e o dos Estados-membros. Neste contexto, os funcionários federais trabalham segundo o direito federal ao lado de funcionários dos Estados-membros, que estão vinculados ao direito do Estado que representam.

2. Divisão vertical dos poderes

29. Nós encontramos uma outra concepção no continente europeu. Os Estados federais da Europa continental preferem o sistema de divisão vertical dos poderes. Segundo este sistema, o poder federal em geral se limita à atividade legislativa, enquanto a execução, quer dizer, o contato direto com o cidadão, é realizado pelos Estados-membros. Ao lado desta divisão de poderes no âmbito do poder soberano do Estado federal há ainda também o sistema de divisão de tarefas. Assim, as tarefas da União são limitadas em relação às dos Estados-membros. Além disso, a União assume tarefas que são executadas somente por ela. Trata-se geralmente dos correios, ferrovias e alfândega.

3. Regulamentação das finanças

30. Desde sempre as finanças se revestem de uma importância primordial para o julgamento da estrutura federalista de um Estado. Enquanto os Estados Unidos e a Suíça apresentam uma soberania fiscal separada, a República Federal da Alemanha adotou o sistema integrado. É nos Estados Unidos que a separação da soberania fiscal é a mais desenvolvida. A União e os Estados-membros estão habilitados a lançar impostos de maneira totalmente independente, o que pode conduzir a duplas tributações bastante desagradáveis (conferir K. Lowenstein, pp. 94 ss.). A Suíça adota uma tripla soberania fiscal: municípios (*Gemeinde*), cantões e União. No entanto, nos casos em que o cantão ou a União lançam os mesmos impostos, por exemplo o imposto de renda, a Constituição federal limita a fonte de arrecadação da União a uma certa porcentagem, a fim de impedir que ela esgote totalmente o substrato fiscal dos cantões. Um sistema complexo de compensação financeira e de subvenções contribui para imbricar cada vez mais estreitamente as finanças da União e as dos cantões.

31. O sistema fiscal integrado em vigor na República Federal da Alemanha é muito mais unitário. Ele parte essencialmente do princípio de uma soberania fiscal única e reparte as receitas entre os Estados-membros, segundo um princípio particular de compensação financeira. O poder de legislar em matéria fiscal pertence unicamente à União. Todavia, as receitas fiscais são divididas entre o Estado federal e os *Länder*. As receitas dos tributos aduaneiros e dos monopólios financeiros são recolhidas ao caixa federal. As principais fontes de receitas fiscais, a saber, os impostos sobre a renda de pessoas físicas e jurídicas e sobre a circulação de mercadorias, são divididas entre a União e os *Länder*, segundo o sistema integrado. De resto, opera-se uma distinção entre os tipos de receitas. Ao lado dos direitos aduaneiros e dos que são produto dos monopólios financeiros, a União dispõe também, na Alemanha, das receitas provenientes de certos impostos de consumo. Quanto aos *Länder*, eles tiram os seus próprios recursos fiscais dos impostos sobre sucessão, sobre o patrimônio, sobre veículos automotores assim como de alguns impostos de consumo. Ao meu ver, o problema crucial reside no fato de que um legislador fiscal (a União) decide sobre as receitas do Estado federal e dos *Länder*, mas estes, por sua vez, gozam de ampla autonomia em relação às suas decisões em matéria de despesas.

4. *O federalismo dos Estados socialistas*

32. Os Estados socialistas conhecem um federalismo de natureza particular (conferir Th. Fleiner, pp. 399 ss.). Também a União Soviética adotou o sistema da divisão de tarefas entre a União e as diferentes Repúblicas. Além disso, também na URSS, certas tarefas da União são executadas pelas Repúblicas. Mas a competência de controle por parte do governo da União é significativamente mais ampla que em outros Estados federais. Assim, por exemplo, o governo de uma República soviética é, ao mesmo tempo, responsável perante o governo central e seu parlamento. Os ministros destes governos dos Estados-membros são responsáveis perante o ministério da União e seus próprios governos. Desse modo, a estrutura federalista dos Estados-membros é em grande medida abandonada em favor de um centralismo. Assim como o *préfet* francês está diretamente subordinado à Central de Paris, os governos das Repúblicas soviéticas membros da União devem dar satisfação ao governo central em Moscou. Eles executam a política do governo central sob o controle direto dele.

33. Nos Estados federais da Europa continental, ao contrário, o controle dos Estados federados se limita a um controle global da federação. Assim, será objeto de controle o Estado-membro, cujo governo não recebe ordens da União. O governo de cada Estado-membro é antes responsável diante do seu próprio parlamento. De fato, a União só pode responsabilizar um Estado-membro enquanto tal, mas não o governo deste ou um funcionário individual pela execução deficiente de leis federais.

5. O federalismo como realidade política e sociológica

34. O federalismo não é, todavia, somente uma realidade do direito do Estado; ele é sobretudo uma realidade política. Lá, onde os Estados federais nasceram de Estados-membros democráticos (Estados Unidos, Suíça) com uma independência histórica e uma concepção própria de Estado, não se podem jamais impor soluções centralizadoras que passem por cima da autonomia dos Estados-membros. Os Estados federais são dependentes da colaboração de seus Estados-membros.

35. Não foi à toa que Napoleão chegou à conclusão de que a Suíça era um país ingovernável, ao tentar impor aos confederados um Estado centralizador, inspirado na doutrina da Revolução Francesa.

36. Além disso, o federalismo é antes de tudo também uma realidade econômica e social. Interesses econômicos diferentes, a diversidade de línguas e de concepções de mundo, a variedade de tradições familiares e, em parte, valores distintos, tudo isto conduz a uma reação contra todo o excesso nas tendências à supressão da autonomia dos Estados-membros.

§ 18. SOBERANIA EXTERNA

Bibliografia

a) Autores clássicos

Grócio, H. *Vom Recht des Krieges und des Friedens* (Do direito de guerra e de paz). Trad. al. W. Schätzel, Tübingen, 1950.
Vattel, E. de. *Le Droit des Gens* (1758) (O direito dos povos). Trad. al. W. Euler. Tübingen, 1959.

b) Outros autores

Bleckmann, A. *Grundgesetz im Völkerrecht* (A lei fundamental no direito internacional público). Berlim, 1975.

Die Wiener rechtstheoretische Schule (A escola de teoria do direito de Viena). Viena, 1968.
Fleiner, Th. *Die Kleinstaaten in den Staatenverbindungen des 20. Jahrhunderts* (Os pequenos Estados nas uniões de Estados do século XX). Dissertação Zurique, 1966.
Hasford, H. *Die Jurisdiktion der Europäischen Gemeinschaften. Zur extraterritorialen Wirkung des Gemeinschaftsrechts* (A jurisdição das Comunidades Européias. Sobre a eficácia extra-territorial do direito comunitário). Frankfurt a. M., 1977.
Ipsen, H. P. *Europäisches Gemeinschaftsrecht* (O direito comunitário europeu). Tübingen, 1972.
Kelsen, H. Souveränität (Soberania). In: *Wörterbuch des Völkerrechts* (Dicionário de direito internacional público). Berlim, 1962.
Klein, R. *The Idea of Equality in International Politics* (A idéia de igualdade na política internacional). Dissertação. Genebra, 1966.
Koppensteiner, H. G. *Die europäische Integration und das Souveränitätsproblem* (A integração européia e o problema da soberania). Baden-Baden, 1963.
Manz, J. *Emer de Vattel*. Dissertação. Zurique, 1971.
Meynaud, J. *Les groupes de pression internationax* (Os grupos de pressão internacionais). Lausanne, 1961.
Quaritsch, H. *Staat und Souveränität* (Estado e soberania). Berlim, 1970.
Schaumann, W. *Die Gleichheit der Staaten* (A igualdade dos Estados). Viena, 1957.
Schreuer, Ch. *Die Behandlung internationaler Organakte durch staatliche Gerichte* (O tratamento de atos de órgãos internacionais pelos tribunais estatais). Berlim, 1977.
Steiger, H. *Staatlickeit und Überstaatlichkeit.* Eine Untersuchung zur rechtlichen und politischen Stellung der Europäischen Gemeinschaften (O estatal e o supra-estatal. Uma investigação sobre a posição jurídica e política das Comunidades Européias). Berlim, 1966.
Tucker, R. *The Inequality of Nations* (A desigualdade das nações). Londres, 1977.
Verdross, A., Simma, B. *Universelles Völkerrecht* (Direito internacional público universal). Berlim, 1976.
Wagner, H. Monismus und Dualismus (Monismo e dualismo). In: *AöR* 89, 1964, pp. 212 ss.
Wengler, W. *Die Unanwendbarkeit der Europäischen Sozialcharta im Staat*. Ein Beitrag zur der Frage des Verhältnisses zwischen Völkerrecht und staatlichem Recht (A inaplicabilidade do código social europeu no Estado. Uma contribuição para a questão da rela-

ção entre direito internacional público e direito do Estado). Bad Homburg, 1969.

Ziebura, G. (org.). *Nationale Souveränität oder übernationale Integration?* (Soberania nacional ou integração supranacional?). Berlim, 1966.

Zimmer, G. *Gewaltsame territoriale Veränderungen und ihre völkerrechtliche Legitimation* (Alterações territoriais violentas e sua legitimação no direito internacional público). Berlim, 1971.

a) A evolução da soberania externa

1. O direito das relações entre Estados

1. Os Estados que entraram em relação uns com os outros, trocaram embaixadores, celebraram tratados ou também declararam guerra entre si tiveram forçosamente de criar uma ordem jurídica para regular os seus direitos e deveres recíprocos. E foi Grócio, o grande erudito holandês do século XVII, que desenvolveu um direito internacional fundado sobre o direito natural para regular estas relações entre os Estados. A sua teoria sobre a guerra justa, sua distinção entre a guerra privada e a guerra do Estado bem como o seu conhecido princípio *"pacta sunt servanda"* partem da idéia de que entre os Estados deve também existir um direito ao qual os monarcas absolutos estariam ligados.

2. Os cidadãos estão ligados entre si pelo direito interno de seu Estado. Em suas relações, os Estados soberanos se atêm ao direito internacional público que, por sua vez, não é diretamente aplicável aos cidadãos. O direito internacional é o direito válido para os Estados, enquanto o direito interno é aquele que vale para os cidadãos residentes no país. Este direito internacional legitima os Estados a concluir tratados entre si; em virtude desse direito, os Estados signatários estão vinculados a esses tratados. Segundo Grócio, os Estados podem igualmente conduzir guerras justas, ocupar países estrangeiros e tratar prisioneiros de guerra como escravos. Os direitos previstos no direito internacional aplicam-se tão-somente aos diversos Estados. Eles são os sujeitos de direito do direito internacional. Os tratados permitem criar novas regras e normas de direito internacional.

3. Com isso, a doutrina da soberania adquiriu uma nova dimensão que, todavia, Grócio não chegou a explicitar completamente. Bodin, que fala do *"ius gentium"*, mas englobando tanto o direito comum a todos os Estados quanto aquele em vigor entre os Estados, não analisou o direito internacional no sentido moderno do termo. Isso se deve ao fato de que, naquela época, havia um certo consenso sobre as relações interestatais da comunidade cristã ocidental, e na Idade Média as relações com Estados não-cristãos eram simplesmente proibidas e, por conseguinte, não regulamentadas por nenhuma espécie de direito (conferir H. Quaritsch, pp. 370 ss.).

2. A igualdade dos Estados

4. Antes que a doutrina e a prática conferissem aos Estados o direito de criar novas regras de direito no âmbito das relações entre Estados, foi necessário reconhecer o princípio da igualdade dos Estados. De fato, somente aquele que reconhece aos Estados o direito de estabelecerem entre si relações em igualdade de condições poderá reconhecer-lhes também a capacidade de legislar no plano das relações bilaterais (tratados bilaterais). Este princípio de igualdade dos Estados foi enunciado por Emer de Vattel (1714-1767), representante de um pequeno Estado, a saber, de Neuchâtel (conferir E. de Vattel, pp. 1 ss.; J. Manz).

5. Por mais que esse princípio tenha sido amenizado no universo moderno dos Estados, particularmente nas organizações internacionais (conferir W. Schaumann; Th. Fleiner), pelo privilégio das grandes potências no Conselho de Segurança das Nações Unidas ou então pela ponderação dos votos dos Estados nas Comunidades Européias (conferir H. P. Ipsen), reconhece-se ainda sem dúvida que todos os Estados, enquanto sujeitos do direito internacional, são soberanos e, conseqüentemente, iguais em condições (conferir Art. 2 da Carta das Nações Unidas).

b) A função da soberania externa

6. Somente os Estados soberanos constituem, no sentido estrito do termo, sujeitos de direito do direito internacional. Certamente há também outros sujeitos de direito do direito internacional como, por exemplo, as organizações internacionais, o Vaticano, o Comitê Internacional da Cruz Vermelha (CICV), assim como os militares que estão diretamente vinculados ao direito internacional de guerra. Porém, em todos esses casos, as pessoas em questão não são portadoras de direitos e de obrigações do direito internacional senão em um âmbito limitado. A soberania do Estado é, por conseguinte, o pressuposto para o reconhecimento da capacidade de direito ilimitada do direito internacional. Todavia, os Estados não são apenas portadores passivos de direitos e obrigações; ao contrário, eles podem, por meio dos tratados bilaterais e multilaterais, participar ativamente na formação, modificação e desenvolvimento do direito internacional.

7. O princípio da igualdade entre os Estados está intimamente ligado à noção de capacidade de direito. Os Estados são pois todos iguais uns em relação aos outros porque são todos soberanos no plano jurídico. Em relação ao exterior, os Estados são sujeitos de direito do direito internacional, ao passo que, no âmbito interno, eles determinam a sua sorte de modo autônomo.

c) A relação entre o direito internacional e o direito nacional

8. O fato de que com a evolução da doutrina da soberania se desenvolveu um direito internacional novo, válido entre os

Estados soberanos, conduziu a um debate sobre a questão de saber se e como esse direito interestatal seria também válido no interior dos Estados. Assim, por exemplo, são os Estados os únicos vinculados pelos tratados de imigração ou podem, de sua parte, os estrangeiros interessados deduzir diretamente direitos e obrigações desses tratados?

9. Para responder a esta questão há duas posições. A primeira defende o ponto de vista de que a soberania seria uma espécie de pele impermeável que separaria os dois domínios – direito internacional e direito nacional. Estas duas esferas jurídicas seriam a tal ponto distintas, que não teriam nenhum tipo de ponto de contato. Para que o direito internacional tenha validade no direito interno, ele tem de ser transformado em direito nacional por meio de um ato específico. Esta "doutrina de transformação", na prática, conduziu inúmeros países a transformar obrigações do direito internacional em direito interno por meio de uma decisão do legislador, visto que está excluído deduzir diretamente do direito internacional direitos e obrigações, por exemplo, do direito contratual.

10. Diametralmente oposta a essa concepção dualista há a teoria monista, que parte do princípio da unidade do direito. Segundo esta doutrina, o direito é uma unidade que não pode ser dividida em dois planos jurídicos diferentes por meio da doutrina artificial da soberania. Por conseguinte, o direito internacional deve também ser aplicado diretamente no âmbito interno, na medida em que ele contiver normas "*self-executing*", quer dizer, diretamente aplicáveis.

Muitos autores modernos do direito internacional consideram de modo correto que estas discussões teóricas entre defensores das concepções monista e dualista da relação entre direito internacional e direito nacional negligenciam, na verdade, o verdadeiro problema. Este consiste no fato de que o direito internacional é aplicado por diferentes órgãos que, segundo a sua posição, atribuem um peso distinto ao direito nacional. Se o direito internacional é aplicado por um tribunal internacional, este decide exclusivamente com base neste direito. Por outro lado, se o direito internacional é aplicado por um tribunal nacional, este deve necessariamente se ater à competência que lhe confere o direito interno e, de outro lado, aplicar o direito internacional com atenção ao direito nacional. Nesse caso, é facilmente concebível, até mesmo desejável, que o direito nacional obrigue o tribunal a dar a prioridade ao direito internacional.

1. A tese monista de Kelsen

11. O direito não é algo que se possa separar em água doce, de um lado, e água salgada, de outro, e conservar em dois recipientes. Do meu ponto de vista, o direito é uma unidade, válida em relação a qualquer um, quer dizer, tanto aos Estados quanto aos homens individualmente. A justiça, enquanto fonte da ordem jurídica, é a mesma, de modo que o direito que dela brota é forçosamente o mesmo. O sal não se torna açúcar, mesmo que ele seja transposto pelos Estados, do mesmo modo que um homicídio jamais se justifica, mesmo que seja cometido em nome da razão de Estado.

12. Mas Kelsen é um representante da concepção monista por outras razões, a saber, por razões formais. Tal como Austin, Kelsen parte da idéia de que a ordem jurídica é uma ordem do dever-ser (*Sollensordnung*). As normas jurídicas são prescrições de comportamento; ordenam um fazer, um não-fazer ou um tolerar; concedem autonomia ou atribuem competências. As prescrições de comportamento estão inseridas em uma ordem de dever-ser, assim como o homem está "inserido" em uma ordem de ser. Elas devem ser deduzidas de um dever-ser supremo que não tem nenhum vínculo de conteúdo, tal como o homem é uma parte do conceito de ser, desprovido de conteúdo. Isto conduz a uma ótica formal, pura, do direito, que é esvaziado de todo e qualquer vínculo de conteúdo. Por conseguinte, o direito depende apenas de uma norma suprema e fundamental, sem conteúdo algum, que simplesmente enuncia que há um dever-ser.

§ 18. SOBERANIA EXTERNA

13. Como concilia Kelsen o conceito de soberania com a teoria pura do direito? A ordem jurídica, enquanto ordem do dever-ser, é uma unidade que somente se pode deduzir de uma única norma fundamental. Esta norma identifica-se em grande medida com a soberania: "Nesse sentido, a soberania não constitui uma qualidade perceptível ou então objetivamente discernível de um objeto real, mas, ao contrário, um requisito – o requisito de uma ordem normativa como uma ordem suprema que, em sua validade, não se deduz de nenhuma outra mais elevada" (conferir H. Kelsen, Soberania, assim como a "Escola vienense da teoria do direito", p. 2272).

14. Logo, Kelsen não professa uma concepção dualista, mas, contrariamente, uma concepção monista da relação entre o direito internacional e o direito nacional. Em oposição a Bodin, ele esvazia o conceito de soberania do seu conteúdo político e, seguindo a concepção de Jellinek, não vê nele senão um conceito jurídico formal. Fiel à sua concepção monista, ele defende o ponto de vista de que, já que o direito se deduz da soberania, duas construções são possíveis: ou o direito internacional é soberano e, por conseguinte, o direito nacional deve derivar do direito internacional, que é então prioritário, ou então o direito internacional não é soberano e portanto não é fundamento da ordem jurídica, mas sim o direito nacional, sendo o direito internacional por conseguinte dependente e subordinado ao direito nacional.

15. Nesse ponto, a concepção monista de Kelsen é convincente. A tese dualista de duas esferas jurídicas independentes entre si contradiz a significação fundamental do direito que, de acordo com o seu sentido, deve, em última instância, constituir um todo único. Todavia, eu não concordo com a tese da soberania de Kelsen no ponto em que ele esvazia a soberania do seu conteúdo político. Além disso, a soberania enquanto norma fundamental suprema não mais deduzível, ou é uma fórmula vazia ou um pressuposto conceitual muito distanciado da realidade prática.

2. A soberania como imediaticidade do direito internacional

16. Ninguém, nem mesmo Bodin, vinculou a soberania dos Estados ao pressuposto de que esta deva ser uma autoridade suprema, independente de todo outro poder, e desprovida de quaisquer vínculos. O poder supremo, *suprema potestas*, significa para Bodin que o príncipe é a instância única e suprema em face dos seus sujeitos. Contudo, essa instância, segundo ele, está vinculada ao direito divino e àquele que rege as relações entre os Estados. Atualmente, quando nos referimos à soberania externa, é melhor tomarmos a idéia de igualdade e de independência dos Estados desenvolvida por de Vattel e combiná-la com a tese mais ampla da capacidade jurídica de direito internacional dos Estados. Assim compreendida, a soberania externa significa que os Estados são os principais destinatários do direito internacional, que podem criar o direito internacional enquanto sujeitos de direito nesta esfera, e que são juridicamente iguais e independentes em relação à comunidade das nações no que concerne à aplicação e à execução das normas do direito internacional no âmbito de suas atividades internas.

17. O fato de que os Estados são os destinatários em primeira linha do direito internacional não conduz forçosamente a uma ótica dualista em relação ao direito nacional e ao direito internacional. Este último tem somente um outro campo de aplicação do que aquele. Dois campos de aplicação diferentes, no entanto, não significam de modo algum dois campos jurídicos independentes um do outro.

18. A soberania externa concebida como imediaticidade do direito internacional corresponde à concepção que predomina amplamente na doutrina e na prática (conferir A. Verdross/B. Simma, pp. 45 ss.). Nesse contexto, o Tribunal Internacional distinguiu recentemente entre soberania política e soberania jurídica. Segundo essa distinção, a soberania política significa a independência de fato de um Estado que, evidentemente, pode ser muito diversa segundo a integração econômica ou militar do Estado em questão em um sistema de blocos e segundo a sua força própria. Todavia, a soberania jurídica significa que o Estado, mesmo quando adere a uma organização supranacional, pode dela se retirar, com base nos princípios do direito internacional, por exemplo na *"clausula rebus sic stantibus"* (conferir A. Verdross/B. Simma, p. 50).

19. A imediaticidade do direito internacional em relação aos Estados ainda continha, nos tempos de Tomás de Aquino e mesmo de Grócio, o direito dos Estados de fazerem a guerra. Segundo Grócio, ninguém tem o direito de conduzir uma guerra privada. Somente os Estados, isto é, os príncipes soberanos têm o direito de conduzir uma guerra "justa" contra outros. Também esse direito foi essencialmente limitado pela Carta das Nações Unidas. Segundo ela, a interdição do recurso à força exclui a agressão, quer dizer, a aplicação da força contra outros Estados. Tão-somente o direito de autodefesa, quer dizer, a sanção contra os Estados que não respeitam esta interdição do recurso à força, é permitido segundo a referida Carta. No entanto, com isso, os conflitos bélicos ainda não foram suprimidos do mundo. Como já se disse, a interdição da força conduziu simplesmente os Estados a se combaterem, utilizando uma nova tática. Eles desencadeiam em um país hostil conflitos internos (por exemplo, o Cambodja), apoiando novos grupos de oposição que deles dependem. Ou então invocam o direito da autodefesa, embora não haja uma verdadeira agressão.

20. Apesar dessa restrição, produziu-se uma mutação no plano internacional: se, ao longo do nosso século, os conflitos territoriais estavam em primeiro plano nas relações entre os Estados, nos dias de hoje as relações internas entre cidadão e governo dos Estados ocupam mais e mais o ponto central das discussões internacionais. O mundo está dividido em muitos campos ideológicos. Estes não combatem para ampliar o seu território, mas para fazer prevalecer a sua ideologia, e tentam esvaziar internamente a legitimidade do poder governamental de um Estado, sem limitar a soberania externa do Estado em questão. O ataque não se dirige à independência dos Estados, mas à liberdade dos homens que vivem nesse Estado.

21. Também as crescentes tensões entre o norte e o sul, entre os países industrializados e aqueles em desenvolvimento são muito mais uma luta pela divisão dos bens econômicos, dos recursos e dos preços dos meios de produção e dos bens de consumo do que uma luta pela ampliação territorial. Unicamente entre as antigas colônias é que, em parte, ainda se trata de conflitos territoriais, porque os Estados nacionais, cujas fronteiras são claramente traçadas, ainda não têm suficientemente assegurada a sua posição em face das tribos tradicionais e das etnias.

d) Regulamentação internacional dos conflitos e organizações supranacionais

1. Organizações supranacionais

22. Freqüentemente a soberania externa dos Estados é, ao menos em parte, questionada em razão da existência das organizações internacionais. Assim, por exemplo, para o povo inglês a questão de saber se a entrada da Inglaterra na Comunidade Européia conduziria à supressão da tradicional soberania inglesa (*King in Parliament*) foi, durante muito tempo, um obstáculo para a adesão da Inglaterra à referida organização.

23. De fato, organizações supranacionais tais como as Comunidades Européias exercem verdadeiros direitos de soberania; as suas decisões têm validade diretamente no âmbito interno dos Estados. É assim que a Comissão das Comunidades Européias pode, por exemplo, editar regulamentos que se aplicam imediatamente nos Estados-membros (conferir

§ 18. SOBERANIA EXTERNA 293

H. P. Ipsen, p. 362). Todavia, na medida em que os Estados-membros têm de velar pela aplicação do direito comunitário, as Comunidades Européias dependem de sua "ajuda administrativa". Por fim, as Comunidades Européias não possuem receitas fiscais próprias, não têm, portanto, autonomia financeira. Por conseguinte, o seu âmbito de decisão não é muito grande. As competências delegadas às Comunidades são igualmente muito limitadas. Assim, elas não têm poder de decisão nos seguintes domínios: nos assuntos militares e jurídicos, na política monetária, financeira, energética, educacional bem como na política externa. Mesmo no domínio econômico as suas competências são limitadas.

24. Mas com isso não se exclui que, com o tempo e em virtude de uma atividade legislativa própria, uma tal integração possa produzir um novo titular de soberania que limite, ao menos em parte, a soberania dos Estados-membros. Esta atividade legislativa própria pode se fortalecer com a eleição direta dos parlamentares que, no parlamento das Comunidades Européias, são escolhidos diretamente pelo povo.

2. As Nações Unidas

25. As organizações que visam manter e garantir a segurança coletiva, em especial a Organização das Nações Unidas, também contribuem para reduzir a soberania política dos Estados. Segundo o artigo 39 e seguintes da Carta das Nações Unidas, o Conselho de Segurança pode aplicar sanções a Estados que violem a proibição de usar a força. Em princípio, os Estados devem respeitar as sanções. Todavia, o Conselho de Segurança não pode obrigar os Estados a uma ação militar. Os Estados devem acordar, por meio de um tratado com o Conselho de Segurança, as modalidades de sua participação em uma campanha militar (artigo 43).

26. Pela primeira vez, dotou-se uma organização internacional de um verdadeiro direito de soberania, quer dizer, de um poder internacional soberano. O órgão que pode usar deste direito soberano não é o Conselho de Segurança, que se compõe somente de uma parte dos Estados-membros e decide segundo a maioria dos votos. No entanto, as grandes potências gozam de um privilégio essencial, uma vez que dispõem de um direito de veto e de um assento permanente neste Conselho, podendo bloquear, em qualquer momento, todas as decisões que vão de encontro aos seus interesses.

27. É bastante conhecido o fato de que as concepções jurídicas existentes no momento da fundação da ONU a respeito de seus objetivos não resistiram aos imperativos da prática. O Conselho de Segurança não pôde transformar-se em uma polícia internacional a serviço da paz, visto que grande parte dos conflitos internacionais referia-se, ao menos indiretamente, às grandes potências, representadas no Conselho de Segurança com direito de veto. Ainda assim, em face dos pequenos Estados e, particularmente, para garantir cessar fogos, o Conselho de Segurança tem cumprido até o presente uma certa tarefa de garantia da paz. Em todo caso, constata-se que, em face do equilíbrio instável do terror engendrado pelas superpotências, um órgão internacional desempenha um papel positivo, embora limitado, se tem condições de manter dentro de certos limites os pequenos conflitos que poderiam se ampliar em direção a uma conflagração mundial.

28. A soberania é um conceito jurídico previsto no direito internacional e significa uma imediaticidade na esfera desse direito. O objetivo mais importante e fundamental do direito internacional é assegurar a paz com base na justiça e na igualdade dos Estados. A soberania dos Estados deve também corresponder a esse fim. Um conceito de soberania que nega o direito internacional ou que não é compatível com os esforços de integração no plano do direito internacional, contradiz os princípios e os objetivos fundamentais do referido direito.

29. Se no futuro a teoria da soberania deseja continuar a ser um recurso eficaz para o estabelecimento de uma ordem mundial justa e de relações internacionais pacíficas, é necessário dar uma nova dimensão a certos aspectos desta doutrina. Fome e miséria de um lado, sociedade de consumo excessivo de outro, confrontos entre norte e sul, ordem econômica mundial injusta, matérias-primas escassas, a corrida armamentista catastrófica, os problemas ecológicos no nível mundial – estas são as palavras-chave que dramaticamente nos alertam que é indispensável uma profunda modificação de mentalidade, caso a humanidade queira sobreviver. Nesse sentido, são precisamente as nações mais industrializadas do mundo que devem reconhecer que vantagens materiais obtidas a curto prazo, em detrimento de países mais pobres, podem constituir erros que trazem sérias conseqüências (conferir a esse respeito também § 35/4 ss.).

PARTE III
Estrutura e organização do Estado moderno

A organização dos Estados modernos resultou da conjunção de três diferentes forças criadoras: a primeira é a evolução política, econômica, social e cultural dos diversos povos (conferir a esse respeito particularmente F. Brandel). A segunda força constitui-se no conflito entre os antigos órgãos do Estado, por exemplo a velha disputa entre o órgão parlamentar deliberativo e o poder executivo central, encarnado pelo monarca. Finalmente, a terceira força é a crescente necessidade de justificar o poder do Estado enquanto tal e de vincular o seu exercício à vontade do povo, por um lado, e, por outro, de dominar e controlar os diferentes poderes do Estado.

Nas páginas a seguir tentaremos aprofundar a nossa análise nestes três fatores. Para isso, não abordaremos somente a evolução européia e a americana, mas também, tanto quanto possível, consideraremos certas influências sobre outros continentes. Primeiramente apresentaremos os diferentes tipos de organização para, em seguida, abordarmos as formas de organização existentes nos Estados modernos. Por fim, trataremos dos fundamentos teóricos das doutrinas modernas sobre as formas de Estado, em especial as idéias de democracia, representação e separação de poderes.

Capítulo 1
Evolução e espécies de Estado

§ 19. OS FUNDAMENTOS SOCIAIS DA ORGANIZAÇÃO ESTATAL

Bibliografia

a) Autores clássicos

Aristóteles. *Politik* (Política). Trad. al. e org. O. Gigon. 2.ª ed., Zurique/Stuttgart, 1971.

Khaldûn, I. *The Muquaddimah*. Trad. ingl. F. Rosenthal, 3.ª ed., Princeton, 1974.

b) Outros autores

Brandel, F. *Civilisation matérielle, économie et capitalisme XVe-XVIIIe siècle* (Civilização material, economia e capitalismo do século XV ao século XVIII). 3 vols., Paris, 1979.

Dröge, F., Weissenborn, R., Haft, H. *Wirkungen der Massenkommunikation* (Efeitos da comunicação de massas). Frankfurt a. M., 1973.

Duverger, M. *Demokratie im technischen Zeitalter.* Das Janusgesicht des Westens (Democracia na era da técnica. A face de Jano no ocidente). Munique, 1973.

Geissler, R. *Massenmedien, Basiskommunikation und Demokratie* (Meios de comunicação de massas, comunicação de base e democracia). Tübingen, 1973.

Lavroff, D.-G. *Les systèmes constitutionnels en Afrique Noire* (Os sistemas constitucionais na África negra). Paris, 1976.

____. *La république du Sénégal* (A república do Senegal). Col. Comment ils sont gouvernés (Como eles são governados). Vol. 13, Paris, 1966.

Moore, B. *Social Origins of Dictatorship and Democracy* (Origens sociais da ditadura e da democracia). Boston, 1968.
Mutwa, C. *My People* (Meu povo). 3.ª ed., Londres, 1977.
Robert, J. *Le Japon* (O Japão). Col. Comment ils sont gouvernés (Como eles são governados). Vol. 20, Paris, 1970.
Rostock, M. *Die antike Theorie der Organisation staatlicher Macht* (A teoria antiga da organização do poder estatal). Meisenheim, 1975.
Schatz-Bergfeld, M. *Massenkommunikation und Herrschaft*. Zur Rolle von Massenkommunikation als Steuerungselement moderner demokratischer Gesellschaften (Comunicação de massas e dominação. Sobre o papel da comunicação de massas enquanto elemento de manobra das sociedades democráticas modernas). Meisenheim, 1974.
Tsien Tche-Hao. *La Chine* (A China). Col. Comment ils sont gouvernés (Como eles são governados). Vol. 28, Paris, 1977.

1. Os Estados modernos remontam todos mais ou menos a um desenvolvimento revolucionário que se iniciou com a Revolução Inglesa no século XVII, prosseguiu com a Revolução Francesa e a Declaração de Independência dos Estados Unidos no século XVIII e encontrou – provisoriamente? – o seu ápice nas diversas revoluções comunistas do século XX. Estes movimentos revolucionários destruíram em grande medida as estruturas dos antigos Estados feudais. Elas foram substituídas por formas racionalmente justificáveis e justificadas do poder estatal moderno. Somente uma teoria racional ou uma ideologia sobre a natureza do Estado moderno possibilitaram o rompimento das estruturas tradicionais do Estado feudal. A ordem social tradicional, considerada preestabelecida, não podia ser substituída senão por um objetivo racional ou ideológico. As diferentes ideologias modernas são uma conseqüência desta evolução que certamente teve um curso muito diverso em cada um dos Estados.

2. As novas estruturas que sucederam a ordem feudal provêm, no entanto, não somente das ideologias, mas também, e de maneira decisiva, das condições econômicas e sociais

§ 19. OS FUNDAMENTOS SOCIAIS DA ORGANIZAÇÃO ESTATAL

dos povos. Nosso estudo mostrará que o desenvolvimento da burguesia e da liberdade foi bem-sucedido especialmente em Estados nos quais um poder feudal centralizado ainda não havia se estabelecido completamente e um grupo economicamente forte e independente de nobres ou de burgueses fazia frente à hierarquia feudal. Por outro lado, as revoluções comunistas encontraram um terreno favorável em Estados nos quais não existiam centros de poder descentralizados, nem propriedade privada de camponeses e de burgueses digna de nota.

a) As estruturas de dominação dos Estados arcaicos (cf. § 3)

3. Que a organização do Estado esteja estreitamente ligada à evolução social é um fato evidente. De fato, durante o tempo em que os homens viveram em um regime autárquico – como caçadores ou coletores – e, enquanto grupo, pouco contato estabeleciam entre si, eles não tinham a necessidade de uma ordem supra-familiar rígida. Por conseguinte, o primeiro estágio da formação da organização estatal foi marcado por formas pouco estruturadas de dominação oligárquica dos mais velhos ou até mesmo por certas formas de democracia. No entanto, depois que os nômades se agruparam em verdadeiras tribos foi necessário estabelecer uma ordem e uma disciplina mais rígidas a fim de manter a coesão tanto interna quanto externamente.

1. As tribos nômades

4. As tribos nômades caracterizaram-se por um sentimento solidário muito forte (*Group Feeling*, conferir Ibn Khaldûn, p. 98), resultante, por um lado, do estreito parentesco de sangue e, de outro, da condução superior do grupo. O chefe tribal só podia dirigir o seu grupo se era claramente superior e convencia os membros da tribo de suas capacidades. Em uma sociedade desse tipo, um regime de terror policial fundado na burocracia era simplesmente inconcebível.

5. Por outro lado, o chefe tribal deveria possuir competências amplas a fim de poder, juntamente com a sua tribo, afastar os perigos do mundo circundante ou atacar tribos sedentárias. Fundada sobre a autoridade pessoal do chefe e ligada a um forte sentimento solidário, a monocracia é pois a forma de poder mais natural das tribos nômades.

2. Os Estados vastos

6. Com o sedentarismo, as condições das quais dependia a organização da dominação se modificaram decisivamente. Se as tribos se fixavam em vastos territórios de fácil acesso, elas tinham de constituir grandes exércitos para assegurar a defesa comum contra os inimigos externos (por exemplo, a China e o Egito na Antiguidade). No âmbito das possibilidades de transporte da época, isto exigiu uma organização rígida da direção do Estado e, com muita freqüência, até mesmo a criação de uma polícia e de uma burocracia própria. Em oposição à China, o Japão praticamente não teve funcionários públicos (cf. J. Robert, pp. 222 ss.) durante o seu longo período feudal, já que, enquanto ilha, não tinha grandes necessidades de defesa.

7. O princípio da auto-suficiência era dominante. No entanto, os homens que deviam entrar no exército a serviço do rei não estavam mais em condições de se automanterem. Para sustentá-los, o rei precisava cobrar impostos do povo. De início, isto não era feito por funcionários, mas pelos grandes proprietários que guardavam para si uma parte dos tributos cobrados, passando adiante o restante. Estes grandes proprietários asseguravam aos seus próprios subordinados proteção e assistência. Assim nasceram as relações fundamentais de uma ordem social feudal, verticalmente estruturada.

8. Era muito freqüente que, no decorrer do tempo, os senhores feudais tentassem abusar do seu poder e explorar os seus subordinados. Para atingir esse fim, eles necessitavam da ajuda do poder central que, com isso, podia ampliar o seu poder. Foi assim que progressivamente se desenvolveu uma burocracia e, em muitos casos, uma dominação pelo terror, por meio da qual puderam ser mantidas durante muitos séculos estruturas feudais ultrapassadas.

3. Os pequenos territórios

9. Quando as tribos tornadas sedentárias se instalavam em pequenas regiões geograficamente compartimentadas e fechadas, que também podiam ser defendidas por uma pequena comunidade (Grécia, Israel), a evolução se processava de modo muitas vezes diferente. As pequenas comunidades formaram as primeiras organizações estatais com características oligárquicas e democráticas. Esse tipo de comunidade não tinha de arrecadar elevados impostos para manter o exército e a defesa. A pouca ameaça exterior conduziu desde o início a uma divisão do trabalho muito maior e mais livre entre as famílias. A idéia do contrato subjacente a esta divisão (prestação e contraprestação) incentivou o desenvolvimento do princípio da igualdade e a convicção de que a comunidade estatal superior poderia também, em última instância, ser dirigida segundo o acordo de vontade da maioria.

10. Em vista de suas condições de desenvolvimento, não estranha o fato de que os esforços intelectuais e culturais das primeiras comunidades democráticas e oligárquicas se voltassem antes de tudo para a realização de uma ordem justa. Por sua vez, nos vastos Estados dotados de aparelhos burocráticos, chamam a atenção os grandes esforços que foram canalizados para a edificação de monumentos impressionantes (as pirâmides, a muralha da China etc.).

11. Mais tarde, nas cidades, os cidadãos podiam permitir-se despender o tempo necessário para conduzir o Estado, pois dispunham de escravos para realizar suas outras tarefas. Isso explica por que, ao menos em parte, foi possível uma evolução democrática na Roma antiga. Todavia, nesse contexto não podemos perder de vista que, no seio dessas democracias primitivas, os direitos de participação não cabiam a todas as pessoas, mas eram reservados a um número restrito de cidadãos escolhidos. Assim, Aristóteles já escrevia: "Pode-se dizer que todos os outros tipos de povos, dos quais se compõem as demais democracias, são significativamente inferiores a este. Pois o seu modo de viver é ruim e a virtude não tem lugar algum nas ocupações às quais se entrega a massa, quer se trate da classe dos pequenos artesãos, dos mercadores ou dos trabalhadores rurais... Como se deve estabelecer a mais perfeita e a primeira espécie de democracia, está indicado. Está igualmente clara a situação em que se encontram as demais. É necessário afastar-se passo a passo e sempre excluir a pior parte da população" (Aristóteles, Livro VI, 1319a).

b) Do Estado feudal ao Estado industrial

12. Quais são então os modelos de organização correspondentes ao Estado industrial moderno? Barrington Moore remonta a organização dos Estados industriais modernos a três evoluções diferentes dos Estados feudais. Originalmente havia uma relação estreita entre o senhor feudal e os seus camponeses. Isto vale ao menos para a Europa, mas também em parte para a Índia e o Japão (B. Moore, p. 419). As terras, que eram propriedade do senhor feudal, deviam ser cultivadas pelos seus servos a fim de assegurar a sua subsistência. Em contrapartida, o senhor feudal concedia-lhes proteção e decidia seus litígios. Os camponeses podiam conservar uma parte das terras do senhor feudal para o seu próprio suprimento. O restante das terras, a saber, a floresta, água e a pastagem, era explorado em comum.

13. Com o tempo, o senhor feudal passou a obrigar os seus camponeses a produzir cada vez mais, visto que ele próprio tinha de entregar ao rei impostos cada vez mais elevados para o financiamento da corte e do exército, ou então porque desejava comerciar na cidade com o objetivo de obter lucros. Se os grandes proprietários, além disso, dispunham de tempo para se ocuparem de suas propriedades, os seus camponeses freqüentemente se tornavam cada vez mais dependentes dele. Assim, transformavam-se em trabalhadores agrícolas e, finalmente, em servos de fato do grande proprietário (por exemplo, na Prússia oriental). Contrariamente, se os grandes proprietários estavam constantemente ausentes, ocupados com os seus serviços à Corte ou ao exército, tinham de atribuir aos seus servos maiores competências e conceder-lhes amplos direitos de uso da propriedade, de modo que eles se tornavam de fato proprietários dependentes das terras que lhes eram atribuídas (por exemplo, na França).

14. Em países onde a estrutura agrária era muito forte, esta hierarquia feudal pôde manter-se por longo tempo. No entanto, lá onde as cidades ganharam importância por meio da industrialização crescente e do florescimento do comércio, a modificação das relações sociais urbanas não deixou de surtir efeito sobre a população rural.

1. A nobreza comerciante

15. Na Inglaterra, a evolução se deu modo diverso. No século XV, a população foi dizimada pela peste. A falta de mão-de-obra obrigou os proprietários rurais a transformar as suas atividades e implementar a ovinocultura, que exigia pouca mão-de-obra para grandes superfícies. Os grandes proprietários, por conseguinte, podiam satisfazer a sua necessidade de aumentar as suas fortunas sem dependerem da ajuda de seus camponeses, mas tão-somente pelo comércio dos animais que criavam. Foi desse modo que, desde cedo, desenvolveu-se uma aristocracia comerciante que negociava na cidade, tanto quanto possível livre dos impostos e encargos reais. A lã produzida em grande quantidade precisava então ser trabalhada nas indústrias, fato que contribuiu de modo decisivo para a primeira industrialização no âmbito da manufatura têxtil.

16. Segundo Moore, a comercialização da agricultura (conferir B. Moore, pp. 420 s.) contribuiu para o desenvolvimento da democracia na Inglaterra ao menos tanto quanto o nascimento do comércio e a industrialização nas cidades. A fim de poder satisfazer as suas necessidades, os lordes comerciantes estavam muito mais interessados em desenvolver o seu comércio, livre dos tributos reais, do que em oprimir os camponeses que trabalhavam para eles. Foi por isso que, muito cedo, tiveram de criar um contrapeso ao poderio do rei.

2. *A opressão dos camponeses e dos operários*

17. Os outros dois sistemas feudais mencionados conduziram a uma exploração dos camponeses. Todavia, os barões franceses se distinguiram essencialmente dos fidalgos prussianos, pelo fato de que eles concederam aos camponeses um direito de uso. Isto permitiu na França, em oposição à Prússia Oriental, o desenvolvimento de um processo revolucionário nas camadas sociais mais baixas.

18. Quanto mais os camponeses eram oprimidos, tanto mais o poder central tinha de intervir para salvaguardar e fazer respeitar os interesses dos senhores feudais. Estes, por sua vez, perdiam com isso freqüentemente a sua influência. Esta constelação de forças impedia, em geral, a formação de uma grande classe média autoconsciente, e que, ao final de uma revolução, também poderia ter contribuído para a implantação de uma verdadeira democracia.

19. Os Estados nos quais os camponeses tinham de viver como escravos ofereceram sem dúvida um terreno privilegiado para desenvolvimentos revolucionários. No entanto, freqüentemente a passagem para uma nova ordem se dava de forma tão abrupta, que ela apenas conduzia a uma nova escravidão. Foi por essa razão que a dominação centralizadora e totalitária dos partidos comunistas pôde se impor em especial em Estados que saltaram subitamente do sistema feudal a uma era industrial, sem terem gerado uma ampla camada de cidadãos e nobres comerciantes autoconscientes.

3. A posição da economia

20. Uma das características da economia industrial moderna é que ela necessita de uma ampla organização em termos de espaço. Isto pode conduzir a concentrações econômicas que ameaçam a autonomia dos Estados. Diante desta ameaça, o Estado pode optar entre duas possibilidades. De um lado, se a economia é estatizada, os órgãos do Estado obtêm um poder praticamente ilimitado. Todavia, se apesar disso o Estado deseja garantir uma liberdade limitada aos seus cidadãos, deve modelar os órgãos institucionais de tal maneira que o seu poder seja eficazmente repartido no interesse da liberdade dos cidadãos.

21. De outro lado, se o Estado dá toda liberdade à economia, ele deve cuidar para constituir um contrapeso eficaz diante do poder econômico. Se isto não for possível, ele terá de garantir por meio da criação de limites legais a descentralização da economia e o equilíbrio dos diversos poderes econômicos, quer dizer, a regularização do regime da concorrência.

22. Uma outra característica essencial da estrutura e da organização de Estados modernos industrializados é o antagonismo entre empregadores e trabalhadores. A revolução industrial exigiu, particularmente no seu início, uma mão-de-obra muito numerosa. Mas, uma vez que os trabalhadores, individualmente falando, eram muito fracos para defender os seus interesses em face dos empregadores, uniram-se em sindicatos. Em reação, os patrões criaram associações patronais. Os sindicatos desenvolveram o seu contrapoder organizando-se de forma supra-empresarial, por ramos de atividade e de modo coletivo, com a finalidade de fortalecerem sua influência sobre a legislação estatal e quanto à fixação dos salários.

23. Enquanto as leis sociais e aquelas sobre o trabalho são objeto de debates parlamentares, fora do parlamento os conflitos existentes entre patrões e trabalhadores não podem ser resolvidos por uma decisão majoritária. Se os patrões e os trabalhadores não chegam a um acordo, eles partem para medidas de luta, por exemplo a greve ou o *lockout*. Isto estimulou a formação de sindicatos que são os únicos a ter o poder de negociar com os empregadores em uma relação de igualdade entre parceiros sociais. Se os sindicatos não conseguem atender aos seus objetivos pela via das discussões diretas e bilaterais entre parceiros sociais, tentam-no pela via da legislação parlamentar. Isto conduz ao fato de que nos Estados democráticos o direito trabalhista e o direito social sejam regulados em dois planos distintos. De um lado, a legislação trabalhista e a social se limitam a regulamentar um certo número de condições gerais indispensáveis para o mercado livre. De outro lado, importantes questões relativas ao direito trabalhista – por exemplo, salários, férias e período de trabalho – são objeto de negociações diretas entre os parceiros sociais e fixadas pela conclusão de convenções coletivas de trabalho. O Estado democrático tem simplesmente o papel de um árbitro que deve ajudar a apaziguar conflitos insolúveis no interesse do bem comum.

24. Uma outra concepção é defendida nos Estados comunistas: a defesa e os debates em torno dos interesses de ordem econômica dos trabalhadores não se dão fora do âmbito estatal. Segundo a ótica comunista, por definição, o Estado representa e defende os interesses dos trabalhadores, razão pela qual os sindicatos são supérfluos enquanto instrumentos de luta econômica.

4. A importância da tradição

25. A passagem da estrutura feudal medieval à organização do Estado moderno não se operou em toda parte da maneira anteriormente descrita. Na Índia, após Genghis-Khan (século XVI) chegou-se a um grande empobrecimento e, em decorrência disso, a uma dependência extrema sob a dominação dos grão-mogóis. Os camponeses tinham de financiar tanto o monarca e seus nobres quanto também o exército (B. Moore, p. 317). Apesar disso, após o término da dominação colonial dos ingleses, um regime democrático e federativo, inspirado nas tradições inglesas, pôde se estabelecer e se manter até os dias de hoje. Moore atribui isto à ordem social da Índia, fortemente estruturada segundo o sistema de castas, e às tradições democráticas indianas locais. Na verdade, o sistema de castas impede a comunicação entre as inúmeras castas e, por conseguinte, o estabelecimento de um partido revolucionário que teria de realizar uma solidariedade para além das castas. Bem-sucedida foi somente a revolução da não-violência contra a poderosa Inglaterra, que pôde se basear em uma visão de mundo comum, cunhada pela filosofia da Índia. O homem voltado para si mesmo, que busca a felicidade no desprendimento de suas necessidades, dificilmente pode ser atraído para movimentos revolucionários de maiores proporções.

26. Em alguns Estados africanos, o sistema feudal desenvolveu-se de maneira diferente. A íntima união das tribos (conferir C. Mutwa) não permitiu o desenvolvimento de um verdadeiro poder feudal. Havia certamente por toda a África diferenças entre nobres, homens livres e escravos [conferir

D.-G. Lavroff, *La république du Sénégal* (A república do Senegal), pp. 86 ss.]. Todavia, até o momento o forte sentimento comunitário e a consciência tribal foram certamente muito mais fortes do que a consciência de classe que, segundo a ideologia marxista, é indispensável para a luta de classes. As tradições mágicas e os chefes carismáticos, que encarnavam a consciência africana, produziram, ao contrário, sistemas de governo de tipo notoriamente presidencial. Este leque de sistemas vai desde os de inspiração e de espírito democrático, como no Senegal, até os fundados sobre o terror, como o foram os do Imperador Bokassa e de Idi Amin Dada [conferir também D.-G. Lavroff, *Les systemes constitutionnels en Afrique noire* (Os sistemas constitucionais na África Negra), p. 14].

5. *O desenvolvimento dos meios de comunicação de massa*

27. Ao lado das profundas modificações de ordem econômica e dos outros fatores já citados, o triunfo dos meios de comunicação de massas contribuiu de modo fundamental para a evolução da organização estatal moderna (conferir § 32). A invenção da imprensa no século XV, a difusão progressiva da imprensa e sobretudo – no século XX – a onipresença do rádio, do filme e da televisão criaram uma rede de comunicação entre os homens, outrora inimaginável. Com isso, a consciência de solidariedade e a noção de "opinião pública", crucial para a atividade dos órgãos do Estado, passam a ter uma nova importância. Os Estados democraticamente organizados alcançam, com a ajuda dos meios de comunicação de massas, círculos mais amplos da população que no passado; por sua vez, os *mass-media* fornecem aos órgãos do Estado informações sobre a população.

28. Entre a organização do Estado e os meios de comunicação de massas há uma interação recíproca de natureza particular. De um lado, os *mass-media* podem ser em grande medida colocados a serviço da classe dominante ou do governo. Inversamente, os Estados que garantem a liberdade dos meios de comunicação estão sempre sob a pressão destes. Basta observar com que seriedade grande parte dos políticos toma as críticas da imprensa escrita para, por exemplo, compreender que os jornalistas e outros agentes dos *mass-media*, se não representam a opinião pública, exprimem a opinião publicada do povo, que impõe respeito aos políticos. Não é por acaso que de todos os lados soa a advertência: "Who watches the watchers?", quer dizer, quem controla o vigilante, a saber, os profissionais da imprensa? De fato, enquanto não estiverem sob o controle de funcionários do Estado, eles têm o poder – não absoluto, mas de qualquer modo eficaz – de restringir consideravelmente o poder dos presidentes, dos parlamentares e mesmo dos juízes eleitos. Um outro problema do controle do poder do Estado pelos meios de comunicação de massas se coloca quando em um país a liberdade de imprensa é garantida mas, em razão das condições econômicas, ela está sob a influência de poderosos grupos empresariais.

29. Os meios de comunicação de massas cuidam para que haja uma informação ampla e rápida de toda uma população. Isto conduz, de um lado, a um certo "nivelamento" da informação, mas reforça, de outro, a necessidade de conhecer mais a fundo os procedimentos pouco transparentes no âmbito da administração, do governo, do parlamento e da economia; quer dizer: aquele que detém poder deve hoje, em oposição a outras épocas, justificá-lo diante de um público muito mais amplo.

30. Os homens sempre aceitaram dependências com a condição de receberem uma prestação em contrapartida. Os senhores feudais da Idade Média e os ditadores dos Estados atualmente totalitários tinham e têm a possibilidade de simular tais contraprestações (por exemplo, as pretensas conquistas de um país socialista, o aumento da produção) ou então de exagerá-las (as primeiras viagens ao espaço). A "opinião pública", desse modo, é um fator também a ser levado em conta por eles. Por sua vez, em países onde existe a liberdade de imprensa, os meios de comunicação de massas podem cuidar para que a prestação e a contraprestação do governo e da administração sejam bem conhecidas e discutidas. Se o povo está convencido de que a contraprestação esperada não foi fornecida, pode fazer valer a sua vontade por meios políticos.

31. O fato de que prestação e contraprestação não podem ser apresentadas à população senão através dos *mass-media* permitiu à democracia se desenvolver de maneira decisiva em países dotados de uma imprensa livre. De fato, o "caráter contratual" da dominação democrática só se realiza sob a condição de que um círculo amplo de pessoas seja suficientemente informado sobre a prestação e a contraprestação.

6. A mobilização das massas

32. Os *mass-media* provocaram uma outra mudança, possivelmente decisiva para a evolução da organização do Estado moderno: a movimentação das massas populares para a realização de certos objetivos ideológicos. Na Revolução Francesa, um exército de camponeses e operários famintos ocasionou o desmoronamento de um regime. Desde então, ideologias totalitárias têm sempre mobilizado habilmente as massas de desempregados e descontentes para fins revolucionários. No Estado industrial moderno, onde a comunicação de massa é onipresente – pouco importa que seja ou não objeto de manipulação –, é necessário contar com o fato de que, em momentos de crise, a multidão de descontentes pode ser facilmente mobilizada e incitada à subversão. Por conseguinte, o Estado é colocado diante de uma tarefa de integração que, dependendo do caso, pode se tornar em verdadeira prova de competência.

33. Mao Tsé-tung foi indiscutivelmente o grande teórico e prático moderno da mobilização de massas para determina-

§ 19. OS FUNDAMENTOS SOCIAIS DA ORGANIZAÇÃO ESTATAL   313

dos fins ideológicos. "O nosso céu é a massa do povo chinês. Se ela toda se eleva para conosco carregar duas montanhas, como então isto poderia não ser possível!" (Mao Tsé-tung, citado em Tsien Tche-hao, p. 243). "É necessário reunir, articular e organizar as inúmeras idéias que as massas possuem; em seguida, devemos apresentá-las novamente a elas para que sejam assimiladas, seguidas e traduzidas em ação. Somente quando as massas se movem e agem, é possível avaliar se perseguem idéias justas" (Mao Tsé-tung, em 1.º de junho de 1943, citado em Tsien Tche-hao, p. 245). "Em todo trabalho, o autoritarismo é um erro, visto que viola a consciência das massas e a liberdade... Os nossos camaradas não devem crer que tudo aquilo que compreendem será compreendido do mesmo modo pelas massas. Somente uma investigação realizada no interior das massas mostrará se elas compreenderam esta ou aquela idéia e se estão preparadas para entrar em ação... Contudo, os nossos camaradas não devem crer que as massas não compreenderam aquilo que eles mesmos ainda não compreendem. Freqüentemente sucede as massas estarem muito à nossa frente..." (Mao Tsé-tung, em 24 de abril de 1945, citado em Tsien Tche-hao, p. 245).

34. O século XX mostrou suficientemente do que as massas exasperadas são capazes. Coletivamente, as emoções podem crescer de maneira vertiginosa enquanto o sentimento de responsabilidade individual desaparece. A massa não tem mais consciência e, em poucos instantes, pode destruir o que foi construído com muito esforço ao longo dos séculos. Aquele que sabe como colocar as massas em movimento é capaz de subjugar toda uma população ou até mesmo exterminá-la. Os julgamentos do tipo preto ou branco, a perda de todos os sentidos de proporção, as categorias irracionais amigo-inimigo e a busca de um culpado para todos os males são perigos dos quais nem mesmo os Estados democráticos escapam.

§ 20. A TEORIA DAS FORMAS DE ESTADO

Bibliografia

a) Autores clássicos

Aristóteles. *Politik* (Política). Trad. al. e org. O. Gigon. 2.ª ed., Zurique/Stuttgart, 1971.
Cícero. *Vom Gemeinwesen* (De republica). Trad. K. Büchner. 3.ª ed., Zurique/Munique, 1973.
Marsílio de Pádua. *Der Verteidiger des Friedens* (Defensor pacis – O defensor da paz). Trad. al. W. Kunzmann, 2 vols., Darmstadt, 1958.
Tomás de Aquino. *Über die Herrschaft der Fürsten* (Do governo dos príncipes). Trad. al. F. Schreyvogel. Stuttgart, 1975.
Tocqueville, A. de. *Über die Demokratie in Amerika* (A democracia na América). Trad. al. H. Zbinden. Vol. I da edição Werke und Briefe (Obras e cartas) em 2 vols. Stuttgart, 1959-1962.

b) Outros autores

Berve, H. Wesenszüge der griechischen Tyrannis (Traços da tirania grega). In: F. Gschnitzer (org.). *Zur griechischen Staatskunde* (A política grega). Darmstadt, 1969.
Crick, B. *Basic Forms of Government* (Formas básicas de governo). Londres, 1973.
Dahl, R. A. *Regimes and Oppositions* (Regimes e oposições). New Haven, 1973.
Fried, R. C. *Comparative political institutions* (Instituições políticas comparadas). Londres, 1966.
Herrschaftsmodelle und ihre Verwirklichung (Modelos de dominação e sua realização). Mainz, 1971.
Herz, J. H., Carter, G. M. *Regierungsformen des 20. Jahrhunderts* (Formas de governo do século XX). Stuttgart, 1964.
Hüglin, O. *Tyrannei der Mehrheit* (Tirania da maioria). Dissertação. St. Gallen, 1977.
Huntington, S. *Political Order in Changing Societies* (A ordem política nas sociedades em mudança). 2.ª ed., Yalle, 1969.
Imboden, M. *Politische Systeme – Staatsformen* (Sistemas políticos – formas de Estado). 2.ª ed., Basiléia, 1974.
Jones, A. H. M. Wie funktionierte die athenische Demokratie? (Como funcionava a democracia em Atenas?). In: F. Gschnitzer (org.). *Zur griechischen Staatskunde* (A política grega). Darmstadt, 1969.

§ 20. A TEORIA DAS FORMAS DE ESTADO

Kelsen, H. *Demokratie und Sozialismus*. Ausgewählte Aufsätze. (Democracia e socialismo. Textos escolhidos). Org. N. Leser, Viena, 1967.
Kuechenhoff, E. *Möglichkeiten und Grenzen begrifflicher Klarheit in der Staatsformenlehre* (Possibilidades e limites da clareza conceitual na teoria das formas de Estado). 2 vols., Berlim, 1967.
Mantl, W. *Repräsentation und Identität. Demokratie im Konflikt.* Ein Beitrag zur modernen Staatsformenlehre (Representação e identidade. Democracia em conflito. Uma contribuição para a teoria moderna das formas de Estado). Viena, 1975.
Millet, R. *Gouvernement de l'avenir* (O governo do futuro). Paris, 1960.
Stammen, Th. *Regierungssysteme der Gegenwart* (Sistemas de governo contemporâneos). 3.ª ed., Stuttgart, 1972.
Tsien Tche-hao. *La Chine* (A China). Coleção Comment ils sont gouvernés (Como eles são governados). Vol. 28., Paris, 1977.

1. As teorias das formas de Estado são tão antigas quanto à teoria do próprio Estado. Esta teoria preocupa-se constantemente com três questões: de início, quais critérios convêm adotar para classificar as diferentes formas de Estado? A seguir, a teoria das formas de Estado deve se limitar a examinar quem participa do exercício do poder estatal? Enfim, pode-se a partir do tipo de forma de Estado tirar conclusões acerca de sua qualidade; em outras palavras, qual a melhor forma de Estado, a monarquia, a oligarquia ou a democracia?

a) A tipologia dos Estados segundo Aristóteles

2. "Uma vez que a constituição do Estado e seu governo significam a mesma coisa e o governo é aquilo que domina o Estado, então aquele que domina será necessariamente só um, ou um pequeno número, ou então a maioria. Quando um único, um pequeno número ou a maioria governam tendo em vista o interesse comum, constituem necessariamente formas de Estado corretas, ao passo que são errados os governos que têm em vista o interesse particular, seja somente de um, seja de um pequeno número, seja de muitos. Pois, ou aqueles que não tomam parte nas vantagens não podem ser chamados cidadãos, ou então, enquanto cidadãos, devem participar das vantagens" (Aristóteles, Livro III, 1279 a).

3. Esta afirmação de Aristóteles encontra-se há mais de dois mil anos no centro da teoria das formas de Estado. De acordo com isso, os Estados podem ser classificados em democracias, quando a maioria do povo governa para o bem de todos, ou em democracias degeneradas, quer dizer, em oclocracias, quando a maioria governa tão-somente em seu próprio proveito ou a massa popular é usada para atingir os objetivos de um ou mais demagogos; por sua vez, fala-se em aristocracias quando um pequeno número governa para o bem de todos, ou de oligarquias quando uma minoria não governa senão para o seu próprio bem. Nas monarquias, o monarca soberano governa para o bem de todos e, por fim, nas tiranias, o tirano exerce arbitrariamente o seu poder somente em seu próprio interesse. Enquanto para Aristóteles não é, em primeira linha, o *tipo* de *forma* de governo que revela algo sobre a qualidade de um Estado, mas a maneira *como é governado* – se, por exemplo, um Estado é governado de maneira justa no interesse de todos –, outros autores tiram a partir da forma dos Estados conclusões sobre a qualidade de seus governos. É assim que para Tomás de Aquino o regime monárquico é a melhor forma de governo porque por natureza a condução parte de um só. Em contrapartida, a democracia ou a oligarquia conduziriam à dissensão e cada qual procuraria tão-somente o seu bem-estar pessoal [Tomás de Aquino, *Über die Herrschaft der Fürsten* (Do governo dos príncipes), Livro I, cap. 2, pp. 10 ss.].

4. "De acordo" responderia 700 anos depois Kelsen se "se pudesse responder de uma maneira absolutamente objetiva, universalmente válida e imediatamente vinculante para todos, por lhes ser evidente saber aquilo que é socialmente justo, aquilo é bom, aquilo que é o melhor: a democracia seria então pura e simplesmente impossível... Mas aquele que sabe que somente valores relativos são acessíveis ao conhecimento humano pode justificar a coerção necessária para a realização da democracia tão-somente pelo fato de que, se não tem o consentimento de todos (isto seria impossível e significaria a anarquia), tem ao menos a adesão da maioria para a qual a ordem imposta deve valer. Este é o princípio fundamental da democracia. É o princípio da maior liberdade possível, concebido como a oposição relativamente menor entre a *volonté générale*, a saber, o conteúdo da ordem imposta pelo Estado, e a *volonté de tous*, quer dizer, o querer dos indivíduos sujeitos a esta ordem" (H. Kelsen, pp. 66 ss.).

5. Pode o mundo dos Estados modernos ser ainda apreendido com a tipologia aristotélica de Estado? Excetuando-se alguns Estados, hoje praticamente todos pretendem ser uma democracia. No entanto, ao mesmo tempo, os Estados se acusam reciprocamente de violar os princípios elementares da democracia. Os Estados socialistas acusam as democracias capitalistas de estarem a serviço de monopólios econômicos oligárquicos; por sua vez, os Estados capitalistas afirmam que os Estados comunistas não são senão pseudo-democracias totalitárias. Uns querem mobilizar as massas para a sua democracia (W. I. Lênin, Mao), outros exigem da democracia discussões e soluções objetivas; outros ainda se referem à tirania da maioria na democracia (por exemplo, J. St. Mill e A. de Tocqueville). "Há situações sociais que não permitem à minoria ter qualquer esperança de conquistar a maioria, porque para isso aquela teria de abandonar o objeto mesmo de sua luta contra esta" (A. de Tocqueville, pp. 286 ss.; conferir também O. Hüglin).

b) Critérios diversos

6. Para classificar os Estados modernos segundo diferentes tipos, pode-se aplicar critérios totalmente distintos (conferir a esse respeito, em especial, também S. Huntington). Nós podemos, por exemplo, distinguir entre Estados de governos estáveis e Estados de governos instáveis. Os novos Estados do Terceiro Mundo têm, regra geral, governos instáveis, enquanto os Estados do Velho Mundo, constituídos de democracias burguesas ou comunistas, têm normalmente governos estáveis. Os Estados podem também ser divididos em Estados livres e Estados não-livres. Neste caso, a linha divisória refere-se menos à que separa os países industrializados do norte dos países em desenvolvimento do sul, do que à que estabelece uma distinção entre as democracias comunistas, patriarcais e parlamentares. No entanto, há no Terceiro Mundo igualmente democracias livres. De outro lado, os Estados comunistas da Europa são tão totalitários quanto certos Estados de regime presidencial do Terceiro Mundo, nos quais os presidentes temem pelo seu poder. Pode-se distinguir também os Estados entre os que concedem muito poder aos governos e os que desconfiam fundamentalmente do poder. Certos Estados dotados de governos estáveis concedem muito pouco poder ao seu governo (a Suíça, por exemplo). Em outros Estados, os governos têm pouco poder porque ainda não puderam se estabelecer, quer dizer, porque as condições ainda são muito instáveis (por exemplo, o Líbano).

7. A idade de uma Constituição pode ser um outro critério. A família imperial do Japão, que hoje em dia não possui mais poder político, funda a sua dominação sobre uma dinastia imperial ininterrupta que remonta a mais de 2.000 anos atrás. Em contrapartida, outros Estados nasceram em épocas muito recentes (por exemplo, Bangladesh). Os Estados também podem ser distinguidos segundo o critério da capacidade de adaptação. Há Estados que rapidamente e sem dificuldades se adaptam aos novos desenvolvimentos. Dentre estes encontram-se, em parte, os países escandinavos. Outros Estados, por seu lado, não têm pressa em se adaptarem – como a Suíça – e também há os que são dominados por uma determinada religião, por exemplo o islamismo (Arábia Saudita). Por fim, há ainda democracias nas quais um número restrito de famílias dá o tom (a Fran-

§ 20. A TEORIA DAS FORMAS DE ESTADO 319

ça, por exemplo), ou então as que, em razão de sua evolução histórica, são muito mais abertas (a Alemanha).

8. Pode-se também distinguir entre os Estados dotados de uma burocracia grande e bem estabelecida (por exemplo, a França, a União Soviética) e os que se esforçam na medida do possível por manter a sua administração dentro de proporções razoáveis, modestas – por exemplo, os Estados Unidos, a Suíça e a China (conferir a esse respeito Tsien Tche-Hao, pp. 287 ss.). Para Rousseau e Montesquieu, as dimensões de um Estado são decisivas. Um Estado com 800 milhões de habitantes (China) não pode ser governado segundo os mesmos princípios que um outro que apresenta um número de habitantes cem vezes menor (a Suíça). Às vezes, distingue-se entre os Estados com base nas condições climáticas e geográficas. Um país montanhoso apresenta uma organização estatal distinta da de um Estado que possui um grande território plano. A afirmação "a Inglaterra e o Japão são ilhas" é muito mais reveladora para a teoria do Estado do que se poderia imaginar à primeira vista.

9. Todavia, os Estados também diferem segundo a sua estrutura interna, impondo-se os Estados centralizados como a França, os que são federalistas como a Alemanha, a Suíça ou os Estados Unidos.

c) A organização do poder soberano como critério determinante de classificação

10. Qual é pois o critério de classificação determinante para nós? Podemos nos contentar com o critério relativo ao número dos que participam do governo? A imagem da realidade estatal, que Aristóteles tinha em vista, era a comunidade das cidades gregas organizadas de modo variado. Cidades organizadas democraticamente (conferir A. H. M. Jones, pp. 219 ss.) existiam ao lado de cidades governadas por tiranos (H. Berve, p. 139).

11. No entanto, posteriormente, a dominação das cidades gregas pelo Império Romano modificou o curso da história. Desde Constantino, a Igreja católica passou a ser um fator de influência no seio do Estado. A secularização e a centralização do poder na mão de um monarca absoluto constituíram a mudança decisiva em direção ao Estado moderno e sua organização.

12. O homem moderno distingue-se dos seus ancestrais notadamente pelo fato de que ele não se considera parte integrante da natureza e do mundo circundante e, desse modo, submetido ao destino, mas, ao contrário, enquanto sujeito que deseja modelar a natureza e o seu ambiente. A sociedade medieval concebia por exemplo o poder do Estado como algo de providencial, quer dizer, determinado por Deus. O soberano não tinha a tarefa de editar suas próprias leis para os homens; ao contrário, ele devia aplicar as leis divinas para os homens. Ele era o juiz que devia condenar aquele que transgredisse a lei. Raros foram os soberanos que tiveram a idéia de, pelas suas próprias leis, modelar a organização do Estado e da sociedade. As ordens pública e social constituíam, na época, algo previamente dado e tradicional.

13. No Estado secularizado com total e ilimitada soberania, o soberano não tinha apenas o direito de julgar os homens, mas também de modelar o Estado e os seus súditos segundo a sua vontade. O poder estatal centralizado no monarca era ilimitado e detido somente por ele. A antiga dominação feudal com sua soberania estruturada e dividida foi substituída por um absolutismo mais ou menos centralizador.

14. Quando Aristóteles escreveu a sua *Política*, na qual formula os critérios relativos aos diferentes tipos de Estado, essa concepção de uma soberania ilimitada lhe era ainda totalmente estranha. Segundo ele, as leis eram sobretudo regras de comportamento, quer dizer, leis penais destinadas a realizar a justiça. Quanto à *pólis*, ela baseava-se numa sociedade estruturada pelos clãs. Aristóteles desconhecia a idéia de um poder estatal que a tudo englobava.

§ 20. A TEORIA DAS FORMAS DE ESTADO

15. Muitos Estados modernos conferem a um único órgão estatal esse poder público ilimitado. Este se encontra nas mãos de um parlamento (democracia parlamentar), de um partido (regimes comunistas governados por um partido único) ou do exército (ditaduras militares da América Latina).

Todavia, nos dias de hoje ainda existem Estados que não deram o passo decisivo em direção a um poder público absoluto. Os Estados Unidos da América adotaram, por exemplo, a Constituição inglesa da época anterior ao absolutismo, o que implica um equilíbrio de poderes entre o presidente (monarca eleito) e o congresso (parlamento). Também na Suíça, um poder absoluto do Estado não pôde se impor do mesmo modo como é o caso nos países vizinhos. Pois os cantões suíços conheceram as dominações arbitrárias exercidas por certas famílias aristocratas, mas, em casos extremos, o povo sempre tinha a possibilidade de se defender. A Confederação helvética, organizada de modo federalista, por conseguinte, não se enquadrava no esquema de um Estado moderno com uma soberania una e indivisível.

16. Se, portanto, diferenciarmos os Estados contemporâneos de acordo com a maneira como organizaram o poder estatal soberano, supremo, constatamos de início o seguinte: de um lado, encontramos Estados que acompanharam as evoluções absolutistas e atribuíram a soberania a *um* só órgão estatal; de outro, há os Estados que ainda hoje têm uma soberania *estruturada, dividida*.

17. Em suas considerações sobre a Constituição democrática, Aristóteles defendia a concepção de que o povo estaria em condições de governar a pequena *pólis* autárquica. Sem dúvida, naquela época, o povo decidia algumas questões direta e autonomamente nas assembléias populares. Além disso, com a escolha por sorteio dos que ocupavam cargos públicos e pela sua substituição anual pretendia-se evitar a criação de uma oligarquia dirigente. Em comparação à *pólis* de Aristóteles, os Estados modernos são muito mais complexos e maiores. Eles não se deixam governar por assembléias populares. São muito mais *formas de Estado mistas* no sentido aristotélico. Em intervalos regulares, o povo elege o parlamento e/ou o governo (democracia), enquanto o parlamento edita as leis (oligarquia). O governo que é, *de iure ou de facto*, dirigido por um chefe de governo se aproxima das concepções constitucionais da monarquia (a propósito das formas de Estado mistas, conferir Cícero, Livro I, pp. 29 ss.).

18. Este ponto de vista, todavia, praticamente não conduz a uma avaliação adequada das formas de Estado "democráticas" contemporâneas. Decisiva é sobretudo a questão colocada originalmente por Aristóteles relativa à *organização do poder supremo do Estado*. Se quisermos examinar os tipos de Estado contemporâneos, é necessário saber qual o órgão que detém o poder supremo do Estado e como é organizado, quer dizer, como é eleito.

19. Uma vez que saibamos como esse órgão é eleito, que conheçamos a sua composição, podemos então conhecer o tipo e o grau de democracia do Estado em questão. A partir desta perspectiva, é possível classificar os Estados democráticos da seguinte forma: começa-se por distinguir entre os Estados que colocam nas mãos de um órgão único a disposição sobre o poder supremo do Estado e aqueles nos quais vários órgãos dividem direitos soberanos. Na primeira categoria inserem-se os Estados dotados de uma democracia parlamentar e os que têm uma democracia presidencial. À segunda categoria, quer dizer, à dos Estados que apresentam uma soberania dividida, pertencem certos Estados federativos, assim como Estados que, tal qual os Estados Unidos, repartem a sua soberania entre os três poderes federais supremos.

20. Não se pode perder de vista também todos os Estados que colocam a soberania efetiva nas mãos de instituições – como, por exemplo, de um partido ou de uma religião –, que não podem ser denominadas órgãos do Estado. Inserem-se nesta categoria os Estados comunistas ou os que são determinados por tradições religiosas.

Capítulo 2
A organização dos Estados democráticos modernos

Como já constatamos (§ 3/15 ss.), o Estado moderno é o resultado de uma centralização do poder introduzida já há séculos. Esta centralização encontra a sua fundamentação racional nas teorias da soberania de Bodin e de Hobbes e desemboca na teoria da soberania una, indivisível e absoluta. Em muitos Estados, o parlamento é o detentor desta soberania absoluta. Todavia, ele não é, se não raramente, o detentor único do poder do Estado. Normalmente, ele divide o poder com outros órgãos. Muitas vezes, somente pode exercer a sua soberania em um âmbito restrito e está submetido ao controle de um tribunal constitucional. No entanto, freqüentemente encontramos também formas de Estado nas quais o poder soberano não é detido senão aparentemente pelo parlamento, sendo, na verdade, exercido de fato por um presidente eleito. Nós começaremos examinando mais a fundo as diversas formas de soberania parlamentar.

Em uma série de Estados, aos quais é dedicado o segundo parágrafo deste capítulo, a evolução em direção a uma soberania indivisível conscientemente não foi completamente operada. Nestes Estados, a soberania é dividida horizontalmente entre diferentes poderes ou é subdividida verticalmente entre a União e os Estados-membros. Nestes Estados, a idéia de um poder estatal estruturado, que tem a sua origem na concepção do Estado feudal, persistiu pois em uma forma modificada.

Finalmente, há Estados que não deixam a própria soberania nas mãos de verdadeiros órgãos estatais, mas na de partidos ou de organizações religiosas. O último parágrafo deste capítulo investiga estes Estados dotados de uma soberania "extra-estatal".

Uma vez que, nas páginas que se seguem, nós nos limitaremos à análise de certos tipos de Estado, o leitor não deverá contar com uma apresentação detalhada de muitas formas de Estado idênticas ou muito semelhantes. Particularmente no âmbito europeu, tivemos de renunciar à apresentação da forma de Estado dos seguintes países: Áustria, Itália, Holanda, Espanha, Portugal, Bélgica, Grécia etc.

§ 21. A SOBERANIA CENTRALIZADA NO PARLAMENTO

Bibliografia

a) Autores clássicos

Montesquieu, Ch.-L. *Vom Geist der Gesetze*. Trad. al. K. Weigand. Stuttgart, 1974. [Trad. bras. *O espírito das leis*. São Paulo, Martins Fontes, 2.ª ed., 1996.]

b) Outros autores

Ashley, M. *The Glorious Revolution of 1688* (A Revolução Gloriosa de 1688). Londres, 1966.

Bosl, K. (org.). *Der moderne Parlamentarismus und seine Grundlagen in der ständischen Repräsentationen* (O parlamentarismo moderno e seus fundamentos nas representações corporativas). Berlim, 1977.

Burdeau, G. *Droit constitutionnel et institutions politiques* (Direito constitucional e instituições políticas). 18.ª ed., Paris, 1977.

Carlen, L. *Die Landsgemeinde in der Schweiz* (O Conselho Cantonal na Suíça). Sigmaringen, 1976.

Doré, F. *La République indienne* (A República indiana). Col. Comment ils sont gouvernés (Como eles são governados). Vol. 19., Paris, 1970.

Ellwein, Th. *Das Regierungssystem der Bundesrepublik Deutschland* (O sistema de governo da República Federal da Alemanha). 3.ª ed., Opladen, 1973.

§ 21. A SOBERANIA CENTRALIZADA NO PARLAMENTO 325

Elton, G. R. *The Tudor Constitution* (A constituição dos Tudor). Cambridge, 1965.
Encyclopedia Britannica. Chicago/Londres. Edição de 1962.
Erskine May, T. *Constitutional History of England since the Accession of George the Third* (A história da constituição da Inglaterra desde a ascensão de George III). 3 vols., Londres, 1912.
Gehrig, N. *Parlament – Regierung – Opposition* (Parlamento – Governo – Oposição). Munique, 1969.
Goethe, J. W. von. Briefe der Jahre 1814-1832 (Cartas dos anos 1814-1832). In: vol. 21 da edição comemorativa *Werke, Briefe und Gespräche* (Obras, cartas e diálogos). Org. E. Beutler. Zurique, 1951.
Hellbling, E. C. *Österreichische Verfassungs- und Verwaltungsgeschichte* (História da constituição e da administração da Áustria). 2.ª ed., Viena/Nova York, 1974.
Hesse, K. *Grundzüge des Verfassungsrechts der Bundesrepublik Deutschland* (Traços essenciais do direito constitucional da República Federal da Alemanha). 11.ª ed., Heidelberg, 1978.
Hüllendorff, C., Schück, H. *History of Sweden* (História da Suécia). Estocolmo, 1938.
Keir, D. L. *The Constitutional History of Modern Britain since 1485* (A história constitucional da moderna Grã-Bretanha desde 1485). 8.ª ed., Londres, 1966.
Kemp, B. *King and Commons* (O rei e os comuns). Londres, 1957.
Kenyon, J. P. *The Stuart Constitution* (A constituição dos Stuart). Cambridge, 1966.
Kluxen, K. *Geschichte Englands*. Von den Anfängen bis zur Gegenwart (História da Inglaterra. Dos primórdios aos dias atuais). Stuttgart, 1968.
____. (org.). *Parlamentarismus* (Parlamentarismo). Colônia, 1967.
Liebeskind, W.-A. *Institutions Politiques et Traditions Nationales* (Instituições políticas e tradições nacionais). Genf, 1973.
Löwenberg, G. *Parlamentarismus im politischen System der Bundesrepublik Deutschland* (O parlamentarismo no sistema político da República Federal da Alemanha). Tübingen, 1969.
____. *Modern parliaments: change or decline?* (Os parlamentos modernos: mudança ou declínio?). Chicago, 1971.
Loewenstein, K. *Der britische Parlamentarismus* (O parlamentarismo inglês). Hamburgo, 1964.
____. *Staatsrecht und Staatspraxis von Großbritannien* (O direito do Estado e a *práxis* pública na Grã-Bretanha). 2 vols., Berlim, 1967.

Maunz, Th., Dürig, G., Herzog, R. *Grundgesetz* (Constituição). 5.ª ed., Munique, 1979.

Mayer-Tasch, P. C. *Die Verfassungen der nicht-kommunistischen Staaten Europas* (As Constituições dos Estados europeus não-comunistas). 2.ª ed., Munique, 1975.

McKenzie, R. T. *British Political Parties* (Os partidos políticos ingleses). Londres/Nova York, 1955.

Menger, Ch. F. *Deutsche Verfassungsgeschichte der Neuzeit* (História da Constituição alemã da Época Moderna). Karlsruhe, 1975.

Morrison, H. *Government and Parliament* (Governo e parlamento). Londres, 1954.

Porritt, E., Porritt, A. G. *The Unreformed House of Commons.* Parliamentary Representation before 1832 (A Câmara dos Comuns não reformada. A representação parlamentar antes de 1832). 2 vols., Cambridge, 1903.

Reddaway, W. F. (org). *The Cambridge History of Poland* (A história *Cambridge* da Polônia). 2 vols. Cambridge 1941 e 1950.

Ritter, G. A. *Parlament und Demokratie in Großbritannien* (Parlamento e democracia na Grã-Bretanha). Göttingen, 1972.

_____. *Deutscher und britischer Parlamentarismus.* Ein verfassungsgeschichtlicher Vergleich (O parlamentarismo alemão e britânico. Uma comparação da história constitucional). Tübingen, 1962.

_____. *Gesellschaft, Parlament und Regierung.* Zur Geschichte des Parlamentarismus in Deutschland (Sociedade, parlamento e governo. Sobre a história do parlamentarismo na Alemanha). Düsseldorf, 1974.

Robert, J. *Le Japon* (O Japão). Col. Comment ils sont gouvernés (Como eles são governados). Vol. 20., Paris, 1970.

Shimizu Nozomu. Die parlamentarische Demokratie und die Entwicklung des Parteiensystems im Nachkriegs-Japan (A democracia parlamentar e o desenvolvimento do sistema partidário no Japão pós-guerra). In: *JöR* 27, 1978, pp. 577 ss.

Sontheimer, K. *Das politische System Großbritanniens* (O sistema político da Grã-Bretanha). Munique, 1972.

Tanner, J. R. *English Constitutional Conflicts of the Seventeenth Century 1603-1689* [Os conflitos constitucionais na Inglaterra no século XVII (1603-1689)]. Cambridge, 1928.

Thomas, P. D. G. *The House of Commons in 18th Century* (A Câmara dos Comuns no século XVIII). Londres, 1971.

Tixier, G. *Le Ghana* (Gana). Coleção Comment ils sont gouvernés (Como eles são governados). Vol. 10, Paris, 1965.

Turner, E. R. *The Privy Council of England in the 17th and 18th centuries* (O Privy Council da Inglaterra nos séculos XVII e XVIII). 2 vols. Baltimore, 1927-1928.

Wilding, N., Laundy, Ph. *An Encyclopaedia of Parliament* (Uma enciclopédia sobre o parlamento). 4.ª ed., Londres, 1972.

Williams, E. N. (org.). *The Eighteenth Century Constitution* (A Constituição do século XVIII). Cambridge, 1965.

Wyrwa, T. *Les républiques andines* (As repúblicas andinas). Coleção Comment ils sont gouvernés (Como eles são governados). Vol. 23 Paris, 1972.

Zeh, W. *Parlamentarismus* (Parlamentarismo). Bonn, 1978.

1. Numerosas democracias ocidentais e, em parte, também as do Terceiro Mundo repousam sobre a soberania parlamentar. Esta é inseparável da história do parlamento inglês. Enquanto os Estados Unidos da América calcaram o seu sistema de governo sobre a realidade constitucional do século XVIII na Inglaterra, as democracias parlamentares da Europa, do Japão, da Índia, da Austrália e, em sua origem, também as de Gana, da Nigéria, do Quênia e da África do Sul têm suas raízes no sistema parlamentar inglês dos séculos XIX e XX. É por essa razão que é indispensável apresentar um breve esboço da história extremamente interessante do parlamento inglês. Ao fazê-lo, torna-se igualmente compreensível uma parte essencial da teria da democracia.

a) *King in Parliament* (Inglaterra)

2. A história do parlamento inglês, por diversas razões, é importante para a compreensão da teoria moderna das formas de Estado. Em oposição aos órgãos parlamentares do continente, o parlamento inglês pôde, ao longo da história, se estabelecer como órgão de decisão em face do rei, cujo poder foi reprimido progressivamente.

3. Além disso, foi no parlamento inglês que pôde se desenvolver o sistema de governo de gabinete, quer dizer, o sistema de governo parlamentar que, como já citado anteriormente, foi então adotado por diversas Constituições modernas. A compreensão desse sistema de governo pressupõe um conhecimento aprofundado de seu desenvolvimento na Inglaterra.

4. Os parlamentos europeus eram, em sua origem, geralmente representações de classes. Desde cedo desenvolveu-se no parlamento inglês a idéia de uma representação geral do povo, não ligada a uma classe social. É por essa razão que a teoria moderna de representação reporta-se intimamente à história do parlamento inglês. Em sua origem, as eleições dos parlamentares ingleses – ao menos segundo critérios contemporâneos – eram, em grande medida, uma farsa. A idéia de conferir ao povo um direito de voto caracterizado pela liberdade, igualdade e independência surge na Inglaterra somente no século XIX, fato extremamente importante não só para o desenvolvimento do sistema parlamentar, mas também para a história dos partidos políticos e para a ampliação da democracia.

5. No sentido contemporâneo, soberano é na Inglaterra o triângulo formado pelo rei, pela Câmara dos Lordes e pela Câmara dos Comuns que atuam em conjunto. Esta posição dos órgãos não se alterou desde 1295, desde o parlamento do rei Eduardo I. Modificaram-se somente as relações de peso no interior do tripé. De fato, se antigamente o rei podia convocar o parlamento quando bem entendesse e determinar sobre quais questões desejava lhe consultar, se, além disso, tinha um direito de veto diante do parlamento, hoje ele *deve* necessariamente convocar o parlamento quando o governo não tem mais a maioria, *deve* deixar ao parlamento todas decisões legislativas e assiná-las, sem poder fazer valer o seu direito de veto. Todavia, isto não altera de modo algum o fato de que também hoje a soberania do país, tal como há 700 anos, ainda é exercida conjuntamente pelos três poderes. Como nasceu esta tradição parlamentar?

1. A evolução até 1295

6. Mesmo antes da invasão dos normandos, os anglo-saxões já conheciam, segundo as tradições germânicas, certos direitos de participação do povo em face dos chefes tribais, especialmente em questões relativas à guerra e à paz. Acima dessas assembléias locais havia o *Witenagemot* ou a assembléia dos sábios com o rei. Esta assembléia tinha como tarefa concluir tratados e aconselhar o rei quer na repartição de terras "do Estado" quer na escolha de condes ao seu serviço. Finalmente, o *Witenagemot* tinha ainda a tarefa de eleger o rei.

7. Contudo, esta assembléia não podia editar leis, uma vez que, na época, o direito de legislar, tal como se entende nos dias de hoje, não era conferido nem ao rei nem ao povo; ela também não podia cobrar tributos, visto que, na época, o rei ainda não necessitava de tributos. No entanto, tal como em outros órgãos consultivos de origem germânica, a assembléia tinha o direito e a incumbência de aconselhar o monarca no exercício de suas tarefas judiciárias. O rei convocava a assembléia, decidia quem seria convidado a participar dela e dirigia esta assembléia composta por sacerdotes, anciãos, nobres e sábios. O povo podia acompanhar os debates e manifestar a sua satisfação ou a sua reprovação.

8. Com a invasão dos normandos, estes primeiros elementos de uma democracia nascente foram abolidos, ao menos temporariamente. A Inglaterra encontrava-se sob o jugo de um conquistador estrangeiro que, graças à sua conquista, reivindicara o direito de propriedade sobre todo o território e passara a distribuir as terras aos seus próprios nobres e bispos. Em lugar do *Witenagemot*, constituiu-se uma assembléia consultiva, composta pelos subordinados do rei. Não era mais uma assembléia mista de diversos representantes do povo, mas sim uma assembléia de condes, vassalos diretos do rei, quer dizer, um órgão do Estado feudal.

9. Este órgão feudal reservou-se por meio da *Magna Charta*, no ano de 1215, os direitos de liberdade que algumas vezes foram erroneamente considerados direitos extensivos a todos os cidadãos (conferir § 9/2 ss.). Contudo, a *Magna Charta* não teve uma influência decisiva sobre a evolução parlamentar. No ano de 1265, o rebelde Simon de Montfort, líder da oposição a Henrique III, convocou uma assembléia nacional, para a qual foram chamados não somente os duques, mas também os representantes dos diversos distritos (*Boroughs*). Assim, Simon de Montfort deu início ao processo evolutivo em direção a um novo parlamento, que retomou a tradição do *Witenagemot*. Assembléias do mesmo gênero reuniram-se nos anos 1275 e 1290 até a convocação do primeiro parlamento propriamente dito em 1295 por Eduardo I. Este parlamento não era todavia composto por representantes eleitos pela população dos *Boroughs*, mas sim escolhidos pelo rei. Este modo de escolha assegurava ao monarca uma influência sobre os *Boroughs* e o parlamento, que só foi limitada no século XVII por meio do *Bill of Rights*. Ainda assim, os parlamentares tinham a tarefa de defender os interesses de *todo* o distrito e não só os próprios de uma determinada classe social.

10. A competência decisiva, que Eduardo I conferiu ao seu parlamento, foi o direito de co-decisão na fixação dos tributos. "No taxation without representation" passou a ser, desde então, o grito de guerra de todos os parlamentares no mundo anglo-saxão. Posteriormente, o direito de co-decisão na fixação dos tributos foi sobretudo um instrumento importante para influenciar a política do rei. No início, essa competência foi contudo uma espécie de faca de dois gumes, no sentido de que ela obrigava os representantes a apoiar o rei nos assuntos relacionados com a cobrança de tributos.

11. Ao lado do direito de co-decisão na cobrança de tributos, os membros do parlamento também tinham o direito de julgar reclamações de toda e qualquer natureza, bem como as

§ 21. A SOBERANIA CENTRALIZADA NO PARLAMENTO 331

petições. Desse modo, eles perpetuaram a tradição das funções judiciárias do *Witenagemot*.

12. Já em 1322, os direitos do parlamento foram confirmados por escrito sob a forma de um estatuto conferido por Eduardo II: "The matters to be established for the estate of the king and of his heirs, and of the estate of the realm and of the people, should be treated, accorded and established by the King, and by the assent of the prelates, earls and barons, and the commonalty of the realm, according as has been before accustomed" (conferir *Encyclopedia Britannica*, tópico "Parlamento"). O parlamento pôde, posteriormente, estender ainda mais os seus direitos, porque o rei Eduardo II e sobretudo o seu sucessor Eduardo III dependiam de grandes receitas fiscais. É assim que o parlamento reivindica um direito de co-decisão na escolha dos conselheiros do rei e, particularmente, na entronização de um novo rei.

13. Entre os anglo-saxões, o clero desempenhou, desde o início, um papel decisivo; ele se separara desde cedo do parlamento, mas conservava o seu poder. Não se sabe ao certo quando os *Lords* e os *Commons* se dissociaram e formaram duas Câmaras. É provável que a necessidade de deliberar simultaneamente, mas em dois lugares distintos, explique o desenvolvimento de duas Câmaras. Uma outra hipótese é a de que os Lordes jamais teriam se reunido com os Comuns. Na verdade, o que importa para o desenvolvimento da história do parlamento inglês é o fato de que os grandes proprietários sentavam-se ao lado dos outros representantes livres dos *Boroughs* (distritos) na Câmara dos Comuns, de tal modo que não pôde nascer nem se desenvolver uma classe de proprietários distinta da dos outros cidadãos livres e que poderia oprimi-los.

2. Evoluções comparáveis no continente

14. Assembléias consultivas, semelhantes às que encontramos na Inglaterra nos séculos XIII e XIV, havia em praticamente todos os outros reinos europeus. Na França, os Capetos tinham criado a tradição da *curia regis* (Conselho do rei). Na Polônia foi a *szlachta* que na *Magna Charta* da Polônia (1374) pôde se reservar privilégios como, por exemplo, o direito de co-decisão em matéria de tributos; em 1493, o *sejm*, outra assembléia, pôde, sob a autoridade de Piotrkow, editar pela primeira vez leis para todo o país (conferir W. F. Reddaway). Na Suécia, em 1359, o rei Magno se viu obrigado a instaurar um início tímido de parlamento com o primeiro *riksdag* sueco, em razão do poder dos nobres e também por causa de certos cidadãos já livres. Esta assembléia compreendia representantes das cidades, da nobreza e do clero (C. Hüllendorff e H. Schück). No reino da Suécia, os *Landtagen*, uma espécie de parlamento regional, revestiu-se de uma certa importância política. Os seus membros não representavam, como na Inglaterra, toda a população de um certo distrito eleitoral, mas unicamente a classe social à qual pertenciam. As quatro classes sociais [clero, nobreza, cavaleiros e cidades (burguesia)] deliberavam separadamente. Uma vez que quase nunca as quatro classes chegavam a um consenso, cabia ao *Landesherr* (monarca da região) a mediação, o que fortalecia consideravelmente a sua posição em face dos *Landtagen* (conferir a esse respeito E. C. Hellbling, pp. 114 ss., e Ch. F. Menger, p. 52). No âmbito da Confederação Suíça, o *Landamman* (presidente do conselho do governo) assumiu os direitos que anteriormente cabiam ao Vogt (funcionário da administração regional). Ele fazia a justiça junto ao povo; em 1294 já havia na *Schwyz* um verdadeiro *Landsgemeide* (Conselho Cantonal) (conferir L. Carlen, pp. 10 s.; W. A. Liebeskind).

3. O Reformation Parliament *de Henrique VIII*

15. Como em todos os outros Estados europeus, o parlamento inglês perdeu a sua importância na época do absolutismo. No entanto, em oposição à assembléia de representação de classes na França, o parlamento inglês pôde se reafirmar muito cedo e estender o seu poder propriamente dito. A que se deve isto?

16. Quando o rei Henrique VIII, em seu conflito com Roma, precisou de uma nova legitimação como soberano pela graça de Deus, legitimidade que o confirmaria não só como rei, mas também como chefe supremo da Igreja da Inglaterra, ele só pôde se apoiar no parlamento. É assim que o *reformation parliament* consuma em 1529 a separação definitiva da Igreja católica romana. Se o parlamento, até este momento, exercia principalmente funções judiciárias, a par das autorizações fiscais, a decisão de ruptura com a Igreja de Roma torna-o um poder soberano, absoluto e constituinte. De fato, sem tal soberania, ele não poderia ter tomado uma decisão semelhante.

17. Com isso, inicia-se também na Inglaterra o grande debate em torno da questão de saber se o parlamento estaria vinculado às leis divinas. Christopher Saint German (cerca de 1460-1540) e Thomas Morus negam ao parlamento uma soberania plena e ilimitada, que compreendesse igualmente a faculdade de violar o direito divino (conferir Ch. St. German e Th. Morus, citado em: G. R. Elton, pp. 237 ss.). Todavia, Thomas Morus avançou bastante no reconhecimento da soberania do parlamento ao declarar em seu processo que "I must needs confess that, if the act of Parliament be lawful, then the indictment is good enough" (Thomas Morus, citado em G. R. Elton, p. 239). O passo decisivo foi dado por Thomas Cromwell quando defendeu, diante do bispo Fischer, a opinião de que o parlamento poderia sem mais revogar ou modificar o direito canônico (G. R. Elton, p. 232), de modo que Francis Bacon declararia: "For a supreme and absolute power cannot conclude itself neither can that which is in nature revocable be made fixed; ..." (F. Bacon, citado em G. R. Elton, p. 239). A doutrina da soberania elaborada mais tarde por Bodin e Hobbes, na prática, já tinha sido antecedida pelo parlamento inglês.

18. Com a *reformation*, o parlamento transferiu ao rei um direito absoluto de dominação mas, ao mesmo tempo, se estabeleceu como órgão constituinte, de modo que pôde iniciar a sua atividade propriamente legislativa. O parlamento não tinha mais somente a tarefa de interpretar o direito, mas, doravante, podia também criar o direito; ele se tornava assim o órgão a partir do qual todo direito poderia ser deduzido. Desse modo, o direito não era mais, como até então, uma realidade preestabelecida, mas um meio a serviço do legislador, através do qual se poderia instituir a justiça e guiar e mesmo modificar a sociedade.

19. À luz desta evolução do parlamento inglês não é de estranhar portanto que, mesmo na época do absolutismo triunfante, os reis da Inglaterra muitas vezes convocaram o parlamento. Sob o reinado de Henrique VIII, ao longo de 37 anos o parlamento se reuniu durante 183 semanas e, mesmo no reinado da ambiciosa Elisabeth I, que permaneceu 45 anos no trono, ele chegou a se reunir durante 140 semanas.

4. O Parliament *no século XVII*

20. A posição e a composição do parlamento durante os séculos XVI e XVII são muito importantes porque a Constituição americana posteriormente retomou certos elementos essenciais da Constituição inglesa desta época. Como já apontamos, naquela época a soberania era detida por três órgãos: o rei, os Lordes e os Comuns. Apenas estes três órgãos juntos poderiam promulgar um ato soberano, por exemplo uma lei. Em sua qualidade de órgão soberano do país, eles não tinham que dividir o seu poder com nenhum outro poder no interior do *Commonwealth*. Todo outro poder era delegado, quer dizer, era um poder derivado do *King in Parliament*.

21. Os *Lords* e os *Commons* puderam conservar esta posição porque, em razão do comércio e da industrialização crescentes, não dependiam do rei como ocorria com os seus colegas

§ 21. A SOBERANIA CENTRALIZADA NO PARLAMENTO

do continente que, desse modo, dependiam do seu soberano para explorar os camponeses. Na Inglaterra, os camponeses eram, em grande parte, pequenos proprietários e homens livres. Muito cedo foram reunidas as condições para o desenvolvimento de um Estado comerciante e industrial. Além disso, a colonização crescente recolheu suficientes recursos financeiros para a coroa, de tal modo que ela por enquanto não precisava recolher tantos impostos do próprio país, tal como ocorria em outros lugares.

22. Não foi porém por acaso que, em 1649, após o longo parlamento, a carga fiscal provocou a queda de Carlos I e, conseqüentemente, conduziu à revolução. Os *commons*, apoiados pelo povo, puderam exercer o poder no país por um breve período de tempo. No decreto de abolição do regime monárquico de 17 de março de 1649, eles declararam, dentre outras coisas, que a monarquia e o exercício do poder por um só homem é inútil e coloca em perigo a liberdade, a segurança e o interesse geral do povo. "And whereas by the abolition of the kingly office provided for on this Act a most happy way is made for this nation to return to its just and ancient right of being governed by its own Representatives or National Meetings in Council, from time to time chosen and entrusted for that purpose by the people" (conferir J. P. Kenyon, p. 340).

23. Pouco tempo depois confirmar-se-ia, pela primeira vez, a lei que se observa em praticamente quase todas as revoluções, a saber, que a revolução devora os seus próprios filhos. De fato, Cromwell dissolveu o parlamento usando de força militar e se empossou como soberano absoluto. "That the supreme legislative authority of the Commonwealth of England... shall be and reside in on person, and the people assembled in parliament; the style of which person shall be, The Lord Protector of England, Scotland and Ireland" (The Instrument of Government (1653); citado em J. P. Kenyon, p. 342). Todavia, ele não queria renunciar completamente ao parlamento, pois uma longa tradição impedia-o de se estabelecer como soberano absoluto sem o parlamento. Foi por isso que, durante a sua dominação, ele tentou estabelecer um parlamento que correspondesse à sua vontade.

24. Pouco depois da morte de Cromwell (1658) chegavam ao fim os únicos anos da história da Inglaterra em que não houve um rei. Carlos II, que quis restabelecer a velha dominação real, foi contudo substituído na *Glorious Revolution* por Jaime II, em 1688. Com esta *Glorious Revolution* e o *Bill of Rights* (1689), os antigos direitos do parlamento foram plenamente reconhecidos. A partir desta época, tanto o poder do rei quanto, em especial, o poder da Câmara dos Lordes começariam a declinar. No *Bill of Rights*, o parlamento já se assegurara "that elections shall be free". No entanto, um verdadeiro sufrágio universal, tal como conhecemos nos dias de hoje, ainda não havia. A reivindicação do parlamento referia-se muito mais ao fato de que o rei poderia influenciar a escolha dos Lordes bem como por meio de seus *Sheriffs* a eleição dos Comuns. Com o direito de eleições livres, o parlamento queria se reservar o direito de influenciar as eleições nos *Boroughs*. Não se tratava de modo algum da garantia de liberdades eleitorais no sentido atual do termo. Até o *Reform Act* de 1832, somente 5% das pessoas com mais de vinte anos de idade tinham o direito de participar das eleições (conferir *Encyclopedia Britannica*, tópico "Parlamento").

5. A evolução do sistema de governo parlamentar

25. Se na Inglaterra os séculos XV, XVI e XVII encontravam-se sob o signo da luta visando à instauração de um equilíbrio entre o parlamento e a coroa, no final dos séculos XVII e XVIII tratava-se da execução da primazia política do parlamento sobre a coroa. No centro desta evolução encontrava-se o desenvolvimento de um governo parlamentar. Como se chegou a isto? O rei sempre teve ao seu lado um grupo de conselheiros (regra geral em torno de vinte) que lhe davam assistência na realização dos negócios governamentais. Na Inglaterra, este *curia regis* denominava-se *privy council*. Originalmente, cabia ao soberano decidir quem faria parte deste conselho. No entanto, por volta do final do século XVII e, particularmente, no século XVIII, o parlamento estendeu sua influência sobre a escolha dos conselheiros. A partir do *privy council* do rei desenvolveu-se o *Cabinet*; composto por membros que, no entanto, gozavam da confiança da Câmara dos Comuns. Cada vez mais os *commons* reivindicavam do rei a inclusão de conselheiros que fossem membros do parlamento.

26. Por volta do final do século XVIII, a Câmara dos Comuns pôde se impor a um tal ponto que podia então obrigar o rei a destituir um *Cabinet* quando não mais gozasse da sua confiança (conferir Carta de Lord North ao rei George III, datada de 18 de março de 1782; citada em E. N. Williams, pp. 90 ss.). Assim, respaldado pela confiança da Câmara dos Comuns, o *Cabinet* ampliou consideravelmente o seu poder perante o rei, de modo que este, com o passar do tempo, tinha cada vez menos condições de exercer as atividades governamentais apenas segundo suas próprias concepções.

27. Mais ou menos na mesma época e paralelamente a isso, os partidos ganharam importância. Em sua origem, o parlamento inglês era composto por representantes de dois partidos: os *Tories* (conservadores) e os *Whigs* (liberais), que sempre se empenhavam em reformas. De acordo com a força respectiva desses partidos na Câmara dos Comuns, o *Cabinet* era composto por *Whigs* ou *Tories*. O *Cabinet* e o partido majoritário formavam cada vez mais uma unidade, de tal modo que, com o tempo, não se podia mais falar de uma verdadeira separação de poderes entre o governo e o parlamento, mas sim de uma separação de poderes entre o governo e a oposição. O primeiro-ministro detinha o poder do *Cabinet* e do partido majoritário, de modo que, de acordo com a sua personalidade, podia exercer de fato durante um certo tempo uma dominação individual, isto é, de um só homem.

6. A evolução do sufrágio universal

28. A verdadeira democratização do Estado ficou reservada aos séculos XIX e XX. Ela foi introduzida pelo *Reform Act* de 1832. Até este momento, as eleições na Câmara dos Comuns eram freqüentemente marcadas pela corrupção e pelo suborno. Os distritos eleitorais eram configurados de maneira arbitrária e talhados especialmente para a eleição de determinados representantes (*rotten boroughs*). O direito de voto limitava-se a uma pequena minoria de *Gentlemen* endinheirados. O *Reform Act* de 1832 previu uma nova configuração dos distritos eleitorais, estendeu o direito de voto também aos homens menos ricos e retirou dos Lordes a influência sobre a escolha dos representantes da Câmara dos Comuns. Esta última foi certamente a conseqüência mais importante, visto que, com isso, restringiu muito a possibilidade de influência dos Lordes sobre a política.

29. O *Reform Act* ainda não trouxe todavia uma democratização completa do Estado. De fato, somente 7,1% da população tinha então o direito de votar. Foram necessárias outras sete reformas para que 95,9% dos homens e das mulheres com idade superior a 20 anos pudessem votar (1867: 16,4%; 1884: 28,5%; 1928: 96,9%; 1948: 95%. Conferir *Encyclopedia Britannica*, tópico "Parlamento").

7. Os partidos

30. A estabilidade do sistema de governo inglês atual se explica em grande medida pelo sistema de bipartidarismo. Um sistema de governo de gabinete que repousa sobre inúmeros pequenos partidos, dos quais nenhum detém a maioria, conduz forçosamente a numerosas crises governamentais. Provas deste fato são, dentre outras, a IV República na França e a Itália. Na Inglaterra, a tradição secular do bipartidarismo e o realismo pragmático dos eleitores ingleses de votar somente em um partido que tenha chances reais de chegar

§ 21. A SOBERANIA CENTRALIZADA NO PARLAMENTO

ao governo favoreceram muito este sistema partidário. Todavia, a partir de 1906, a Inglaterra passou também a ter um pequeno terceiro partido ao lado dos outros dois grandes. Este papel coube inicialmente aos socialistas (*Labour*), que chegaram pela primeira vez ao parlamento em 1906, ocupando 50 cadeiras. Já em 1922, os socialistas suplantaram todavia os liberais (*Whigs*) e se afirmaram como o segundo partido mais forte do país para, em 1924 e 1929, formarem um governo minoritário, na qualidade de maior dos três partidos. Em 1945 obtiveram a maioria. Desde então eles se alternam no governo com os conservadores.

8. Elementos essenciais da democracia inglesa

31. Em resumo, após esse panorama forçosamente incompleto da história do parlamento inglês, pode-se constatar que no interior do triângulo formado pelo rei, pela Câmara dos Lordes e pela Câmara dos Comuns as relações se modificaram em três fases, nas quais o poder do rei se reduziu a olhos vistos. Primeiramente os parlamentares eram conselheiros do rei; eles deveriam auxiliá-lo a arrecadar impostos. De acordo com o mandato real, eles deviam ser autorizados pelos seus distritos (*Boroughs*) a votar e a decidir sobre os temas previstos pela assembléia. Neste contexto, o que importa e se revelou decisivo para a evolução do parlamento é certamente o fato de que os parlamentares não representavam unicamente a sua classe social, mas o seu distrito como um todo. Em outras palavras, eles tinham a obrigação de defender os interesses de todos os habitantes de seu *Borough*, ainda que fossem eleitos apenas por uma ínfima minoria dentre eles.

32. Na segunda fase, os conselheiros reais da época ampliaram as suas prerrogativas e atribuições. No triângulo de forças "rei – lordes – comuns", passaram a participar da soberania do Estado e a editar leis, que não necessitavam mais se reportar às leis divinas. O Estado torna-se autoconsciente e toma em suas próprias mãos o direito, a justiça e o seu destino. Esta concepção das relações de força entre os três órgãos, definida pela expressão *"King in Parliament"*, servirá posteriormente de modelo para a Constituição americana e para a posição de poder do presidente dos Estados Unidos. Ainda hoje, a sua influência é muito grande sobre todos os regimes presidenciais.

33. Ao longo da terceira fase, os *Commons* ampliaram de tal maneira seu poder perante o rei e a Câmara dos Lordes que tanto esta quanto aquele hoje em dia são relativamente sem importância. Isto ocorreu primeiramente por meio da influência que os *Commons* exerceram sobre a formação do gabinete, fato que conduziu a uma dissolução da separação entre o poder legislativo e o executivo. Com a democratização das eleições, dissolve-se a influência dos Lordes, e os direitos da Segunda Câmara são cada vez mais reduzidos até que os *Commons* passam a deter praticamente sem contestação a soberania por volta da metade do século XX. Esta terceira fase do regime parlamentar serviu de modelo para numerosos governos de novos Estados do *Commonwealth*, mas igualmente para outros Estados da Europa, da Ásia e da África.

34. De fato, o sistema inglês foi assumido pelos outros Estados com modificações mais ou menos importantes. Os países sem monarca substituíram-no por um presente eleito, dispondo de competências mais (República de Weimar) ou menos amplas. Numerosos Estados adotaram o sistema de governo inglês, tentando conciliá-lo com a existência de uma multiplicidade de pequenos partidos (Itália, IV República Francesa, República de Weimar).

b) A Alemanha

35. Ao contrário da Inglaterra, o regime de governo da República Federal da Alemanha não resulta de uma evolução

§ 21. A SOBERANIA CENTRALIZADA NO PARLAMENTO

parlamentar ininterrupta. De fato, as estruturas heterogêneas do antigo *Reich* e uma fraca representação corporativa conduziram a que o parlamento nesse caso não conseguisse assumir uma importância central, tal como ocorreu na Inglaterra. Contrariamente ao parlamento inglês, ainda hoje o parlamento da República Federal da Alemanha não dispõe dos mesmos direitos soberanos e, de um lado, está submetido ao controle judicial constitucional e, de outro, obrigado a agir conjuntamente com os *Länder*.

36. A seguir, tomando como exemplo a Alemanha, mostraremos de que maneira um sistema de governo parlamentar pôde evoluir a partir de um pano de fundo histórico totalmente diferente, e quais as conseqüências para o direito constitucional da desconfiança de um Estado em face do poder do parlamento.

37. É lícito questionar por que a República Federal da Alemanha – enquanto Estado federal – não se inclui entre as formas de Estado que apresentam divisão da soberania. Certamente a República Federal da Alemanha não faz parte dos Estados nos quais a soberania é tão-somente exercida pelos órgãos centrais. Ao meu ver, os elementos unitários são todavia tão marcantes, que seria muito mais exato incluir a República Federal da Alemanha entre os Estados com soberania centralizada, e não dentre os que possuem uma soberania descentralizada ou dividida, embora este Estado federativo represente uma forma intermediária entre os Estados centralizados e aqueles com divisão da soberania.

1. *Diferenças em relação à evolução inglesa*

1.1. *Descentralização do poder imperial*

38. Uma comparação do desenvolvimento das instituições públicas na Alemanha e na Inglaterra mostra algumas diferenças essenciais. Ao contrário da Inglaterra insular, a Alemanha sempre foi um império vulnerável em suas fronteiras, que continuamente teve de se defender contra inimigos externos. A decisão de Carlos Magno, segundo a qual todo duque teria de defender o seu próprio ducado, influenciou de maneira decisiva a história do Sacro Império Romano-Germânico. Ela conduziu a uma forte descentralização do poder, repartido de maneira muito diversa entre os grandes e os pequenos ducados, assim como entre as cidades livres.

39. O imperador alemão, eleito pelos príncipes, não tinha praticamente a possibilidade de constituir um poder estatal central. Ele não tinha o direito nem de recolher impostos, nem de formar o seu próprio exército. "Já para o ano de 1500 valia o que Justus Möser diria sobre o século XVIII, como seja, que o imperador alemão não possui nem terras nem pessoas, que nenhuma terra é governada em seu nome e nenhum imposto lhe cabe..." (citado em Ch. F. Menger, p. 15). Desse modo, os senhores feudais não podiam contar com o apoio do poder central – como ocorria em outros países na mesma época, por exemplo com a China – para a resolução dos seus próprios problemas, como, por exemplo, a guerra dos camponeses, instigada pela Reforma. Pouco a pouco, e cada um por si, os senhores erigiram a sua dominação absolutista e minaram o sistema feudal que, de todo modo, já tinha perdido boa parte de suas raízes jurídicas com a ampla adoção do direito romano.

40. No final da Guerra dos Trinta Anos, o anteriormente grande império entrou em decadência. O tratado de Vestefália (1648) que reconhecera aos *Länder* a competência de concluir tratados com outras potências, com a condição de que não fossem dirigidos contra o imperador, terminou de enfraquecer este último. O pouco poder que ainda lhe restava dependia do *Reichstag* (parlamento do império), instituído em 1663 e cujo assentimento era indispensável à legislação e tributação do imperador.

§ 21. A SOBERANIA CENTRALIZADA NO PARLAMENTO

1.2. Representação corporativa no Reichstag

41. Em oposição ao parlamento inglês, os membros do *Reichstag* não representavam os interesses de seus "distritos eleitorais" como um todo, mas unicamente os interesses dos *Reichstände* (classes do império) perante o Imperador. Não faziam parte do *Reichstag* senão os membros diretos do império (assim, por exemplo, também algumas classes da Suíça no século XVI). A classe dos cavaleiros e os habitantes das vilas livres pertencentes ao império não eram representados no *Reichstag*.

42. O *Reichstag* compunha-se de três colégios: o colégio dos príncipes eleitores (*Kurfürstenkollegium*), o conselho dos príncipes do império (*Reichfürstenrat*) e o colégio das cidades imperiais (*Kollegium der Reichstädte*). O direito de voto das cidades imperiais foi todavia contestado durante longo tempo. As três câmaras do *Reichstag* ou cúrias deliberavam separadamente. Se não chegavam a um acordo, eram obrigadas a acordar entre si por meio de negociações extremamente difíceis. Nenhuma câmara poderia ser derrotada pelas outras duas por maioria de votos. As decisões eram votadas na forma de um contrato estabelecido entre o imperador e os *Reichstände* (conferir Ch. F. Menger, p. 24).

1.3. Fraca jurisdição

43. O *Reichskammergericht* (Corte suprema do império) tinha a tarefa de garantir a paz permanente no país e era independente tanto do imperador quanto do tribunal da corte imperial. Ele decidia, em primeira instância, segundo o direito "comum", quer dizer, o direito romano, ações contra os diretamente subordinados ao Império, e, em última instância, os litígios internos dos *Länder*, quando os príncipes aceitassem uma apelação. O procedimento era tanto complicado quanto lento. Além disso, a *Reichskammergericht* não dispunha de nenhum poder próprio de execução. Em 1521, aproximadamente 3.000 casos já se encontravam pendentes neste tribunal, e em 1772 chegam à casa de 61.233. Havia processos que se prolongavam por mais de 100 anos (conferir Ch. F. Menger, p. 23, e *Encyclopedia Britannica*, tópico "Germany").

2. Centralização e liberalização

44. O próprio império estava fragmentado em aproximadamente 1.800 ducados, principados e cidades livres. No sudoeste da Alemanha, 1.475 duques reinavam sobre uma população de aproximadamente 500.000 habitantes e muitos ducados não contavam com mais de 300 habitantes. A dominação sobre este tipo de grandes propriedades agrícolas ainda correspondia, em grande medida, ao velho sistema patriarcal, pelo qual os senhores mesmos não eram representados no *Reichstag*. Cinqüenta e uma cidades livres eram geralmente dominadas por famílias aristocratas que governavam em seu proveito pessoal. Sessenta e três territórios estavam sob o regime de um bispo, eleito por um cabido e que, juntamente com este, administrava – geralmente muito mal – o território. De 170 a 200 principados e condados eram governados por uma família. O conde ou o príncipe conhecia pessoalmente os habitantes de seu pequeno condado. Em geral ele mantinha uma corte dispendiosa e dirigia o seu território com um número excessivo de funcionários, o que conduzia fatalmente a uma grande carga fiscal para a população.

45. É somente no sudeste da Alemanha que encontramos grandes principados dotados de uma administração própria e de um parlamento estruturado segundo os estamentos sociais (*Stände*). Nos grandes territórios, os grandes proprietários de terras aristocratas exercem uma influência decisiva. Os *Stände* reivindicavam para si o direito de aprovar leis e tributos. No entanto, após a Guerra dos Trinta Anos, os príncipes conseguiram reprimir progressivamente a influência dos *Stände*. Estes vastos territórios eram mais bem administrados que os minúsculos condados. Eles dispunham igualmente de uma justiça que funcionava bem, de tal modo que estavam reunidas as condições seja para uma separação completa da federação imperial, seja para a solidificação de uma hegemonia no império.

46. Tentativas tímidas em direção a uma liberalização verdadeira do poder estatal (por exemplo, pelo barão Karl von Stein, 1757-1831) foram aniquiladas pelos reis conservadores e sobretudo pela guerra contra Napoleão. No entanto, a influência do direito nacional prussiano (Preußisches Allgemeines Landrecht) de 1794 se conservou e era, na época, considerado o mais avançado. Em 1815, uma aliança do tipo federativo e de natureza mais branda, a Confederação Alemã (*Deutscher Bund*), surgiu sob a condução de Metternich como reação aos esforços liberais inspirados pela Revolução Francesa. A assembléia desta federação compunha-se de representantes plenipotenciários dos *Länder* e não tinha nem atribuições nem deveres diretos em relação aos cidadãos individuais, podendo legislar ou decidir senão em relação aos *Länder*. Ela subdividia-se em dois conselhos, que se reuniam em Frankfurt. O plenário era constituído por ministros plenipotenciários dos 40, posteriormente 33, Estados-membros, que, segundo o tamanho do território, dispunham de um a quatro votos. O pequeno conselho – ou conselho restrito – era uma comissão do plenário, no qual os 11 maiores Estados dispunham de um voto cada, enquanto os restantes dividiam seis votos coletivos (*Kurialstimmen*). A Áustria presidia os dois conselhos.

47. Esta Liga era uma federação que deixava praticamente intacta a soberania dos seus Estados-membros. As decisões do *Bundestag* de então, tal como nos dias de hoje as obrigações do direito internacional, se revestiam de um caráter vinculante para os Estados-membros, mas não tinham nenhum efeito direto sobre os cidadãos no interior dos referidos Estados. A Liga Alemã era pois uma confederação de Estados, cujos membros já estavam contudo um pouco mais estreitamente ligados que no seio do antigo *Reich*. As atividades desta federação eram praticamente dominadas pelos dois pólos opostos: a Prússia e a Áustria.

48. Em certos *Länder* pequenos ou médios (conferir 21/45), tais como Baden e Württemberg, surgiram naquela época parlamentos amplamente representativos decorrentes de Constituições. Os esforços liberais foram todavia impedidos tanto quanto possível pela censura da imprensa e pelas restrições à liberdade de ensino nas universidades. Assim, em 1815, Johann Wolfgang von Goethe (1749-1832) aconselhara o Grão-duque Karl August – que o interrogara se convinha interditar o jornal de um editor em virtude de ataques contra o príncipe – a não punir o editor, visto que este, ao longo do processo judicial, teria sempre o recurso de ridicularizar o soberano através de sua pena aguçada e de sua língua afiada. "Há pouco foi-me repassado um estudo minucioso e muito bem pensado sobre a próxima instituição de censura, que reforça ainda mais a minha convicção já expressa em detalhes. Pois deduz-se daí que à anarquia da imprensa opõe-se um despotismo da imprensa; eu diria mesmo que a um tal abuso se deveria contrapor uma sábia e poderosa ditadura para reprimi-lo tanto tempo quanto necessário até que uma censura legal seja novamente instituída" (J. W. von Goethe, pp. 187 s.). No entanto, para apesar de tudo levar em conta as preocupações de seu senhor, Goethe propusera algumas linhas antes: "Eu retorno à minha regra única que enunciei anteriormente, a saber, que convém ignorar completamente o editor, mas confiar no tipógrafo e proibi-lo de imprimir o jornal..." (J. W. von Goethe, pp. 186 s.). O Grão-duque não devia esperar nenhuma reação grosseira do tipógrafo, pois este lhe era mais leal do que o editor.

49. Em 1830, a Revolução de julho na França, bem como os seus desdobramentos posteriores na Suíça e na Bélgica, estimularam novamente as tendências liberais na Alemanha. Na Saxônia, em Hesse, em Hannover e Braunschweig foram introduzidas Constituições liberais, calcadas em modelos do sul da Alemanha.

§ 21. A SOBERANIA CENTRALIZADA NO PARLAMENTO 347

50. Enquanto em 1874 a tentativa visando criar uma assembléia parlamentar, composta de representantes das províncias prussianas, não chegou a triunfar, os príncipes de numerosos Estados alemães pequenos ou médios prometeram aos liberais a promulgação de uma nova Constituição e colocaram ministros liberais na chefia do seu poder executivo.

51. Na seqüência, Frederico Guilherme IV, rei conservador da Prússia, concordou com a eleição de um parlamento; em 18 de maio de 1848, a Assembléia Nacional se reuniu pela primeira vez na Igreja São Paulo, em Frankfurt. Ela adotou uma Constituição liberal para o *Reich*, que continha um amplo catálogo dos direitos fundamentais, enumeração que foi parcialmente retomada na Constituição de Bonn. A Assembléia Nacional elegeu um regente (*Reichsverweser*) como poder central provisório, mas que jamais pôde exercer convenientemente as suas funções. Este parlamento ofereceu ao rei da Prússia a coroa imperial, mas ele declinou a oferta, pois não poderia receber a dignidade imperial de uma assembléia eleita pelo povo, já que um imperador não recebe os seus direitos do povo, mas os detém pela graça de Deus (conferir W. Zeh, p. 40; igualmente § 14).

52. Os acontecimentos subseqüentes enterraram – ao menos provisoriamente – as esperanças de uma organização democrática do Estado. Em uma época em que, na Inglaterra, o parlamento já tinha afirmado a sua dominação absoluta e se ocupava com a reforma do direito de voto no sentido de um sufrágio universal, a Alemanha lutava pela unidade nacional, pela supressão de estruturas estatais corporativas, pela realização dos direitos fundamentais, assim como pela criação de um parlamento apto a exercer efetivamente o poder político. É evidente que tudo não se podia realizar de uma só vez. Primeiramente foi instituída a unidade nacional. Sob a direção de Bismarck foi possível criar uma Federação de Estados alemães, o *NorddeutschenBund* (Liga da Alemanha do Norte), sob a direção da Prússia. Bismarck pôde chegar a um compromisso com os liberais levando-os a renunciar à reivindicação da soberania do parlamento em favor de uma unidade nacional.

3. A Constituição da Liga Alemã de 1871

53. A Constituição da Liga da Alemanha do Norte foi promulgada em 17 de abril de 1867 e, quatro anos mais tarde, passou a vigir também nos demais *Länder* do *Reich*. Esta Constituição previa uma representação geral do povo no *Reichstag*, mas, até a Constituição de Weimar, bloquearia o caminho em direção à instituição de um governo dependente do parlamento. O chanceler do *Reich* não era de fato responsável pela condução dos assuntos do Estado diante do parlamento e, desse modo, não podia ser destituído. O próprio parlamento era composto por uma Câmara dos *Länder* denominada *Bundesrat* e de uma Câmara do povo intitulada *Reichstag*. Na primeira Câmara eram representados os *Länder*, com votos de peso variável, ficando a supremacia da Prússia consolidada constitucionalmente. O *Bundesrat* constituía o órgão supremo da *Reich,* e toda lei deveria obter a sua aprovação (Ch. F. Menger, p. 148). Catorze votos eram suficientes para impedir uma modificação da Constituição; a Prússia dispunha de 17 votos.

54. O *Reichstag* ou segunda Câmara era certamente eleito pelo povo, mas sempre segundo o princípio censual, o qual permitia impedir os socialdemocratas de obter uma representação proporcional. Apesar disso, o *Reichstag* pôde ganhar cada vez mais importância em virtude de sua força política. Em 1912, o partido socialdemocrata (SPD) tornou-se a maior bancada do *Reichstag*. No final da Primeira Guerra Mundial, em 28 de outubro de 1918, a Constituição foi completada com uma disposição decisiva: "O chanceler do *Reich* necessita da confiança do *Reichstag* para desempenhar o seu cargo". Com isso deu-se o último passo em direção à realização de uma monarquia parlamentar e constitucional, tal como já existia na Inglaterra havia séculos. Todavia, a sua existência foi muito breve – durou menos de um mês –, pois o imperador da Alemanha abdicaria em 9 de novembro.

4. O executivo bicéfalo da Constituição de Weimar

55. Sendo assim, foi necessário preparar uma nova Constituição, que foi deliberada em Weimar. Como seria possível, todavia, realizar um sistema e uma soberania parlamentares sem monarca? A resposta era evidente: em lugar do monarca deveria ser eleito um presidente do *Reich*. Este dispunha de competências abrangentes: ele (e não o parlamento) nomeava o chanceler do *Reich*, podia concluir tratados com o estrangeiro, era o comandante supremo do exército, podia subordinar leis a um *referendum*, dissolver o parlamento e velar pela ordem pública e pela tranqüilidade. Ele também podia decretar estado de emergência e, neste caso, suspender os direitos constitucionais. O presidente era eleito pelo povo por um período de sete anos e era reelegível. Os pais desta Constituição (dentre outros Hugo Preuss) queriam opor a um parlamento fortalecido um contrapeso forte sob a forma de um executivo bicéfalo ou duplo (presidente e chanceler do *Reich*).

56. O governo do *Reich* era um órgão colegiado. Cada ministro do *Reich* administrava o seu departamento de maneira independente. Perante o *Reichstag*, o ministro também era responsável por suas atividades de maneira independente. O chanceler, na qualidade de *primus inter pares*, presidia as sessões e tinha o direito de determinar as linhas mestras da política governamental.

57. O poder do *Reichstag* era fortemente prejudicado pelos numerosos partidos políticos. Nenhum partido podia obter uma maioria absoluta, o que necessariamente conduziu a crises no governo, uma vez que o chanceler do *Reich* e o governo dependiam da confiança do *Reichstag*. Ao lado deste surgiu o *Reichsrat*, uma câmara composta por representantes dos governos dos *Länder*. O *Reichsrat* tinha antes de tudo a tarefa de aconselhar o governo, mas devia também aprovar as leis do *Reichstag*. A desaprovação do *Reichsrat* podia ser derrubada por uma maioria de 2/3 dos votos do *Reichstag*.

58. Em assuntos de ordem econômica, o conselho econômico do *Reich* (*Reichswirtschaftsrat*) desempenhava uma função consultiva. Ele fora concebido como uma representação profissional ou de classe do povo alemão (conferir Ch. F. Menger, p. 171).

59. A monarquia constitucional foi dissolvida pela Constituição de Weimar e substituída por um executivo bicéfalo, no qual o parlamento ainda não alcançara a total soberania correspondente ao sistema inglês. De fato, faltava ainda uma tomada de consciência da democracia parlamentar segundo o modelo britânico. O parlamento não pôde fazer face ao poder crescente do presidente do *Reich*, enfraquecendo-se de tal maneira pelas tentativas de ruptura dos partidos extremistas que o partido nacional-socialista, minoritário no parlamento, pôde, sob a condução do chanceler Hitler (e após a morte de Hindenburg, presidente), desequilibrar a jovem democracia parlamentar.

60. Em 1933, Hindenburg nomeara Hitler chanceler do *Reich*. Este não encontrou muitas dificuldades para executar o seu conhecido programa de eliminação do parlamento. Em virtude da competência que lhe dava o direito de emergência, o presidente do *Reich*, Hindenburg, após o incêndio do *Reichstag* em 28 de fevereiro de 1933, editou o decreto presidencial de proteção do povo e do Estado, com a finalidade de perseguir os opositores políticos (conferir *Reichsgesetzblatt* n.º 17, de 28 de fevereiro de 1933). Em 24 de março de 1933, o *Reichstag* editou uma lei visando suprimir a miséria do povo e do *Reich*. O artigo primeiro desta lei de plenos poderes (*Ermächtigungsgesetz*) determinava que: "as leis do *Reich*... podem igualmente ser editadas pelo governo", e o artigo 2 estabelecia que "as leis editadas pelo governo do *Reich* podem diferir da Constituição do *Reich*" (conferir *Reichsgesetzblatt* n.º 25, de 24 de março de 1933). Com isso, o parlamento assinara a sua própria deposição.

5. *A perda de poder do presidente na Constituição*

61. Após a Segunda Guerra Mundial, a Alemanha foi dividida. A DDR (República Democrática da Alemanha) – circunscrita na zona de influência da União Soviética – adotou uma Constituição comunista. A RFA (República Federal da Alemanha), uma Constituição parlamentar segundo o modelo ocidental. Quais são as diferenças desta nova Constituição parlamentar em relação à da República de Weimar? (conferir a esse respeito Th. Ellwein).

62. As características principais da nova Constituição são a considerável ampliação da soberania do parlamento e a perda de poder do presidente da República em favor das atribuições do chanceler federal. Ao presidente compete em grande parte as atribuições representativas de um chefe de Estado, e ele não é mais eleito pelo povo, como ocorria com o presidente do *Reich*, mas sim por um colégio eleitoral especial composto pelos membros do *Bundestag* – novo parlamento da República Federal da Alemanha – e pelos delegados dos parlamentos dos *Länder*. Desse modo, abole-se o dualismo de poderes executivos. Diversas atribuições do antigo presidente do *Reich* foram transferidas para o novo chanceler federal. Ele é o comandante-chefe do exército em caso de necessidade de defesa a uma agressão, enquanto em tempos de paz este poder compete ao ministro da defesa (artigo 115b GG e artigo 65a GG). Em caso de necessidade (defesa), o parlamento não é excluído, pois em tal caso uma comissão parlamentar assume a competência do parlamento (artigo 115a – 115l GG).

63. Novo é igualmente o assim denominado voto de desconfiança construtivo. O parlamento não pode forçar a demissão de um governo por meio de um simples voto de desconfiança e, com isso, desencadear uma crise governamental. O chanceler federal e seu gabinete só podem ser destituídos de suas funções por meio de um voto de desconfiança construtivo, quer dizer, pela eleição de um sucessor. Esta disposição visa evitar crises governamentais com vacâncias, tais como as que ocorreram durante a República de Weimar. A Constituição baseia-se em uma idéia de representação praticamente pura. O parlamento eleito periodicamente pelo povo exerce todos os direitos de soberania conjuntamente com o governo. As leis não são submetidas a um *referendum*, com exceção da modificação da divisão dos *Länder*.

64. Isto reforça a importância da eleição do *Bundestag*, que ocorre a cada quatro anos. Ao eleger o parlamento, os eleitores decidem indiretamente também sobre a equipe governamental, uma vez que o partido ou a coalisão partidária que obtiver a maioria absoluta instituirá automaticamente a equipe de governo. Ao mesmo tempo, o eleitor decide sobre programa político, que passa a desempenhar um papel decisivo. O fato de que, regra geral, 90% dos cidadãos da República Federal da Alemanha (50% na Suíça) votam mostra a importância de que se reveste esta eleição para os eleitores alemães.

65. No entanto, o legislador constituinte fixou certos limites à ampla soberania do parlamento. De um lado, não é permitido alterar o conteúdo essencial dos direitos fundamentais (artigo 19, alínea 2 GG), nem mesmo por meio de reformas constitucionais. Há um direito de resistência (artigo 20, alínea 4 GG) contra autoridades e particulares que põem em risco a ordem constitucional. Todavia, a restrição de fato mais importante dos direitos soberanos do parlamento encontra-se na extensão considerável da competência da Corte Constitucional Federal (*Bundesverfassungsgericht*). Ao contrário da Suprema Corte dos Estados Unidos, a Corte Constitucional Federal está habilitada não somente a examinar, no caso de aplicação concreta, as leis quanto à sua

§ 21. A SOBERANIA CENTRALIZADA NO PARLAMENTO

constitucionalidade, mas também analisar a constitucionalidade de uma norma legal de maneira abstrata e geral e revogá-la. Esta ampla competência torna a Corte Constitucional Federal um contrapeso político perante o parlamento. Sobretudo o direito da oposição, de em determinados casos submeter ao exame da Corte Constitucional Federal a votação de uma lei, confere a esse tribunal o difícil papel de árbitro político entre o governo e a oposição. Como todos os tribunais, ele só poderá desempenhar esta função na medida em que exerça o seu poder com sábia moderação. A experiência até o presente momento mostra, de maneira muito clara, que a Corte Constitucional Federal conseguiu manter a sua autoridade diante do povo, do parlamento e do governo.

66. Não é, portanto, por acaso que precisamente na Alemanha – país no qual a consciência jurídica está fortemente marcada por uma longa tradição do *Reichskammergericht*[1] – tenha-se atribuído a uma Corte constitucional a tarefa de limitar a soberania do parlamento e garantir o livre desenvolvimento do jogo das forças políticas, sem no entanto permitir desdobramentos nefastos. Até hoje, esse tribunal certamente contribuiu muito para a manutenção do equilíbrio interno, mantendo-se neutro em relação às discórdias partidárias.

6. A limitação da soberania da União pelos Länder

67. Uma outra limitação da soberania parlamentar provém da ordem federalista da República Federal. A divisão das competências entre a União e os *Länder*, assim como o direito de voto dos *Länder* representados no Senado federal (*Bundesrat*), estabelecem limites à liberdade de ação do Parlamento federal (*Bundestag*). Isto ocorre particularmente

---

1. De 1495 a 1806, a Corte Suprema na Alemanha. (N. da T.)

quando a composição político-partidária do *Bundesrat* e a do *Bundestag* não são idênticas e a maioria parlamentar do *Bundestag* não encontra um apoio correspondente no *Bundesrat*.

68. A estrutura federalista da República Federal da Alemanha não altera todavia o fato de que esta é, em última instância, um Estado federal do tipo unitário, cujos atos resultam da ação conjunta da União e dos *Länder* (conferir a esse respeito K. Hesse, p. 88).

69. O artigo 29 GG é a expressão da abertura que caracteriza as relações federativas no interior da República Federal da Alemanha. De fato, esta disposição regula o procedimento relativo às modificações territoriais. Enquanto a Constituição federal suíça não conhece nenhum procedimento relacionado a modificações territoriais e o artigo 5 BV obriga a União a garantir o território dos cantões, o artigo 29 GG determina que o território nacional pode ser remodelado, levando em conta os fatores históricos e culturais e também o tamanho e a capacidade dos *Länder*. Na Suíça, uma tal disposição seria inconcebível em razão da forte coesão histórica dos cantões.

c) O significado do sistema de governo parlamentar em outros Estados

70. O sistema de governo parlamentar se impôs na Europa no século XX, primeiramente sobretudo nos países escandinavos, na França, Bélgica, Holanda, Itália e na Grécia. Mas ele também lançou raízes em outros continentes. A Nigéria, Gana, Israel assim como o Japão, a Índia e a Austrália são exemplos disso.

1. Japão

71. Em muitos Estados, o sistema parlamentar pôde se impor e se manter porque ao lado do parlamento – sustentado

§ 21. A SOBERANIA CENTRALIZADA NO PARLAMENTO

por dois ou mais partidos adversários – uma figura nacional simbólica – por exemplo, o monarca – encarnava a unidade nacional. Isto vale, por exemplo, para o Japão. A família imperial japonesa, que reina ininterruptamente na ilha há 2.000 anos, perdeu todo o poder após a Segunda Guerra Mundial, mas se manteve como símbolo da unidade nacional e desempenha ainda hoje um papel de integração importante para a sociedade japonesa (conferir a esse respeito e ao que se segue N. Shimizu).

72. Na Constituição de 1890, que fora qualificada como uma Constituição liberal, o imperador se declarara, nos artigos 4 e 5, poder soberano que poderia exercer todos os direitos. O imperador era igualmente o legislador: editava as leis, mas com o assentimento do parlamento (conferir J. Robert, p. 252). Nos dias atuais, o artigo primeiro da Constituição japonesa, datada de 3 de maio de 1947, dispõe, contrariamente, que: "O imperador é o símbolo do Estado e da unidade do povo; ele deduz as suas funções da vontade do povo, que possui o poder soberano" (J. Robert, p. 502, tradução do autor). De acordo com esta Constituição, o imperador perdeu completamente o poder político. Ele ratifica – tal como a rainha da Inglaterra –, por deliberação do parlamento federal, a nomeação do primeiro ministro e do presidente da Corte Suprema. O imperador tem de obter a aprovação do gabinete para todas as suas atividades (artigo 3).

73. Como grande parte dos Estados dotados de um regime parlamentar, o Japão possui também duas câmaras. A primeira é constituída por 486 representantes eleitos pelos cidadãos em 123 distritos eleitorais, segundo o sufrágio universal e o princípio majoritário (dois ou três representantes por distrito). A outra câmara é constituída por 250 membros, dos quais 150 são eleitos pelos distritos eleitorais locais e 100 por todo o povo.

74. Em relação à segunda Câmara, o Senado, a Câmara do povo, denominada Câmara dos Representantes, é predominante. As leis e a aceitação do orçamento necessitam da aprovação das duas câmaras. Mas, se as duas câmaras não chegam a um acordo, no caso das leis, a primeira Câmara pode derrotar o Senado por uma maioria de 2/3 dos votos; em relação ao orçamento, a primeira Câmara decide definitivamente, caso uma comissão conjunta das duas câmaras não consiga chegar a um compromisso aceitável para ambas (artigos 59 e 60). A eleição do primeiro ministro também é realizada pelas duas câmaras, mas quando elas não chegam a um consenso a decisão cabe à Câmara dos Representantes.

75. O peso notório dos dois grandes partidos, o respeito que ainda se dispensa no Japão aos chefes anciãos e sábios, bem como o intenso sentimento comunitário dos japoneses, contribuíram certamente para assegurar a estabilidade do sistema de governo desse país desde o fim da Segunda Guerra Mundial, e o desenvolvimento relativamente harmônico do antigo sistema feudal (conferir também J. Robert).

76. A Constituição japonesa, elaborada após a Segunda Guerra Mundial sob a influência determinante dos Estados Unidos, adotou em grande medida o sistema inglês da democracia parlamentar, mas a influência americana revela-se na configuração das competências da Suprema Corte do Japão; de fato, a este tribunal compete examinar as leis sob o ângulo de sua constitucionalidade, sobretudo quando se tratam dos direitos fundamentais do cidadão.

2. Índia

77. Na Índia, a situação é completamente diferente. Tal como na Inglaterra, as ilhas japonesas também foram amplamente poupadas de invasões estrangeiras. Em contrapartida, certamente não há sobre a terra um país e uma população que, em quatro milênios de existência, tenham sido tão oprimidos, massacrados e pilhados por povos e dominadores estrangeiros e com tanta freqüência quanto a Índia e seus habitantes. Os chineses, os gregos, os árabes e, por fim, os ingleses dei-

§ 21. A SOBERANIA CENTRALIZADA NO PARLAMENTO   357

xaram neste país, essencialmente, a instituição de um governo central como traço de sua dominação.

78. No entanto, essas diferentes dominações estrangeiras pouco modificaram a sociedade indiana, desenvolvida gradualmente. O sistema de castas e a importância das comunidades locais no plano comunal foram por assim dizer a resposta de um povo oprimido aos seus opressores. As castas e as comunidades permitiram manter uma grande coesão interna, bem como possibilitaram a superação conjunta das injustiças sofridas. As castas isolaram-se cada vez mais umas das outras e desenvolveram um direito e uma justiça válidos exclusivamente para cada uma delas. Esta forte estruturação da sociedade em centenas de castas diferentes conduziu a uma situação em que o governo central permaneceu mais ou menos isolado do povo, apesar da crueldade do seu poder e da tentativa dos mongóis maometanos de converterem toda a população ao islamismo. O governo central não governava o povo, mas sobre o povo.

79. Esta é talvez uma das razões pelas quais o sistema de governo parlamentar da Índia, apesar das freqüentes crises, se manteve desde 1949 até os dias de hoje. Contrariamente ao Japão, a Constituição de 1949 da Índia não pôde apoiar-se na instituição de uma família imperial. Ela prevê ao contrário um presidente que, tal como na República de Weimar, está incumbido de competências importantes como, por exemplo, a nomeação do primeiro-ministro, a proteção da Constituição, assim como a disposição sobre o direito para o caso de estado de emergência. Todavia, a supremacia do partido do congresso impediu o pleno exercício das prerrogativas constitucionais do presidente que, ao contrário do que ocorrera na República de Weimar, não é eleito pelo povo, e sim por um colégio eleitoral. Na Índia, a realidade política conduziu a um exercício centralizado do poder por parte do primeiro ministro e de seu gabinete, embora a mais longa Constituição do mundo (mais de 300 artigos) não lhe consagre senão dois artigos.

80. O parlamento do Estado federal indiano compõe-se de duas Câmaras: a Câmara do povo e a Câmara dos Estados (conferir F. Doré, pp. 129 ss.). O primeiro-ministro é responsável perante a Câmara do povo e tem necessariamente de obter a sua confiança. Desse modo, esta Câmara adquire um peso importante em relação à Câmara dos Estados; o mesmo vale para a legislação. As atribuições legislativas das duas câmaras são todavia limitadas em razão da repartição das tarefas entre o Estado federal e cada um dos Estados-membros. A Constituição enumera com precisão as tarefas da União bem como as referentes aos Estados singulares.

81. Finalmente, é significativo o fato de que, ao lado do presidente, a Suprema Corte da Índia tem igualmente a incumbência de garantir o respeito à Constituição. A Índia não adotou inteiramente a concepção de soberania absoluta do parlamento inglês, mas, ao contrário, dotou a sua Corte constitucional de competências fundamentais. Isto decerto relaciona-se também com a consciência jurídica, profundamente enraizada na sociedade indiana, e com a observação da Justiça, já amplamente difundida no interior das diferentes castas. Na Índia, tal como nos Estados Unidos, os tribunais desempenham um papel muito importante.

82. Fora do território europeu, não foi em toda a parte que o regime parlamentar pôde se implantar e se impor tão solidamente quanto na Índia e no Japão. Particularmente na África, onde a consciência tribal ainda está intimamente ligada com uma concepção unitária e forte de direção do Estado, os regimes presidenciais, em parte totalitários e marcados pelo carisma do qual se prevalecem certos presidentes, têm cada vez mais suplantado e substituído os regimes parlamentares iniciais. No entanto, o sistema parlamentar parece ter recentemente reconquistado a confiança das antigas colônias inglesas (conferir, por exemplo, Gana, Quênia, Uganda, Tanzânia etc.).

d) Os presidentes e o parlamento

83. Na República Federal da Alemanha, na Índia e no Japão, a soberania do parlamento está limitada pelo controle exercido pela Corte Constitucional. Na Alemanha e na Índia, além disso, os representantes do povo estão obrigados a agir conjuntamente com os Estados-membros. Uma diminuição muito mais abrangente do poder do parlamento pode ser encontrada em Estados nos quais o presidente dispõe de competências próprias perante o parlamento.

84. Nestes Estados o parlamento torna-se, por direito (por exemplo, na América Latina) ou de fato, um órgão consultivo do presidente que, se necessário, pode não acatar a decisão do parlamento. Isto é o que também ocorre quando o sistema constitucional coloca à frente dos assuntos de Estado uma direção bicéfala (presidente e primeiro-ministro).

1. América Latina

85. Há alguns anos, as Nações Unidas perguntaram a um especialista suíço em direito público se estaria disposto a preparar uma Constituição para um país asiático. Esta consulta expressa a ingenuidade que ainda persiste parcialmente, não só na Europa, mas também nos Estados Unidos, onde ainda se imagina que é possível enxertar Constituições em outros países, ignorando suas estruturas sociais. Já Montesquieu reconhecera que as leis e, por conseguinte, as Constituições deveriam se adaptar ao caráter, à tradição, às circunstâncias locais e às necessidades específicas do povo (conferir Ch.-L. Montesquieu, Livro I, cap. 3). A evolução do regime presidencial na América Latina, na África, mas também em parte dos Estados asiáticos (Indonésia, Paquistão), mostra com toda clareza que não é possível adotar simplesmente Constituições de outros países.

86. Praticamente todos os Estados da América Latina sofreram influência do sistema presidencialista americano e de sua separação de poderes ao elaborarem e adotarem as suas respectivas Constituições. Entretanto, ao contrário dos Estados Unidos, na América Latina o equilíbrio jurídico-constitucional dos poderes conduziu efetivamente à total superioridade e à supremacia do presidente. Desse modo, o parlamento e os tribunais, o gabinete e os ministros estão em grande medida subordinados ao presidente (conferir a esse respeito T. Wyrwa, pp. 501 ss.).

87. Esta evolução tem provavelmente diversas causas. Os povos latino-americanos, em decorrência do período colonial, ainda estão habituados a um vice-rei, com poder ilimitado. Na independência destes países, o vice-rei foi substituído por um "caudillo" soberano. Este conduzia um regime patriarcal que, de acordo com a sua personalidade, era mais ou menos cruel. Se desejava passar uma imagem um pouco mais progressista, editava Constituições mais ou menos democráticas com a ajuda de um parlamento em grande medida sujeito a ele, mas que, na verdade, não eram aplicadas.

88. Esta tradição da dupla legalidade decerto também data da época da colonização espanhola, na qual alguns teólogos idealistas preparavam leis que eram então aplicadas pelos juristas leais ao vice-rei.

89. Há algum tempo observam-se esforços no sentido de fazer das constituições verdadeiras leis fundamentais realmente eficazes assim como suspender a sua função de álibi. Os desenvolvimentos no Chile, no entanto, mostram claramente que mesmo uma tradição constitucional – que remonta ao ano de 1925 – dotada de um sistema parlamentar e de um poder presidencial limitado ainda não fincou suas raízes com tal profundidade, de modo a impedir sua revogação com um simples traço de caneta.

90. Ao lado da história colonial, a situação econômica de muitos países da América Latina desempenha um papel importante e decisivo para a estruturação da organização estatal. Tal como na época do feudalismo na Europa, há na Amé-

§ 21. A SOBERANIA CENTRALIZADA NO PARLAMENTO

rica Latina uma pequena elite social que depende do poder do Estado e utiliza-o para seus próprios fins. A classe média, que foi decisiva para a evolução da democracia na Inglaterra nos séculos XVI e XVII, praticamente inexiste na América Latina. Não há igualmente uma distinção entre os interesses econômicos da burguesia e o poder estatal, tal como se conhece nos Estados Unidos e na Europa.

91. As jovens nações latino-americanas, mas sobretudo também as da África, buscam uma nova consciência nacional. Nem a história nem a religião podem proporcionar-lhes esse sentimento de unidade nacional; estes países freqüentemente assentam-se sobre personalidades de liderança carismáticas que, na qualidade de pais da nação, atendem às expectativas do povo. Essa foi a razão, por exemplo, para o estabelecimento do poder absoluto de N'Krumah, em Gana. O sistema de governo parlamentar inglês não pôde se manter nestes países e, na maioria das vezes, foi substituído por um regime presidencial (conferir G. Tixier, pp. 79 ss.). Enquanto o Japão conservara o seu imperador como figura simbólica e fator de integração e, por conseguinte, pôde conduzir de maneira menos traumática a mudança do seu sistema de dominação estatal, as nações jovens da época pós-colonial tiveram de encontrar primeiramente a sua própria figura paterna para além das fronteiras tribais.

92. É evidente que sistemas patriarcais desse gênero concedem um poder ilimitado ao presidente. Na qualidade de pai da nação, ele deve atender às expectativas do povo e, portanto, governar diretamente, quer dizer, sem a mediação de um gabinete ou de um parlamento. Em última instância, o presidente não é responsável diante de pessoa alguma e não pode ser deposto pelo parlamento. A possibilidade de *Impeachment*, inspirada nos Estados Unidos, isto é, a deposição por alta traição, não passa de letra morta nos países em que foi adotada.

93. Contrariamente à monarquia hereditária, o presidente ao menos uma vez foi eleito pelo povo. Gana, por exemplo, teve um presidente vitalício. Em contrapartida, nos Estados latino-americanos a duração do mandato presidencial é, via de regra, limitada. Encerrado seu mandato, o presidente ou não pode mais concorrer a uma reeleição ou então só poderá fazê-lo após um certo intervalo de tempo. Este sistema de reelegibilidade restrita foi adotado pela Constituição do México. Ele foi introduzido pela primeira vez na Constituição mexicana de 1917, após o término da longa revolução de 1910 a 1917.

94. Segundo a Constituição mexicana, o presidente é eleito por seis anos e, como já apontado, não é reelegível após o término do seu mandato (conferir a esse respeito T. Wyrwa, pp. 282 ss.). Esta medida tem o objetivo de impedir que o presidente se assegure uma dominação ilimitada. Todavia, acusa-se esta determinação de ser antidemocrática, uma vez que ela restringe as possibilidades de escolha dos cidadãos. Se estes quiserem eleger o mesmo presidente para um novo mandato, não poderão fazê-lo, pois a Constituição o impede. No entanto, o temor de uma ampliação excessiva do poder presidencial levou as assembléias constituintes de muitos países latino-americanos a não renunciarem a este sistema eficaz.

95. Tal como nos Estados Unidos, o presidente é simultaneamente o comandante supremo do exército. Ele decide sobre a instauração do estado de emergência e, de acordo com algumas Constituições, pode igualmente organizar plebiscitos acerca de questões objetivas quando o parlamento diverge de suas propostas. Além disso, o presidente tem, via de regra, um direito de veto em face do parlamento.

96. As relações entre os presidentes latino-americanos e seus exércitos se revestem de uma importância particular. Eles nomeiam os generais e decidem sobre o quadro dos efetivos de seus exércitos. Cria-se assim uma relação de dependência mútua. Para impor o direito em um estado de emergência, o presidente depende do exército. Por sua vez, os oficiais do exército dependem dos favores do presidente.

§ 21. A SOBERANIA CENTRALIZADA NO PARLAMENTO

Não é pois mero acaso que os exércitos da América Latina tenham sempre exercido uma grande influência sobre a política do presidente e freqüentemente contribuído para a queda de um presidente, quando não estavam de acordo com a sua política.

97. A instituição de um exército profissional está intimamente ligada com as evoluções absolutistas dos Estados. Em sua origem, o Estado feudal não conhecia senão o sistema de milícias. De fato, em caso de guerra, os duques eram obrigados a prestar o serviço militar ao seu rei. Com o aumento do poder real, o rei ampliou então a sua autoridade a um contingente de soldados profissionais, diretamente subordinados ao seu comando, com os quais podia, em qualquer tempo, impor o seu poder a súditos rebeldes. É evidente que isto acelerou uma alienação do povo em face do poder.

2. França

Bibliografia suplementar

Gicquel, J., Hauriou, A., Gélard, P. *Droit Constitutionnel et Institutions Politiques* (Direito constitucional e instituições políticas). 8.ª ed., Paris, 1985. Cit. Hauriou-Gicquel.

Leclercq, C. *Droit Constitutionnel et Institutions Politiques* (Direito constitucional e instituições políticas). 7.ª ed., Paris, 1990.

2.1. A revolução permanente até a III República

98. Na França, a monarquia se manteve durante quase mil anos. Ao contrário do Reino Unido, o "parlamento", na realidade, não desempenhou na monarquia francesa um papel importante. Ele exercia pouca influência e desempenhava uma função meramente consultiva. Visto que era dividido em três Câmaras ou estados – da nobreza, do clero e do terceiro estado: burguesia ou povo –, raramente podia chegar a um consenso. Além disso, quase nunca era convocado pelo rei. A partir de 1614 e ao longo dos 175 anos posteriores, as ordens não se reuniram. Somente no ano de 1789 Luís XVI decidiu reunir os três estados novamente. É assim que, em 5 de maio de 1789, Luís XVI e Maria Antonieta presidiriam a abertura solene dos três estados (*Etats Généraux*), dando início à nova era do Estado francês.

99. Ao contrário do parlamento inglês do século XVII, os três estados não tinham nenhum poder de decisão na França. Além disso, eles não se entendiam entre si. Isto, no entanto, alterou-se com a nova convocação dos estados por Luís XVI. Pela primeira vez o número de representantes eleitos do terceiro estado igualava-se ao total dos delegados da nobreza e do clero. Na Assembléia Nacional Unida, mesmo que formalmente o terceiro estado empatasse com os votos da nobreza e do clero, os votos da burguesia contudo predominavam, uma vez que uma pequena minoria liberal da nobreza e do clero apoiava as idéias burguesas.

100. Pelo fato de representar 96% da nação, em 17 de junho de 1789, o terceiro estado sentiu-se no direito de convocar uma Assembléia Nacional. Embora o rei tentasse se opor a isso e ordenasse que os estados deveriam voltar a se reunir separadamente, foi obrigado a se curvar à vontade do estado da burguesia e a ordenar ao clero e à nobreza que fizessem parte da Assembléia Nacional burguesa. Em 9 de julho de 1789, a Assembléia Nacional edita o seu próprio regulamento. Desse modo, o órgão consultivo do rei, dividido originalmente em três câmaras e composto por três estados, transformou-se em uma única câmara, a Assembléia Nacional com poder de decisão de uma verdadeira assembléia constituinte. O novo parlamento não desejava mais continuar a desempenhar a tarefa marginal de apenas aconselhar o rei. Ele passou a editar leis para toda a nação com base em uma legitimação própria. O exemplo do *long parliament* inglês, de um século e meio antes, fizera escola.

101. Já em 26 de agosto de 1789, a nova Assembléia Nacional promulgaria a *Declaração dos direitos do homem* que, quase 200 anos mais tarde, alcançaria novamente uma validade jurídica positiva com a célebre decisão do *Conseil Constitutionnel* de 16 de julho de 1971. Visto que a Constituição de 1958 não apresentava um elenco dos direitos fundamentais, o Conselho constitucional teve de encontrar uma outra base jurídica para a garantia constitucional dos direitos humanos. É por essa razão que o Conselho constitucional determinaria na decisão "revolucionária" de julho de 1971 – por meio da qual ele simultaneamente se transformou em um verdadeiro Tribunal constitucional – que a Declaração dos direitos humanos de 1789 era direito positivo vigente, porque, em seu preâmbulo sobre o preâmbulo da Constituição precedente de 1946, a Constituição de 1958 evocava expressamente a referida Declaração de 1789.

102. Desde os turbulentos meses da nova Assembléia Nacional, que conduziram à Revolução Francesa, existiram na França até o ano de 1875:

– 15 diferentes regimes,
– 4 revoluções,
– 2 golpes de Estado e
– 3 intervenções estrangeiras.

Os girondinos moderados, e posteriormente os jacobinos radicais, instauraram por intermédio da Revolução um novo sistema social, mas não ainda um sistema de governo adequado.

103. Para Hauriou-Gicquel, esta revolução permanente e instabilidade, que se mantiveram até o século XX, explicam-se, antes de tudo, pelo fato de que há na sociedade francesa um desacordo em relação aos três seguintes fundamentos do Estado: as divergências quanto à *base de legitimidade* do governo, à *hierarquia dos poderes* e à relação entre a *Igreja e o Estado*.

104. Durante quase um milênio, a França foi governada por um monarca que reinava sobre o povo graças à sua autoridade de direito divino. Era de Deus que ele derivava a sua legitimidade. Com a Revolução Francesa substitui-se repentinamente a legitimidade divina da dominação pela legitimidade da *nação*, criada pelo Estado. Esta nação constituída pelo Estado (não pelo povo pré-estatal no sentido alemão) reivindicava para si o direito de decidir por si mesma a forma do Estado, da sociedade e do seu governo.

105. Na seqüência, república e monarquia se alternaram ao longo de 75 anos. Na Constituição da monarquia constitucional de 1791, que somente vigorou por seis meses, no III Título, artigo 1, ainda constava: "A soberania é una, indivisível, inalienável e inviolável. Ela é parte da Nação." Não obstante, o país era governado pelo rei. Pois o artigo 4 determinava: "O governo é monárquico; o poder de governo é atribuído ao rei para ser exercido, em nome do rei, pelos ministros e outros funcionários, da maneira determinada a seguir."

106. Uma monarquia milenar é todavia incompatível com uma competência "atribuída" constitucionalmente. Já em 21 e 22 de setembro de 1792, a Assembléia Nacional mais uma vez seguiria o exemplo do *long parliament* inglês e proclamaria: "A Convenção Nacional decreta com unanimidade que a monarquia está abolida na França."

2.1.1. Legitimação monárquico-ditatorial

107. A partir deste momento até a queda de Napoleão e a restauração da monarquia em 1814, a França seria arrastada e lançada de uma ditadura a uma democracia e vice-versa. Quem legitima quem? É o imperador ou o monarca de direito divino a fonte de legitimidade do parlamento ou é o parlamento que, pela vontade popular, legitima o governo? Esta questão provocou discussões e lutas sangrentas. A Constituição de 18 de maio de 1804, por exemplo, determinava em seu artigo 1: "O governo da República é atribuído a um imperador que se atribui o título de 'Imperador dos Franceses'. A justiça será exercida em nome do imperador pelos funcionários que ele designar." Em seguida, Napoleão foi consagrado imperador com direito de sucessão hereditária. Depois da queda de Napoleão, em 6 de abril de 1814 entra em vigor uma nova Constituição monárquica, que concede ao novo rei tão-somente a majestade de um rei pela *graça do povo*. Mas o novo monarca não se deu por satisfeito. Dois meses depois, em 4 de junho de 1814, desta vez na qualidade de *Rei pela graça de Deus*, em razão da *divina Providência* editou a sua própria Carta Constitucional, que revogou a Constituição de 6 de abril do mesmo ano.

108. Em virtude da Revolução de Julho, em 1830, o princípio monárquico foi então atenuado. Louis-Philippe não mais se intitulava *Rei da França*, mas sim *Rei dos Franceses*. Além disso, a Constituição obrigava o rei expressamente a cumprir as leis, também nos períodos de estados de emergência. De resto, houve poucas mudanças no sistema ainda basicamente monárquico. Somente com a Constituição da II República de 1848 é que explicitamente se determinou outra vez: "A soberania reside na universalidade dos cidadãos franceses (*citoyens*)."

109. Todavia, a essa democracia três anos depois sucedeu novamente uma ditadura, desta vez conduzida por Napoleão III. O artigo 2 da Constituição de 1852 determinava, de modo conseqüente: "O governo da República francesa será confiado por dez anos ao príncipe Louis-Napoleon Bonaparte, atual presidente da República." Quase um século mais tarde, o Marechal Pétain outorgar-se-ia os mesmos direitos por meio de sua Lei Constitucional de 10 de junho de 1940, na qual consta no artigo único: "A Assembléia Nacional atribui todo o poder do Estado ao governo da República, exercido sob a autoridade e provido da assinatura do Marechal Pétain, com a finalidade de promulgar por um ou mais atos uma nova Constituição ao Estado francês."

2.1.2. Legitimação republicano-democrática

110. Encontra-se a França ou os franceses sob o governo de uma Assembléia Nacional ou de um presidente na qualidade de chefe de Estado? A legitimação democrática suscita igualmente a questão de saber quem está mais próximo da soberania da nação: a assembléia eleita pelo povo ou o executivo que deve cumprir a *volonté générale*. As discussões em torno da pergunta sobre a quem compete a supremacia – ao parlamento, ao executivo ou ao chefe do Estado – dominaram, na seqüência, os trabalhos de todas as assembléias constituintes.

111. Em razão da transformação, feita por direito próprio, em uma assembléia constituinte os estados gerais (*Etats Généraux*) se elevaram de certo modo a si próprios ao governo. Apesar disso, como já apontado, a Constituição de 1791 ainda previa que o poder executivo seria confiado somente ao rei. Com a abolição da monarquia em 22 de setembro de 1792, a Assembléia Nacional exigiu então que uma nova Constituição fosse submetida a um *referendum* popular. Em 24 de setembro de 1793, a Constituição foi submetida à aprovação popular, mas jamais entrou em vigor.

Em 21 de setembro de 1792, a Assembléia Nacional decretou o Ano I da República. Mas ela durou apenas até o ano de 1799. Pouco depois da proclamação da I República foi instituído o Comitê *Du Salut Public*, que não tardaria a dominar de modo ditatorial a Assembléia Nacional, especialmente após a entrada de Robespierre.

112. A Constituição de 24 de setembro de 1793, que jamais entrou em vigor, previa uma verdadeira democracia no sentido de Rousseau. A assembléia legislativa detinha, com ressalva do direito de *referendum* popular, competência ilimitada e era ao mesmo tempo o poder supremo (conferir o artigo 70 da Constituição federal da Suíça). Os membros do parlamento eram eleitos por um ano, e um conselho executivo composto por 24 membros tinha por tarefa executar as leis. Além disso, esta Constituição introduziu para o povo um direito de *referendum* amplo em matéria de leis. Embora esta Constituição extremamente democrática não tenha sido importante para a França, algumas décadas mais tarde ela deixaria marcas nos elementos de democracia direta da Constituição suíça.

113. A Constituição diretorial de 22 de agosto de 1795 (a primeira Constituição com força legal da I República) previu, pela primeira vez para um sistema de governo, uma combinação do sistema colegiado e do sistema de duas câmaras. Com este sistema de governo do Ano III da República foi igualmente instituído um sistema de autêntica separação dos poderes. Porém, a Constituição levava em conta o princípio da democracia apenas de forma limitada, quer dizer, segundo os princípios da forma representativa, assim como um direito de voto censitário dos proprietários e locatários. Somente assim foi possível colocar um fim à pressão revolucionária das ruas. As duas câmaras eram compostas, por um lado, pelo Conselho dos 500 e, por outro, pelo Conselho dos Anciãos, que contava com 250 membros. Ambas as câmaras possuíam atribuições extremamente semelhantes. O Conselho dos 500 podia propor novas leis, que contudo só entravam em vigor se o Conselho dos Anciãos assim autorizasse.

114. O poder executivo era confiado a um diretório composto por cinco membros. Estes eram eleitos por ambas as câmaras a partir de uma indicação do Conselho dos 500. O princípio da separação dos poderes foi estritamente aplicado. O diretório nomeava os ministros, mas não respondia diretamente à assembléia legislativa. O executivo, por sua vez, não dispunha de nenhum direito de veto em face do legislativo. Desde o início, o sistema era ameaçado a partir de dois lados: de um, os defensores da realeza ou realistas desejavam substituir o diretório pelo monarca e, de outro, os jacobinos radicais ansiavam por retornar à dominação absoluta e una da Assembléia Nacional.

A partir da Constituição diretorial francesa de 1795, houve a Constituição diretorial helvética, calcada na primeira, e cujos efeitos se fizeram sentir na Confederação suíça e no seu sistema de Conselho federal (*Bundesrat*) colegiado. Na Suíça, a partir de 1848, ela conduziu a uma estabilidade política única, mas – excetuando-se um curto período de tempo no Uruguai – não foi adotada por nenhum outro país.

Mesmo na França, o seu país de origem, ela durou muito pouco tempo. Já em 1799 seria substituída pela Constituição consular ditatorial de Napoleão.

115. Esta Constituição consular conferia a totalidade do poder do Estado à pessoa do I Cônsul Napoleão. Os outros dois cônsules tinham efetivamente apenas um direito consultivo. O primeiro cônsul nomeava os ministros e os servidores públicos. Ele tinha o direito de propor leis e dispunha de um amplo direito de regulamentar pela via do decreto. As propostas de lei eram preparadas pelo Conselho do Estado (*Conseil d'Etat*), órgão instituído pela primeira vez por esta Constituição. De sua parte, o "Tribunal" se manifestava a favor ou contra um projeto de lei, enquanto a Assembléia Legislativa votava as leis pelo voto secreto e sem debates. O Senado examinava as leis sob o ângulo de sua constitucionalidade. Não havia um conselho ministerial. Sieyès inspirara as idéias fundamentais desta Constituição: "A confiança vem de baixo, a autoridade vem de cima."

116. Após o término da primeira República em 1799, instaurou-se em 1848 a segunda, que todavia também teve uma curta duração. Ela previa um sistema presidencial e o sufrágio universal. No sistema de câmara única, a câmara composta por 750 membros exercia a competência legislativa. Os membros do parlamento eram eleitos pelo povo por um período de três anos e o presidente da República por quatro. Se nenhum dos candidatos obtinha a maioria absoluta, a Assembléia Nacional elegia o presidente. Este não podia dissolver o Parlamento, que por sua vez não estava habilitado a exigir prestação de contas do presidente da República.

117. Este sistema fortemente centrado no papel do presidente não tardou a conduzir, três anos depois, à ditadura de Napoleão III. Este, sobrinho de Napoleão, havia sido eleito em 1848 o primeiro presidente da II República. Pouco tempo depois, por meio de um golpe de Estado, ele instituiu uma Constituição ditatorial, a segunda advinda de um membro da família Bonaparte.

2.2. A época dos governos parlamentares (III e IV Repúblicas)

118. Após a queda de Sedan, a III República foi proclamada em 4 de setembro de 1870. Em 8 de fevereiro de 1871, o povo elegeu os membros da Assembléia Nacional e, em 17 de fevereiro, o presidente. Thiers, que era monarquista, foi assim elevado ao "trono". Pouco mais de um mês depois, em 26 de março, os comunistas erigiram a Comuna de Paris e se opuseram à Assembléia Nacional. O General Mac Mahon aniquilou o movimento revolucionário, e a Assembléia Nacional pôde retomar as suas atividades. Embora os monarquistas constituíssem a maioria na Assembléia, não lhes foi possível restabelecer a monarquia, pois as discordâncias entre eles eram muito acentuadas, e foi preciso encarar o fato de que a época da realeza já estava definitivamente encerrada.

119. Mac Mahon, ele mesmo monarquista, foi eleito presidente em 1873 por um período de sete anos. Em 30 de janeiro de 1875, a Assembléia Nacional promulgou uma Lei Constitucional, na qual, pela primeira vez, se dá expressamente ao Estado o nome de República. Desse modo, o presidente tornou-se efetivamente um "monarca republicano". Ele executava as leis, ratificava os tratados, podia dissolver a Assembléia Nacional, propor novas leis, mas não era responsável perante as duas Câmaras. Afora isso, ele mesmo escolhia os seus ministros.

120. Em razão de as esquerdas terem vencido as eleições, Mac Mahon designou um primeiro-ministro moderado e centrista: Jules Simon. Este, no entanto, era aos olhos de Mac Mahon moderado demais, de modo que, pouco tempo depois, ele o substituiu por Broglie. Por ter sido condenado por esta sua ação, o presidente dissolveu a Assembléia Nacional logo em seguida. No entanto, a nova Assembléia, composta em sua maioria novamente por republicanos, forçou Broglie à demissão. Com esta demissão, a Assembléia Nacional tirou pela primeira vez do presidente o direito de depor um governo, obrigando-o a escolher um novo. Depois disso, a Assembléia não renunciaria mais a esse direito até o estabelecimento da V República. Por conseguinte, o governo designado pelo presidente passou a ser, a partir desse momento, responsável perante o parlamento, quer dizer, passou a depender da confiança da maioria política da Assembléia Nacional.

121. Foi assim que, de um lado, se estabeleceram os fundamentos constitucionais das dependências dos poderes entre si e, de outro, a supremacia da Assembléia nacional na instituição e destituição do poder executivo no âmbito da III República. Esta República pôde se manter durante 70 anos até a instauração do regime do Marechal Pétain, no ano de 1940. Após a Segunda Guerra Mundial fundou-se a IV República.

122. A Constituição da IV República assemelhava-se muito à da III. As atribuições do presidente referentes à instituição do governo passaram, a partir de então, a não ser reguladas somente segundo o direito consuetudinário, mas também com base no direito positivo, sendo simultaneamente limitadas. O primeiro-ministro era em grande medida dependente da maioria política da Assembléia Nacional, pois ela devia aprovar não só a sua nomeação, como também as suas propostas de formação do conselho de ministros, quer dizer, a nomeação de cada ministro. Além disso, ele não dispunha mais de poder regulamentar. Este poder competia apenas ao presidente do conselho de ministros. Devido à grande diversidade de partidos políticos e à instabilidade na política interna, a Assembléia Nacional negou continuamente sua confiança ao governo. Isto conduziu a freqüentes mudanças de governo. Pois, contrariamente ao que ocorreu na Inglaterra, o bipartidarismo estável jamais pôde se impor na França.

2.3. O regime presidencial da V República

123. Em épocas de crise – especialmente como a da Guerra da Argélia – esses fatores conduziram a uma grande instabilidade, a desordens internas e a uma crise constitucional fundamental. Diante da calamidade, atribuiu-se ao Gene-

§ 21. A SOBERANIA CENTRALIZADA NO PARLAMENTO

ral De Gaulle – o salvador da França na época da Segunda Guerra – a tarefa de elaborar uma nova Constituição. Com a Constituição da V República, De Gaulle criou uma Constituição que, segundo o seu sentido textual, tentou encontrar um equilíbrio entre o sistema presidencial e o sistema parlamentar, mas que, na realidade, conferia ao presidente eleito pelo povo para um mandato de sete anos (desde 1962) o poder mais amplo jamais outorgado a um presidente em um país democrático até então. No entanto, hoje (Constituição de 1992), a plenitude do poder constitucional do presidente da Federação russa é muito maior, já que a ele competem tanto as atribuições constitucionais do presidente francês (nomeação do governo e poder regulamentar geral) como também as do presidente americano (por exemplo, o direito de veto ante o legislativo).

124. Tanto na III quanto na IV República ainda vigorava a primazia das leis, que deviam necessariamente ser aprovadas pelo parlamento. Não obstante, já naquela época, introduziu-se com o tempo a prática dos decretos-lei. Por meios destes, o governo podia editar disposições com força de lei. Eles até mesmo permitiam modificar leis existentes. Todavia, os decretos-lei deixavam de vigorar quando não eram aprovados pelo parlamento em um período de tempo determinado. Esta prática foi então consolidada no direito positivo pelo novo artigo 38 da Constituição.

125. Uma vez que a Constituição da V República não exige o processo legislativo pela via parlamentar senão no domínio expressamente previsto pelo artigo 34 e autoriza a regulamentação simplificada, sem ser pela via parlamentar, para todos os outros casos, ela suprime fundamentalmente a primazia da lei e reforça o poder executivo. O chefe do executivo não é, como o texto escrito da Constituição permite supor, o primeiro-ministro, mas sim o presidente. Uma vez que este, além disso, ainda tem a possibilidade de submeter certas leis ao *referendum* (artigo 11 da Constituição), a sua posição se fortalece então ainda mais em face do parlamento e do conselho de ministros.

126. Ao lado das leis não submetidas a *referendum*, há em um plano inferior às assim denominadas *lois organiques* (leis constitucionais) que completam a Constituição e que, portanto, têm categoria constitucional. Estas leis podem ser colocadas em vigor pelo presidente da República após terem sido examinadas pelo Conseil Constitutionnel sob o ângulo de sua conformidade com a Constituição (artigo 46).

127. O parlamento tem uma competência legislativa restrita a certos domínios definidos no artigo 34 da Constituição. Isto faz com que a referida Constituição permita uma suposição de competência para promulgar normas gerais por meio de regulamentos. Desse modo, tudo o que não deve necessariamente ser regulado por meio de lei de acordo com o artigo 34, pode ser disciplinado por regulamento. A competência de editar regulamentos é atribuída a diversos órgãos hierárquicos do governo, de acordo com a sua função e competência. O regulamento toma a forma de um decreto presidencial quando é por ele editado em razão de uma deliberação do Conselho dos ministros. Quando se trata de um objeto da competência do primeiro-ministro, o decreto passa a ser um decreto do primeiro-ministro. Por fim, em um nível inferior, há os decretos ministeriais, bem como os decretos dos *préfets*. Todavia, somente o presidente e o primeiro-ministro dispõem de uma competência geral que os autoriza a editar regulamentos.

128. Desde 1962, o presidente da República é eleito pelo povo e o seu mandato é de sete anos. Ele não responde ao parlamento. Além disso, o artigo 16 da Constituição lhe dá o direito de, em estado de emergência, suspender a Constituição. Desse modo, o presidente é verdadeiramente a encarnação da *volonté générale.* Ele dispõe sobre o estado de emergência, promulga as leis e tem um amplo direito que lhe permite – todavia com a anuência do primeiro-ministro – editar decretos. Finalmente, ele pode submeter certas leis a *referendum*, nomear o governo, bem como dissolver a Assembléia Nacional.

129. O artigo 21 da Constituição determina que: "O primeiro-ministro dirige os assuntos governamentais." Porém, na realidade, o primeiro-ministro deve conduzir o governo de acordo com o plano político definido pelo presidente da República. Pois o primeiro-ministro é nomeado pelo presidente, assim como os seus colaboradores, quer dizer, os ministros e os secretários de Estado. Na prática da V República, os primeiros-ministros – com exceção de Jacques Chirac que, em 25 de agosto de 1976, renunciou espontaneamente –, regra geral, permaneciam ou renunciavam aos seus respectivos cargos por ordem presidencial. Do mesmo modo, o presidente pode obrigar os ministros a apresentarem as suas demissões. Por conseguinte, o presidente está igualmente habilitado a distribuir as tarefas governamentais e a remanejar o gabinete.

Este sistema presidencial especial, elaborado por De Gaulle, foi talhado para um presidente que, simultaneamente, disponha da maioria no parlamento. Sem esta maioria, o presidente tem de governar com um primeiro-ministro, que pode se opor às suas decisões por meio da maioria parlamentar. Se o primeiro-ministro e o presidente não desejam trabalhar conjuntamente ("coabitação"), eles terão de, na "mesma casa", administrar separadamente uma "casa" constitucionalmente indivisível. Isto fatalmente levará a uma crise constitucional permanente e, em última instância, insolúvel.

130. Em oposição ao princípio do governo de gabinete, os ministros não podem, ao mesmo tempo, ser membros do parlamento. Nisso se expressa igualmente a vontade de separar os poderes e de estabelecer um regime presidencial. Tanto o primeiro-ministro quanto o Conselho de ministros e o parlamento têm a possibilidade de colocar a questão do voto de confiança por iniciativa própria. Se o governo não obtém a confiança da Assembléia Nacional, ele então deve, de acordo com o artigo 50 da Constituição, apresentar ao presidente a sua demissão. Este todavia tem a liberdade de aceitá-la ou de refutá-la. Foi assim que De Gaulle manteve o seu primeiro-ministro Pompidou em suas funções, embora ele tivesse perdido a confiança do parlamento.

131. O artigo 5 da Constituição determina: "O presidente da República garante o respeito à Constituição. Na qualidade de árbitro, ele assegura a boa cooperação entre os poderes públicos, bem como a continuidade do Estado." Com base nesta disposição, desde De Gaulle, todos os presidentes se reservaram o direito de tomar decisões em relação a todas as questões de interesse do Estado. A competência de árbitro era para eles sinônimo de competência para decisão. Conseqüentemente, o executivo não tem na verdade senão a competência que o presidente lhe concede, ainda que de acordo com uma interpretação literal da Constituição presidente da República e governo devessem estar em harmônica concordância.

132. Em certos casos, o presidente pode decidir sozinho; em outros, tem a necessidade da referenda (*contreseing*) do primeiro-ministro. Este, por sua vez, enquanto chefe do governo e subordinado direto do presidente, dirige os negócios do governo. Nesta função, ele dispõe igualmente sobre o exército, mas o verdadeiro chefe do exército é o presidente que, sozinho, tem também o poder de decidir sobre o uso da bomba atômica.

133. O parlamento compõe-se de duas Câmaras: a *Assemblée Nationale* e o Senado. Na França, contrariamente ao que ocorreu na Grã-Bretanha, a segunda Câmara pôde fortalecer a sua posição, legitimação e função com a Constituição da V República, depois da tentativa frustrada de unificar as duas Câmaras em 1969. Enquanto o povo elege diretamente os membros da *Assemblée Nationale* pelo sistema majoritário, os senadores são eleitos nos Departamentos por sufrágio indireto para um mandato de nove anos. O presidente da República não tem o poder de dissolver o Senado, que a cada três anos renova um terço dos seus membros. Isto permite ao Senado, enquanto segunda Câmara, garantir uma certa estabilidade política e particularmente proteger os direitos individuais dos cidadãos em face de uma Assembléia Nacional excessivamente zelosa.

134. Ao lado do parlamento, do governo e do presidente da República, a Constituição ainda prevê como outros órgãos o *Conseil Constitutionnel* (conselho com a função de um tribunal constitucional especial), o *Conseil d'Etat* (conselho do Estado com a função de um tribunal administrativo superior) e o *Conseil Economique et Social* (conselho econômico e social). O *Conseil d'Etat* é um dos mais antigos órgãos da história constitucional da França. Hoje desempenha o papel de tribunal administrativo supremo bem como de órgão consultivo do governo e da administração em matéria de legislação. Tal como outrora o *Conseil d'Etat* (especialmente desde 1874), o *Conseil Constitutionnel* também se transformou em um verdadeiro tribunal constitucional, desde a decisão de 1971, à qual já nos referimos. É assim que ele pode proteger, especialmente também, os direitos individuais mesmo em face do legislador. Originalmente ele tinha exclusivamente a tarefa de proteger o executivo em face de abusos de poder por parte do legislativo. No entanto, o *Conseil Constitutionnel* exerce hoje em dia a função de um verdadeiro tribunal constitucional. Ele examina as leis do ponto de vista de sua conformidade com a Constituição, antes de serem promulgadas pelo presidente. O Conselho econômico e social é por fim um órgão consultivo no âmbito econômico, mas que ainda não alcançou grande importância, ao menos publicamente.

§ 22. OS ESTADOS COM SOBERANIA DIVIDIDA

Bibliografia

a) Autores clássicos

Hamilton, A., Madison, J. e Jay, J. *Der Föderalist* (O federalista). Org. F. Ermacora. Trad. al. K. Demmer. Viena, 1958.

b) Outros autores

Adams, W. P. *Republikanische Verfassung und bürgeliche Freiheit*. Die Verfassungen und politischen Ideen der amerikanischen Revolution (Constituição republicana e liberdade burguesa. As Constituições e as idéias políticas da revolução americana). Darmstadt, 1973.

Auer, A. *Les droits politiques dans les cantons suisses* (Os direitos políticos nos cantões suíços). Genebra, 1978.

Auer, A., Delley, J.-D. Le référendum facultatif – La théorie à l'épreuve de la réalité (O referendum facultativo – A teoria em face da realidade). In: *ZSR* 98, 1979. Vol. 1, pp. 113 ss.

Beyme, K. von. *Das präsidentielle Regierungssystem der Vereinigten Staaten in der Lehre der Herrschaftsformen* (O sistema de governo presidencial americano na teoria das formas de dominação). Karlsruhe, 1967.

Bucheli, M. *Die direkte Demokratie im Rahmen eines Konkordanz – oder Koalitionssystems* (A democracia direta no âmbito de um sistema de concordância ou de coalizão). Berna, 1979.

Carlen, L. *Die Landsgemeinde in der Schweiz* (O Conselho Cantonal na Suíça). Sigmaringen, 1976.

Crosskey, W. W. *Politics and the Constitution in the history of the United States* (A política e a Constituição na história dos Estados Unidos da América). 2 vols., Chicago, 1953.

Das Bundesgesetz über die politischen Rechte (A lei federal sobre os direitos políticos). Publicações do Schweizerischen Instituts für Verwaltungskurse an der Hochschule St. Gallen (Instituto suíço para cursos de administração na Escola superior de St. Gallen). St. Gallen, 1978.

Delley, J.-D. *L'initiative populaire en Suisse*. Mythe et réalité de la démocratie directe (A iniciativa popular na Suíça. Mito e realidade da democracia direta). Dissertação Genebra. Lausane, 1978.

Denquin, J.-M. *Référendum et plébiscite*. Essai de théorie générale (Referendum e plebiscito. Tentativa de teoria geral). Paris, 1976.

Ehringhaus, H. *Der kooperative Föderalismus in den Vereinigten Staaten* (O federalismo cooperativo nos Estados Unidos da América). Frankfurt a. M., 1971.

Fenno, R. F. *The President's Cabinet* (O gabinete do presidente). Cambridge, 1959.

Fisher, L. *President and Congress*. Power and policy (O presidente e o congresso. Poder e políticas). Nova York/Londres, 1973.

Fraenkel, E. *Das amerikanische Regierungssystem* (O sistema de governo americano). 3.ª ed., Opladen, 1976.

§ 22. OS ESTADOS COM SOBERANIA DIVIDIDA

Gilson, B. *La découverte du régime présidentiel* (A descoberta do regime presidencial). Paris, 1968.
Glum, F. *Die amerikanische Demokratie* (A democracia americana). Bonn, 1966.
Grisel, E. L'initiative et le référendum (A iniciativa e o referendum). In: ZSR 97, 1978. Vol. 1, pp. 435 ss.
Gruner, E., Müller, J. P. (orgs.) *Erneuerungen der schweizerischen Demokratie?* (Renovações da democracia suíça?). Berna, 1977.
Hartmann, J. *Der amerikanische Präsident im Bezugsfeld der Kongressfraktionen* (O presidente americano no campo das bancadas do Congresso). Berlim, 1977.
Heusler, A. *Schweizerische Verfassungsgeschichte* (História da Constituição suíça). Basiléia, 1920.
His, E. *Geschichte des neueren schweizerischen Staatsrechts* (História do recente direito do Estado suíço). 3 vols., Basiléia, 1920.
Horn, St. *The Cabinet and the Congress* (O gabinete e o congresso). Nova York, 1960.
Huntington, S. *Political Order in Changing Societies* (A ordem política nas sociedades em mudança). 2.ª ed., Yale, 1969.
Loewenstein, K. *Verfassungsrecht und Verfassungspraxis der Vereinigten Staaten* (Direito constitucional e práxis constitucional nos Estados Unidos da América). Berlim, 1959.
Masnata-Rubattel, C., Masnata-Rubattel, F. *Le pouvoir suisse* (O poder suíço). Paris, 1978.
McCloskey, R. G. *The Modern Supreme Court* (A Suprema Corte moderna). Cambridge, 1972.
Neidhart, L. *Volksentscheid und politisches Verhalten.* Wertberücksichtigung und Innovation in der schweizerischen Referendumsdemokratie (Referendo popular e comportamento político. Valorização e inovação na democracia de referendo suíça). Zurique, 1973.
Neidhart, L. *Reform des Bundesstaates.* Analysen und Thesen (Reforma do Estado federal. Análises e teses). Berna, 1970.
Nelson, W. E. *The Philosophy of the American Constitution* (A filosofia da Constituição americana). Nova York, 1968.
Neustadt, R. E. *Presidential Power.* The Politics of Leadership (O poder presidencial. As políticas de liderança). Nova York, 1960.
Peyer, H. C. *Verfassungsgeschichte der alten Schweiz* (A história constitucional da Suíça antiga). Zurique, 1978.
Pritchett, C. H. *The American Constitution* (A Constituição americana). 3.ª ed., Nova York, 1977.

2. A ORGANIZAÇÃO DOS ESTADOS DEMOCRÁTICOS MODERNOS

Schäfer, H. J. *Inhalt und Grenzen der richterlichen Gewalt nach der Verfassung der Vereinigten Staaten von Amerika* (Conteúdo e limites do poder judiciário segundo a Constituição dos Estados Unidos da América). Berlim, 1968.

Schmid, G. Die direkte Demokratie im magischen Vieleck der Staatsziele (A democracia direta no polígono mágico dos fins do Estado). In: *ZSR* 97, 1978. Vol. 1, pp. 457 ss.

Schollenberg, J. *Geschichte der schweizerischen Politik* (História da política suíça). Frauenfeld, 1906.

Schuhmann, K. *Das Regierungssystem der Schweiz* (O sistema de governo da Suíça). Colônia, 1971.

Schwartz, B. *A Commentary of the Constitution of the United States* (Um comentário sobre a Constituição dos Estados Unidos da América). 3 vols., Nova York, 1963.

Steffani, W. Amerikanischer Kongress und deutscher Bundestag im Vergleich (Uma comparação entre o congresso americano e o *Bundestag* alemão). In: K. Kluxen (org.). *Parlamentarismus* (Parlamentarismo). Colônia, 1967.

Tribe, L. H. *American Constitutional Law* (Direito constitucional americano). Nova York, 1978.

Young, R. *The American Congress* (O congresso americano). Nova York, 1958.

1. A maior parte dos Estados do mundo ocidental assentou o poder de seus órgãos centrais sobre uma base racional, ampliou a participação política da população e diferenciou as estruturas do Estado por meio de uma divisão das diversas funções (conferir S. Huntington, p. 93). Nesse contexto, partia-se sempre da idéia de que o homem deveria poder, por meio da razão, estruturar e modelar o seu ambiente natural e sobretudo social. Esta libertação prometeica do homem, tanto do seu destino quanto de sua predestinação divina, trouxe com a teoria do contrato social de Hobbes uma concepção secularizada do Estado e da soberania. A estruturação racional da organização estatal foi confiada ao legislador. "In both its religious and its secular versions, in Filmer as well as in Hobbes, the impact of the new doctrine of sovereignty was the subject's absolute duty of obedience to

§ 22. OS ESTADOS COM SOBERANIA DIVIDIDA

his king. Both doctrines helped political modernization by legitimicing the concentration of authority and the breakdown of the medieval pluralistic political order" (S. Huntington, p. 102).

2. Dois Estados não aderiram plenamente a esta evolução em direção à soberania absoluta e secularizada: os Estados Unidos e a Confederação suíça. Enquanto em todos os outros Estados o poder do monarca e de seu aparelho administrativo centralizado foi quebrado pela via revolucionária (no século XVIII, na Inglaterra; nos séculos XVIII e XIX, na França e nos séculos XIX e XX, na Alemanha), encontram-se nos Estados Unidos e na Suíça estruturas políticas que, desde a época dos primeiros colonos nos Estados Unidos e, na Suíça, desde a democracia medieval dos camponeses e das cidades, puderam se desenvolver progressivamente e se transformar sem que uma revolução destruísse a ordem social medieval.

3. Para os colonos da América do Norte, não havia nem direitos divinos do rei, nem soberania absoluta, mas ao mesmo tempo tampouco uma supremacia parlamentar. Para eles, Hobbes era irrelevante; eles se baseavam muito mais em Locke (conferir S. Huntington, p. 105). É por isso que, ao estabelecerem a sua ordem estatal, eles não confiaram a nenhum órgão o poder estatal supremo. Uma vez que aos seus olhos a soberania dos poderes públicos era limitada, eles puderam dividi-la sem dificuldades entre os diversos órgãos bem como entre o Estado federal e os Estados-membros. Foi assim que os colonos americanos erigiram um Estado moderno sem uma teoria moderna da soberania. "Americans may be defined, ... as that part of English-speaking world which instinctively revolted against the doctrine of the sovereignty of the State and has, not quite successfully, striven to maintain that attitude from the time of the pilgrim Fathers to the present day" (S. Huntington, p. 105).

4. Algo semelhante pode-se dizer em relação à evolução na Suíça. Na história suíça jamais houve um monarca absoluto, que derivasse os seus direitos de dominação diretamente de Deus. Mesmo as formas de dominação oligárquica dos cantões aristocráticos estavam, em última análise, sempre vinculadas à legitimidade popular. Uma oligarquia não pode ser a representante de Deus sobre a terra.

5. Foi assim que na Suíça também se desenvolveu um Estado moderno sem uma soberania absoluta no sentido de Hobbes. Isto se exprime especialmente também na relação entre a União e os cantões: aquela surgiu a partir dos cantões e sua soberania é limitada, uma vez que, no interior dos cantões, o povo exerce direitos de dominação originais próprios por meios democráticos.

6. Em razão do desenvolvimento particular do Estado, tanto nos Estados Unidos quanto na Suíça, convém examinar também a organização estatal destes dois países do ponto de vista da soberania limitada divisível. Assim, começaremos pelos Estados Unidos da América para, a seguir, tratarmos mais a fundo os fundamentos do Estado democrático suíço.

a) Os Estados Unidos da América

1. A influência da Constituição inglesa do século XVII

7. Quando os primeiros colonos ingleses emigraram para a América em 1606, sob o regime de Jaime I, a Inglaterra ainda vivia sob signo da Constituição dos Tudor, marcada pelo pensamento medieval. O parlamento ainda não havia conquistado o seu poder absoluto, e o poder do Estado era dividido entre as diversas instituições da Coroa, dos Lordes e dos Commons. "The government of Tudor England was a government of fused powers (i. e. functions), that is, Parliament, Crown, and other institutions each performed many functions " (conferir S. Huntington, p. 109).

8. O *Parliament* exercia funções jurisdicionais, legislativas e executivas. A Coroa também não se restringia ao executivo, mas, juntamente com o *Parliament*, exercia o poder legislativo e judiciário. Naquela época, a divisão de poderes não era funcional, mas pessoal. Cada instituição exercia as mesmas funções, mas possuía atribuições ou poderes particulares, de tal modo que as diferentes instituições podiam se fazer respeitar reciprocamente.

9. Esta Constituição inglesa do século XVII serviu de modelo para a Constituição dos Estados Unidos, bem como para a Constituição dos Estados singulares que, por sua vez, se inspiraram na Constituição de Virgínia. Enquanto na Inglaterra as competências eram progressivamente divididas entre diversos órgãos estatais (tarefas legislativas, executivas e judiciárias) e o poder efetivo se concentrava cada vez mais na Câmara dos comuns, as concepções americanas em matéria de Estado e de governo permaneceram no plano da Constituição inglesa do século XVII. "The constitutional convention of 1787 is supposed to have created a government of separated powers (i. e. functions). It did nothing of the sort. Rather it created a government of separated institutions sharing powers (i. e. functions)" (conferir R. E. Neustadt, p. 33).

2. Soberania limitada e direito natural na Declaração de Independência

10. A convicção dos colonos americanos de que todo poder do Estado é limitado não se manifesta em nenhum outro lugar de maneira mais clara do que na Declaração americana de Independência, que data de 4 de julho de 1776:

> Se, em virtude da evolução, um povo se vê obrigado a romper os laços políticos que o unem a um outro e a formar ele mesmo um Estado separado e com igualdade de direitos na comunidade dos Estados, e para o qual as leis da natureza e de Deus dão esse direito, ele deve declarar as causas que o levam a essa separação. – Nós estamos convencidos de que as verdades a seguir são evidentes e imutáveis: os homens nas-

ceram iguais e o seu Criador dotou-os de direitos inalienáveis, como seja, o direito à vida, à liberdade e à realização da própria felicidade. Os governos têm de garantir a proteção desses direitos. Eles foram providos de poder pelos homens para cumprirem esse objetivo e derivam os seus direitos da aquiescência dos homens.

Sempre que um governo abusa do seu poder e não persegue mais esses fins, o povo tem o direito de depô-lo e de instituir um novo governo que se funde sobre tais princípios e exerça o seu poder em função da felicidade e da segurança dos homens. A prudência, contudo, recomenda que governos estabelecidos já há muito tempo não sejam depostos por questões levianas ou passageiras. A experiência também mostra que antes os homens estão dispostos a sofrer os males de um governo do que fazer justiça abolindo as formas às quais já estão acostumados. Mas, se o abuso de poder e a exploração do povo se prolongam e são introduzidos com a única intenção de realizar a administração absolutista de um déspota, então os homens têm o direito de derrubar o governo e, para sua segurança, dar posse a um novo. – Há muito tempo as colônias têm sofrido, mas agora elas se vêem obrigadas a mudar o seu sistema de governo (Trad. do autor, cit. em Th. I. Emerson, p. 6).

Esta concepção impregnada, dentre outras, pela teoria de Locke constituiu igualmente o fundamento da concretização de uma jurisdição constitucional; ela explica, de fato, a posição dominante que a Suprema Corte ocupou ao longo dos dois séculos de história dos Estados Unidos.

3. *Poderes distintos, mas sem separação de poderes*

11. Se a soberania não é absoluta, ela pode sem qualquer problema ser repartida entre os diversos órgãos, e também entre o Estado federal e os Estados-membros. Em oposição à concepção européia de Estado, em que a soberania absoluta não é atribuída senão a um órgão em razão de uma concepção absolutista da soberania, os americanos puderam dividir

§ 22. OS ESTADOS COM SOBERANIA DIVIDIDA 385

a soberania no interior do seu próprio Estado. Isto conduziu, no plano federal, ao fato de que o Congresso com suas duas Câmaras, o presidente e a Suprema Corte constituem instituições independentes que exercem diferentes funções e se controlam umas às outras.

12. A posição do presidente americano, eleito pelo povo através de delegados, é comparável à do rei da Inglaterra no século XVII. Em face do parlamento, ele tem um direito de veto; os parlamentares, todavia, podem derrubar este seu veto com uma maioria de dois terços. Por outro lado, o parlamento não pode retirar a sua confiança no presidente por meio de um voto de confiança político. É tão-somente junto com a Suprema Corte que o parlamento pode, por meio de um ato jurisdicional (*Impeachment*), exonerar o presidente de suas funções, procedimento que o *long parliament* também conheceu na Inglaterra no século XVII. Alexander Hamilton (1757-1804) acreditava, no entanto, que a possibilidade de *Impeachment* restringia precisamente o poder do presidente, comparativamente ao rei da Inglaterra (Federalist Paper n.º 70).

13. O procedimento do *Impeachment*, até o momento, foi aplicado contra um único presidente, Andrew Johnson, no ano de 1868, mas ele foi absolvido por um voto. Desde então, o poder do presidente em face do congresso se ampliou consideravelmente. Contudo, o ano de 1975 marcou uma mudança de tendência com o caso Watergate. Richard Nixon furtou-se ao procedimento de *Impeachment* pela renúncia antecipada. Mas a integridade do presidente americano foi fortemente abalada com a crise de Watergate. O congresso sentiu-se novamente no dever de cumprir a sua tarefa nacional de controle, também em relação ao presidente, cujo poder desse modo se enfraqueceu consideravelmente. A competência de executar um procedimento de *Impeachment*, portanto, tem particularmente um efeito preventivo e contribui essencialmente para equilibrar os diferentes poderes.

14. Tal como o rei da Inglaterra, o presidente dos Estados Unidos escolhe também o seu gabinete, mas necessita da aprovação do Senado para proceder à sua nomeação. A independência do presidente em relação ao Congresso implica, por outro lado, que também o Congresso e, particularmente, o partido ao qual pertence o presidente sejam em grande medida independentes deste e do seu governo. Enquanto em Estados dotados de um governo parlamentar os parlamentares dos partidos governamentais estão submetidos de direito, como na Inglaterra, ou de fato a uma coerção da bancada para a garantia da maioria parlamentar, os parlamentares americanos são muito mais independentes de sua bancada. Isto leva ao fato de que nas bancadas dos dois grandes partidos (democratas – republicanos) os parlamentares defendem concepções políticas muito diversas. Os partidos não têm tampouco a função de impor um programa governamental – esta é uma tarefa do presidente –, mas sim ganhar as eleições para o Congresso. Os partidos são antes centros onde se formam e se desenvolvem personalidades políticas que verdadeiros partidos programáticos no sentido europeu.

4. Soberania dividida entre União e Estados-membros

15. Pela Constituição dos Estados Unidos, os poderes não foram divididos apenas no plano federal, quer dizer, entre os órgãos da União, mas também e sobretudo entre a jovem Confederação e os Estados-membros singulares. Os pais da Constituição procuraram com isso obter primeiramente um equilíbrio entre o poder da nova federação e os Estados-membros singulares. "The powers delegated by the proposed Constitution to the federal government are few and defined. Those which are to remain in the State governments are numerous and indefinite... The powers reserved to the several States will extend to all the objects which, in the ordinary course of affairs, concern the lives, liberties, and properties of the people, and the internal order, improvement, and prosperity of the State" (Federalist Papers n.º 45).

16. Esta concepção de uma soberania dividida permitiu aos pais da Constituição americana estruturar um Estado federal que, em face dos Estados-membros, pudesse exercer atribuições completamente distintas e enumeradas na Constituição. Em oposição ao conceito europeu de federalismo, segundo o qual os Estados-membros são geralmente os executores do poder federal, as leis federais dos Estados Unidos são aplicadas nos Estados-membros pela União e seus tribunais federais respectivos, enquanto cada um dos Estados-membros executa as suas próprias leis. Desse modo, há uma separação completa entre os poderes federais e dos Estados-membros.

17. Este conceito de Estado federal, que assim encontrou a sua primeira realização, influenciou, a partir daí, as mais diversas Constituições do mundo, muito mais que o sistema presidencial americano. Entretanto, raras são as Constituições que adotaram a idéia fundamental de uma soberania verdadeiramente dividida entre União e Estados-membros. Erroneamente, numerosos Estados julgaram que a concepção de uma soberania absoluta do Estado seria compatível com o conceito americano de federalismo.

b) A Confederação suíça

1. A consciência de Estado dos cantões

18. Recentemente, em um congresso internacional de ginecologia, diz-se ter ocorrido a seguinte história: os ginecologistas discutiam se uma gravidez duraria exatamente nove meses ou se poderia durar cinco ou dez dias mais. Eles não chegavam a um acordo quando, de repente, um ginecologista suíço se levantou e declarou timidamente, mas de maneira perfeitamente audível, que na Suíça isto diferia de um cantão ao outro. Nada caracteriza melhor a autocompreensão suíça do que essa história. No Estado federal suíço, União e cantões dividem a soberania. A legitimação da dominação cantonal não repousa sobre um direito deduzido da União, mas sobre a justificação histórica e derivada do povo do cantão. Grande parte dos cantões suíços são democracias seculares que se desenvolveram progressivamente e que, mesmo no período absolutista dos séculos XVII e XVIII, não abandonaram todos os direitos democráticos.

1.1. Primeiros desenvolvimentos da democracia na Idade Média

19. O curso da evolução foi todavia em parte diferente nos cantões rurais e urbanos. Os três cantões primitivos e rurais de Uri, Schwyz e Unterwalden se uniram em 1291 a fim de salvaguardarem, pelo auxílio mútuo e contra os bailios dos Habsburg, a ligação imediata ao Império que lhes havia sido garantida nas cartas de liberdade. Nos dois vales de Uri e Schwyz o conde exercia a jurisdição em uma assembléia aberta a todos os seus habitantes. Portanto, o poder soberano já era vinculado à assembléia popular. Os camponeses de Schwyz eram homens livres, proprietários de suas terras e agrupados em uma cooperativa regional (*Markgenossenschaft*). Os camponeses de Uri eram servos, mas formavam uma cooperativa (*Allmendgenossenschaft*), a fim de explorar os pastos e florestas de uso comum (*Allmend*). Os habitantes de Unterwalden uniam-se em cooperativas comunais. Com a ligação imediata ao Império, as cooperativas regionais fundiram-se com as freguesias judiciárias (*Gerichtsgemeinden, Landsgemeinden*) e formaram a base de uma dominação popular muito coesa, sob a direção do *Landammann* (anteriormente *Talammann*), e que compreendia um aspecto de direito privado (a exploração comum do solo) e um aspecto de direito público (a jurisdição).

20. O fato de que estas cooperativas desde cedo já estabeleceram alianças com cidades como Zurique, Berna e Lucerna

§ 22. OS ESTADOS COM SOBERANIA DIVIDIDA

foi particularmente ditoso para o desenvolvimento ulterior da jovem Confederação. Do mesmo modo, as cidades se desenvolveram em parte a partir de cooperativas regionais (*Markgenossenschaften*) – por exemplo, Lucerna – ou de fusões de vários territórios – por exemplo, Zurique – ou foram fundadas para fins militares (defesa do país), como Berna e Friburgo pelos Zähringer. De acordo com a origem histórica, as instituições democráticas se desenvolveram de maneira diversa nestas cidades.

21. As cidades de mercado e de comércio detinham o direito de serem praças de comércio e de mercado e de se protegerem por meio de um fosso. Em sua origem, Zurique foi governada por famílias antigas ligadas aos Habsburg, que exerciam sua dominação por meio de um pequeno conselho oligárquico. Com a revolução de Brunschen, em 1336, o antigo Conselho foi dissolvido e substituído por um novo, no qual, ao lado dos aristocratas (*Konstafel*), também passaram a participar os artesãos. Uma vez que esta inovação não agradara aos Habsburg, Zurique teve de buscar a ajuda dos Waldstätten, gerando uma aliança com Uri, Schwyz, Unterwalden e Luzern. Mas Zurique não alcançaria uma verdadeira Constituição democrática senão com a denominada Constituição de *Waldmann*. Esta Constituição revogou os privilégios da corporação dos aristocratas (*Konstafel*) colocando-a em pé de igualdade com as corporações de ofício. O Conselho passou a ser eleito pelas corporações de ofício e detinha o poder supremo, exercido por um burgomestre sob o seu controle.

22. Em oposição às cidades dirigidas pelas corporações de ofício, Berna é uma cidade que foi fundada para fins militares, na qual nem os artesãos nem os mercadores chegaram a desempenhar um papel importante como ocorria em Zurique ou Lucerna (conferir J. Schollenberg, p. 148). O governo da cidade compreendia um presidente do Conselho (*Schultheiß*), um Pequeno Conselho composto por doze membros e uma Assembléia Comunal (*Gemeinde der Bürger*), "que anualmente elegia doze conselheiros dentre os cavaleiros e as famílias tradicionais" (J. Schollenberg, p. 149). Em 1294, em virtude da ascensão dos artesãos, formou-se o Instituto dos Dezesseis, cujos membros elegiam o Grande Conselho dos Duzentos. Os artesãos tomavam parte tanto no Instituto dos Dezesseis quanto no Grande Conselho. No entanto, ao Pequeno Conselho, quer dizer, ao governo, os artesãos jamais tiveram acesso; no ano de 1373, as corporações de ofício foram até proibidas. "A particularidade da cidade de Berna é, portanto, o fato de que os artesãos enquanto tais nunca alcançaram uma importância política e jamais puderam participar do governo e, por conseguinte, que o governo jamais se transformou em um governo das corporações de ofício, nem inteira nem parcialmente, mas sempre permaneceu – até 1798 – um privilégio dos nobres e das famílias tradicionais burguesas da cidade" (J. Schollenberg, p. 150).

23. Enquanto nos cantões rurais o governo, quer dizer, o *Landammann*, que consistia em um governo monocrático, permaneceu estreitamente ligado ao povo em razão da *Landsgemeinde* (Conselho Cantonal), os Pequenos Conselhos das cidades, que consistiam em um sistema colegiado, tinham a tendência de dirigir a comunidade, negligenciando a população dos camponeses, que era submissa às cidades. A oposição entre cidade e campo, que hoje ocasionalmente ainda se faz sentir, se revelou pela primeira vez como conseqüência das guerras de Borgonha. As cidades se uniram para dominar os súditos fixados nos campos que, por sua vez, foram apoiados pelos cantões rurais. O conflito foi solucionado em 1481 pelo acordo intercantonal de Stans, de acordo com o qual as cidades, pela primeira vez, se comprometiam a prestar auxílio mútuo em casos de insurreição dos seus súditos, enquanto os cantões rurais, por sua vez, renunciavam a incitar à rebelião a população rural dos cantões urbanos contra os seus senhores. Enquanto em outros lugares os duques solicitavam ajuda do seu rei, os confederados se protegiam por meio de ajuda mútua contra a insubordinação do povo. Esta proteção somente poderia ser restrita. Assim, após a execução do grande burgomestre de Zurique, Hans Waldmann, os emissários que os cantões rurais haviam enviado para Zurique tiveram de atuar como árbitros no conflito entre a cidade e o campo (conferir as sentenças).

1.2. Elementos essenciais da antiga estrutura do Estado

24. A partir dos primeiros desenvolvimentos no interior da Confederação, é possível esclarecer alguns elementos essenciais para a compreensão suíça de Estado:

1. A consciência de ser uma comunidade política independente desperta inicialmente no interior das pequenas comunidades locais, que eram organizadas em cooperativas e obtiveram suas cartas de liberdade do imperador no século XIII.

2. Toda ameaça à independência política por parte do império ou do povo não é combatida por meio de uma maior centralização do poder, mas, ao contrário, por uma colaboração comum confederativa das comunidades singulares, preservando-se a independência local. O centro político permanece nas comunidades locais, organizadas em cooperativas. Estas comunidades garantem uma ajuda recíproca quando a sua ordem política é ameaçada tanto interior quanto exteriormente (Acordo intercantonal de Stans).

3. No interior das pequenas comunidades, a necessidade de concessão das liberdades individuais é relativamente limitada, uma vez que os membros singulares (camponeses livres ou burgueses) exercem uma grande influência sobre as decisões políticas das comunidades. Liberdade significa liberdade das cooperativas, mas não liberdade individual.

4. As assembléias populares, por exemplo as das comunidades dos vales ou as assembléias comunais nas cidades, têm sua origem, de um lado, nas atividades jurisdicionais e, por outro, na administração comum da utilização do solo. No interior destas pequenas comunidades não se pode discernir uma separação entre o Estado e a sociedade.

5. No entanto, não se pode falar de um autogoverno do povo no sentido de Rousseau, visto que os cantões rurais eram dirigidos por um *Landammann* e os cantões urbanos por um burgomestre e um Pequeno Conselho. Em casos de conflito, todavia, o povo deveria ser sempre ouvido como última e suprema instância.

6. A separação entre os assuntos temporais e espirituais ocorreu através de uma separação progressiva da jurisdição eclesiástica (Cartas do Clérigo – *Pfaffenbriefe*), por meio da qual a intromissão da Igreja nos assuntos internos das comunidades locais é repelida.

1.3. Separação do Império e Reforma

25. Por volta do final do século XV, os confederados haviam se separado política e espiritualmente a tal ponto do *Reich*, que a separação formal não era mais que uma questão de tempo. No entanto, até as guerras da Suábia, os confederados, enquanto sujeitos do Império, tiveram de continuar a pagar os impostos imperiais, prestar o serviço militar ao imperador e se submeter à jurisdição imperial superior.

Quando o imperador tentou, por meio da reforma imperial de Worms, reunificar o Império já tão fragmentado, os confederados não estavam mais dispostos a aceitar reformas tais como o *Reichskammergericht* (Tribunal imperial supremo) ou o imposto imperial. Por meio das guerras da Suábia e da subseqüente paz da Basiléia em 22 de setembro de 1499, os confederados obtiveram a sua independência do Império que, contudo, só foi formalmente confirmada pela paz de Vestefália.

26. A separação do Império aconteceu portanto pouco tempo antes do início da Reforma. Esta trouxe como conseqüência uma cesura que persistiu por muitos séculos entre católicos e protestantes. Ao contrário do que ocorrera na Alemanha, a Reforma realizada em Zurique por Ulrich Zwingli

(1484-1531) e em Genebra por João Calvino (1509-1564) não conduziu só a uma nova compreensão do papel da Igreja, mas também a uma nova concepção de Estado, comparável ao que se passou na Inglaterra. A Igreja e o Estado foram vinculados e o Estado subordinado à Igreja (Genebra) ou, ao contrário, a Igreja ao Estado (Zurique). Isso levou ao surgimento de estruturas políticas democráticas (Zurique) ou oligárquicas na Igreja, que mais tarde encontraram a sua estabilização institucional na forma da Igreja nacional. No entanto, esta nova consciência dos cantões protestantes acerca da soberania não foi compartilhada pelos cantões católicos, que não podiam aceitar a idéia de uma soberania absoluta do Estado nos domínios temporal e espiritual, uma divergência que, em parte, ainda se mantém até os dias de hoje na consciência de Estado dos diferentes cantões.

1.4. Estrutura do Estado no século XVIII

27. A reforma, as guerras religiosas entre os cantões, os primeiros levantes dos camponeses (revoltas sociais) e as tentativas de dominação absolutista trouxeram modificações fundamentais também na Suíça. A Reforma tinha, na verdade, fins democráticos, mas conduziu a um processo de absolutismo estatal pela nova conjunção das questões temporais e espirituais. A influência dos governos absolutistas dos países vizinhos, nos quais os mercenários da Confederação Suíça prestavam serviço militar, e o poder crescente de um pequeno número de famílias governantes por meio da arrecadação dos bens da Igreja conduziram a formas de poder oligárquicas e, por conseguinte, a uma alienação entre governo e povo. A limitação dos direitos dos cidadãos, segundo os critérios dos bens de raiz e de linhagem, bem como o isolamento crescente das corporações de ofício e da aristocracia, excluíram dos direitos democráticos um número cada vez mais elevado de habitantes. Foi o que se verificou, por exemplo, em Berna.

28. Se até a Reforma o governo tinha a obrigação de consultar os seus sujeitos em assuntos importantes por meio de "consultas populares", a partir daí estes direitos foram cada vez mais restringidos. No entanto, eles subsistiram aqui e ali até por volta do século XVIII. A título de exemplo, pode-se citar uma *Landsgemeinde* (Assembléia Cantonal) no cantão de Schwyz que, no ano de 1763, condenou a mulher do General Reding, então a serviço da França, a pagar um táler a cada membro da *Landsgemeinde* porque, apesar da proibição pronunciada por esta assembléia, o general continuara a recrutar soldados para o serviço militar na França. "Um debate foi aberto e houve numerosas propostas; uns defendiam que se deveria remeter o caso ao Conselho Cantonal (*Landrath*), outros sugeriram que deveria ser suspenso até a *Landsgemeinde* do mês de maio; outros ainda estimaram que se deveria condenar a mulher a pagar meio táler ou um táler inteiro ou condená-la a pagar um *Kronenthaler* a cada um dos membros da *Landsgemeinde*. Finalmente, a maioria decidiu que, em razão desta infração, a senhora Generala deveria ser condenada à indenização de um táler a cada membro da *Landsgemeinde*" (conferir *Landsgemeindebuch* – Protocolos da *Landsgemeinde* do antigo cantão de Schwyz, p. 826, 820 vermelho – *Landsgemeinde* do dia de São Tomas, dia 21 do mês de Cristo de 1763).

29. Por volta do final do século XVIII, a Confederação, dilacerada pelas querelas internas e enfraquecida pelas intrigas das potências estrangeiras, não estava mais em condições de resistir ao ataque dos exércitos revolucionários franceses. Sob o domínio de Napoleão começou então uma nova era das instituições políticas que, após longos distúrbios e lutas, completaram no século XIX as idéias políticas tradicionais dos cantões com novas concepções. Mas no que consistia esta concepção de liderança política, desenvolvida até o fim do século XVII?

30. Do meu ponto de vista, o fator decisivo é que, ao contrário da Inglaterra do século XVII por exemplo, não se pode falar de uma separação dos poderes no interior da Confede-

§ 22. OS ESTADOS COM SOBERANIA DIVIDIDA 395

ração. Tanto as funções quanto o poder político permaneceram concentrados em um só órgão, que exercia suas atribuições em diversas instâncias. Como autoridade suprema, a assembléia popular exerce competências judiciárias, legislativas e executivas. Ela elegia o *Landammann*, que podia igualmente ser deposto. Por sua vez, o *Landammann* exercia as atribuições em nome da *Landsgemeinde* (assembléia cantonal) e devia consultá-la quando havia decisões importantes a serem tomadas. Não se pode falar de uma separação dos poderes entre *Landsgemeinde* e *Landammann*; é mais correto falar de uma "seqüência de instâncias". Os conflitos que o *Landammann* não conseguia solucionar eram enviados à *Landsgemeinde* soberana. Assim, em 1655, a *Landsgemeinde* de Schwyz declarou que ela se negava a aceitar o direito federal porque, além de Deus, ela não reconhecia ninguém acima de si (conferir L. Carlen, p. 12). Uma organização estatal semelhante encontramos também nos cantões urbanos. Todavia, foram estes cantões urbanos que formaram os primeiros órgãos colegiados na forma dos Pequenos e dos Grandes Conselhos.

2. A fundação do Estado federal

2.1. A França e Napoleão

31. A Confederação abalada por disputas internas foi esmagada no final do século XVIII pelos soldados franceses e foi dotada em 12 de abril de 1798 de uma nova Constituição republicana, que sem rodeios fazia da antiga liga de Estados, caracterizada por ligações pouco rígidas e de grande diversidade, um Estado unitário (Artigo 1: "A República helvética constitui um Estado uno e indivisível"). A longo prazo, esta unidade artificial não poderia ter nenhuma chance de perdurar na Confederação formada de muitas unidades locais. Logo, novos projetos de Constituição se seguiram até que, em 1803, Napoleão editou uma Constituição de mediação, pela qual concedeu mais direitos aos cantões. No entanto, o sonho de uma Confederação unitária chegaria ao fim com a saída de Napoleão. Em 7 de agosto de 1815, os 22 cantões soberanos concluíram um novo pacto federal, que os reagruparia em uma confederação de Estados e no qual juram defender conjuntamente a sua liberdade contra o inimigo exterior e proteger os direitos dos cantões. Graças a esse pacto federal, as antigas famílias dirigentes puderam restabelecer em diversos cantões os seus antigos direitos.

32. Foi somente na seqüência da Revolução Francesa de 1830 que a idéia de um Estado liberal, democrático, repousando sobre a separação dos poderes se impôs na Suíça em certos cantões, particularmente em Zurique. Os movimentos liberais e democráticos promoviam a realização de idéias liberais e democráticas em toda a Suíça e desejavam concretizá-las também nos cantões conservadores por meio de um Estado unitário. Contudo, isso só se pôde realizar parcialmente na nova Constituição federal de 1848, adotada pelo povo e pelos cantões, e por meio da qual se fundou o Estado federal. Tanto na Constituição de 1848 quanto na de 1874, que ainda vigora nos dias de hoje, o artigo 1 inicia com as seguintes palavras: "Os povos dos vinte e dois cantões soberanos da Suíça, unidos pela presente aliança..." (o vigésimo terceiro cantão, o de Jura, entrou na Confederação em 1.º de janeiro de 1979).

2.2. Soberania dividida entre a União e os cantões

33. A soberania da Suíça segue dividida entre a União e os cantões. Ainda hoje, a União tem como tarefa amparar a democracia das comunidades cantonais locais. A legitimidade do poder dos cantões repousa, tanto quanto antes, sobre os próprios cantões e não deriva da União. Por que esta mentalidade federalista pôde se manter viva na Suíça e por que o federalismo suíço resistiu à centralização crescente e à concentração econômica do Estado social moderno?

34. Do meu ponto de vista, a razão principal desta persistência reside no fato de que os cantões, ou ao menos grande parte deles, sempre foram comunidades democráticas, com as quais os cidadãos puderam e podem se identificar. O federalismo na Suíça está estreitamente ligado com a democracia dos cantões, com a autoconsciência histórica, com o caráter de Estado próprio a cada cantão, bem como com a autogestão democrática das comunidades. No cantão e nas comunidades, o indivíduo tem uma chance maior do que no plano federal de fazer valer os seus interesses. No cantão, o cidadão conhece os Conselhos cantonais (*Großräte*) e possui até mesmo relações de amizade, de parentesco ou comerciais com um ou com outro membro do governo cantonal. Este está muito mais próximo do povo que os Conselhos federais (*Bundesräte*). No entanto, nas pequenas democracias cooperativistas, as minorias freqüentemente têm poucas chances de fazer triunfar os seus interesses em face da maioria. É por isso que tais minorias de diversos cantões – por exemplo, o partido social-democrata – tentam muitas vezes lutar contra a política discriminatória dos cantões por meio de uma política federal comum.

35. O federalismo conduz igualmente a uma desburocratização e a uma humanização do Estado. Em alguns cantões, os cidadãos ainda exercem uma influência direta, por exemplo, sobre a política educacional. Eles podem ser eleitos para compor os conselhos de escolas ou associações de pais e mestres e participam até mesmo da escolha do corpo docente. A administração escolar não pode pois se permitir impor a sua vontade do alto de um pedestal, mas sim deve buscar o apoio dos cidadãos. E isto ela só alcança se compreende as particularidades e os anseios dos cidadãos das comunidades em questão. No entanto, há certamente o perigo de pequenas corporações caírem mais facilmente que a União na esfera de influência de círculos privados poderosos e se deixarem manipular no interesse destes.

36. Se desde 1874 os cantões durante muito tempo estiveram de acordo com uma transferência de novas tarefas para a União e, por conseguinte, com uma centralização crescente, as correntes federalistas contemporâneas se posicionam cada vez mais contrárias à centralização e reivindicam uma devolução das tarefas da União aos cantões. Para estas correntes federalistas, o Estado central, que lhes é estranho e impenetrável, tornou-se um Leviatã, que ameaça esmagar e sufocar a independência cantonal. Eles tentam resolver os grandes problemas e crises recolhendo-se ao seu pequeno círculo de ação, que lhes é familiar e discernível. Os pequenos cantões, todavia, perdem freqüentemente de vista que, com a sua maior autonomia, tornam-se mais independentes com relação à União mas, em contrapartida, caem na dependência dos grandes cantões economicamente mais fortes.

2.3. Separação dos poderes na Confederação

37. Enquanto a concepção de uma soberania estatal dividida entre a União e os cantões pôde se impor, a concepção de uma soberania dividida entre os órgãos da União não se realizou senão parcialmente, ao contrário do que ocorreu nos Estados Unidos. A atribuição das mesmas competências às duas Câmaras do parlamento é comparável à divisão americana dos poderes, ela mesma tomada da Inglaterra. O *Nationalrat* (Câmara do povo) e o *Ständerat* (Câmara dos representantes dos cantões) têm as mesmas funções e competências, mas restringem seu poder reciprocamente.

38. A organização do poder federal sofreu influências não só da Constituição americana, mas igualmente da Constituição helvética, cuja existência foi muito breve. Esta Constituição retomou o modelo de uma separação funcional dos poderes, inspirada em Montesquieu (conferir artigo 3 do projeto de uma nova Constituição helvética, de 5 de julho de 1800: "Os poderes legislativo, judiciário e executivo jamais poderão ser unificados").

39. Segundo este modelo, os três poderes – legislativo, executivo e judiciário – são funcional e pessoalmente separados uns dos outros. Em oposição ao governo parlamentar, o executivo não pode ser deposto na Suíça pelo parlamento por meio de um voto de desconfiança. O Congresso Nacional (*Bundesversammlung*) tem unicamente o direito de decidir sobre a reeleição do executivo ao término do seu mandato. Enquanto os Estados Unidos confiaram a um presidente o poder executivo supremo, a Constituição suíça adotou o sistema de diretório colegiado que não pôde se impor na França na Constituição revolucionária (1795-1799), mas que, pela via da República helvética, se revelou compatível com a mentalidade suíça. As tentativas de instaurar no plano federal um sistema presidencial análogo aos dos governos de certos cantões, que são dirigidos por um *Landammann*, falharam em razão do federalismo. Os cantões não podiam admitir que um *Landammann* reunisse todos os poderes executivos da União. Eles queriam ser representados também no executivo, mesmo que esta representação fosse limitada e não se comparasse àquela no interior do poder legislativo. Além disso, já havia exemplos de um executivo colegiado nos Pequenos Conselhos dos cantões urbanos, dirigidos por um *Schultheiß* (presidente do Conselho).

2.4. Ampliação do direito do povo

40. Se, segundo a Constituição de 1848, o sistema de governo ainda era amplamente uma democracia representativa, elementos de democracia direta se impuseram por meio dos cantões de maneira progressiva cada vez mais também no plano federal. Em 1874, introduziu-se o *referendum*; em 1891, o direito de iniciativa parlamentar para a revisão parcial da Constituição e, em 1918, o *referendum* para tratados internacionais (este foi estendido em 1977). Além disso, reveste-se de grande importância a introdução do procedimento do escrutínio proporcional em 1918. A idéia de uma representação proporcional no parlamento e, posteriormente, no governo, na administração e no poder judiciário, em resumo, no interior de todas as autoridades, perpassa hoje toda a Confederação como uma espécie de fio condutor. A representação proporcional coloca-se de certa forma em oposição ao princípio puro e simples da decisão majoritária, ao qual a minoria deve se submeter. Ela visa garantir em todos os escalões um compromisso que atenda ao maior número de interesses possíveis e permita que todos os anseios presentes no seio da população possam influenciar as decisões. Desse modo, o sistema proporcional expressa igualmente que na Suíça a democracia não é, em primeiro lugar, uma dominação da maioria, mas sim muito mais a possibilidade de uma ampla autodeterminação. O princípio da representação proporcional leva sempre à procura de uma decisão tanto quanto possível unânime.

41. Outras tendências de democratização foram recusadas pelo povo. Assim, por exemplo, a eleição do Conselho Federal (*Bundesrat*) pelo povo, o *referendum* financeiro e a iniciativa legislativa. No entanto, a tendência de estender a democracia direta, que persiste desde 1848, não cessou, apesar de certos votos contrários da população. A ampliação do *referendum* ao qual os tratados internacionais são submetidos, e as inúmeras iniciativas recentes visando à resolução de grandes problemas políticos (usinas nucleares, construção de estradas nacionais) pela via de uma extensão dos direitos populares provam isto claramente.

3. Elementos essenciais da soberania popular na Suíça

3.1. Separação dos poderes

42. Quais são pois os elementos essenciais do sistema de governo suíço em comparação aos outros sistemas? Decisivo é o fato de que o parlamento, contrariamente à democracia parlamentar, não detém o poder soberano absoluto. No artigo 71 BV, com a ressalva dos direitos do povo, ele é mencionado como órgão supremo da União, mas justamente com a ressalva dos direitos do povo. Ao mesmo tempo, o artigo 95 BV designa o Conselho Federal (*Bundesrat*) como autoridade executiva suprema da Confederação.

3.2. Direitos do povo

43. Ao lado da divisão entre poder executivo e poder legislativo, os direitos populares constituem um caráter distintivo de primeira importância. Enquanto na democracia parlamentar o povo concede aos partidos, pela eleição, também o mandato para governar de acordo com o programa que estes partidos representam, no sistema suíço o parlamento e o governo recebem o seu mandato menos de sua eleição que dos mandatos constitucionais estabelecidos pelo povo.

44. Em face da soberania limitada do parlamento, o executivo portanto poderia ampliar o seu poder em relação ao legislativo. Um tal acréscimo de poder é, no entanto, contrário ao princípio do colegiado. O povo deseja que as suas opiniões não sejam representadas apenas no parlamento, mas também no executivo. O princípio do colegiado impede que um membro do executivo exerça o poder de modo unilateral. Para exercer o seu mandato governamental, o executivo deve sempre tentar se basear em um mandato constitucional ou legal. Na falta deste mandato, o governo deve tentar obtê-lo com propostas para modificar as leis ou a Constituição (as "diretivas do *Bundesrat* para a legislatura" não podem ser comparadas com o programa do governo em uma democracia parlamentar). Ele necessita pois buscar sempre no povo a maioria necessária para o seu projeto.

Isto obriga-o desde o início a elaborar projetos que levem em conta os diferentes interesses que prevalecem no seio da população, caso contrário a maioria não será obtida. Freqüentemente esses interesses não se opõem completamente uns aos outros, fato que permite levar em conta simultaneamente vários interesses. Em caso de conflitos é necessário chegar aos compromissos pragmáticos correspondentes.

45. Interesses que atendem diretamente apenas a uma minoria (por exemplo, às universidades) dificilmente reunirão a maioria necessária, bem como interesses que não são defendidos pelos eleitores. Esta foi certamente a razão pela qual foi tão difícil – e em alguns cantões ainda o é – convencer os homens da necessidade do direito de voto das mulheres. É igualmente difícil convencer o povo da necessidade de ajudar o Terceiro Mundo ou de integrar as Nações Unidas.

46. O parlamento e o governo não são todavia somente dependentes das eleições e dos mandatos populares; eles devem também obter a aprovação do povo em matéria de receitas, quer dizer, de tributos. Se não conseguem convencer a maioria dos cidadãos da capacidade do Estado e da sua administração, o povo declarará o seu veto. Somente com a condição de que a maioria dos cidadãos tenha a certeza de que a administração pública lhe fornecerá uma contraprestação correspondente aos impostos que pagam, eles aceitarão uma elevação dos impostos.

3.3. O povo como instância suprema, não como instância governamental

47. O sistema suíço de governo não corresponde a um sistema de dominação popular puro e simples. O povo não governa. Ele é unicamente autoridade suprema como outrora eram a *Gerichtsversammlung* e a *Landsgemeinde* que concediam ou recusavam um mandato governamental do ponto de vista da pessoa, do objeto ou do ponto de vista financeiro. Na Suíça, todos os órgãos participam do governo: o povo, o parlamento, o Conselho Federal (*Bundesrat*) e o Tribunal Federal. Nos limites desta legitimação supervisionada pelo povo, o executivo pode todavia contar com um amplo e espontâneo apoio da população na execução das leis. Uma legitimidade reforçada facilita a aplicação das leis.

48. Isto tem igualmente repercussões relevantes sobre a posição dos partidos. Estes não são portadores de um mandato governamental particular, como é o caso dos partidos de uma democracia parlamentarista. Na Suíça, os partidos são agrupamentos que no parlamento – no âmbito do mandato popular expresso nas disposições constitucionais – exercem um poder legislativo limitado e que, quando muito, auxiliam o executivo a encontrar a maioria popular necessária ou, se fazem parte da oposição, indicar ao governo a insatisfação popular. O governo não é pois sustentado por uma maioria parlamentar, mas pelo seu mandato constitucional, legal e financeiro.

49. Na Suíça, uma separação entre governo e oposição no sentido de uma democracia parlamentarista teria muito pouco sentido, visto que o executivo pode sempre acolher em sua política sugestões da oposição a fim de conservar o mandato que detém pela vontade popular. A oposição pode, por sua vez, impor-se ao executivo usando os instrumentos da democracia direta. No entanto, se o povo aprova um projeto do executivo, a oposição perde – ao menos provisoriamente – a base de sua política no assunto em questão. Ela deverá então buscar novas possibilidades se deseja realizar seu objetivo, uma vez que é muito difícil fazer oposição à maioria da população. Tudo isto conduz a uma redução do poder dos partidos, cujas tarefas são muito mais orientadas para a política pessoal que para problemas políticos concretos.

50. Quando os cidadãos desejam exercer uma influência sobre determinados assuntos, eles não necessitam fazê-lo através dos partidos. Pelo contrário, eles podem ser ouvidos formando, por exemplo, um comitê de *referendum* ou então por meio das associações suprapartidárias existentes ou das associações econômicas, usando de uma iniciativa constitucional ou de um *referendum*.

2. A ORGANIZAÇÃO DOS ESTADOS DEMOCRÁTICOS MODERNOS

51. A divisão da soberania entre povo, parlamento e governo corresponde, portanto, à tradição suíça; contrariamente, a concepção de uma separação horizontal do poder entre o legislativo, o executivo e o judiciário se impôs com maiores dificuldades. Sobretudo o povo, como instância última e suprema, não desejava renunciar ao seu direito de ser precisamente a autoridade última em todas as matérias. Não é pois casual que precisamente nos cantões que conservaram a instituição da *Landsgemeinde* (esta assembléia popular tinha outrora também atribuições judiciárias) a separação de poderes ainda não se pôde realizar. Do mesmo modo não é de estranhar que a idéia de um controle dos atos do executivo por um tribunal administrativo só pôde se impor – com exceção do cantão de Basiléia – primeiramente no plano federal e a seguir paulatinamente no plano cantonal.

52. Apesar do considerável apoio que o poder governamental encontra no povo, subsiste em muitas regiões uma certa relação patriarcal com o executivo: ele deve colocar-se acima das querelas partidárias e salvaguardar os interesses do bem comum. Nesse contexto, não se pode perder de vista que a legitimidade do governo, contrariamente à grande parte dos outros países da Europa, na Suíça não se deduziu jamais de um rei consagrado pela graça de Deus. A legitimidade da dominação oligárquica sempre residiu, em última análise, no povo, que, no entanto, era consciente de sua soberania limitada – nos cantões católicos, ligada a Deus. Isto permitiu a conservação de um poder estatal diferenciado e estruturado, bem como impediu a centralização da soberania do Estado em um único órgão.

53. Nos dias atuais, esta soberania ou legitimidade popular se faz sentir particularmente no âmbito fiscal. No plano federal, e em grande parte dos cantões, os novos impostos e em parte a elevação dos impostos dependem da aprovação do povo. O que em outros países é da competência do parlamento, na Suíça incumbe ao povo. Isto significa que o executivo e o parlamento devem defender as suas realizações perante o povo se desejam ganhar a sua adesão. O parlamento não pode se isolar do povo e impor a arrecadação de tributos para financiar os seus próprios interesses. Ele está submetido ao mesmo controle que o executivo. Na verdade, um tal sistema impede o sucumbir às utopias, pois as realizações do Estado têm de ser tangíveis ao cidadão caso se deseje que eles votem a favor dos impostos correspondentes.

4. Problemas da democracia

54. Não se pode, no entanto, deixar de lado as deficiências da soberania dividida. Diante do número crescente de problemas que permanecem insolúveis, o sistema descrito corre o risco de conduzir a uma paralisia interna do Estado. De fato, o eleitor tem o sentimento de estar sendo driblado pelo governo; ele se resigna e se abstém de votar. Por sua vez, o executivo sente-se cada vez mais abandonado pelo povo, em face dos votos populares freqüentemente negativos; o governo sente-se então paralisado no cumprimento de sua tarefa.

O parlamento tenta por meio de pequenas reformas aumentar a eficiência da atividade parlamentar a fim de obter maior influência sobre os assuntos governamentais. Por seu lado, os cantões se defendem em relação à multiplicação de suas tarefas de execução e se recusam a estar meramente a serviço do poder federal. Os partidos, por sua vez, se esforçam obstinadamente para dar uma melhor imagem de si mesmos aos cidadãos, uma vez que eles freqüentemente são renegados nas votações populares.

55. Na realidade, o sistema da soberania dividida só é viável na medida em que, no Estado como um todo, exista um mínimo de solidariedade e com a condição de que os poderes políticos estejam dispostos a um mínimo de colaboração. Caso contrário, é fácil controlar estes poderes limitados em razão de sua divisão e utilizá-los para promover interesses particulares.

§ 23. A SOBERANIA DE PODERES "EXTERIORES AO ESTADO"

Bibliografia

a) Autores clássicos

Lênin, W. I. *Werke* (Obras completas). Trad. al. de acordo com a 4.ª ed. russa. Org. Institut für Marxismus-Leninismus (Instituto marxista-leninista), 40 vols., 2 vols. complementares, 2 vols. de índice. Berlim, 1961 ss. Nesta obra citados: vol. 10, 5.ª ed., 1970; vol. 26, 2.ª ed., 1970; vol. 29, 6.ª ed., 1971; vol. 32, 4.ª ed., 1970; vol. 33, 4.ª ed., 1971.

Marx, K. *Die Deutsche Ideologie* (A ideologia alemã). In: vol. II da edição K. Marx, *Werke, Schriften, Briefe* (Obras, escritos, cartas). Org. por H.-J. Lieber et alii. Darmstadt, 1960 ss.

Trotski, L. *Terrorismus und Kommunismus* (Terrorismo e comunismo). Hamburgo, s/d.

b) Outros autores

Ahlberg, R. *Die sozialistische Bürokratie. Marxistische Kritik am etablierten Sozialismus* (A burocracia socialista. Crítica marxista ao socialismo estabelecido). Stuttgart, 1976.

Barry, D. D., Ginsburgs, G., Maggs, P. B. (org.). *Soviet Law after Stalin* (Direito soviético após Stalin). 2 vols., Leiden, 1977-1978.

Böckenförde, E.-W. *Die Rechtsauffassung im kommunistischen Staat* (A concepção do direito no Estado comunista). 2.ª ed., Munique, 1967.

Chambre, H. *L' Union Soviétique* (A União Soviética). Col. Comment ils sont gouvernés (Como eles são governados). Vol. 2., 2.ª ed., Paris, 1967.

Debbasch, Ch. *La République Tunisienne* (A República Tunisiana). Col. Comment ils sont gouvernés (Como eles são governados). Vol. 6, Paris, 1962.

Encyclopedia of Islam (Enciclopédia do Islã). Leiden, 1960 ss.

Enzyklopädie des Islam (Enciclopédia do Islã). Org. M. Th. Houtsmann, Leiden, 1913-1938.

Fleiner, Th. Die föderalistische Staatsstruktur der Sowjetunion (A estrutura federalista do Estado na União Soviética). In: ZSR 88, 1969, vol. 1, pp. 399 ss.

Gardet, L. *La Cité Musulmane* (A cidade muçulmana). Paris, 1961.

Guevara, E. *Le socialisme et l'homme* (O socialismo e o homem). Paris, 1968.
Hazard, J. N., Butker, W. E., Maggs, P. B. *The Soviet Legal System.* Fundamental principles and historical commentary (O sistema jurídico soviético. Princípios fundamentais e comentários históricos). 3.ª ed., Nova York, 1977.
Kolakowski, L. *Die Hauptströmungen des Marxismus* (As principais correntes do marxismo). 3. vols., Zurique 1977-1979.
Marxistisch-leninistische allgemeine Theorie des Staates und des Rechts (Teoria geral marxista-leninista do Estado e do direito). 4 vols. Berlim, Editora estatal da República Democrática da Alemanha, 1974-1976.
Mayer-Tasch, P. C. *Die Verfassungen der nicht-kommunistischen Staaten Europas* (As Constituições dos Estados não-comunistas da Europa). 2.ª ed., Munique, 1975.
Meissner, B. Die neue Bundesverfassung der UdSSR (A nova Constituição federal da URSS). In: *JöR* 27, 1978, pp. 321 ss.
Meneghello-Dincic, K. *Le nouveau fédéralisme yougoslave* (O novo federalismo iugoslavo). Paris, 1972.
Müller, F. Staatslehre und Anthropologie bei Karl Marx (Teoria do Estado e antropologia em Karl Marx). In: *AöR* 95, 1970, pp. 513 ss.
Reiners, H. *Die klassische islamische Staatsidee, ihre moderne Interpretation und ihre Verwirklichung in den Verfassungsordnungen muslimischer Staaten* (A idéia islâmica clássica de Estado, a sua interpretação moderna e sua realização nas ordens constitucionais dos Estados muçulmanos). Dissertação, Münster, 1968.
Robert, J. *La Monarchie Marocaine* (A monarquia no Marrocos). Col. Comment ils sont gouvernés (Como eles são governados). Vol. 9, Paris, 1963.
Rubinstein, A. Z. *Communist Political Systems* (Sistemas políticos comunistas). Londres, 1966.
Schröder, F.-Ch. *Wandlungen der sowjetischen Staatstheorie* (Mudanças da teoria de Estado soviética). Munique, 1979.
Schröder, F.-Ch., Meissner, B. (orgs.). *Verfassungs- und Verwaltungsreformen in den sozialistischen Staaten* (Reformas administrativas e constitucionais nos Estados socialistas). Berlim, 1978.
Šik, O. *Das kommunistische Machtsystem* (O sistema de poder comunista). Hamburgo, 1976.
Tsien Tche-hao. *La Chine* (A China). Col. Comment ils sont gouvernés (Como eles são governados). Vol. 28, Paris, 1977.
Weggel, O. *Die neue chinesische Verfassung vom 5. März 1978* (A nova Constituição chinesa de 5 de março de 1978). In: JöR 27, 1978, pp. 501 ss.

1. Em um bom número de Estados revolucionários modernos é muito difícil determinar quem detém efetivamente o poder estatal. É muito freqüente que o governo não possa decidir de maneira autônoma, quer dizer, em última instância, enquanto os parlamentares estão submetidos a um poder exterior ao parlamento e os tribunais, formalmente independentes, estão na verdade a serviço de um poder "extra-estatal". Os órgãos do Estado não passam de uma fachada destinada a criar a ilusão da legitimidade de um poder racional do Estado. A verdadeira soberania, no entanto, lhes é recusada. Ela é exercida por poderes "exteriores ao Estado". Desenvolvimentos desse tipo repetiram-se recentemente em diferentes revoluções (na Etiópia, no Irã etc.).

2. Em certos casos, o fundamento teórico desta concepção de Estado é a doutrina marxista-leninista. Segundo ela, o Estado é um produto da dominação de classes e deve, em última análise, ser substituído por uma sociedade sem classes. Esta, no entanto, só é realizável pela força sob a direção do partido comunista. Durante a fase transitória, o partido comunista deve portanto se servir dos órgãos estatais clássicos a fim de, com sua ajuda, destruir o velho Estado fundado sobre uma sociedade de classes.

3. Os poderes "extra-estatais" não desempenham um papel crucial como detentores da soberania unicamente nos países socialistas, mas igualmente nos Estados teocráticos. Estes também executam o poder do Estado pelos seus órgãos clássicos (governo, parlamento, tribunais). O controle deste poder incumbe no entanto a poderes "exteriores ao Estado" destituídos de legitimidade racional.

a) A soberania do partido

1. O desenvolvimento da soberania do partido

4. Enquanto em muitos Estados europeus a democracia pôde se desenvolver progressivamente a partir de uma bur-

§ 23. A SOBERANIA DE PODERES "EXTERIORES AO ESTADO"   409

guesia cada vez mais numerosa e economicamente forte, as democracias dos países comunistas têm a sua origem quase exclusivamente em movimentos revolucionários ou, ao menos, em conflitos armados em sistemas estatais feudais. Na Rússia sobretudo, país onde nasceu o comunismo, não havia uma burguesia que, em razão de sua liberdade econômica, tivesse adquirido um poder impossível de ser ignorado pelo governo. Ao contrário, a nobreza dependia da poderosa ditadura dos Czares para melhor explorar os camponeses e os servos no país.

5. Os movimentos democráticos foram sobretudo sustentados pelos intelectuais que, no entanto, não constituíam propriamente um poder político. Como é pois possível modificar a situação em um tal país? Quando as reformas não podem ser sustentadas por uma classe politicamente poderosa, elas só se realizam, em última instância, pelo recurso do afrontamento e da violência em face de uma administração forte e da nobreza. Uma tal disputa deve ser dirigida com rigor por uma organização que também não recue diante do emprego do terror e assim destrua as dependências existentes entre os homens a fim de torná-los mais manipuláveis.

6. A Revolução Russa é um exemplo clássico do processo acima descrito. O seu modelo foi certamente a Revolução Francesa, na qual a monarquia foi inicialmente obrigada por partidos moderados – os denominados girondistas – a renunciar aos seus privilégios em favor de uma Assembléia Nacional eleita pelo povo. Os radicais jacobinos não estavam de acordo. Em 1792, desarticularam o poder dos girondinos e estabeleceram uma República sem rei. A burguesia era então muito pouco poderosa, de modo que um grupo de idealistas moderados não tinha apoio político suficiente para tomar em suas mãos o destino do país. Ao contrário, os jacobinos, que intimidavam o povo por meio do terror, puderam estabelecer um regime dominador.

2. A concepção marxista da soberania do partido

7. Os comunistas aprenderam com a Revolução Francesa. Sobretudo Lênin, o organizador intelectual, reconheceu de imediato que, para os interesses do comunismo, a Revolução Russa só poderia vencer com a realização ilimitada da ditadura de proletariado, sob a direção do partido comunista. Em 1906, Lênin já escrevia a respeito desta ditadura do proletariado: "A ditadura significa um poder ilimitado que não se apóia sobre a lei, mas sobre a força" (W. I. Lênin, vol. 10, p. 211). Lênin sabia perfeitamente que o proletariado não pode libertar-se sem destruir o aparelho estatal da burguesia e que o objetivo final, a morte do Estado, não se concretizaria senão após um período de transição. Contrariamente aos anarquistas (por exemplo Michael Bakunin, 1814-1876), Lênin defendia o ponto de vista de que a transição para uma ordem social realmente democrática e de caráter comunista não seria possível senão com a ajuda de um Estado dirigido por uma rígida ditadura.

8. "Para reprimir a resistência dos exploradores, faz-se necessário um período de transição – cuja duração não se pode determinar – de uma ditadura do proletariado que, contrariamente a todas as outras formas de Estado conhecidas até o presente momento, será uma ditadura da imensa maioria da sociedade sobre as classes de proprietários ainda restantes" (L. Kolakowski, vol. 2, p. 556). De início, Lênin mal se preocupou com a questão de saber quem representaria e dirigiria esta maioria. Foi somente mais tarde que ressaltou expressamente que o partido deveria dirigir o proletariado e que a ditadura do proletariado seria uma ditadura do partido. "Mas a ditadura do proletariado não se pode realizar por meio de uma organização que abarque o proletariado em sua totalidade... a ditadura só poderá ser realizada pela vanguarda, que tenha absorvido a energia revolucionária da classe" (W. I. Lênin sobre os sindicatos, a situação atual e os erros de Trotski, 1921. In: vol. 32, p. 3).

§ 23. A SOBERANIA DE PODERES "EXTERIORES AO ESTADO"

9. Se na época em que ainda eram uma minoria os ideólogos do comunismo, tais como Marx, Bakunin, Proudhon, Lassalle, mas também Lênin e León Trotski (1879-1940), eram partidários das liberdades individuais – Marx, por exemplo, em sua mocidade, escreveu sobretudo contra as leis alemãs sobre a censura –, esta situação se alteraria após a revolução e a tomada do poder. "Nós já havíamos declarado que proibiríamos os jornais burgueses quando assumíssemos o poder. Tolerar a existência destes jornais significa deixar de ser socialista" (W. I. Lênin em 17. 11. 1917. In: vol. 26, p. 280).

10. "... não nos deixaremos lograr por palavras de ordem tais como liberdade, igualdade e vontade da maioria que soam tão agradavelmente... Em um momento em que em todo o mundo as coisas chegaram à queda do poder do capital, aquele que utiliza a palavra liberdade de modo geral e, em nome desta liberdade, se posiciona contra a ditadura do proletariado ajuda aos exploradores e nada mais, e é partidário dos mesmos, pois a liberdade, se não está submetida aos interesses de libertar o trabalho do jugo do capital, é um logro..." (W. I. Lênin, Discurso de 19. 05. 1919. In: vol. 29, pp. 339 s.).

11. A separação de poderes tampouco tem lugar em um Estado comunista. As leis, os decretos e as sentenças estão a serviço da ditadura do proletariado. "O tribunal não deve eliminar o terror, mas sim justificá-lo e fundamentá-lo na lei em termos de princípios, claramente, sem simulações e maquiagens" (W. I. Lênin, Carta a D. I. Kurski, em vol. 33, p. 334).

12. Como Lênin, Trotski não hesita em se pronunciar a favor de uma ditadura da dominação pela força, fiel ao lema "posto que há guerra, então guerra!". Segundo ele, a Comuna de Paris perdeu, pois repousava sobre um humanismo de ordem sentimental e "... a ditadura dos soviéticos só foi possível graças à ditadura do partido" (L. Trotski, p. 48). "De nossa parte, jamais nos preocupamos com os discursos clericais de Kant ou com o falatório vegetariano dos *quakers* sobre a santidade da vida humana" (L. Trotski, p. 88).

13. Contrariamente a Lênin, Trotski respondeu à inevitável questão de saber qual seria o partido correto para concretizar a ditadura: "Este argumento é ditado por uma concepção puramente liberal do curso da revolução. Em uma época em que todas as oposições se manifestam claramente e em que a luta política se transforma rapidamente em guerra civil, o partido dominante dispõe de um número suficiente de critérios materiais para controlar a sua direção, apesar da eventual publicação de jornais mencheviques. Noske combate os comunistas, mas eles continuam a crescer. Nós subjugamos os mencheviques e os revolucionários sociais e eles deixaram de existir. Este critério nos basta" (L. Trotski, p. 89).

14. Paralelamente a esta linha dura do comunismo, encontramos igualmente adeptos de um comunismo mais humano. Enquanto adversário conseqüente de toda forma de Estado, Bakunin defende que a morte do Estado e a realização do objetivo final, quer dizer, da anarquia, não pode se dar por meio de um Estado transitório. "Uma sociedade libertada do Estado e dos privilégios não será somente melhor: ela será igualmente a única em harmonia com a natureza humana e com as leis gerais da vida, que é espontânea e criativa e não tolera quaisquer restrições. A anarquia não é somente um ideal, ela é igualmente a realização da determinação natural do homem... No entanto, este ideal não pode ser imposto ao povo; ele deve estar já adormecido na alma popular; o povo não necessita de mestres que lhe criem um ideal, mas de revolucionários que o despertem de sua sonolência" (L. Kolakowski sobre Bakunin, vol. I, p. 288). Para este autor, o desaparecimento do Estado não significa de modo algum a supressão da colaboração entre homens e de todas as formas de organização. Segundo Kolakowski (vol. I, p. 285), o desaparecimento do Estado conduz unicamente a uma situação na qual toda decisão seria tomada de baixo para cima por meio de pequenas comunas totalmente autônomas, em que todos gozam de uma liberdade absoluta.

§ 23. A SOBERANIA DE PODERES "EXTERIORES AO ESTADO"

15. Aquele que deseja saber até que ponto todas estas concepções remontam a Marx deve reconhecer que mesmo ele tinha uma relação muito ambivalente com o Estado. De fato, ele rejeita necessariamente o Estado corporativo alemão de sua época. Ele se opõe igualmente à concepção defendida por Hegel da supervalorização do bem comum, considerado como finalidade em si mesmo e ao qual todos os interesses privados devem estar subordinados. Marx aceita a bipartição hegeliana segundo a qual o ser humano é integrado tanto na sociedade burguesa – quer dizer, no cotidiano social enquanto particular – quanto participa igualmente da vida do Estado como "cidadão". Segundo Hegel, somente o Estado pode superar esta bipartição. Esta síntese operada pelo Estado é rejeitada por Marx. Ele não deseja colocar o ser humano acima do Estado, mas emancipar a comunidade burguesa como tal. "O objetivo da emancipação humana é fazer com que o caráter comunitário da vida humana, que está de acordo com a natureza humana, se torne a vida real, que a própria sociedade recupere a sua coesão comunitária e coincida com a vida do Estado" (L. Kolakowski, vol. I, p. 145).

16. Através da sociedade, o ser humano deve reencontrar a sua individualidade e liberdade perdidas. Isto não se realizará senão no seio da sociedade comunista, liberada do poder do Estado. Então, por si mesmo o ser humano se adaptará à sociedade e poderá viver solidariamente e sem conflitos com os outros homens (L. Kolakowski, vol. I, pp. 184 ss.). As reflexões de Marx em relação ao estado do homem liberado de toda alienação, que cria e desfruta indistintamente em todos os sentidos, sem especialização nem divisão de trabalho, que está em condições de "hoje fazer tal coisa, amanhã outra, de caçar de manhã, pescar à tarde, de se ocupar à noitinha da criação do gado, de criticar após o jantar, segundo a sua vontade, sem jamais se tornar um caçador, um pescador, um pastor ou um crítico" (K. Marx, p. 36; conferir também F. Müller, pp. 523 ss.), permitem concluir que ele orientou as suas concepções de anarquismo com base numa origem longínqua, na qual o homem, enquanto caçador e coletor, era um ser amplamente autônomo. Quando este estado original for novamente alcançado, o Estado desaparecerá por si mesmo.

17. Que para isso deva ser necessário passar pela ditadura do proletariado e pela total supressão da liberdade e humanidade, prova suficientemente que para atender a um tal fim não basta despertar uma imagem de homem adormecida no fundo de cada ser humano, mas sim que um tal caminho conduz à desumanização do homem.

3. A constituição da URSS

18. Desde a sua origem, a URSS conheceu três Constituições diferentes: a de 1918, a de Joseph Stálin (1879-1953), que data de 1936, e a nova Constituição de 1977, elaborada sob a direção de Brejnev (conferir a esse respeito B. Meissner, pp. 321 ss.). A característica principal da nova Constituição é a sua minuciosidade. Ela não se limita a tratar da organização do Estado, mas contém diretrizes programáticas para o desenvolvimento do Estado e da sociedade. Isto conduz a um fortalecimento da influência do partido comunista e, por outro lado, a um enfraquecimento da estrutura federalista da URSS.

19. No preâmbulo desta Constituição consta: "O fim supremo do Estado soviético é construir uma sociedade comunista sem classes, na qual a auto-administração social comunista experimentará o seu desenvolvimento. As tarefas principais do Estado socialista do povo em sua totalidade são: criar a base material e técnica do comunismo; aperfeiçoar as relações sociais socialistas e transformá-las em relações comunistas; formar o homem da sociedade comunista; elevar o nível de vida material e cultural dos trabalhadores; garantir a segurança do país e contribuir para a estabi-

§ 23. A SOBERANIA DE PODERES "EXTERIORES AO ESTADO"   415

lização da paz e para o desenvolvimento da cooperação internacional" (B. Meissner, p. 432).

20. As diretrizes para que se atinjam estes objetivos são dadas pelo partido comunista. O artigo 6 da Constituição dispõe que: "O Partido Comunista da União Soviética é a força que dirige e orienta a sociedade soviética; é o cerne do seu sistema político, das organizações estatais e sociais. O PCUS (Partido Comunista da União Soviética) existe para o povo e está a serviço do povo. Fundando-se na doutrina marxista-leninista, o partido comunista define a perspectiva geral do desenvolvimento da sociedade, as orientações da política interna e externa da URSS, dirige a grande obra criadora do povo soviético e confere um caráter organizado e cientificamente fundado para a sua luta pela vitória do comunismo" (B. Meissner, p. 432).

21. O órgão supremo do partido das massas comunistas é o congresso do partido. No entanto, este só se reúne a cada cinco anos. Durante o intervalo, as suas atribuições são exercidas pelo comitê central. Este, contudo, se reúne em sessões plenárias somente duas vezes ao ano, que duram em média apenas dois dias, embora freqüentemente já se encerrem em um único dia. Assim, o *Politburo* (grêmio permanente do comitê central do partido comunista) e o secretariado ocupam uma posição central no seio do partido. Segundo o artigo 39 do estatuto do partido, o *Politburo* tem a tarefa de dirigir o partido entre as reuniões do comitê central e é responsável pela seleção dos quadros e pelo controle dos órgãos de execução. Segundo o direito consuetudinário, o secretário geral do partido comunista preside o *Politburo*. Desse modo, assegura-se uma condução centralizada do Estado por meio dos órgãos do partido comunista.

22. Do ponto de vista formal, o poder oficial do Estado é exercido pelo Soviete Supremo (parlamento), composto por duas câmaras (artigos 108 e 109). No entanto, este Soviete Supremo se reúne tão-somente duas vezes ao ano, durante um ou dois dias. Embora ele detenha o direito de legislar, a maior parte das leis é editada pela sua direção. Segundo o artigo 122, a direção está habilitada a modificar as leis existentes quando o Soviete Supremo não estiver reunido. De outro lado, o artigo 123 autoriza a direção a adotar decretos. A direção do Soviete Supremo é eleita pelas duas câmaras, reunidas em uma assembléia. Do mesmo modo, o Soviete Supremo elege o Conselho de Ministros, que é responsável perante o parlamento e perante sua direção, quando este não está reunido.

23. O direito de escolher candidatos para a eleição de deputados do Soviete Supremo compete ao partido comunista, aos sindicatos, à liga juvenil comunista leninista, às cooperativas e outras organizações sociais, às coletividades de trabalho, bem como às assembléias das milícias militares (artigo 100). Na verdade, o partido comunista exerce sozinho o controle da escolha dos candidatos. Desse modo, o partido pode igualmente assegurar a sua influência e o seu controle sobre as eleições de todos os grêmios do Estado. "Partindo da constituição jurídica material da URSS, não há dúvidas de que o verdadeiro detentor do poder e fonte da competência deve ser buscado no âmbito estrito do partido que, de acordo com o artigo 6, é parte integrante tanto do Estado quanto da sociedade, e não no domínio mais amplo dos sovietes. De direito e de fato, o verdadeiro detentor do poder e fonte da competência é o *Politburo* do comitê central do partido comunista e não a direção do Soviete Supremo ou o Conselho de Ministros da URSS" (B. Meissner, p. 367).

24. Aquele que deseja exercer poder no Estado, na sociedade, na economia ou na ciência deve, por princípio, aderir ao partido. Ele é então dependente do partido. Este, por seu lado, apresenta estrutura centralizada e fortemente hierarquizada. Já em 1920 foi decidido que o comitê central poderia excluir de seus quadros membros eleitos durante o congresso do partido. Facções do partido são do mesmo modo proibidas. Assim foram criadas as bases que permitiram impor a tirania de um único homem, a saber, a do secretário geral do partido (conferir L. Kolakowski, vol. 2, p. 546). Em todas as outras questões, o comitê central assume igualmente a direção suprema. Isto vale tanto para a União Soviética (conferir H. Chamber, pp. 29 ss.) quanto para a China (conferir Tsien Tche-hao, pp. 430 ss.).

4. A Constituição chinesa de 5 de março de 1978

25. Segundo o artigo 1 da sua Constituição, "a República Popular da China é um Estado socialista sob a ditadura do proletariado, dirigido pela classe operária e baseado sobre a aliança dos operários e dos camponeses" (conferir O. Weggel, pp. 501 ss.).

26. O artigo 2 declara que o partido comunista é o órgão dirigente da totalidade do povo chinês: "O partido comunista chinês é cerne dirigente de todo o povo chinês. A classe operária conduz o Estado por intermédio de sua vanguarda, o partido comunista chinês." Segundo o artigo 19, o exército está subordinado ao partido comunista. O presidente do comitê central é o comandante supremo das forças armadas. "O presidente do comitê central do partido comunista comanda as forças armadas da República Popular da China."

27. O artigo 16 da Constituição de 1975, que definia as atribuições da Assembléia Nacional do Povo, ainda iniciava expressamente com as seguintes palavras: "A Assembléia Nacional do Povo é o órgão supremo do poder do Estado; ela está subordinada ao partido comunista" (conferir Tsien Tchehao, p. 589, trad. do autor). Esta subordinação explícita do parlamento não figura mais na nova Constituição. Em oposição à Constituição da URSS, o partido comunista chinês não desfruta nenhum direito constitucional para propor candidatos para a eleição na Assembléia Nacional. Os parlamentares são eleitos através do escrutínio secreto pelos congressos populares das províncias (artigo 21). Os eleitos são controlados pelos seus eleitorados e podem ser destituídos em qualquer momento (artigo 29).

28. Visto que o Congresso Nacional do Povo se reúne raramente, os negócios são tratados por um comitê permanente, que ocupa uma posição análoga à da direção do Soviete Supremo na URSS. O governo propriamente dito cabe ao Conselho de Estado, que é eleito pelo Congresso do Povo. O governo é responsável diante deste congresso e diante do comitê permanente (artigo 30).

b) A soberania do Alcorão

1. O Alcorão como lei

29. A Constituição da Tunísia, de 1º de junho de 1959, inicia com o seguinte preâmbulo: "Em nome de Deus, bom e misericordioso", e declara no artigo 1: "A Tunísia é um Estado livre, independente e soberano. A sua religião é o islamismo, a sua língua, o árabe, e o seu sistema de governo, a República" (citado por Ch. Debbasch, p. 208, traduzido pelo autor). Do mesmo modo, o Marrocos declara no preâmbulo de sua Constituição a sua adesão aos princípios que regem um Estado muçulmano. Esta adesão ao islamismo encontra-se em praticamente todas as Constituições de Estados de maioria islâmica. Seja republicano, monárquico ou socialista, o Estado muçulmano deriva a legitimação de sua dominação de Deus, do Islão e, em sentido estrito, do Alcorão.

30. Deus é o verdadeiro legislador. Assim como Moisés e Jesus revelaram as leis divinas, Maomé também revelou as leis divinas imutáveis e universais. Maomé foi enviado "não para criar uma lei destinada a este ou àquele povo, a esta ou àquela parte da humanidade, mas para, de um lado, confirmar a autenticidade e veracidade das profetizações anteriores e, de outro, para revelar aos homens a Lei verdadeira, universal e definitiva que Deus lhes determinou: o Islão" (L. Gardet, p. 109, citado em J. Robert, p. 42).

31. A revelação profética da lei divina está registrada no Alcorão. Este não contém somente normas sobre a vida privada dos homens, mas também normas relativas à comunidade humana. Estas prescrições foram acrescidas da Suna, quer dizer, de todas as regras atribuídas ao profeta pela tradição, pois cada uma de suas falas de uma maneira ou de outra tem sua origem em Deus.

32. Ao lado do Alcorão e da Suna há uma outra espécie de fonte do direito islâmico: a *Jma*. Ela é a expressão do consenso da comunidade islâmica, formulado por um pequeno número de membros especialmente capazes desta comunidade. Quando há casos imprevistos a serem resolvidos, estes devem ser decididos por toda a comunidade, quer dizer, pelos membros da comunidade capazes de interpretar os textos sagrados e que, ao menos, conhecem suficientemente o Alcorão (conferir J. Robert, p. 43).

33. Há aqui um ponto de partida do qual é possível extrair uma concepção democrática da comunidade muçulmana? Podem todos os que conhecem o Alcorão participar de uma assembléia, ou, tal como os parlamentares ocidentais, precisam ser escolhidos pela via eleitoral? Este problema foi diagnosticado muito rapidamente e decidiu-se que a *Jma* era exclusividade de poucos raros sábios, mas suas prescrições deviam resultar de uma decisão unânime.

2. A posição do califa

34. Uma vez que o profeta foi enviado por Deus com a missão de anunciar as leis e os ensinamentos divinos, o seu povo deve submeter-se a ele inteiramente. O povo tem pois o dever de obedecer ao profeta eleito por Deus e o califa é o seu sucessor.

35. Porém, como deverá ser eleito o califa? O Islão fornece diversas respostas a essa questão. Segundo uma teoria ortodoxa, o califa deve ser escolhido por eleição pela família do profeta porque é o sucessor deste. Outros defendem que ele herda o seu cargo.

36. Para os *Khardeístas* não há nem sucessão hereditária nem privilégios de família. Segundo a sua concepção, o califa deve ser eleito pela comunidade como sendo o mais digno de assumir este cargo; a comunidade pode pois exercer um direito de voto absoluto. Finalmente, uma outra escola se pronuncia a favor da designação testamentária do califa pelos seus predecessores (J. Robert, p. 45).

37. Na prática, os primeiros califas foram eleitos por um grupo de sábios e de anciãos tal como ocorria com os chefes tribais. Tratava-se assim de uma espécie de gerontocracia. Mais tarde, os califas puderam ampliar o seu poder e se reservar o direito de determinar o seu sucessor por testamento.

38. Quais são os direitos e as tarefas do califa? O califa deve conservar o islão em sua forma original, combater os que não desejam se converter ao islamismo, defender o território contra os ataques exteriores e manter para isso os exércitos necessários. Todavia, falta-lhe uma competência ou poder: o direito de legislar. Ele só pode conservar, aplicar e interpretar as leis. Ele só pode editar regras administrativas.

3. A Igreja e o Estado no Islã

39. Uma vez no cargo, o califa pode exercer direitos absolutos na qualidade de monarca supremo ou de déspota. Teoricamente, ele explica e interpreta o Alcorão, mas, na prática, exerce direitos de dominação ilimitados e incontroláveis. Ele não é somente o chefe temporal supremo, mas sobretudo o guia religioso supremo do povo.

40. Esta ligação entre religião e condução do Estado impede, ao contrário do ocorrido no Ocidente cristão, a secularização progressiva do Estado. A Igreja e o Estado são e permanecem uma unidade. Com o tempo, o sultão, enquanto detentor do comando militar, se desligou cada vez mais do califa e governou os povos de modo independente. Contudo, ele sempre deduziu a sua legitimação do califa. O sultão,

§ 23. A SOBERANIA DE PODERES "EXTERIORES AO ESTADO"

todavia, não limitou os seus direitos de dominação ao âmbito temporal, mas quis também participar ativamente das decisões de ordem religiosa, de tal modo que não houve uma verdadeira separação entre o poder temporal e o espiritual, mesmo quando a instituição do sultão gradativamente passou a ganhar importância (conferir também *Encyclopedia of Islam*, p. 936).

41. A própria legitimação do califa se encontra no Alcorão no *sura* II/30 e no *sura* XXXVIII/26: "Nós Te fizemos califa sobre a terra, dirige pois os féis e não Te deixes corromper pelos Teus desejos..." (citado em *Encyclopedia of Islam*, p. 947, tópico "Califa", trad. pelo autor). Pouco importa a maneira pela qual o poder do sultão é organizado, sua autoridade deve encontrar a sua legitimidade no califa.

42. Ao lado da tensão relativa à questão de saber se o califa deve ser eleito democraticamente ou se ele obtém a sua legitimidade de uma disposição testamentária ou em razão de privilégios familiares, o fato de que, segundo o Alcorão, não faz sentido haver senão um califa conduziu a conflitos e discussões insolúveis no mundo islâmico. Ao se desvincular da Igreja, o Estado europeu conquistou a sua independência. No Islão, todavia, jamais houve uma legitimidade do poder limitada a um território segundo o modelo europeu. No mundo islâmico houve, e há ainda hoje em parte, apenas uma única legitimação do poder dos Estados singulares: o Islão. Está claro que uma tal concepção conduziria forçosamente a conflitos insolúveis entre os diversos sultãos e que uma tal situação impediria a formação de um Estado territorial no sentido europeu e o desenvolvimento de um direito internacional público secularizado e válido entre os diversos Estados.

43. A formação dos Estados é assim amplamente artificial, passageira e não reconhecida no direito islâmico na forma do Estado territorial completo. O fato de que os diversos Estados islâmicos pertencem a diferentes vertentes islâmicas não altera de modo algum essa situação. Isto, ao contrário, significa muito mais uma fonte de tensões suplementares no interior do mundo islâmico.

44. A concepção tradicional do direito natural definida pelo Alcorão é pois incompatível com uma verdadeira legiferação no sentido moderno, quer dizer, no sentido de uma legiferação passível de fundamentação racional. O Alcorão e as outras leis tradicionais determinam o ser humano e lhe indicam – assim como aos soberanos – o caminho a seguir (conferir a esse respeito *Encyclopedia of Islam*, tópico "Sharia", p. 345). Ao Estado resta pois apenas a possibilidade de interpretar as leis sem poder modificá-las. Neste universo, os conceitos de uma legiferação democrática, de uma separação de poderes e de um Estado de direito são totalmente estranhos. Um Estado determinado por leis tradicionais deve se preocupar exclusivamente com a questão de saber como devem ser escolhidos os que têm de aplicar as leis. Na concepção islâmica é praticamente impossível, porém, integrar princípios como o exercício do poder popular por meio das leis ou a vinculação do poder de dominação às decisões judiciárias (separação dos poderes).

45. Em 1925, Ali Abd Al Razik foi o primeiro a desenvolver uma teoria que permitia separar o poder do Estado da religião, por meio da tentativa de demonstrar que o poder do antigo profeta não dependia de sua missão divina. Este trabalho todavia foi rejeitado pelos muçulmanos ortodoxos, embora a idéia de uma soberania racional e temporal já comece a se desenvolver progressivamente no Islã, como atestam Constituições modernas em certos Estados islâmicos.

46. A Constituição turca realizou o primeiro passo nessa direção. Assim, sob a autoridade de Mustafa Kemal (Ataturc), foi revogado em 1928 o artigo 2 da Constituição, que determinava ser o islamismo a religião de Estado desse país. Em 1937, um novo artigo 2 determinou expressamente ser a Turquia um Estado secularizado. O artigo 2 da Constituição de 1973 determina: "A República turca é um Estado de direito nacional, democrático, laico e social, fundado sobre os direitos

§ 23. A SOBERANIA DE PODERES "EXTERIORES AO ESTADO" 423

do homem e sobre os princípios estabelecidos no preâmbulo" (traduzido em : P. C. Mayer-Tasch, p. 729).

47. Certamente não se pode imaginar que esta secularização do Estado, que demorou séculos na Europa e foi acompanhada de guerras religiosas extremamente sangrentas, se operará de um dia ao outro no mundo islâmico. Contratempos, discussões e tensões são inevitáveis. Contudo, o que importa é encontrar para o Estado um fundamento de legitimidade que, ao lado da religião, permita estabelecer uma dominação temporal independente. Tal como na Europa, o contrato social ocupa o primeiro plano destas teorias de Estado secularizadas. Uma vez que certas vertentes islâmicas são partidárias de uma certa democracia na escolha do califa, existe a possibilidade de que, com o passar do tempo, concepções democráticas sejam bem-sucedidas. Todavia, será extremamente difícil aos partidários dessas teorias vencer os obstáculos colocados pela doutrina da predestinação, firmemente estabelecida no Islão. Quem crê na fatalidade do destino humano dificilmente poderá ser convencido da possibilidade de estruturar racionalmente a sociedade por meio de leis do Estado.

Capítulo 3
A propósito das teorias sobre a organização do Estado

§ 24. CRITÉRIOS DE ORGANIZAÇÃO DO ESTADO

Bibliografia

Deutsch, K. W. *The Nerves of Government, Models of Political Communication and Control* (Os nervos do governo, modelos de comunicação e controle políticos). 2.ª ed., Toronto, 1967.
Fleiner, Th. Die Stellung der Minderheiten im schweizerischen Staatsrechts (A situação das minorias no direito suíço do Estado). In: *Menschenrechte, Föderalismus, Demokratie*. Festschrift für W. Kägi (Direitos humanos, federalismo, democracia. Edição comemorativa para W. Kägi). Zurique, 1979, pp. 115 ss.
Lang, E. *Zu einer kybernetischen Staatslehre* (Para uma teoria do Estado cibernética). Salzburgo, 1970.

1. Retornemos à ilha de Robinson e de Sexta-Feira. Suponhamos que, além deles, outros três náufragos tenham alcançado a ilha. Estes cinco habitantes da ilha têm de decidir então de que maneira desejam organizar a sua pequena comunidade. Primeiramente eles certamente refletirão sobre o que desejam executar em comum, então terão de chegar a um acordo sobre quem deverá tomar as decisões válidas para todos, bem como o procedimento a ser empregado para tanto. A primeira questão refere-se ao problema fundamental da separação entre o Estado e a sociedade. Trataremos desse problema no próximo capítulo desta obra. A segunda questão refere-se diretamente ao problema da organização do Estado.

a) Teorias do *input* e do *output*

2. O nosso exemplo mostra certamente que a questão da organização se coloca somente quando já existe a vontade de formar uma comunidade. Sua condição é portanto a existência de um consenso fundamental para enfrentar em conjunto um destino comum. Este legitima a comunidade a estruturar a sua organização. Do mesmo modo, a organização do Estado pressupõe pois um consenso das pessoas implicadas.

3. Segundo quais critérios esta comunidade, que ainda não possui uma forma, deve pois construir a sua organização de dominação? Os cincos habitantes da ilha podem, por exemplo, partir de dois pontos de vista diametralmente opostos para responder a essa questão. Eles podem, por um lado, defender a idéia de que o Estado deve organizar-se de tal maneira que cada indivíduo possa defender os seus interesses. A organização será então ótima se tomados individualmente os habitantes puderem exercer tanto quanto possível os seus interesses nela e fazer valer a sua influência. Por conseguinte, não é o desempenho do Estado (o *output*) que é determinante para se julgar uma organização, mas, contrariamente, a possibilidade de influência dos interessados (o *input*) (conferir M. de Pádua, § 25/25).

4. De outro lado, os habitantes da ilha também podem proceder de forma totalmente diversa e tornar a "qualidade" da organização do Estado dependente de seu desempenho, quer dizer, do *output*. Ao se avaliar uma organização segundo esse critério, coloca-se a questão de saber como se deveria estruturar uma organização estatal para que seja a mais eficaz possível ou sirva aos interesses do bem comum. A melhor organização será pois a que realizar este bem comum da melhor maneira possível. Este ponto de partida foi determinante para muitas teorias do Estado. Platão cria que o bem comum seria mais bem atendido se os filósofos dirigissem o Estado. Tomás de Aquino defendia que na verdade só poderia atender ao bem comum aquele que, na qualidade

§ 24. CRITÉRIOS DE ORGANIZAÇÃO DO ESTADO

de rei, estivesse acima dos interesses particulares e não tivesse mais nenhum tipo de interesse privado. Finalmente, a pequena república de Rousseau repousa sobre a convicção de que somente ela está em condições de realizar a vontade do povo, quer dizer, a *volonté générale*.

b) Separação entre Estado e sociedade

5. Paralelamente a estas teorias denominadas *input* e *output*, encontramos ainda uma série de outras concepções, nas quais a liberdade do indivíduo é o critério para a estruturação da organização do Estado. Segundo este terceiro critério, a melhor organização do Estado é a que concede o máximo de liberdade ao indivíduo, quer dizer, aquela que transfere o menor número possível de poderes de decisão à organização estatal.

c) Possibilidades de resolução de conflitos

6. Enfim, um quarto critério parte da questão de saber se e em que medida uma organização está em condições de resolver os conflitos sociais presentes ou futuros. Se tais conflitos sociais são solucionados pela opressão dos mais fracos, por um debate racional, pela decisão majoritária ou graças à sabedoria salomônica do dominador, tem-se uma dominação baseada na força, uma democracia ou uma dominação de elite.

d) Proteção das minorias

7. Negligenciamos freqüentemente a colocação da pergunta crucial a propósito da organização do Estado: "qual o comportamento a ser adotado em relação às minorias?" Nos quatro critérios acima citados, esse ponto raramente recebe importância. A proteção das minorias, os seus direitos e a sua autonomia devem todavia ser analisados segundo um critério particular (conferir Th. Fleiner, pp. 115 ss.).

e) Faculdade de aprendizagem e de adaptação

8. Entre os teóricos do Estado, os cibernéticos (conferir K. Deutsch; E. Lang) analisam a organização do Estado sob o aspecto da faculdade de aprendizagem, de adaptação e de informação. Quando o Estado pode se adaptar rapidamente e de modo apropriado aos novos dados sociais, está bem organizado. Se, contrariamente, o Estado é lento, pouco adaptável, rígido, inapto a aprender e a informar, ele deve ser modificado no entender das teorias cibernéticas.

f) Possibilidade de participação

9. A organização do Estado é igualmente um problema relacionado com a justa atribuição do direito de voto. A esse propósito, a questão não é saber se o *output* é justo, mas sim se as possibilidades de participação dos cidadãos correspondem aos critérios de justiça e de igualdade. Dispõe cada qual do mesmo direito de voto (*one man, one vote*)? Têm todos as mesmas chances de chegar ao poder? Pode-se recusar o direito de voto aos estrangeiros? Estas são perguntas que se devem fazer à organização do Estado do ponto de vista da justiça.

g) Minimização de falhas humanas

10. Aquele que se pauta pela célebre frase de Lord Acton: "Power corrupts and absolute power corrupts absolutely", dará sem dúvida preferência a um tipo de organização de Estado que seja a mais apta a minimizar os comportamentos humanos falhos. Enquanto ente capaz de aprender, o homem está em condições de se corrigir de maneira decisiva, quando está submetido a um controle permanente. No entanto, assim que sente não estar sob controle, ele tende a abusar do seu poder. É por essa razão que é necessária uma forma de organização de Estado que garanta um controle recíproco – tão amplo quanto possível – dos diversos órgãos.

11. O Estado ideal é tão utópico quanto o homem ideal. É por essa razão que a teoria das formas do Estado deveria se preocupar menos com o Estado ideal e mais com a forma de Estado que melhor impeça as falhas humanas. Quem não conhece a célebre frase de Churchill que diz que a democracia é a pior forma de Estado excetuando-se todas as outras? Ele estava certamente convencido de que a democracia permite impedir com a maior eficácia possível as falhas humanas, assim como também de que esta forma de Estado de modo algum garante o melhor governo possível.

§ 25. O PENSAMENTO DEMOCRÁTICO

Bibliografia

a) Autores clássicos

Aristóteles. *Politik* (Política). Trad. al. e org. O. Gigon. 2.ª ed., Zurique/Stuttgart, 1971.

Marsílio de Pádua. *Der Verteidiger des Friedens* (Defensor pacis – O defensor da paz). Trad. al. W. Kunzmann, 2 vols. Darmstadt, 1958.

Rousseau, J.-J. *Der Gesellschaftsvertrag*. Trad. al., revisada por H. Denhardt. Org. H. Weinstock. Stuttgart, 1975. [Trad. bras. *O contrato social*, São Paulo, Martins Fontes, 3.ª ed., 1996.]

b) Outros autores

Aron, R. Die Gesellschaftsstruktur und die herrschende Klasse (A estrutura social e a classe dominante). In: *"Demokratische" Elitenherrschaft* (Dominação "democrática" da elite). Org. W. Röhrich. Darmstadt, 1975.

Bäumlin, R. *Lebendige oder gebändigte Demokratie?* (Democracia viva ou subjugada?). Basiléia, 1978.
Benn, S. I., Peters, R. S. *Social Principles and the Democratic State* (Princípios sociais e o Estado democrático). 5.ª ed., Londres, 1966.
Bermbach, U. (org.). *Theorie und Praxis der direkten Demokratie* (Teoria e prática da democracia direta). Opladen, 1973.
Burdeau, G. Die politische Klasse (A classe política). In: *"Demokratische" Elitenherrschaft* (Dominação "democrática" da elite). Org. W. Röhrich. Darmstadt, 1975.
Dahl, R. A. *A Preface to Democratic Theory* (Um prefácio para a teoria democrática). Chicago, 1956.
Dahrendorf, R. Eine neue deutsche Oberschicht (Uma nova elite alemã). In: *"Demokratische" Elitenherrschaft* (Dominação "democrática" da elite). Org. W. Röhrich. Darmstadt, 1975.
Ehrlich, S. *Die Macht der Minderheit*. Die Einflußgruppen in der politischen Struktur des Kapitalismus (O poder da minoria. Os grupos de influência na estrutura política do capitalismo). Viena, 1966.
Eichenberger, K. *Leistungsstaat und Demokratie* (Estado de serviços e democracia). Basiléia, 1969.
Engler, U. *Stimmbeteiligung und Demokratie*. Aspekte eines schweizerischen Problems (Participação eleitoral e democracia. Aspectos de um problema suíço). Berna, 1973.
Fetscher, I. *Die Demokratie*. Grundfragen und Erscheinungsformen (A democracia. Questões fundamentais e formas de manifestação). Stuttgart, 1970.
Germann, R. E. *Politische Innovation und Verfassungsreform* (Inovação política e reforma constitucional). Berna, 1975.
Grätz, W. *Die Demokratisierung der Wirtschaft durch Mitbestimmung*. Möglichkeiten und Grenzen eines Postulates in der Unternehmung (A democratização da economia por meio da co-gestão. Possibilidades e limites de um postulado na empresa). Dissertação, St. Gallen, Diessenhofen, 1974.
Greiffenhagen, M. (org.). *Demokratisierung in Staat und Gesellschaft* (Democratização no Estado e na sociedade). Munique, 1973.
Grube, F., Richter, G. (org.). *Demokratietheorien*. Konzeptionen und Kontroversen (Teorias democráticas. Concepções e controvérsias). Hamburgo, 1975.
Haettich, M. *Begriff und Formen der Demokratie* (Conceito e formas da democracia). Mainz, 1966.
Höffe, O. *Strategien der Humanität* (Estratégias da humanidade). Freiburg i. Br./Munique, 1975.

§ 25. O PENSAMENTO DEMOCRÁTICO

____. *Ethik und Politik* (Ética e política). Munique, 1978.
Kelsen, H. *Vom Wesen und Wert der Demokratie* (Da natureza e do valor da democracia). Tübingen, 1920.
Klassenjustiz und Pluralismus. Festschrift für E. Fraenkel (Justiça de classes e pluralismo. Edição comemorativa para E. Fraenkel). Hamburgo, 1973.
Kurz, H. (Org.). *Volkssouveränität und Staatssouveränität* (Soberania do povo e soberania do Estado). Darmstadt, 1970.
Lasswell, H. D. Machteliten (Elites de poder). In: *"Demokratische" Elitenherrschaft* (Dominação "democrática" da elite). Org. W. Röhrich. Darmstadt, 1975.
Leibholz, G. *Strukturprobleme der modernen Demokratie* (Problemas de estrutura na moderna democracia). 3.ª ed., Karlsruhe, 1967.
Leisner, W. *Demokratie.* Selbstzerstörung einer Staatsform? (Democracia. Autodestruição de uma forma de Estado?). Berlim, 1979.
Macpherson, C. B. *Democratic Theory* (Teoria democrática). Oxford, 1973.
Matz, U. (org.). *Grundprobleme der Demokratie* (Problemas fundamentais da democracia). Darmstadt, 1973.
Meier, Ch. *Entstehung des Begriffs Demokratie* (Origem do conceito de democracia). Frankfurt a. M., 1970.
Michels, R. Die oligarchischen Tendenzen der Gesellschaft (As tendências oligárquicas da sociedade). In: *"Demokratische" Elitenherrschaft* (Dominação "democrática" da elite). Org. W. Röhrich. Darmstadt, 1975.
Mosca. G. Das aristokratische und das demokratische Prinzip (O princípio democrático e o princípio aristocrático). In: *"Demokratische" Elitenherrschaft* (Dominação "democrática" da elite). Org. W. Röhrich. Darmstadt, 1975.
Naschold, F. *Organisation und Demokratie.* Untersuchungen zum Demokratisierungspotential in komplexen Organisationen (Organização e democracia. Investigações sobre o potencial de democratização nas organizações complexas). 2.ª ed., Stuttgart, 1971.
Oberndörfer, D., Jäger, W. (org.). *Die neue Elite.* Eine Kritik der kritischen Demokratietheorie (A nova elite. Uma crítica da teoria crítica da democracia). Freiburg i. Br., 1975.
Pareto, V. System der allgemeinen Soziologie (Sistema da sociologia geral). In: *"Demokratische" Elitenherrschaft* (Dominação "democrática" da elite). Org. W. Röhrich. Darmstadt, 1975.
Pateman, C. *Participation and Democratic Theory* (Participação e teoria democrática). Londres, 1970.

Pelinka, A. *Dynamische Demokratie*. Zur konkreten Utopie gesellschaftlicher Gleichheit (Democracia dinâmica. Sobre a utopia concreta da igualdade social). Stuttgart, 1974.
Rawls, J. *A Theory of Justice* (Uma teoria da justiça). 3.ª ed., Oxford, 1972.
Reibstein, E. *Volkssouveränität und Freiheitsrechte*. Texte und Studien zur politischen Theorie des 14. bis 18. Jahrhunderts (Soberania do povo e direitos de liberdade. Textos e estudos sobre a teoria política do século XIV ao século XVIII). Freiburg i. Br., 1972.
Scharpf, F. W. *Demokratietheorie zwischen Utopie und Anpassung* (Teoria democrática entre utopia e adaptação). 2.ª ed., Konstanz, 1972.
Schelsky, H. *Systemüberwindung, Demokratisierung und Gewaltenteilung* (Subjugação do sistema, democratização e separação de poderes). Munique, 1973.
Scheuner, U. *Das Mehrheitsprinzip in der Demokratie* (O princípio majoritário na democracia). Opladen, 1973.
Schmitt, C. *Verfassungslehre* (Teoria constitucional). 5.ª ed., reimpressão Berlim, 1970.
Sherover, Ch. M. (org.). *The development of the democratic idea* (O desenvolvimento da idéia de democracia). Nova York, 1968.
Šik, O. *Humane Wirtschaftsdemokratie*. Ein dritter Weg (Democracia econômica humana. Uma terceira via). Hamburgo, 1979.
Spannraft, E. M. Demokratie – Mechanismen der Herrschaft? (Democracia – Mecanismos de dominação?). 2.ª ed., Munique, 1975.
Steinberger, H. *Konzeption und Grenzen freiheitlicher Demokratie*. Dargestellt am Beispiel des Verfassungsrechtsdenkens in den Vereinigten Staaten von Amerika und dem amerikanischen Antisubversionsrecht (Concepção e limites da democracia liberal. Descrição com base no exemplo do pensamento jurídico constitucional nos Estados Unidos da América e do direito anti-subversivo americano). Berlim, 1974.
Sternberger, D. *Nicht alle Staatsgewalt geht vom Volke aus*. Studien über Repräsentation, Vorschlag und Wahl (Nem todo poder do Estado emana do povo. Estudos sobre representação, proposta e eleição). Stuttgart, 1971.
Stolz, P. *Politische Entscheidungen in der Versammlungsdemokratie*. Untersuchungen zum kollektiven Entscheid in der athenischen Demokratie, im schweizerischen Landsgemeindekanton Glarus und im Kibbuz (Decisões políticas na democracia fundada em assem-

bléias. Investigações sobre a decisão coletiva na democracia ateniense, na Assembléia Cantonal de Glarus na Suíça e no Kibbuz). Berna, 1968.
Systemwandel und Demokratisierung. Festschrift für O. K. Flechtheim (Mudança de sistema e democratização. Edição comemorativa para O. K. Flechtheim). Org. Ch. Fenner e B. Blanke, Frankfurt a. M., 1975.
Wright Mills, C. Die Machtstruktur in der amerikanischen Gesellschaft (A estrutura de poder na sociedade americana). In: *"Demokratische" Elitenherrschaft* (Dominação "democrática" da elite). Org. W. Röhrich. Darmstadt, 1975.
Zimpel, G. *Selbstbestimmung oder Akklamation?* (Autodeterminação ou aclamação?). Stuttgart, 1972.

a) Os fundamentos do ideário democrático

1. "Dentre as democracias, a primeira é aquela na qual existe mais igualdade. Por igualdade entende a lei uma democracia em que ninguém, pobre ou rico, tem primazia, em que nenhuma parte governa sobre a outra, em que ambas são completamente iguais por nascimento. Pois se a liberdade, segundo julgam alguns, se encontra principalmente na democracia, e se o mesmo se dá com a igualdade, então esta não se realizará plenamente senão quando todos participem do governo com a máxima igualdade possível. E, uma vez que o povo constitui a maioria e que aquilo que a maioria decide é precisamente o que tem força de lei, isso é necessariamente uma democracia" (Aristóteles, *Livro IV*, 1291b).

2. Desde Aristóteles, jamais cessou a discussão em torno da questão: a democracia, no sentido de dominação do povo, é a melhor forma de governo? Mesmo Rousseau, defensor da soberania do povo, é muito cético em relação a essa forma de governo. Ela não é possível senão em um território muito pequeno, com a condição de que o povo possa se reunir regular e constantemente; além disso, essa forma de governo se destinaria a um povo formado exclusivamente por deuses (consultar J.-J. Rousseau, *Livro III*, cap. 4, pp. 74 ss.). Esta afirmação refere-se, no entanto, somente ao governo no sentido de executivo, tanto que Rousseau é favorável à participação do povo na legislação e na conclusão do contrato social.

3. Em 1949, a Unesco fez uma enquete sobre a democracia entre os cientistas dos diferentes países membros das Nações Unidas. Nenhuma das respostas era contrária à democracia. Todos eram partidários da democracia como sendo a única e melhor forma de governo da época atual (conferir S. I. Benn e R. S. Peters, p. 332). Todavia, os adeptos da democracia também estavam de acordo a respeito de um segundo ponto: as concepções sobre o que é a democracia divergiam ao extremo. Até os nossos dias, isto praticamente não se alterou.

1. O princípio da autodeterminação

4. No primeiro plano do desenvolvimento democrático encontra-se indiscutivelmente o postulado da autodeterminação, quer dizer, da liberdade de cada um dos membros de uma comunidade de escolher os seus vínculos de modo autônomo. O reconhecimento do princípio majoritário provavelmente só pôde se desenvolver a partir do momento em que se reconheceu que, por meio da autovinculação, toda pessoa que tem direito a voto tem de fato um direito de veto diante de todas as outras pessoas; este direito de veto torna-se insuportável quando as outras pessoas dependem de uma solução comum e que somente aquele que declara o seu veto lucra com a inatividade do Estado. Na origem da democracia das Assembléias Cantonais na Suíça, por exemplo, era necessário insistir constantemente sobre o dever da minoria se submeter à decisão da maioria. Isto mostra que o direito da maioria de decidir de modo vinculante também pela minoria, só se desenvolveu paulatinamente.

5. Na realidade, a democracia, sobretudo na Suíça, ainda hoje está fortemente dominada por tendências favoráveis a decisões unânimes. Quanto mais ampla a maioria, tanto mais peso tem o resultado da votação e tanto mais sérias são as conseqüências dos votos para o governo. Embora na Suíça alguns pequenos órgãos colegiados pudessem em princípio decidir majoritariamente, há praticamente em toda a parte o desejo de manter uma decisão tanto quanto possível unânime. Por seu lado, a estrutura federalista permite dar aos cidadãos de pequenos cantões e dos municípios (*Gemeinden*) um direito de participação realmente amplo. Por outro lado, tanto o sistema proporcional, que visa permitir a todas as classes e tendências serem representadas no parlamento, quanto a necessidade de uma dupla maioria (povo e cantões), indispensável para modificar a Constituição, mostram claramente que na Suíça em todos os níveis há a firme vontade de garantir a participação do simples cidadão individual em todos os escalões e de atenuar o princípio majoritário puro em favor de uma representação das minorias que seja tão forte quanto possível.

2. A decisão majoritária como elemento da descoberta da verdade

6. A decisão tomada pela maioria garante um resultado mais verdadeiro, mais justo e mais correto que a decisão tomada por uma única pessoa ou por uma minoria? A fim de reunir uma maioria pela via democrática, é necessário proceder a um debate racional e fazer uso da força de persuasão. Os argumentos aceitos pela maioria são, via de regra, muito mais convincentes. São eles por essa razão também mais corretos? "A totalidade dos cidadãos ou a sua maioria – ambas são entendidas como uma e mesma coisa – está mais apta a decidir sobre o que deve ser aceito ou rejeitado do que qualquer uma de suas partes tomada separadamente. ... pois todos ou grande parte dentre eles têm bom senso, razão e uma justa aspiração ao Estado e ao que é necessário para a sua existência... Se a grande maioria não é medíocre, cada um de seus membros será um juiz muito pior que os sábios, mas todos reunidos serão muito melhores ou, ao menos, não serão piores" (M. de Pádua, Parte I, Cap. XIII, §§ 2, 3, 4). Se o debate foi conduzido em um plano racional, a decisão será mais equilibrada e mais correta, uma vez que diversas opiniões e concepções enriqueceram a informação, e a decisão teve de se impor em termos de uma argumentação racional.

7. Neste contexto, não se pode todavia perder de vista que, com muita freqüência, as discussões e os debates não são conduzidos de maneira racional. De fato, motivos de ordem político-pessoal, político-partidária, determinados por razões de prestígio, puramente egoístas ou inspirados pela inveja podem, tanto quanto os argumentos racionais, influenciar uma decisão. Por fim, a análise e a discussão racionais pressupõem um mínimo de solidariedade entre os que as conduzem. Os protagonistas devem estar convencidos de que um debate leal comum conduzirá a uma decisão melhor. Eles devem estar dispostos a se submeterem ao resultado e a aceitarem que, em última instância, de uma forma ou de outra, devem ser levados em consideração todos os interesses das pessoas envolvidas. Quando estas condições gerais não são preenchidas, a decisão da maioria não permite encontrar uma solução melhor e mais justa.

8. Além disso, é extremamente difícil defender interesses a longo prazo em um escrutínio democrático sobre um objeto preciso. Isto dificulta a atividade governamental, particularmente na época atual. No âmbito da energia ou da proteção do meio ambiente, por exemplo, estão em geral em jogo interesses a longo prazo, que os eleitores dificilmente percebem tão bem como, por exemplo, a necessidade de construção de vias para pedestres e para caminhadas. Os pequenos burgueses e sua visão de mundo um pouco limitada pregam constantemente peças à democracia direta.

3. *A decisão majoritária como possibilidade de superar conflitos*

9. Durante séculos, os conflitos entre os diversos grupos de uma sociedade foram superados pela força das armas. Aquele que possuía as armas mais poderosas, que estava disposto a assumir maiores riscos, que era tática ou estrategicamente superior ao adversário ganhava o combate. Valia o direito do mais forte.

10. No correr de seus esforços de pacificação, o rei pôde impor no reino progressivamente a sua autoridade como juiz supremo e apaziguar os conflitos existentes entre tribos diferentes por meio do seu poder e da força de persuasão dos seus argumentos. Foi desse modo que se desenvolveu o debate perante um tribunal como possibilidade de resolução de conflitos. Todavia, nem todos os conflitos podiam ser apaziguados, particularmente aqueles no interior da nobreza escapavam com freqüência da influência do rei. Para tais casos, não havia nem há hoje em dia nenhuma possibilidade de solução de conflitos quando o país é governado por um único monarca ou ditador. Este pode apenas tentar reprimir os conflitos, deixar-se depor pelos rebeldes, ou aceitar a secessão de uma parte do território.

11. O debate democrático, ao contrário, permite a solução de conflitos em um âmbito muito maior. Os conflitos de interesse que têm um alcance social fundamental podem ser resolvidos por meio de discussões democráticas. Esta maneira de solucionar conflitos implica todavia que os partidos possam se enfrentar com armas mais ou menos iguais. Quando um dos partidos dispõe de meios financeiros ilimitados e o outro mal pode financiar um cartaz, quer dizer, quando este não está em condições de divulgar os seus argumentos aos cidadãos, ele praticamente não aceitará a decisão da maioria.

4. A lei irrevogável da oligarquia

12. Em uma democracia, como em qualquer outra forma de Estado, certos círculos sempre terão mais influência do que outros. Já em uma assembléia com um número maior de participantes há oradores que estão em condições de arregimentar ou alterar a opinião de uma parte da assembléia e, desse modo, influenciar a decisão. No final das contas, a assembléia pode então aceitar ou rejeitar uma proposta, e as inúmeras opiniões divergentes devem ser canalizadas para essa alternativa. A democracia está portanto sujeita à lei irrevogável da oligarquia (R. Michels). De fato, os que são capazes de influenciar de maneira decisiva uma campanha eleitoral ou uma votação dispõem de um poder correspondente à extensão da influência que exercem. Para a democracia é no entanto importante que estes agrupamentos sejam conhecidos, que seus interesses sejam revelados, a fim de que o povo possa controlá-los.

13. A questão de saber quais são os círculos que pertencem à oligarquia e quais as vias de acesso a esta oligarquia permanece todavia em aberto. Se a oligarquia se reduz a alguns poucos monopólios econômicos, o Estado perde a sua autonomia. Mas, em geral, os membros da oligarquia defendem interesses opostos (empregadores-trabalhadores, consumidores-produtores), de tal modo que os órgãos do Estado podem, dentro de certos limites, desempenhar um papel de árbitro independente na avaliação destes interesses.

14. Cada vez mais se reivindica a integração também da consultoria científica no processo de decisão (O. Höffe). As comissões de especialistas recebem a tarefa de elaborar concepções a longo prazo em matéria de transporte, de energia, de meios de comunicação etc., de tal modo que os políticos possam disso tirar as conclusões "necessárias". No entanto, é preciso delimitar estreitamente a expertocracia (*Expertokratie*) ou o poder dos expertos. Regra geral, o experto não assume nenhuma responsabilidade pelas decisões a tomar. A visão do experto é forçosamente limitada a seu âmbito de atração, razão pela qual o político jamais poderá eximir-se de sua própria responsabilidade por meio da assessoria dos expertos. O experto pode, em grande medida, contribuir para fornecer uma informação mais precisa ao político, mas não pode lhe tirar a responsabilidade da decisão, uma vez que, por um lado, a sua ótica de especialista é forçosamente limitada e, por outro, as demais informações que possui o político, responsável pela decisão, não lhe estão disponíveis.

15. Para a estrutura democrática de um Estado é extremamente importante que as oligarquias sejam bastante abertas. Quando qualquer pessoa tem a possibilidade de ascender pelas suas realizações na oligarquia econômica, sindical, científica, política ou de informação (oligarquia da mídia), então se pode afirmar que o Estado é democrático. No entanto, se a oligarquia se fecha em clubes exclusivos, associações e sociedades secretas impedindo essas possibilidades flexíveis de ascensão social, a democracia se degrada.

b) A democracia como legitimação do poder do Estado

16. A vitória da forma democrática do Estado só foi possível no século XX. No século XIX, ainda disputava-se seriamente para saber se a monarquia pela graça de Deus não seria uma forma de Estado de longe preferível à democracia. Esta disputa está hoje em dia certamente ultrapassada. Uma questão no entanto permanece aberta: como estruturar a democracia? Nas páginas a seguir tentaremos examinar este problema um pouco mais a fundo.

17. Na forma democrática de Estado, o povo participa de uma maneira ou de outra na formação da vontade do Estado. Esta participação todavia pode ser muito distinta. Há formas de Estado que não vêem o povo senão como o fundamento de sua legitimação; outras, por seu lado, concedem ao povo direitos eleitorais e, finalmente, há sistemas em que o povo participa de diversas formas das decisões acerca de temas como a Constituição e as leis. A seguir examinaremos estas diferentes formas de democracia.

1. O princípio da soberania do povo

18. Com a dissolução da monarquia de direito divino foi necessário encontrar um novo fundamento para legitimar o exercício do poder do Estado. A única alternativa para a legitimação divina era o povo. Diversas doutrinas do contrato social partem da idéia de que, originalmente e na realidade, o povo teria concluído um contrato com o rei e lhe teria delegado o poder. Outros consideram o contrato social simplesmente uma ficção. A esse respeito, Rawls defende que não é preciso fundar o poder sobre um passado real nem sobre uma ficção; de fato, seria muito mais fácil legitimar o poder sobre uma base contratual partindo da idéia de que as coisas poderiam ter se passado assim, isto é, que o povo poderia ter realizado um contrato social (conferir J. Rawls, pp. 118 ss.).

19. Como fundamento da legitimidade de poder do Estado, o povo é mencionado expressamente em muitas Constituições. A doutrina da soberania do povo é uma emanação clara desta convicção. Uma vez abolido o poder monárquico pela Revolução Francesa, não restou nenhuma outra alternativa além de legitimar o poder do Estado pelo povo. O direito de autodeterminação dos povos decorre igualmente da idéia de soberania do povo.

2. A soberania popular por si só não basta

20. Com efeito, no sentido próprio do termo, a democracia não ganha muito ao restringir os direitos do povo à legitimação. Robespierre, ao interpretar a soberania popular de Rousseau, mostrou até onde esta pode conduzir: à tirania despótica. Uma vez eleito pelo povo, todas as decisões do governo – no sentido da *volonté générale* – são justas, verdadeiras e para o bem do povo, não sendo portanto mais passíveis de controle. Tanto quanto a legitimação religiosa, a legitimação popular também pode levar à tirania.

21. Permanece também em aberto a questão de saber se a maioria do povo é suficiente para conferir a legitimação ou se não é necessária uma decisão unânime. A esse respeito Rousseau, por exemplo, defende o seguinte: "Não há senão uma única lei que, por sua natureza, exige um consentimento unânime, o contrato social; pois a associação civil estatal é o ato mais voluntário do mundo" (J.-J. Rousseau, Livro IV, cap. 2, p. 120).

3. Limitações ao princípio majoritário

22. Enquanto dominação de uma maioria sobre a minoria, a democracia certamente não pode ser entendida como o governo sempre da mesma maioria sobre a mesma minoria, de tal modo que os interesses próprios da maioria sejam sempre impostos à minoria. A regra da maioria em uma democracia pressupõe que a minoria não se constitua sempre do mesmo grupo, mas sim que haja uma alternância entre minoria e maioria. O princípio da maioria não a autoriza a tiranizar a minoria.

23. É evidente que uma alternância entre minoria e maioria não é possível senão quando as decisões são tomadas periodicamente de modo democrático, por exemplo na época das eleições. Para a decisão fundamental, quer dizer, para o exercício do direito de autodeterminação do povo, há somente uma única decisão. Neste caso, é admissível que a maioria não se importe com a minoria? Muitas Constituições prevêem que uma maioria qualificada é indispensável para decisões essenciais, por exemplo para as modificações da Constituição. Nestes casos, as Constituições não se satisfazem com a simples decisão majoritária, mas procuram se aproximar do princípio da unanimidade. A exigência de uma unanimidade absoluta não é realista, porque desse modo seria dada a um só membro da comunidade a possibilidade de impor a sua vontade à maioria ou à grande maioria dos cidadãos. Este não pode, tampouco, ser o sentido da democracia. É por esta razão que, para os que não aceitam a decisão fundamental e pertencem a uma pequena minoria, há um só direito: o de emigrar. Se eles questionam as bases da própria democracia, não lhes resta outra saída senão emigrar para um outro Estado, a menos que se resignem a se submeterem à decisão da maioria.

24. Além disso, soluções federalistas permitem relativizar o princípio majoritário. No âmbito federal, a maioria popular está limitada pela autonomia dos estados-membros. Por sua vez, estes podem regular por si mesmos questões fundamentais por meio de decisões majoritárias tomadas no âmbito de sua autonomia.

c) A democracia semidireta

1. A participação do povo no processo legislativo

25. Para Marsílio de Pádua é indispensável que o povo participe da legiferação. Somente a maioria dos cidadãos, segundo ele, pode garantir que a lei atenda ao interesse geral. Quando os cidadãos aprovam as leis, eles também a respeitarão. Ainda de acordo com a sua concepção, somente uma lei adotada pelos cidadãos oferece a garantia de que ela não está a serviço de interesses particulares. "Portanto, a legiferação incumbe à totalidade ou à maioria dos cidadãos... Porque a lei deve necessariamente classificar os cidadãos segundo a proporção correta e pessoa alguma deseja conscientemente se prejudicar ou ver realizar-se a injustiça, todos os cidadãos – ou ao menos a maioria deles – desejam uma lei que corresponda ao interesse comum dos cidadãos" (M. de Pádua, Primeira Parte, cap. XII, § 8).

26. Ao lado da doutrina de Marsílio de Pádua, foi sobretudo o contrato social, como fundamento da legitimação do

Estado, que contribuiu para a democratização. O povo não se contentava em servir de fundamento à legitimação; ele desejava poder influir concretamente sobre a política do Estado. Sem ser partidário da identidade entre governantes e governados (C. Schmitt), mesmo Rousseau considera que isto só é possível para um povo de deuses – a influência do povo sobre os destinos de um Estado pode, ao meu ver, ir muito além de um simples fundamento da legitimidade.

27. Pela eleição periódica dos seus representantes no parlamento ou então pela eleição periódica do governo, o povo pode fazer valer a sua influência, ao menos em intervalos regulares. Coloca-se, no entanto, a questão de saber se isto corresponde ao ideal da democracia. Rousseau, por exemplo, nega-o categoricamente: "Toda lei que o povo não aprovou pessoalmente é nula; não é uma lei. O povo inglês pensa ser livre; mas se engana extraordinariamente; ele não o é senão durante a eleição dos membros do parlamento; assim que estes são eleitos, ele vive novamente em escravidão; não é nada" (J.-J. Rousseau, Livro III, cap. 15, p. 107).

28. Apesar desta rejeição absoluta da democracia representativa, a idéia da ratificação das leis pelo povo só pôde se impor na Suíça e em alguns estados-membros dos Estados Unidos. Deve-se, portanto, rejeitar a análise de Rousseau? Ao compararmos as diferenças entre, de um lado, a democracia representativa com governo de gabinete e dois ou três grandes partidos e, de outro, a democracia semidireta, constatamos que no sistema da democracia representativa o povo escolhe através do voto o partido ao qual ele deseja confiar o governo, durante um certo período de tempo. O partido vitorioso pode, por meio da maioria no parlamento, modificar as leis de acordo com o seu programa, governar o país e escolher os novos funcionários da administração. O partido em questão, por meio da sua atividade legislativa, exerce também uma influência sobre os juízes – eleitos em geral por toda a vida –, que estão vinculados pelas leis que aplicam.

29. Ao contrário, na democracia semidireta a posição do partido é muito mais fraca. O partido só pode impor leis que, em última instância, obtiveram a aprovação do povo. O referido partido está, pois, muito mais obrigado a tentar obter o consenso popular para o exercício de suas atividades. Esta dependência impede uma atividade legislativa de acordo com um vasto programa político-partidário. Novos impulsos e idéias são incorporados menos por meio de programas políticos que de iniciativas constitucionais que, mesmo quando rejeitadas, não deixam de influir sobre a atividade legislativa. Comparativamente à democracia representativa, as influências recíprocas são relativamente poucas entre o partido e o governo. Por exemplo, o governo suíço, o Conselho Federal (*Bundesrat*) não necessita se submeter a um programa partidário, mas buscar o consenso do parlamento, de um lado, e o do povo, de outro, se deseja que seus projetos e propostas sejam aceitos.

30. Esta busca incessante de um consenso, à qual todos os grupos políticos influentes estão obrigados, leva à censura que se faz à democracia semidireta de concordância: o verdadeiro debate político entre os círculos diretamente interessados se dá nos bastidores, sem a participação do público. Desse modo, o povo não discerne mais qual é a situação dos interesses respectivos que estão por trás do compromisso regateado; o debate relativo a certos interesses escapa assim da influência popular. Na batalha da votação, o povo não tem, em última análise, verdadeiras alternativas de decisão; ele está, ao contrário, obrigado a aceitar um projeto determinado ou assumir as conseqüências de sua recusa, mais ou menos segundo o modelo "coma ou morra!".

31. Na realidade, a busca permanente de um consenso de todos os órgãos do Estado obriga o governo a praticar incessantemente uma política de compensação. Em todos os planos é grande a pressão para levar em consideração cada partido, cada língua e cada confissão. Todos os órgãos que exercem o poder soberano devem ser um reflexo do povo.

§ 25. O PENSAMENTO DEMOCRÁTICO

A idéia de uma dominação simples e pura da maioria é extremamente estranha à democracia semidireta (conferir R. E. Germann).

32. Com a busca incessante por um verdadeiro compromisso, o governo se esforça por obter tanto quanto possível uma decisão unânime em todos os grêmios. Em si, os compromissos não são nefastos. Normalmente interesses divergentes não são, senão aparentemente, antagônicos. As instâncias políticas encarregadas de decisão têm, então, de encontrar o denominador comum, com o qual todas as solicitações dos grupos singulares sejam realizadas sem cortes essenciais. O que importa é evitar que um grupo – graças ao seu poder econômico – possa obter um peso desproporcional em relação ao que alcançaria por meio de uma campanha eleitoral aberta.

2. Vantagens e desvantagens da democracia semidireta

33. A democracia realiza-se de melhor forma quando o povo pode escolher a cada quatro anos entre os diferentes programas de partidos ou candidatos à presidência ou quando, ao contrário, em todos os níveis os órgãos do Estado se esforçam constantemente para encontrar um consenso popular? Os dois sistemas têm suas vantagens e suas desvantagens.

34. Em uma democracia semidireta, o governo é obrigado a elaborar projetos de lei que obtenham um largo consenso na população. Na Suíça, um procedimento preliminar, o denominado procedimento de tomada de posição (*Vernehmlassungsverfahren*), determina, já nos cantões, nos partidos e nas associações interessadas, em que medida se pode chegar a um consenso. Este procedimento é sempre muito criticado porque dá aos diretamente interessados a possibilidade de influir sobre as futuras leis e de fazer prevalecer certos interesses particulares antes do início dos debates parlamentares.

35. Por outro lado, o *Vernehmlassungsverfahren* permite esgotar no *front* as experiências e os conhecimentos dos círculos envolvidos. Desse modo, projetos de lei que foram redigidos em alguma repartição, muito distanciados da realidade da vida, devem primeiramente passar pelo teste da realidade política. Assim, os professores examinarão se uma lei educacional é realista; os funcionários municipais examinarão se uma prescrição sobre a proteção do meio ambiente é aplicável no município; os parceiros sociais verificarão se os seus interesses estão suficientemente contemplados em uma lei de seguro social, e os consumidores, se uma lei sobre a proteção dos consumidores atenderá verdadeiramente aos seus interesses.

36. Não há dúvidas de que no *Vernehmlassungsverfahren* ocorrem choques de interesses contrários. Porém, como já dissemos, estas contradições são muitas vezes apenas aparentes. Nestes casos, é tarefa do governo analisar os postulados em função da sua fundamentação, ao que se pode constatar que esta sempre se refere apenas a uma parte do mesmo. Desse modo, em muitos casos é possível conciliar postulados aparentemente opostos, sem prejudicar essencialmente o seu conteúdo. De outro lado, as discussões revelam muitas vezes também que certos postulados políticos repousam sobre mal-entendidos. Muito mais difícil é quando o legislador deve tentar encontrar, em postulados verdadeiramente opostos, um denominador comum para uma solução justa, que leve em consideração os interesses de cada um deles. Raros são os casos nos quais é necessário alcançar um compromisso em que os postulados sejam desbastados e diluídos.

37. Um governo e um parlamento que defendem um projeto em uma votação popular devem demonstrar que o projeto em questão corresponde a três concepções de valor: a necessidade, a liberdade e a justiça. Por essa razão, eles são obrigados a encontrar soluções que, à luz dessas concepções de valor, sejam verificáveis intersubjetivamente. Caso não alcancem isto, o projeto não terá praticamente nenhuma chance de ser aprovado pelo povo, pois todo grupo de oposição tentará ressaltar exatamente os pontos fracos do projeto na campanha política que precede o voto popular, com a finalidade de derrubá-lo. Por conseguinte, somente os projetos minuciosamente preparados encontram ressonância junto ao povo. O fato de projetos de leis serem submetidos, sob certas circunstâncias, ao *referendum* popular obriga os redatores dos textos legais a escreverem em uma língua que seja compreensível para os eleitores. As leis que não são compreendidas senão pelos funcionários encarregados de sua aplicação ou pelo círculo restrito de juristas têm poucas chances de serem adotadas. Quando os cidadãos, os verdadeiros destinatários das leis, não se sentem tocados e envolvidos, eles simplesmente rejeitarão a lei em questão.

38. O procedimento legislativo demorado e racional impede todavia de levar rapidamente em consideração certos interesses particulares que vão de encontro aos interesses da maioria, mas que possivelmente são justificados a partir de uma perspectiva de justiça. Do mesmo modo, postulados sociais, conforme o comprova a experiência, ocupam uma posição bastante delicada. De um lado, um grupo de interesses não pode pois fazer prevalecer os seus interesses evidentemente particulares em uma lei submetida a *referendum* popular; de outro, o governo freqüentemente não consegue assegurar pela via legislativa os interesses legítimos de grupos socialmente desfavorecidos, porque o povo não aprova uma lei senão quando a maioria dos cidadãos está convencida de que os seus interesses são realizados pela lei em questão.

39. Esta apresentação não deve ocultar o fato de que, em um *referendum* popular, argumentos irracionais podem se impor com muita facilidade. A má vontade em relação ao Estado; as alianças ímpias que combatem um projeto equilibrado, porque o julgam avançado demais ou de menos; as oposições inconciliáveis entre a cidade e o campo, entre regiões lingüísticas ou entre confissões diferentes; as lutas por prestígio; as hostilidades entre funcionários públicos ou ainda outras reações de rejeição em estado latente no povo, tudo isto pode ser facilmente explorado pelos adversários para derrubar um projeto. Do mesmo modo que, no interior de uma *Landsgemeinde* (Assembléia Cantonal), um orador que facilmente revolve emoções existentes em estado latente pode mudar os ânimos de um momento ao outro e mobilizar os cidadãos contra um projeto de lei, é fácil a um tribuno familiarizado com os *mass-media*, utilizar a televisão para incendiar os ânimos contra um projeto que combate.

40. Estas dificuldades conduzem conseqüentemente ao fato de que um governo ou um parlamento refletem duas ou três vezes antes de apresentar um novo projeto. Queixa-se muito da chamada inflação legislativa. No entanto, comparada com a situação de outros países, na Suíça ela é ainda relativamente pequena. É muito freqüente ver certas questões serem solucionadas – à revelia do processo legislativo – por instruções internas (por exemplo, sobre o engajamento das forças policiais) ou por decretos cuja legalidade é duvidosa (por exemplo, o decreto federal relativo à televisão a cabo, o decreto no cantão de Freiburg sobre a orientação vocacional nas escolas). Além disso, parte dos interesses próprios das minorias politicamente fracas é sistematicamente negligenciada ou não é levada em consideração durante muito tempo.

41. O procedimento é totalmente outro em países de soberania parlamentar quando a fração governamental se pronuncia a respeito de um projeto. Nesse caso, o governo e a administração devem elaborar um projeto que seja compatível com o programa do partido. A questão da aplicabilidade, do equilíbrio e do realismo do projeto tem aqui uma importância significativamente menor. No primeiro plano encontra-se, ao contrário, o interesse em uma nova vitória nas próximas eleições. É evidente que uma tal maneira de proceder permite incorporar muito mais facilmente os interesses particulares em um projeto, contanto que estejam em harmonia com os pontos de vista do partido governamental.

42. Em Estados dotados de uma democracia semidireta, é freqüente a política aparecer como incoerente e inconstante. Em países de democracia parlamentar, o governo pode conduzir a política com base em uma concepção definida e não está obrigado a adaptar constantemente a sua política a novas exigências apresentadas pelo parlamento ou pelas iniciativas constitucionais. Em contrapartida, no seio de uma democracia semidireta, todos os grupos cujas idéias não concordam forçosamente com as de um programa partidário, mas que defendem postulados essenciais, têm muito mais chance de ver os seus postulados realizados do que em países dotados de uma democracia parlamentar.

43. Sem dúvida, o procedimento da democracia direta apresenta também a vantagem de poder resolver grandes conflitos de maneira mais satisfatória. Um *referendum* popular pode (não deve necessariamente) ter um efeito clarificador. Quando o conflito se resolve por meio de *referendum* e se apresenta uma decisão inequívoca, a minoria derrotada aceitará o veredicto do povo. Se o resultado do *referendum* baseia-se sobre uma pequena diferença (por exemplo, a votação sobre a energia nuclear na Suíça), a minoria não precisa recorrer à violência, pois ela tem a esperança de conseguir atingir as suas reivindicações por meio de uma segunda iniciativa. Além disso, na Suíça costumam-se levar em conta na legislação, tanto quanto possível, as preocupações e solicitações da minoria derrotada por uma pequena margem.

44. Uma vez que os temas específicos a serem votados apresentam freqüentemente múltiplos aspectos, muitos eleitores se sentem exigidos em demasia e se abstêm de votar ou dizem simplesmente não, porque não compreendem o projeto de lei. Na campanha que precede a votação é muito difícil se deduzirem e compreenderem as nuances e as diferenciações. As posições são reduzidas a oposições sumárias. É-"se" então a favor ou contra as escolas superiores, a formação profissional, o planejamento territorial centralizado, a agricultura etc., se bem que tais problemas fundamentais possivelmente sequer sejam apresentados por meio de um projeto de lei. Nessas condições, a campanha que precede o *referendum* degenera em uma verdadeira questão de confiança.

45. Um bom projeto pode fracassar também em razão de uma disposição marginal que suscita a oposição de um grupo forte. Quando este grupo ataca o *referendum* em razão de uma tal disposição, alguns outros grupos querem se juntar ao primeiro a fim de impedir que, no caso de um resultado vitorioso no *referendum*, o grupo inicial seja o único a influir sobre a sorte ulterior do projeto em questão. Desse modo, o projeto acaba por não ser aprovado em virtude da grande oposição.

46. Já nos referimos brevemente ao problema da abstenção crescente nas votações. Em um projeto ligado a debates políticos muito acirrados, 50 a 70% de cidadãos estão dispostos a ir às urnas, ao passo que a proporção cai para 30 ou 40% quando se trata de um projeto menos disputado ou muito complexo. Quando a participação na votação é pequena, é muito mais fácil derrubar um projeto por meio de um pequeno grupo do que quando 80% dos cidadãos estão dispostos a votar. Estudos recentes revelaram que a participação nas urnas possivelmente também depende da classe social à qual pertencem os cidadãos. Regra geral, os trabalhadores votam menos que os cidadãos da classe média. Do mesmo modo constatou-se que é muito mais difícil levar os jovens a participar do que os cidadãos mais velhos.

47. Recentemente pesquisas mostraram que uma determinada porcentagem dos eleitores não compreende a questão a ser votada e responde "não", embora desejasse dizer "sim" ou vice-versa. O aumento expressivo do número de escrutínios sobre diversos temas dificulta uma ampla informação dos cidadãos, particularmente quando a pessoa deve, ao mesmo tempo, tomar uma decisão em relação a diferentes questões referentes à União, ao cantão e ao município.

48. Um outro problema da democracia direta decorre do fato de que, em geral, o povo não pode se pronunciar senão sobre um só projeto, no máximo sobre um projeto e um contraprojeto. Desse modo, as questões precisam ser canalizadas a um pequeno número de oposições essenciais. Isto dá aos adversários de propostas de mudança diversas possibilidades de derrubar projetos. Ao submeterem um contraprojeto, eles podem, por exemplo, dividir a maioria do povo interessada na alteração e, desse modo, impedir que um projeto prevaleça em relação aos votos contrários. Vários cantões tentam remediar esse mal introduzindo plebiscitos ditos eventuais ou adicionando os votos positivos. Este procedimento complicado freqüentemente só confunde o eleitor que gostaria de escolher entre duas alternativas claras.

49. Todas estas considerações mostram que é difícil obter a aprovação do povo mesmo para um bom projeto, mas que, por outro lado, um projeto de lei objetivamente injustificado tem pouca chance de ser aceito. Portanto, no sentido de Aristóteles, a democracia direta conduz a uma maior liberdade em relação a intervenções estatais. Não se pode abusar do Estado para a realização de interesses manifestamente particulares. Por outro lado, ele freqüentemente não está em condições de salvaguardar interesses legítimos das minorias, já que não se encontra nenhuma maioria para defendê-los.

§ 26. A DEMOCRACIA REPRESENTATIVA

Bibliografia

a) Autores clássicos

Hamilton, A., Madison, J., Jay, J. *Der Föderalist* (O federalista). Org. F. Ermacora. Trad. al. K. Demmer. Viena, 1958.

b) Outros autores

Alexy, R. *Theorie der juristischen Argumentation* (Teoria da argumentação jurídica), Frankfurt a. M., 1978.
Benn, S. I., Peters, R. S. *Social Principles and the Democratic State* (Princípios sociais e o Estado democrático). 5.ª ed., Londres, 1966.
Birch, A. H. *Representative and Responsible Government*. An essay on the British Constitution (Governo representativo e responsável. Um ensaio sobre a Constituição britânica). Londres, 1964.
Bosl, K. (org.). *Der moderne Parlamentarismus und seine Grundlagen in der ständischen Representation* (O parlamentarismo moderno e o seu fundamento na representação corporativa). Berlim, 1977.
Clapp, Ch. L. The Congressman as Legislator (O parlamentar como legislador). In: S. Patterson. *American Legislative Behaviour* (Procedimento do legislativo americano). Princeton, 1974.
Cotteret, J.-M. *Le pouvoir législatif en France* (O poder legislativo na França). Paris, 1962.
Dixon, R. G. *Democratic Representation*. Reapportionment in law and politics (Representação democrática. Redistribuição no direito e na política). Nova York, 1968.
Drath, M. Die Entwicklung der Volksrepräsentation (1954) (A evolução da representação popular). In: *Zur Theorie und Geschichte der Repräsentation und der Repräsentativverfassung* (Sobre a teoria e a história da representação e da Constituição representativa). Org. H. Rausch. Darmstadt, 1968.
Fraenkel, E. Die repräsentative und die plebiszitäre Komponente im demokratischen Verfassungsstaat (1958) (Os componentes representativos e plebiscitários no Estado de constitucional democrático). In: *Zur Theorie und Geschichte der Repräsentation und der Repräsentativverfassung* (Sobre a teoria e a história da representação e da Constituição representativa). Org. H. Rausch. Darmstadt, 1968.
Gilbert, Ch. E. Operative Doctrines of Representation (Doutrinas operativas de representação). In: S. Patterson. *American Legislative Behaviour* (Procedimento do legislativo americano). Princeton, 1974.
Grazia, A. de. *Public and Republic*. Political representation in America (Público e República. Representação política na América). Nova York, 1951.
Guggenberger, B. (org.). *Parteienstaat und Abgeordnetenfreiheit*. Zur Diskussion um das imperative Mandat (Estado partidário e liberdade dos parlamentares. A discussão em torno do mandato imperativo). Munique, 1976.

§ 26. A DEMOCRACIA REPRESENTATIVA

Haskins, G. L. *The Growth of England's Representative Government* (O crescimento do governo representativo da Inglaterra). Londres, 1948.
Hauenschild, W.-D. *Wesen und Rechtsnatur der parlamentarischen Fraktionen* (Essência e natureza jurídica das facções parlamentares). Berlim, 1968.
Hofmann, H. Repräsentation (Representação). Berlim, 1974. In: *Studien zur Wort- und Begriffsgeschichte von der Antike bis ins 19. Jahrhundert* (Estudos sobre a história da palavra e do conceito desde a Antiguidade até o século XIX).
Jellinek, G. *Allgemeine Staatslehre* (Teoria geral do Estado). 3.ª ed., Berlim, 1914 (reimpressão 1966).
Krüger, H. *Allgemeine Staatslehre* (Teoria geral do Estado). 2.ª ed., Stuttgart, 1966.
Kurer, P. *Repräsentation im Gesetzgebungsverfahren* (Representação no processo legislativo). Diss. Zurique, 1980.
Kurz, H. *Volkssouveränität und Volksrepräsentation* (Soberania e representação populares). Colônia, 1965.
Lang, H. *Das repräsentative Prinzip im Parteienstaat* (O princípio representativo no Estado partidário). Diss. Würzburg, 1971.
Leibhloz, G. Parteienstaat und repräsentative Demokratie (1951) (Estado partidário e democracia representativa). In: *Zur Theorie und Geschichte der Repräsentation und der Repräsentativverfassung* (Sobre a teoria e a história da representação e da Constituição representativa). Org. por H. Rausch. Darmstadt, 1968.
Mantl, W. *Repräsentation und Identität* (Representação e identidade). Tese de doutorado. Viena, 1975.
Murswick, D. *Die verfassungsgebende Gewalt nach dem Grundgesetz für die Bundesrepublik Deutschland* (O poder constitucional segundo a Constituição para a República Federal da Alemanha). Berlim, 1978.
Pollmann, H. *Repräsentation und Organschaft* Eine Untersuchung zur verfassungsrechtlichen Stellung des Bundesrates der Bundesrepublik Deutschland (Representação e órgãos. Uma investigação sobre a situação constitucional do Conselho Federal da República Federal da Alemanha). Berlim, 1969.
Rausch, H. (org.). *Zur Theorie und Geschichte der Repräsentation und der Repräsentativverfassung* (Sobre a teoria e a história da representação e da Constituição representativa). Darmstadt, 1968.
Rausch, H. (org.). *Die geschichtlichen Grundlagen der modernen Volksvertretung*. Die Entwicklung von den mittelalterlichen Korpora-

tionen zu den modernen Parlamenten (Os fundamentos históricos da representação popular contemporânea. O desenvolvimento das corporações medievais para os parlamentos modernos). Darmstadt, 1974.

Reuss, H. Zur Geschichte der Repräsentativverfassung in Deutschland (1936) (Sobre a história da Constituição representativa na Alemanha). In: *Zur Theorie und Geschichte der Repräsentation und der Repräsentativverfassung* (Sobre a teoria e a história da representação e da Constituição representativa). Org. H. Rausch. Darmstadt, 1968.

Ritter, G. A. *Parlament und Demokratie in Großbritannien* (Parlamento e democracia na Grã-Bretanha). Göttingen, 1972.

Scheuner, U. Das repräsentative Prinzip in der modernen Demokratie (1961) (O princípio representativo na democracia moderna). In: *Zur Theorie und Geschichte der Repräsentation und der Repräsentativverfassung* (Sobre a teoria e a história da representação e da Constituição representativa). Org. por H. Rausch. Darmstadt, 1968.

Schmitt, C. *Verfassungslehre* (Teoria constitucional). 5.ª ed., reimpressão, Berlim, 1970.

Steffani, W. *Parlamentarische und präsidentielle Demokratie*. Strukturelle Aspekte westlicher Demokratien (Democracia parlamentar e presidencial. Aspectos estruturais das democracias ocidentais). Opladen, 1979.

Wahlen, D. *Wahlsysteme der Welt* (Sistemas eleitorais do mundo). Munique/Zurique, 1978.

Wuermeling, H. L. *Werden wir falsch repräsentiert?* Sinn und Widersinn des heutigen Parlamentarismus (Somos representados erroneamente? Sentido e contra-senso do parlamentarismo contemporâneo). Munique, 1971.

a) Os problemas da representação

1. Quando os governos – por exemplo, o presidente do município (*Gemeindepräsident*) nas assembléias municipais (*Gemeindeversammlungen*) ou o *Landammann* nas *Landsgemeinden* – se defrontam diretamente com a assembléia popular, por meio de uma agitação habilidosa e pela via do plebiscito, podem manipular o povo para servir aos seus próprios interesses, visto que tais assembléias freqüentemente estão

§ 26. A DEMOCRACIA REPRESENTATIVA

sujeitas a tomadas de decisões irrefletidas, marcadas pelas emoções. O caráter plebiscitário da democracia semidireta é sensivelmente atenuado pelos debates racionais no parlamento. Desse modo, tanto para os Estados dotados de uma democracia semidireta quanto para os que adotaram uma forma de democracia representativa, coloca-se a questão de saber de onde os deputados tiram o direito de decidir sobre o povo. E ainda: quais são as suas relações com o povo? Têm eles o direito de defender interesses particulares?

2. Deve o deputado ou o parlamentar representar os interesses do povo em sua totalidade ou defende ele o interesse do seu eleitorado, de sua bancada parlamentar, de um determinado grupo ou simplesmente o bem comum? Este problema não é somente teórico, mas tem igualmente repercussões práticas consideráveis. É assim que, por exemplo, se questiona se uma Constituição que obriga os deputados a representar os interesses de todo o povo é verdadeiramente realizável e qual a importância que se deve dar à regra segundo a qual o deputado deve votar somente de acordo com a sua consciência e não segundo os interesses de sua bancada parlamentar (cf. M. Drath, pp. 260 ss.).

3. A concepção que se tem da representação do povo pelos parlamentares influencia também de maneira decisiva o sistema eleitoral (conferir a esse respeito D. Wahlen). Se o parlamentar representa o povo em sua totalidade, então, tanto quanto possível, ele deveria ser eleito por todo o povo. Se no entanto ele defende os interesses de um determinado grupo econômico, ele deveria ser eleito por este grupo. A conseqüência disso seria que os parlamentos se comporiam novamente segundo critérios de representação das classes sociais. No entanto, se o parlamentar defende os interesses da maioria de certos territórios delimitados, ele deverá ser eleito pela população de pequenos distritos eleitorais, de acordo com o princípio majoritário, segundo o modelo inglês ou americano.

4. Se o parlamento deve refletir as opiniões dominantes na população, os parlamentares deverão ser eleitos segundo o sistema proporcional, visto que tão-somente este sistema permite que o parlamento seja um reflexo fiel dos interesses e das idéias do povo. Se, no entanto, o parlamento deve representar os interesses de uma maioria do povo, então o princípio majoritário segundo o modelo inglês é aquele que se impõe. Se, ao lado da defesa dos interesses, se deseja também promover a eleição de personalidades independentes e abalizadas, deve-se combinar a eleição majoritária com a proporcional, segundo o modelo da República Federal da Alemanha.

5. Se o parlamentar está diretamente comprometido com a realização do bem comum, deve-se então conceder-lhe a liberdade de decidir de acordo com a sua consciência. No entanto, se os diferentes interesses existentes na população devem ser conduzidos a um compromisso viável no parlamento, coloca-se a questão de saber se o parlamentar não está vinculado à vontade dos seus eleitores e, conseqüentemente, se a sua liberdade de decisão não está restrita somente a este âmbito. A coação da bancada, quer dizer, a obrigação que tem o parlamentar de votar com a maioria da sua bancada, parece ser muito mais admissível no segundo caso.

6. A questão da representação tem igualmente conseqüências importantes para a autocompreensão de cada parlamentar. Tem ele, por exemplo, o direito de aprovar um projeto embora suponha que seus eleitores o rejeitariam, apesar de estar convencido de que o referido projeto se justifica e contribui para o bem comum? Deve o parlamentar buscar o contato com o povo para se deixar influenciar por ele ou, em face deste, deve ele exercer uma função de guia e persuadir a população da justeza de certas decisões do governo?

7. Não se pode decerto esperar que todas estas questões, extremamente controversas desde o surgimento do sistema representativo, possam ser definitivamente esclarecidas. Nosso objetivo é tentar apresentá-las de um modo mais minucioso no contexto geral da teoria do Estado.

b) A evolução da idéia de representação

1. A importância da evolução do parlamento inglês para a democracia

1.1. A idéia da representação

8. Já na primeira convocação do parlamento, o rei Eduardo I renunciou a escolher os seus conselheiros segundo o princípio das classes sociais da época. Os seus conselheiros eram muitos mais "representantes" de todo o *Borough*. Eles tinham por missão representar o seu distrito eleitoral e não a sua classe. Isto, na verdade, mal se compatibilizava com os princípios do Estado feudal, estruturado de maneira rígida em diversos estamentos. O princípio de uma representação geral não delimitada pelas barreiras das classes sociais favoreceu o desaparecimento progressivo do Estado feudal em favor de um Estado representativo dos interesses de todo o povo.

9. A idéia de uma representação geral conduziu também a uma ótica sensivelmente diferente do "interesse público ou interesse do Estado". No Estado feudal os interesses do senhor feudal tinham por contrapartida os interesses de seus vassalos. O senhor feudal devia velar pelos seus vassalos que, por sua vez, tinham de jurar fidelidade ao seu senhor e assegurar a sua subsistência. O senhor feudal, por sua vez, era submisso a um senhor mais poderoso e lhe devia fidelidade para, desse modo, receber sua proteção. O rei tinha, portanto, de cuidar somente dos interesses dos vassalos que lhe estavam diretamente submetidos, mas não dos interesses do povo todo.

10. Os representantes de Eduardo I foram todavia obrigados a defender os interesses dos seus *Boroughs* diante do rei. Isto provocou, de um lado, uma escalada do poder soberano do Estado, uma vez que, a partir de então, somente o interesse público (bem comum) fazia face ao interesse privado.

Na filosofia de Hegel, este face-a-face se resolve pela absolutização do interesse público. Esta oposição de interesses criou, no entanto, as condições para uma evolução democrática, ao final da qual o povo ou seus representantes determinam o que se entende por interesse público.

1.2. O parlamento como legislador

11. Na Idade Média, a concepção de que o direito seria preexistente e essencialmente não-modificável conduziu em primeira linha à atribuição de competências jurisdicionais ao parlamento. Desse modo, o parlamento devia estabelecer o que era direito, não podendo contudo criar direito novo. Em 1529, com a criação das atribuições eclesiásticas sob o reinado de Henrique VIII, o parlamento toma, pela primeira vez, uma decisão política própria e, juntamente com o rei, torna-se autoridade suprema, também nas questões vinculadas à Igreja (conferir § 21/15 ss.).

12. Tão-somente na época do denominado *Long Parliament* é que, pela primeira vez, o parlamento inglês exerceu uma atividade propriamente legislativa. Finalmente, chegou-se à atribuição de um caráter absoluto à soberania do parlamento. A partir desse momento, o papel do parlamento não se limitou mais a solucionar conflitos, passando este a modificar a sociedade, e até mesmo a religião e a moral. Foi assim que, em 1649, de acordo com a concepção das competências parlamentares, o "longo parlamento" pôde suprimir por meio de um ato especial a monarquia na Inglaterra.

1.3. A dominação da maioria

13. A rápida evolução do bipartidarismo levou os ingleses a conceber a democracia sempre como um antagonismo ou uma relação de tensão entre a maioria e a minoria. A maneira como Rousseau entendia a democracia, quer dizer, a

§ 26. A DEMOCRACIA REPRESENTATIVA

volonté générale, que não deixa nenhum espaço para o pensamento partidário e, portanto, para uma minoria, é totalmente estranha aos ingleses (conferir S. I. Benn e R. S. Peters, pp. 332 ss.). Na Grã- Bretanha, a nítida separação entre a maioria e a minoria foi a condição da qual dependeu o exercício da soberania de um órgão composto por mais de 600 deputados. A decisão periódica do povo a favor de um ou de outro partido permitia ao partido vencedor governar o país durante um tempo limitado. Todavia, o partido majoritário sabia que não podia representar todos os interesses do povo. A via em direção a uma democracia totalitária lhe estava interditada.

14. O sistema de dominação do partido majoritário exige que este integre em seu programa partidário os diversos interesses da população durante o período de seu governo, caso queira conservar a maioria. Assim, ele não pode levar em consideração unicamente os interesses dos membros do partido, mas deverá forçosamente levar em conta os interesses de toda a população. Ambos os partidos estão conscientes do fato de que os interesses do povo não podem ser reduzidos aos interesses antagônicos representados pelos partidos. Os partidos representam, no máximo, certas tendências e, no exercício de suas funções governamentais, devem, por isso, levar sempre em conta os interesses efetivos da população.

1.4. O parlamento como órgão colegiado

15. Os parlamentos são, sem dúvida, oligarquias, mas não assembléias ditatoriais. Enquanto órgãos colegiados não estão aptos à dominação totalitária. A história da Inglaterra mostra isto com toda clareza. É verdade que o *Long Parliament* condenou à morte o rei Carlos I por meio de um ato revolucionário. Mas a ditadura propriamente dita ficou reservada a Cromwell, que dissolveu o parlamento. Enquanto os parlamentos exercerem a soberania efetiva, eles poderão sempre se opor às tendências totalitárias. Os debates no parlamento implicam um confronto por meio de argumentos e contra-argumentos, de modo que seja excluído o caráter unilateral.

16. Mesmo na época dos meios de comunicação de massas, na qual alguns parlamentares se sentem entusiasmados a falar através da "telinha" com o objetivo de mobilizar as massas, uma ditadura não se estabelece sem a eliminação do parlamento. Em 1933, mesmo Hitler precisou primeiramente receber plenos poderes do parlamento, para eliminá-lo em seguida e estabelecer a sua ditadura absolutamente totalitária. As limitações de poder de um órgão colegiado composto por várias centenas de membros são tão rígidas que um exercício unilateral do poder, em última análise, não pode se impor.

17. Até onde um parlamento se deixa manipular por um presidente que deseja utilizá-lo como álibi para manter uma democracia aparente é outra questão. Em relação a este problema é necessário ressaltar que tal perigo é inerente aos sistemas que confiam uma competência muito ampla ao presidente, particularmente quanto ao direito de decretar o estado de emergência.

1.5. Autogoverno do povo?

18. Na democracia representativa, os direitos do povo se limitam ao controle dos governantes. As eleições periódicas dão aos eleitores a possibilidade de se desfazerem do partido majoritário e de dar ao partido minoritário o mandato de governo. A conseqüência disso é que, durante a sua passagem pelo governo, o partido majoritário tenta realizar um programa que também possa ser aceito pelo povo nas próximas eleições. Este controle periódico pelo povo impede geralmente evoluções extremas. Tanto o partido minoritário quanto o majoritário precisam se esforçar para, em seus programas, serem atraentes aos eleitores. A alternância entre os dois não se dá senão pela vontade dos eleitores do centro que, com suas opiniões, oscilam entre a maioria e a minoria.

19. A possibilidade de controle popular não chega a ser um autogoverno do povo, mas a atividade dos governantes encontra assim a sua legitimação através do povo. O *government by consent*, a constante consideração das relações entre maioria e minoria bem como o controle exercido pela oposição cuidam para que o consenso não seja somente válido no dia da eleição, mas também entre uma eleição e outra.

1.6. One man one vote *como condição de modificação das tarefas do Estado*

20. A Inglaterra também contribuiu decisivamente para o desenvolvimento do princípio *one man one vote*, ainda que as restrições de voto não tenham sido abolidas senão progressivamente a partir de 1832, em conseqüência das evoluções na França. Até o ano de 1832, a "democracia" era exercida por um pequeno número de cidadãos abastados que, além disso, encontravam-se fortemente sob a influência dos Lords. Esta pequena classe de aristocratas e burgueses atuantes no comércio e na indústria, desde o início do parlamento, combateram a favor dos direitos e pela independência desta câmara.

21. As amplas reformas do direito de voto nos séculos XIX e XX modificaram de maneira decisiva os interesses das classes médias. Um número sempre crescente de parlamentares do partido trabalhista – que representavam os interesses dos trabalhadores – naturalmente procurava por meio do parlamento mobilizar o Estado para a luta pelos interesses dos trabalhadores. A redistribuição de renda por meio da progressão fiscal, o seguro social, a expansão da educação, a proteção dos trabalhadores etc. foram realizados progressivamente por meio do poder do Estado. Em oposição ao Estado feudal que devia salvaguardar os interesses dos senhores feudais em face das camadas mais baixas da população, o Estado passou então a se engajar a favor dos interesses dos trabalhadores. A modificação das condições relativas à maioria pela realização do princípio *one man one vote* deveria promover forçosamente esse desenvolvimento em direção a um Estado social, pois só a partir deste momento é que as classes inferiores passaram a ter parte no poder do Estado.

22. Diante desta evolução, os meios burgueses se viram novamente chamados a combater pela liberdade e contra as intervenções estatais, pois acreditavam terem sido enganados e privados da liberdade que haviam justamente arrancado do absolutismo. Os conflitos sociais dos séculos XIX e XX foram concebíveis unicamente em razão de uma nova tomada de consciência da soberania que fez com que as situações e as estruturas sociais não fossem mais encaradas como uma fatalidade, mas consideradas como modificáveis pela legislação do Estado. Os camponeses e trabalhadores não tinham mais um papel imutável e predestinado no "teatro do mundo", mas, ao contrário, a sua sorte podia ser modificada pelas decisões humanas.

23. Com a expansão do direito de voto, os conflitos sociais foram cada vez mais transferidos aos debates democráticos. O parlamento soberano se desvinculou do seu papel de juiz e decidiu, segundo a maioria do momento, a favor dos interesses dos empregadores ou dos trabalhadores. É verdade que numerosos conflitos continuam a ser resolvidos nos afrontamentos diretos entre trabalhadores e empregadores, como, por exemplo, aqueles relacionados com a política salarial. No entanto, em toda parte há a tendência de abandonar ou limitar esta autonomia e substituí-la pela atividade legislativa estatal. Não foi por acaso que a legislação trabalhista se ampliou consideravelmente desde o século XIX.

24. A transferência de novas tarefas ao Estado era toda vez acompanhada por uma ampliação considerável da administração pública. As redistribuições não podiam ser realizadas

§ 26. A DEMOCRACIA REPRESENTATIVA

diretamente entre empregadores e trabalhadores; elas precisavam passar pela intermediação do Estado, isto é, por exemplo, pela via dos impostos, de tal modo que a burocracia administrativa sempre engolia uma parte da vantagem de uma redistribuição. O poder crescente da burocracia é também um fenômeno da democracia moderna, com a qual esta necessariamente tem de se ocupar.

25. Para o futuro do desenvolvimento da democracia é certamente decisiva a manutenção do equilíbrio entre as diferentes forças sociais. O passado mostrou que o perigo de uma evolução do Estado em direção ao totalitarismo é muito maior quando um grupo social influente não pode prescindir da proteção do poder estatal para a realização de suas necessidades. A interdependência entre o poder público e certos grupos sociais conduz necessariamente a uma ampliação do poder do Estado e a uma restrição da liberdade.

26. A democracia como tal não constitui ainda uma garantia de liberdade porque a maioria pode impor os seus interesses por meio do Estado e, desse modo, tornar-se dependente do poder estatal. Por essa razão é importante manter um equilíbrio econômico entre as diversas forças que se encontram no interior de uma sociedade; esta é a única maneira de impedir que um ou outro grupo abuse do poder do Estado para atender às suas necessidades.

27. Nesse contexto, não podemos todavia perder de vista que os interesses verdadeiramente públicos, que atendem a todas as camadas sociais – por exemplo, a proteção do meio ambiente, a política sanitária, as infra-estruturas, a educação, a proteção dos consumidores e o seguro social –, ganham importância ao lado das tarefas tradicionais de proteção e de polícia, como a fiscalização dos alimentos, das construções, do tráfego etc. Isto conduz a uma situação em que o Estado e a sua administração, ao lado dos parceiros tradicionais – os empregadores e os trabalhadores –, assumem cada dia mais a figura de terceira força.

28. Por conseguinte, o cumprimento destas tarefas tem de ser organizado de tal modo que o Estado se apresente realmente como um parceiro e não como uma encarnação do poder absoluto, decorrente de uma concepção exagerada do bem comum. A solidariedade dos cidadãos, fator indispensável para todo e qualquer desenvolvimento autêntico da democracia, não será salvaguardada senão quando entre os parceiros houver uma negociação baseada na idéia contratual de prestações e contraprestações. Os cidadãos têm de estar convencidos de que recebem uma contraprestação equivalente às prestações que aceitam fornecer ao Estado. Na falta desta convicção, eles questionarão o Estado e o combaterão.

2. Rousseau, Sieyès e Burke

29. Como fazer derivar da soberania popular o poder soberano exercido por um pequeno número de dignatários parlamentares? Emmanuel Sieyes (1748-1836) chegou a realizar esta façanha intelectual antes, durante e após a Revolução Francesa. Tal como Rousseau, Sieyès distinguiu igualmente a *volonté générale* da *volonté de tous*. Ele defendia a idéia de que a vontade popular empírica não coincide com a *volonté générale*. O povo jamais estaria em condições de discernir o bem comum. É antes uma tarefa dos representantes, quer dizer, dos parlamentares, ocupar-se do bem comum e governar para o povo (conferir a esse respeito E. Fraenkel, p. 357).

30. A distinção entre a *volonté de tous* e a *volonté générale* conduz necessariamente à questão de saber quem está em condições de discernir e realizar a *volonté générale* e segundo qual procedimento. Se ela não se identifica com a vontade popular empírica, quer dizer, com a *volonté de tous*, é necessário que um outro órgão, que não o povo, defina o conteúdo desta *volonté générale*. Qualquer que seja o órgão em questão, este legitimará os seus direitos a partir de uma soberania popular fictícia e poderá exercer uma dominação abso-

§ 26. A DEMOCRACIA REPRESENTATIVA

luta e ilimitada graças a esta legitimação. Enquanto Rousseau defendia que era impossível aos representantes discernir a *volonté générale*, Sieyès sustentava que somente os representantes do povo estariam em condições de realizar a *volonté générale*. Desta maneira, a soberania popular fictícia permitiu legitimar o absolutismo da soberania parlamentar. Para impedir que a vontade popular empírica influenciasse as atividades do parlamento, era conseqüentemente necessário fazer de tudo para isolar os representantes da vontade popular empírica e plebiscitária. A supressão das províncias históricas da França e a introdução do sistema de departamentos, a centralização francesa, a supressão de todos os princípios de representação de classes, a proibição de partidos e a proibição da dissolução do parlamento foram as conseqüências lógicas desse tipo de reflexões. Todas elas desaguaram finalmente na noção de despotismo representativo empregada por Robespierre.

31. Enquanto para os Estados do continente europeu se tratava de substituir, em primeiro lugar, o princípio da representação de classes pelo da representação geral do povo, o princípio de uma representação geral da população de cada distrito eleitoral fazia parte do patrimônio político da Inglaterra desde o "parlamento modelo" de 1295. O parlamentar inglês não devia representar exclusivamente uma ou outra classe social, mas sim toda a população do seu distrito eleitoral. Edmund Burke (1729-1797), na qualidade de chefe da bancada Whig no parlamento, já no século XVIII defendeu o princípio segundo o qual os parlamentares deviam representar o povo em sua totalidade e não apenas os seus distritos eleitorais.

32. De acordo com Burke, o parlamentar não é apenas o detentor de um "mandato" de seu distrito eleitoral. Ele deve defender os interesses do povo inteiro, embora seja eleito somente pelo seu distrito eleitoral. De outro lado, Burke também defendia o ponto de vista de que o parlamentar não deve cumprir incumbências diretas do povo, mas que, na qualidade de representante do povo, deve ser capaz de realizar o bem comum preexistente. No cumprimento desta tarefa é que um parlamento absolutamente soberano encontra a sua legitimação última.

3. A Alemanha

33. Na Alemanha do século XIX, os parlamentares tiveram a missão de limitar o poder do rei, que derivava a sua soberania de Deus. Visto que não se tratava da soberania popular, o poder do parlamento pôde se impor mais facilmente. O povo reconhecia os parlamentares como seus representantes diretos. Estes ambicionavam vincular o poder real aos interesses do povo. Mas isto só seria possível se estes parlamentares estivessem em contato com o povo. É por esta razão que se percebe na Alemanha de maneira muito mais intensa que em outros países o dilema ou a dialética entre, de um lado, a representação da vontade popular empírica e, de outro, a vinculação a um bem comum preexistente sob a forma da *volonté générale*. É portanto compreensível que, no século XIX, sobretudo a esquerda política tenha reivindicado uma ligação mais estreita entre os representantes e o povo por meio da adoção de instrumentos plebiscitários. No programa de Eisenach de 8 de agosto de 1869, o partido social-democrata reclamou a instauração de um poder legislativo exercido diretamente pelo povo. No programa de Gothaer (1875) e de Erfurt (1891) elaborado por esse partido, encontramos igualmente a reivindicação de um direito de participação direta do povo na legiferação (conferir E. Fraenkel, p. 371).

34. Esta ligação plebiscitária entre o parlamento e a vontade popular era todavia contrária às idéias de representação defendidas pela burguesia, segundo as quais o parlamento constituía uma nova unidade, um ser superior (conferir H. Krüger; C. Schmitt) que toma suas decisões de maneira totalmente independente do povo. "Quando um parlamento de uma maneira ou de outra se informa sobre a opinião do povo e toma as suas decisões em função dela, ou quando a vontade do parlamento pode ser reprimida pela vontade popular, isto é absolutamente contrário ao princípio da representação e não se explica senão pelo declínio deste princípio" (H. Krüger, p. 242). A burguesia do século XIX queria suprimir completamente o princípio da representação de classes e substituir estes representantes por deputados independentes que no parlamento se guiassem exclusivamente pela razão (conferir H. Reuss, pp. 1 ss.).

35. Uma vez que a identidade entre o povo e seus governantes, em última instância, não é possível, já que isto implica uma assembléia permanente dos cidadãos, é preciso criar uma nova unidade que represente a unidade do povo. Se outrora isto competia ao monarca, foi necessário encontrar no parlamento – como contrapólo ao presidente do *Reich* "pela graça do povo" – a ficção da unidade na democracia da Constituição de Weimar. Esta ficção unitária contradizia, no entanto, o fracionamento do parlamento pelos partidos, considerados como corpos estranhos no Estado e como um perigo para a independência dos parlamentares. "A noção de partidos não tem, como tal, lugar no interior da ordem estatal; mesmo que lhes seja permitido exercer uma influência sobre ela, os partidos não podem ser considerados senão sob o ângulo de uma maioria e de uma minoria" (G. Jellinek, p. 114).

36. As controvérsias e os debates recentes sobre a representação partem da divisão do parlamento em uma maioria governamental e uma oposição. De um lado, esta divisão entre maioria e minoria parece ser justificada tanto aos olhos da primeira como da segunda pelo fato de que ambas reconhecem a existência de uma unidade jurídico-constitucional superior (conferir U. Scheuner, p. 415); de outro, a maioria e a minoria explicam sem rodeios que o reconhecimento dos partidos insere um elemento plebiscitário essencial na concepção de representação porque, a partir da base, os membros do partido podem a qualquer momento influenciar a opinião dos seus partidos (G. Leibholz, p. 235).

4. Os Estados Unidos da América

37. Os pais da Constituição americana abordaram o problema da representação de maneira mais pragmática. No *Federalist Papers* (n.º 10), James Madison (1751-1836) questionou qual seria a decisão do povo se ele devesse julgar sobre a proteção da manufatura nacional contra a concorrência estrangeira. Os camponeses e os artesãos certamente julgariam esta questão de modo diferente. Todavia, nem os camponeses nem os artesãos estariam em condições de tomar uma decisão que fosse justa para todos. Quando se trata de decisões populares diretas, o povo se divide entre interesses divergentes. Nem a maioria nem a minoria poderá discernir os verdadeiros interesses do povo (*volonté générale*). "Under such a regulation, it may well happen that the public voice, pronounced by the representatives of the people, will be more consonant to the public good than if pronounced by the people themselves, convened for the purpose." Somente os representantes, como árbitros justos dos interesses populares divergentes, estão em condições de tomar uma decisão no sentido do bem comum.

38. Aquele que todavia deseja desempenhar o papel de árbitro dos interesses defendidos no seio do povo não pode se desvincular desse povo; ele deve, ao contrário, conhecer os diferentes interesses e opiniões. O deputado necessita conservar uma ligação permanente com o seu *"constituency"*, caso contrário não poderá encontrar decisões justas para todos. No entanto, ele não é um porta-voz do seu distrito eleitoral. Ele deve ser tão independente quanto possível e decidir com base em sua responsabilidade pessoal. A *volonté générale* não é, portanto, algo preestabelecido que o parlamento deva descobrir e que um monarca ou um presidente poderia, em última instância, representar, mas é o resultado de reais oposições de interesses, as quais o parlamento deve decidir de maneira totalmente independente. O utilitarismo anglo-saxônico, segundo o qual aquilo que é justo não é senão um *optimum* concreto para todos, contribui muito para essa concepção da representação (conferir a esse respeito Ch. E. Gilbert, e Ch. L. Clapp, in: S. Patterson, pp. 6 ss. e 98 ss.).

5. A Suíça

39. A Constituição federal suíça de 1848 ainda estava fortemente impregnada pela idéia de independência com relação ao povo e pela representação hostil aos partidos. O povo não podia participar do *pouvoir constituant* senão pela via de uma iniciativa constitucional geral. Desde 1848, no entanto, os elementos plebiscitários contidos na Constituição foram progressivamente fortalecidos. Em 1874 introduziu-se o *referendum* legislativo; em 1891, a iniciativa popular para a revisão parcial da Constituição; em 1918, escrutínio proporcional; em 1921 e em 1977, a consulta ao povo sobre a conclusão de tratados internacionais; em 1949, a consulta ao povo para as resoluções federais urgentes e, em 1971, o direito de voto das mulheres. A vinculação do poder do Estado à *volonté de tous* e a desvinculação de uma *volonté générale* fictícia se processaram ao longo de mais de um século e parece não terem se completado até os dias de hoje.

40. É esta vinculação dos representantes à vontade popular empírica prejudicial à justiça? Aquele que experiencia concretamente a política na Suíça pode constatar que um bom número de magistrados e parlamentares suíços tem uma concepção de sua missão que consiste em se colocar a serviço do povo. Muitos dentre eles não compreendem esta afirmação como uma fórmula vazia ou como uma vaga *volonté générale* a ser por eles interpretada e, portanto, determinada, o que poderia conduzir em última análise a decisões estatais autoritárias. A vontade popular é muito mais entendida no sentido empírico. Por conseguinte, os projetos de lei devem estar de acordo com a vontade popular; os parlamentares e os membros do executivo devem se curvar à vontade do povo; eles têm de elaborar e apresentar projetos que conquistem as boas graças do povo. Esta concepção da representação está todavia muito distanciada do sistema de conselhos que concede ao povo a competência de dar instruções imperativas aos seus deputados. O parlamentar suíço deve defender um projeto de lei que não seja aceito somente pelo seu cantão ou seu distrito eleitoral, mas pela maioria do povo suíço.

41. Conduz a situação acima descrita ao favorecimento unilateral de certos grupos de interesse? É correta a opinião de Madison, segundo a qual a justiça não poderia ser realizada desta maneira? Se os projetos de lei fossem elaborados diretamente pela assembléia popular, esse perigo não seria praticamente inafastável. No entanto, visto que os projetos são objeto de um debate que se desenvolve sob os olhos da opinião pública pela exposição de argumentos mais ou menos racionais e que, finalmente, somente o compromisso parlamentar é submetido ao povo, esse perigo é consideravelmente reduzido. Todavia, isto só é válido quando todo processo legislativo é público e transparente.

42. Além disso, é muito raro que se possa definir a situação separando de um lado os interesses de uma maioria e, de outro, os de uma minoria. Mesmo o exemplo dado por Madison (conferir § 26/37), que parte dos interesses opostos de camponeses e artesãos, não apresenta a situação de maneira completa. O autor não considera, por exemplo, o fato de que tanto o artesão quanto o camponês são consumidores e que, enquanto tais, têm interesse em mercadorias baratas. Ele se esquece ainda que, por exemplo, o filho de um camponês poderia ser um artesão, assim como o irmão de um artesão, um agricultor, fato que influenciaria os interesses do camponês. Nas comunidades rurais é provável que os artesãos estejam interessados em apoiar os interesses dos camponeses; nas regiões urbanas é possível que valha exatamente o inverso. As medidas protecionistas podem se es-

§ 26. A DEMOCRACIA REPRESENTATIVA

tender ulteriormente à agricultura e, de outro lado, as medidas deste gênero conduzem a intervenções estatais mais amplas. Mesmo entre os artesãos, os interesses podem divergir. De fato, há ramos que lucram mais com estas medidas, enquanto outros lucram menos. Medidas protecionistas podem, por exemplo, ter influência sobre as concentrações na economia. Por fim, não se pode perder de vista que os artesãos não produzem tudo sozinhos, mas – mesmo no início do século XVIII – possuem empregados que podem votar possivelmente a favor, mas também possivelmente contra, os seus empregadores.

43. Esta lista de interesses muito diferenciados poderia se estender indefinidamente. O que todavia importa é unicamente mostrar que as oposições mais ou menos teóricas podem se apresentar de modo completamente diferente na prática da política cotidiana. Algumas vezes não é possível discernir de modo algum no estágio de elaboração e de discussão de um projeto qual tema será decisivo para o escrutínio popular. Isto conduz ao fato de que o parlamento deve, de fato e de direito, tomar uma decisão independente, mas da qual ele suponha que será aceita pela opinião pública. Se o parlamento leva em conta os interesses de uma maneira unilateral, o projeto não tem, como já vimos, nenhuma chance de ser aceito. De fato, o referido projeto não pode encontrar aprovação do povo senão quando elaborado segundo os princípios de uma justiça intersubjetiva demonstrável. Este procedimento garante amplamente um debate correto ao longo do qual os diferentes argumentos são levantados e provavelmente levam a uma solução justa (conferir a esse respeito R. Alexy).

44. A dependência da vontade popular empírica não restringe a liberdade de decisão dos representantes do povo tanto quanto se poderia supor, uma vez que esta vontade popular empírica, no momento da decisão parlamentar, ainda não existe e não se forma senão em vista do escrutínio. Por outro lado, a vinculação a essa vontade do povo impede a utilização abusiva do poder do parlamento ou de uma bancada parlamentar majoritária.

45. Nesse sentido, o representante exerce um poder delegado pelo povo. O parlamento é a penúltima instância em relação à qual o povo, no sentido próprio da palavra, emite um julgamento. Quando o povo refuta um projeto, isto não acarreta quaisquer conseqüências pessoais para os defensores do projeto. De fato, o povo não vê com bons olhos quando eles renunciam por essa razão, pois considera como um entrave ao exercício dos seus direitos a vinculação da questão de confiança pessoal a uma decisão sobre um tema objetivo. Pode-se perguntar se este procedimento conduz a resultados justos no sentido da *volonté générale* ou se não convém dar preferência ao da democracia representativa, na qual o partido majoritário propõe numerosos projetos sob a perspectiva tática de ganhar as próximas eleições, enquanto a oposição os combate vigorosamente pelos mesmos motivos.

§ 27. A SEPARAÇÃO DOS PODERES

Bibliografia

a) Autores clássicos

Aristóteles. *Politik*. (A política) Trad. al. e ed., O. Gigon. 2.ª ed., Zurique/Stuttgart, 1971.
Hamilton, A., Madison, J., Jay, J. *Der Föderalist* (O federalista). Org. F. Ermacora. Trad. al. K. Demmer. Viena, 1958.
Geng Wu. *Die Staatslehre des Han Fei* (A teoria de Estado de Han Fei). Viena, 1978.
Locke, J. *Zwei Abhandlungen über Regierung* (Dois tratados sobre o governo). Trad. al. H. Wilmanns. Halle, 1906.
Montesquieu, Ch.-L. *Vom Geist der Gesetze* (O espírito das leis). Trad. al. K. Weigand. Stuttgart, 1974.

b) Outros autores

Achterberg, N. *Probleme der Funktionenlehre* (Problemas da teoria das funções). Munique, 1970.

§ 27. A SEPARAÇÃO DOS PODERES

Bridwell, R., Whitten, R. U. *The Constitution and the Common Law. The decline of the doctrine of separation of powers and federalism* (A Constituição e o *common law*. O declínio da doutrina da separação dos poderes e federalismo). Lexington/Mass, 1977.
Burdeau, G. *Droit constitutionnel et institutions politiques* (Direito constitucional e instituições políticas). 18.ª ed., Paris, 1977.
Eisenblätter, B. *Die Überparteilichkeit des Bundesverfassungsgerichts im politischen Prozeß* (O suprapartidarismo da Corte Constitucional Federal no processo político). Mainz, 1976.
Ellwein, Th. *Regierung und Verwaltung* (Governo e administração). Stuttgart, 1970.
Erlick, E.-M., *La séparation des pouvoirs et la constitution fédérale de 1787* (A separação dos poderes e a Constituição federal de 1787). Paris, 1926.
Fleiner, Th. *Die Delegation als Problem des Verfassungs- und Verwaltungsrechts* (A delegação como problema do direito constitucional e do direito administrativo). Freiburg i. Ue., 1972.
____. *Grundzüge des allgemeinen und schweizerischen Verwaltungsrechts* (Elementos do direito administrativo geral e suíço). Zurique, 1980.
Gaudemet, P. M. *Le pouvoir exécutif dans les pays occidentaux* (O poder executivo nos países ocidentais). Paris, 1966.
Giacometti, Z. *Allgemeine Lehren des rechtsstaatlichen Verwaltungsrechts* (Teorias gerais do direito administrativo do estado de direito). Zurique, 1960.
Gwyn, W. B. *The Meaning of the Separation of Powers. An Analysis of the Doctrin from its Origin to the Adoption of the United States Constitution* (O significado da separação dos poderes. Uma análise da doutrina desde as suas origens até a adoção pela Constituição dos Estados Unidos da América). Nova Orleans, 1965.
Hangartner, Y. *Die Kompetenzverteilung zwischen Bund und Kantonen* (A divisão de competências entre a União e os cantões). Tese de doutorado St. Gallen, Berna, 1974.
Hroon Khan Sherwani. *Studies in Muslim Political Thought and Administration* (Estudos sobre o pensamento político e a administração muçulmanos). 3.ª ed., Filadélfia, 1963.
Hug, K. *Die Regierungsfunktion als Problem der Entscheidungsgewalt* (A função do governo como problema do poder de decisão). Diss. Zurique, 1971.
Imboden, M. Gewaltentrennung als Grundproblem unserer Zeit (Separação dos poderes como problema fundamental do nosso tem-

po). In: *Staat und Recht. Ausgewählte Schriften und Vorträge* (Estado e direito. Seleção de estudos e conferências). Basiléia, 1971.

Jarass, H. D. *Politik und Bürokratie als Elemente der Gewaltenteilung* (Política e burocracia como elementos da divisão de poderes). Munique, 1975.

Kaiser, S., Strickler, J. *Geschichte und Texte der Bundesverfassungen der schweizerischen Eidgenossenschaft von der helvetischen Staatsumwälzung bis zur Gegenwart* (História e textos das Constituições federais da Confederação Suíça desde a transformação do Estado helvético até a atualidade). Berna, 1901.

Kelsen, H. Die Lehre von den drei Gewalten order Funktionen des Staates (A teoria dos três poderes ou funções do Estado). In: *Kant-Festschrift zu Kants 200. Geburtstag* (Edição comemorativa aos 200 anos de nascimento de Kant). Berlim, 1924.

Kluxen, K. Die Herkunft der Lehre von der Gewaltentrennung (A origem da teoria da separação dos poderes). In: H. Rausch (org.), *Zur heutigen Problematik der Gewaltentrennung* (Sobre a problemática atual da separação dos poderes). Darmstadt, 1969.

Loewenstein, K. *Verfassungslehre* (Teoria constitucional). 2.ª ed., Tübingen, 1969.

Neumann, F. *The Democratic and the Authoritarian State* (O Estado democrático e o Estado autoritário). Londres, 1964.

Rausch, H. (org). *Zur heutigen Problematik der Gewaltentrennung* (Sobre a problemática atual da separação dos poderes). Darmstadt, 1969.

Rostock, M. *Die Lehre von der Gewaltenteilung in der politischen Theorie von John Locke* (A teoria da divisão dos poderes na teoria política de John Locke). Meisenheim, 1974.

Schmid, G. *Das Verhältnis von Parlament und Regierung im Zusammenspiel der staatlichen Machtverteilung* (A relação entre o parlamento e o governo na combinação da divisão dos poderes do Estado). Basiléia, 1971.

Stammen, Th. (org.). *Strukturwandel der modernen Regierung* (Mudança de estrutura do governo moderno). Darmstadt, 1967.

Troper, M. *La Séparation des pouvoirs et l'historie constitutionnelle française* (A separação dos poderes e a história constitucional francesa). Paris, 1973.

Vanderbilt, A. T. *The Doctrine of the Separation of Powers and its Present-day Significance* (A doutrina da separação dos poderes e o seu significado nos dias atuais). Lincoln, 1963.

Vile, M. J. C. *Constitutionalism and the Separation of Power* (Constitucionalismo e a separação dos poderes). Oxford, 1967.

Weggel, O. Die neue chinesische Verfassung vom 5. März 1978 (A nova Constituição chinesa de 5 de março de 1978). In: *JöR* 27, 1978, pp. 501 ss.

Weiss, S. *Auswärtige Gewalt und Gewaltenteilung* (Poder externo e separação dos poderes). Berlim, 1971.

a) A evolução da teoria da separação dos poderes

1. Postulados idealistas relativos ao monarca bom e ideal

1. A maior parte dos teóricos do Estado avaliaram a organização do Estado menos em razão das instituições que em função do caráter do chefe de Estado. Platão preconizava que a condução do Estado deveria ser confiada aos filósofos. Aristóteles relacionava a boa e a má forma do Estado ao caráter dos soberanos: quando dirigem o Estado tendo em vista somente o seu proveito pessoal, a monarquia se degenera em tirania e a aristocracia em oligarquia.

2. Esta tradição grega prolongou-se nos séculos VIII, IX e X d.C. especialmente nas doutrinas arábico-islâmicas. Assim, no século IX, Ibn Abi'r-rabi' exige do soberano que ele seja a melhor e a mais forte personalidade no país, cumpra suas promessas, seja clemente e dê a cada um o devido de acordo com as leis. Ibn Abi não enumera somente os pressupostos de um bom soberano, mas também trata do bom juiz. Este deve temer a Deus, ser sensato e conhecer o direito; deve ser íntegro, não julgar senão quando dispuser de todas as provas necessárias e não hesitar em pronunciar a sentença quando todas as provas estiverem reunidas. O bom juiz não pode temer nem o bem nem o mal; não deve aceitar presentes ou dar ouvidos a recomendações; não deve manter conversações privadas com quaisquer partes; deve sorrir raramente, falar pouco, não exigir prestações de uma ou de outra parte e deve proteger o patrimônio das crianças órfãs (conferir Hroon Khan Sherwani, p. 52). Idéias semelhantes são expressas por Farabi (850-970 d.C.) que, 800 anos antes de Hobbes e 1.000 anos antes de Austin, antecipou o contrato social e da doutrina da soberania (Hroon Khan Sherwani, p. 72). A tradição idealista foi levada adiante por Ghazzali (1058-1111) e sobretudo por Ibn Khaldûn, certamente o maior dos teóricos árabes do Estado.

2. Concepções institucionais na China antiga

3. Reflexões análogas sobre as relações entre a organização do Estado e a personalidade do soberano encontramos também na significativamente mais antiga teoria do Estado chinesa. Sobretudo o confucionismo tenta assegurar uma boa condução do Estado por meio de exigências relativas ao caráter do monarca. Esta concepção idealista é todavia muito criticada mais tarde por Han Fei (falecido em 234 a.C.). "O duque de Lu perguntou: 'Como se pode governar bem o Estado?' Confúcio respondeu: 'Unicamente com funcionários virtuosos.' Um outro dia, o duque de Chi propôs a mesma questão, à qual Confúcio respondeu: 'As despesas e as receitas do Estado devem ser as mais modestas possíveis'... – O que Confúcio disse conduz o Estado ao declínio" (Han Fei, cap. 16, al. 38, citado em Geng Wu, p. 12). Han Fei compreende que, regra geral, os Estados não são dirigidos por super-homens. Ele tenta, por essa razão, desenvolver uma teoria do Estado que leve mais em conta a média, pois os príncipes são geralmente soberanos médios.

4. A fim de evitar que o príncipe seja enganado pelos seus funcionários, Han Fei propõe um sistema de competências compreendendo um controle recíproco. Para se manter no poder, o príncipe precisa dividir com precisão as competências de seus subordinados e assegurar que eles se controlem uns aos outros. Nenhum deles deve gozar de uma competência superior à dos outros, caso contrário teria muito poder em face do príncipe. Uma vez que, por natureza, os homens são maus, o príncipe não pode dar muita confiança aos seus funcionários. Han Fei foi, pois, o primeiro a tentar es-

§ 27. A SEPARAÇÃO DOS PODERES

truturar a organização do Estado por meio de medidas institucionais, como a divisão do poder em diversas atribuições; o seu anseio é o de servir ao príncipe e protegê-lo contra os abusos do poder (conferir Geng Wu, p. 82).

3. Divisão de tarefas segundo Aristóteles

5. Um século antes de Han Fei, Aristóteles escreveu na Grécia as linhas mestras de uma teoria do Estado, que mais tarde se revestiria de uma importância fundamental para a teoria do Estado árabe e, posteriormente, para a da Europa. "Todas as Constituições têm três partes, nas quais o legislador hábil tem o dever de sempre examinar o que é propício. Pois, quando estas três partes estão em ordem, toda a Constituição estará em ordem, e as diferenças entre as diversas Constituições baseiam-se nestas questões. Destas três partes, uma primeira é a instância que delibera sobre as coisas públicas; uma segunda é a dos funcionários do Estado (portanto a questão sobre quais devem decidir e qual deve ser o modo de escolhê-los), e uma terceira parte é a que trata da justiça" (Aristóteles, Livro IV, 1297b-1298a).

6. De fato, Aristóteles antecipa a subdivisão posterior em três poderes, a saber, o que legisla, o que governa e, por fim, o que julga. No entanto, para este autor, trata-se muito mais de uma repartição racional das tarefas que de um controle recíproco dos poderes no sentido de Han Fei.

b) A separação dos poderes segundo Locke e Montesquieu

7. Depois de Aristóteles e Han Fei passaram-se mais de 1.500 anos até que na Inglaterra Locke propôs, pela primeira vez, uma separação dos diferentes poderes do Estado. Ele distingue, nessa ocasião, o poder legislativo, o executivo e o federativo (ou poder exterior). Para Locke, a razão da separação dos poderes é também a divisão de tarefas: "Uma vez que as leis, que são elaboradas de uma vez e em um prazo curto, têm força permanente e duradoura e precisam de constante execução ou fiscalização, é necessária a existência de um poder constante que acompanhe a execução das leis, que se elaboram e ficam em vigor. É por essa razão que freqüentemente os poderes legislativo e executivo são separados" (J. Locke, *Segundo tratado*, cap. XII, 144).

8. Pouco tempo depois de Locke, o francês Montesquieu, grande admirador da Inglaterra e de sua civilização, no estudo da Constituição inglesa se convenceu de que a separação dos poderes não servia unicamente à divisão de tarefas, mas, mais além, à liberdade dos cidadãos em si. Ao contrário de muitos dos seus predecessores, ele não julga o valor de um Estado segundo o critério exclusivo do caráter do seu soberano, mas de acordo com a estrutura das diversas instituições.

9. Quais são as reflexões decisivas de Montesquieu? Ele parte da idéia de que somente a forma de Estado não garante a liberdade dos cidadãos. "A democracia e a aristocracia não são Estados livres em razão de sua natureza. A liberdade política não se encontra senão sob governos moderados. *No entanto, mesmo nos Estados moderados, ela não se encontra sempre, mas tão-somente quando não se abusa do poder.* Uma experiência eterna ensina que todo homem que detém o poder é impelido a dele abusar. Ele prossegue continuamente até o momento em que encontra limites. Quem diria: até mesmo a virtude tem necessidade de limites. Para que não seja possível abusar do poder é necessário que, pela disposição das coisas, o poder coloque freios ao poder. Um Estado pode ser organizado de tal forma que pessoa alguma seja obrigada a fazer coisas, às quais a lei não obriga, e ninguém seja obrigado a não fazer as que a lei permite" (Montesquieu, Livro XI, cap. 4).

§ 27. A SEPARAÇÃO DOS PODERES

10. Ao final do célebre Livro XI, Montesquieu conclui que a liberdade dos cidadãos pode ser medida segundo o tipo de separação dos poderes do Estado em questão. Assim, a separação dos poderes torna-se um postulado central de uma Constituição liberal. A separação de poderes não é somente descrita como uma divisão de tarefas (Aristóteles e Locke), nem preconizada no interesse do príncipe (Han Fei). Montesquieu eleva-a ao papel de princípio fundamental e condição da qual depende o desenvolvimento dos Estados liberais.

c) O Estado constitucional com separação dos poderes

1. O dogma da separação dos poderes

11. O postulado de Montesquieu não passou despercebido. A Revolução Francesa o incorporou; assim, no artigo 16 da Declaração Universal dos Direitos do Homem e do Cidadão, consta: "Toda sociedade na qual a garantia dos direitos não é assegurada, nem a separação dos poderes determinada, não possui uma Constituição" (traduzido em: P. C. Mayer-Tasch, p. 212). O artigo 3 do projeto de uma nova Constituição helvética de 1800 determina: "Os poderes legislativo, judiciário e executivo não podem jamais ser unificados" (citado em S. Kaiser, J. Strickler, p. 49).

12. Naquela época, os pais da Constituição americana foram os que certamente se inspiraram de maneira mais intensa nas idéias de Montesquieu. No número 47 do *Federalist Papers*, Madison, por exemplo, debateu com os adversários da nova Constituição, os quais censuravam-na sobretudo por violar o princípio da separação dos poderes, porque as três funções do Estado não estavam claramente delimitadas umas das outras e o poder executivo exercia funções legislativas, enquanto o poder judiciário, por sua vez, funções executivas etc. Tal qual outros defensores da separação de poderes, Madison estava convencido de que uma acumulação dos poderes legislativo, executivo e judiciário conduziria forçosamente à tirania. Mesmo que a Constituição americana não se atenha exatamente à receita de Montesquieu, em seu conjunto ela corresponde perfeitamente ao fim visado pela separação dos poderes, a saber, impedir o abuso do poder e salvaguardar a liberdade.

13. Este fim, no entanto, somente pode ser atingido quando os poderes não estão completamente separados uns dos outros. O *Checks and Balances* dos poderes não é possível senão quando cada um deles tem parte nos outros e pode controlá-los e influenciá-los. Madison posiciona-se categoricamente contra uma interpretação unilateral da teoria da separação de poderes defendida por Montesquieu, quer dizer, contra uma separação dogmática das funções. Mesmo a Constituição inglesa, que servira de modelo para Montesquieu, não conhece uma completa separação dos poderes. O executivo, por exemplo, tem um direito de veto em matéria de legislação, enquanto o legislativo pode depor o executivo por meio do procedimento de *Impeachment*. Além disso, o executivo goza de um direito exclusivo que lhe permite concluir tratados com o estrangeiro e nomear os juízes. Por sua vez, estes participam da legislação, visto que tomam parte do procedimento legislativo com voto consultivo (conferir *Federalist Papers* n.º 47).

14. Madison – e com ele os pais da Constituição americana – relativizou o dogma da separação dos poderes que, de resto, Montesquieu jamais interpretou de maneira tão estrita. Eles consideraram os poderes a serem organizados no interior do Estado sob o ângulo das instituições e das pessoas. O poder do Estado deve necessariamente ser dividido entre diversas pessoas e diferentes órgãos. Estes e aquelas devem controlar-se reciprocamente e tomar parte das atribuições do outro poder; de resto, precisam ter competências de decisão próprias. Assim, o presidente tem sem dúvida o direito de escolher os membros do seu gabinete e os altos funcionários, mas o Senado deve aprovar a sua escolha. De sua parte,

§ 27. A SEPARAÇÃO DOS PODERES

o Congresso pode, por meio do procedimento denominado *Impeachment*, depor o presidente e os juízes da Suprema Corte. Por outro lado, através do seu direito de veto, o presidente pode dificultar a atividade legislativa do Congresso e a Suprema Corte pode declarar inconstitucionais as leis do Congresso.

15. A dogmatização da separação dos poderes deve-se atribuir particularmente aos responsáveis pela Revolução Francesa. Para eles, os três poderes podem ser reconduzidos à soberania una e indivisível do Estado; esta soberania se estruturava em três órgãos distintos, e um poder distinto era então delegado a cada um dos três. Conseqüentemente, cada um dos três poderes deveria ser completamente separado e não existir nenhuma ligação entre eles (conferir a esse respeito G. Burdeau, p. 136). Esta dogmatização da separação dos poderes conduz à perda da sua verdadeira finalidade, a saber, o controle de poder recíproco, o qual permite garantir a liberdade do cidadão. Quando cada poder é independente no domínio de suas funções e não pode ser controlado pelos outros dois, o cidadão fica, por exemplo, entregue à arbitrariedade dos funcionários públicos, pois nem o tribunal administrativo nem o parlamento tem o direito de interferir nas atividades do executivo.

16. Na atualidade, a doutrina e a prática são unânimes em admitir que não se deve dogmatizar a teoria da separação dos poderes. Não se levando em conta algumas poucas exceções (conferir, por exemplo, H. Kelsen, p. 374, ou Z. Giacometti, pp. 30 ss.), reconhece-se hoje que não convém isolar completamente umas das outras as três funções do Estado.

2. A separação dos poderes no sistema constitucional dos Estados

17. A apresentação das diferentes formas de organização dos Estados mostrou com clareza que estes, de uma maneira ou de outra, procuram levar em conta a idéia da separação dos poderes. Este princípio fundamental tem sua aplicação mais reduzida em Estados com governo parlamentar. De fato, embora o gabinete já estivesse se desenvolvendo na época em que Montesquieu esteve na Inglaterra, ele não chegou a perceber esta ligação entre o executivo e o legislativo (conferir a esse respeito K. Kluxen, pp. 130 ss.). Um gabinete dependente da maioria do parlamento conduz forçosamente a uma unidade entre governo e bancada majoritária no parlamento. Neste caso, a separação ocorrerá muito mais entre a maioria governamental e a oposição minoritária. As duas instituições judiciárias, que compreendem o tribunal constitucional e o tribunal administrativo, não estavam integradas na doutrina da separação dos poderes, já que estas simplesmente não existiam na época de Montesquieu. Os funcionários da Coroa da Inglaterra já eram todavia responsáveis perante o juiz do Common-Law quando prejudicavam ilegalmente os cidadãos. No entanto, o próprio rei não tinha e não tem, ainda hoje, de responder perante nenhum juiz.

18. Muito mais conseqüente é a implementação da separação dos poderes no sentido de *Checks and Balances* entre os poderes no sistema governamental americano. Uma vez que os americanos não se preocuparam com a questão de saber como conciliar o princípio da separação dos poderes com o da soberania absoluta, atribuíram a cada um dos três poderes uma posição original e independente, que só pode ser questionada pelo controle de um dos dois outros poderes. Nenhum dos três poderes é superior ou subordinado aos outros dois. A soberania do Estado repousa simultaneamente sobre os três poderes. Como já apontamos, os americanos renunciaram, no entanto, a uma separação completa dos poderes do ponto de vista funcional, de modo que cada qual pode exercer, ao mesmo tempo, atribuições legislativas, executivas e judiciárias.

19. Os Estados socialistas são os verdadeiros opositores da separação dos poderes. É verdade que, segundo as constituições socialistas, há igualmente três poderes que, no entanto, não são independentes uns dos outros. Visto que o poder soberano efetivo é, além disso, exercido pelo partido, o objetivo por este fixado é, em última instância, determinante para cada um dos três poderes. Do ponto de vista marxista, a separação dos poderes é uma invenção burguesa. A proteção contra os abusos do poder não é necessária senão no interior de um Estado burguês. No Estado comunista de hoje, no qual a sociedade é emancipada pelo proletariado, os chefes deste proletariado, por definição, não podem cometer qualquer abuso de poder.

3. A administração como quarto poder

20. Outros espíritos céticos em face da separação dos poderes merecem atenção mais séria que estes opositores radicais marxistas. Em seu estudo sobre Montesquieu, Franz Neumann chega a uma conclusão interessante: "Montesquieu had changed his conception after a study of English political institutions. He would equally have changed it after a study of a mass democracy in action" (F. Neumann, p. 143). Em que medida Montesquieu teria modificado a sua concepção se tivesse tido a possibilidade de considerar a democracia de massas, moderna e pluralista? Neumann está persuadido de que a restrição da teoria constitucional unicamente à separação dos poderes conduziu a uma negligência do poder da administração e da burocracia como elementos essenciais das mudanças sociais (conferir F. Neumann, p. 142).

21. Realmente, a maior parte das doutrinas perdeu de vista o fato de que, ao lado de um governo politicamente responsável, um aparelho administrativo poderia se edificar, ter vida própria e restringir sutilmente a liberdade e a independência do cidadão, sem que este se aperceba desse fato. As tarefas crescentes da administração do bem-estar social conduzem a uma situação em que o cidadão depende de suas prestações e, portanto, de seus funcionários. Estes exercem uma influência sobre o montante das prestações, podendo até mesmo influir a favor ou contra uma prestação. Por sua vez, a informação crescente da administração pelos bancos de dados eletrônicos envolve o cidadão em uma rede de espelhos invisíveis, do qual ele não consegue escapar. O cidadão se sente constantemente observado e à mercê de um poder invisível.

22. A administração moderna tem cada vez menos necessidade de impor um comportamento correto aos cidadãos por meio do recurso ao direito penal. Ela dispõe de meios muito mais sutis e eficazes, próprios a mantê-los no caminho correto. Se a administração deseja causar dificuldades a um cidadão em todos os domínios como, por exemplo, os relativos à saúde pública, à escola, aos impostos, à pensão, às subvenções, a bolsas de estudos, à permissão de dirigir, à autorização para exercer uma atividade ou uma profissão, ao auxílio-moradia etc., ela pode arruinar a sua existência sem que uma única lei seja violada e sem que o juiz possa intervir. Se o cidadão assim perseguido deseja se defender, ele terá dificuldades para encontrar motivos de recurso; caso ele os encontre, terá de agüentar processos enervantes e custosos, cujo desfecho é quase sempre totalmente incerto.

23. Um antigo magistrado suíço declarou há tempos: "A administração é perversa; no entanto, tomados individualmente os funcionários são amáveis e prestativos." Onde reside o núcleo de verdade desta frase? Os funcionários, que desejam fazer carreira na administração, têm de cumprir as instruções de seus superiores e trabalhar eficientemente, quer dizer, liquidar os seus processos de tal modo que o seu superior que, por sua vez, os expede ao seu próprio superior, seja felicitado. Tais funcionários devem corresponder àquilo que se espera de um funcionário correto, aplicado, honesto e que respeita às leis. No entanto, é extremamente raro que funcionários sejam qualificados profissionalmente em função das prestações que fornecem aos cidadãos. Quem alguma vez já leu uma apreciação relativa a um funcionário

§ 27. A SEPARAÇÃO DOS PODERES 485

redigida nestes termos: "empenha-se pelo bem comum", "apresenta grande compreensão para com os cidadãos", "tem inclinação para decisões eqüitativas", "apresenta bom senso"? O fator determinante é muito mais o das relações internas da administração do que o relacionado com as relações externas. No fundo, a administração poderia muito bem existir sem os cidadãos, a serviço dos quais ela na verdade está.

24. Para o cidadão, a administração é anônima. Ele não tem contato com uma pessoa determinada, mas sim com uma repartição. Se ele, ao longo de um processo qualquer, tem sorte, encontra um funcionário especializado competente, que lhe fornece as informações necessárias. A decisão relativa ao seu requerimento não é todavia tomada nem assinada por este funcionário especializado competente, mas sim por um que lhe é hierarquicamente superior. Uma vez que este superior não teve nenhum contato com o cidadão, ele se baseia inteiramente sobre o julgamento do seu colaborador. No entanto, ele avalia em julgamento freqüentemente não com base no que este expressa de compreensão em relação aos anseios do cidadão, mas com base na sua compatibilidade com o bom andamento da administração. Desse modo, o superior assina a proposta feita pelo seu subordinado, que traz conseqüências para o cidadão que ele não conhece, ao passo que o subordinado submete ao seu superior uma proposta que atende às expectativas deste, e não às do cidadão.

4. A separação dos poderes na administração

25. A rígida hierarquia da administração, a sua vida própria, os seus critérios internos e técnicos de avaliação conduzem à impressão de que a burocracia é anônima, estranha e perversa. Por essa razão já está na hora de a teoria do direito constitucional se ocupar mais intensivamente do fenômeno da burocracia. Na prática, é verdade, constatam-se certos avanços. Nos países onde a maioria governamental não depende da maioria parlamentar, a ampliação do controle da administração permitiu obter uma melhor proteção. Nos Estados de governo parlamentar, o *ombudsmann* ganha cada vez mais importância. O sistema federalista de repartição do poder do Estado conduziu igualmente a uma descentralização das atividades administrativas e, com isso, a uma humanização da administração. Na Suíça, por exemplo, quando em uma pequena comunidade as *Milizkomissionen* (comissões compostas por políticos não-profissionais) tomam uma decisão sobre um projeto de construção, o fazem de modo totalmente diferente do de uma repartição pública anônima, que não está familiarizada com os problemas da comunidade em questão.

26. Não há dúvidas de que a ampliação da jurisdição administrativa fortaleceu a proteção do cidadão. Embora o controle da atividade administrativa tenha se desenvolvido de maneira muito diversa nos diferentes Estados, em todos os países ele se esforça por atender ao mesmo fim: oferecer aos cidadãos uma proteção eficaz contra as intervenções ilícitas dos poderes públicos (conferir a esse respeito Th. Fleiner, *Elementos...*, § 24).

27. Todos esses meios todavia ainda não são suficientes para o Estado moderno, caracterizado pela democracia de massas e pelo desenvolvimento da administração. A idéia fundamental de uma autêntica separação dos poderes deve provavelmente ser introduzida na própria administração. A divisão vertical das atribuições por delegação de competências aos escalões inferiores conduz a uma limitação do poder, mas, ao mesmo tempo, permite estabelecer um contato imediato com os cidadãos, perante os quais as autoridades administrativas inferiores se sentem então diretamente responsáveis. Estas mesmas autoridades não podem mais se permitir tomar decisões aberrantes do alto de seus mofados escritórios; ao contrário, devem se informar com os seus administrados bem como defender as suas decisões no *front*.

§ 27. A SEPARAÇÃO DOS PODERES

28. É igualmente importante uma participação crescente dos cidadãos nas decisões administrativas. Não foi por acaso que, na Suíça, o Conselho Federal (*Bundesrat*) decidiu recentemente que os cantões e os círculos interessados deveriam ser ouvidos sob a forma de um procedimento de consulta, mesmo antes da edição de uma portaria ou decreto. O que ocorreria se um cidadão pudesse influir com o seu comportamento na carreira de um funcionário? Na economia privada, as prestações concretamente mensuráveis (por exemplo, o volume de vendas) são decisivas para as possibilidades de ascensão na carreira de um empregado. Essas prestações, no entanto, são dependentes, em muitos casos, dos consumidores que podem desse modo agir indiretamente sobre as chances de promoção do empregado. Quantos funcionários públicos não se comportariam de maneira mais amável, se os cidadãos com os quais eles lidam pudessem decidir desse modo sobre as suas carreiras? O que importa todavia é que o julgamento da administração se dê segundo outros critérios, quer dizer, segundo as prestações externas e não de acordo com o desempenho interno de um funcionário.

29. Isto não deve necessariamente nos conduzir ao sistema da *pólis* da Grécia antiga, na qual os funcionários eram designados por sorteio e, um ano após, retornavam à fileira de simples cidadãos. Um pouco menos de segurança no emprego e na carreira e um pouco mais de iniciativa e de risco não prejudicariam todavia a administração. A concepção suíça de um funcionalismo popular, quer dizer, de um funcionário nomeado por um período administrativo de quatro anos, conduziu na prática a uma situação de funcionalismo vitalício. Ainda assim, não será o funcionalismo profissional de especialistas, nomeado por tempo vitalício, que nos livrará dos males da burocracia.

30. A tentativa da assembléia parlamentar do Conselho Europeu de delimitar, por exemplo, os deveres e o estatuto da polícia no interior de uma sociedade democrática (Resolução de 9 de maio de 1979, EuGRZ 1979, p. 299) pode ser avaliada como uma iniciativa positiva, visando melhorar a atividade dos funcionários da polícia no interesse dos cidadãos. Uma tal iniciativa deveria se estender aos outros setores da administração.

5. A separação dos poderes enfraquece o Estado?

31. Para concluir, é necessário que nos ocupemos de uma outra crítica fundamental à teoria da separação dos poderes, que já foi expressa por Neumann. A separação e o controle recíproco dos poderes não leva a um enfraquecimento do Estado que, desse modo, ficaria mais exposto às potências externas? A divisão federativa do poder permite a pequenos grupos explorar comunidades ou cantões fracos no seu próprio interesse. Do mesmo modo, potências econômicas podem controlar mais facilmente os poderes legislativo ou executivo e abusar deles para seus interesses privados, quando estes poderes são já enfraquecidos pelo seu refreamento recíproco.

32. Esta crítica é em parte cabível. Sobretudo a autonomia de pequenas comunidades pode ser colocada em perigo pelos grupos poderosos que cometem abusos em seu próprio interesse. É importante lutar contra isso. Por outro lado, é errôneo crer que a separação dos poderes enfraqueceria automaticamente o Estado em face das influências externas. Com freqüência, é justamente o contrário o que ocorre. De fato, quando um grupo de pressão deseja abusar do poder estatal no seu próprio interesse, não é suficiente que ele se volte para uma só autoridade; ele deverá obrigatoriamente conquistar para a sua causa os diferentes poderes da União, dos cantões e dos municípios, visto que, em seu domínio, cada qual é independente um do outro.

33. Este fenômeno, que conduz à dispersão das forças dos que desejam colocar o Estado sob seu poder, mostra-se já

§ 27. A SEPARAÇÃO DOS PODERES

na separação dos poderes no interior de um órgão colegiado (controle intra-orgânico; conferir K. Loewenstein, p. 167). Aquele que, por exemplo, deseja ter ao seu lado os membros de um órgão colegiado (por exemplo, o Conselho Federal – *Bundesrat* – suíço) deverá conquistar para a sua causa ao menos quatro de seus sete membros. Ele não poderá se contentar em convencer um único primeiro-ministro. Caso convença o Conselho Federal, tratando-se de um projeto de lei, ele terá ainda de convencer a maioria do parlamento, composto por duas Câmaras, antes de conseguir aprová-lo.

34. O Estado que repousa sobre a separação dos poderes é, portanto, muito mais difícil de manipular em favor de uma solicitação qualquer que o Estado monocrático. A separação dos poderes pode todavia ser vista como entrave quando, em razão da justiça e do bem-estar público, há interesse de adotar uma nova lei ou rever uma antiga. Porém, no final das contas, a falta de eficiência da atividade do Estado constitui uma proteção do cidadão contra intervenções irrefletidas e levianas na esfera da sua liberdade individual.

35. A separação dos poderes, no sentido estrito do termo, fortalece também a ação dos poderes públicos. Max Imboden (1915-1969) parte da idéia de que no interior do Estado o poder repousa sobre a obediência dos cidadãos (*oboedientia facit imperantem*). Esta obediência pode ser obtida pela coerção policial. Uma tal coerção policial é praticamente impossível em um Estado onde os poderes são separados. A obediência repousa igualmente sobre a confiança que os cidadãos colocam no Estado e sobre a força de persuasão dos órgãos estatais.

36. Por fim, não podemos perder de vista que a separação dos poderes é um instrumento essencial que permite que as falhas humanas dos funcionários públicos que exercem o poder estatal sejam evitadas. O controle recíproco entre os poderes cria uma situação em que os membros de repartições e órgãos públicos se esforçam por ter o melhor desempenho possível. Isto permite remediar tanto quanto possível as falhas humanas e favorecer a aptidão do homem a se aperfeiçoar.

§ 28. A VINCULAÇÃO À LEI

Bibliografia

a) Autores clássicos

Gaio, *Gai institutiones* (Institutos de Gaio). Org. M. David. Leiden, 1964.

Hobbes, Th. *Leviathan oder Stoff, Form und Gewalt eines bürgerlichen und kirchlichen Staates* (Leviatã ou matéria, forma e poder de um Estado eclesiástico e civil). Org. I. Fetscher. Neuwied, 1966.

Marsílio de Pádua. *Der Verteidiger des Friedens* (Defensor pacis – O defensor da paz). Trad. al. W. Kunzmann. 2 vols., Darmstadt, 1958.

Montesquieu, Ch.-L. *Vom Geist der Gesetze* (Do espírito das leis). Trad. al. K. Weigand. Stuttgart, 1974.

Tomás de Aquino. *Summe der Theologie* (Suma teológica). Org. Albertus-Magnus - Akademie (Academia Albertus-Magnus). Heidelberg/Graz, 1934 ss.

b) Outros autores

Auer, A. *Les droits politiques dans les cantons suisses* (Os direitos políticos nos cantões suíços). Diss. Genebra, 1978.

Austin, J. *The Province of Jurisprudence Determined etc.* (O campo da Teoria do Direito determinado etc.). Nova York, 1965.

Bäumlin, R. *Die rechtsstaatliche Demokratie* (A democracia do Estado de direito). Diss. Berna, 1954.

Böckenförde, E.-W. *Gesetz und gesetzgebende Gewalt. Von den Anfängen der deutschen Staatsrechtslehre bis zur Höhe des staatsrechtlichen Positivismus* (Lei e poder legislativo. Das origens da teoria do direito público alemão até a altura do positivismo do direito do Estado). Berlim, 1958.

Degenhardt, Ch. *Systemgerechtigkeit und Selbstbindung des Gesetzgebers als Verfassungspostulat* (A justiça do sistema e a autovinculação do legislador como postulado cosntitucional). Munique, 1976.

§ 28. A VINCULAÇÃO À LEI 491

Dunn, Th. *Die richtige Verfassung*. Ein Beitrag zum Problem des richtigen Rechts (A constituição correta. Uma contribuição ao problema do direito correto). Zurique, 1971.
Ebel, W. *Geschichte der Gesetzgebung in Deutschland* (História da legiferação na Alemanha). 2.ª ed., Göttingen, 1958.
Eichenberger, K. (org.). *Grundfragen der Rechtsetzung* (Questões fundamentais sobre a legiferação). Basiléia, 1978.
Fleiner, Th. *Norm und Wirklichkeit* (Norma e realidade). In: *ZSR* 93, 1974. Vol. 2, pp. 279 ss.
Häberle, P. *Verfassung als öffentlicher Prozess*. Materialien zu einer Verfassungstheorie der offenen Gesellschaft (A Constituição como processo público. Dados para uma teoria constitucional da sociedade aberta). Berlim, 1978.
Haenel, A. *Gesetz im formellen und materiellen Sinne* (A lei no sentido formal e material). Reimpressão da 1.ª ed. Darmstadt, 1968.
Hansen, H.-J. *Fachliche Weisung und materielles Gesetz*. Zugleich ein Beitrag zur Lehre von der Gewaltenteilung, zum Gemäßigkeitsprinzip und zum Vorbehalt des (formellen) Gesetzes [Ordens objetivas e lei material. Simultaneamente uma contribuição para a teoria da separação dos poderes, para o princípio da conformidade e para a reserva da lei [formal]). Hamburgo, 1971.
Hart, H., Sacks, A. *The Legal Process* (O processo legal). Cambridge, 1958.
Hentschke, A. B. *Politik und Philosophie bei Plato und Aristoteles*. Die Stellung der "Nomoi" im platonischen Gesamtwerk und die politische Theorie des Aristoteles (A política e a filosofia em Platão e Aristóteles. A posição dos "nomoi" na obra de Platão e a teoria política de Aristóteles). Frankfurt a. M., 1971.
Hesse, K. *Grundzüge des Verfassungsrechts der Bundesrepublik Deutschland* (Traços essenciais do direito constitucional da República Federal da Alemanha). 11.ª ed., Heidelberg, 1978.
His, E. *Geschichte des neueren schweizerischen Staatsrechts* (História do novo direito suíço do Estado). 3 vols., Basiléia, 1920.
Kägi, W. *Die Verfassung als rechtliche Grundordnung des Staates* (A Constituição como ordem jurídica fundamental do Estado). Zurique, 1945. Reimpressão 1971.
Krawietz, W. Aufsatz zum Stichwort "Gesetz" (Ensaio sobre o tópico "lei"). In: *Historisches Wörterbuch der Philosophie* (Dicionário histórico de filosofia). Org. por J. Ritter. Darmstadt, 1974.
Liebeskind, W.-A. *Institutions Politiques et Traditions Nationales* (Instituições políticas e tradições nacionais). Genf, 1973.

Lorenz, D. *Der Rechtschutz des Bürgers und die Rechtsweggarantie* (A proteção legal do cidadão e a garantia da via judicial). Diss. Doutorado 1971, Munique, 1973.
Marcic, R. *Vom Gesetzesstaat zum Richterstaat*. Recht als Maß der Macht (Do Estado legal ao Estado judicial. O direito como medida do poder). Viena, 1957.
Mayer-Maly, Th. *Rechtskenntnis und Gesetzesflut* (Conhecimento do direito e inundação de leis). Salzburgo, 1969.
Mayer-Tasch, P. C. *Die Verfassungen der nicht-kommunistischen Staaten Europas* (As Constituições dos Estados europeus não-comunistas). 2.ª ed., Munique, 1975.
Mohl, R. von. *Encyklopädie der Staatswissenschaften* (Enciclopédia das ciências políticas). 2.ª ed., Tübingen, 1872.
Noll, P. *Gesetzgebungslehre* (Teoria da legiferação). Hamburgo, 1973.
Peyer, H. C. *Verfassungsgeschichte der alten Schweiz* (A história constitucional da Suíça antiga). Zurique, 1978.
Preuss, U. K. *Legalität und Pluralismus* (Legalidade e pluralismo). Frankfurt a. M., 1973.
Rödig, J. (org.). *Studien zu einer Theorie der Gesetzgebung* (Estudos para uma teoria da legiferação). Berlim, 1976.
Roellecke, G., Starck, Ch. Die Bindung des Richters an Gesetz und Verfassung (A vinculação do juiz à lei e à Constituição). In: *VVDStRL* 34, Berlim, 1976.
Saladin, P. *Verfassungsreform und Verfassungsverständnis* (Reforma constitucional e entendimento da Constituição). In: *AöR* 104 (1979), pp. 346 ss.
Starck, Ch. *Der Gesetzesbegriff des Grundgesetzes*. Ein Beitrag zum juristischen Gesetzesbegriff (O conceito de lei na Constituição. Uma contribuição para o conceito jurídico de lei). Baden-Baden, 1970.
Vollmer, R. *Die Idee der materiellen Gesetzeskontrolle in der englischen Rechtsprechung* (A idéia do controle material da lei na jurisprudência inglesa). Bonn, 1969.
Waelès, R. *Israel*. Coleção Comment ils sont gouvernés (Como eles são governados). Vol. 18, Paris, 1969.
Wolff, H. J. *Normenkontrolle und Gesetzesbegriff in der attischen Demokratie* (Controle de normas e conceito de lei na democracia ática). Heidelberg, 1970.
Zachariä, K. S. *Die Wissenschaft der Gesetzgebung* (A ciência da legiferação). Leipzig, 1806.
Zimmerli, Ch. *Das Verbot rückwirkender Verwaltungsgesetze* (A proibição das leis administrativas retroativas). Diss. Basiléia, 1967.

§ 28. A VINCULAÇÃO À LEI

1. Intimamente ligado com o postulado da separação dos poderes, encontra-se o princípio da legalidade de toda atividade soberana do Estado. "Lá onde as leis não governam, quer dizer, lá onde os governantes não governam segundo as leis, *não existe um Estado*, ou melhor, um Estado moderado. Pois a lei deve governar sobre todas as coisas"(M. de Pádua, Primeira Parte, capítulo XI, § 4). A proibição de leis retroativas, o princípio da universalidade das leis e a estreita ligação entre a liberdade, de um lado, e a vinculação à lei, de outro, todos estes efeitos do princípio geral da legalidade já foram tratados por Marsílio de Pádua, mas sobretudo por Montesquieu, antes de serem desenvolvidos completamente nas doutrinas dos séculos XIX e XX.

a) A evolução do conceito de lei

2. O conceito de lei transformou-se substancialmente ao longo dos séculos (conferir a esse respeito W. Krawietz). Na Grécia antiga, o conteúdo das leis (*nómoi*) ocupava o primeiro plano. Segundo Platão, o Estado ideal governado pelos filósofos não tem necessidade de leis, mas apenas as cidades que ainda não puderam desenvolver um Estado ideal. Para Aristóteles as leis já são normas jurídicas postas, imperativas e conformes à vontade do legislador; elas devem todavia estar em harmonia com a moral, os costumes e as tradições.

3. Na Antiguidade romana, o acento recaía sobre o procedimento. Do ponto de vista do conteúdo, toda ordem suscetível de generalização pode ser entendida como uma lei. Contudo, no plano do procedimento, é necessário distinguir entre a *lex data*, lei posta pelo soberano (por exemplo, a Lei das Doze Tábuas), e a *lex rogata* ou a lei proposta pelo magistrado. Segundo Gaio (117-180 d.C.), a lei é uma *lex* aprovada pelo povo por proprosta de um magistrado "*lex est, quod populus iubet atque constituit*" (Gauis, I, 3). Finalmente, a decisão da plebe (*plebiscitum*) foi igualmente denominada *lex*.

4. Ao examinar a história da legiferação alemã encontramos três formas fundamentais de lei:

– o direito não-posto derivado das opiniões de juristas sobre casos concretos (*Weistum*);
– o estatuto convencionado pelos membros da comunidade;
– o direito ditado pelo soberano ou pela autoridade, o mandamento jurídico (W. Ebel, p. 11).

Estes três níveis explicam a tensão que, ainda hoje, é inerente ao conceito de lei. O *Weistum* de caráter jurisprudencial é resultado da transmissão através do tempo das sentenças judiciais baseadas sobre uma sabedoria preexistente, a *lex aeterna* ou *lex naturalis* segundo Tomás de Aquino. A lei deve, pois, estar de acordo com esta sabedoria preexistente e transmitida pela tradição. Esta é uma determinação de conteúdo do conceito de lei. Ao longo do tempo, colocou-se a questão de saber até que ponto é possível distanciar-se a lei desta sabedoria predeterminada. Montesquieu, por exemplo, defendia o ponto de vista segundo o qual a lei deveria ser adaptada às particularidades de um povo, ao clima de um país, à sua língua, à sua história e à sua cultura, mas harmonizar-se com a razão preexistente. "A lei, em geral, pode-se considerar como a razão humana na medida em que governa todos os povos da terra. As leis estatais e civis de cada nação não podem ser senão casos particulares aos quais se aplica esta razão humana" (Ch.-L. Montesquieu, Livro I, cap. 3).

5. O que Montesquieu denomina a razão é, para Tomás de Aquino, a ordem divina eterna, a *lex aeterna*. Desta ordem eterna de Deus deriva a também predeterminada ordem para os homens, correspondendo às suas particularidades (a *lex naturalis*). Tomás de Aquino denomina *lex humana* às normas positivas criadas pelos homens. As leis positivas devem se harmonizar com a *lex aeterna*, mas também com a *lex naturalis* (conferir Tomás de Aquino, Livro II, Primeira Parte 1, questão 91, art. 1-5). Por fim, encontramos em Tomás de Aquino

§ 28. A VINCULAÇÃO À LEI

também uma definição de lei: "A lei não é senão uma ordem da razão em vista do bem comum promulgada e publicada por aquele a quem incumbe zelar pela comunidade" (Tomás de Aquino, Livro II, Primeira Parte, questão 90, art. 4).

6. João Duns Scot (1126-1308) e Occam introduziram a transição em direção à escola positivista. Para ambos os filósofos, a lei não corresponde à ordem do ser, divina e preexistente, mas ela é a emanação da vontade divina. As leis podem portanto ser desejadas; o seu conteúdo não é predeterminado na ordem do ser, mas sim resultado da vontade. É assim que foram reunidas as condições para a criação de uma ótica voluntarista em matéria de leis.

7. Com a secularização do Estado, Marsílio de Pádua, Nicolau de Cusa e outros autores desenvolveram um conceito racional da lei, discernível pela razão e derivado do poder político. Os cidadãos devem obedecer às leis políticas, editadas pelo soberano; este, por sua vez, tem por tarefa editar leis que correspondam à vontade divina (J. Bodin). Hobbes separa completamente a lei de todo e qualquer vínculo sobrenatural. Para este filósofo, a lei não é senão a decisão volitiva do detentor do poder supremo do Estado: "As leis civis são regras que o Estado, pela palavra escrita, falada ou qualquer outro sinal adequado de sua vontade, prescreve a cada súdito para distinguir entre a justiça e a injustiça, quer dizer, entre aquilo que é contrário e aquilo que está de acordo com a regra" (Th. Hobbes, Segunda Parte, início do Cap. 26). É assim que se consuma a perda de todo vínculo da lei com o direito natural. As leis são expressões da vontade do soberano, são suas ordens (J. Austin).

b) Positivismo jurídico – direito natural – realismo jurídico

8. Desde então, uma discussão inexorável opõe os defensores de uma ordem preexistente às leis (a escola do direito natural) e os partidários do positivismo jurídico, que desvinculam o direito da ordem preexistente ou limitam a investigação científica do direito ao direito positivo (H. Kelsen).

9. Uma das conseqüências da influência exercida no século XIX pela escola decisionista foi que um grande número de leis se concebeu nos gabinetes sem nenhuma referência com a realidade, pois acreditava-se que o soberano era efetivamente onipotente e poderia transformar o impossível em possível. Foi assim que se editaram certas leis alheias ao mundo que, em parte, não podiam mais ser aplicadas. Hoje se está cada vez mais convencido de que o legislador não pode se basear mais apenas em sua vontade e que ele deve sobretudo levar também em conta as realidades preexistentes ou os fatos jurídicos. As condições sociais, organizacionais, pessoais, financeiras e políticas limitam consideravelmente as possibilidades do legislador. A incumbência da sociologia do direito é, entre outras, investigar as condições das quais dependem a legiferação e indicar ao legislador em que âmbito ele poderá editar leis de modo realista (conferir Th. Fleiner, pp. 294 ss.). Foi assim que a práxis da legiferação conduziu cada vez mais à compreensão de que leis não são reduzíveis às decisões do soberano (decisionismo e voluntarismo). A arrogância do decisionismo do século XIX dá lugar a uma ótica mais realista do direito.

c) Lei e separação dos poderes

10. Ao lado da questão sobre o conteúdo das leis, coloca-se uma outra mais importante para a política do Estado: quem é competente para editar leis? É o juiz, a autoridade civil ou o povo? Segundo Ebel, todos os três elementos estão, também hoje em dia, contidos no conceito de lei (conferir W. Ebel, pp. 89 ss.). Não há dúvidas de que, em se tratando de casos jurídicos concretos, cabia em primeiro lugar ao juiz encontrar, na tradição, nos usos e nos costumes, os princípios que deveriam ser determinantes para o julgamento. Estes princípios e costumes alcançaram progressivamente um caráter prospectivo e prescritivo. Aquele que desejava se comportar corretamente devia se ater aos costumes admitidos como corretos pelos juízes.

11. O que poderia haver de mais natural do que com o tempo a autoridade, que conduzia os processos e exercia a justiça superior, passar a editar, sem um processo especial, princípios e costumes sobre o bom comportamento dos homens? O juiz tornou-se o legislador que, a título preventivo, divulgava os princípios segundo os quais iria julgar.

12. Todavia, deveres jurídicos não foram criados tão-somente por meio de decisões judiciais e decretos da autoridade; eles nasceram também pela via contratual. De fato, por meio de acordos contratuais entre os cidadãos e a autoridade foram editadas novas normas, que deviam ter os mesmos efeitos que as leis propriamente ditas.

13. No continente europeu, o direito jurisprudencial foi sendo progressivamente suplantado pelo direito legislado. A recepção do direito romano contribuiu muito para esta evolução. Mas, mesmo na esfera do direito anglo-saxão, a *Common Law*, o direito jurisprudencial, perde visivelmente importância. Ele é substituído pela legiferação casuística dos parlamentos.

14. A disputa entre a autoridade e o povo foi muito intensa. Na época do absolutismo, os direitos do povo foram quase inteiramente suprimidos. O direito de legislar era o direito do soberano que, segundo o país e segundo o seu poder, em certos casos consultava as assembléias de classes. Com a Revolução Francesa estabelece-se o contraponto. O artigo 6 da Declaração Universal dos Direitos do Homem e do Cidadão determina: "A lei é a expressão da vontade geral. Todos os cidadãos têm o direito de colaborar na sua formação pessoalmente ou pelos seus representantes..." (traduzido em: P. C. Mayer-Tasch, p. 211).

15. Os defensores dos direitos do povo encontraram-se assim diante de um problema de difícil solução. De fato, se no sentido da teoria da separação dos poderes desejavam dar ao executivo a competência de aplicar as leis, eles deviam buscar critérios que permitissem delimitar com clareza a aplicação da lei da sua elaboração. Aquele que é competente para editar leis tem necessariamente de saber o que são leis. Tão-somente um conceito preciso de lei permite uma delimitação de competência racional entre as atribuições do poder legiferante e as do poder executivo. Ao longo dos anos, três soluções foram oferecidas.

16. A noção da *volonté générale* já continha a idéia de *generalidade*. As leis são, portanto, todas as ordens válidas para todos da mesma maneira, que têm validade geral (por exemplo, a proibição de fumar), em oposição aos comandos concretos que são endereçados a uma determinada pessoa e prescrevem um comportamento concreto – por exemplo: o sr. Meier terá de pagar 1.000 francos de impostos ao município de Seldwila, no dia 1º de outubro de 1981.

17. Com o célebre imperativo categórico, Kant adiantou a idéia segundo a qual os comandos, quando podem ser generalizados e são válidos para todos da mesma maneira, estão de acordo com os princípios da moralidade e são racionais. Esta teoria é defendida de maneira moderna em nossos dias por Rawls. De acordo com ele, as leis devem ser criadas de tal maneira que possam ser aceitas por todos.

18. Lá onde as assembléias representativas e democráticas conseguiram se reservar o direito de tomar parte em todas as decisões de caráter geral (por exemplo, em Hesse, na Saxônia ou na Prússia após 1815), foi possível reduzir sensivelmente o poder do executivo. Os príncipes, que eram poderosos, foram os únicos a não conceder facilmente uma limitação tão ampla do seu poder. Tentou-se limitar o direito de participação das assembléias representativas ao menos às leis que restringiam a liberdade das pessoas e o direito de propriedade (por exemplo, na Baviera). Colocava-se en-

§ 28. A VINCULAÇÃO À LEI

tão a questão de saber se, excetuando-se essas leis restritivas em matéria de propriedade e de liberdade, o príncipe dispunha de um direito de legislar originário. Este direito do príncipe ou da coroa de legislar tornou-se então um direito autônomo de regulamentar. Karl Salomo Zachariä (1769-1843) foi menos adepto de uma concepção formal da legislação que de um conceito político de lei, na medida em que postulava que o legislador deveria regular o essencial, enquanto o governo teria como tarefa executar o essencial (K. S. Zachariä, pp. 229 ss.). Segundo Robert von Mohl (1799-1875), a lei é "a norma imperativa publicada por uma autoridade competente no Estado a fim de que seja respeitada pelos interessados" (R. von Mohl, p. 144).

19. Com a sua noção dualista da lei, Laband encontrou uma saída para o caos em relação aos diferentes conceitos de lei, nos quais sempre se tratava, em última instância, de delimitar as atribuições da assembléia representativa em face da competência do príncipe. Laband defendeu a distinção entre um conceito material e um conceito formal de lei. No conceito material trata-se do conteúdo da lei. Desse ponto de vista, toda norma jurídica geral é uma lei. Já o conceito formal de lei, refere-se ao procedimento. Leis formais são todas as decisões que se formam em um procedimento legislativo formal. Por conseguinte, tanto o legislador quanto o executivo podem editar leis no sentido material, quer dizer, normas jurídicas, ao passo que somente o legislador está habilitado a estabelecer leis no sentido formal. Desse modo, Laband subtraiu o conceito de lei à disputa política que opunha os príncipes às assembléias representativas e, ao mesmo tempo, deixou em aberto a questão de saber se, em virtude da teoria da separação dos poderes, deve haver ou não certas matérias para as quais somente o legislador formal é competente.

20. Foi assim que se manteve o princípio segundo o qual o próprio legislador deve adotar todas as normas que restringem a liberdade e a propriedade, enquanto as outras leis, no sentido material, são da alçada do executivo (G. Anschütz,

R. Thoma, G. Jellinek, P. Laband). Os que desejavam restringir ainda mais fortemente a competência do executivo defenderam então um conjunto mais amplo de lei formal e que, em boa parte, é análogo ao de lei no sentido material (G. Meyer, C. Bornhak, Z. Giacometti). Hoje, a Corte Constitucional da República Federal da Alemanha, em razão do artigo 80 GG, restringe largamente a competência de delegação do legislador. Do mesmo modo, o direito de emergência do governo não pode ser exercido senão com a participação de uma comissão parlamentar.

21. Na Suíça constatam-se desenvolvimentos semelhantes. Em sua origem, as *Landsgemeinde* e *Talgemeinden* exerciam tarefas jurisdicionais. Muito cedo, porém, elas tiveram de tratar de assuntos de interesse geral que apresentavam um caráter contratual (conferir W.-A. Liebeskind, pp. 236 ss.; H. C. Peyer, pp. 68 ss.). Estas assembléias, todavia, eram estruturadas de maneira totalmente diversa. Havia as *Landsgemeinde*, que se compunham de todos os cidadãos, assim como o *"Grossen Landrat"*, ou Grande Conselho, que, ao lado das *Landsgemeinde*, era encarregado de tratar de assuntos importantes, de apresentar propostas às *Landsgemeinde* ou então, enquanto órgão representativo, tomar decisões de modo autônomo. Nos cantões sem *Landammann*, cabia ao Pequeno Conselho cuidar dos assuntos correntes (W.-A. Liebeskind, p. 236).

22. As competências destas assembléias representativas foram, como já destacamos (§ 22/27 ss.), fortemente restringidas nos séculos XVII e XVIII. Com a Constituição helvética, os confederados adotaram quase tais quais as estruturas da Assembléia Nacional francesa com o Diretório Colegiado. Embora este sistema tenha sido novamente abandonado após 1815 em razão de um retorno às antigas Constituições cantonais, manteve-se – como já explicamos (E. His, p. 244) – a noção de lei da Revolução Francesa, isto é, o conceito de preceito geral enquanto norma jurídica. Todavia, as competências legislativas foram repartidas diferentemente. Havia cantões que conheciam uma estrita supra-ordenação e subordinação que ia da lei à decisão passando pelo decre-

§ 28. A VINCULAÇÃO À LEI

to, e outros nos quais o executivo podia exercer sua competência regulamentar sem restrição alguma.

23. Com a "regeneração" nos anos trinta do século XIX e após o aperfeiçoamento tardio da democracia direta na União e nos cantões, desenvolveu-se uma série de procedimentos legislativos, nos quais o povo participa pela via da iniciativa e do *referendum*. Ao lado dos direitos de participação do povo – por meio do *referendum* obrigatório e facultativo, da iniciativa legislativa formulada e não-formulada – certos parlamentos cantonais conservam todavia o direito de editar decretos. Em certos cantões, sobretudo entre os pequenos, os governos tentam contornar a vinculação à lei promulgando decretos independentes, ou então editando circulares internas quando a competência legislativa correspondente lhes falta (por exemplo, instruções sobre o comportamento da polícia ou sobre a proteção de dados). Lá onde os cantões concedem ao povo um direito de iniciativa legislativa (conferir A. Auer, p. 53), precisam vincular esse direito a um conceito de lei, que geralmente é o que parte da concepção de norma geral e abstrata (encontra-se, além disso, esta noção também no artigo 5 da lei federal sobre as relações comerciais – *Geschäftsverkehrsgesetzes*). Alguns cantões todavia conhecem igualmente o direito de iniciativa em assuntos administrativos, o que dá aos cidadãos a possibilidade de modificar decretos da administração pela via de iniciativas.

24. Estes exemplos mostram que é inútil tentar conceituar a lei de uma maneira dogmática, quer dizer, traçando um limite preciso entre as competências do executivo e do legislativo (na Suíça, executivo, parlamento e povo), já que na realidade a delimitação das competências se opera mais pelo jogo de forças políticas e não por um critério dogmático.

25. Nesse contexto, é essencial destacar por outro lado a influência crescente das jurisdições administrativas e constitucionais. Já no século XIX, mas especialmente durante o século XX, se impôs a idéia segundo a qual as leis não existem unicamente para delimitar as competências do legislativo e do executivo, mas principalmente para vincular o poder do Estado ao direito. A partir desta ótica, a hierarquia da ordem normativa, a supremacia das leis sobre as decisões e os decretos do executivo não visam somente levar em conta a idéia de democracia, mas sobretudo garantir a segurança do cidadão em face dos desmandos do Estado e dar certa previsibilidade à atividade da administração. No entanto, isto só é possível se uma instância liga os órgãos do Estado à lei e pode dar razão ao cidadão que faz uma reclamação contra abusos desse gênero. Este postulado conduziu primeiramente ao desenvolvimento da jurisdição administrativa e, a seguir, à jurisdição constitucional. Esta e aquela têm como finalidade assegurar que o Estado não possa intervir nos direitos e nas liberdades dos cidadãos senão nos estritos limites da ordem jurídica. Acima das leis está a ordem jurídica fundamental sobre a qual repousa o Estado (conferir W. Kägi), a saber, a Constituição. A Constituição obriga não somente o executivo, mas também o legislativo, a respeitar no exercício de sua atividade os princípios essenciais do direito, por exemplo a igualdade perante a lei.

26. Esta idéia fundamental de um Estado de direito amplo pôde se impor mais fortemente na República Federal da Alemanha do que na Suíça, que é muito mais sensível à democracia. No entanto, a criação de tribunais administrativos em grande parte dos cantões suíços permite concluir que, neste país, a via para um fortalecimento da idéia de Estado de direito está aberta. Mas a criação de uma jurisdição constitucional entrará sempre em contradição com o postulado da soberania do povo. Na Suíça, o povo se considera superior às leis, soberano, e não tolera ser limitado em seus direitos por um pequeno grupo de juízes.

d) A Constituição como lei fundamental

27. A idéia de Constituição tem a sua origem na teoria do contrato social. A Constituição tinha de início a tarefa de fi-

§ 28. A VINCULAÇÃO À LEI

xar a organização fundamental do Estado, a sua estrutura e as suas competências. A Constituição encontra-se em uma relação ambivalente com o Estado que ela constitui. De um lado, ela pressupõe a existência do Estado que deve constituir e, de outro, este Estado não pode agir senão por meio da Constituição. A legitimação do poder constituinte não encontra o seu fundamento senão no direito de autodeterminação dos povos, direito que, por assim dizer, enquanto norma fundamental, cria a condição da qual depende o poder constituinte.

28. Pouco importa que o Estado – tal como hoje a maior parte dos Estados – possua ou não uma Constituição escrita (por exemplo, a Inglaterra e Israel não possuem uma Constituição escrita; conferir a esse respeito R. Waelès). Os órgãos dos Estados são *pouvoirs constitués* (poderes constituídos) que pressupõem o *pouvoir constituant* (poder constituinte) e uma Constituição escrita ou não.

29. Com a organização do Estado e a repartição das competências entre diversos órgãos estatais, as Constituições dos países que adotaram a divisão dos poderes repartiram também as competências entre o legislativo e o executivo. Numerosas Constituições cumpriram esta tarefa por meio de descrições mais ou menos claras das atribuições do legislativo e do executivo. Outras, por sua vez, pressupõem um conceito mais ou menos amplo de lei como fundamento da competência do legislador e descrevem mais detalhadamente as competências do executivo.

30. Já as primeiras Constituições não se satisfizeram contudo com a simples organização do Estado. Convencidas de que o poder constituinte estava ligado ao direito anterior ao Estado, essas Constituições, no que concerne ao exercício do poder do Estado, codificaram os valores que, aos olhos do poder constituinte, deviam ser imutáveis. A Declaração Francesa dos Direitos do Homem, a *Bill of Rights* americana e o catálogo dos direitos fundamentais da Assembléia de Frankfurt, que se deu na Igreja de S. Paulo, em 1848, são exemplos disso.

31. Com esta incorporação dos direitos do homem e dos direitos fundamentais, a Constituição reclama para si um estatuto particular em comparação às leis. "A Constituição é compreendida muito mais como uma unidade material, cujo conteúdo está impregnado de valores fundamentais, preexistentes à ordem jurídica positiva; incorporando as tradições da democracia parlamentar, representativa e liberal do Estado de direito liberal e do Estado federal, bem como anexando novos princípios, particularmente os que regem o Estado social, o constituinte, em suas decisões, une esses valores formando uma ordem de valores e constituindo um Estado neutro do ponto de vista ideológico, mas não do ponto de vista dos valores" (K. Hesse, p. 4).

32. A Constituição não se limita à organização do Estado; ela conduz a atividade dos órgãos estatais no sentido dos direitos fundamentais e dos direitos do homem, por meio dos valores pré-estatais que incorpora. Cada vez mais se impõe a idéia segundo a qual a Constituição não apenas impõe limites ao legislador e ao poder do Estado, mas que constitui igualmente uma linha diretriz positiva para as atividades do poder público e, particularmente, para a criação do direito. Foi sobretudo a idéia do Estado social que contribuiu para a ampliação da concepção da Constituição. A evolução da filosofia dos direitos fundamentais, segundo a qual os órgãos estatais estão obrigados a criar uma ordem na qual os direitos fundamentais tenham a maior efetividade possível, favoreceu igualmente esta ampliação.

33. Em comparação à lei, as tarefas seguintes são incumbência da Constituição:
   1. Ela define a competência, o procedimento e a composição do órgão do Estado competente para legislar.
   2. Ela limita as competências dos órgãos do Estado, mas também as do legislador, na medida em que o obriga a não violar os valores fundamentais das liberdades individuais e dos direitos do homem. Desse modo, abandona-se a visão decisionista e voluntarista da legiferação. A codificação posi-

§ 28. A VINCULAÇÃO À LEI

tiva de uma ordem de valores anterior ao Estado não constitui um ato volitivo, mas um ato de reconhecimento. A ordem de valores é compreendida como uma ordem ontológica que o legislador deve respeitar. Sobretudo, as decisões do legislador são vinculadas aos limites previstos pela Constituição.

3. Ela deve guiar o legislador no exercício de sua tarefa em direção à realização da ordem de valores constitucionais. À vontade do legislador, não são somente fixados limites, mas também é necessário que a Constituição imprima à sua vontade um determinado sentido. Isto corresponde à concepção de uma vontade à qual o próprio legislador está subordinado. Este aspecto voluntarista da nova concepção da Constituição precisa, todavia, ainda ser confirmado no plano prático.

34. Esta evolução na maneira de conceber a Constituição levou a uma ampliação considerável da lei em sentido material. Há três tipos de normas jurídicas que são editadas segundo procedimentos diferentes: a Constituição, a lei e o decreto (na Suíça encontra-se ainda aquilo que se denomina decreto parlamentar). Em um sistema federativo, esta estrutura hierárquica se repete na legislação dos Estados-membros. Esses três tipos de normas jurídicas, em geral, contêm simultaneamente regras de comportamento diretamente aplicáveis aos cidadãos, bem como linhas diretrizes que devem ser respeitadas pelos escalões inferiores (que editam a lei e o decreto) por ocasião da concretização do direito superior.

35. A ordem hierárquica de procedimento conduz ao fato de que o direito cada vez mais se transforma em um processo de concretização do direito em vários níveis (conferir H. Hart e A. Sacks). Em cada escalão é então possível enunciar princípios de validade geral para estabelecer diretrizes e fixar limites ao escalão inferior. Além disso, pode-se delegar competências necessárias ao nível inferior, a fim de que, segundo as circunstâncias, tenha a possibilidade de proceder aos arranjos indispensáveis para a realização da justiça. No último nível, o juiz deverá se fundar sobre as leis e os decretos para, nos limites do seu poder de apreciação, tomar uma decisão concreta e justa para o caso específico.

36. Por outro lado, esta apreciação positiva do desenvolvimento não pode dissimular o fato de que, em cada nível, existe a tentação de regular o escalão inferior em excesso, quer dizer, de não mais limitar a edição das leis ao seu próprio nível. Isto conduz naturalmente a uma superprodução de prescrições jurídicas, que afogam o cidadão. O apetite da administração, do parlamento e do constituinte por uma regulamentação abundante e detalhada não se explica senão em razão da vontade de cada escalão de restringir tanto quanto possível a liberdade e a margem de manobra dos escalões inferiores, visto que não podem exercer uma influência política sobre a legiferação ou a jurisprudência destes escalões inferiores. A inflação legislativa conduz igualmente a que não sejam mais previstas normas jurídicas fundamentais, mas tão-somente uma grande quantidade de preceitos jurídicos do tipo casuísta, os quais ameaçam estrangular o cidadão e o povo.

37. Na verdade, seria necessário fazer com que cada escalão soubesse com clareza a função de sua atividade criadora do direito. Normas jurídicas exercem diferentes funções. Elas podem codificar convicções jurídicas transmitidas e práticas jurídicas, estabilizar ou modificar uma situação dada, bem como solucionar conflitos de interesse sociais. Todavia, as possibilidades de manobrar as condições sociais por meio de disposições normativas são reduzidas. Milhares de regulamentos municipais não poderão, por exemplo, realizar as mudanças que a implantação de uma empresa privada que emprega um grande número de pessoas realiza no município. É portanto urgente que todos os órgãos que detêm uma parte do poder legislativo analisem em profundidade os limites e as possibilidades da legiferação.

PARTE IV
O Estado e a sociedade

Capítulo 1
Os centros de poder na sociedade pluralista

§ 29. DA COMUNIDADE DE MULHERES DE PLATÃO À SOCIEDADE PLURALISTA

Bibliografia

a) Autores clássicos

Aristóteles. *Politik* (Política). Trad. al. org. por O. Gigon. 2.ª ed., Zurique/Stuttgart, 1971.

Bacon, F. *New Atlantis/ Neu Atlantis* (Nova Atlântida). Trad. al. G. Gerber. Berlim, 1959.

Campanella, Th. *Der Sonnenstaat*. Idee eines philosophischen Gemeinwesens (A cidade do Sol. A idéia de uma comunidade filosófica). Org. Deutsche Akademie der Wissenschaften (Academia alemã de ciências). Berlim, 1955.

Humboldt, W. von. Ideen zu einem Versuch, die Grenzen der Wirksamkeit des Staats zu bestimmen (Idéias para uma tentativa de determinar os limites da eficiência do Estado). In: *Werke in fünf Bänden* (Obras completas em cinco volumes) Vol. 1, Schriften zur Anthropologie und Geschichte (Escritos sobre Antropologia e História). Org. A. Flitner, K. Giel. 2.ª ed., Darmstadt, 1969.

More, Th. *Utopia* (Utopia). Trad. al. G. Ritter. Stuttgart, 1964. [Trad. bras. *Utopia*, São Paulo, Martins Fontes, 2.ª ed., 1999.]

Platão. *Der Staat* (A República). Trad. al. R. Ruefner. Org. por O. Gigon. Zurique/Munique, 1973.

b) Outros autores

Arnim, H. H. von. *Gemeinwohl und Gruppeninteressen*. Die Durchsetzungsschwäche allgemeiner Interessen in der pluralistischen Demokratie (O bem comum e os interesses de grupos. A fragilidade

da execução de interesses comuns na democracia pluralista). Frankfurt a. M., 1977.
Bader, H. H. *Staat, Wirtschaft, Gesellschaft*. Grundlagen der Staats-und Rechtslehre (Estado, economia, sociedade. Princípios da teoria do Estado e da teoria do direito). 5.ª ed. revista, Hamburgo, 1976.
Bennet, W. L. *The Political Mind and the Political Environment*. An investigation of Public Opinion and political Consciousness (A mente política e o ambiente político. Uma investigação sobre a opinião pública e a consciência política). Lexington, 1975.
Bernard, St. *Partis, groupes et opinion publique* (Partidos, grupos e opinião pública). Bruxelas, 1968.
Beyme, K. von. *Interessengruppen in der Demokratie* (Grupos de interesse na democracia). 4.ª ed., Munique, 1974.
Ehrlich, S. *Le pouvoir et les groupes de pression* (O poder e os grupos de pressão). La Haye, 1971.
Eisfeld, R. *Pluralismus zwischen Liberalismus und Sozialismus* (Pluralismo entre liberalismo e socialismo). Stuttgart, 1972.
Gudrich, H., Fett, St. *Die pluralistische Gesellschaftstheorie*. Grundpositionen und Kritik (A teoria pluralista da sociedade. Posições fundamentais e crítica). Stuttgart, 1974.
Hirsch-Weber, W. *Politik als Interessenkonflikt* (Política como conflito de interesses). Stuttgart, 1969.
Kremendahl, H. *Pluralismustheorie in Deutschland* (Teoria pluralista na Alemanha). Leverkusen, 1977.
Krüger, H. *Interessenpolitik und Gemeinwohlfindung in der Demokratie* (Política de interesses e a busca do bem comum na democracia). Munique, 1976.
Lieber, H.-J. *Ideologie, Wissenschaft, Gesellschaft*. Neuere Beiträge zur Diskussion (Ideologia, ciência, sociedade. Novas contribuições para a discussão). Darmstadt, 1976.
Nuscheler, F., Steffani, W. (org.). *Pluralismus, Konzeptionen und Kontroversen* (Pluralismo, concepções e controvérsias). Munique, 1972.
Saladin, P., Papier, H.-J. Unternehmen und Unternehmer in der verfassungsrechtlichen Ordnung der Wirtschaft (Empresa e empresário na ordem econômica constitucional). In: *VVDStRL* 35, Berlim, 1977.
Schmidt, W. Bartlsperger, R. Organisierte Einwirkungen auf die Verwaltung (Influências organizadas sobre a administração). In: *VVDStRL* 33, Berlim, 1975.
Seibt, F. *Utopica*. Modelle totaler Sozialplanung (Utópica. Modelos de planejamento social total). Düsseldorf, 1972.

Trumann, D. B. *The Governmental Process, Political Interests and Public Opinion* (O processo governamental, interesses políticos e opinião pública). Nova York, 1951.
Völpel, D. *Rechtlicher Einfluß von Wirtschaftsgruppen auf die Staatsgestaltung* (Influência jurídica de grupos econômicos na formação do Estado). Berlim, 1972.
Weber, J. Die Interessengruppen im politischen System der Bundesrepublik Deutschland (Os grupos de interesse no sistema político da República Federal da Alemanha). Stuttgart, 1977.
Wilson, F. G. *A theory of public opinion* (Uma teoria da opinião pública). Westport, 1975.
Wurm, F. F. *Wirtschaft und Gesellschaft heute*. Fakten und Tendenzen (Economia e sociedade hoje. Fatos e tendências). 3.ª ed., Opladen, 1976.

a) A comunidade totalitária e a comunidade livre

1. Retornemos mais uma vez à pequena ilha de Robinson e de Sexta-Feira. Imaginemos, além disso, que a comunidade insular se compõe de várias famílias. Esta comunidade de destino deve se perguntar quais tarefas devem ser delegadas à comunidade e quais famílias as desejam realizar de maneira independente.

2. Deve a comunidade, por exemplo, exercer uma atividade rural e, neste caso, distribuir a cada um o trabalho e a alimentação, ou é preferível que as diferentes famílias cultivem elas mesmas o solo de modo independente e pratiquem a troca com as outras famílias para obter os bens que necessitam? Há milhares de anos esta questão é colocada e respondida de forma variada. Platão exigia, por exemplo, do Estado ideal que ele assumisse todas as tarefas e não deixasse a menor liberdade ao indivíduo. Mesmo a decisão sobre a educação das crianças e a escolha da esposa não deveriam ser deixadas sob a responsabilidade do indivíduo. O Estado deveria tomar a forma de uma comunidade totalmente integrada, dirigida por filósofos e a serviço da justiça absoluta. "Ao meu ver, prossegui, após esta lei e as precedentes, vem a seguinte: – Qual? – Que todas mulheres devem ser comuns a todos os homens, e que nenhuma pode viver exclusivamente com um único. As crianças também devem ser comuns; nenhum pai deve conhecer o seu filho, e nenhum filho o seu pai" (Platão, Livro 5, 457e.).

3. Segundo as idéias de Platão, a comunidade que vivia na ilha de Robinson deveria, portanto, também abandonar a vida em família e se integrar totalmente. Somente o Estado teria como tarefa tornar todos homens felizes da mesma maneira. Não haveria pois mais desigualdades entre os homens, mas em compensação também não haveria liberdade pessoal. O aparelho do Estado teria de tomar, em lugar dos habitantes, todas as decisões importantes para a felicidade pessoal deles.

4. Por meio desta utopia, Platão projetou um Estado cujo objetivo é conduzir os homens a um ideal. Apoiando-se em Platão, alguns filósofos dos séculos XV e XVI se ocuparam com semelhantes Estados utópicos. Thomas More, em sua *Utopia,* criou a sociedade dos utópicos; eles constituem a melhor das comunidades, no interior da qual cada um se sente bem e feliz. Os cidadãos da *Utopia* possuem um sistema social comunista, onde não existe propriedade privada a fim de que seja possível conceder a maior felicidade possível a toda a Nação.

5. A sociedade ideal de Bacon localiza-se na "Nova Atlântida" e caracteriza-se, dentre outros, pelo fato de que a pesquisa científica é praticada coletivamente e a sociedade é dirigida por cientistas (conferir F. Bacon). Para Campanella, a Cidade do Sol (*Civitas Solis*) é aquela na qual se realiza a forma ideal do Estado e da sociedade. Em oposição aos utópicos de Thomas More, que dirigem e governam eles mesmos a sua sociedade, a Cidade do Sol é uma "monarquia messiânica" colocada sob a autoridade suprema – espiritual e temporal – do Papa.

§ 29. DA COMUNIDADE DE MULHERES 513

6. Estas utopias são importantes para o desenvolvimento ulterior da teoria do Estado e da sociedade, especialmente porque, nos séculos XIX e XX, foram integradas pelos adeptos das ideologias socialista e social-democrata, que, com seus projetos utópicos, marcaram de maneira fundamental os debates políticos do século XX acerca do Estado (conferir também § 8/25 ss.).

7. O Estado idealizado por Platão foi criticado já por Aristóteles. Ele percebeu de imediato que uma tal comunidade tende a reprimir as reais diferenças entre os homens de tal modo que estes não poderiam se desenvolver. Certamente, o homem é um ser feito para viver em comunidade, mas que, por outro lado, tem igualmente a necessidade de se desenvolver de maneira autônoma. "O Estado é composto não somente de uma pluralidade de indivíduos, mas também de indivíduos especificamente distintos: uma cidade não se forma de partes idênticas" (Aristóteles, Livro II, 1261 a). O Estado só pode levar em conta as diferenças deixando aos indivíduos e às famílias a maior autonomia possível. "Ainda de outra maneira, evidencia-se que tentar unificar o Estado de uma maneira excessiva não é bom. O lar é muito mais autárquico que o indivíduo, o Estado mais do que o lar; e o Estado só se torna verdadeiramente Estado quando a comunidade se torna autárquica. Se a grande autarquia é desejável, então a menor unidade é também desejável" (Aristóteles, Livro II, 1261 b).

8. Se a comunidade insular de Robinson deseja seguir o ideal platônico, ela deverá estruturar uma comunidade no interior da qual a liberdade do indivíduo, da família ou de outros grupos sociais seja abandonada em favor da unidade total do Estado. A comunidade estatal cuidará da educação das crianças, velará pelo fornecimento dos bens, indispensáveis para a existência e o desenvolvimento dos indivíduos da comunidade, bem como se ocupará de assegurar a segurança externa. Com isso, toda atividade vital dos membros tornar-se-á um assunto comunitário. Se Robinson prefere caçar a construir cabanas, a comunidade precisará intervir, pois somente ela tem o poder de regular a divisão do trabalho. Se Sexta-Feira quer desfrutar a vida e Robinson deseja economizar mais, a comunidade intervirá, pois toda despesa relacionada com o desfrute da vida de Sexta-Feira deverá ser financiada por ela. Mas a comunidade não poderá tampouco tolerar que Robinson economize, pois isto acarretaria uma perda do dinheiro do qual ela depende. Além disso, as economias de Robinson lhe permitiriam ter acesso a privilégios, o que poderia conduzir a desigualdades inaceitáveis.

9. Mesmo o número de crianças deverá ser determinado pela comunidade, pois o nascimento de mais ou de menos crianças poderia conduzir a evoluções comunitárias imprevistas, quer dizer, que não foram planejadas (corpo de professores, centros de educação, médicos, licenças-maternidade etc.).

10. Outro aspecto tem igualmente grande importância: se, em uma sociedade liberal, Robinson não está de acordo com Sexta-Feira, ele poderá usar do seu poder pessoal a fim de convencê-lo ou mesmo submetê-lo. Ele poderá ameaçá-lo de rescindir o seu contrato de trabalho; poderá ameaçar com outras pressões econômicas ou ainda tentar limitar o poder de Sexta-Feira por ocasião das próximas eleições democráticas, aumentando o seu próprio número de eleitores. Em uma coletividade ou sociedade totalitária, por outro lado, toda coerção e todo poder é exercido pela comunidade. Robinson não terá disponível nenhum meio de pressão de natureza econômica, jurídica ou política para impor os seus interesses em face de Sexta-Feira. No entanto, se ele consegue conquistar os órgãos comunitários para a sua causa, então Sexta-Feira estará impotente em face da comunidade. A comunidade não detém apenas os meios de pressão de ordem política ou econômica, mas ela dispõe igualmente do monopólio da força, quer dizer, ela pode usar da coerção física para fazer triunfar os seus interesses.

11. O sistema da comunidade totalitária apresenta todavia outras conseqüências. Se, em uma comunidade não-totalitária, Sexta-Feira é demitido por Robinson por trabalhar

§ 29. DA COMUNIDADE DE MULHERES

muito pouco, este não se exporá a um julgamento moral por parte da comunidade. Na verdade, Sexta-Feira lesou apenas os interesses de Robinson. Ao contrário, se a comunidade totalitária entende que Sexta-Feira trabalhou muito pouco, este lesa o interesse da comunidade, o que significa que ele comete uma falta moral perante a comunidade. Nos sistemas totalitários, não são os interesses de Robinson em face dos de Sexta-Feira que são determinantes, mas sim os interesses prioritários da comunidade em face dos individuais de Sexta-Feira. Uma vez que este lesou os interesses de toda a comunidade, todos os membros da comunidade foram lesados.

12. Em uma comunidade totalitária não há igualmente lugar para uma divisão das forças. Aquele que defende interesses econômicos privados lesa o interesse global da comunidade. Esta não pode tolerar que interesses coletivos privados sejam representados e defendidos, por exemplo, por associações privadas, pois isto prejudicará os interesses comunitários. No interesse da comunidade, os interesses privados devem desaparecer. A propriedade de bens privados é igualmente inadmissível, uma vez que por meio da propriedade privada perde-se a propriedade comum. Assim, a propriedade privada não é senão um fruto em detrimento da sociedade.

13. Uma vez que o exercício privado do poder é proibido e reprimido, a comunidade adquire um poder total e incontrolável sobre cada indivíduo. No entanto, mesmo no interior de uma sociedade completamente integrada, haverá sempre o fenômeno da dominação de um pequeno número de indivíduos ou de uma única pessoa. Visto que os governantes desta comunidade podem exercer uma dominação total sobre os membros da coletividade, eles possuem um poder ilimitado, do qual podem abusar a todo momento para seus próprios interesses pessoais. Já que pessoa alguma terá condições de restringir o seu poder ou controlar o seu exercício, a sua dominação degenerará forçosamente em uma tirania totalitária.

b) Conseqüências da limitação do Estado

14. Quais são as conseqüências de uma ordem social liberal? A comunidade começará por assumir as tarefas que são indispensáveis à segurança de sua existência. Wilhelm von Humboldt (1767-1835) escreveu, por exemplo, no ano de 1792: "O fim do Estado pode ser duplo. Ele pode promover a felicidade ou então querer apenas impedir o mal; e, neste último caso, impedir o mal que vem da natureza ou o mal causado pelos homens. Se ele se atém apenas ao segundo, é somente a segurança que ele busca..." (W. von Humboldt, p. 70).

15. Se, no sentido de Humboldt, o Estado se limita a cumprir apenas a sua tarefa relativa à segurança externa e à proteção dos cidadãos contra os perigos da sociedade e da natureza, mas deixa, de resto, livre curso às forças sociais, os diversos membros da sociedade poderão desenvolver eles mesmos as suas aptidões, suas inclinações e suas possibilidades. Visto que Robinson é trabalhador, ele cultivará uma superfície de terra maior que Sexta-Feira. Ele poderá vender o excedente de sua produção, utilizar esse dinheiro para comprar outras terras ou para pagar o pessoal suplementar indispensável para produzir maiores excedentes no ano vindouro.

16. Sexta-Feira, que é menos trabalhador, para sobreviver, venderá terras a Robinson a fim de poder comprar os alimentos necessários. Ele agirá desse modo até que não possua mais terras e tenha então de trabalhar como assalariado de Robinson. A liberdade conduz assim a uma posição social desigual dos indivíduos. Este processo se reforça mais ainda quando, por exemplo, Sexta-Feira adoece ou fica inválido e, portanto, não tem mais condições de trabalhar. Se Sexta-Feira entende esta evolução da sua situação social como uma injustiça gritante, tentará, com a ajuda da influência do Estado, atenuar a sua dependência em relação a Robinson. Ele procurará, por conseguinte, mobilizar os ór-

§ 29. DA COMUNIDADE DE MULHERES 517

gãos públicos para melhorarem a sua sorte, porque não pode mais fazê-lo por meio do livre debate social com Robinson. Ele se associará a outros "Sextas-Feiras" e, pela ação conjunta dos arrendatários, sindicalistas e trabalhadores, tentará ganhar o Estado para a sua causa.

17. Diante disso, Robinson fará todo o possível para salvaguardar a sua liberdade e manter a sua posição conquistada. De sua parte, ele se associará a outros "Robinsons", a fim de conquistar uma influência política maior e combater a de Sexta-Feira e seus associados. Além disso, ele naturalmente tentará pressionar o Estado, utilizando para esse fim o seu poder econômico e pessoal. Ele poderá, por exemplo, ameaçar ter de fechar a sua empresa se novos encargos sociais lhe forem impostos, o que significaria então desemprego para Sexta-Feira. Por outro lado, se Robinson emprega pessoas que possuem grau de parentesco com funcionários do Estado, ele poderá igualmente tentar, através destes, influenciar as decisões do poder público. Por fim, Robinson poderá apoiar financeiramente os grupos políticos que defendem os seus interesses político-econômicos no Estado. Caso estes grupos políticos próximos de Robinson ocupem o poder, eles o favorecerão e não aos seus concorrentes na compra de bens necessários ao Estado ou então pelo ajuste de obras para o Estado – por exemplo, no âmbito da construção – de tal modo que a esfera de influência de Robinson se ampliará cada vez mais.

18. A partir de uma atividade estatal originalmente limitada, nasce desse modo um Estado moderno pluralista com diversos grupos, representantes de interesses e centros de poder. Todos tentam fazer prevalecer os seus próprios interesses nos processos de decisão, seja por meio da intervenção do Estado ou defendendo-se contra ela. Esta imagem complexa das sociedades ocidentais do tipo pluralista merece um exame mais aprofundado antes de se poder responder à questão fundamental de saber se e em que medida existem realmente limites à atividade do Estado.

1. OS CENTROS DE PODER NA SOCIEDADE PLURALISTA

c) A formação de centros de poder pluralistas

19. O Sr. Meier está aturdido em razão dos preços que atualmente deve pagar pelo petróleo. Considerando que os consumidores praticamente não têm nenhuma influência sobre a política de preços praticada pelas grandes companhias de petróleo, ele deseja um controle estatal de preços. Como poderá alcançar este objetivo? Ele deverá se dirigir às autoridades competentes para a instauração de um tal controle. Em outras palavras, se ele deseja exercer uma influência sobre os órgãos do Estado, deverá respeitar os processos e os órgãos de decisão previstos pela Constituição e pelas leis. Se ele se dá por satisfeito escrevendo uma simples carta a estas autoridades públicas, não será levado a sério, pois um entre milhões de cidadãos não pode pretender se arrogar direitos especiais. Ele deverá portanto tentar uma outra via para influenciar os processos de decisão do Estado. De quais meios ele dispõe? Ele pode naturalmente tentar influenciar um partido político. Se se trata de um partido influente, ele poderá, em Estados dotados de uma democracia representativa, conseguir aprovar um projeto contanto que disponha da maioria ou faça parte de uma coalizão majoritária. Todavia, o partido em questão refletirá certamente sobre a possibilidade de ganhar as próximas eleições, caso intervenha nas liberdades fundamentais para fazer prevalecer os interesses de uma pequena minoria.

20. Além disso, a via que passa pelos órgãos dos partidos é penosa e árdua. Se o Sr. Meier não é membro de um partido, ele não tem praticamente chances de poder influenciar a opinião do partido e não poderá se manifestar senão por ocasião de uma assembléia geral. Ele poderá talvez tentar a sua sorte através de uma organização de consumidores. Caso ele consiga convencer a maioria ou a direção desta associação que defende os seus interesses, ela passará a defender o postulado do Sr. Meier no processo estatal de decisão. A associação poderá exercer uma influência sobre os parlamentares, já que ela terá um papel importante nas eleições

§ 29. DA COMUNIDADE DE MULHERES

vindouras. É até mesmo possível que ela prometa apoio financeiro a um ou outro partido em vista das próximas eleições ou que faça propaganda deste ou daquele partido para os seus associados. Na Suíça, a associação tem, além disso, a possibilidade de lançar uma iniciativa constitucional, visando à instauração do controle de preços, que lhe permite, segundo a estimativa de suas chances de sucesso, exercer pressões diretas sobre a atividade política do parlamento e do governo.

21. Regra geral, as organizações de proteção dos consumidores não têm todavia a mesma influência que, por exemplo, os sindicatos ou as associações econômicas que agrupam os parceiros sociais da moderna sociedade industrial. De fato, estas organizações de consumidores dispõem de meios financeiros mais modestos e através dos seus membros – particularmente pelo recurso do boicote – não podem exercer a mesma influência sobre os produtores que, por exemplo, os sindicatos, pois seus membros são menos numerosos e, em geral, menos disciplinados. Em compensação, os parceiros sociais mantêm em geral relações com os grandes partidos, decidem sobre a paz no trabalho e podem, através de sua ação, influenciar diretamente a atividade do Estado. Quando os bancos estimulam ou impedem certos investimentos em infra-estrutura, quando apóiam ou paralisam o desenvolvimento industrial em certas regiões, financiam determinados ramos da indústria e promovem ou desestimulam certos desenvolvimentos industriais como, por exemplo, a racionalização do procedimento de trabalho, isto repercute direta ou indiretamente sobre a política econômica e de desenvolvimento traçada pelo Estado. O mesmo vale para outras empresas do setor de serviços – por exemplo, as companhias de seguro – ou para as empresas do setor secundário – a indústria de relógios, a indústria química, a indústria de máquinas e a indústria automobilística. Todas elas concorrem para determinar o bem-estar de uma comunidade, de uma região, de um cantão e mesmo de um país inteiro (conferir P. Saladin e H.-J. Papier). Quando estas empresas importantes formam grandes associações ou cartéis maiores ou, por meio de sociedades multinacionais, tentam se subtrair à política econômica dos Estados, elas podem então, em razão mesmo de suas possibilidades econômicas, influir diretamente na política estatal, pois o Estado depende do bom relacionamento com o setor econômico.

22. Algo semelhante vale para os sindicatos e sua política. De fato, reivindicações de salário maiores ou menores, decisões sobre medidas de luta sindical, influências dos sindicatos sobre o partido social-democrata etc. podem ter conseqüências para a carestia, a segurança do emprego, a política dos investimentos industriais (as indústrias preferem investir, por exemplo, em países onde reina a paz social), a política de preços etc.

23. Visto que o sr. Meier não faz parte nem de um grande partido nem de qualquer sindicato ou associação patronal, ele deve se contentar com uma organização de proteção dos consumidores, que é relativamente fraca. Se ele não consegue convencer esta organização da justiça de sua causa, restam-lhe como meios de pressão: o rádio, a televisão ou a imprensa escrita. Ele pode escrever um artigo no jornal e – caso consiga convencer um repórter – tentar mobilizar a opinião pública por meio do rádio e da televisão. Na realidade, os meios de comunicação de massa exercem uma grande influência sobre a maior parte dos políticos. Tal como certos plebiscitos suíços têm mostrado, não se pode no entanto superestimar esta influência. Mesmo quando os *mass-media* apóiam um determinado projeto de modo unânime, ele não é automaticamente aceito pelo povo. No entanto, muitos políticos sentem-se – seja por vaidade, seja por outras razões – dependentes da opinião pública ou da opinião pública representada pelos *mass-media*. Por outro lado, os *mass-media* são também direta ou indiretamente influenciados por grupos econômicos ou políticos. É o que mostra o exemplo a seguir: por ocasião de um escrutínio popular sobre o financiamento do déficit eventual de uma Olimpíada, os hoteleiros da região em questão ameaçaram a um jornal não mais fazer publicidade caso este aceitasse artigos que recomendassem a rejeição do crédito proposto. Quando se tem conhecimento de que as receitas provenientes dos anúncios publicitários constituem uma parte importante dos recursos financeiros de um jornal, dificilmente se poderá menosprezar tais influências.

24. O Estado pluralista da sociedade industrial moderna é, portanto, uma espécie de malha ou entrelaçamento de centros de poder e de influências mais ou menos transparentes. A antiga estrutura social, simples indivíduo-família-*pólis*, cedeu progressivamente lugar a uma trama de interdependências e de interações. Enquanto as relações do senhor feudal com os seus servos ainda eram transparentes, pois existia simplesmente uma dependência recíproca e os preços dos comerciantes ou dos artesãos não influenciavam senão excepcionalmente a vida rural autárquica, as dependências nos dias de hoje mal se podem discernir. De fato, o Sr. Meier ignora, por exemplo, se o preço do óleo para aquecimento foi aumentado artificialmente pelas companhias de petróleo multinacionais, ou se esse preço elevado se explica por uma falta de petróleo ou pelos custos de armadores ou aos intermediários. Ele não pode estimar as conseqüências destes preços para a carestia, o emprego na indústria automobilística e seus fornecedores, a política sindical e a política de investimentos das grandes empresas. O sr. Meier tem o sentimento de estar à mercê de forças que ele não conhece e sobre as quais não pode exercer nenhuma influência.

25. Aquele que, na confusão das dependências recíprocas, deseja ter uma visão mais clara deverá começar por aprender a conhecer os diferentes tipos de grupos sociais (partidos políticos, federações, *mass-media*, igrejas e associações privadas) e suas diversas possibilidades de exercer influências sobre a política estatal. É a partir desta ótica que se pode tratar o tema das ligações entre o Estado e a sociedade.

§ 30. OS PARTIDOS POLÍTICOS

Bibliografia

Alemann, U. von. *Parteiensysteme im Parlamentarismus* (Sistemas partidários no parlamentarismo). Düsseldorf, 1973.

Borella, F. *Les partis politiques dans la France d'aujourd'hui* (Os partidos políticos hoje na França). Paris, 1973.

Conrad, C.-A. *Die politischen Parteien im Verfassungssystem der Schweiz* (Os partidos políticos no sistema constitucional da Suíça). Frankfurt a. M., 1970.

Deutscher Staat und deutsche Parteien (O Estado e os partidos na Alemanha). *Festschrift für F. Meinecke* (Edição comemorativa para F. Meinecke). Reimpressão da edição de 1922 de Munique. Aalen, 1973.

Dittberger, J., Ebbinghausen, R. (orgs.). *Parteiensystem in der Legitimationskrise* (O sistema partidário na crise de legitimação). Opladen, 1973.

Fenske, H. Die europäischen Parteiensysteme. Grundlinien ihrer Entwicklung, dargestellt an Beispielen aus Mittel-, Nord- und Westeuropa (O sistema partidário na Europa. Linhas gerais de sua evolução, apresentada em exemplos da Europa do norte, central e ocidental). In: *JöR* 22, 1973, pp. 249 ss.

Flechtheim, O. K. (org). *Die Parteien der Bundesrepublik Deutschland* (Os partidos da República Federal da Alemanha). Hamburgo, 1973.

Greven, M. Th. *Parteien und politische Herrschaft*. Zur Interdependenz von innerparteilicher Ordnung und Demokratie in der BRD (Partidos e dominação política. Sobre a interdependência entre a ordem interna aos partidos e a democracia na República Federal da Alemanha). Meisenheim, 1977.

Gruner, E. *Die Parteien in der Schweiz* (Os partidos políticos na Suíça). 2.ª ed., Berna, 1977.

Henke, W. *Das Recht der politischen Parteien* (O direito dos partidos políticos). 2.ª ed., Göttingen, 1972.

Hug, P. *Die verfassungsrechtliche Problematik der Parteienfinanzierung* (A problemática do financiamento de partidos políticos no direito constitucional). Zurique, 1970.

Jäger, W. (org.). *Partei und System*. Eine kritische Einführung in die Parteienforschung (Partido e sistema. Uma introdução crítica à pesquisa dos partidos políticos). Stuttgart, 1973.

Jellinek, G. *Allgemeine Staatslehre* (Teoria geral do Estado). 3.ª ed., Berlim, 1914. Reimpressão, 1966.
Jüttner, A. *Wahlen und Wahlrechtsprobleme* (Eleições e problemas de direito eleitoral). Munique, 1970.
Jupp, J. *Political Parties* (Partidos políticos). Londres, 1968.
Kaak, H. *Geschichte und Struktur des deutschen Parteiensystems* (História e estrutura do sistema partidário alemão). Opladen, 1971.
Kraehe, R. *Le Financement des partis politiques*. Contribution à l'étude du statut constitutionnel des partis politiques (O financiamento dos partidos políticos. Contribuição ao estudo do estatuto constitucional dos partidos políticos). Paris, 1972.
Lees, J. D., Kimber, R. (orgs.). *Political Parties in Modern Britain* (Partidos políticos na moderna Grã-Bretanha). Londres, 1972.
Lenk, K., Neumann, F. (orgs.). *Theorie und Soziologie der politischen Parteien* (Teoria e sociologia dos partidos políticos). Darmstadt, 1974.
Lohmar, U. *Innerparteiliche Demokratie* (Democracia no interior dos partidos). 2.ª ed., Stuttgart, 1968.
Michels, R. *Les partis politiques*. Essai sur les tendances oligarchiques des démocraties (Os partidos políticos. Ensaio sobre as tendências oligárquicas das democracias). Paris, 1971.
Paul, P. *Zur staatsrechtlichen Stellung und Funktion der politischen Parteien in der Schweiz* (Sobre a situação e função dos partidos políticos na Suíça de acordo com o direito público). Diss. Basiléia, 1974.
Rowold, M. *Im Schatten der Macht*. Zur Oppositionsrolle der nichtetablierten Parteien in der Bundesrepublik (À sombra do poder. Sobre o papel de oposição dos partidos não estabelecidos na República Federal da Alemanha). Düsseldorf, 1974.
Scheuner, U. Die Parteien und die Auswahl der politischen Leitung im demokratischen Staat (Os partidos e a escolha da direção política no Estado democrático). In: *Staatstheorie und Staatrecht* (Teoria do Estado e direito público). Berlim, 1978.
Schleth, U. *Parteifinanzen* (As finanças dos partidos políticos). Meisenheim, 1973.
Schmitt, J. *Probleme der Parteienfinanzierung in Großbritannien* (Problemas do financiamento dos partidos políticos na Grã-Bretanha). Frankfurt a . M., 1969.
Schneider, H.-P. *Die parlamentarische Opposition im Verfassungsrecht der Bundesrepublik Deutschland* (A oposição parlamentar no direito constitucional da República Federal da Alemanha). Frankfurt a. M., 1974.

Schreiner, K. *Die Entstehung des deutschen Parteiensystems* (A origem do sistema partidário alemão). Munique, 1974.

Schütt, E. *Wahlsystemdiskussion und parlamentarische Demokratie* (Discussão sobre o sistema eleitoral e a democracia parlamentar). Hamburgo, 1973.

Seifert, K.-H. *Die politischen Parteien im Recht der BRD* (Os partidos políticos no direito da República Federal da Alemanha). Colônia, 1975.

Speck, W. A., *Tory and Whig*. The struggle in the Constituencies, 1701-15 (Os tory e os whig. O conflito nos distritos eleitorais, 1701-1715). Londres, 1970.

Wolfrum, R. *Die innerparteiliche demokratische Ordnung nach dem Parteiengesetz* (A ordem democrática interna aos partidos segundo a lei partidária). Berlim, 1974.

a) A origem dos partidos

1. Todo Estado tem a sua própria história partidária. Ela está estreitamente ligada com o desenvolvimento da democracia do país em questão. É assim que na Inglaterra originalmente opunham-se os *Whigs* e os *Tories*: de um lado, as forças liberais, favoráveis a uma democratização e a uma renovação do Estado, e, de outro, as forças conservadoras que desejavam manter as instituições tanto quanto possível. Encontramos um quadro semelhante nos Estados Unidos onde, muito cedo, os republicanos se colocaram como defensores da soberania dos Estados-membros da União, enquanto os democratas defendiam um desenvolvimento nacional progressista. A mesma clivagem existia também na Alemanha (antagonismo entre os liberais e os conservadores) ou na Suíça (liberais e conservadores).

2. O debate sobre a reforma do Estado foi em grande medida obscurecido pela questão social por volta do final do século XIX. A supressão progressiva do princípio censitário conferiu um direito de participação mais amplo às camadas sociais mais baixas, que procuravam melhorar a sua situação por meio da influência do Estado sobre a economia. Em numerosas cidades fundaram-se partidos socialistas que logo se dividiram em duas alas distintas: uma radical de tendência comunista e uma socialdemocracia. Com o fortalecimento dos partidos socialdemocratas, os debates entre conservadores e liberais passaram ao segundo plano. Estes debates foram substituídos pela luta referente a questões sociais entre os partidos burgueses, de um lado, e os socialistas, de outro. Aqueles desejavam reduzir ao máximo as tarefas do Estado e dar ampla liberdade à economia; estes, por meio da ajuda do Estado, buscavam lutar contra a exploração econômica e reivindicavam uma maior intervenção estatal na economia e na propriedade, a fim de assegurar a igualdade de oportunidades e uma divisão mais eqüitativa dos bens.

b) A dependência dos partidos em relação à organização do Estado

1. A posição dos partidos no sistema de governo

3. A posição dos partidos nas organizações dos Estados singulares é muito diversa. Nas antigas teorias alemãs do Estado, o lugar que lhes é reservado é marginal; eles são considerados como agrupamentos sociais que não têm qualquer relação com a direção do Estado (cf. G. Jellinek, pp. 113 ss.). Esta negação da função pública dos partidos advém da concepção de que a unidade e a soberania do Estado são indivisíveis. De fato, a legitimação divina do Estado não tolerava uma divisão dupla ou tripla de sua vontade. Ainda em 1914, o último imperador da Alemanha proclamava conhecer tão-somente alemães, e não partidos (conferir U. Scheuner, p. 348).

4. Também na Suíça, os partidos tiveram de despender muitos esforços para afirmar a sua posição, se bem que por outras razões. Eles nasceram de pequenas associações de cidadãos, que exerciam em conjunto os seus direitos de iniciativa e de *referendum* nos cantões. Estas associações se formavam e se dissolviam de acordo com o sucesso ou o fracasso político e somente pouco a pouco se tornaram agrupamentos políticos dotados de uma concepção política uniforme (conferir a esse respeito E. Gruner).

5. Também a soberania popular marcada pela *volonté générale* de Rousseau contradiz a idéia de uma soberania popular dividida em diversos campos. A *volonté générale*, na verdade, não é realizável quando o povo está dividido em partidos. Não é por acaso que, por exemplo, na Suíça os partidos políticos sempre se esforçam por se qualificarem como "partidos populares", a fim de, desta maneira, expressarem a sua ligação a um povo supostamente unido em seu modo de pensar.

1.1. Os partidos na democracia parlamentar

6. É evidente que os partidos desempenham um papel primordial nas democracias parlamentares. Historicamente, a Inglaterra é, por assim dizer, a mãe pátria dos partidos. Já no século XVII, formaram-se agrupamentos mais ou menos estruturados que reivindicavam um acréscimo de atribuições em favor do parlamento (*Whigs*), e outros que eram partidários dos direitos do rei (*Tories*). Ao longo dos séculos, as linhas de divisão se deslocaram sem cessar e, com o surgimento do partido dos trabalhadores (*Labour*), os *Whigs* perderam terreno, o que não ocorreu com os *Tories*.

7. Decisivo foi o fato de que, no século XVIII, os partidos do parlamento exerceram influência sobre a formação do gabinete, produzindo uma estrutura de bancadas parlamentares bastante estável com maioria, de um lado, e minoria, de outro. A evolução da democracia parlamentar é impensável sem relações estáveis entre a maioria e a minoria no interior do parlamento. De fato, um parlamento privado de uma maioria e de uma minoria bem determinada não teria jamais chegado a forçar o rei a designar como seu primeiro-ministro o chefe do partido majoritário. O poder e a influência do primeiro-ministro dependiam unicamente de sua possibilidade

§ 30. OS PARTIDOS POLÍTICOS

de assegurar uma maioria parlamentar para as suas decisões (conferir § 21/25 ss.).

8. Neste contexto, um instrumento de direção que se reveste de uma grande importância é a coação da bancada parlamentar que, todavia, é formalmente proibida por numerosas Constituições. O artigo 38 da Constituição da República Federal da Alemanha, por exemplo, determina expressamente: "Os deputados do *Bundestag* alemão são eleitos pelo sufrágio universal direto, livre e secreto. Eles são representantes do povo em sua totalidade e não devem obediência a nenhuma instrução ou ordem, mas tão-somente à sua consciência." O artigo 91 da Constituição federal da Suíça é mais lacônico: "Os membros dos dois conselhos votam sem instruções." Apesar desta garantia jurídica de independência – que aliás não existe na Inglaterra –, os deputados estão submetidos a uma forte pressão dos seus partidos e bancadas parlamentares. Desse modo, caso tenham interesse de figurar na lista dos candidatos do partido nas próximas eleições, evitarão divergir, sem necessidade imperiosa, da maioria de sua bancada parlamentar. Esta possibilidade não existe de fato senão quando a votação é secreta. Mas, mesmo nesse caso, os partidos, as bancadas parlamentares e os *mass-media* tentam saber quais os deputados que se desviaram da orientação partidária por ocasião desse ou daquele escrutíneo. O fato de ser a coação da bancada parlamentar excluída pela Constituição tem como conseqüência evitar sanções aos parlamentares que votam diferentemente, quer dizer, evitar que sejam ser excluídos do parlamento, o que pode ocorrer na Inglaterra.

9. Nas democracias parlamentares, os partidos têm pois uma posição privilegiada em comparação aos outros tipos de regime (não se levando em conta a democracia comunista). Se dispõem de uma maioria parlamentar capaz de governar, eles escolhem os membros do governo e decidem sobre a edição ou não de novas leis. No entanto, o poder do partido depende muito da disciplina dos membros da sua bancada parlamentar. De fato, quando um número expressivo de parlamentares da maioria não se submete mais a esta disciplina, o governo perde a confiança no parlamento e pode ser deposto ou substituído por uma nova maioria governamental. Em tais casos, freqüentemente o presidente ou o monarca tem a possibilidade de dissolver o referido parlamento e organizar novas eleições. Esta possibilidade não agrada muito aos deputados, pois eles correm o risco de não se elegerem novamente e têm de se submeter às fadigas de uma campanha eleitoral.

10. Esta estreita e recíproca dependência entre o governo, a bancada parlamentar e o partido tem como conseqüência obrigar a direção do partido a segurar as rédeas com firmeza. O chefe do governo é, quase sempre, embora não necessariamente, o presidente do partido. O presidente e o comitê diretor do partido têm uma posição forte diante da totalidade do partido. Se o comitê diretor é vencido pela opinião geral do partido, isto coloca em questão a estabilidade governamental e, portanto, a própria maioria parlamentar. Por conseguinte, quase sempre forma-se uma hierarquia partidária muito rigorosa.

11. A Constituição da República Federal da Alemanha (artigo 21) prevê, por exemplo, esta posição privilegiada ocupada pelos partidos, reconhecendo-os como associações que participam da formação da vontade nacional. Além disso, eles recebem uma contribuição financeira do Estado, para o cumprimento dessa tarefa de interesse público. Em contrapartida, os partidos devem estar organizados de maneira democrática e dar informações sobre a origem de seus fundos. Os partidos que possam porventura prejudicar a ordem livre e democrática ou queiram suprimi-la, bem como os que colocam em perigo a existência da República Federal da Alemanha, podem ser declarados inconstitucionais pela Corte Constitucional e ser proibidas.

12. Esta regulamentação abrangente visa igualmente impedir que os partidos caiam em uma dependência financeira de grupos econômicos. O poder real de um partido deve corresponder ao seu eleitorado e não ser ampliado pelo poderio econômico. Nas campanhas eleitorais, é importante que os partidos se meçam em um combate honesto, utilizando as mesmas armas e segundo o princípio da igualdade de chances. O seu financiamento é calculado de acordo com as respectivas parcelas de eleitorado das eleições anteriores. Assim, não há privilégios financeiros. Durante a campanha eleitoral, o partido governamental não pode aproveitar-se de sua posição e empregar, para fins de propaganda, pessoas a serviço do Estado ou fundos públicos.

13. A idéia de concorrência e de igualdade de oportunidades, válida para a economia, é pois transposta ao plano do debate político entre a maioria governamental e a oposição. Ao final de um debate correto e racional, livre de influências unilaterais, o eleitor deve poder formar livremente a sua opinião e dar a sua preferência ao partido do qual está convencido ser o melhor para presidir o destino do país. O eleitor deve pois pesar argumentos e contra-argumentos, personalidades contra personalidades sem ser estorvado em sua livre escolha por uma campanha de propaganda exagerada e financiada por um ou por outro grupo econômico poderoso.

14. Por fim, o procedimento de seleção dos candidatos propostos para a eleição se reveste de uma importância primordial. Quando este procedimento é democrático, cada membro do partido pode exercer uma influência sobre a escolha do representante do partido no parlamento. Ao contrário, se os candidatos são designados pela hierarquia do partido, a democracia interna do partido torna-se facilmente uma farsa. Uma influência partindo da base para o alto é então praticamente impossível, os membros do partido são reduzidos ao papel de meros figurantes, certamente importantes para a publicidade do partido, mas que, de resto, não devem abalar a sua maquinaria.

15. Após a eleição, os membros do parlamento têm um papel de importância decisiva. Quando vários parlamentares se reúnem, eles constituem uma bancada ou facção parlamentar. No parlamento, as bancadas têm uma função a cumprir análoga à dos partidos em relação ao povo todo ao longo da campanha eleitoral. De fato, cada grupo parlamentar trata de harmonizar as opiniões de seus membros, visando unificá-las. A bancada parlamentar majoritária escolhe o chefe do gabinete e assim, pois, o chefe do governo. É no seio da maioria parlamentar que se preparam as leis de grande alcance político. A bancada majoritária fixa os objetivos políticos do Estado em concordância com o primeiro-ministro. Quando um partido não consegue obter a maioria no parlamento, várias bancadas devem unir as suas forças para formar um governo de coalizão, a menos que um grupo minoritário assuma a tarefa de formar o governo em face da passividade dos partidos de oposição. Neste caso, a influência dos pequenos partidos de uma coalizão ou a influência dos partidos de oposição se fortalece. Mas isto não altera de modo algum o fato de que as decisões importantes, no final das contas, serão tomadas no interior das bancadas parlamentares que dispõem de poder suficiente.

16. Para o partido coloca-se então a questão relacionada com a ligação interna entre o partido e a bancada parlamentar. Pode o partido influenciar a decisão da sua bancada? A opinião do partido é determinada de acordo com a da bancada parlamentar ou inversamente? Entre a direção do partido e a qualidade de membro da bancada parlamentar existe freqüentemente uma unidade pessoal, de tal modo que o problema se coloca sobretudo para os cargos inferiores dos membros do partido. Podem estes esperar exercer uma influência sobre as opiniões da bancada após as eleições ou devem eles se resignar e esperar as próximas?

17. O fato de que nas democracias parlamentares os partidos constituem, muitas vezes, comunidades fechadas e estruturadas hierarquicamente contribuiu para que diversos grupos tentassem formar uma oposição "extraparlamentar" para poder influir sobre as decisões do Estado. Esta oposição exterior ao parlamento cristaliza-se no plano local nas iniciativas dos cidadãos, que tentam fazer valer certos interesses seus – por exemplo, os interesses ligados à proteção do meio ambiente – pela via suprapartidária ou apartidária. Nas democracias parlamentares, os partidos têm então uma tarefa importante a cumprir se desejam conservar a sua importância como titulares da formação da vontade política: em todos os níveis de sua hierarquia, tanto as novas idéias políticas quanto os problemas dos cidadãos devem ser ouvidos e acolhidos.

1.2. Os partidos no sistema suíço

18. Nos países em que o governo não depende diretamente da maioria parlamentar, a posição dos partidos é muito menos forte. Isto vale para os Estados Unidos, para a França, mas também para a Suíça. Sem dúvida, os partidos desempenham um papel primordial na escolha dos candidatos para o parlamento, para o governo e, em parte, para a administração. Os partidos assumem uma grande responsabilidade política pessoal. Mas, uma vez eleitos, os membros do governo ou os parlamentares sentem-se relativamente independentes de seus respectivos partidos, porque a sua atividade não depende, senão em pequena escala, da sustentação do partido. Eles se consideram representantes de todo o povo e não se sentem, por isso, vinculados à opinião de seus partidos.

19. Inversamente, isto conduz ao fato de que a influência do partido sobre as atividades do governo e da bancada parlamentar seja muito reduzida. Aquele que deseja fazer valer interesses políticos em face do governo ou de uma bancada parlamentar deve se dirigir diretamente a cada membro do parlamento ou tentar exercer influência direta sobre os assuntos governamentais. Quando, como na Suíça, a oposição extra-parlamentar consegue, pela via do *referendum* e da iniciativa, integrar-se no processo de formação da vontade do Estado, podem-se diminuir certas aversões contra o *establishment*.

20. A posição relativamente fraca dos partidos no sistema suíço percebe-se também pelo fato de que não são sequer mencionados na Constituição federal. As propostas visando um reconhecimento constitucional dos partidos foram, até o presente momento, combatidas com sucesso. Mesmo na comissão de expertos, encarregada de elaborar o anteprojeto de uma nova Constituição federal para a Suíça, o reconhecimento dos partidos não foi admitido senão com muita dificuldade e esforço. No caso de um reconhecimento oficial, os partidos temem um controle maior por parte do Estado, quer dizer, uma estatização, da qual querem se esquivar especialmente os partidos que, hoje em dia, já são suficientemente fortes.

21. O sistema dos partidos é, além disso, fortemente marcado pela estrutura federalista da Confederação suíça. O centro dos debates político-partidários são os cantões. No plano federal, os partidos se constituíram muito tardiamente e, quase sempre, como simples organização de cúpula dos partidos cantonais. Os verdadeiros titulares da formação da vontade política são os partidos cantonais. O seu perfil difere muito de um cantão ao outro, mesmo quando aparecem unidos no plano federal – por exemplo, entre os socialdemocratas, o partido popular cristão, os liberais etc. Entre estes partidos existem freqüentemente de um cantão ao outro divergências ideológicas muito profundas.

22. Na Suíça, os partidos têm todavia um *status* especial, porque todos os quatro grandes partidos estão integrados no governo, quer dizer, no Conselho Federal (*Bundesrat*). Esta coalizão dos partidos governamentais é retomada também no plano cantonal. Em numerosos cantões, o governo se compõe de representantes de dois ou, na maior parte dos casos, três grandes partidos. Isto conduz ao fato de que estes partidos não precisam mais temer serem excluídos das atividades governamentais. De outro lado, visto que os pe-

§ 30. OS PARTIDOS POLÍTICOS

quenos partidos não representados no governo praticamente não podem contar com o fato de serem admitidos como partidos governamentais, eles se resignam com o seus papéis de partidos de oposição e não tentam, por meio de uma atividade partidária dinâmica, modificar profundamente a situação dos partidos majoritários.

23. Enquanto em países dotados de um sistema de governo parlamentar o programa do partido se reveste de uma importância primordial para a atividade durante o período da legislatura, na Suíça a atividade programática dos partidos tem uma importância secundária, embora eles cada vez mais mencionem em seus programas os objetivos gerais para o próximo período legislativo. A atividade legislativa do parlamento é, na verdade, bem menos determinada pelos programas dos partidos que pelos mandatos constitucionais, cada vez mais numerosos, bem como pelas iniciativas populares. Uma iniciativa popular pode conduzir à elaboração de um contraprojeto pelo parlamento em nível constitucional, ou a que o parlamento a leve em conta no plano da legislação ordinária. Quando o povo adota um texto constitucional, o legislador está, na maioria dos casos, obrigado a editar uma lei para sua regulamentação.

24. Certamente, os partidos nem sempre conseguem acolher logo os novos e essenciais interesses do povo, bem como integrá-los em seus programas. Esta situação tem, todavia, uma relação estreita com a democracia direta. De fato, uma vez que o povo tem um poder de co-decisão sobre temas determinados, a escolha das pessoas pelos partidos ocorre de maneira desvinculada desses temas. As chances eleitorais dos partidos junto ao povo dependem muito mais das pessoas que dos programas. É por esta razão que os partidos têm igualmente pouco interesse de sondar a opinião do povo, visto que este poderá fazer valer as suas novas idéias tanto pela via da iniciativa quanto pela via dos programas dos partidos. Mesmo que um partido consiga fazer com que certos pontos do seu programa sejam adotados por todos os outros partidos governamentais, os seus esforços poderão fracassar diante da decisão popular, porque a sua realização concreta deverá passar por uma modificação da Constituição ou da lei, que depende de *referendum* obrigatório ou facultativo.

25. Nos últimos anos, como já apontamos, tenta-se mais e mais valorizar, na Suíça, os programas políticos. Assim, o executivo é obrigado a elaborar um programa de legislatura. Todavia, neste programa, os conselheiros federais incluem muito poucos pontos provenientes dos seus partidos. Em geral, o programa de legislatura decorre das necessidades da administração, às quais se acrescentam alguns poucos objetivos político-partidários. A seguir, em uma conversa com as lideranças dos partidos procura-se harmonizar o programa do governo com os quatro programas dos partidos governamentais. Uma vez que ultimamente os objetivos de legislatura do Conselho Federal são objeto de discussão no parlamento, há um interesse maior de se elaborarem programas que, em última instância, sejam aceitos pelos parlamentares e seus partidos.

2. O sistema eleitoral e a situação dos partidos

26. A importância e a situação dos partidos políticos e das bancadas parlamentares dependem em grande parte do sistema eleitoral, como mostra claramente o exemplo da Suíça.

27. Segundo o artigo 72, alínea 2, da Constituição federal da Suíça, os conselheiros nacionais são eleitos nos cantões que, ao mesmo tempo, constituem os distritos eleitorais para a eleição dos parlamentares no plano federal. Portanto, aquele que deseja se tornar parlamentar no plano federal deverá ter apoio político em seu cantão. Desse modo, os partidos cantonais, que designam os candidatos, são verdadeiramente os centros das decisões políticas relativas à escolha das pessoas.

28. Desde 1919, os conselheiros nacionais são eleitos pelo sistema proporcional. Segundo este sistema, todo partido

§ 30. OS PARTIDOS POLÍTICOS

recebe um número de cadeiras proporcional ao número de votos obtidos. Isto reforça naturalmente a influência dos partidos. Regra geral, não será eleito conselheiro nacional senão aquele que figurar na lista do seu partido cantonal. No entanto, uma vez que a lei permite a cumulação de certos candidatos, o que significa que o eleitor lhes pode dar dois votos; que ela autoriza igualmente o voto misto, quer dizer, o eleitor pode votar em candidatos de outros partidos, os candidatos do partido que têm a maior chance de figurar na lista são os que, por uma razão ou outra, recebem apoio de seus próprios eleitores ou sobretudo os que atraem os votos dos eleitores de outros partidos. Isto favorece particularmente as chances eleitorais dos candidatos que são apoiados por associações. Visto que as associações, regra geral, se compõem de membros pertencentes a diversos partidos, elas estão em condições de estimular os seus associados a apoiar de duas maneiras o candidato ou os candidatos que eles recomendam, a saber, pela acumulação se se trata de um candidato pertencente ao mesmo partido que o membro da associação, ou pelo voto misto quando o candidato e o membro pertencem a partidos diferentes.

29. Por sua vez, os partidos têm grande interesse de fazer figurar em suas listas candidatos que conciliam em torno de seu nome eleitores de outras tendências partidárias, já que esses votos em seu favor são computados no cálculo de repartição das cadeiras. Esta dependência dos partidos dos eleitores de outros partidos enfraquece naturalmente a posição das personalidades que do ponto de vista político-partidário são muito rígidas e inflexíveis e aumenta as chances dos candidatos que podem contar com os votos exteriores ao eleitorado do seu partido, especialmente por meio das associações. Uma vez eleitos como conselheiros nacionais, os candidatos sentem-se naturalmente de certa forma independentes, de seu partido e de sua bancada parlamentar, sobretudo os que devem a sua eleição principalmente a eleitores externos ao partido. Portanto, eles se sentem muito mais ligados a suas associações ou a seus eleitorados.

§ 31. AS ASSOCIAÇÕES

Bibliografia

Alemann, U. von, Heinze, R. G. (org.). *Verbände und Staat*. Vom Pluralismus zum Korporatismus (As associações e o Estado. Do pluralismo ao corporativismo). Opladen, 1979.

Bennemann, J. et alii. *Verbände und Herrschaft* (Associações e dominação). Bonn, 1970.

Biedenkopf, K. H., Voss, R. von (orgs.). *Staatsführung, Verbandsmacht und innere Souveränität* (Direção do Estado, poder das associações e soberania interna). Bonn, 1977.

Buchholz, E. *Interessen, Gruppen, Interessentengruppen* (Interesses, grupos, grupos de interesse). Tübingen, 1970.

Burdeau, G. *Droit constitutionnel et institutions politiques* (Direito constitucional e instituições políticas). 18.ª ed., Paris, 1977.

Castles, F. G. *Pressure Groups and Political Culture* (Grupos de pressão e cultura política). Londres, 1967.

Delley, J.-D. *L'initiative populaire en Suisse*. Mythe et réalité de la démocratie directe (A iniciativa popular na Suíça. Mito e realidade da democracia direta). Diss. Genebra. Lausane, 1978.

Delley, J.-D., Morand, Ch.-A. Les groupes d'intérêt et la révision totale de la Constitution fédérale (Os grupos de interesse e a revisão total da Constituição federal). In: *ZSR* 93 (1974), vol. I., pp. 487 ss.

Dettling, W. (org.). *Macht der Verbände, Ohnmacht der Demokratie?* (Poder das associações, impotência da democracia?). Munique, 1976.

Eschenburg, Th. *Herrschaft der Verbände?* (Dominação das associações?). 2.ª ed., Stuttgart, 1963.

Finer, S. E. *Anonymous Empire*. A study of the lobby in Great Britain (Império anônimo. Um estudo sobre o lobby na Grã-Bretanha). 2.ª ed., Londres, 1966.

Germann, R. E. *Politische Innovation und Verfassungsreform* (Inovação política e reforma constitucional). Berna, 1975.

Gilb, C. L. *Hidden Hierarchies*. The Professions and Government (Hierarquias secretas. As profissões e o governo). Nova York, 1966.

Holtzman, A. *Interest groups and lobbying* (Grupos de interesse e lobby). Nova York, 1968.

Huber, H. *Staat und Verbände* (Estado e associações). Tübingen, 1958.

Jenny, B. A. *Interessenpolitik und Demokratie in der Schweiz*. Dargestellt am Beispiel der Emser Vorlage (Política de interesses e democracia na Suíça. Apresentada no exemplo do projeto de Ems). Zurique, 1966.

§ 31. AS ASSOCIAÇÕES 537

Kaiser, J. H. *Die Repräsentation organisierter Interessen* (A representação dos interesses organizados). 2.ª ed., Berlim, 1978.
Key, V. O. *Politics, Parties and Pressure Groups* (Política, partidos e grupos de pressão). 4.ª ed., Nova York, 1958.
Kocher, G. *Verbandseinfluß auf die Gesetzgebung* (Influência das associações na legiferação). Diss. Berna, 1967.
Langbein, V. *Die rechtliche Regelung des Lobbyismus in den Vereinigten Staaten* (A regulamentação jurídica dos lobbies nos Estados Unidos). Hamburgo, 1967.
Leibholz, G., Winkler, G. Staat und Verbände (O Estado e as associações). In: VVDStRL 24, Berlim, 1966.
Lessmann, H. *Die öffentlichen Aufgaben und Funktionen privatrechtlicher Wirtschaftsverbände* (As tarefas e as funções públicas das associações econômicas de direito privado). Colônia, 1976.
Mahood, H. R. (org.). *Pressure Groups in American politics* (Grupos de pressão na política americana). Nova York, 1967.
Mayer- Tasch, P. C. *Korporativismus und Autoritarismus.* Eine Studie zur Theorie und Praxis der berufsständischen Rechts- und Staatsidee (Corporativismo e autoritarismo. Um estudo sobre a teoria e a prática da idéia de Estado e de direito de classe). Frankfurt a. M., 1971.
Meynaud, J. *Nouvelles études sur les groupes de pression en France* (Novos estudos sobre os grupos de pressão na França). Paris, 1962.
Michels, R. Die oligarchischen Tendenzen der Gesellschaft (As tendências oligárquicas da sociedade). In: *"Demokratische" Elitenherrschaft* (Dominação "democrática" das elites). Org. W. Röhrich. Darmstadt, 1975.
Mosca, G. Das aristokratische und das demokratische Prinzip (O princípio democrático e o princípio aristocrático). In: *"Demokratische" Elitenherrschaft* (Dominação "democrática" das elites). Org. W. Röhrich. Darmstadt, 1975.
Neidhart, L. *Plebiszit und pluralitäre Demokratie* (Plebiscito e democracia pluralista). Berna, 1970.
Pareto, V. System der allgemeinen Soziologie (Sistema da sociologia geral). In: *"Demokratische" Elitenherrschaft* (Dominação "democrática" das elites). Org. W. Röhrich. Darmstadt, 1975.
Parsons, T. Soziale Klassen im Lichte der soziologischen Theorie (Classes sociais à luz da teoria sociológica). In: *Soziologische Texte* (Textos de sociologia). Neuwied, 1968.
Schelter, K. *Demokratisierung der Verbände?* (Democratização das associações?). Berlim, 1976.

Schindler, D. *Verfassungsrecht und soziale Struktur* (Direito constitucional e estrutura social). 5.ª ed., Zurique, 1970.
Schmitt, H. *Entstehung und Wandlungen der Zielsetzungen, der Struktur und der Wirkungen der Berufsverbände* (Criação e transformações das finalidades, da estrutura e dos efeitos das entidades de classe). Berlim, 1966.
Schneider, H. *Die Interessenverbände* (As associações de interesse). 4.ª ed., Viena, 1975.
Schröder, H. J. *Gesetzgebung und Verbände* (A legiferação e as associações). Berlim, 1976.
Stammer, O. *Verbände und Gesetzgebung* (As associações e a legiferação). Colônia, 1965.
Teubner, G. *Organisationsdemokratie und Verbandsverfassung* (A democracia das organizações e a constituição das associações). Tübingen, 1978.
Topitsch, E. *Sozialtheorie und Gesellschaftsgestaltung* (Teoria social e formação da sociedade). In: *ARSP* 42 (1956), pp. 171 ss.
Tudyka, K. P., Tudyka, J. *Verbände – Pressure Groups*. Geschichte, Theorie, Funktion (Associações – Grupos de pressão. História, teoria, função). Frankfurt a. M., 1973.
Varian, H. J. (org.). *Interessenverbände in Deutschland* (As associações de interesse na Alemanha). Colônia, 1973.
Versteyl, L. A. *Der Einfluß der Verbände auf die Gesetzgebung* (A influência das associações na legiferação). Diss. Bochum, 1972.
Wittkämpfer, G. W. *Die verfassungsrechtliche Stellung der Interessenverbände nach dem Grundgesetz* (A situação jurídico-constitucional das associações de interesse segundo a Constituição). Colônia, 1963.
Wootton, G. *Interest-groups* (Grupos de interesse). Englewood Cliffs, 1970.

a) Tipos e funções das associações

1. Os partidos políticos são agrupamentos históricos de cidadãos que se formaram a partir da tradição, de pontos de vista comuns em relação à organização e às tarefas do Estado bem como em relação à ordem social. Os partidos defendem, assim, objetivos do ponto de vista do bem comum e da justiça. Eles querem influenciar a política do Estado a fim de que sejam encontradas soluções justas para a totalidade dos cidadãos. As associações, contrariamente, têm outros objetivos. Elas defendem os interesses econômicos ou político-sociais de seus membros. Os sindicatos defendem os interesses dos trabalhadores; as associações de empregadores protegem os interesses dos empresários; as associações da indústria de exportação se engajam na promoção deste ramo da economia; as associações dos camponeses defendem a agricultura; as associações profissionais representam as classes médias e pequenas empresas, e as organizações dos consumidores se posicionam pela defesa dos consumidores. Ao contrário dos partidos, estas não visam assumir diretamente responsabilidade política pelas decisões do Estado, convencer as autoridades a favorecer os interesses que defendem.

2. A influência da política das associações sobre os processos de decisão dos poderes públicos iniciou-se com a influência crescente dos poderes públicos sobre a economia. Decisões, por exemplo, relativas ao aumento ou à diminuição das taxas alfandegárias de importação repercutem sobre os concorrentes internos, sobre os preços e, por conseguinte, sobre os consumidores. A introdução ou o aumento das contribuições dos trabalhadores para a seguridade social interessa aos sindicatos, mas pode ter conseqüências catastróficas para pequenas empresas que se esforçam para não naufragar.

3. As associações tentam sempre levar o Estado a intervir quando elas não podem proteger suficientemente os interesses dos seus membros no âmbito da livre concorrência social. Os sindicatos reivindicam leis sociais editadas pelo Estado quando não conseguem assegurar a posição social dos trabalhadores pela via das negociações com os empregadores. Os camponeses reclamam um protecionismo do Estado quando, em razão da concorrência estrangeira, não conseguem mais vender manteiga, ovos ou carne por preços que correspondam à renda que esperam. Por fim, a indústria da construção exige dos poderes públicos investimentos de infra-estrutura quando, em razão de uma recessão econômica, não recebe mais pedidos suficientes do setor privado. Os aposentados reivindicam uma intervenção do Estado no combate à inflação, a fim de que não percam o seu poder de compra, enquanto as organizações de proteção dos consumidores reclamam um controle oficial dos preços, quando estimam, por exemplo, que a gasolina e o óleo combustível estão muito caros.

4. Ao lado destas associações econômicas, há cada vez mais organizações sem fins lucrativos de interesse público e que reivindicam uma intervenção do poder público. As organizações de proteção do meio ambiente exigem a paralisação das construções de centrais nucleares bem como uma intervenção maior do Estado na luta contra a poluição sonora e atmosférica. As associações de proteção dos animais exigem uma maior proteção dos animais; as associações esportivas, reclamam dos poderes públicos ajuda para os jovens esportistas enquanto os caçadores e pescadores são partidários de uma maior regulamentação da caça e da pesca, bem como de uma melhor proteção das águas.

b) O Estado e as associações

1. Possibilidades de influências das associações

5. As possibilidades de as associações exercerem uma influência são muito diversas segundo a organização estatal e a tradição. Em uma democracia parlamentar, estas associações devem se ater às estruturas partidárias existentes e tentar ganhar o partido governamental para a sua causa. Elas podem tentar convencer certos deputados ou outros membros importantes do partido majoritário apresentar-lhes vantagens ou, ao contrário, ameaçá-los com medidas como, por exemplo, greves, emigração, campanha contra o partido nas próximas eleições etc. Porém, uma vez que os deputados dependem individualmente da decisão da maioria da sua bancada parlamentar, as possibilidades de exercer uma in-

§ 31. AS ASSOCIAÇÕES 541

fluência por essa via são limitadas. Nos países em que os partidos têm menos influência, as associações têm maiores possibilidades de exercê-la. Uma vez que os deputados não estão submetidos a uma rígida disciplina no interior de suas bancadas parlamentares, é muito mais fácil influenciá-los. Nos Estados Unidos, o célebre *lobby* que as associações exercem sobre os membros do Congresso mostra a eficácia desta medida. Praticamente todas as associações importantes têm em Washington um escritório com vários lobistas. Esses têm como tarefa acompanhar de perto os membros do Congresso e influenciá-los no sentido de uma defesa dos interesses da associação. Visto que os membros da Câmara dos Deputados devem se submeter a uma reeleição a cada dois anos e que as associações podem exercer uma grande influência sobre os eleitores, em razão do sistema majoritário puro, não é fácil aos parlamentares fugir dos lobistas. De fato, a vigilância constante de sua atividade no congresso bem como a contabilidade exata de seus votos podem influir consideravelmente sobre a sua reeleição, quando estas informações são publicadas no momento certo e acompanhadas de um comentário igualmente acertado.

6. Na democracia suíça, as associações podem exercer uma influência ainda muito mais forte. Visto que elas podem influir diretamente sobre a formação da vontade do Estado por ocasião dos plebiscitos, o governo e o parlamento não podem se permitir simplesmente deixar de levar em conta os interesses das associações. Estas podem lançar um *referendum* popular, influenciar a campanha que precede à votação ou mesmo exercer uma influência direta sobre a atividade do governo, lançando uma iniciativa. As possibilidades de influência direta vão ainda mais além. No Milizparlament (assembléia nacional cujos deputados não são políticos profissionais) têm assento diversos representantes que pertencem aos quadros profissionais de associações. Numerosos parlamentares do Milizparlament são membros de diversos conselhos de administração, o que os liga diretamente a certos interesses econômicos. Além disso, as associações podem influenciar a escolha dos candidatos por meio dos partidos, apoiar candidatos que lhes são favoráveis e financiar este ou aquele partido para poder influenciar indiretamente a sua opinião (conferir L. Neidhart; R. E. Germann; J.-D. Delley).

7. O dever jurídico de ouvir as associações antes de editar uma lei (procedimento de tomada de posição – Vernehmlassungsverfahren –; por exemplo, artigo 32 BV) lhes dá a possibilidade de participar de maneira decisiva da formulação de anteprojetos de lei, já no estágio pré-parlamentar. Além disso, freqüentemente, os representantes das associações têm assento nas comissões de peritos e, em muitos casos, acesso direto ao governo.

8. Por sua vez, em outros Estados – por exemplo na França – as associações econômicas e os parceiros sociais têm uma influência direta sobre as atividades do Estado pela via dos conselhos econômico e social, que, tal como o parlamento, tratam de questões ligadas à política econômica e social do Estado. Na maior parte dos casos, compete-lhes um papel unicamente consultivo. Excepcionalmente, estes conselhos detêm um poder de co-decisão. Segundo o artigo 69 da Constituição da República Francesa, o Conselho Econômico e Social se pronuncia sobre projetos de lei, de regulamentos e de decretos, que, a pedido do governo, lhe são submetidos para avaliação. Além disso, todo plano bem como os projetos de leis progmáticas de caráter econômico ou social devem ser submetidos ao Conselho Econômico e Social para avaliação. Um representante do Conselho Econômico e Social pode ser designado por esse órgão para defender no parlamento o parecer do Conselho.

9. O Conselho Econômico e Social da França é composto por 210 membros que, em parte, são eleitos pelas associações profissionais interessadas (operários, empregados, funcionários públicos, técnicos, engenheiros e quadros superiores) ou pelas associações econômicas (indústria, comércio, artesanato e agricultura). Um terço dos membros é nomeado pelo governo, que pode ainda autorizar outros expertos a tomar parte nas sessões com papel consultivo (conferir G. Burdeau, p. 560).

10. Na Suíça, as associações não participam somente da preparação das leis, mas também de sua execução. No domínio da formação profissional, por exemplo, as associações profissionais cumprem uma tarefa pública importante para a formação de aprendizes e de mestres agrários. No domínio do direito agrícola, as associações assumem igualmente tarefas de execução, por exemplo, em relação ao contingenciamento do leite. Certas organizações podem editar normas e diretrizes que têm um caráter obrigatório para os órgãos do Estado – por exemplo, para as autoridades responsáveis pelas autorizações de construir – ou que, ao menos, têm de ser respeitadas como normas diretrizes. Uma delegação de poderes assim ampla de tarefas do Estado para as associações é limitada pela Constituição da República Federal da Alemanha, em seu artigo 33, alínea 4: "Regra geral, o exercício dos direitos de soberania deve ser confiado permanentemente aos funcionários públicos, que fazem parte de relações de serviço e de fidelidade de direito público."

2. Importância dos parceiros sociais

11. Os *parceiros sociais* desempenham um papel importante no plano estatal e sociopolítico. Eles devem, no âmbito da legislação trabalhista, chegar a um acordo sobre as relações do trabalho e os salários. Decisões desse gênero têm efeitos sobre a carestia, a evolução conjuntural, os preços, os investimentos da indústria e a legislação social do Estado. Se os parceiros sociais não chegam a um acordo e partem para medidas de afrontamento, tais como a greve e o locaute, isto pode ter conseqüências incalculáveis para a economia como um todo. É por essa razão que, em muitos Estados, as Constituições prevêem, para tais casos, certas possibilidades de intervenção limitada do governo ou do presidente. É muito freqüente que governos desempenhem o papel de árbitro nos conflitos para realizar a mediação entre as partes (conferir D. Schindler bem como § 19/20 ss.).

12. Ao contrário de uma luta puramente político-estatal, que pode se resolver por uma decisão majoritária tomada pelos órgãos competentes segundo a Constituição, as Constituições não prevêem procedimentos que permitam solucionar em todos os casos os conflitos entre parceiros sociais sem afrontamentos.

13. O Estado, enquanto estância investida de um poder de decisão, não interfere nos conflitos dos parceiros sociais, mas tem a possibilidade de conferir uma força obrigatória maior ao acordo concluído entre eles. Na Suíça (conferir artigo 34 BV), o Conselho Federal pode, por exemplo, dar força obrigatória geral aos contratos coletivos negociados entre os parceiros sociais, de modo que sejam aplicados aos trabalhadores e aos empregadores que não façam parte das associações envolvidas mas pertençam ao ramo em questão. Assim, uma convenção coletiva sobre salários adquire o caráter de *lex contractus*, quer dizer, de uma lei negociada contratual. Os governos devem todavia cuidar para declararem como vinculantes apenas as convenções que não lesem os interesses das minorias, outros interesses importantes para o Estado ou os do bem comum (conferir na Suíça o artigo 34, alínea 3 BV).

c) Avaliação da atividade das associações

14. A forte influência que as associações exercem sobre a atividade do Estado não foi e não é aceita sem oposição. Vários Estados buscam sem cessar vias e meios próprios para reduzir esta influência ou, ao menos, contê-la dentro de limites claros. Os fatos a seguir são os mais criticados. A influência das associações sobre o governo e os membros do parlamento se exerce quase sempre a portas fechadas, as poderosas associações chegam previamente a um acordo entre si sobre a maneira de "trabalhar" certas pessoas, a fim de que um assunto seja regulado no sentido de seus interesses. Tudo isto escapa completamente do controle da opinião pública, embora interesses públicos essenciais sejam possivelmente afetados ou até mesmo lesados. Desse modo, a democracia corre o perigo de ser substituída por uma oligarquia das grandes associações que, por sua vez, na maior parte dos casos agem de maneira não-democrática e concedem aos seus secretários uma posição muito forte (conferir a esse respeito G. Mosca, pp. 28 ss.; R. Michels, pp. 47 ss.; V. Pareto, pp. 117 ss.; T. Parsons, pp. 206 ss.; E. Topitsch, pp. 171 ss.).

15. A fim de atenuar estas possibilidades secretas de influência, os parlamentares de diversos países têm a obrigação de revelar os seus vínculos de interesses. Nos Estados Unidos, por exemplo, tenta-se, inversamente, expor o *lobby* das associações obrigando-as a registrar em um livro os detalhes de suas relações com os membros do congresso. Na Suíça, o Conselho Federal tem de publicar os resultados do procedimento de tomada de posição (*Vernehmlassumgsverfahren*), de modo que fique manifesto quais são as propostas feitas por esta ou aquela associação.

16. Diversos Estados tentam impedir, por meio de disposições legais ligadas a sanções penais, o financiamento de campanhas eleitorais pelas associações e, por conseguinte, que as atividades dos partidos ou dos deputados sejam indiretamente influenciadas por estas mesmas associações. Na Suíça, propôs-se mesmo abandonar a democracia semidireta em prol de um sistema parlamentar, a fim de reduzir sensivelmente a influência das associações (R. E. Germann, pp. 185 ss.).

17. O que se deve pensar sobre a dominação oligárquica das associações? Aquele que julga com realismo a evolução atual e certamente também a evolução futura do Estado deverá admitir que a influência das associações subsistirá enquanto o Estado promover e desestimular interesses sociais, interferir na liberdade dos cidadãos, defender os seus interesses e tiver que tentar conciliar os conflitos sociais. O bem comum não reside em uma torre de marfim acima da sociedade, mas é, ao contrário, o resultado de duras disputas entre interesses variados e opostos.

18. Aquele que, na Suíça, se encontra envolvido nos assuntos governamentais percebe rapidamente a pressão das diferentes associações. Uma carta, um telefonema, um contato pessoal permitem às associações fazer valer os seus interesses também em face dos expertos e funcionários especializados. Quando a pressão é exercida apenas por uma associação poderosa ou por uma das partes interessadas, as pessoas envolvidas têm muita dificuldade de resistir à pressão, tomar suas decisões de maneira independente e distinguir entre interesses legítimos, de um lado, e pretensões exageradas, de outro. No entanto, a partir do momento em que a parte representante dos interesses opostos aos primeiros exerce também pressão, as autoridades públicas podem desempenhar o papel de árbitro entre os interesses envolvidos. A sua independência interna e externa cresce portanto quando as associações antagônicas lutam com armas iguais. O que importa é pois conservar o equilíbrio em um verdadeiro pluralismo de associações distintas. Estas não podem também ser preponderantes em razão de seu poder econômico, que não corresponde ao número de cidadãos que elas representam. Em outras palavras: as associações não devem ser super-representadas.

19. A cooperação das associações deve, no entanto, também ser julgada de modo positivo. De fato, não é raro que aquilo que pensam ou prescrevem as autoridades seja distante da realidade ou burocrático, quando estas disposições não são preparadas ou examinadas por aqueles que, mais tarde, deverão aplicá-las concretamente. Por exemplo, como pode um funcionário conceber normas sobre a profissionalização sem conhecer as relações entre mestre e aprendiz, entre associação profissional e escola profissional, sem conhecer os problemas específicos do ramo ou da região em questão? A tarefa das associações consiste em estabelecer esta relação com a realidade. Elas contribuem assim de maneira essencial para uma legislação realista, pragmática, determinada pela *práxis*.

20. Esta atividade positiva das associações só é todavia possível quando entre elas e a administração não existir nenhuma espécie de hostilidade desnecessária, nenhum fosso intransponível. Necessita-se, ao contrário, de uma cooperação que exige grande compreensão mútua. De um lado, as associações devem respeitar a independência e a neutralidade da administração; de outro, esta deve tentar encontrar um ajuste razoável entre os interesses e não recusar toda proposta das associações como uma ingerência inadmissível.

21. Não se pode condenar *a priori* a defesa de interesses pessoais e privados. Soluções válidas para todos só se encontram quando se conhece a situação dos interesses existentes e se pode apreciá-la à luz de valores e princípios fundamentais. Uma direção estatal autenticamente democrática só é possível quando pode se apoiar sobre um amplo consenso, e esse consenso deve forçosamente levar em consideração os interesses que existem no seio da sociedade. Caso falte esta relação com a realidade, a administração se apóia, possivelmente, sobre pretensos interesses que não existem realmente ou então ela negligencia interesses essenciais, contribuindo assim para a alienação entre Estado e cidadão.

§ 32. OS MEIOS DE COMUNICAÇÃO DE MASSA

Bibliografia

Bollinger, E. *La Presse Suisse*. Structure et diversité (A imprensa suíça. Estrutura e diversidade). Berna, 1976.
Dittrich, N. *Pressekonzentration und Grundgesetz* (Concentração da imprensa e Constituição). Munique, 1971.

Doehring, K. et alii. *Pressefreiheit und innere Struktur von Presseunternehmen in westlichen Demokratien* (Liberdade de imprensa e estrutura interna de empresas de comunicação nas democracias ocidentais). Berlim, 1974.

Dröge, F., Weissenborn, R., Haft, H. *Wirkungen der Massenkommunikation* (Efeitos da comunicação de massas). Frankfurt a. M., 1973.

Ellwein, Th. *Das Regierungssystem der Bundesrepublik Deutschland* (O sistema de governo da República Federal da Alemanha). 3.ª ed., Opladen, 1973.

Emerson, Th. I. *The System of Freedom of Expression* (O sistema da liberdade de expressão). Nova York, 1970.

Fischer, H.-D. et alii. *Innere Pressefreiheit in Europa*. Komparative Studie zur Situation in England, Frankreich, Schweden (A liberdade de imprensa interna na Europa. Estudo comparativo sobre a situação na Inglaterra, na França e na Suécia). Baden-Baden, 1975.

Forsthoff, E. *Der Verfassungsschutz der Zeitungspresse* (A proteção constitucional da imprensa escrita). Berlim, 1969.

Geissler, R. *Massenmedien, Basiskommunikation und Demokratie* (Os mass-media, a comunicação de base e a democracia). Tübingen, 1973.

Gygi, F. Die rechtlichen und organisatorischen Grundlagen des schweizerischen Rundfunkwesens (Os princípios jurídicos e organizatórios do sistema de rádio-difusão na Suíça). In: *Schriftenreihe des Instituts für Rundfunkrecht* (Série de escritos do Instituto para o direito radiofônico). Vol. 22, pp. 5 ss.

Hayek, N. G. *Vorschlag zur Funktion und Struktur der Trägerschaft der SRG* (Proposta para a função e a estrutura da direção da Sociedade Suiça de Rádio-Difusão e Televisão). Zurique, 1975.

Hennessy, B. C. *Public Opinion* (Opinião pública). 3.ª ed., North Scituate/Mass., 1975.

Hermann, G. *Fernsehen und Hörfunk in der Verfassung der BRD* (A televisão e o rádio na Constituição da República Federal da Alemanha). Tübingen, 1975.

Hocking, W. E. *Freedom of the Press, a Framework of Principle*. A report from the Commission on Freedom of the Press (A liberdade de imprensa, uma estrutura de princípios. Um relato da Comissão sobre a Liberdade de Imprensa). Nova York, 1972.

Hoffmann, R. *Rundfunkorganisation und Rundfunkfreiheit* (A organização e a liberdade de rádio-difusão). Berlim, 1975.

Hohenberg, J. *Free Press, Free People* (Imprensa livre, povo livre). Nova York, 1973.

Ippolito, D. S., Walker, Th. G., Kolson, K. L. *Public Opinion and Responsible Democracy* (Opinião pública e democracia responsável). Englewood Cliffs, 1976.

Kaltenbrunner, G.-K. (org). *Die Macht der Meinungsmacher. Die Freiheit, zu informieren und informiert zu werden* (O poder dos formadores de opinião. A liberdade de informar e de ser informado). Freiburg i. Br., 1976.

Klein, H. *Die öffentliche Aufgabe der Presse* (A tarefa pública da imprensa). Düsseldorf, 1973.

Lange, B. *Pressefreiheit und Pressekonzentration. Eine verfassungsrechtliche Untersuchung über die Notwendigkeit und den Inhalt von Gesetzen zur Strukturverbesserung des Pressewesens* (A liberdade e a concentração da imprensa. Uma investigação de direito constitucional sobre a necessidade e o conteúdo de leis para o aperfeiçoamento da estrutura da imprensa). Bonn, 1972.

Langenbucher, W. R. (org). *Zur Theorie der politischen Kommunikation* (Sobre a teoria da comunicação política). Munique, 1974.

Lerche, P. *Verfassungsrechtliche Fragen zur Pressekonzentration* (Questões do direito constitucional a respeito da concentração da imprensa). Berlim, 1971.

Lerche, P. *Verfassungsrechtliche Aspekte der „inneren" Pressefreiheit* (Aspectos de direito constitucional da liberdade de imprensa "interna"). Berlim, 1974.

Löffler, M. (Org.). *Die öffentliche Meinung* (A opinião pública). Munique, 1962.

Löffler, M. *Die Rolle der Massenmedien in der Demokratie* (O papel dos meios de comunicação de massa na democracia). Munique, 1966.

Müller, F., Pieroth, B. *Politische Freiheitsrechte der Rundfunkmitarbeiter* (Os direitos de liberdade política dos trabalhadores do rádio). Berlim, 1976.

Orwell, G. *Nineteen Eighty-Four* (1984). Londres, 1971.

Ossenbühl, F. *Rundfunk zwischen Staat und Gesellschaft* (A rádio-difusão entre o Estado e a sociedade). Munique, 1975.

Pember, D. R. *Privacy and the Press. The Law, the Mass Media and the First Amendment* (Privacidade e a imprensa. O direito, os *mass-media* e a primeira emenda constitucional). Seattle, 1972.

Presserecht/Presseförderung. Bericht der Expertenkommission und Anhang zum Bericht der Expertenkommission vom 1. Mai 1975 für die Revision von Art. 55 der BV (Direito de imprensa / o fomento da imprensa. Relatório da Comissão de expertos e apêndice ao Relatório da Comissão de expertos de 1.º de maio de 1975 para a revisão do artigo 55 da Constituição). Berna, 1975.

Rehbinder, M. *Internationale Bibliographie des Film- und Fernsehrechts* (Bibliografia internacional do direito cinematográfico e televisivo). Berna, 1979.

Reinisch, L. (org.). *Werden wir richtig informiert?* (Somos corretamente informados?). Munique, 1964.

Ronnenberger, F. (org.). *Sozialisation durch Massenkommunikation* (Socialização através da comunicação de massa). Stuttgart, 1971.

Schatz-Bergfel, M. *Massenkommunikation und Herrschaft*. Zur Rolle von Massenkommunikation als Steuerungselement moderner demokratischer Gesellschaften (Comunicação de massas e dominação. Sobre o papel da comunicação de massas como elemento de manobra das sociedades democráticas modernas). Meisenheim, 1974.

Scheuner, U. Pressefreiheit (Liberdade de imprensa). In: *VVDStRL* 22, Berlim, 1965.

Schütte, M. *Politische Werbung und totalitäre Propaganda* (Propaganda política e propaganda totalitária). Düsseldorf, 1968.

Seidel, H. *Vom Mythos der öffentlichen Meinung* (Sobre o mito da opinião pública). Aschaffenburg, 1961.

Silbermann, A., Zahn, E. *Die Konzentration der Massenmedien und ihre Wirkungen* (A concentração dos meios de comunicação de massa e seus efeitos). Düsseldorf, 1970.

Small, W. J. *Political power and the press* (Poder político e a imprensa). Nova York, 1972.

Stammler, D. *Die Presse als soziale und verfassungsrechtliche Institution* (A imprensa como instituição social e jurídico-constitucional). Berlim, 1971.

Steinberg, Ch. S. *The Mass Communicators*. Public relations, public opinion and mass media (O comunicador de massa. Relações públicas, opinião pública e meios de comunicação de massas). Westport, 1973.

Steinmüller, W. (org.). *Informationsrecht und Informationspolitik* (Direito e política da informação). Munique, 1976.

Traugott, E. *Die Herrschaft der Meinung* (A dominação da opinião). Düsseldorf, 1970.

Tucholsky, K. *Schnipsel* (Retalho). Hamburgo, 1973.

Weber, W. *Innere Pressefreiheit als Verfassungsproblem* (A liberdade de imprensa interna enquanto problema constitucional). Berlim, 1973.

Weischedel, W. Wahrheit und Unwahrheit der öffentlichen Meinung (Verdades e mentiras da opinião pública). In: *Wirklichkeit und Wirklichkeiten* (Realidade e realidades). Berlim, 1960.

Wilson, F. G. *A Theory of Public Opinion* (Uma teoria da opinião pública). Chicago, 1962.

a) A importância dos meios de comunicação de massa na sociedade

1. A invenção da imprensa por Johannes Gutenberg na metade do século XV, à qual rapidamente se seguiu a aparição dos primeiros jornais, tais como o *Avisa Relatio* em Augsburg, em 1609; o *Frankfurter Journal*, em 1615; o *Frankfurter Oberpostamtszeitung*, em 1616, e o *Gewöhnliche Wochenzeitung*, de Basiléia, em 1610, contribuiu muito para a democratização e para as evoluções revolucionárias dos séculos XVII, XVIII e XIX. Lutero, Rousseau, Montesquieu, Hobbes, Pufendorf, Johannes Althusius (1557-1638) e muitos outros ainda não tiveram de se limitar a divulgar os seus pensamentos a um pequeno círculo de amigos e conhecidos. As suas idéias puderam ser divulgadas rapidamente por toda parte e acolhidas por todos os cidadãos que sabiam ler.

2. Apesar das rigorosas medidas de censura tomadas por alguns monarcas, o livro e o jornal se desenvolveram sem cessar, pois respondiam a uma necessidade manifesta de informação da população. Subitamente tornou-se possível divulgar informações não somente de boca em boca – por exemplo, por meio dos pregoeiros da cidade –, mas de casa em casa, de vila a vila, de país a país. Novas idéias e movimentos podiam ser mais bem divulgados e de maneira rápida. As informações e proibições aos bons e aos maus potentados e soberanos, apesar de todas as interdições, estavam de repente disponíveis em toda parte. A incrível importância da revolução de Gutenberg só é possível de ser completamente avaliada quando se imagina a sociedade contemporânea privada de livros e de jornais. Ela simplesmente não seria mais viável. A ordem social atual, particularmente a democracia, pressupõe a possibilidade de informação da população.

3. À descoberta da imprensa e dos jornais seguiu-se, em 1887, a descoberta das ondas radiofônicas por Heinrich Hertz. Em 1950, os primeiros transistores foram desenvolvidos por Brattein, Bardeen e Shockley nos laboratórios da Companhia de Telefones Bell. O aparelho de rádio transistorizado permitiu chegar a informação oral até a selva mais profunda, em qualquer ocasião e sem esforço. Os rádios de bolso podem ser levados a qualquer lugar, o desenvolvimento da televisão, nos Estados Unidos, nos anos 30, e na Europa e no Terceiro Mundo após a 2.ª Guerra Mundial conduziram a uma solidificação da moderna sociedade informada. As possibilidades abertas pela televisão via satélite, telejornais e circuitos fechados de televisão mostram que a evolução neste domínio está longe de terminar. É evidente que a sociedade tem a necessidade de se tornar uma unidade, na qual há uma informação sobre tudo e todos. George Orwell (1903-1950), em sua obra intitulada *1984*, previu uma sociedade na qual cada indivíduo seria controlado e vigiado pelo Estado, pelo "Grande Irmão", e poderia a todo momento ser convocado a responder pelos seus atos, sendo privado de toda liberdade pessoal. A sociedade mexeriqueira da pequena vila ou da *pólis* ateniense é substituída por uma rede de informações moderna de fofoqueiras profissionais, dispondo de um banco de dados que funciona como uma espécie de memória de apoio, por meio do qual podem levantar a todo momento todas informações já acumuladas.

4. Para compreender a influência que a televisão, por exemplo, pode exercer sobre as decisões do Estado, é suficiente considerar a pressão que a população americana exerceu sobre o governo dos Estados Unidos para a finalização da Guerra do Vietnã. O fato de as imagens do horror da Guerra do Vietnã penetrarem em cada casa americana contribuiu fundamentalmente para engendrar a oposição da população ao engajamento do próprio país naquela guerra horrível. A televisão pode igualmente promover a solidariedade entre os povos para além do próprio continente. Ela pode mobilizar a opinião pública de um país, de um continente, até mesmo de vários continentes, a favor ou contra um governo.

5. O "consumo" de cenas de horror pela população conduz, por outro lado, a um embotamento de sua sensibilidade, que já se inicia na infância e se traduz por uma indiferença crescente em face do sofrimento do vizinho ou do passante na rua. O indivíduo da sociedade civilizada se recolhe em sua cela, na qual deseja ser alimentado, informado e entretido sem sofrer influências incômodas do exterior.

b) Pluralismo ou monopólio na organização do rádio e da televisão?

6. Se os jornais puderam se desenvolver de maneira relativamente independente e, muitas vezes, até mesmo contra o poder estatal, o mesmo não pode ser dito do rádio e da televisão. Um jornal pode ser impresso por qualquer pessoa que possua papel, uma prensa (hoje em dia, uma fotocopiadora), idéias e dinheiro suficiente. As ondas radiofônicas e televisivas, ao contrário, são muito menos acessíveis. Além disso, são necessárias instalações para as torres de emissão que, em raríssimos casos, podem ser adquiridas por particulares. É necessário que alguém tenha a competência de ao menos colocar ordem na guerra de ondas dos diferentes emissores e proceder a uma divisão das bandas de ondas. No plano internacional, esta tarefa é cumprida por meio de acordos internacionais, enquanto no plano interno o Estado se incumbe de regular esta questão.

7. Não é raro que pareça razoável a muitas autoridades estatais, que regulamentam a atribuição das bandas de ondas, utilizar o seu poder para se apropriar delas e para influir sobre os programas. A conseqüência disso é que, em muitos países, o rádio e a televisão são explorados pelo Estado e diretamente controlados por ele como, por exemplo, na França.

1. *Estados Unidos da América*

8. O rádio e a televisão são regulados de maneira totalmente diversa nos Estados Unidos da América. Decerto, uma comissão estatal, mas largamente independente do governo (*Federal Communication Commission*, FCC), está encarregada de repartir as bandas de ondas, bem como conceder a autorização necessária para explorar uma estação de rádio ou um canal de televisão. De resto, as diferentes empresas de rádio e de televisão são organizadas no âmbito privado. Elas decidem livremente sobre o conteúdo e a difusão de seus programas. Elas devem, todavia, preencher certas condições fixadas pela comissão e estar a serviço do *public interest*.

2. Alemanha

9. Na República Federal da Alemanha buscaram-se soluções intermediárias. Os canais de rádio e de televisão são organizados por uma lei de direito público, mas são largamente autônomos no que tange à programação. Uma vez que a organização repousa sobre as estruturas dos *Länder*, é tarefa dos parlamentos destes últimos designar os membros dos órgãos públicos superiores, que elaboram os estatutos e podem, nos casos concretos, dar instruções aos diretores administrativos das emissoras. Ao lado deste "órgão legislativo", os estabelecimentos públicos possuem comissões de programação formadas de acordo com o pluralismo social que exercem uma influência limitada sobre a elaboração dos programas.

10. A Corte Constitucional, em sua célebre sentença de 1961, declarou inconstitucional uma televisão de propriedade do governo, porque violava o princípio da liberdade de imprensa (BverfG 12/250 ss.). Em julgamentos ulteriores, este mesmo tribunal admitiu que o rádio e a televisão não poderiam ser regulamentados segundo os mesmos princípios que a imprensa escrita, uma vez que, ao contrário dos jornais, as freqüências não estão acessíveis de modo limitado. É por isso que importa respeitar uma forma de organização que leve em conta as tendências pluralistas da sociedade. Uma televisão financiada exclusiva principalmente pela publici-

§ 32. OS MEIOS DE COMUNICAÇÃO DE MASSA 555

dade privada seria tão inaceitável quanto uma televisão estatal, porque permitiria às empresas anunciantes exercer uma influência grande demais sobre a opinião pública, situação incompatível com o princípio da liberdade de informação e da democracia (conferir Th. Ellwein, p. 131).

3. Suíça

11. Na Suíça, as tentativas visando regular o rádio e a televisão na Constituição foram frustradas até o momento. Atualmente, um novo artigo constitucional sobre o rádio e a televisão, tão controvertido quanto os precedentes, está em fase de elaboração. Para uma regulamentação ampla do rádio e da televisão falta não só o fundamento constitucional, mas igualmente o fundamento legal. Segundo a Constituição e a lei que regulamenta a correspondência telegráfica e telefônica, o governo tem apenas a competência de outorgar concessões para a utilização de emissoras sob o monopólio do Estado. Com base nesta disposição, o Conselho Federal concedeu um direito exclusivo de monopólio a uma cooperativa de direito privado para difundir programas públicos de rádio e de televisão. Até hoje não foram admitidos concorrentes à sociedade suíça de radiodifusão e de televisão (*Schweizerischen Radio- und Fernsehgesellschaft* – SRG).

12. A sociedade suíça de radiodifusão e de televisão é uma *holding,* que se compõe de cooperativas radiofônicas regionais nascidas historicamente na época dos pioneiros do rádio. Estes organismos regionais revestiram-se de diversas formas jurídicas: cooperativa, fundação ou associação. Seus membros são geralmente os cantões, as cidades e os grandes municípios. Recentemente admitiu-se também um grande número de membros individuais. No plano formal, o órgão supremo da *holding* é a assembléia de delegados que, em parte – mas não exclusivamente –, é constituída pelas sociedades regionais (Suíça alemã e reto-romana, Suíça francesa e Suíça italiana). A assembléia dos delegados é formalmente o órgão supremo, mas, materialmente, tem pouca importância, uma vez que não se reúne senão uma vez por ano. A verdadeira direção da sociedade está nas mãos do Comitê Central. Em razão de sua competência de concessão, o Conselho Federal se reservou o direito de designar sete dos dezessete membros do Comitê Central assim como o presidente da SRG. O diretor geral e os diretores de programação são nomeados conjuntamente pelo Conselho Federal e pelo Comitê Central.

13. Embora a solução suíça não seja regulada nem no plano legal, nem no constitucional, o Conselho Federal encontrou uma via pragmática para garantir a influência dos poderes públicos sobre a estrutura das sociedades. Portanto também na Suíça o rádio e a televisão situam-se entre o Estado e a sociedade. Eles são organizados de acordo com o direito privado, são dirigidos como empresas privadas, mas cumprem tarefas públicas e estão sob a supervisão do governo, no que concerne ao pessoal dirigente e a certas condições relativas aos programas. O governo pode retirar a concessão das sociedades se os programas não são equilibrados, se a informação não é objetiva e se as diversas regiões lingüísticas e culturais não são suficientemente levadas em conta no programa.

c) As relações dos meios de comunicação de massa com o Estado

14. Qualquer que seja a maneira pela qual o rádio e a televisão são organizados nos diferentes países, a sua regulamentação é sempre objeto de veementes críticas (para a Suíça, conferir por exemplo B. F. Gygi, pp. 5 ss.). Se o direito de rádio e televisão é estatizado, acusa-se o Estado de violar a liberdade de imprensa, de manipular a opinião pública e de intervir ilicitamente nos direitos dos cidadãos. Em uma organização liberal há o perigo da informação unilateral por parte dos que financiam o rádio e a televisão pela publicidade; por outro lado, neste caso, a informação oficial, da qual a população depende, também poderia ser impedida; enfim, uma tal solução liberal suprime todo controle democrático, ao passo que, inversamente, o rádio e a televisão exercem influência sobre a democracia. Mas soluções intermediárias no sentido do pragmatismo suíço ou a ordem do Estado de direito da República Federal da Alemanha são igualmente objeto de críticas. Na Suíça, reprova-se nos *massmedia* sobretudo sua posição de monopólio, que só pode ser neutralizado por meio de uma ampla participação dos cidadãos, mas que, no momento, carece de um controle democrático perfeito. Na Alemanha, a posição extremamente forte dos diretores e a influência exercida pelos partidos políticos encontram-se no fogo-cruzado da crítica.

15. As razões das incertezas sobre a concepção e organização do rádio e da televisão são múltiplas. O âmbito limitado das freqüências e os elevados gastos financeiros conduzem ao fato de que poucas empresas podem fazer uso deste meio de informação. A liberdade de imprensa pode ser exercida também por aquele que deseja distribuir um panfleto. Os organizadores de uma demonstração dependem, no entanto, da boa vontade das pessoas ligadas ao rádio e à televisão, se desejam que seu assunto seja transmitido no rádio ou apareça na tela da TV. Todavia, os desenvolvimentos técnicos mais recentes no domínio radiotelevisivo (televisão a cabo ou por satélite, aparelhos de vídeo etc.) abriram possibilidades que tornarão também estes meios de comunicação muito mais acessíveis às atividades sociais livres.

16. Se os canais de televisão decidem cobrir uma manifestação, esta alcança uma divulgação muito maior que uma simples marcha de protesto em um pequeno bairro da cidade. Isto, por sua vez, suscita veementes críticas por parte dos telespectadores, que reprovam a televisão por apoiar as reivindicações dos manifestantes, ao informar sobre os motivos da referida manifestação. O telespectador exige, pois, uma informação tão objetiva e imparcial quanto possível. Ao que os responsáveis pela televisão respondem que isto é impossível, visto que a escolha da informação já é filtrada e a formulação lingüística da comunicação (por exemplo, fala-se de rebeldes e revolucionários e não de combatentes pela liberdade ou vice-versa) ou a posição da câmara relativizam a verdade de uma informação. A isso se acrescenta o fato de que as informações são recebidas diferentemente pelos espectadores segundo as suas formações, suas concepções de valores e suas disposições físicas e psíquicas. Por fim, o direito a uma informação objetiva pode ter como conseqüência uma supressão da liberdade dos responsáveis pelo rádio e pela televisão e a restrição de sua independência. Sem confiança e sem responsabilidade própria não é possível trabalhar no domínio da informação. A conseqüência, de uma maneira geral, seria simplesmente a ausência total ou a insuficiência de informação.

17. A função da informação em si é também discutida. Kurt Tucholsky (1890-1935), crítico social, escreveu: "Porque a reprodução da realidade é infinitamente mais importante que o próprio acontecimento, há o esforço, desde longo tempo, de apresentar a realidade à imprensa tal como ela gostaria de parecer. O serviço de notícias é a teia de mentiras mais complexa que se inventou até hoje" (K. Tucholsky, p. 36). Para uns, os criadores dos meios de comunicação têm a tarefa de dar informações sobre o Estado e a sociedade do modo mais fiel possível, a fim de reunir as condições das quais dependem as decisões democráticas. Por outro lado, muitos são os criadores de *media* que estão convencidos de que o papel dos meios de comunicação é exercer um controle sobre as forças e os poderes da sociedade. Eles sentem-se pois imbuídos de uma missão que consiste em examinar, aprofundar, apreciar, criticar e comentar adequadamente as informações.

18. Não é uma tarefa muito fácil estabelecer a posição do leitor, do ouvinte e do telespectador. Devem ser entendidos como um consumidor que acolhe informações mas não precisa digeri-las, ou como um cidadão esclarecido que, por exemplo, pode e quer exercer uma influência sobre os programas e a política de pessoal por meio das eleições dos delegados da televisão?

19. Por fim, freqüentemente passa despercebido que uma grande parte das emissões do rádio e da televisão servem menos à informação política que ao divertimento puro e simples. Todavia, por meio do entretenimento, pode-se, muitas vezes, transmitir ao telespectador muito mais concepções de valores que pelas informações transparentes.

20. Qualquer que seja a estrutura do rádio e da televisão, é certo que uma restrição excessiva da liberdade dos criadores dos *media* conduz forçosamente a um empobrecimento do rádio e da televisão. Quando as pessoas ligadas ao rádio e à TV fazem um bom trabalho, elas são criativas. Se esta criatividade é estrangulada, a qualidade da informação é, em última instância, também abalada. É por isso que importa dedicar uma atenção especial à escolha e à formação dos responsáveis por programas radiofônicos e televisivos. Aquilo que vale em toda parte aplica-se igualmente ao rádio e à televisão: a responsabilidade indispensável ao exercício do poder não pode ser substituída por centenas de controles, mas pressupõe uma confiança recíproca, sem a qual a tarefa dos meios de comunicação não é possível. Os profissionais dos meios de comunicação de massa, que são bem formados e têm experiência suficiente, abalam-se menos pelas críticas do que os que duvidam do seu próprio trabalho e preferem tecer comentários sobre tudo em vez de se informarem ou pesquisarem mais profundamente.

21. As autoridades deveriam, enfim, ater-se à receita válida para todos os países democráticos e pluralistas, onde o Estado social é fundado sobre o direito: no âmbito da concorrência na economia e entre os partidos, o consumidor e o cidadão podem escolher e decidir com toda a liberdade. Apesar de toda a publicidade, eles mantêm uma certa independência. Quando uma concorrência sadia é institucionalizada na oligarquia dos meios de comunicação de massa, o perigo de um abuso de poder atenua-se consideravelmente.

22. Muitos são os que crêem que uma liberalização total do rádio e, particularmente, da televisão teria como conseqüência o desencadeamento de uma gigantesca luta pela audiência entre os *media*, no interesse de sua publicidade. Os índices de audiência todavia só poderiam ser elevados com o rebaixamento do nível. Nestas condições, a televisão liberal degeneraria em uma sucessão de séries policiais violentas, de orgias sexuais, de shows banais e de filmes de mero entretenimento. Tal como comprovam exemplos estrangeiros (assim a Itália e a Bélgica), este problema certamente precisa ser levado muito a sério. Por outro lado, o exemplo inglês prova que uma verdadeira concorrência entre um canal financiado por taxas (BBC) e um financiado pela publicidade pode também ter efeitos positivos sobre a qualidade das emissões. Em face das novas possibilidades técnicas e das necessidades do público, os Estados decerto terão de tomar uma decisão, como em muitos outros domínios, pela via difícil da liberdade controlada.

23. Os problemas não se limitam, no entanto, ao rádio e à televisão. Atualmente, pode-se dizer que as condições ideais conhecidas na imprensa escrita na virada do século XIX para o século XX já pertencem ao passado. De fato, as concentrações da imprensa, a dependência em relação a agências nacionais e internacionais, a influência crescente das agências de publicidade e a concorrência da televisão, particularmente da TV a cabo, conduziram a um empobrecimento progressivo da imprensa escrita, outrora tão variada. Esta tendência à constituição de monopólios obriga os jornais a preservarem, ao menos internamente, um certo pluralismo e a levarem em conta as diferentes opiniões. Ao lado da liberdade de imprensa que o editor deve fruir em face do Estado, deve haver igualmente a liberdade de imprensa interna, como seja, a dos redatores perante o editor ou proprietário do jornal. Subsídios públicos à imprensa devem evitar a morte dos jornais, enquanto o direito dos cartéis deve impedir a formação de monopólios de imprensa.

24. Sem dúvida, é crucial a importância da imprensa para o desenvolvimento de um Estado pluralista e democrático. Porém, justamentre os problemas que devem ser resolvidos neste domínio mostram que soluções dificilmente podem ser encontradas a partir da separação tradicional entre o Estado e a sociedade. O Estado e a sociedade devem, ao contrário, trabalhar conjuntamente como parceiros para a concretização dos mesmos objetivos, a saber, a salvaguarda e o fomento da liberdade de expressão e de uma ampla formação de opiniões. A pluralidade de opinião, a liberdade de imprensa, a formação de opiniões e a liberdade de informação não podem ser sufocadas pela hostilidade entre o Estado e a sociedade. Quando a liberdade de opinião é efetivamente restringida pelos grandes grupos da imprensa, isto é tão lamentável quanto o rádio e a televisão serem censurados pelo Estado, sendo impedidos de difundir certas informações referentes a acontecimentos relativos aos poderes públicos. A fim de lutar contra desdobramentos deste gênero, é necessário criar condições próprias para uma cooperação criativa entre todas as forças que visam salvaguardar e promover, também para o futuro, os valores fundamentais da liberdade de opinião e da liberdade de informação.

25. Além disso, não se pode perder de vista a importância dos meios de comunicação de massa no âmbito cultural. Hoje em dia, os canais de rádio e de televisão assumem, muitas vezes, a tarefa dos mecenas de épocas anteriores. De fato, eles encomendam obras musicais, mandam escrever peças de teatro e radiofônicas, permitem aos cineastas rodar um filme documentário ou um filme para televisão. Desse modo, eles podem influenciar decisivamente a criação cultural de um país. Assim, estas instituições decidem sobre a promoção das novas gerações, apóiam artistas que, aos seus olhos, apresentam criações artísticas de valor e, por outro lado, excluem outros músicos, atores, escritores e diretores.

§ 33. O ESTADO E A IGREJA

Bibliografia

Bédouelle, G. *L'Eglise d'Angleterre et la société politique contemporaine* (A Igreja da Inglaterra e a sociedade política contemporânea). Paris, 1968.

Bruhin, J. *Die beiden Vatikanischen Konzile und das Staatskirchenrecht der Schweizerischen Bundesverfassung* (Os dois Concílios do Vaticano e o direito Canônico estatal na Constituição federal da Suíça). Freiburg i. Br., 1975.

Campenhausen, A. von. *Staatskirchenrecht* (Direito Canônico estatal). Munique, 1973.

Cavelti, U. A. *Einflüsse der Aufklärung auf die Grundlagen des schweizerischen Staatskirchenrechts* (Influências do Iluminismo sobre os princípios do direito Canônico estatal na Suíça). Freiburg i. Br., 1976.

Corm, G. G. *Contribution à l'étude des sociétés multi-confessionnelles* (Contribuição ao estudo das sociedades multiconfessionais). Paris, 1971.

Farner, A. *Die Lehre von Kirche und Staat bei Zwingli* (A teoria da Igreja e do Estado em Zwingli). Tübingen, 1930. Reimpressão. Darmstadt, 1973.

Friesenhahn, E., Scheuner, U. (orgs.). *Handbuch des Staatskirchenrechts der Bundesrepublik Deutschland* (Manual do direito canônico estatal da República Federal da Alemanha). 2 vols., Berlim, 1974-1975.

Giacometti, Z. (org.). *Quellen zur Geschichte der Trennung von Staat und Kirche* (Fontes para a história da separação entre o Estado e a Igreja). 2.ª reimpressão da edição de Tübingen, 1926. Aalen, 1974.

Gnägi, A. *Katholische Kirche und Demokratie*. Ein dogmengeschichtlicher Überblick über das grundsätzliche Verhältnis der katholischen Kirche zur demokratischen Staatsform (Igreja católica e democracia. Um panorama histórico-dogmático sobre a relação fundamental entre a Igreja católica e a forma democrática do Estado). Diss. Zurique, 1970.

Heckel, M. *Staat und Kirche nach den Lehren der evangelischen Juristen Deutschlands in der ersten Hälfte des 17. Jahrhunderts* (O Estado e a igreja segundo as teorias dos juristas evangélicos da Alemanha na primeira metade do século XVII). Munique, 1968.

Hesse, K. Das Selbstbestimmungsrecht der Kirchen und Religionsgemeinschaften (O direito de autodeterminação das Igrejas e das comunidades religiosas). In: *Handbuch des Staatskirchenrechts der*

§ 33. O ESTADO E A IGREJA

Bundesrepublik Deutschland (Manual do direito Canônico estatal da República Federal da Alemanha). Vol. I, Berlim, 1974.
Hollerbach, A. Verfassungsrechtliche Grundlagen des Staatskirchenrechts (Princípios constitucionais do direito Canônico estatal). In: *Handbuch des Staatskirchenrechts der Bundesrepublik Deutschland* (Manual do direito canônico estatal da República Federal da Alemanha). Vol. I, Berlim, 1974.
Huber, E. R., Huber, W. *Staat und Kirche im 19. und 20. Jahrhundert* (O Estado e a Igreja nos séculos XIX e XX). 2 vols., Berlim, 1973-1976.
Isele, E. et alii. *Kirche-Staat im Wandel.* Eine Dokumentation (Igreja – Estado em transformação. Uma documentação). Org. Arbeitsgemeinschaft christlicher Kirchen in der Schweiz (Associação das Igrejas cristãs da Suíça). Berna, 1974.
Krautscheid, J., Marré, H. (orgs.). *Essener Gespräche zum Thema Staat und Kirche* (Colóquios sobre o tema Estado e Igreja em Essen). Vols. 11 e 12, Münster, 1977.
Kurland, Ph. B. (org.). *Church and State*. The Supreme Court and the first amendment (Igreja e Estado. A Suprema Corte e a primeiro emenda constitucional). Chicago, 1975.
Leisching, P. *Kirche und Staat in den Rechtsordnungen Europas* (Igreja e Estado nas ordens jurídicas da Europa). Freiburg i. Br., 1973.
Listl, J. *Kirche und Staat in der neueren katholischen Kirchenrechtswissenschaft* (Igreja e Estado na mais nova ciência do dirreito canônico). Berlim, 1978.
Maurer, W. *Die Kirche und ihr Recht.* Gesammelte Aufsätze zum evangelischen Kirchenrecht (A Igreja e o seu direito. Ensaios reunidos sobre o direito canônico evangélico). Tübingen, 1976.
Mikat, P. Das Verhältnis von Kirche und Staat nach der Lerhre der katholischen Kirche (A relação entre a Igreja e o Estado segundo a doutrina da Igreja católica). In: *Handbuch des Staatskirchenrechts der Bundesrepublik Deutschland* (Manual do direito Canônico estatal da República Federal da Alemanha). Vol. I, Berlim, 1974.
Morgan, R. E. *The Politics of Religious Conflict.* Church and State in America (A política dos conflitos religiosos. Igreja e Estado na América). Washington, 1968.
Obermayer, K. *Staat und Religion*. Bekenntnisneutralität zwischen Traditionalismus und Nihilismus (Estado e religião. A neutralidade de credo entre tradicionalismo e nihilismo). Berlim, 1977.
Rath, P. (org.). Trennung von Staat und Kirche? Dokumente und Argumente (Separação entre Estado e Igreja? Documentos e argumentos). Hamburgo, 1974.

Schambeck, H. (org.). *Kirche und Staat* (Igreja e Estado). Fritz Eckert zum 65. Geburtstag (Edição comemorativa ao 65º Aniversário de Fritz Eckert). Berlim, 1976.

Scheffler, G. *Staat und Kirche. Die Stellung der Kirche im Staat nach dem Grundgesetz* (Estado e Igreja. A situação da Igreja no Estado segundo a Constituição). 2.ª ed., Frankfurt a. M., 1973.

Schlauch, K. *Neutralität als verfassungsrechtliches Prinzip, vornehmlich im Kulturverfassungs- und Staatskirchenrecht* (Neutralidade como princípio constitucional, particularmente no direito constitucional cultural e no direito Canônico estatal). Tese de doutorado. Tübingen, 1972.

Schmidt-Eichstaedt, G. *Kirchen als Körperschaften des öffentlichen Rechts* (Igrejas como corporações do direito público). Colônia, 1976.

Schnatz, H. (org.). *Päpstliche Verlautbarungen zu Staat und Gesellschaft* (Comunicados papais sobre Estado e sociedade). Darmstadt, 1973.

Simon, H. Das Verhältnis von Kirche und Staat nach der Lehre der evangelischen Kirche (A relação entre a Igreja e o Estado segundo a doutrina da Igreja evangélica). In: *Handbuch des Staatskirchenrechts der Bundesrepublik Deutschland* (Manual do direito canônico estatal da República Federal da Alemanha). Vol. I., Berlim, 1974.

Sorauf, F. J. *The Wall of Separation*. The constitutional politics of church and state (A muralha de separação. A política constitucional da Igreja e do Estado). Princeton, 1976.

Vidal, H. *Séparation des églises et de l'état* (Separação entre as Igrejas e o Estado). Paris, 1970.

Weber, W. *Staat und Kirche in der Gegenwart* (Estado e Igreja nos dias atuais). Tübingen, 1978.

Wegenast, K. et alii. *Trennung von Kirche und Staat?* (Separação entre Igreja e Estado?). Hamburgo, 1975.

Wolf, D. J. *Toward Consensus*. Catholic-Protestant interpretation of church and state (Em direção ao Consenso favorável. Interpretação católico-protestante sobre a Igreja e o Estado). Garden City, 1968.

Ziegler, A. W. *Religion, Kirche und Staat in Geschichte und Gegenwart* (Religião, Igreja e Estado na história e no presente). 3 vols. Munique, 1969-1974.

a) As relações entre Estado e Igreja

1. Com a secularização e o abandono da legitimação divina, o Estado foi obrigado a encontrar uma nova autocom-

§ 33. O ESTADO E A IGREJA   565

preensão perante a Igreja. O Estado pode regular de diferentes maneiras a sua posição em face das Igrejas: ele pode proibir completamente tanto as Igrejas quanto a prática religiosa. Esta hostilidade absoluta em relação às Igrejas se dá exclusivamente em certos Estados totalitários. O Estado pode também conceder às Igrejas o estatuto de uma comunidade religiosa livre fundada sobre o direito privado e garantir a sua liberdade por meio dos direitos fundamentais de liberdade de crença e de consciência. Esta solução foi a escolhida pelos pais da primeira emenda à Constituição dos Estados Unidos. Segundo este texto, o Estado deve se abster de toda ingerência nos assuntos da Igreja e, sobretudo, não deve privilegiar uma Igreja em relação às outras. Ele tem, pois, muito mais a tarefa de velar pela garantia de uma ampla e integral liberdade de crença e de consciência. Assim, a Igreja e o Estado são completamente separados um do outro.

1. França

2. Se nos Estados Unidos a solução consistiu em não privilegiar nem uma nem outra comunidade religiosa no interesse da paz religiosa, na França a separação entre Igreja e Estado remonta ao anticlericalismo da Revolução Francesa. A separação entre o Estado e a Igreja foi declarada na Revolução Francesa, já no ano III. Em 1801, Napoleão regulou a relação entre a Igreja e o Estado em uma concordata com Roma. Nesta concordata, o clero renunciava aos seus antigos bens, enquanto o Estado, em contrapartida, lhe garantia apoio financeiro. Desde 1880, a influência da Igreja foi mais e mais reprimida no domínio da educação como conseqüência do conflito entre a Igreja e o Estado, até que, em 1904, todo membro de uma congregação religiosa foi proibido de ensinar as crianças. A ruptura com o Vaticano, por conseguinte, foi inevitável. O ato de separação de 1905 privou a Igreja católica de todo reconhecimento e de toda subvenção financeira do Estado, os bens das congregações religiosas foram confiscados e entregues a associações culturais e, em contrapartida, a liberdade de crença e de consciência reconhecida. Desde então, a Igreja católica busca encontrar um *modus vivendi* com o governo. O regime de Vichy esforçou-se por reintroduzir a Igreja no setor da educação, iniciativa anulada no final da II Guerra Mundial.

3. A igreja evangélica, historicamente perseguida, constituiu uma associação de direito privado; os calvinistas, luteranos e batistas formam uma única federação. Uma vez que, regra geral, os membros das Igrejas evangélicas pertencem à classe média alta, a sua influência é grande em relação ao número de seus membros.

2. Inglaterra

4. Na Inglaterra, a relação entre o Estado e a Igreja se desenvolveu de maneira totalmente diferente. Com o reconhecimento do rei como chefe supremo da Igreja anglicana no reinado de Henrique VIII, a Igreja e o Estado estão intimamente ligados. A partir de então, o parlamento passou a não editar somente leis estatais, mas também normas religiosas, porque, conjuntamente com o rei, ele exerce o poder supremo sobre assuntos da Igreja. Esta estreita ligação entre a Igreja e o Estado teve como conseqüência excluir dos assuntos do Estado os adeptos de outras religiões, por exemplo os católicos, que eram apenas tolerados (conferir *Toleration Act*, de 1689). Com o fortalecimento do poder do parlamento no século XIX e a aplicação progressiva do princípio *one man, one vote*, os adeptos de outras comunidades religiosas ganharam acesso ao parlamento (conferir os atos de emancipação dos católicos romanos em 1829). Até a I Guerra Mundial, o parlamento inglês permaneceu todavia o órgão supremo da Igreja anglicana. Foi somente em 1919 que o *Enabling Act* instituiu uma assembléia legislativa da Igreja anglicana, constituída de três câmaras. Apesar disso, o parlamento detém, ainda hoje, um direito de veto em face desta assembléia. Além disso, o parlamento inglês não foi jamais expressamente privado de seu direito de legislar em matéria religiosa e espiritual. Ainda hoje, a soberania do parlamento britânico permite a legiferação em assuntos religiosos, embora seja pouco provável que os parlamentares façam uso de tal direito.

3. Alemanha

5. Na Alemanha imperial e na Confederação suíça, o Estado e a Igreja formaram, durante longo tempo, uma unidade. Todavia, o movimento da Reforma cindiu o Império alemão e a Confederação suíça e conduziu a profundas modificações na maneira de conceber as relações entre o Estado e a Igreja. Nos países de predominância evangélica, o príncipe podia, tal como na Inglaterra, decidir sobre assuntos religiosos. Por meio do *ius reformandi*, ele determinava a religião de seus súditos.

6. A estreita ligação entre Estado e Igreja conduziu a uma subordinação da Igreja ao poder estatal. No entanto, de sua parte, a Igreja também pôde influenciar o poder estatal, como mostra o exemplo de Genebra. O princípio calvinista do sufrágio universal, independente da condição social e da riqueza, marcou fortemente a organização desta pequena república.

7. As relações entre o Estado e a Igreja foram menos serenas nos países católicos, pois, paralelamente ao poder temporal supremo, o Papa queria ter a última palavra nos assuntos eclesiásticos. Os conflitos eram por isso inevitáveis e conduziram a que, em Estados fracos, a Igreja tivesse a última palavra, em países grandes e fortes, o príncipe (josefismo).

8. O Iluminismo, a mobilidade da população e as modificações da soberania territorial contribuíram para colocar um fim à unidade entre Estado e religião. É por isso que o postulado da liberdade de crença e de consciência foi cada vez mais adotado como máxima para a concepção das relações entre o Estado e a Igreja. Todavia, diferentemente dos Estados Unidos e da França, os alemães não deduziram da garantia da liberdade de crença e de consciência a necessidade de separar completamente a Igreja do Estado. Ao contrário, as comunidades religiosas tradicionais viram reconhecidas um estatuto de direito público, bem como uma ampla autonomia no âmbito da ordem jurídica (conferir artigos 4 e 140 GG, em conexão com os artigos 137 ss. da Constituição de Weimar). Este reconhecimento pelo direito público podem exigir igualmente outras comunidades religiosas reconhecidas como de uma certa importância e dá às Igrejas sobretudo a possibilidade de cobrarem os impostos eclesiásticos dos seus membros e, se necessário, demandarem a assistência do poder estatal para cobrá-los coercitivamente (conferir a esse respeito K. Hesse, pp. 409 ss). Segundo a Constituição alemã, os *Länder* estão habilitados a regular detalhadamente a relação entre o Estado e a Igreja, devendo no entanto respeitar os estreitos limites impostos pela Constituição. Certos *Länder* fizeram uso desta possibilidade, outros se abstiveram (por exemplo Schleswig-Holstein, Niedersachsen e Hamburg; conferir A. Hollerbach, p. 232).

4. Suíça

9. Na Suíça, os cantões são competentes para regular as relações entre o Estado e a Igreja. No entanto, eles devem respeitar a liberdade de crença e de consciência, bem como a liberdade de culto (arts. 49 e 50 BV). Tais regulamentações estão fortemente marcadas por considerações de ordem histórica. Os cantões de tradição evangélica conhecem o sistema da Igreja regional (Landeskirche). A comunidade religiosa evangélica está organizada sobre o território cantonal segundo um estatuto de direito público e é reconhecida como associação religiosa pelo cantão. As ligações mais estreitas entre o Estado e a Igreja existem no cantão Waad, que qualifica a Igreja evangélica reformada como uma instituição estatal e cujos gastos são financiados pelo poder público. As Igrejas católica romana e católica cristã são cada vez mais reconhecidas como instituições de direito público nos cantões tradicionalmente evangélicos. No cantão de Basiléia, a comunidade israelita goza também de um estatuto de direito público.

10. Nos cantões tradicionalmente católicos, as comunidades religiosas são, regra geral, organizadas no plano da paróquia e reconhecidas pelo direito público (conferir, por exemplo, Schwyz, Uri). Em alguns destes cantões, a Igreja evangélica é reconhecida pelo direito público no plano cantonal, enquanto a Igreja católica o é no plano paroquial (por exemplo, Freiburg, Zug). O cantão de Nidwalden adotou o sistema evangélico da Igreja regional (Landeskirche) e o transpôs para a Igreja católica, que é a Igreja regional desse cantão.

11. Os cantões de Genève e de Neuchâtel, certamente sob a influência do sistema francês, optaram pela separação entre Igreja e Estado. Estes cantões reconhecem decerto as paróquias como associações de interesse público e cobram contra o pagamento de uma taxa os impostos eclesiásticos, mas recusam a execução forçada. Neuenburg concede subsídios financeiros às paróquias (conferir a esse respeito mensagem do Conselho sobre a iniciativa popular referente à separação completa do Estado e da Igreja, BBI 1978, vol. II, pp. 665 ss.).

b) Assuntos mistos

12. As tensões entre Estado e Igreja mostram-se sobretudo nos domínios em que ambos reivindicam direitos de decisão, por exemplo em questões relativas à escola, à educação e ao matrimônio. A escola deve ser neutra ou confessional? Quem decide sobre o ensino religioso? É o Estado ou a Igreja que tem um direito de supervisão sobre a escola? Quem decide sobre a autorização para o casamento? Quem tem o poder de celebrar casamentos? Quem é competente para realizar divórcios? Todos estes são problemas fundamentais que sempre pesaram sobre as relações entre as diversas comunidades religiosas e marcaram as relações da Igreja com o Estado, sobretudo desde o Iluminismo.

13. Sem dúvida, nestes "domínios mistos" em que interesses temporais e espirituais se imbricam, as relações entre o Estado e a Igreja só podem ser solucionadas convenientemente com base na tolerância e no respeito integral da liberdade de crença e de consciência. Tanto o Estado quanto as comunidades religiosas devem respeitar as convicções dos que pensam de modo diferente. O Estado deve mesmo velar para que seus funcionários – por exemplo, o corpo de professores – favoreçam as convicções religiosas dos que pensam diferentemente.

14. O Estado pluralista que reconhece os valores tradicionais da sociedade ocidental não pode ignorar o fato de que cada um dos seus cidadãos está enraizado em sua própria tradição histórica e religiosa que, em sua existência pessoal, o atinge de maneira muito mais forte que a sua filiação ao Estado. Nesse contexto, o Estado deve respeitar também as convicções dos cidadãos que abandonam estas ligações religiosas, possivelmente ao final de uma longa luta interior. O Estado deve proteger igualmente a liberdade de crença e de consciência dessas pessoas.

15. Na configuração e regulamentação dos "domínios mistos" pelo Estado e pela Igreja deve-se igualmente levar em conta que as Igrejas prestam, por seu lado, numerosos serviços à comunidade estatal, particularmente em matéria de saúde pública, de educação e de assistência social.

16. Por sua vez, as comunidades religiosas devem ir ao encontro da comunidade estatal para poderem se desenvolver livremente em uma sociedade civil pluralista e pacífica. A intolerância e a intransigência em face dos postulados dos poderes públicos são contraprodutivas. O reconhecimento do princípio da liberdade religiosa, a tolerância em relação a outras crenças, o reconhecimento da ordem social estatal democrática e a disposição para a cooperação construtiva são indispensáveis nos domínios tradicionalmente mistos em que o Estado e a Igreja atuam lado a lado.

17. As relações entre o Estado e a Igreja mostram precisamente que não é possível separar pura e simplesmente o Estado da sociedade. Esta depende daquele e vice-versa; ambos precisam cooperar e têm tarefas comuns a cumprir.

c) A autocompreensão das Igrejas em suas relações com o Estado

1. A autocompreensão da Igreja católica

18. O ponto de partida da autocompreensão da Igreja no Estado são as palavras e a postura de Jesus Cristo em face das autoridades públicas de sua época. No primeiro plano há a célebre declaração: "Dai a César o que é de César e a Deus o que é de Deus!", bem como a resposta de Jesus a Pilatos: "O meu reino não é deste mundo." A partir destas duas afirmações pode-se deduzir que Jesus reconhecia a existência do Estado e até mesmo que ele exige dos homens a obediência ao Estado; por outro lado, ele rejeita uma identidade de seus objetivos com os do Estado e da dominação estatal e, conseqüentemente, a acusação política de Pilatos (conferir a esse respeito P. Mikat, pp. 143 ss.).

19. Esta bipartição entre os objetivos da Igreja e os do Estado foi interpretada na Idade Média pela teoria das duas espadas ou dos dois poderes. Tanto o poder estatal quanto o poder eclesiástico são poderes originários (conferir § 14/14 ss.). A Igreja pretende, pois, deduzir os seus direitos diretamente do poder divino. Isto se exprime por exemplo no *Codex iuris canonici*, ainda hoje em vigor, cujo cânone 100, § 1 determina que, por força do direito divino, a Igreja católica e a cadeira pontifícia têm o caráter de pessoa jurídica. O direito canônico deriva, pois, a sua legitimação diretamente de Deus.

20. A doutrina da bipartição dos poderes inclui igualmente o reconhecimento fundamental do poder estatal. O Estado existe em virtude do direito natural (*lex aeterna*) e exerce a soberania por força do direito divino. A Igreja e o Estado são sociedades autônomas, cada qual dispondo do seu próprio direito. São *societates perfectae* e "a cada uma delas compete a soberania suprema em seus domínios próprios" (P. Mikat, p. 162, assim como a *Encyclica Immortale Dei*, de 1.11. 1885, de Leão XIII, citada em H. Schnatz, pp. 97 ss.). Todavia, o mandamento de Cristo, segundo o qual se deve obedecer ao imperador, existe sob a reserva de que as ordens do Imperador não sejam contrárias ao mandamento de Deus. Sendo este o caso, a Igreja se reserva o direito de resistir ao poder do Estado. Nos assuntos eclesiásticos, o direito da Igreja está acima do direito do Estado; isto emerge, por exemplo, também do cânone 1529 do *Codex*, segundo o qual o direito canônico precede fundamentalmente o direito do Estado (citado em P. Mikat, p. 168).

21. O segundo concílio do Vaticano modificou consideravelmente a autocompreensão da Igreja no interior do Estado. Nesse contexto, deve-se sobretudo mencionar o reconhecimento da liberdade religiosa, na constituição *La Pastorale*. Com esta declaração, a Igreja reivindica perante o Estado a possibilidade de cumprir a sua obra sagrada livre da intervenção estatal. Mas, ao mesmo tempo, ela reconhece a necessidade de um Estado pluralista que deve reconhecer outras comunidades religiosas e garantir a sua liberdade.

22. O Papa João XXIII, em seu decreto sobre a atividade das missões, fez uma declaração decisiva: "Com isso, a Igreja não deseja de maneira alguma se imiscuir na condução dos assuntos estatais terrenos. Ela não tem outra pretensão que a de poder, com a ajuda de Deus, estar a serviço dos homens no amor e na fidelidade" (citado em P. Mikat, p. 171).

§ 33. O ESTADO E A IGREJA

Enquanto um ser criado à imagem de Deus, pessoa e animal social, o homem encontra-se no centro da relação entre o Estado e a Igreja. Esta reconhece a tarefa de bem comum que o Estado deve cumprir para concretizar uma ordem social justa. A Igreja deseja colaborar com o Estado em domínios comuns, como, por exemplo, o matrimônio e a escola, e reivindica para si a liberdade de poder velar pelo bem-estar transcendental do homem.

23. Não há dúvidas de que as relações entre a Igreja e o Estado se regularão muito melhor quando as duas partes se deixarem guiar pelo objetivo de servir ao homem na realização de suas tarefas comuns. Resta esperar que o *Codex*, que no momento passa por uma revisão, leve igualmente em conta estes desdobramentos.

2. A autocompreensão da Igreja protestante

24. As numerosas ramificações da Igreja evangélica refletem-se também na diversidade no modo de encarar as relações entre a Igreja e o Estado (conferir a esse respeito H. Simon, p. 189). Nós teremos por isso que nos limitar às concepções mais importantes. O ponto de partida é certamente a teoria de Lutero denominada dos dois reinos, baseada nas idéias de Santo Agostinho: "No reino espiritual, Deus está diretamente presente e ativo por meio de Jesus Cristo; em seu reino vale a *justitia christiana*; ele é enfim idêntico com o anúncio do *evangelho*. O reino temporal, ao contrário, é confiado ao homem, *cooperator dei*, que exerce o governo com a sua razão, segundo a vontade de Deus, manifesta na "lei"; neste reino vale a *iustitia civilis*; ele é instituído como uma disposição da paciência divina, a fim de manter a ordem e a paz no mundo ameaçado pelo caos" (H. Simon, p. 190).

25. Esta doutrina dos dois reinos foi interpretada de modos muito diversos. Segundo Lutero, esses dois reinos podem ser tão estreitamente unidos quanto o homem e a mulher. Este "casamento" do trono e do altar conduziu à criação das Igrejas nacionais (Landeskirche), que reconheciam os príncipes como seus chefes supremos. A partir da teoria dos dois reinos pode-se também deduzir uma fuga do mundo. O reino terrestre é rejeitado como um empreendimento do mal. O pietismo é então uma conseqüência do abandono do Estado.

26. Para a concepção evangélica do Estado importa enfim que o reino terrestre regra geral não é considerado um dado do direito natural, mas uma conseqüência do pecado original. Este reino é "...uma ordem de emergência e temporária entre o pecado original e o juízo final... prescrita por Deus como baluarte provisório mas indispensável contra a irrupção do caos" (H. Simon, p. 201). O Estado é um mal necessário para amenizar o caos resultante do pecado original. Um tal pano de fundo permite compreender a doutrina professada por uma parte dos protestantes segundo a qual o Estado deveria velar pela estabilidade, pela ordem e pela tranqüilidade e manutenção do *status quo* na sociedade (H. Simon, p. 201). A concepção dos dois reinos permite igualmente uma concepção positivista do Estado, que funda a legitimidade do Estado sobre o *status quo* das relações de poder.

27. Todavia, a consciência democrática, profundamente enraizada na Igreja evangélica, é também muito significativa para o Estado. "Uma Igreja que teve de se libertar da supremacia papal, que prega o sacerdócio de todos os fiéis, que descobre o homem capaz, diretamente responsável diante de Deus, que tem vocação para a liberdade e desenvolve organizações eclesiásticas sinodais, uma tal Igreja não pode se pronunciar senão de maneira positiva sobre um Estado democraticamente constituído e cuja neutralidade religiosa é conseqüência do respeito à liberdade religiosa do indivíduo" (H. Simon, p. 195). Esta nova concepção do homem certamente favoreceu muito o desenvolvimento da democracia na Suíça, sobretudo em Genebra, por meio da democracia teocrática fundada por Calvino e, em Zurique, onde Zwingli reclamou uma democracia representativa. A Igreja evangélica é a comunidade dos fiéis responsáveis. Eles decidem na comunidade e no sínodo as questões relativas à fé. Esta atitude fundamental democrática simplifica consideravelmente as relações entre a Igreja e o Estado na democracia. Ao contrário da ainda absolutista concepção de soberania da hierarquia da Igreja católica.

3. Pontos comuns entre a Igreja católica e as Igrejas protestantes

28. Hoje em dia, tanto a concepção católica quanto a protestante das relações entre a Igreja e o Estado acentuam a missão das Igrejas a serviço do homem. "Em Jesus Cristo, Deus reconciliou consigo mesmo o mundo e criou a comunidade cristã, incumbida de manifestar este acontecimento no mundo. Nesta comunidade cristã, Jesus Cristo está, em palavras e em sacramento, presente na qualidade de Senhor e age pelo Espírito Santo. Na espera do seu reino futuro, a comunidade cristã atende à sua finalidade na medida em que professa o reino exclusivo e o Evangelho de Jesus Cristo por meio de sua fé, sua obediência, sua mensagem e sua disciplina, do modo como previsto nas Escrituras sagradas do Novo e do Velho Testamento. Tanto quanto o seu Senhor, a comunidade cristã não vive para si, mas para o mundo" (Proposta de preâmbulo para uma nova constituição da Igreja evangélica da Alemanha, citado em H. Simon, pp. 208 s.).

29. Esta concepção positiva do mundo, a pretensão à liberdade religiosa e o reconhecimento da dominação do Estado, coincide em larga medida com as novas concepções da Igreja católica, tanto que, também nesse domínio, pode-se divisar um autêntico ecúmeno. Este engajamento a serviço do homem aparece mais claramente na nova Encíclica do Papa João Paulo II, intitulada *Redemptor hominis*. O Papa reconhece expressamente nesta Encíclica a liberdade religiosa, mas dá à Igreja a tarefa de trabalhar pela liberdade dos homens e de velar por esta liberdade. Isto implica a rejeição de todo e qualquer poder estatal totalitário. "A Igreja pregou sempre o dever de agir pelo bem comum e, ao fazê-lo, educou bons cidadãos para cada Estado. Além disso, ela sempre pregou que é dever fundamental da autoridade estatal cuidar do bem comum da sociedade; é daí que derivam os seus direitos fundamentais. Exatamente em razão destas premissas relativas à ordem ética objetiva, os direitos do poder estatal não podem ser entendidos senão sobre a base do respeito dos direitos objetivos e invioláveis do homem" (*Encíclica Redemptor hominis* 17). Resta esperar apenas que a Igreja respeite igualmente esta liberdade nos seus assuntos internos.

Capítulo 2
Os fins e tarefas do Estado e da sociedade

§ 34. A IMPORTÂNCIA DOS FINS DO ESTADO

Bibliografia

a) Autores clássicos

Humboldt, W. von. Ideen zu einem Versuch, die Grenzen der Wirksamkeit des Staats zu bestimmen (Idéias para uma tentativa de determinar os limites da eficiência do Estado). In: *Werke in fünf Bänden* (Obras completas em cinco volumes). Vol. I, Schriften zur Anthropologie und Geschichte (Escritos sobre antropologia e história). Org. A. Flitner, K. Giel. 2.ª ed., Darmstadt, 1969.

b) Outros autores

Bull, H. P. *Die Staatsaufgaben nach dem Grundgesetz* (As tarefas do Estado segundo a Constituição). Frankfurt a. M., 1973.

Del Vecchio, G. Über die Aufgaben und Zwecke des Staates (Sobre as tarefas e as finalidades do Estado). In: *AöR* 49 (1963), pp. 249 ss.

Falter, G. *Staatsideale unserer Klassiker* (Ideais do Estado segundo nossos clássicos). Leipzig, 1911.

Häberle, P. *Öffentliches Interesse als juristisches Problem* (Interesse público enquanto problema jurídico). Bad Homburg, 1970.

Hayek, F. A. *The Political Order of a Free People* (A ordem política de um povo livre). Vol. 3 da série "Law, Legislation and Liberty" (Direito, legislação e liberdade). Londres, 1979.

Hespe, K. *Zur Entwicklung der Staatszwecklehre in der deutschen Staatsrechtswissenschaft des 19. Jahrhunderts* (Sobre o desenvolvimento da teoria dos fins do Estado na ciência jurídica do Estado no século XIX). Colônia, 1964.

Hesse, G. *Staatsaufgaben*. Zur Theorie der Legitimation und Identifikation staatlicher Aufgaben (Tarefas do Estado. Sobre a teoria da legitimação e da identificação das tarefas do Estado). Baden-Baden, 1979.

Hug, H. *Die Theorien vom Staatszweck* (As teorias da finalidade do Estado). Diss. Zurique, 1954.

Janssen, M., Hummler, K. *Bundesverfassung und Verfassungsentwurf*. Eine ökonomisch-rechtliche Analyse (Constituição federal e projeto de Constituição. Uma análise jurídico-econômica). Zurique, 1979.

Kirchheimer, O. *Funktionen des Staats und der Verfassung* (Funções do Estado e da Constituição). Frankfurt a. M., 1972.

Krüger, H. *Allgemeine Staatslehre* (Teoria geral do Estado). 2.ª ed. Stuttgart, 1966.

Nozick, R. *Anarchy, State and Utopia* (Anarquia, Estado e Utopia). Oxford, 1975.

Rosenthal, E. *Ibn Khaldûns Gedanken über den Staat*. Ein Beitrag zur Geschichte der mittelalterlichen Staatslehre (Os pensamentos de Ibn Khaldûns sobre o Estado. Uma contribuição para a história da teoria do Estado da Idade Média). Munique, 1932.

Scheuner, U. Staatszielbestimmungen (Determinações da finalidade do Estado). In: *Festschrift für E. Forsthoff* (Edição comemorativa para E. Forsthoff). Org. por R. Schnur. 2.ª ed., Munique, 1974.

a) Por que fins próprios ao Estado?

1. Há séculos, tanto entre ideólogos quanto entre práticos, reina uma grande discórdia em relação às tarefas do Estado. O espetro de opiniões vai desde as que restringem ao máximo o poder do Estado e não lhe concedem senão tarefas de polícia até as favoráveis ao Estado total, que deve tornar os homens felizes, se necessário por meio da força.

2. Durante longo tempo, a teoria alemã do Estado ocupou-se muito pouco com finalidades do Estado. Percebe-se nas Constituições contemporâneas que estas, na maioria das vezes, se limitam a prescrever a ordem fundamental para organização do Estado bem como para a liberdade dos homens,

§ 34. A IMPORTÂNCIA DOS FINS DO ESTADO

mas não os fins e as tarefas do Estado. A seguir aprofundaremos esta questão pelas seguintes razões:

3. 1. Por ocasião das recentes discussões relativas à revisão total da Constituição federal da Suíça, incluiu-se no anteprojeto de 1977 um grande catálogo de tarefas do Estado. Estas não são enumeradas somente no artigo 2 do anteprojeto, mas também definidas em outros capítulos como, por exemplo, nos que tratam dos direitos sociais, da propriedade e da política econômica. Da obrigação do Estado de cumprir determinadas tarefas e assumir responsabilidades resultam também as normas de competência reformuladas; estas normas não conferem apenas competências à união e aos cantões, mas também *responsabilidades.*

A atribuição de determinadas tarefas ao Estado não é todavia nova. Na Constituição federal atualmente em vigor encontram-se já regras de competência que atribuem verdadeiras tarefas à União como, por exemplo, no domínio da proteção ao meio ambiente (artigo 24 septies BV) ou no da segurança social (artigo 34 quater BV). O povo, que deve decidir sobre tais determinações constitucionais, não se deu por satisfeito em atribuir exclusivamente competências à União, mas também desejava lhe confiar tarefas e assim colocar o Estado em uma direção determinada.

4. 2. A questão das finalidades do Estado é o ponto de partida para o debate profundo, por exemplo, entre a concepção marxista e a concepção liberal do Estado.

5. 3. Os debates mais recentes em torno do filósofo americano e utilitarista Rawls conduziram a uma discussão mais minuciosa do problema da justiça e, por conseguinte, do bem comum. Este conceito, muito cambiante sob certos aspectos e que, no domínio jurídico, se expressa sob a fórmula "interesse público" ou "bem comum" merece um esclarecimento mais preciso (conferir § 38/10 ss).

6. 4. A alienação progressiva do homem em relação ao Estado tem certamente como uma de suas causas o fato de que o homem não compreende mais o Estado, já que as questões tratadas giram sempre em torno de abstrações como organização, parlamento, administração e burocracia. Esqueceu-se que o Estado, em última instância, está a serviço dos homens. Em contrapartida, nas tarefas que competem ao Estado percebe-se claramente o que o indivíduo pode esperar dele. É pois necessário e urgente que também a teoria se dedique mais a refletir sobre os fins e as tarefas do Estado.

7. 5. Visto que a atividade do Estado depende muito do grau da divisão do trabalho e da interdependência no interior da sociedade, as suas tarefas se modificam com a evolução social. O Estado não é – em todo caso e sempre – uma estrutura.

b) A propósito do debate sobre os objetivos do Estado

8. Em 1872, na Alemanha de então, o Estado utilizou 18,5% da receita nacional para cumprir as suas tarefas. Em 1972, este percentual se elevou para 39,8%. Na Suíça, neste mesmo ano, utilizou-se cerca de 30% e na Inglaterra, 50% (conferir a esse respeito G. Hesse, p. 11). Este formidável crescimento das despesas públicas em um século avivou o debate sobre a questão de saber quais são as tarefas do Estado e quais aquelas cujo cumprimento compete aos particulares.

9. Se durante muito tempo a teoria do Estado – por exemplo, H. Krüger – baniu de suas investigações científicas o tema das finalidades do Estado, por considerá-lo de natureza puramente política, este problema figura novamente nas preocupações dos teóricos do direito do Estado e dos economistas (conferir H. P. Bull, p. 25).

10. Na Antiguidade, os fins do Estado foram formulados sob a perspectiva do Estado ideal e justo, tendo por finalidade educar os homens para a virtude (Platão e também Aristóteles sob outra forma). Sobre a base desta tradição, a teoria

§ 34. A IMPORTÂNCIA DOS FINS DO ESTADO

medieval do Estado erigiu o *bonum commune* (bem comum) como sendo a finalidade da atividade do Estado. A Idade Moderna e, em especial, o Iluminismo deram um novo sentido a esse debate, determinante para a nossa época sob vários aspectos. Segundo Locke, o Estado tem a tarefa de proteger a liberdade e a propriedade. O Estado é, pois, uma instituição protetora internamente e uma instituição militar em direção ao exterior.

11. A teoria de um Estado limitado e minimalista, que tem a tarefa exclusiva de salvaguardar a liberdade e a propriedade, foi recentemente retomada por Nozick. Para ele, toda outra intervenção do Estado – por exemplo, para o melhoramento do nível de bem-estar social ou de uma repartição mais justa dos bens – é injustificada, pois a justa repartição dos bens não pode se dar senão no mercado livre. O Estado deve, pois, deixar a cada indivíduo a busca da felicidade e do bem-estar e não tem o direito de intervir em sua liberdade.

12. A evolução para um Estado soberano e secularizado, tal qual foi concebido no Iluminismo, teve ainda outras conseqüências muito importantes para a discussão sobre a finalidade do Estado. No Estado medieval feudal, os homens nasciam destinados a um papel, um *status* e uma camada social bem determinados. Desse modo, a questão de uma justa repartição dos bens permanecer em segundo plano. Com a mudança em direção a um Estado soberano e secularizado, que podia alterar as condições sociais e derivava a sua legitimação de uma sociedade preexistente, atomizada, livre e igualitária, foi também possível questionar a repartição dos bens. Por conseguinte, no debate sobre a finalidade do Estado passou ao primeiro plano a questão de saber se o Estado deveria intervir para fazer uma repartição mais justa dos bens.

13. Sob a influência de Adam Smith, a escola liberal defendeu a idéia de que uma repartição justa dos bens não se realizaria senão com a condição de que o Estado deixasse a cada um a liberdade de produzir, vender, comprar e consumir os bens. Na medida em que cada um utiliza a sua liberdade em seu interesse subjetivo, uma "mão invisível" fará nascer a justiça e o bem-estar na sociedade como um todo. Esta força invisível guia os indivíduos de tal modo que eles, sem o saber, colocam a serviço do interesse geral os seus próprios interesses, realizando assim da melhor maneira tanto o primeiro quanto o segundo.

14. Os fisiocratas admitem igualmente a existência de uma mão invisível velando para que a ação subjetiva seja racional e alinhada ao bem comum. Para François Quesnay (1694-1774), é a *ordre immuable* que vela pela coordenação dos interesses particulares no sentido do bem comum. Isto exige, todavia, que todas as pessoas interessadas reconheçam esta *ordre immuable* e ajam de acordo com ela.

15. A *ordre immuable* e a *invisible hand* encontram-se igualmente por trás das reflexões de Léon Walras (1834-1910) e da teoria moderna do equilíbrio econômico, incluindo a teoria do *optimum* de Pareto, a qual influenciou fundamentalmente a estipulação atual dos fins do Estado. Walras descreve um modelo econômico com uma concorrência perfeita e, assim, com um equilíbrio originário. Para Pareto, o ponto de referência é "um *optimum* do bem-estar, obtido graças a um estado de equilíbrio geral. Um tal *optimum* considera-se então como realizado quando não é possível melhorar a satisfação das necessidades de um indivíduo sem piorar a de outro" (G. Hesse, pp. 309 s.).

16. Esse *optimum* não é todavia atingível senão quando uma série de condições é preenchida; é somente nesse momento que reina a concorrência perfeita, indispensável à realização do *optimum*. Se sempre houvesse a livre concorrência, a atividade do Estado seria supérflua. Mas, como este não é o caso, o Estado é necessário para realizá-la. Esta é a tarefa primária do Estado. As tarefas dos poderes públicos encontram sua legitimação na imperfeição do mercado. Estas reflexões repousam no entanto sobre modelos e hipóteses cuja referência à realidade é duvidosa (grande número de

§ 34. A IMPORTÂNCIA DOS FINS DO ESTADO

participantes no mercado, pequenas cotas-parte no mercado, transparência absoluta etc.).

17. Ao lado da supressão das imperfeições do mercado, o Estado tem também a tarefa de impedir a falência ou a pane do funcionamento do mercado. A livre concorrência absoluta não conduz ao *optimum* quando existem os assim denominados "efeitos externos". Estes surgem quando "as funções de produção e de consumo das pessoas jurídicas e físicas são influenciadas por fatores para os quais nenhum preço é pago e que se situam sob o controle de outras pessoas físicas ou jurídicas" (G. Hesse, pp. 317 s.). Tais efeitos podem ser atenuados pelas subvenções estatais ou pelos tributos. O exemplo a seguir permitirá compreender melhor esse fenômeno: Uma instalação que é a origem de uma forte poluição do ar causa consideráveis danos tanto à saúde do homem quanto à vegetação ao redor. Enquanto a empresa em questão não for responsabilizada, ela não terá de arcar com estes danos. Ela possui efeitos externos positivos. Ao se cobrar desta empresa um imposto para desestimular a poluição do ar, é possível reinternalizar nos custos estas vantagens externas positivas. Inversamente, os efeitos negativos – por exemplo, a má situação dos agricultores nas montanhas – podem ser impedidos por meio de subvenções.

18. Ambos os exemplos mostram com nitidez como é difícil, até mesmo impossível, calcular com exatidão o montante dos impostos ou subvenções que permitam alcançar o *"optimum de Pareto"*. Uma vez que, além disso, sempre e em toda parte há efeitos externos, a tentativa de legitimar a ação do Estado pelas falhas do mercado conduz exatamente ao oposto do fim visado, a saber, ao Estado totalitário (G. Hesse, p. 318).

19. A fim de evitar este extremo, certos economistas tentam distinguir entre as intervenções do Estado adequadas e inadequadas à finalidade de supressão das externalidades. De acordo com esses autores, a intervenção do Estado é adequada quando permite minimalizar outros inconvenientes. Em contrapartida, na medida em que a intervenção estatal conduza a inconvenientes maiores do que os ocasionados pela atividade privada, esta última deve ter primazia. Não se pode todavia confundir esse critério com o princípio da subsidiariedade (conferir § 38/41 ss.).

Os acidentes de veículos motorizados nas estradas ocasionam custos muito elevados. Deve o risco que representam tais custos altos ser distribuído entre todos os condutores sob a forma de um seguro de responsabilidade civil obrigatória ou convém renunciar a ele? Se a introdução do seguro obrigatório conduz a um desperdício maior pela administração das companhias de seguro, a vantagem é mínima do ponto de vista econômico global. Neste caso, segundo estes economistas, pode-se renunciar a ele.

20. Em John Stuart Mill encontramos uma concepção liberal fundamentalmente diferente. Enquanto utilitarista, Mill defende o máximo de bem-estar para o maior número possível de pessoas. Em oposição a Bentham, ele não define, no entanto, toda e qualquer necessidade subjetiva como importante e digna de ser concretizada.

21. Para Mill, a verdadeira finalidade do homem é o maior e mais harmonioso desenvolvimento de suas forças em direção a um todo perfeito e coerente. O homem não pode realizar este fim senão em um estado de liberdade. É por esta razão que a regra do *laissez-faire* é também aplicável às relações entre o Estado e a economia. O grande problema reside, segundo Mill, no fato de que, muitas vezes, o homem não está em condições de discernir ou avaliar os seus próprios interesses, condição necessária para a concretização deles. Muitos compradores não estão em condições de estimar o valor de seus produtos. O papel do Estado consiste, pois, em educar o homem incapaz.

c) Resumo

22. Em resumo, pode-se concluir o seguinte: a teoria econômica moderna e liberal parte do princípio de uma sepa-

§ 34. A IMPORTÂNCIA DOS FINS DO ESTADO

ração entre o Estado e a economia. A intervenção estatal não se justifica senão para manter a estabilidade do sistema econômico, impedir as evoluções nefastas e restabelecer uma autêntica economia de concorrência. Visto que, em última instância, somente os homens sãos e aptos ao trabalho podem participar ativamente da concorrência, o Estado deve pois se ocupar de todos os que não estão aptos a concorrer por razões de saúde ou de idade. É a partir desta ótica que o sistema das prestações da previdência social se justifica em seu todo como uma externalidade fornecida pelo Estado a título de compensação. O Estado torna-se assim a nova *invisible hand* que assegura uma divisão justa dos bens, quando orientada pelo *laissez-faire*.

23. A teoria marxista assume uma posição oposta. A dominação de classe e a exploração levaram o homem e a sociedade pelo caminho errado; busca-se uma nova forma de sociedade composta por homens livres e sociais. Para os liberais, os seres humanos são semideuses que perseguem racionalmente os processos do mercado e são capazes de avaliá-los; os marxistas, em contrapartida, vêem os homens como seres desviados e explorados, que não podem ser libertados senão sob a direção do proletariado (conferir § 23/7 ss.).

24. Tanto a concepção marxista quanto a liberal consideram a atividade do Estado somente sob o ângulo da repartição dos bens. A única questão posta é saber se o sistema permite uma repartição eqüitativa dos bens.

25. Em contrapartida, outras perspectivas são possíveis, por exemplo as mencionadas no preâmbulo do Pacto internacional de 19 de dezembro de 1966, relativo aos direitos civis e políticos. Dentre outros itens, destacam-se:

"*Reconhecendo* que estes direitos decorrem da dignidade inerente à pessoa humana,

Reconhecendo que, de acordo com a Declaração universal dos direitos do homem, o ideal do ser humano livre, gozando das liberdades civis e políticas e liberado do temor e da miséria, não pode realizar-se senão quando sejam criadas condições que permitam a cada um gozar de seus direitos civis e políticos, ...

Considerando-se o fato de que o indivíduo tem deveres para com seu semelhante e a coletividade à qual pertence e deve se esforçar por promover e respeitar os direitos reconhecidos no presente Pacto..." (citado em: B. Simma, p. 22).

26. Desse modo, o homem não aparece mais somente como um ser que, pesando incessantemente os prós e contras de cada uma de suas ações (custo e benefício), procura aumentar o seu próprio bem (conferir M. Janssen e K. Hummler, p. 20). Ele é um ser bem mais complexo, imprevisível, que tem o seu próprio universo de sentimentos, sua concepção de valores que não se referem exclusivamente à sua pessoa mas também ao todo e que se encontram em uma relação transcendental.

27. Parece-me pois injustificado tratar o problema da finalidade da atividade do Estado somente no plano teórico. De fato, é igualmente fundamental discernir os fins da afinidade estatal reconhecidos nos países industrializados ocidentais. É por essa razão que cuidaremos a seguir destas finalidades do Estado tratadas pelo direito constitucional, a fim de examinar então mais uma vez o tema da finalidade do Estado sob a perspectiva das relações entre o Estado e a sociedade, tal como é tratada correntemente na literatura alemã sobre o direito público.

§ 35. A TAREFA DE PROTEÇÃO DO ESTADO

Bibliografia

a) Autores clássicos

Humboldt, W. von. Ideen zu einem Versuch, die Grenzen der Wirksamkeit des Staats zu bestimmen (Idéias para tentar determinar os limites da eficácia do Estado). In: *Werke in fünf Bänden* (Obra em cinco volumes). Vol. I, Schriften zur Anthropologie und Ges-

§ 35. A TAREFA DE PROTEÇÃO DO ESTADO 587

chichte (Escritos sobre antropologia e história). Org. A. Flintner, K. Giel, 2.ª ed., Darmstadt, 1969.

Schopenhauer, A. Zur Rechtslehre und Politik (Kap. 9) (Sobre a teoria do direito e a política). In: vol. V da edição *Sämtliche Werke in 5 Bände* (Obras completas em cinco volumes). Reedição crítica e org. por W. von Löhneysen. Stuttgart/Frankfurt a. M., 1960-1965.

b) Outros autores

Kenyon, J. P. *The Stuart Constitution* (A Constituição Stuart). Cambridge, 1966.

Lavroff, D.-G. La république du Sénégal (A República do Senegal). Col. Comment ils sont gouvernés (Como eles são governados). Vol. 13, Paris, 1966.

Mayer-Tasch, P. C. *Die Verfassungen der nicht-kommunistischen Staaten Europas* (As Constituições dos Estados europeus não-comunistas). 2.ª ed., Munique, 1975.

Mommsen, Th. *Abriß des römischen Staatsrechts* (Esboço do direito público romano). Nova impressão da edição de 1907. Darmstadt, 1974.

Robert, J. *Le Japon* (O Japão). Col. Comment ils sont gouvernés (Como eles são governados). Vol. 20, Paris, 1970.

Schambeck, H. *Vom Sinnwandel des Rechtsstaates* (Da mudança de sentido do estado de direito). Berlim, 1970.

Schaumann, W. *Völkerrechtliches Gewaltverbot und Friedenssicherung* (A proibição de Direito internacional da violência e a garantia da paz). Org. Berichte einer Studientagung der Deutschen Gesellschaft für Völkerrecht (Relatórios de uma jornada de estudos da Sociedade alemã para o direito internacional público). Baden-Baden, 1971.

1. A tarefa de proteção é certamente uma das primeiras e mais fundamentais tarefas da comunidade estatal. Os homens ou as tribos uniram-se a fim de se protegerem mutuamente dos ataques dos inimigos comuns, das forças da natureza, mas também das desordens e das desavenças. A tarefa de proteção constitui a tarefa do Estado menos contestada. O grande cético Arthur Schopenhauer (1788-1860) escreve, por exemplo, a esse respeito: "Eu demonstrei que o Estado é fundamentalmente uma simples instituição de proteção contra os ataques externos no todo e os ataques internos dos indivíduos entre si. Disto resulta que, em última instância, a necessidade do Estado repousa na reconhecida injustiça do ser humano: sem esta não se pode pensar um Estado... Se houvesse *justiça* no mundo, seria suficiente ter sua casa *construída* e não haveria mais a necessidade de outra proteção que este direito evidente de propriedade. Mas, porque a injustiça está na ordem do dia, é necessário que aquele que construiu a casa também esteja em condições de protegê-la" (A. Schopenhauer, pp. 123 s.).

2. Humboldt expressa isso de maneira ainda mais clara ao escrever : "O Estado se abstém de todo zelo para o bem positivo dos cidadãos e não dá um passo além do que o necessário para a segurança dos mesmos, tanto entre eles quanto contra inimigos externos; ele não restringe a liberdade dos cidadãos em razão de nenhum outro fim" (W. von Humboldt, p. 90).

3. O artigo 2 da Constituição federal da Suíça enuncia de maneira lapidar a missão protetora do Estado: "A União tem por finalidade assegurar a independência da pátria contra o exterior, manter a tranqüilidade e a ordem no interior, proteger a liberdade e os direitos dos confederados..."

a) A tarefa de proteção externa

4. Enquanto nas épocas passadas os reis e seus exércitos saíam para conquistar novos territórios, nos dias atuais as relações exteriores dos Estados modernos se limitam – ao menos segundo a linguagem oficial – a defender a própria soberania. Isto deve ser assim, pois a Carta das Nações Unidas (artigo 2, alínea 4, artigo 51) autoriza tão-somente a defesa por meios militares, mas não o ataque. No primeiro plano encontram-se hoje mais e mais meios de ação diplomáticos, econômicos e políticos (influência exercida sobre a opinião pública) destinados a atender aos fins de política externa fixados pelos Estados.

§ 35. A TAREFA DE PROTEÇÃO DO ESTADO

5. Os próprios fins da política externa também se modificaram. Se, no passado, o que importava em primeira linha era salvaguardar a independência, nos dias atuais os órgãos do Estado competentes pela política externa são encarregados pela Constituição de colocar suas atividades no domínio das relações exteriores a serviço da paz e da solidariedade. Este objetivo está formulado no artigo 24 da Constituição alemã de maneira ainda bastante prudente como uma norma de competência: "Para preservar a paz, a União pode fazer parte de um sistema coletivo de segurança mútua..."; ela é, no entanto, conseqüência do claro preâmbulo: "... enquanto membro em igualdade de condições em uma Europa unida, servir à paz no mundo...". Esta idéia fundamental se exprime ainda mais nitidamente no artigo 29 da Constituição irlandesa, datada de 1º de julho de 1937: "A Irlanda afirma a sua devoção ao seu ideal da paz e da cooperação amigável entre os povos com base na justiça e na moral internacionais" (citação traduzida por: P. C. Mayer-Tasch, p. 282; conferir igualmente o artigo 11 da Constituição italiana de 27 de dezembro de 1947).

6. Formulações semelhantes podem ser encontradas no anteprojeto de uma nova Constituição federal para a Suíça (artigo 2, alínea 8 e preâmbulo). No entanto, os japoneses foram os que extraíram as mais amplas conseqüências deste dever de preservar a paz, na medida em que, no artigo 9 de sua Constituição de 1949, determinam: "Aspirando sinceramente a uma paz internacional fundada sobre os princípios da justiça e da ordem, o povo japonês renuncia definitivamente ao exercício dos seus direitos de defesa pelo uso da força militar, à ameaça a outros povos ou à força, como meios para apaziguar disputas internacionais. Para alcançar este objetivo, o povo japonês não possuirá jamais forças terrestres, navais ou aéreas ou outro potencial de guerra..." (conferir J. Robert, p. 288, traduzido pelo autor). No entanto, hoje em dia, esta última parte não passa de letra morta.

7. Paralelamente a esta modificação evidente dos objetivos da política externa dos Estados, sobretudo no setor econômico delineia-se uma imbricação internacional crescente. As dependências externas são certamente cada vez mais fortes: suprimentos de matérias-primas; dependência monetária; dependência dos países em desenvolvimento em relação às nações industrializadas; pequenos e médios Estados dependentes das superpotências nucleares; dependências no âmbito da proteção do meio ambiente e dependência de sociedades multinacionais etc. Tudo isto conduz os Estados a repensar o seu papel no interior da comunidade das nações (conferir § 18).

8. Certos Estados estimam que este seu novo papel consiste na missão de propagar a consciência dos direitos do homem da democracia. Por outro lado, os jovens países em desenvolvimento não pouparam tais Estados da acusação de neocolonialismo. Quanto aos Estados socialistas, munidos de uma pomba em uma mão e do martelo e da foice na outra, lutam para a concretização de seu ideal comunista e tentam impor uma paz soviética ao mundo todo.

9. Certos Estados africanos fizeram da liberdade africana o ponto de cristalização de sua tomada de consciência contra o estrangeiro e expressaram-no no preâmbulo de sua Constituição. Assim, o Senegal por exemplo proclama no preâmbulo de sua Constituição: "Consciente de que a unidade política, cultural, econômica e social é indispensável para a afirmação do caráter africano e num esforço de reunificação da África" (conferir D.-G. Lavroff, p. 94).

10. Especialmente para as grandes nações industriais, esta nova formulação dos objetivos da política externa é todavia uma faca de dois gumes, uma vez que sobretudo os Estados menores e mais fracos podem interpretá-la como uma intromissão em seus assuntos internos e, portanto, como uma restrição do seu direito à autodeterminação. Este direito ocupa, na Carta das Nações Unidas, a mesma hierarquia que a ocupada pela proibição do recurso à força ou pela obrigação dos Estados de preservar a paz (conferir a esse respeito W. Schaumann).

§ 35. A TAREFA DE PROTEÇÃO DO ESTADO

11. Por outro lado, os Estados são forçados a levar em conta as evoluções mais recentes e prestar uma contribuição para a manutenção da paz no mundo. Esta manutenção não pode repousar exclusivamente sobre as forças armadas, nem sobre o "equilíbrio do terror", mas deve ter por fundamento uma ordem internacional justa. Se os Estados não conseguirem encontrar espontaneamente em tempo hábil o caminho para uma solidariedade mais ampla, eles serão coagidos a fazê-lo mais cedo ou mais tarde. Atualmente, a interdependência global, sobretudo no domínio econômico, liga os Estados entre si tal como antigamente ocorria com as tribos. Se os Estados não tentam pois, por iniciativa própria, colaborar para modelar estas interdependências de tal maneira que sejam aceitáveis para todos, uma potência se encarregará de fazê-lo cedo ou tarde e assim ficará em condições de reforçar estas dependências em seu proveito e esvaziar a independência dos Estados de seu conteúdo.

12. Dentre as tarefas externas que os órgãos do Estado devem cumprir, convém mencionar particularmente a disposição de cooperar no interior de organizações internacionais, bem como o dever de não conceder esta colaboração com a única finalidade de preservar a soberania e a autodeterminação do país, mas também de trabalhar para a edificação de relações internacionais mais justas. Neste contexto, não se trata de uma tarefa e de uma flagelação auto-impostas pelo Estado, mas sim do desenvolvimento de uma consciência de solidariedade, indispensável para a consolidação de uma ordem internacional.

b) As tarefas de proteção internas

13. A proteção dos cidadãos contra os perigos internos pertence igualmente às tarefas originárias do Estado. O cidadão deve receber proteção contra salteadores, ladrões e outros malfeitores (conferir *The Book of Order of January* 1631, de

Carlos I, citado em J. P. Kenyon, p. 497). Enquanto nos dias atuais a aplicação – sob certas circunstâncias, coercitiva – da ordem pública é assegurada especificamente pela força policial, no Império Romano praticamente todos os funcionários estatais deviam cumprir tarefas de polícia (conferir Th. Mommsen, pp. 174 ss.).

14. Na Inglaterra, esta tarefa cabia outrora ao *justice of peace* local. Somente homens originários da respectiva região e bastante familiarizados com as condições locais eram escolhidos para ocupar esse cargo. Estes *justices of peace* alcançaram e preservaram uma grande independência perante o rei e seu governo. Atualmente existe, sem dúvida, uma organização policial para todo o território nacional, mas ela é altamente descentralizada e ligada às instituições locais. A administração da polícia está certamente sob o controle do governo, mas decide de modo independente a respeito de seu modo de ação. Na realidade, a polícia tornou-se um Estado dentro do Estado, que decide quando e sob quais circunstâncias irá intervir. O fato de que a polícia inglesa não utiliza armas está estritamente ligado com esta tradição de autonomia. Ao longo dos séculos, a polícia britânica conquistou uma tal autoridade no seio da população, que ela pode atuar contra a violência sem recorrer a ela.

15. A independência da polícia inglesa se reveste de grande importância nos conflitos trabalhistas. Visto que o governo sempre está do lado dos trabalhadores (*Labour*) ou do lado dos empregadores (*Tory*), em caso de greve a polícia deve conservar uma total neutralidade e independência diante dos piquetes dos grevistas. Até o presente momento, ela alcançou este objetivo em uma medida surpreendente.

16. Em praticamente todos os outros países, a polícia infelizmente é concebida mais como um prolongamento do governo do que como uma proteção da população. Ela tornou-se um instrumento do governo, por meio do qual este pôde impor as suas leis e a sua vontade ao povo, e perdeu desse modo a sua base de confiança popular.

§ 35. A TAREFA DE PROTEÇÃO DO ESTADO

17. Tal como na Inglaterra percebe-se atualmente em muitos outros Estados a necessidade de uma polícia que esteja familiarizada com as condições locais. Segundo a estrutura do Estado (federalismo ou centralismo), a polícia local consegue afirmar mais ou menos bem a sua posição de independência em face do governo central. Nos Estados Unidos, esta polícia local (o *Sheriff*) desenvolveu-se a partir das milícias populares privadas. Ela tinha então a tarefa de proteger sobretudo os interesses da maioria da população local.

18. Nos países onde a polícia local tem um *status* reconhecido e independente, encontramos geralmente em escala nacional uma polícia especial encarregada de lutar contra a criminalidade em um plano interregional. O *Federal Bord of Investigation* (FBI) nos Estados Unidos ou a *Scotland Yard*, na Inglaterra, bem como o Ministério Público Federal na Suíça, o Departamento Federal de Polícia (*Bundeskriminalamt*) e o Ministério Público Federal na Alemanha são órgãos de polícia centrais do gênero descrito acima. Ao lado destes órgãos de polícia responsáveis pela luta contra a criminalidade, há igualmente tropas centralizadas encarregadas de manter a ordem interna, por exemplo a *National Guard* nos Estados Unidos e as tropas de proteção das fronteiras na República Federal da Alemanha. O grau de desconfiança que a população pode ter diante destas forças de polícia centralizadas mostra-se no fato de que, na Suíça, até o presente momento, a população rejeitou a criação de uma polícia federal, que deveria estar à disposição do governo federal para manter a ordem interna.

19. Enquanto se associa, em geral, o termo polícia com a idéia de força policial, de combate à criminalidade (polícia criminal) e de polícia de trânsito, as tarefas de polícia do Estado englobam, segundo a doutrina do direito público e administrativo, também todas as tarefas que o Estado deve assumir para proteger a população, por exemplo a polícia da construção, a polícia dos gêneros alimentícios, a polícia de proteção das águas, a polícia do meio ambiente, a polícia do comércio etc. Na República Federal da Alemanha, estas polícias são denominadas autoridades encarregadas da ordem (*Ordnungsbehörde*). Assim, o Estado moderno não deve, como no passado, proteger o cidadão tão-somente dos ladrões, assassinos e outros malfeitores, mas a sua tarefa de proteção ampliou-se consideravelmente. De fato, as dependências e as interações cada vez maiores do ser humano conduziram não só à ampliação das possibilidades de comunicação, mas também a uma ampliação dos perigos aos quais o homem está exposto. O Estado é então obrigado a assumir novas tarefas em matéria de proteção. Contudo, o acréscimo contínuo de tarefas de polícia implica restrições à liberdade do cidadão. Quando no interesse da proteção do meio ambiente os poderes públicos editam prescrições sobre o isolamento térmico das casas ou, no interesse do planejamento do território, delimitam zonas para construção de conjuntos habitacionais, a liberdade do proprietário do bem de raiz se restringe consideravelmente.

20. Por fim, há ainda uma questão importante, qual seja, a de saber o que os diversos Estados consideram como sendo um bem a ser protegido por meio da polícia. Constata-se que, sobretudo no domínio da polícia econômica, existem grandes diferenças entre os Estados de economia planificada e os de economia de mercado. Os primeiros precisam assegurar que um mercado negro não se desenvolva paralelamente ao sistema econômico planificado. Por conseguinte, a polícia econômica tem como tarefa proteger a economia planificada. Em uma economia de mercado livre, a polícia econômica tem simplesmente a tarefa de impedir os abusos, como assegurar, por exemplo, que os produtos alimentícios à venda não prejudiquem a saúde.

21. Desde que um Estado não esteja mais em condições de cumprir as suas tarefas de proteção, estas serão cada vez mais assumidas por particulares que, sob certas circunstâncias, chegam até mesmo a criar milícias populares. Uma tal evolução, em última instância, conduz a uma destruição da soberania do Estado a partir do interior, levando, conseqüentemente, à anarquia. A esse respeito, um exemplo perturbador nos foi dado pelo Líbano há alguns anos. Já antes da guerra civil, os refugiados palestinos controlavam uma boa parte do país, fato que provocou a reação das milícias cristãs, ao que, por sua vez, reagiram os muçulmanos e os sírios.

22. Uma vez que a população perde a confiança no Estado, ele não a reconquista com facilidade. É por essa razão que o Estado deve velar para que seja o único competente para cumprir as tarefas de proteção. Nesse contexto utiliza-se freqüentemente a expressão "monopólio da força". Em última análise, o Estado não tem o direito de recorrer à força senão para proteger a população, e não ao seu bel-prazer. Além disso, as evoluções dos Estados mostram continuamente que o recurso arbitrário à força cedo ou tarde provoca grandes resistências na população e, por conseguinte, uma destruição interna do poder do Estado. Além disso, em face de uma oposição não-violenta, o poder é impotente, tal como mostrou na época o exemplo de Ghandi.

§ 36. A TAREFA ESTATAL DE BEM-ESTAR SOCIAL

Bibliografia

Bruce, M. *The Coming of the Welfare State* (A chegada do Estado do bem-estar social). 2.ª ed., Londres, 1965.
Druitt, B. *The Growth of the Welfare State* (O crescimento do Estado do bem-estar social). Londres, 1966.
Eppler, E. *Maßstäbe für eine humane Gesellschaft*. Lebensstandard oder Lebensqualität (Medidas para uma sociedade humana. Padrão de vida ou qualidade de vida). Stuttgart, 1974.
Fidelsberger, H. *Gegen den Wohlfahrtsstaat* (Contra o Estado de previdência social). Viena, 1964.
Geiger, W., Nawroth, E., Nell-Breuning, O. von. *Sozialer Rechtsstaat – Wohlfahrtsstaat – Versorgungsstaat* (Estado de direito social – Estado do bem-estar social – Estado previdência). Paderborn, 1963.

Mayer-Tasch, P. C. *Die Verfassungen der nicht-kommunistischen Staaten Europas* (As Constituições dos Estados não-comunistas da Europa). 2.ª ed., Munique, 1975.
Meissner, B. Die neue Bundesverfassung der UdSSR (A nova Constituição federal da URSS). In: *JöR* 27, 1978, pp. 321 ss.
Rawls, J. *A Theory of Justice* (Uma teoria da justiça). 3.ª ed., Oxford, 1972.
Ritter, G. A. (org.). *Vom Wohlfahrtsausschuß zum Wohlfahrtsstaat* (Do Comitê do Bem-Estar Público ao Estado do bem-estar social). Colônia, 1973.
Salomon, K.-D. *Der soziale Rechtsstaat als Verfassungsauftrag des Bonner Grundgesetzes* (O Estado de direito social como ordem constitucional da Constituição Alemã). Colônia, 1965.
Streithofen. H. B. (org.). *Die Grenzen des Sozialstaates* (Os limites do Estado social). Stuttgart, 1976.
Sumner, W. G. *Folkways* (Modo de vida). Boston, 1940.
Wilensky, H. L. *The Welfare State and Equality* (O Estado do bem-estar social e a igualdade). Berkeley, 1975.

1. O preâmbulo da Constituição soviética de 1977 define as tarefas do Estado soviético da seguinte maneira: "O fim supremo do Estado soviético é a edificação de uma sociedade comunista sem classes, na qual se desenvolverá a auto-administração social comunista. As tarefas essenciais do Estado socialista do povo inteiro são as seguintes: criar a base técnica e material do comunismo; aperfeiçoar as relações sociais socialistas e transformá-las em relações comunistas; formar o homem da sociedade comunista; elevar o nível de vida material e cultural dos trabalhadores; garantir a segurança do país; contribuir para a consolidação da paz e para o desenvolvimento da cooperação internacional" (B. Meissner, p. 432).

2. Estes fins gerais são concretizados de maneira pormenorizada sob a forma de objetivos nas diversas disposições constitucionais. No âmbito das tarefas sociais, o artigo 14 dispõe, por exemplo: "A fonte do crescimento da riqueza social, do bem-estar do povo e de cada soviético é o traba-

§ 36. A TAREFA ESTATAL DE BEM-ESTAR SOCIAL 597

lho liberto da exploração." De acordo com o princípio do socialismo: cada um segundo as suas capacidades, a cada um segundo a sua produção, o Estado controla a medida do trabalho e do consumo. Ele define o montante dos impostos sobre os rendimentos tributáveis. A situação do homem na sociedade é determinada pelo trabalho de utilidade social e seus resultados. O Estado, na medida em que une os estímulos materiais e morais e fomenta as iniciativas inovadoras e a atitude criadora no trabalho, contribui para fazer do trabalho a primeira necessidade vital de cada soviético. O artigo 15 determina: "O fim supremo da produção social no socialismo é a máxima satisfação das necessidades materiais e culturais crescentes do homens..." (B. Meissner, pp. 433 s.).

3. Estes são objetivos constitucionais que conferem ao Estado totalitário um poder ilimitado, a fim de que esteja em condições de formar e educar o homem nos planos econômico, cultural, intelectual, corporal e psíquico e possa, finalmente, torná-lo feliz. O Estado suprime as diferenças de classe (artigo 19); cuida das possibilidades de desenvolvimento de seus cidadãos (artigo 20); melhora as condições de trabalho (artigo 21); eleva o nível dos salários (artigo 23); ocupa-se da saúde, da assistência social, do abastecimento coletivo, da cultura física das massas e do esporte (artigo 24); assegura uma educação comunista (artigo 25) e um desenvolvimento planificado da ciência. Segundo o artigo 27, o Estado "cuida de preservar e desenvolver os valores culturais da sociedade e de empregá-los amplamente para a formação moral e estética do homem soviético e para a elevação do seu nível cultural. Na URSS encoraja-se por todos os meios o desenvolvimento das atividades artísticas profissionais e populares" (B. Meissner, p. 435).

4. Esta base constitucional de um Estado que programa totalmente o ser humano encontra-se em flagrante oposição à constituição suíça de 1874 que, no artigo 2, define a finalidade do Estado da seguinte forma: "A União tem como finalidade assegurar a independência da pátria contra o exterior, manter a tranqüilidade e a ordem no interior, proteger a liberdade e os direitos dos confederados e promover a sua prosperidade comum". Todavia, na Suíça, o cumprimento destas tarefas sociais do Estado se opera dentro de limites bem estreitos, visto que a União não pode agir senão no âmbito das competências que lhe são expressamente delegadas pela Constituição (artigo 3 BV) e que, além disso, não pode intervir na liberdade econômica dos cidadãos. De fato, o artigo 31 precisa: "A liberdade do comércio e da indústria está garantida sobre todo o território da Confederação..."

5. Uma solução intermediária encontramos na Constituição turca. Segundo o artigo 10, alínea 2 desta Constituição, o Estado "deve suprimir todos os obstáculos políticos, econômicos e sociais que, de uma maneira incompatível com os princípios da segurança pessoal, da justiça social e do Estado de direito, restrinjam os direitos e liberdades fundamentais da pessoa; ele deve criar as condições necessárias para o desenvolvimento da existência material e imaterial do ser humano". Além disso, segundo o artigo 48, o cidadão tem o direito à segurança social; segundo o artigo 49, ele goza de um direito à saúde e, segundo o artigo 50, de um direito à educação. O artigo 42 determina: "O trabalho é um direito e um dever de todos." Esta Constituição, no entanto, garante igualmente a liberdade contratual e de trabalho (artigo 40), bem como um direito limitado à propriedade (artigos 36-39) (conferir P. C. Mayer-Tasch, pp. 730 ss.).

6. Não há dúvidas de que, desde os tempos da família alargada autárquica, as tarefas do Estado moderno se modificaram muito. Na sociedade industrial atomizada e fundada sobre a divisão do trabalho, o cidadão individual depende muito mais da proteção da comunidade anônima que os homens de outras épocas. Não causa portanto estranheza que exatamente a questão de saber quais tarefas devem ser cumpridas pelo Estado em face desta evolução encontre-se no centro do debate político atual. Enquanto os Estados liberais, com base no princípio da subsidiariedade, se limitam a cumprir tão-somente as tarefas que não seriam executadas por nenhuma outra pessoa – por exemplo, a construção de ruas e estradas, as ferrovias, os correios e os telefones, as escolas etc. –, as soluções marxistas tendem a confiar aos poderes públicos todas as tarefas que são necessárias para assegurar o bem-estar geral.

7. Todavia, o debate não se limita unicamente à questão de saber quais são as tarefas que o Estado deve cumprir. Na verdade, freqüentemente os partidos estão de acordo em relação às finalidades da atividade do Estado, mas divergem sobre a questão de saber quem, com que meios e quais os caminhos próprios para a realização destes fins. Se uns defendem soluções burocráticas e centralizadoras, outros são partidários de que estas tarefas devem ser solucionadas por particulares (por exemplo, a cobertura de certos riscos pelas companhias de seguro). O Estado teria exclusivamente a competência de atenuar as desigualdades profundas por meio de subvenções ou de outras formas de ajuda. De resto, os poderes públicos deveriam se abster.

8. Antes de abordar a questão dogmática "Estado-sociedade", "mais-menos Estado", gostaria de esquematizar as diversas tarefas sociais dos Estados ocidentais modernos.

a) Medidas para assegurar a existência dos homens

9. Ainda hoje a família constitui o fundamento de uma existência digna do ser humano. Por conseguinte, dentre as tarefas que o Estado deve cumprir, a proteção, a promoção e a possibilidade de desenvolvimento da família ocupam um lugar de destaque. No direito de família, no direito matrimonial e no regime de bens, no direito de adoção, na proteção da mãe, no salário-família etc., trata-se sempre, em última instância, de assegurar a existência da família. Nos dias atuais, o Estado encontra-se também diante de problemas relacionados com a família monoparental, com a vida em comum de parceiros sem vínculo matrimonial formal e com a proteção das crianças contra o abandono. Uma boa política familiar, bem adaptada às circunstâncias, tentará igualmente deixar às famílias a busca de soluções de muitos problemas e evitar uma constante intervenção dos poderes públicos.

10. Para assegurar a existência é igualmente necessário proteger as bases naturais da vida. De fato, o homem não pode viver, e infelizmente nos dias atuais é preciso dizer também sobreviver, senão em um meio ambiente sadio. A proteção da água, do ar, do solo, bem como a preservação dos recursos naturais para as gerações futuras, fazem parte das tarefas essenciais do Estado moderno. Por meio de um planejamento do território que respeite a liberdade, o Estado pode promover uma política racional de ocupação do solo e velar para que o território disponível seja utilizado para atender às necessidades tais como a habitação, a indústria, o comércio, a agricultura, as vias de comunicação, bem como as áreas de lazer. É evidente que, também e especialmente nestes domínios, o Estado não pode agir tão-somente com medidas coercitivas e intervenções. Ao contrário, o Estado deve ter a preocupação de conquistar a população e os meios econômicos em favor de uma cooperação coordenada e livremente consentida.

11. Um elemento essencial de garantia da existência é a proteção contra as conseqüências financeiras dos acidentes, da doença, da velhice e da invalidez. Para cumprir estas tarefas, o Estado dispõe de diversos meios e medidas: ele pode pagar a todas as pessoas ameaçadas em sua existência um "imposto negativo" (*negative income tax*); mas pode também criar uma companhia pública de seguros. Por fim, ele pode igualmente fomentar a poupança e o acesso à propriedade por meio de incentivos fiscais e, com isso, promover a "autoprevidência".

12. Segundo as concepções atuais, fazem igualmente parte da garantia da existência uma proteção diante das conseqüências financeiras decorrentes do desemprego, a proteção dos locatários, a ajuda à construção residencial, a garantia de um salário mínimo e o direito a férias. Dentre as medidas destinadas a assegurar as bases da existência incluem-se igualmente uma política eficaz em matéria de saúde, que englobe a previdência e um sistema de saúde desenvolvido, bem como medidas de reintegração de grupos socialmente marginalizados (por exemplo, os drogados, os alcoólatras e os delinqüentes).

13. Se antigamente a ajuda social se limitava aos pobres, o Estado estendeu consideravelmente a sua assistência nos dias atuais. O antigo Estado defensivo e ofensivo deu lugar a um Estado de seguridade social que criou as bases legais e institucionais indispensáveis para a realização de uma comunidade financeira de solidariedade. No âmbito social, uma das tarefas essenciais da atividade do Estado consiste em salvaguardar a liberdade, a possibilidade de desenvolvimento pessoal e a esfera privada do ser humano, apesar da amplidão das intervenções sociais. O homem não pode ser sufocado pela burocracia da administração social ou aniquilado por funcionários públicos ávidos de poder, que o oprimem com formulários, questionamentos, interpelações e condições em matéria de rendas e de subvenções.

14. Muito debatida é a questão de saber até que ponto o Estado deve estender suas atividades sociais. Deve o Estado se limitar a garantir apenas o mínimo vital ou deve velar para que cada cidadão disponha de uma base de existência suficiente ou deve ele mesmo estruturar a previdência social segundo o princípio "a cada um de acordo com as suas necessidades"? Se o Estado vai muito longe, pessoa alguma terá interesse em melhorar o seu nível de vida por meio de seu próprio desempenho. Em contrapartida, se o Estado se limita a fazer o mínimo, muitos cidadãos se sentirão injustamente tratados e, desencorajados, resignar-se-ão à sua própria sorte. Do meu ponto de vista, o Estado tem a delicada missão de encontrar a medida justa entre soluções extremas e, ao mesmo tempo, velar para que a prosperidade econômica lhe permita assegurar as numerosas prestações sociais.

b) A garantia da possibilidade de desenvolvimento

15. Na época do Estado agrário e do nascimento do capitalismo, o Estado se limitava a assegurar o desenvolvimento do indivíduo garantindo a propriedade do pai de família. Com a atomização crescente da sociedade fundada na divisão do trabalho, as liberdades se individualizaram e ampliaram.

16. À proteção estatal da liberdade e da propriedade acrescentou-se logo a tarefa de educação. O princípio da educação geral do povo foi um dos postulados essenciais do Iluminismo e da Revolução Francesa. No final do século XIX e sobretudo no século XX, o Estado se encarregou de cumprir outras tarefas no âmbito da educação: cuidou da escola primária, da formação profissional, da preparação para os estudos universitários e criou universidades públicas. Universidades, desde tempos remotos, eram financiadas pelos reis. Entretanto, o princípio de uma formação universitária acessível ao maior número possível de pessoas não se realizou senão no século XX.

17. Todavia, o desenvolvimento do ser humano não se esgota na formação universitária ou profissional. De fato, o aperfeiçoamento, a formação continuada, a licença para fins de estudo, bem como a educação de adultos, são postulados aos quais o Estado contemporâneo deve satisfazer. A isto acrescentam-se as tarefas dos poderes públicos nos domínios da pesquisa de base e do avanço da ciência. Os Estados tiveram que criar institutos de pesquisa em número cada vez maior, uma vez que a pesquisa de base não podia mais ser financiada pelos próprios cientistas. Do mesmo modo, a pesquisa aplicada pôde cada vez menos ser efetuada e financiada somente pela indústria e sobretudo pelas pequenas empresas.

§ 36. A TAREFA ESTATAL DE BEM-ESTAR SOCIAL

18. Em relação ao desenvolvimento do indivíduo é necessário também mencionar a proteção da esfera privada, que constitui uma tarefa estatal importante. Atualmente, as possibilidades técnicas em matéria de processamento de dados, de eletrônica e de transferência de informações são tais que o indivíduo não pode mais se defender sozinho contra uma curiosidade excessiva da sociedade e do Estado. Este deve pois encontrar, no domínio da proteção de dados e, de maneira geral, no domínio da proteção da personalidade, vias e meios próprios para garantir eficazmente a esfera privada do indivíduo.

19. A necessidade que têm os homens de criar, de desenvolver a sua imaginação e suas capacidades musicais encontra a sua expressão no domínio cultural. Cada vez mais o fomento da criação artística faz parte das tarefas do Estado, pois as manifestações culturais são, em muitos casos, subordinadas à outorga de uma ajuda financeira. O papel do mecenas de outrora precisa atualmente ser desempenhado pelo Estado.

20. No entanto, se o Estado quisesse cumprir todas essas tarefas por meio de uma burocracia centralizada, não estaria longe do Estado totalitário. É por esta razão que é muito importante aplicar o princípio da subsidiariedade segundo o qual os poderes públicos não assumem senão uma parte destas tarefas e, além disso, com apoio de organizações sociais privadas, de associações religiosas e outras associações privadas.

c) Tarefas no âmbito da convivência

21. O fundamento de uma ampla paz no interior do Estado não é outro que um sistema jurídico bem estruturado, dotado de uma jurisdição persuasiva simples e rápida. Quanto maior é a confiança que os cidadãos depositam na ordem jurídica e nos tribunais, tanto menos tentarão contorná-los ou evitar tal manobra pela outra parte contratante. No entanto, as melhores leis de nada servem quando as partes precisam esperar um julgamento durante anos ou contar em todo processo judiciário com elevados custos advocatícios. Nessas condições, toda pessoa tentará por seus próprios meios impor os seus interesses em face da parte adversária, por exemplo em relação ao locatário, ao trabalhador, ao comprador, ao cliente, ao marido ou aos pais, sem a ajuda do Estado, fato que conduz à lei do mais forte e não mais à vitória da parte que está com a razão.

22. O direito processual, a organização judiciária, o direito da execução judicial, a regulamentação da advocacia e a organização da assistência judiciária para as pessoas necessitadas são aspectos tão importantes para uma convivência harmoniosa quanto o direito material, por exemplo, o direito de família, o direito dos contratos, o direito das coisas, o direito do trabalho, o direito penal e o direito societário. Em uma sociedade fundada sobre a divisão do trabalho, uma convivência harmoniosa não se realiza senão quando os parceiros podem ter uma confiança recíproca. Essa confiança pode se estimular pelo fato de estar o Estado em condições de proteger eficazmente aqueles cuja confiança sofre abusos.

23. A proteção da confiança inclui também a proteção em face do abuso de uma certa posição de poder. Assim, as medidas contra a concorrência desleal, as que visam proteger os consumidores, os segurados e os clientes dos bancos, bem como as destinadas a proteger os trabalhadores e os inquilinos etc., constituem uma parte essencial das tarefas que o Estado moderno deve cumprir.

24. Atualmente espera-se, além disso, que o Estado crie condições propícias para uma cooperação harmoniosa no âmbito da economia. Para tanto, ele deverá regulamentar a concorrência de maneira que impeça situações de supremacia e de abuso de poder. Estados cujos fins se inspiram na doutrina do liberalismo econômico orientarão, por conseguinte, as suas medidas pelo ideal de uma neutralidade da concorrência, se bem que um tal objetivo seja inalcançável. Neste contexto, convém mencionar o direito eficaz contra os cartéis.

§ 36. A TAREFA ESTATAL DE BEM-ESTAR SOCIAL

25. A convivência na sociedade moderna não é possível senão quando o Estado proporciona uma infra-estrutura adequada. Fazem parte dessa infra-estrutura as rodovias, as ferrovias, o telefone e o correio. A infra-estrutura serve também para o desenvolvimento da economia. Na medida em que estas instalações não podem ser financiadas pela via do mercado, quer dizer, pelos consumidores, o Estado tem de assumir estas despesas.

26. Uma concorrência sadia pressupõe a existência de empresas competitivas. Por meio da adoção de uma política estrutural dirigida, o Estado pode apoiar temporariamente ramos econômicos ou regiões ameaçadas em sua existência, de tal modo que a sua ajuda permita que, após um certo tempo, as empresas e as regiões se tornem outra vez plenamente capazes de concorrer. Em períodos de recessão econômica, tais intervenções do Estado servem sobretudo para salvaguardar os empregos em perigo. Assim, o aumento da atividade do Estado no âmbito da construção civil serve para garantir o nível de emprego neste domínio e, simultaneamente, ajudar esse setor econômico a passar pelo período de recessão.

27. É muito freqüente que se apóie a economia nacional, pois ela não pode concorrer com a economia estrangeira em razão de medidas de protecionismo tomadas por outros países. Em geral, não é possível solucionar definitivamente esse tipo de dificuldades por meio da legislação nacional. Por esta razão, é indispensável a cooperação dos Estados nas organizações econômicas internacionais, tais como a Comunidade Econômica Européia (CEE), a Associação Européia de Livre Comércio (AELC), a Organização para a Cooperação e o Desenvolvimento Econômico (OCDE), o GATT (Acordo Geral sobre Tarifas e Comércio), e em outras organizações internacionais.

28. Um dos domínios tradicionais, mas não menos contestado, da atividade do Estado para promover uma convivência harmoniosa é o da redistribuição de patrimônio e de renda. Até que ponto o Estado deve tomar medidas destinadas à redistribuição de patrimônio e de renda? Deve ele editar leis sobre a constituição de patrimônio e propriedade, apoiar diretamente por meio de subvenções os membros da sociedade economicamente mais fracos ou deve ele se limitar a utilizar a progressão fiscal para preservar os rendimentos dos contribuintes mais pobres e onerar os dos mais ricos?

29. Um Estado que deseja velar pelo bem-estar de sua população não poderá cumprir esta tarefa senão quando a sua economia estiver sã. Por esta razão, o Estado tem de tomar medidas globais no interesse da prosperidade econômica geral. Ele deve velar pela estabilidade dos preços, defender o poder de compra da moeda tanto interna quanto externamente e exercer uma influência reguladora sobre os negócios a crédito por meio de uma política adequada de juros. Ao lado disso, muitos Estados tomam também medidas para manter o pleno emprego, para estimular o crescimento econômico e promover o abastecimento energético.

30. A luta contra as crises constitui um importante domínio da política econômica estatal. O estado deve combater tanto o superaquecimento conjuntural e a decorrente inflação quanto a recessão. Para estes fins são necessárias medidas no âmbito da política fiscal, da política de juros, da política orçamentária e das suas próprias atividades de ordem econômica.

31. A rarefação das matérias-primas e a situação difícil no setor de abastecimento energético obrigam o Estado a tomar medidas próprias para garantir o abastecimento no próprio país. Para isso é necessária também uma boa política agrícola, que visa igualmente alcançar outros objetivos, como, por exemplo, a manutenção da classe dos agricultores, a preservação do campo e a ajuda às regiões economicamente desfavorecidas. Este largo espectro de objetivos visados pela política agrícola não se pode realizar sem a intenção na liberdade da agricultura. Desse modo, os agricultores tornam-

§ 36. A TAREFA ESTATAL DE BEM-ESTAR SOCIAL

se cada vez mais empregados semi-autônomos do Estado, enquanto o mercado livre praticamente não existe mais no âmbito da agricultura. Da contenção da produção leiteira passando pelo estímulo à cultura de cereais e forragens e pelo contingenciamento da importação do vinho até a regulamentação do mercado de ovos, quase tudo é regulado pelo Estado e no âmbito da Comunidade Econômica Européia pelos acordos e regulamentos internacionais.

d) A obtenção dos meios necessários para o cumprimento das tarefas do Estado

32. Um outro domínio importante da atividade do Estado consiste na obtenção dos meios indispensáveis para o cumprimento destas variadas tarefas. O Estado tem necessidade de pessoal, de recursos financeiros, de informações, de instalações e de meios de produção a fim de que possa realmente cumprir as suas tarefas.

33. O direito administrativo regula as relações de serviço dos funcionários públicos, em especial as condições de admissão, de remuneração e de trabalho. O Estado busca seus recursos financeiros de diversas maneiras. Decerto, a sua política tradicional de impostos e de direitos aduaneiros não lhe permite financiar senão uma parte das suas tarefas. O restante dos recursos, o Estado é obrigado a buscar através de empréstimos públicos, bem como de empresas públicas que monopoliza – por exemplo, o correio e as ferrovias – ou por meio de empresas públicas que participam da concorrência (por exemplo, a ENI na Itália, a Renault na França).

34. A incumbência dos bancos estatais é colocar à disposição do poder público os créditos que ele necessita para financiar as suas tarefas de infra-estrutura. Além disso, estes bancos podem influir consideravelmente sobre a economia por meio de sua política de crédito e privilegiar investimentos lá onde são mais estimulantes para o todo da economia.

35. Certas tarefas o Estado pode fazer cumprir por empresas privadas. Por meio de concessões ele outorga às empresas privadas o direito de cumprir determinadas funções que monopoliza e de exigir dos cidadãos o pagamento de taxas pelas prestações fornecidas.

36. A fim de que o Estado possa cumprir as suas tarefas, ele deve igualmente dispor dos meios de produção, dos bens, dos edifícios e instalações necessários. Se o Estado pratica uma política bem organizada em matéria de compra, ele velará para que suas aquisições de bens diversos – por exemplo, de papel – ocorram no âmbito da livre concorrência. O mesmo deve se dar na atribuição de encargos ou encomendas, em especial no âmbito da construção.

37. Além disso, uma colaboração entre o Estado e a economia é possível sob a forma de uma participação do Estado nas empresas privadas. No domínio do abastecimento energético, as empresas de economia mista podem, por exemplo, desempenhar o seu papel tão bem quanto empresas inteiramente públicas ou completamente privadas.

38. No que diz respeito à necessidade de dispor de informações, o Estado não pode mais contar com o fato de que todas as informações sejam trazidas até ele. Para a reunião de informações é necessário constituir centros de documentação e estabelecimentos públicos de pesquisa, de levantamentos estatísticos, bem como designar autoridades que têm o direito de recolher determinadas informações de particulares.

e) Resumo

39. Esta explanação extremamente suscinta das tarefas que o Estado moderno, inserido em um regime de economia de mercado, deve cumprir mostra claramente quão grandes são as exigências em relação a ele. Não causa pois estranheza que se fale incessantemente de uma solicitação excessiva do Estado e que se apele a uma reprivatização de algumas de

§ 36. A TAREFA ESTATAL DE BEM-ESTAR SOCIAL

suas atividades. Se todavia se considera a complexidade e a densidade da rede das interdependências entre o Estado e a sociedade, compreende-se que esta relação não pode ser estruturada de modo mais autônomo com um simples ato burocrático.

40. Esta rede de interdependências entre o Estado e a sociedade é o resultado de uma luta contra os abusos do século passado no domínio social, combinado com três outros fatores, a saber, as duas guerras mundiais e suas implicações econômicas, a evolução industrial e, por fim, a internacionalização da economia. Caso esta rede fosse desfeita, novas necessidades se fariam sentir e novas dependências não tardariam a se manifestar.

Capítulo 3
A divisão das tarefas entre o Estado e a sociedade

§ 37. A SEPARAÇÃO ENTRE O ESTADO E A SOCIEDADE

Bibliografia

a) Autores clássicos

Althusius, J. *Grundbegriffe der Politik* (Conceitos fundamentais da política). Trad. E. Wolf. 2.ª ed., Frankfurt a. M., 1948.

Hegel, G. W. F. *Grundlinien der Philosophie des Rechts*. Vol. 7 da edição completa de H. Glockner. Stuttgart 1957-1971, 4.ª ed., 1964. [Trad. bras. *Princípios da filosofia do direito*, São Paulo, Martins Fontes, 1997]

b) Outros autores

Achterberg, N., Die Gesellschaftsbezogenheit der Grundrechte (A referência social dos direitos fundamentais). In: *Recht und Gesellschaft*. Festschrift für H. Schelsky (Direito e sociedade. Edição comemorativa para H. Schelsky). Berlim, 1978.

Ahlberg, R. *Die sozialistische Bürokratie*. Marxistische Kritik am etablierten Sozialismus (A burocracia socialista. Crítica marxista ao socialismo estabelecido). Stuttgart, 1976.

Angermann, E. Das Auseinandertreten von Staat und Gesellschaft im Denken des 18. Jahrhunderts (A separação entre o Estado e a sociedade no pensamento do século XVIII). In: *ZfP* 10 (1963), pp. 89 ss.

Ballerstedt, K. *Die Grundrechte* (Os direitos fundamentais). Vol. III. Org. por Bettermann/Nipperdey/Scheuner. 2.ª ed., Berlim, 1972.

Bezold, F. von et alii. *Staat und Gesellschaft der neueren Zeit bis zur Französischen Revolution* (Estado e sociedade da época moderna à Revolução Francesa). Berlim, 1908.

Böckenförde, E.-W. (org.). *Staat und Gesellschaft* (Estado e sociedade). Frankfurt a. M., 1976.

Böckenförde, E.-W. Die Bedeutung der Unterscheidung von Staat und Gesellschaft im demokratischen Sozialstaat der Gegenwart (A importância da diferença entre o Estado e a sociedade no Estado social democrático contemporâneo). In: *Staat, Gesellschaft, Freiheit* (Estado, sociedade, liberdade). Baden-Baden, 1976.

Clastres, P. *La Société contre l'Etat* (A sociedade contra o Estado). Paris, 1974.

Dahrendorf, R. *Gesellschaft und Demokratie in Deutschland* (Sociedade e democracia na Alemanha). Munique, 1968.

Drechsler, H., Hilligen, W., Neumann, F. (orgs.). *Gesellschaft und Staat* (Sociedade e Estado). 5.ª ed., Baden-Baden, 1979.

Dürig, G. Diskussionsbeitrag (Contribuição à discussão). In: *VVDStRL* 29, p. 127, Berlim, 1971.

Ehmke, H. *Wirtschaft und Verfassung*. Die Verfassungsrechtsprechung des Supreme Court zur Wirtschaftsregulierung (Economia e Constituição. Jurisprudência constitucional da Suprema Corte sobre regulamentação da economia). Karlsruhe, 1961.

_____. Staat und Gesellschaft als verfassungstheoretisches Problem (Estado e sociedade como problema da teoria constitucional). In: *Staatsverfassung und Kirchenordnung*. Festschrift für R. Smend (Constituição estatal e ordem eclesiástica. Edição comemorativa para R. Smend). Tübingen, 1962.

Fleiner, Th. *Grundzüge des allgemeinen und schweizerischen Verwaltungsrechts* (Elementos do direito administrativo geral e suíço). 2.ª ed., Zurique, 1980.

Forsthoff, E. *Der Staat der Industriegesellschaft* (O Estado da sociedade industrial). Munique, 1971.

Fraenkel, E. *Amerika im Spiegel des deutschen politischen Denkens*. Äußerungen der deutschen Staatsmänner und Staatsdenker über Staat und Gesellschaft in den Vereinigten Staaten von Amerika (A América no pensamento político alemão. Declarações de políticos e de pensadores do Estado alemães sobre o Estado e a sociedade nos Estados Unidos da América). Colônia, 1959.

Garaudy, R. *Die Alternative*. Ein neues Modell der Gesellschaft, jenseits von Kapitalismus und Pluralismus (A alternativa. Um novo modelo de sociedade para além do capitalismo e do pluralismo). Viena, 1973.

Gesellschaftsplanung in kapitalistischen und sozialitischen Staaten (Planejamento social nos Estados capitalistas e socialistas). Org. J. Esser, F. Naschold, W. Väth. Gütersloh, 1972.

§ 37. A SEPARAÇÃO ENTRE O ESTADO E A SOCIEDADE

Gneist, R. *Verwaltung, Justiz, Rechtsweg* (Administração, justiça, via judicial). Berlim, 1869.
Helms, E. *USA*. Staat und Gesellschaft. (Estados Unidos da América. Estado e sociedade). 4.ª ed., Hannover, 1978.
Hesse, G. *Staatsaufgaben*. Zur Theorie der Legitimation und Identifikation staatlicher Aufgaben (Tarefas do Estado. Sobre a teoria da legitimação e identificação das tarefas do Estado). Baden-Baden, 1979.
Isensee, J. *Subsidiaritätsprinzip und Verfassungsrecht*. Eine Studie über das Regulativ der Verhältnisse zwischen Staat und Gesellschaft (O princípio da subsidiariedade e o direito constitucional. Um estudo sobre o regulador das relações entre o Estado e a sociedade). Berlim, 1968.
Jellinek, G. Adam in der Staatslehre (Adão na teoria do Estado). In: *Ausgewählte Schriften und Reden* (Seleção de escritos e conferências). Vol. 2. Berlim, 1911 (reimpressão 1970).
Kaltenbrunner, G.-K. (org.). *Der überforderte schwache Staat*. Sind wir noch regierbar? (O Estado fraco sobrecarregado. Somos ainda governáveis?). Freiburg i. Br., 1975.
Krüger, H. *Von der Notwendigkeit einer freien und auf lange Sicht angelegten Zusammenarbeit zwischen Staat und Gesellschaft* (Da necessidade de uma cooperação livre e construída a longo prazo entre o Estado e a sociedade). Münster, 1966.
Luf, G. *Freiheit und Gleichheit*. Die Aktualität im politischen Denken Kants (Liberdade e igualdade. A atualidade no pensamento político de Kant). Viena, 1978.
Maluschke, G. Frühliberaler Nachtwächterstaat oder neoliberaler Sozialstaat? Eine Auseinandersetzung mit Robert Nozicks "Anarchy, State und Utopia" (Estado de polícia do liberalismo nascente ou Estado social neoliberal? Um debate com a obra "Anarquia, Estado e utopia" de Robert Nozick). In: *Der Staat* 15 (O Estado), 1976, pp. 521 ss.
Merten, D. *Rechtstaat und Gewaltmonopol* (Estado de direito e monopólio da força). Tübingen, 1975.
Mühsam, E. *Befreiung der Gesellschaft vom Staat* (Libertação da sociedade do Estado). 2.ª ed., Berlim, 1975.
Narr, W.-D. (org.). *Politik und Ökonomie – autonome Handlungsmöglichkeiten des politischen Systems* (Política e economia – possibilidades de ação autônoma do sistema político). Opladen, 1975.
Ossenbühl, F., Gallwas, H.-U. Die Erfüllung von Verwaltungsaufgaben durch Private (O cumprimento de tarefas administrativas por particulares). In: *VVDStRL* 29, Berlim, 1971.

Pozzoli, C. (org.). *Rahmenbedingungen und Schranken staatlichen Handelns* (Condições básicas e limites da ação do Estado). Frankfurt a. M., 1976.
Püttner, G. *Toleranz als Verfassungsprinzip* (Tolerância como princípio constitucional). Berlim, 1977.
Riedel, M. *Bürgerliche Gesellschaft und Staat bei Hegel* (Sociedade civil e Estado em Hegel). Neuwied, 1970.
Roemheld, L. *Integraler Föderalismus*. Modell für Europa. Ein Weg zur personalen Gruppengesellschaft (Federalismo integral. Modelo para a Europa. Uma via para a sociedade de grupos pessoal). Vol. 2: Philosophie, Staat, Wirtschaft, Gesellschaft (Filosofia, Estado, Economia, sociedade). Munique, 1978.
Schmid, G., Treiber, H. *Bürokratie und Politik*. Zur Struktur und Funktion der Ministerialbürokratie in der BRD (Burocracia e política. Sobre a estrutura e função da burocracia dos ministérios na República Federal da Alemanha). Munique, 1975.
Schott, R. Recht und Gesetz bei den Buls in Nordghana (Direito e lei dos Buls em Gana do Norte). In: *Recht und Gesellschaft*. Festschrift für H. Schelsky (Direito e sociedade. Edição comemorativa para H. Schelsky). Berlim, 1978.
Schwan, A. Die Herausforderung des Pluralismus durch den Marxismus (O desafio do pluralismo através do marxismo). In: *Klassenjustiz und Pluralismus* (Justiça de classes e pluralismo). Hamburgo, 1973.
Scupin, H.-U. Untrennbarkeit von Staat und Gesellschaft in der Frühneuzeit (Indissolubilidade do Estado e da sociedade no início dos tempos modernos). In: *Recht und Gesellschaft*. Festschrift für H. Schelsky (Direito e sociedade. Edição comemorartiva para H. Schelsky). Berlim, 1978.
Tsatsos, Th. *Der Staat als funktionelle Vereinigung von Gesellschaft und Recht* (O Estado como união funcional entre a sociedade e o direito). Heidelberg, 1966.
Wieacker, F. *Recht und Gesellschaft in der Spätantike* (Direito e sociedade no final da Antiguidade). Stuttgart, 1964.

a) O significado da separação entre o Estado e a sociedade

1. No § 188 de sua *Filosofia do Direito*, Hegel estabeleceu a natureza e o sentido da sociedade: "A sociedade civil contém os três momentos seguintes:

§ 37. A SEPARAÇÃO ENTRE O ESTADO E A SOCIEDADE

A. A mediação da *necessidade* e a satisfação do *indivíduo* pelo seu trabalho e pelo trabalho e satisfação das necessidades *de todos os outros* – o sistema das *necessidades*.

B. A realidade do elemento universal de *liberdade* contido nesse sistema, a defesa da propriedade pela aplicação do Direito.

C. A precaução contra o resíduo de casualidade destes sistemas e a defesa do interesse particular como um interesse *comum*, pela *polícia* e pela *corporação*" (G. W. F. Hegel, § 188).

2. O cuidado com o bem-estar privado é, pois, uma tarefa social. O Estado não deve velar pelo bem-estar de cada cidadão, mas unicamente pelo bem-estar geral. Em contrapartida, segundo Hegel, o Estado tem como tarefa proteger a liberdade e o patrimônio dos cidadãos pela administração da justiça. Se se contenta com o cumprimento desta tarefa pública, surgirão sempre deficiências das quais é necessário se ocupar. Esta concepção conduz a uma separação essencial entre o Estado e a sociedade. A satisfação das necessidades pessoais é uma tarefa da sociedade em relação à qual o Estado não tem de se ocupar. Trata-se de uma livre atividade dos indivíduos que escapa do controle do Estado.

3. Corresponde à natureza do Estado se limitar à sua tarefa protetora e tomar unicamente medidas visando proteger a liberdade e o patrimônio dos cidadãos. Lá onde, pela satisfação individual das necessidades, certas necessidades permanecem insatisfeitas, o Estado deve intervir.

4. Forsthoff e com ele muitos outros autores derivam desta distinção uma dualidade essencial entre o Estado e a sociedade, válida ainda hoje. "Trata-se muito mais da coordenação dialética não apenas útil, mas necessária de dois modos do ser social" (E. Forsthoff, p. 21; conferir também a esse respeito E.-W. Böckenförde, pp. 185 ss.). Esta dualidade subsiste, apesar da estreita e real imbricação entre o Estado e a sociedade.

Estes não constituem, por conseguinte, dois domínios objetivamente distintos, mas duas formas distintas da comunidade humana, cada qual tendo natureza própria. O Estado garante a cada indivíduo a liberdade de desenvolvimento humano, e esta liberdade existe em uma mesma medida para cada cidadão. No entanto, na vida social, a liberdade individual de se desenvolver conduz a desigualdades. À liberdade garantida pelo Estado contrapõe-se a desigualdade social. "A desigualdade, que caracteriza a vida no seio de uma sociedade, encontra o seu correspondente dialético na igualdade civil. A liberdade encontra a sua proteção no Estado, cuja tarefa mais nobre é, segundo Lorenz von Stein, impedir que novas classes privilegiadas se desenvolvam a partir das desigualdades sociais" (E. Forsthoff, p. 22).

5. O Estado garante, por exemplo, a cada um o mesmo direito à liberdade de imprensa. Contudo, somente poucos editores e jornalistas se utilizam deste direito. Há cidadãos que difundem informações, publicam idéias e comentam-nas, e outros que lêem o que foi escrito. Mas mesmo entre os editores há desigualdades. De fato, um editor que tem dons para o comércio poderá, com o tempo, construir um império da imprensa, enquanto um idealista possivelmente permanecerá com o seu pequeno jornal sempre à beira da falência. O Estado concede a cada um a mesma liberdade, no entanto as desigualdades se desenvolvem na sociedade. Nestas condições tem o Estado o direito de intervir nas desigualdades sociais e, por exemplo, apoiar financeiramente o pequeno jornal para que ele possa concorrer com os grandes? Enquanto a sociedade industrial ocidental se mantém cética em relação a tais medidas de fomento dos poderes públicos em favor da imprensa, ela aceita sem crítica alguma uma ajuda semelhante no domínio da agricultura, como sendo imamente a esse setor da economia.

6. Problemas não se colocam somente em relação às desigualdades de fato, mas também a propósito da utilização das liberdades individuais. No artigo 14, alíneas 1 e 2 da Constituição da República Federal da Alemanha, um destes problemas é definido de maneira suscinta nos seguintes termos:

§ 37. A SEPARAÇÃO ENTRE O ESTADO E A SOCIEDADE

"1) A propriedade e o direito de sucessão hereditária são garantidos. O seu conteúdo e os seus limites são fixados pelas leis. 2) *A propriedade obriga. O seu uso deve ao mesmo tempo contribuir para o bem comum.*" Regulam os direitos fundamentais não apenas as relações entre o indivíduo e a Estado, mas também as relações entre o primeiro e a sociedade? (conferir a esse respeito N. Achterberg, pp. 1 ss.). Em que medida os direitos fundamentais têm igualmente um efeito sobre terceiros? Até onde o Estado deve velar para que os cidadãos individualmente respeitem a liberdade uns dos outros? A autoridade pública deve, por exemplo, intervir quando um hoteleiro coloca na porta de entrada de seu estabelecimento o seguinte cartaz: "Entrada proibida aos italianos", ou então "*no colored people*" como ocorria muitas vezes nos Estados Unidos?

7. Na Alemanha nenhum outro tema foi tão debatido no âmbito do direito público quanto o relacionado com a dualidade do Estado e da sociedade. "Se o Estado e a sociedade se tornam congruentes, então... todas as luzes se apagam novamente" (G. Dürig, p. 127). A afirmações desse tipo contrapõem-se outras: "A superação do dualismo entre o Estado e a sociedade coloca-nos, se não desejamos cair em uma solução unitária do tipo fascista ou totalitário, em face da necessidade de distinguir no interior de uma noção ampliada do Estado entre o titular do poder soberano (o Estado enquanto associação política) e a comunidade como totalidade" (K. Ballerstedt, p. 48, nota n.º 125). Para Horst Ehmke, a separação entre o Estado e a sociedade é, do mesmo modo, uma conseqüência do absolutismo, pois desejou-se desvincular o Estado da sociedade – quer dizer, do povo – como uma entidade especial, a fim de, desse modo, conferir ao monarca e ao seu poder um poder estatal especial, superior a tudo (H. Ehmke, pp. 2 ss.). Segundo Hegel, o Estado não foi criado para o povo, mas, ao contrário, o povo para o Estado.

8. Jellinek mantém-se cético em face do dualismo. Para ele, isto conduz a uma atomização da sociedade. O indivíduo é colocado em oposição ao Estado e o poder do Estado é limitado em face do indivíduo. "Desde Locke, a doutrina (do direito natural) concebeu o Estado como uma instituição destinada a proteger estes direitos universais do homem. Todas as instituições públicas devem ter o único fim de garantir aos cidadãos a sua vida, a sua liberdade e o seu patrimônio. Com isso perde-se completamente a noção de pátria, e o individualismo puro e simples toma o seu lugar" (G. Jellinek, p. 35). Em relação à ordem social medieval, Hans Ulrich Scupin escreve: "O que nos falta nos dias de hoje e que deve ser substituído, tanto para a sociedade quanto para o Estado, por meio de uma racionalidade metodológica, não é senão a unidade de uma estrutura de convicções de valores por si complementares e com isso profundas (H.-U. Scupin, p. 657).

9. Quais são as causas de debates tão intensos não somente na Alemanha, mas também na França, enquanto, nos países anglo-saxônicos, sob esta forma a discussão sobre o dualismo Estado/sociedade é praticamente inexistente? Heinrich Rudolf von Gneist (1816-1895) já havia constatado que aqui se trata de um problema tipicamente alemão e francês: "O problema da ligação entre o Estado e a sociedade se resolve na estrutura interna da constituição parlamentar inglesa, enquanto a França se desespera e a Alemanha duvida de poder resolver o problema por meio da doutrina de uma separação bem nítida entre o Estado e a sociedade" (conferir H. R. von Gneist, p. 3).

b) O desenvolvimento gradual do interesse estatal e do monopólio do poder pelo Estado

1. A comunidade das famílias

10. Se observarmos mais uma vez a gênese das primeiras comunidades estatais ou pré-estatais (conferir § 3), constataremos o que se segue: a comunidade original foi e permane-

§ 37. A SEPARAÇÃO ENTRE O ESTADO E A SOCIEDADE

ceu sendo a família durante o tempo em que ela pôde satisfazer as suas próprias necessidades de maneira autônoma. O casamento e a troca de bens conduziam à reunião de várias famílias. Os anciãos tinham como tarefa representar as famílias externamente, decidir os litígios, celebrar os ritos religiosos e velar pela proteção do clã contra os perigos exteriores. Certamente houve tribos que viveram durante longo tempo com um conselho de anciãos e que não conheciam um chefe de tribo detentor de poder político (conferir, por exemplo, R. Schott, p. 608). No interior de uma comunidade primitiva suprafamiliar semelhante – Althusius denomina-a *"consociatio privata sive collegarum"* (J. Althusius, cap. IV, p. 18) – não havia ainda uma separação entre Estado e sociedade, nem mesmo uma subordinação direta do indivíduo à comunidade que lhe era superior.

11. O Conselho de anciãos devia cumprir tarefas jurídicas, políticas e religiosas. Um poder político de natureza propriamente estatal nasceu certamente da necessidade de proteger a comunidade contra os perigos exteriores, a saber, os ataques e as catástrofes naturais. A necessidade de procurar uma qualidade de vida melhor por meio da divisão crescente do trabalho bem como os perigos exteriores cada vez mais ameaçadores aceleraram a integração destas comunidades primitivas. O centro da vida comunitária todavia era ainda a família relativamente autônoma.

12. Um novo poder nasceu do poder ligado ao poder de dispor de um certo território. De fato, nada mais natural que transferir a este poder não apenas a tarefa de velar pela proteção da população contra os perigos do exterior, mas igualmente a busca do bem comum. O que o pai de família é para a família, o rei é para o povo (Aristóteles). Certas tarefas que eram cumpridas pela família foram então confiadas à comunidade. Dentre elas destaca-se a jurisdição que, em sua origem, era da competência exclusiva do pai de família.

13. No entanto, o novo poder de dominação que nascia e se desenvolvia não era muito diferente daquele do pai de família. De fato, na Roma antiga, este detinha o direito de vida e morte (*ius vitae ac necis*). O chefe de família devia velar pelo bem-estar de sua família e tinha o direito de aplicar sanções. O mesmo valia para o clã e seu Conselho de anciãos, e certamente também para o príncipe que reinava sobre diversos clãs. As necessidades do indivíduo eram incluídas nas preocupações e nos cuidados da família, do clã, da tribo e do reino. As atividades dos chefes de família, dos clãs e das tribos não eram puramente privadas, em oposição à atividade pública do rei. Todos tinham a obrigação de velar, em um determinado âmbito, pelo bem-estar dos seus.

2. O Estado estamental

14. O desenvolvimento do Estado corporativo representa a primeira irrupção nesta ordem social estruturada segundo o princípio da subsidiariedade. De fato, o chefe supremo de um território se deixa aconselhar pelos estamentos, constituídos segundo as camadas sociais ou as atividades da população. Nas cidades estes estamentos correspondem às corporações, que defendiam os interesses de seu grupo econômico. O rei intervém, pois, na estrutura social constituída e se deixa aconselhar diretamente por certos membros dos diversos estamentos. O bem da comunidade identifica-se então com o bem-estar de todos os súditos. É assim que começa o processo de individualização do bem comum.

15. Entre as teorias que desenvolveram esta visão da sociedade encontra-se o exemplo de Robinson, o herói insular tão bem descrito por Defoe. Robinson, que não tem uma família própria, vive sozinho e mais tarde com Sexta-Feira em uma ilha deserta, e se comporta ali tal qual um cidadão ideal, sem Estado.

16. Com a secularização do Estado foi necessário encontrar um novo fundamento para as decisões do Estado. Nestas condições, nada mais natural que uma concepção hegeliana de Estado, entendido como encarnação de uma ordem moral, a qual pode recorrer à coação para impor sua vontade, quer dizer, o Estado como o detentor do poder soberano. A partir desse momento, o poder de sanção do pai de família se reduz a um direito de repreensão e de correção dos filhos, enquanto os poderes dos chefes das tribos e dos estamentos lhes são completamente retirados e transferidos ao monarca reinante no país. Doravante a justiça passa a ser um assunto do Estado que pode impô-la através dos seus meios de coerção. Em contrapartida, a fim de deixar ao indivíduo a maior liberdade possível, a atividade do Estado teve de ser restringida ao indispensável.

17. A legitimação do monopólio estatal da Força, que foi necessário encontrar a partir de então, provocou, em última instância, uma supervalorização da idéia de Estado e, ao mesmo tempo, uma privatização do indivíduo. Desse modo, o Estado alcançou uma inviolabilidade que lhe permitiu se manter ao longo do século XIX em face de uma sociedade burguesa em plena ascensão.

18. Com a importância crescente dos parlamentos e a concretização progressiva do princípio *one man one vote*, o Estado muda essencialmente a sua fisionomia. A partir de então, ele não atua mais de modo soberano por graça da decisão do rei, mas pela decisão majoritária do povo. A maioria compreende subitamente que ela pode fazer valer certos interesses. É uma evolução desse gênero que permite desenvolver, por exemplo, o direito do trabalho.

c) Separação ou identidade do Estado e da sociedade?

19. De acordo com o exposto, é conveniente questionar não tanto a fronteira entre a atividade do Estado em face dos interesses do povo, mas sim os limites das atribuições de poder da maioria. Certamente a doutrina do contrato social também fomentou a ótica dualista do Estado e da sociedade. De fato, a idéia de um contrato com o monarca, no qual se lhe confere uma soberania limitada, conduz forçosamente a uma completa separação entre, de um lado, a dominação do Estado baseada no contrato e, de outro, a possibilidade de um livre desenvolvimento da sociedade. Conseqüentemente, de acordo com tal construção teórica, seria necessária uma modificação do contrato toda vez que ao Estado fossem confiadas novas tarefas.

20. Apesar do entrelaçamento cada vez mais forte entre o Estado e a sociedade – evolução que aos nossos olhos é bem-vinda –, subsistem ainda hoje diferenças essenciais. Isto se esclarece melhor no exemplo que se segue. Recentemente, o parlamento suíço decidiu apoiar os camponeses que vivem nas montanhas, no âmbito de sua política agrícola. Quando o Estado decide tomar uma semelhante medida de fomento, que será financiada pela receita fiscal proveniente de toda a população, ela não se justifica senão quando se pode comprovar que está de acordo com o interesse geral. A manutenção da agricultura nas regiões montanhosas deve ser de interesse público, quer dizer, do interesse de todos. O fomento de um certo ramo econômico não precisa forçosamente se revelar como concretização da idéia moral no sentido hegeliano do termo. Em contrapartida, é indispensável demonstrar que uma tal medida não satisfaz unicamente às necessidades do ramo ou do setor em questão, mas corresponde à necessidade da sociedade como um todo, que corresponde à *volonté générale*, por exemplo, aos interesses de abastecimento do país, de proteção do campo, de luta contra o despovoamento das regiões montanhosas etc.

21. Quando uma empresa privada investe na agricultura, ela só o fará se com isso puder tirar alguma vantagem própria. Os hotéis apóiam possivelmente alguns camponeses da região para assegurarem que o campo será cultivado e a paisagem não será destruída. Estes hotéis apóiam os camponeses, pois o apoio em questão corresponde às suas próprias ne-

§ 37. A SEPARAÇÃO ENTRE O ESTADO E A SOCIEDADE

cessidades. No entanto, para legitimar medidas estatais é necessário mais.

22. Este exemplo, que propriamente não foi retirado do domínio das tarefas clássicas de polícia do Estado, deve mostrar que mesmo as atividades promocionais do Estado moderno se distinguem da atividade social e que, por conseguinte, o Estado e a sociedade se distinguem no que concerne à justificação de suas atividades respectivas. De fato, os fins da ação do Estado não são os mesmos dos da atividade social. O fim da ação do Estado é a concretização da justiça da melhor maneira possível, quer dizer, do bem comum para todos os homens que vivem sobre o território do Estado. O fim da atividade da sociedade é a satisfação das necessidades privadas.

23. Esta restrição das atividades dos poderes públicos tem, no entanto, no interior de um Estado democrático, menos a tarefa de delimitar o Estado em relação à sociedade e muito mais a de proteger a minoria contra a maioria que quer impor as suas exigências por meio da legislação estatal. Nenhum grupo social deve usar o Estado para satisfazer as suas necessidades privadas por meio do seu poder soberano. O Estado contemporâneo não deve ser nem dos ricos nem dos pobres; ele deve pertencer a todos.

24. Seria todavia falso pretender que o Estado seja o único realizador da justiça. Há, de fato, na sociedade um bom número de grupos privados – por exemplo, associações de interesse público, Igrejas ou mesmo partidos políticos – que colocam as suas atividades a serviço da justiça. Estas associações não querem ser julgadas sob o ângulo de sua aptidão para obter lucro, mas sim do ponto de vista da justiça. O legislador, o governo ou a administração fazem bem em buscar o apoio de tais organizações para a concretização das tarefas sociais do Estado e em colaborar com elas, por exemplo, no âmbito da saúde, da assistência e terapia dos toxicômanos e dos alcoólatras, ou então apoiando os hospitais privados ou as associações de interesse público.

25. Em face de semelhantes medidas de fomento deve-se atentar para o princípio de igualdade de direito, quer dizer, é necessário impedir que elas sejam obtidas ilicitamente pelos particulares. Além disso, estas medidas devem se justificar no plano financeiro.

26. Em razão das numerosas disposições que as caracterizam, as medidas de fomento estatais são dispendiosas do ponto de vista administrativo. Antes que o pobre camponês das montanhas receba o seu dinheiro, os parlamentares que adotam a lei, o executivo que a aplica e sobretudo a divisão competente da administração que decide o montante da subvenção à qual o camponês em questão tem direito têm de ser financeiramente compensados. Após o repasse, há ainda outros custos para controlar se o dinheiro foi bem aplicado e utilizado etc. Por fim, as autoridades têm de prever o financiamento de uma via de reclamação e do tribunal que tratará dos eventuais recursos. No entanto, as medidas de incentivo não são custosas apenas internamente, mas também no plano interno. As despesas do respectivo órgão da administração devem ser corretamente registradas e controladas pelo Tribunal de Contas ou por uma outra instituição de controle financeiro; além disso, elas estão sob o controle parlamentar. Por fim, a administração deverá com razão informar a opinião pública, o que igualmente acarreta custos. Além disso, o órgão administrativo implicado terá de examinar constantemente se a sua atividade não poderia ser melhorada ou se outras medidas são necessárias, o que, em certos casos, implica a criação de novo cargo administrativo. Portanto, o legislador deverá refletir duas vezes antes de adotar uma medida pública de fomento.

27. Quando uma empresa não tem mais dinheiro nem crédito nos bancos, ela não pode mais investir em nada. Com o Estado ocorre o inverso. Ele dispõe, em todo caso, de dinheiro e pode adotar medidas de incentivo mesmo apresentando um grande déficit, fato que, no entanto, a longo prazo é muito nefasto para a economia. Portanto, diferentemente do que ocorre na economia privada, as despesas para o financiamento destas medidas de fomento não são em princípio determinadas em função do dinheiro efetivamente disponível, mas em função das necessidades que, por sua vez, devem ser apreciadas de um ponto de vista ético geral, em especial do ponto de vista da justiça.

28. Nesse contexto, outro aspecto é o de que a atividade estatal e a atividade privada são julgadas de modo diferente. Enquanto o empresário privado deve, em última instância, convencer o consumidor a utilizar os seus produtos, na atividade do Estado trata-se da convicção do eleitor, ou da integração dos cidadãos e da sua aceitação espontânea das obrigações que têm com o Estado. A influência dos consumidores é praticamente perceptível todos os dias, enquanto a dos eleitores só ocorre ao final de um período de mandato. Se e em que medida o Estado fez realmente algo, por exemplo, para a estabilidade interna, dificilmente se pode calcular em termos numéricos.

29. A hierarquia dos funcionários públicos é, por sua vez, amplamente independente de seu *management*. De fato, para a carreira dos funcionários públicos importa menos o seu desempenho que o seu tempo de serviço. As prestações dos funcionários são muito menos apreciadas segundo critérios tais como "a aptidão para discernir o bem comum", "a capacidade para decidir com justiça", "a faculdade de fazer e manter contatos amistosos com os cidadãos", "capacidade de compreensão", que segundo critérios internos tais como "um subordinado correto", "um funcionário confiável", "a capacidade de fundamentar bem uma decisão", "uma personalidade flexível e facilmente adaptável" etc. Esta tendência favorece a burocracia nas decisões e tolhe a eficácia da administração. Isto pode conduzir a grandes desconfianças em relação à burocracia bem como à recusa de lhe confiar novas tarefas.

30. A burocracia do Estado é freqüentemente identificada com o Estado como um todo. Tal qual o monarca nas épocas

3. A DIVISÃO DAS TAREFAS ENTRE O ESTADO E A SOCIEDADE

anteriores, a administração simboliza hoje o Estado, o que, sobretudo nos países democráticos, favorece a eclosão de uma hostilidade contra o Estado, embora ela na realidade esteja enderaçada à burocracia. Quando falamos aqui de uma separação entre Estado e sociedade, entendemos não somente a burocracia, mas o Estado como um todo, quer dizer, na democracia: o povo, o parlamento, o governo, os tribunais e a administração nos diferentes níveis do município, dos cantões e da União.

31. Como apontamos, há certamente uma forte tendência para a burocratização de numerosos domínios da existência, mas isto não precisa necessariamente conduzir à rejeição sistemática da atuação do Estado. De fato, o Estado tem diversas possibilidades de cumprir as suas tarefas sem precisar recorrer diretamente à administração. Na Suíça, como também em outros países, há numerosos exemplos destas atividades, exercidas em um determinado domínio. O Estado pode, por exemplo, confiar certas tarefas a uma empresa pública, em grande medida independente. Na Suíça, este é o caso dos bancos cantonais, das empresas de correio e ferrovias, bem como dos hospitais públicos. De outro lado, o Estado pode participar de empresas privadas. Isto se verifica em diferentes empresas de eletricidade, na companhia suíça de transporte aéreo Swissair, mas também em empresas concessionárias como o rádio e a televisão, em certas ferrovias privadas etc.

32. Por fim, o Estado pode igualmente fazer cumprir tarefas públicas por meio de empresas privadas. A Suíça adota essa solução no âmbito dos seguros. Os convênios de saúde privados asseguram as pessoas quanto ao seguro de saúde obrigatório, enquanto os seguros de responsabilidade civil asseguram os automobilistas quanto à sua responsabilidade civil. Além disso, prevê-se a execução da previdência profissional relacionada com a idade, a viuvez e a invalidez por meio de caixas de pensões. Infelizmente faltam ainda hoje

§ 37. A SEPARAÇÃO ENTRE O ESTADO E A SOCIEDADE

pesquisas e estudos mais aprofundados sobre o grau de eficiência da execução de tarefas públicas por organismos privados, semipúblicos ou por órgãos da administração pública. Seria portanto errôneo pautar-se em pré-julgamentos favoráveis ou hostis ao Estado para concluir a superioridade de uma execução confiada aos meios privados ou ao setor público. Por outro lado, com certeza a administração pública poderia melhorar consideravelmente o seu desempenho procedendo a uma descentralização das atribuições e das responsabilidades, modificando os critérios de avaliação e dotando os serviços públicos de estruturas menos rígidas (conferir a esse respeito Th. Fleiner, §§ 42 s.)

33. Uma outra diferença entre o Estado e a atividade social livre resulta do monopólio da Força detido pelo Estado. As empresas de economia livre lutam com os meios próprios do poder econômico: a primazia da concorrência, a recusa de uma encomenda, a redução progressiva da empresa em uma pequena comunidade, a não-nomeação de certas pessoas no conselho admistrativo, a modificação das prioridades em matéria de investimentos, o apoio a determinados canditatos para um mandato político etc. Se as autoridades públicas se utilizarem de tais meios, elas colocarão em perigo a igualdade perante a lei e a liberdade dos cidadãos.

34. O Estado, por outro lado, detém o meio de ação clássico, que constitui a execução coercitiva. Em última instância, ele pode impor as suas decisões graças ao seu monopólio da Força. De fato, a coerção policial, a execução de dívidas, a privação da liberdade, a privação de certos privilégios – por exemplo, autorizações, concessões etc. – estão exclusivamente à disposição dos poderes públicos com a finalidade de impor o respeito das prescrições legais. Diferentemente da economia privada, o Estado pode, em face do indivíduo, criar de modo unilateral direitos e deveres, desde que os seus atos administrativos repousem sobre uma lei. Na sociedade, os direitos e deveres não podem nascer senão por meio de um contrato, em relação ao qual as partes devem estar de acordo, ou então por meio da decisão de um juiz – por exemplo, no caso de prejuízos extra-contratuais. A economia não pode desempenhar funções soberanas; em contrapartida, a principal característica da atividade do Estado não é outra que a soberania.

35. Todavia, a atividade soberana do Estado é muitas vezes atenuada nos dias atuais. Em vez de agir por ordens e proibições, os poderes públicos tentam-no por meio de incentivos e de subsídios, por exemplo o fomento à construção ou às medidas que visam promover certos produtos agrícolas. Atualmente os órgãos do Estado publicam também recomendações (por exemplo, no âmbito da energia), ou tentam sensibilizar a população pela via de campanhas de informação. Por fim, o Estado conclui igualmente contratos de direito público ou mesmo de direito privado com particulares. Nos dias de hoje, portanto, o Estado se esforça por cumprir, tanto quanto possível, suas tarefas não de modo isolado, mas em parceria.

36. Mesmo as tarefas que tratam verdadeiramente do exercício da soberania nem sempre são realizadas diretamente pela administração pública. Como às vezes ocorre na Suíça, o Estado pode, por exemplo, confiar o transporte público de passageiros a empresas privadas. Neste caso, estas organizações privadas ou sociedades de economia mista editam decretos ou praticam atos administrativos que podem ser questionados em um tribunal administrativo.

37. Em resumo é possível constatar o seguinte: apesar do entrelaçamento crescente entre o Estado e a sociedade, há entre ambos diferenças incontestáveis, que não podem ser deixadas de lado. Estas se mostram sobretudo nos fins visados, de um lado, pelo Estado e, de outro, pelas atividades privadas, assim como na organização e nos meios com os quais estas atividades poder ser executadas. Todavia, o fato de que as interações entre o Estado e a sociedade se tornam

§ 37. A SEPARAÇÃO ENTRE O ESTADO E A SOCIEDADE

cada vez mais freqüentes permite concluir que eles não são antagônicos como a água e o fogo, mas mantêm uma relação de simbiose. Tanto quanto as plantas, o solo, as bactérias e os animais de um biótipo, o Estado e a sociedade têm funções distintas, mas são interdependentes. Se um dos elementos se modifica, isto repercute sobre a totalidade do meio vital. Se o equilíbrio ecológico é abalado, a existência de todo o meio vital pode ficar em perigo. Na realidade, entre o Estado e as forças sociais deve existir um equilíbrio. Se todo o poder se concentra no Estado há o perigo de abuso de poder. Mas, em contrapartida, as forças sociais também não podem ser muito poderosas, pois, nesse caso, poderão se servir do Estado para seus interesses particulares.

38. Nós constatamos na nossa apresentação da evolução da democracia inglesa que uma das condições essenciais para o desenvolvimento democrático nos séculos XVI, XVII e XVIII foi a existência de um contrapólo independente da monarquia, a saber, a burguesia inglesa fortalecida pela prática do comércio e pelo mercado. E precisamente porque esta burguesia não dependia da ajuda da monarquia para o seu desenvolvimento é que lhe foi possível formar forças contrárias indispensáveis ao desenvolvimento da democracia. O mesmo vale para a evolução futura e a continuidade de uma ordem social democrática e pluralista. A separação de poderes entre os órgãos do Estado não é suficiente para garantir os *Checks and Balances* necessários entre o Estado e a sociedade. É também preciso realizar uma repartição do poder entre as forças do Estado e as da sociedade. Esta é a única maneira de uma democracia liberal se manter sem perigo de cair no abuso do poder. E exatamente pelo fato de que, em nossos dias, o poder soberano está exclusivamente concentrado no Estado, e não está repartido entre as diferentes estruturas tal como no estado feudal de outrora, é importante que surjam na sociedade centros de poder capazes de estabelecer limites ao Estado e ao seu monopólio de poder.

§ 38. CRITÉRIOS DA DIVISÃO DAS TAREFAS ENTRE O ESTADO E A SOCIEDADE

Bibliografia

a) Autores clássicos

Hume, D. *Traktat über die menschliche Natur* (Tratado da natureza humana). Trad. al. Th. Lipps, 2.ª ed., Hamburgo, 1973.
Marsílio de Pádua. *Der Verteidiger des Friedens* (Defensor pacis – O defensor da paz). Trad. W. Kunzmann, 2 vols., Darmstadt, 1958.
Rousseau, J.-J. *Gesellschaftsvertrag* (Do contrato social). Trad. rev. H. Denhardt. Org. H. Weinstock. Stuttgart, 1975.
____. *Politische Ökonomie* (Economia política). Trad. al. e org. H.-P. Schneider e B. Schneider-Pachaly. Frankfurt a. M., 1977.
Spencer, H. *The Principles of Ethics* (Os princípios da ética). 2 vols., Londres, 1893.

b) Outros autores

Altvater, E., Basso, L., Mattik, P. et alii. *Rahmenbedingungen und Schranken staatlichen Handelns* (Condições básicas e limites da ação do Estado). Frankfurt a. M., 1976.
Bader, H. H. *Staat, Wirtschaft, Gesellschaft* (Estado, economia, sociedade). 5.ª ed., Hamburgo/Heidelberg, 1976.
Bull, H. P. *Die Staatsaufgaben nach dem Grundgesetz* (As tarefas do Estado segundo a Constituição). Frankfurt a. M., 1973.
Geiger, W. (org.). *Der wirtschaftende Staat*. Th. Keller zum 70. Geburtstag (O Estado empresário. Edição comemorativa para o 70.º aniversário de Th. Keller). Berna/Stuttgart, 1971.
Harms, U. *Die Forderung eines konstanten Staatsanteils am Bruttosozialprodukt* (A exigência de uma participação constante do Estado no produto social bruto). Hamburgo, 1970.
Hart, H. L. A. Freiheit und ihre Priorität bei Rawls (A liberdade e sua prioridade em Rawls). In: *Über John Rawls' Theorie der Gerechtigkeit* (Sobre a teoria da justiça de John Rawls). Org. O. Höffe. Frankfurt a. M., 1977.
Hayek, F. A. *The Political Order of a Free People* (A ordem política de um povo livre). Vol. 3 da série "Law, Legislation and Liberty" (Direito, legisferação e liberdade). Londres, 1979.
____. *Die Verfassung der Freiheit* (A Constituição da liberdade). Tübingen, 1971.

Hesse, G. *Staatsaufgaben.* Zur Theorie der Legitimation und Identifikation staatlicher Aufgaben (As tarefas do Estado. Sobre a teoria da legitimação e identificação das tarefas do Estado). Baden-Baden, 1979.

Ipsen, H. P., Zacher, H. F. Verwaltung durch Subventionen (Administração por meio de subvenções). In: *VVDStRL* 25, Berlim, 1967.

Krautzberger, M. *Die Erfüllung öffentlicher Aufgaben durch Private.* Zum Begriff des staatlichen Bereichs (O cumprimento de tarefas públicas por particulares. Sobre o conceito do campo de ação do Estado). Berlim, 1971.

Littmann, K. *Zunehmende staatliche Tätigkeit und wirtschaftliche Entwicklung* (Atividade crescente do Estado e desenvolvimento econômico). Opladen, 1957.

Miller, D. *Social Justice* (Justiça social). Oxford, 1976.

Ossenbühl, F., Gallwas, H.-U. Die Erfüllung von Verwaltungsaufgaben durch Private (O cumprimento de tarefas administrativas por particulares). In: *VVDStRL* 29, Berlim, 1971.

Pausch, R. *Möglichkeiten einer Privatisierung öffentlicher Unternehmen* (Possibilidades de uma privatização de empresas públicas). Göttingen, 1976.

Pietzcker, J. *Der Staatsauftrag als Instrument des Verwaltungshandelns.* Recht und Praxis der Beschaffungsverträge in den USA und der BRD (Os contratos do Estado como instrumento de ação administrativa. Direito e práxis dos contratos de fornecimento nos Estados Unidos da América e na República Federal da Alemanha). Tese de doutorado. Tübingen, 1978.

Schmitt-Rink, G. *Verteilungstheorie* (Teoria distributiva). Tübingen, 1978.

Schorb, A. Subsidiarität und Solidarität im Bildungswesen der Gegenwart (Subsidiariedade e solidariedade na educação atual). In: *Civitas.* Jahrbuch für Sozialwissenschaften 13 (Civitas. Anuário para as ciências sociais). Mainz, 1974.

Stegmüller, W. Das Problem der Induktion: Humes Herausforderung und moderne Antworten (O problema da indução: O desafio de Humes e respostas modernas). In: H. Lank (org.). *Neue Aspekte der Wissenschaftstheorie* (Novos aspectos da teoria da ciência). Braunschweig, 1971.

Weizsäcker, C. Ch. von (org.). *Staat und Wirtschaft* (Estado e economia). Berlim, 1979.

Wilensky, H. *The Welfare State and Equality* (O Estado do bem-estar social e igualdade). Berkeley, 1975.

3. A DIVISÃO DAS TAREFAS ENTRE O ESTADO E A SOCIEDADE

1. Visto que as condições externas da vida comunitária se modificam incessantemente, deve-se poder a todo instante tomar as medidas necessárias para a preservação do equilíbrio. Em outras palavras: toda comunidade deve poder se adaptar às situações novas. No interior do Estado, esta tarefa é, simultaneamente, uma incumbência tanto das forças do Estado quanto das forças sociais. Ambas devem poder adaptar as suas funções para preservar entre si o equilíbrio desejado. Tanto quanto o homem não se divide em dois – de um lado, o cidadão e, de outro, a pessoa privada (em grego, *idiotaes*) –, assim também é muito difícil separar inteiramente estas funções.

2. O ser humano tem múltiplas e variadas necessidades: desenvolvimento religioso, prestígio social, aspiração ao poder econômico e político, engajamento em um ideal, criatividade e atividade artística, bem como segurança e tranqüilidade. Ele satisfaz estas necessidades no interior de diversas comunidades como, por exemplo, na Igreja, no Estado, na economia e na família. O fato de que o homem tenha uma relação com uma comunidade tem, portanto, repercussões múltiplas. Seria por conseguinte errado, a partir desta diversidade, fazer uma espécie de "prato único", quer dizer, um Estado que englobasse tudo. Enquanto comunidade coercitiva, o Estado não está em condições de satisfazer a todas as necessidades do ser humano voltado para a vida comunitária; o Estado não representa senão uma parte desta vida comunitária

3. Enquanto os partidários de soluções estatais liberais ainda se limitavam a determinar o que os poderes públicos deveriam fazer para proteger o homem, a geração atual tem de decidir o que é *justo* em um Estado de bem-estar social. Se a divisão de bens entre Robinson e Sexta-Feira é injusta, o Estado, enquanto autoridade superior, deve intervir; mas, quando o referido Estado regula de outro modo – e "eqüitativamente" – esta divisão de bens, coloca-se a questão de saber quais os princípios pelos quais ele deve se guiar. Portanto, a justiça determina, de um lado, *o limite* das

§ 38. CRITÉRIOS DA DIVISÃO DAS TAREFAS

atividades econômicas livres e, de outro, o sentido das medidas a serem tomadas pelo Estado.

a) Quando o Estado deve intervir?

4. Na busca de uma resposta à questão de saber quais decisões do Estado são justas, partiremos primeiramente do fato de que as tarefas dos poderes públicos são determinadas pela dependência do ser humano que, por sua vez, resulta da imbricação social cada vez mais intensa.

5. Retornemos mais uma vez ao nosso exemplo de Robinson e Sexta-Feira. Suponhamos que Sexta-Feira, o parceiro mais velho de Robinson, não possa mais trabalhar satisfatoriamente em decorrência da sua idade avançada. Ele não pode mais cuidar da sua subsistência. Em uma ordem social em que os cuidados com os membros mais velhos cabem à família alargada ou ao clã, Sexta-Feira poderá gozar calmamente da sua velhice no seio de sua família. Mas pode-se igualmente imaginar que, durante a sua vida ativa, Sexta-Feira pôde economizar o suficiente e que ele dispõe portanto de uma poupança que lhe permite enfrentar a velhice sem medo. Também nesse caso o Estado não tem uma obrigação de assistência. Em numerosos países, tais possibilidades de previdência para a velhice não existem mais ou são reservadas a uma minoria. Nos países industrializados, as antigas estruturas da família e do clã desapareceram. De outro lado, eventuais economias podem, ao se alcançar a idade avançada, ter se reduzido em virtude da inflação a ponto de, segundo as circunstâncias, não serem mais suficientes para garantir a subsistência. Portanto, para Sexta-Feira não é mais possível realizar uma previdência pessoal; ele depende pois da sociedade. Neste caso, seria muito injusto se o Estado não fizesse alguma coisa pelos cidadãos idosos.

6. Este exemplo nos mostra um dos aspectos da justiça: quando dependências conduzem a conseqüências que não são mais compatíveis com a dignidade do homem, o Estado deve decidir e intervir. Quando o Estado deve intervir será determinado pelos valores fundamentais sobre os quais repousam a ordem social e a ordem estatal; por exemplo, a dignidade humana. Neste caso, a justiça não é senão um *standard* mínimo. Isto vale aliás para todas as dependências; por exemplo, para o locatário que depende do locador no caso de carência de moradia, para o consumidor que depende de uma empresa detentora de um monopólio ou para o trabalhador que depende do seu empregador.

7. Dispõe o Estado, além disso, de critérios positivos para decidir? O que deve fazer o Estado para a previdência em favor de Sexta-Feira? Deve ele garantir-lhe um mínimo vital por meio de um seguro social ou deve financiar-lhe uma velhice feliz e confortável? Deve o Estado se basear unicamente sobre pagamentos anteriores de Sexta-Feira à seguridade social ou deve ele levar em conta apenas as necessidades atuais de Sexta-Feira? Percebe-se que tais questões giram todas em torno do antigo e célebre postulado de Aristóteles "a cada qual o seu". "*Suum cuique*" é, todavia, uma fórmula vazia quando não sabemos a partir de qual medida calculamos o que cabe a cada um. Ao longo da história, as respostas à questão sobre o que deveria caber eqüitativamente a cada ser humano foram muito diferentes. Uns defendiam que cada qual deveria ter os direitos que lhe cabiam.; outros interpretavam o princípio de tal maneira que cada qual deveria ser recompensado segundo o seu desempenho, enquanto outros estavam persuadidos de que a justiça somente se realizaria quando cada um pudesse viver segundo as suas necessidades.

8. Esta disputa manifestamente insolúvel levou a uma situação na qual diversos filósofos tentaram definir a justiça não segundo um critério material, mas sim segundo um critério formal. Um critério formal se encontra certamente no célebre imperativo categórico de Kant. Segundo estes critérios, os atos e as decisões são justos quando suceptíveis de generalização; aquilo que é geral e aceitável para todos é também

§ 38. CRITÉRIOS DA DIVISÃO DAS TAREFAS

justo. Rawls desenvolveu este critério da justiça. Para ele, os atos e as decisões são justos se podem ser aceitos por qualquer um sob certas condições. Rousseau também dá sua resposta própria à questão sobre a justiça. Para ele, justa é a *volonté générale*, quer dizer, a vontade geral, que se distingue da *volonté de tous*, ou seja, da soma das vontades individuais expressas.

9. Nas páginas que se seguem examinaremos com mais profundidade os diversos critérios de justiça e sua importância. De início nos limitaremos a examinar os critérios materiais para, em seguida, abordar os diferentes critérios formais, particularmente os preconizados por Rousseau e Rawls.

b) Critérios materiais da justiça

1. A cada um a proteção de seus direitos (Hume)

10. Para David Hume (1711-1776), a justiça significa o respeito aos direitos do outro, em especial ao direito de propriedade (conferir D. Miller, pp. 157 ss.). Hume não questionou se a divisão da propriedade se estabeleceu de modo justo nem como ela poderia ser estruturada com justiça no futuro. Para ele é decisivo que os direitos obtidos pelos homens por meio de aquisições, posse, herança ou então pelo seu trabalho sejam respeitados por toda e qualquer pessoa. Ele admite que possivelmente alguém não utilize os seus direitos no sentido do interesse geral, mas ressalta que isto não é decisivo, pois o mais importante é que cada um respeite os direitos do outro, com o que seriam garantidas a paz e a tranqüilidade.

11. Esta concepção de justiça corresponde a uma ordem social tradicional feudal. O Estado tem, pois, a tarefa de proteger os direitos existentes e velar para que pessoa alguma se aproprie indevidamente do patrimônio de um outro ou o transfira ilicitamente a um terceiro.

2. A cada um segundo seu desempenho (Spencer)

12. Esta teoria tradicional de justiça não podia, no entanto, bastar mais para uma sociedade na qual tudo estava à disposição, inclusive a divisão da propriedade. O que podia ser então qualificado como justo? Spencer deu uma resposta a esta questão. Para ele, o *"suum cuique"* se cumpre quando toda ação se orienta segundo o seguinte princípio: "a cada um segundo seu desempenho". "Each individual ought to receive the benefits and the evils of his own nature and consequent of conduct" (H. Spencer, vol. 2, p. 17). O comportamento do homem não se julga subjetivamente, quer dizer, segundo o seu esforço e seu empenho, mas objetivamente, a saber, segundo o resultado, isto é, o desempenho que o seu comportamento traduz exteriormente. Em que medida isto conduz por exemplo a uma divisão eqüitativa dos bens? Segundo Spencer, porque isto corresponde a uma lei natural, pela qual o mais forte recebe mais e o mais fraco menos. Este autor transpôs portanto para a vida social a teoria biológica de Darwin da *"survival of the fittest"* (conferir H. Spencer, vol. 2, p. 17). O ser humano que dispõe da maior faculdade de adaptação ao seu meio ambiente e, portanto, possui as melhores chances de sobreviver deve igualmente receber a maior parte dos bens.

13. Quais são no entanto os critérios que servirão para medir o desempenho individual? Spencer rejeita critérios objetivos, por exemplo critérios estatais orientados por valores fundamentais. Ele defende, em contrapartida, critérios que resistam à livre concorrência. Por conseguinte, os poderes públicos não devem medir o desempenho, mas este deve se afirmar no jogo da livre concorrência (H. Spencer, vol. 2, p. 472). Em razão disso, se o Estado deseja assegurar uma justa divisão dos bens, ele deve dar a mesma liberdade a cada um e garantir a concorrência. O Estado não pode especialmente julgar o desempenho dos indivíduos, pois os homens devem poder se afirmar em uma luta de todos contra todos.

§ 38. CRITÉRIOS DA DIVISÃO DAS TAREFAS

Segundo Spencer, toda apreciação objetiva dos desempenhos teria conseqüências socialistas e totalitárias.

3. A cada um segundo suas necessidades (Kropotkin)

14. A vida nas zonas miseráveis das cidades industriais mostrou já no século XIX com clareza que somente o princípio do desempenho não pode conduzir a soluções que correspondam ao sentimento da justiça dos homens. O trabalho das mulheres e das crianças, a miséria e a fome não têm lugar em uma ordem social justa. Foi assim que os primeiros socialistas reivindicaram, sob a condução de Saint-Simon, uma divisão dos bens com base em uma apreciação objetiva do desempenho, por meio do qual cada um presta a sua contribuição para a comunidade. Os salários dos trabalhadores deveriam ser calculados segundo suas capacidades, suas responsabilidades etc., mas não segundo o preço do trabalho no mercado. Outros socialistas seguiram Proudhon e reclamaram o mesmo salário para toda hora-trabalho prestada, independentemente do gênero do trabalho e do desempenho individual.

15. Para Peter Alexevitch Kropotkin (1842-1921), estas reivindicações eram pouco radicais, pois, aos seus olhos, elas ainda estavam muito marcadas pelas idéias do capitalismo clássico. Ele rejeitou uma distribuição dos bens segundo o princípio do desempenho e preconizou uma repartição dos bens segundo o princípio das necessidades. Uma tal distribuição todavia não deveria ser realizada pelo Estado. Em razão de suas convicções anarquistas, Kropotkin defendia o ponto de vista de que em pequenas comunidades autônomas, nas quais cada um trabalha segundo as suas possibilidades para prover as necessidades da coletividade e produzir bens coletivos, cada um tem parte em todos os bens e recebe pois assim também a parte que necessita. Estas comunas autônomas seriam ligadas umas às outras em um sistema federativo que, no entanto, não disporia de nenhum poder político em relação a elas (conferir D. Miller, pp. 209 ss.).

c) Critérios formais da justiça

1. A volonté générale *em Rousseau*

16. Para Rousseau, é na *volonté générale*, na vontade geral de um povo, que se realiza a justiça. Esta *volonté générale* contém, em primeiro lugar, um elemento formal: a dominação por meio de leis gerais. O termo "geral" não significa uma soma das necessidades e dos anseios individuais, mas um denominador comum, integral e ao qual cada um pode dar seu consentimento. É por isso que as leis, para corresponder à *volonté générale*, devem ser editadas segundo um procedimento no qual o povo possa ter a possibilidade de dar a sua aprovação.

17. "Freqüentemente há uma grande diferença entre a vontade de todos e a vontade geral; esta tem em vista o bem comum; a primeira, o interesse privado e não é senão uma soma das vontades particulares. No entanto, se se deduz destas vontades o mais e o menos, que se anulam reciprocamente, resta como resultado a *volonté générale*. Se, na deliberação de um povo suficientemente informado os cidadãos não tivessem nenhuma ligação sólida entre si, então do grande número das pequenas diferenças resultaria sempre a *volonté générale*, e a decisão seria sempre boa. Mas quando partidos políticos, quando pequenas associações se formam em prejuízo da grande, então a vontade de cada uma destas associações se torna uma vontade geral em relação aos seus membros, e particular em relação ao Estado; pode-se dizer que não há mais tantos homens eleitores, mas tão-somente tantos eleitores quantas sejam as associações. As diferenças tornam-se menos numerosas e conduzem a um resultado menos geral. Enfim, quando uma destas associações é tão grande que sobressai em relação a todas as outras, o resultado não é mais uma soma de pequenas diferenças, mas tão-somente uma única diferença; então não há mais uma *volonté générale*, e o ponto de vista vencedor não é senão um ponto de vista particular" (J.-J. Rousseau, *O contrato social*, Livro II, cap. 3, pp. 32 ss.).

18. Não faltaram censuras a Rousseau pelo fato de que esta idéia da *volonté générale* contém, em última análise, um elemento totalitário e coletivista. Isto não corresponde todavia à sua concepção. Na sua "Economie Politique" ele apresenta o conteúdo que deve ter essa *volonté générale*: "Se desejo determinar em que consiste a economia pública, então constatarei que suas funções se reduzem a estes três objetos principais: executar as leis, manter a liberdade do cidadão e cuidar das necessidades do Estado" (conferir H.-P. Schneider/B. Schneider – Pachaly, p. 20). Mas já em Marsílio de Pádua encontramos idéias semelhantes: "Visto que a lei é um olho composto de múltiplos olhos, quer dizer, uma observação que passou pelo crivo de muitos observadores, para evitar o erro em matéria de julgamentos e para julgar corretamente é muito mais seguro que os julgamentos sejam feitos segundo a lei do que segundo a avaliação de um juiz... É por essa razão que não admitimos que um homem governe, senão de acordo com a razão, quer dizer, com a lei..." (M. de Pádua, Parte I, cap. XI, §§ 3-4).

19. Para Rousseau, o mais nobre dever do legislador consiste em orientar as leis segundo a *volonté générale*. Esta vontade geral corresponde à justiça, "de tal modo que só é necessário ser justo para assegurar a *volonté générale*" (J.-J. Rousseau, *Economia política*, p. 47). O primeiro preceito da justiça é governar um povo segundo as leis. Mas qual deve ser o conteúdo das leis? Elas devem despertar em cada cidadão o amor à pátria. "A segurança individual está tão intimamente relacionada com a ligação ao Estado que, sem a necessária tolerância em relação às fraquezas humanas, esta aliança poderia com razão ser dissolvida caso no Estado perecesse um único cidadão que poderia ter sido salvo, ou então quando uma única pessoa fosse encarcerada ou se, finalmente, um único processo fosse decidido de modo evidentemente injusto" (J.-J. Rousseau, *Economia política*, p. 59).

20. Todavia, não é suficiente que o Estado se esforce por proteger apenas os direitos do indivíduo. "Realmente, não está toda a nação obrigada a velar, com igual prudência, pela conservação do mais insignificante dos seus membros, assim como pela proteção de todos os outros? E o bem-estar de um cidadão é, por assim dizer, menos uma tarefa comum que o bem-estar de todo o Estado?" (J.-J. Rousseau, *Economia política*, p. 59). "A pátria deve, portanto, ser a mãe comum dos cidadãos. As vantagens que eles gozam em seu país devem torná-lo digno de ser amado. O governo deve lhes conceder suficientes possibilidades de participação na administração para que se sintam à vontade; e as leis não devem ser, aos seus olhos, senão a garantia da liberdade comum" (J.-J. Rousseau, *Economia política*, p. 63).

21. Qual é, no entanto, o comportamento que o Estado deve adotar em face das desigualdades econômicas existentes? Deve ele empobrecer os ricos e enriquecer os pobres? "O que é o mais necessário e possivelmente o mais difícil em um governo é uma estrita probidade e integridade que renda justiça a todos e sobretudo proteja os pobres contra a prepotência dos ricos... Uma das mais importantes tarefas do governo consiste em prevenir a exagerada desigualdade na distribuição dos bens, não retirando as posses dos ricos, mas dando a todos os meios de acumular riqueza; não construindo casas para os pobres, mas protegendo os cidadãos contra o empobrecimento" (J.-J. Rousseau, *Economia política*, p. 65).

22. O Estado não pode cumprir esta tarefa senão com a aprovação dos cidadãos. "Esta verdade de que os impostos não podem ser cobrados legitimamente senão com o consentimento do povo ou de seus representantes foi reconhecida, de modo geral, por todos os filósofos e juristas que conquistaram alguma reputação no âmbito do direito público, inclusive Bodin" (J.-J. Rousseau, *Economia política*, p. 93). Segundo Rousseau, o Estado deve, em última instância, proteger o patrimônio e a liberdade. "É necessário retomar aqui que o fundamento do contrato social é a propriedade, e que a sua primeira condição é a de que cada um possa gozar em paz o que lhe pertence" (J.-J. Rousseau, *Economia política*, p. 91). "A pátria não pode subsistir sem liberdade, nem a liberdade sem a virtude, nem a virtude sem os cidadãos" (J.-J. Rousseau, *Economia política*, p. 67).

23. Para Rousseau, o Estado é pois uma associação que existe para proteger os seus cidadãos. Esta proteção não pode todavia se realizar senão em uma autêntica ordem de paz, que somente existe se o Estado edita leis justas. Estas leis devem exprimir o caráter de solidariedade da comunidade estatal, a qual se volta para o bem-estar de todos os cidadãos. Esta comunidade solidária não pode subsistir senão quando cada um ama a pátria, portanto quando cada um está disposto a dar a sua contribuição à solidariedade. Então é possível proteger o patrimônio e realizar a liberdade sem impor um poder totalitário.

2. A justiça como princípio de fairness (Rawls)

24. Para Rawls, a justiça encontra o seu fundamento menos em uma *volonté générale* democraticamente institucionalizada que em uma decisão generalizada e aceitável por seres dotados de razão. À justiça correspondem as decisões em relação às quais homens livres, racionais e interessados em promover os seus próprios interesses podem estar de acordo. Assim, Rawls pressupõe que estes homens tomam as suas decisões em uma espécie de estado original, no qual eles não têm conhecimento de suas próprias aptidões, de suas inclinações, de sua idéia do bom, de sua classe e de sua posição no interior da sociedade, bem como do grau de desenvolvimento da sociedade à qual pertencem (conferir a esse respeito a crítica de H. A. Hart, p. 132).

25. Rawls todavia não se contenta com uma base formal e, por assim dizer, procedimental para desenvolver princípios de justiça. Ao contrário, ele tenta definir o seu conteúdo por meio dos princípios da igualdade da diferença e da abertura (J. Rawls, pp. 195 ss.).

26. 1. Onde e quando o princípio da igualdade é determinante? O Estado deve salvaguardar a plena igualdade dos seus cidadãos sobretudo no que se refere às liberdades individuais e aos direitos fundamentais. As liberdades devem ser proporcionadas a todos de uma maneira igual. As discriminações fundadas na raça, no sexo ou na nação são inadmissíveis.

27. A liberdade não deve, todavia, ser protegida somente em face dos órgãos do Estado, mas este deve velar também para que existam espaços sociais livres e cada qual tenha a chance de fazer uso da sua liberdade. De outro lado, quando é indispensável restringir a liberdade de desenvolvimento do cidadão, por exemplo no caso da utilização do terreno do qual é proprietário, esta restrição deve ser compensada por um direito amplo de participação (por exemplo, a participação da assembléia municipal na elaboração de um plano de zoneamento, o direito de recurso contra a adoção de planos de zoneamento, o direito de recursos das associações etc.).

28. A liberdade encontra os seus limites na liberdade do outro e na viabilidade da comunidade. A liberdade de crença e de consciência acaba lá onde começa a liberdade do outro. O Estado não pode tolerar uma religião que pregue a destruição de outras religiões. A liberdade de imprensa não deve conduzir a uma situação em que alguns poucos órgãos de imprensa impeçam a publicação de outros jornais e possam, desse modo, monopolizar a opinião da população. Enquanto o número dos que se negam a cumprir o serviço militar for tão reduzido que a maioria dos cidadãos não esteja impedida de defender, segundo a sua vontade, o seu país com unidades militares, esta maioria militarista não deve restringir a liberdade da minoria.

§ 38. CRITÉRIOS DA DIVISÃO DAS TAREFAS

29. 2. O princípio da igualdade não pode ser realizado plenamente e em todos os domínios em nenhum tipo de Estado. Sobretudo é impossível repartir os bens de modo absolutamente igual. Em que medida uma desigualdade se justifica no Estado? Ela somente se justifica enquanto as vantagens dos ricos, em última instância, também revertam em favor dos pobres. Uma elevação na remuneração dos diretores de uma empresa deve levar a que os melhores elementos ascendam aos postos de diretores, de modo que a empresa possa ser bem dirigida e esta boa gestão traga igualmente vantagens para os trabalhadores (conferir J. Rawls, pp. 258 ss.).

30. A economia feudal, a aristocracia hereditária e a plutocracia oligárquica fechada não podem mais se justificar em um Estado industrializado em que há dependência dos indivíduos em relação à comunidade. Além disso, é preciso estar consciente do fato de que o Estado contemporâneo deve contar com uma escassez cada vez mais grave das matérias-primas e, portanto, com sérias dificuldades de abastecimento. Neste contexto de "administração da escassez" importa, por conseguinte, velar para que as restrições sejam proporcionais e divididas de maneira justa. Assim, por exemplo, sendo preciso racionar eletricidade, isto não deve ser feito por meio de uma redução linear baseada sobre o consumo anterior, caso contrário o esbanjador seria recompensado, enquanto o que soube economizar tiritará de frio. Em contrapartida, quando se trata de escolher entre o desemprego de alguns e a redução das horas de trabalho de todos os trabalhadores de uma empresa, esta última solução parcial é com freqüência a mais justa, pois os demitidos não podem contar com o fato de que a vantagem dos outros também lhes beneficiará.

31. Para um Estado de economia livre, esta ótica tem a seguinte significação: o Estado deve admitir a liberdade da economia e, com isso, uma livre divisão dos bens enquanto esta liberdade beneficia a todos. No entanto, na medida em que somente alguns poucos sejam favorecidos em detrimento dos outros (por exemplo, os doentes, idosos etc.), o Estado deve intervir.

32. 3. O princípio da desigualdade deve finalmente ser completado pelo princípio da abertura. Uma ordem social rígida e caracterizada pelas desigualdades não se justificará jamais. Por princípio, os privilégios devem ser abertos, quer dizer, acessíveis a todos. Sobretudo no sistema educacional é preciso velar para que as pessoas provenientes das camadas sociais mais baixas tenham a possibilidade de se instruir e se formar para que, desse modo, possam ascender socialmente. Trata-se de quebrar as oligarquias do dinheiro, antes que se solidifiquem.

33. A abertura não exige somente mobilidade social, mas também uma adaptação constante às novas relações e circunstâncias. O Estado deve permanecer flexível. Ele necessita de autoridades e de órgãos que permaneçam capazes de aprender. É necessário evitar que os poderes públicos se fechem a novas descobertas, bem como às novas necessidades e anseios da sociedade. O Estado deve ser capaz de mudanças. Quanto maior a disposição de aprendizagem do Estado, quanto mais aberto ele for, mais fácil e rapidamente ele encontrará soluções justas.

34. Os princípios da igualdade, da diferença e da abertura, enunciados por Rawls, em última instância não passam de uma retórica vazia de significado, caso não sejam completados pelo princípio da responsabilidade e da solidariedade. De fato, toda ordem estatal pressupõe um mínimo de solidariedade e de sentido de responsabilidade. Aquele que considera o Estado apenas como uma vaca leiteira da qual se deve tirar o máximo proveito, que não vê o Estado senão como um instrumento que lhe fornece o espaço e as condições para a sua inescrupulosa sede de lucros, contribui, no final das contas, para a desagregação do Estado e para sua destruição.

35. Responsabilidade e solidariedade significam, além disso, que as autoridades públicas devem exercer suas atribuições de uma maneira plenamente responsável e solidária. Nesse contexto, os funcionários públicos não podem abusar do seu poder, nem passar a sua preocupação de fazer carreira à frente das suas responsabilidades em relação aos interesses dos cidadãos. Uma vez que o princípio da eficiência não é senão parcialmente aplicável na administração pública, é importante desenvolver precisamente entre os funcionários do Estado a consciência da solidariedade, a fim de que eles tenham mais iniciativa e se tornem mais criativos. Responsabilidade e solidariedade devem igualmente contribuir para desenvolver entre os funcionários públicos a faculdade de aprender e a vontade de informar. Se os funcionários públicos não estão dispostos a aprender, se não desejam se informar e informar a população, a relação de parceria, indispensável entre o Estado e a sociedade, não poderá jamais se concretizar.

d) Os princípios de justiça na realidade dos Estados modernos, livres e comprometidos com a economia de mercado do tipo social

36. A realidade dos Estados modernos, comprometidos com o bem-estar social e a liberdade, mostra que são levados em conta todos os princípios de justiça desenvolvidos nas diferentes teorias e que os Estados do mundo livre se diferenciam apenas por concederem prioridades distintas aos diferentes princípios.

37. A idéia de Hume, segundo a qual o Estado tem como tarefa primeira proteger os direitos, encontra a sua expressão nas garantias da propriedade e da liberdade. No entanto, o direito de sucessão, o direito dos contratos e o direito das coisas estão igualmente comprometidos com esta concepção. O princípio do desempenho de Spencer se expressa na garantia de uma livre concorrência, certamente limitada, mas ainda largamente protegida. Quando o desempenho não pode ser determinado pelo mercado livre – por exemplo, os salários dos funcionários públicos ou as subvenções à agricultura –, é necessário encontrar critérios gerais e racionais para um desempenho objetivamente mensurável.

38. O Estado moderno leva igualmente em conta as necessidades dos homens. De fato, o princípio da seguridade social, segundo o qual cada um tem direito à segurança de sua existência, visa satisfazer ao menos um número mínimo das necessidades existenciais de todos. Esta mesma idéia pode ser encontrada no direito processual, segundo o qual os bens indispensáveis à existência não podem ser penhorados. A garantia do salário mínimo, de um mínimo de férias e do preço mínimo, bem como o direito a um ensino primário gratuito constituem uma realização do princípio "a cada um segundo as suas necessidades".

39. Enfim, as garantias de procedimento de um Rousseau ou de um Rawls se encontram no princípio da legalidade. O Estado de direito liberal não pode ser regido senão pelas leis. Estas todavia necessitam da aprovação geral dos cidadãos ou de seus representantes e é preciso editá-las segundo um procedimento tanto quanto possível racional.

40. Os Estados contemporâneos devem entretanto resolver problemas segundo os princípios da justiça que, ao menos nesta dimensão, os Estados de outrora não tinham de solucionar. Basta pensar na escassez progressiva das matérias-primas e na ameaça das catástrofes ecológicas. De fato, as matérias-primas não estão mais disponíveis senão em uma medida limitada. Este fato obrigará os Estados, no futuro, a levar sempre mais em conta as necessidades ao estabelecerem medidas de contingenciamento e de racionamento. No interesse das gerações presentes, e ainda mais das futuras, a liberdade será restringida. A justiça não pode levar em conta tão-somente as necessidades dos cidadãos atuais, mas deve igualmente levar em consideração os das gerações futuras.

e) A subsidiariedade

41. Uma vez que se respondeu à questão de saber quais são as tarefas que a comunidade estatal deve cumprir, importa ainda decidir a quem deve ser confiado o seu cumprimento. O princípio da subsidiariedade permite responder a essa questão. Segundo este critério, a execução de uma tarefa deve ser confiada a uma comunidade superior quando a comunidade que lhe é subordinada não está em condições de cumpri-la. Assim, por exemplo, quando uma família não pode mais se ocupar da formação das crianças, ela deve ser assegurada pelo município; quando este último não pode cumprir a missão, o cantão ou o estado devem então assumir a tarefa e, enfim, quando as instituições cantonais ou estaduais não podem cumprir a tarefa, cabe ao Estado federal assumi-la. Quando os bancos não podem assegurar a estabilidade monetária, o banco nacional ou o banco estatal deve zelar por isso, e caso ele não esteja mais em condições de mantê-la cabe ao Estado federal fazê-lo; caso ele não consiga cumprir esta tarefa sozinho, deve buscar alcançar este objetivo por meio de organizações regionais ou internacionais.

42. Ao lado da subsidiariedade é indispensável incluir outras considerações no processo de decisão. Deve-se pensar primeiramente nos efeitos secundários que necessariamente estão ligados com a transferência de uma tarefa à comunidade imediatamente superior. Assim, por exemplo, se um sistema de seguro obrigatório se efetua por um estabelecimento público de seguro, isto poderá acarretar repercussões sobre todas as companhias de seguro privadas. Quando no âmbito da política de urbanização se encontram soluções centralizadoras, há o perigo de que planejamentos muito teóricos conduzam a planos muito distanciados da realidade etc. Nesse contexto não se pode perder de vista que a economia de livre concorrência tende freqüentemente a soluções centralizadoras. O princípio da neutralidade da concorrência exige, por exemplo, que medidas restritivas, por exemplo as tomadas no âmbito da proteção do meio ambiente, sejam aplicadas da mesma maneira a todos os ramos econômicos de um país, excluindo pois toda diferenciação regional. É por essa razão que é freqüente haver interesse de encontrar uma solução geral e obrigatória. Empresas racionais estariam muitas vezes dispostas a tomar, por exemplo, medidas de proteção do meio ambiente; mas, uma vez que têm de contar com o fato de que seus concorrentes não o farão, elas se recusam a fazê-lo. Nesse caso, apenas uma obrigação geral permitirá assegurar que a medida respeitará a neutralidade da concorrência.

43. O princípio da subsidiariedade exige, por fim, intervenções pontuais do Estado em certas ocasiões. Assim, por exemplo, grande parte das famílias está em condições de educar seus filhos, de tal modo que uma intervenção dos poderes públicos seria inadmissível. Algumas vezes, no entanto, torna-se imperioso retirar o pátrio-poder dos pais que não cumprem esta tarefa ou maltratam os seus filhos. Nestes casos, é preciso que se possa tirar o pátrio-poder dos pais por meio de uma decisão estatal, isto é, judicial.

44. Para concluir, é necessário examinar os efeitos de uma regulamentação estatal sobre o comportamento das pessoas atingidas. A subvenção da produção leiteira, por exemplo, pode levar a uma superprodução de leite ou a uma montanha de manteiga. As medidas das estatais contrárias – como, por exemplo, o contingenciamento leiteiro – podem repercutir sobre a qualidade da produção etc.

45. Todos estes exemplos mostram que, na prática, há a necessidade de considerar de modo diferenciado o problema das tarefas do Estado. É preciso encontrar soluções que sejam adaptadas ao domínio em questão e que, tanto quanto possível, levem em consideração todas as estruturas sociais e estatais existentes. Isto conduz, novamente, a uma interdependência entre o Estado e a sociedade, na qual cada comunidade deve cumprir uma parte das tarefas. A subvenção, a fiscalização e o controle, a execução com a ajuda de organizações privadas, a criação de empresas e de estabelecimentos autônomos e de fins específicos, tudo isto é o resultado de soluções diferenciadas e bem adaptadas às estruturas. É todavia evidente que tais soluções tornam a sociedade cada vez mais fundada sobre a divisão do trabalho, mais complexa e difícil de ser visualizada.

BIBLIOGRAFIA GERAL SOBRE A TEORIA DO ESTADO

Alemanha

Anschütz, G. *Die Verfassung des Deutschen Reichs* (A Constituição do *Reich* alemão). 14.ª ed., Berlim, 1933. Reimpressão Bad Homburg, 1960.
Anschütz, G., Thoma, R. *Handbuch des Deutschen Staatsrechts* (Manual do direito público alemão). 2 vols., Tübingen, 1930-1932.
Heller, H. *Staatslehre* (Teoria do Estado). 3.ª ed., Leiden, 1963.
Herzog, R. *Allgemeine Staatslehre* (Teoria geral do Estado). Frankfurt a. M., 1971.
Hesse, K. *Grundzüge des Verfassungsrechts der Bundesrepublik Deutschland* (Traços essenciais do direito constitucional da República Federal da Alemanha). 11.ª ed., Heidelberg, 1978.
Hippel, E. von. *Allgemeine Staatslehre* (Teoria geral do Estado). 2.ª ed., Berlim/Frankfurt a. M., 1967.
Jellinek, G. *Allgemeine Staatslehre* (Teoria geral do Estado). 3.ª ed., Berlim, 1914 (Reimpressão 1966).
Kriele, M. *Einführung in die Staatslehre* (Introdução à teoria do Estado). Hamburgo, 1975.
Krüger, H. *Allgemeine Staatslehre* (Teoria geral do Estado). 2.ª ed., Stuttgart, 1966.
Küchenhoff, G. und E. *Allgemeine Staatslehre* (Teoria geral do Estado). 8.ª ed., Stuttgart, 1977.
Laband, P. *Das Staatsrecht des Deutschen Reiches* (O direito público do *Reich* alemão). 4 vols., 5.ª ed., Tübingen, 1911-1914 (nova impressão 1964).
Laun, R. von. *Allgemeine Staatslehre* (Teoria geral do Estado). 9.ª ed., Bleckede, 1966.
Schmidt, R. *Allgemeine Staatslehre* (Teoria geral do Estado). 2 vols., Leipzig, 1901-1903.

Smend, R. *Staatsrechtliche Abhandlungen und andere Aufsätze* (Tratados sobre direito público e outros ensaios). 2.ª ed., Berlim, 1968.
Stein, E. *Lehrbuch des Staatsrechts* (Manual de direito público). 6.ª ed., Tübingen, 1978.
Stern, K. *Das Staatsrecht der Bundesrepublik Deutschland* (O direito público da República Federal da Alemanha). Vol. 1, Munique, 1977.
Willms, B. *Einführung in die Staatslehre* (Introdução à teoria do Estado). Paderborn, 1979.
Zippelius, R. *Allgemeine Staatslehre* (Teoria geral do Estado). 6.ª ed., Munique, 1978.

Suíça

Aubert, J.-F. *Traité de droit constitutionnel suisse* (Tratado de direito constitucional suíço). 2 vols., Paris/Neuchâtel, 1967.
Bluntschli, J. R. *Lehre vom modernen Staat* (Teoria do Estado moderno). 3 vols. Aalen, 1965, primeiramente 1852-1876. Vol. 1: *Allgemeine Staatslehre* (Teoria geral do Estado); vol. 2: *Allgemeines Staatsrecht* (Direito público geral), vol. 3: *Politik als Wissenschaft* (Política como ciência).
Burckhardt, W. *Kommentar der schweizerischen Bundesverfassung vom 29. Mai 1874* (Comentário sobre a Constituição suíça de 29 de maio de 1874). 3.ª ed., Berna, 1931.
Dubs, J. *Das Öffentliche Recht der Schweizerischen Eidgenossenschaft* (O direito público da Confederação suíça). 2 vols., Zurique, 1877.
Fleiner, F., Giacometti, Z. *Schweizerisches Bundesstaatsrecht* (O direito público da Confederação suíça). Zurique, 1949. Reimpressão 1969.
Nawiasky, H. *Allgemeine Staatslehre in IV Teilen* (Teoria geral do Estado em quatro partes). Einsiedeln/Colônia, 1945-1958.
Ryffel, H. *Grundprobleme der Rechts- und Staatsphilosophie* (Problemas fundamentais da filosofia do direito e do Estado). Neuwied/Berlim, 1969.
Schindler, D. *Verfassungsrecht und soziale Struktur* (Direito constitucional e estrutura social). 5.ª ed., Zurique, 1970.

Áustria

Ermacora, F. *Grundriß einer Allgemeinen Staatslehre* (Esboço de uma teoria geral do Estado). Berlim, 1979.
____. *Allgemeine Staatslehre. Vom Nationalstaat zm Weltstaat* (Teoria geral do Estado. Do Estado nacional ao Estado mundial). Berlim, 1970.

Fischer, H. (org.). *Das politische System Österreichs* (O sistema político da Áustria). Viena, 1974.
Kelsen, H. *Allgemeine Staatslehre* (Teoria geral do Estado). Berlim, 1925 (reeditada em 1966).
Lang, E. *Zu einer kybernetischen Staatslehre* (Para uma teoria do Estado cibernética). Salzburgo/Munique, 1970.

França

Burdeau, G. *Traité de science politique* (Tratado de ciência política). 2.ª ed., 9 vols., Paris, 1966-1976.
____. *Droit constitutionnel et institutions politiques* (Direito constitucional e instituições políticas). 18.ª ed., Paris, 1977.
Cadart, J. *Institutions politiques et droit constitutionnel* (Instituições políticas e direito constitucional). 2 vols., Paris, 1975.
Chaprat, J. *Droit constitutionnel et institutions politiques* (Direito constitucional e instituições políticas). Paris, 1968.
Dabin, J. *L'Etat ou le politique* (O Estado ou o político). Paris, 1957.
Duguit, L. *Traité de droit constitutionnel* (Tratado de direito constitucional). 5. vols., 2.ª ed., Paris, 1921-1925.
Duverger, M. *Institutions politiques et droit constitutionnel* (Instituições políticas e direito constitucional). 2 vols., 13.ª ed., Paris, 1973.
Gaborit, P., Gaxie, D. *Droit constitutionnel et institutions politiques* (Direito constitucional e instituições políticas). Paris, 1976.
Haurion, A., Gicquel, J., Gélard, P. *Droit constitutionnel et institutions politiques* (Direito constitucional e instituições políticas). 6.ª ed., Paris, 1975.
Jeanneau, B. *Droit constitutionnel et institutions politiques* (Direito constitucional e instituições políticas). 4.ª ed., Paris, 1975.
Jouvenel, B. de. *Du pouvoir*. Histoire naturelle de sa croissance (Do poder. História natural do seu crescimento). Genebra, 1945.
Leclercq C. *Institutions politiques et droit constitutionnel* (Instituições políticas e direito constitucional). Paris, 1975.
Lefebre, H. *De l'Etat* (Do Estado). 4 vols., Paris, 1976-1978.
Prélot, M. *Institutions politiques et droit constitutionnel* (Instituições políticas e direito constitucional). 6.ª ed., Paris, 1975.

Inglaterra – Estados Unidos da América

Benn, S. I., Peters, R. S. *Social Principles and the Democratic State* (Princípios sociais e o Estado democrático). 5.ª ed., Londres, 1966.

Bentley, A. F. *The Process of Government* (O processo de governo). Cambridge/Mass., 1967.
Deutsch, K. W. *The Nerves of Government. Models of Political Communication and Control* (Os nervos do governo. Modelos de comunicação e de controle políticos). 2.ª ed., Toronto, 1967.
Ferguson, J. H., McHenry, D. E. *The American System of Government* (O sistema americano de governo). 13.ª ed., Nova York/Londres, 1977.
Friedrich, C. J. *Constitucional Government and Democracy* (Governo constitucional e democracia). 4.ª ed., Boston, 1968.
Harvey, J., Bather, L. *The British Constitution* (A Constituição britânica). 2.ª ed., Londres, 1968.
Heuston, R. F. V. *Essays in Constitutional Law* (Ensaios sobre direito constitucional). 2.ª ed., Londres, 1964.
Laski, H. J. *Authority in the Modern State* (A Autoridade no Estado moderno). New Haven, 1919.
Laslett, P. *Philosophy, Politics and Society* (Filosofia, política e sociedade). Oxford, 1956.
Lasswell, H. D., Kaplan, A. *Power and Society* (Poder e sociedade). New Haven, 1963.
Loewenstein, K. *Political Power and the Governmental Process* (Poder político e o processo governamental). 2.ª ed., Chicago, 1965.
____. *Verfassungslehre* (Teoria constitucional). 3.ª ed., Tübingen, 1975.
____. *Verfassungsrecht und Verfassungspraxis in den Vereinigten Staaten* (Direito constitucional e *práxis* constitucional nos Estados Unidos da América). Berlim, 1959.
MacIver, R. M. *The Modern State* (O Estado moderno). Londres, 1964.
Marshall, G. *Constitutional Theory* (Teoria constitucional). Oxford, 1971.
Parsons, T. *The Social System* (O sistema social). Glencoe, 1951.
Smith, S. A. de. *Constitutional and Administrative Law* (Direito constitucional e administrativo). 2.ª ed., Harmonsworth, 1975.
Sumner, W. G. *Folkways* (Modos de vida). Boston, 1940.
Tribe, L. H. *American Constitutional Law* (Direito constitucional americana). Nova York, 1978.

DADOS SOBRE ALGUNS FILÓSOFOS DO ESTADO NA HISTÓRIA MUNDIAL

Johannes Althusius
Filósofo e jurista

Johannes Althusius nasceu em 1557 na cidade de Diedenshausen (Vestfália). Após estudos em Colônia (Aristóteles) e na Basiléia (direito romano), recebeu em 1586 o título de doutor em direito na Universidade de Basiléia. No mesmo ano assumiu a regência de um curso de direito romano na Academia Calvinista de Herborn. Em 1604 tornou-se conselheiro jurídico da cidade de Emden. A sua obra principal, intitulada *Politica methodice digesta*, foi um exemplo do seu rigor sistemático e contém, dentre outros, ataques contra a doutrina da soberania defendida por Bodin. Althusius morreu em 1638, em Emden.

Obras principais

Jurisprudentia Romana methodice digesta, 1586
Politica methodice digesta, 1603

Tradução

Wolf, E. *Johannes Althusius*. Grundbegriffe der Politik. Ausgewählte Stücke aus "Politica methodice digesta" (Johannes Althusius. Conceitos fundamentais da política. Trechos selecionados da "Politica methodice digesta"). 2.ª ed., Frankfurt a. M., 1948.

Bibliografia

Para uma visão completa das obras relativas à vida e à obra de Althusius, conferir:
Althusius-Bibliographie (Bibliografia de Althusius). Editado por H. U. Scupin e U. Scheuner, organizado por D. Wyduckel. Berlim, 1973.

Friedrich, C. J. *Johannes Althusius und sein Werk im Rahmen der Entwicklung der Theorie von der Politik* (Johannes Althusius e sua obra no âmbito do desenvolvimento da teoria da política). Berlim, 1975.

Jeremy Bentham
Filósofo

Filho de um jurista, Jeremy Bentham nasceu em 1748, em Londres. Após concluir a sua formação jurídica em 1767, ele não tarda a se voltar para a filosofia política do direito e da sociedade. Ele enuncia o seu princípio fundamental em uma frase célebre: "a maior felicidade possível para o maior número possível", que utilizaria como um *leitmotiv* em todas as suas tomadas de posição nas questões políticas. Ele é considerado um clássico do utilitarismo e do liberalismo nascente. Embora a obra de Bentham seja extremamente variada e numerosa, grande parte dos seus trabalhos permaneceram como fragmentos. Morreu em Londres, em 1832.

Obras principais

A Fragment on Government (Um fragmento sobre governo), 1776 (trata-se de uma discussão crítica acerca do comentário de Blackstone).
Introduction to the Principles of Morals and Legislation (Introdução aos princípios da moral e da legislação), 1789.

Tradução

Bentham, J. *Prinzipien der Gesetzgebung* (Princípios da legislação). Org. E. Dumont, trad. F. E. Beneke. Colônia, 1833. Nova impressão Frankfurt a. M., 1966.

Bibliografia

Atkinson, Ch. M. *J. Bentham*. His life and work (J. Bentham. Sua vida e sua obra). Londres, 1905.
Davidson, W. L. *Political thought in England*, the Utilitarians from Bentham to J. St. Mill (O pensamento político na Inglaterra. Os utilitaristas de Bentham a J. St. Mill). Londres, 1915.
Kraus, O. *Zur Theorie des Wertes*. Eine Bentham-Studie (Da teoria do valor. Um estudo sobre Bentham). Halle, 1901.

Lundin, H. G. *The Influence of J. Bentham on Englands Democratic Development* (A influência de J. Bentham no desenvolvimento democrático da Inglaterra). Iowa City, 1920.
Mack, M. P. *J. Bentham, an Odyssey of Ideas* (J. Bentham. Uma odisséia de idéias). Londres, 1962.
Zagar, J. *Bentham et la France* (Bentham e a França). Diss. Paris, 1958.

Artigos em revistas

Olivecrona, K. The Will of the Sovereign: Some Reflections on Bentham's Concept of "A Law" (O desejo do soberano: algumas reflexões sobre o conceito de "uma lei" em Bentham). In: *AJJ* 20, 1975, pp. 95-110.
Hacker, P. M. S. Bentham´s Theory of Action and Intention (A teoria de Bentham de ação e intenção). In: *ARSP* 62, 1976, pp. 89-110.
Coing, H. Benthams Bedeutung für die Entwicklung der Interessenjurisprudenz und der allgemeinen Rechtslehre (A importância de Bentham para o desenvolvimento da jurisprudência de interesses e da teoria geral do direito). In: *ARSP* 54, 1968, pp. 69-88.
Palmer, P. A. Benthamism in England and America (Bentham na Inglaterra e na América). In: *APSR* 35, 1941, pp. 855-71.

Jean Bodin
Teórico do Estado e político

Jean Bodin nasceu em 1530, em Angers. Após a sua instrução elementar, estudou até 1547 em Paris, onde entrou para a Ordem dos Carmelitas. A partir de 1550 estudou direito em Toulouse. A partir de 1567 foi encarregado de assuntos reais. Na noite de São Bartolomeu (1572), ele escapou por pouco de uma tentativa de assassinato. A sua aparição nos *Etats Généraux* no ano de 1576 fez com que caísse em desgraça perante o rei. Todavia, até a sua morte em 1596, em Laon, ele conservou o seu cargo de funcionário.

Obra principal

Les six livres de la République (Os seis livros da República). Paris, 1576.

Tradução

Bodin. *Über den Staat*. Auswahl (Sobre o Estado. Seleção). Trad. e epílogo de G. Niedhart. Stuttgart, 1976.

Bibliografia

Baudrillart, H. J. *Bodin et son temps* (Bodin e o seu tempo). Paris, 1853/1964.

Chauvire, R. J. *Bodin, auteur de la république* (Bodin, autor da República). Paris, 1914.

Denzer, H. (org.). *Jean Bodin*.Verhandlungen der internationalen Bodin-Tagung in München (Jean Bodin. Debates do Encontro Internacional Bodin em Munique). Estudos sobre política de Munique. Munique, 1973.

Feist, E. *Weltbild und Staatsidee bei J. Bodin* (Imagem de mundo e a idéia de Estado em J. Bodin). Halle, 1930.

Fickel, G. *Der Staat bei Bodin* (O Estado em Bodin). Leipzig, 1934.

Franklin, J. H. *Jean Bodin and the Sixteenth-Century Revolution in the Methodology of Law and History* (Jean Bodin e a revolução na metodologia do direito e da história no século XVI). Nova York/Londres, 1963.

Hancke, E. *Bodin. Eine Studie über den Begriff der Souveranität* (Bodin. Um estudo sobre o conceito de soberania). Untersuchungen zur deutschen Staats- und Rechtsgeschichte 47 (Investigações sobre a história alemã do Estado e do direito). Aalen, 1969.

Imboden, M. *Johannes Bodinus und die Souveranitätslehre* (Jean Bodin e a doutrina da soberania). Basiléia, 1963.

Quaritsch, H. *Staat und Souveranität* (Estado e soberania). I: Die Grundlagen (Os princípios). Frankfurt a. M., 1970.

Schmitz, A. *Staat und Kirche bei Jean Bodin* (O Estado e a Igreja em Jean Bodin). Leipzig, 1939.

Treffer, G. *Jean Bodin*. Munique, 1977.

Artigos em revistas

Scupin, H. U. Der Begriff der Souveranität bei Johannes Althusius und bei Jean Bodin (O conceito de soberania em Johannes Althusius e em Jean Bodin). In: *Der Staat* 4 (O Estado), 1965, pp. 1-26.

Edmund Burke
Político e publicista

Edmund Burke nasceu em 1729, em Dublin. Após os estudos de direito em Dublin, ele iniciou as suas atividades como escritor. A sua carreira política iniciou-se em 1765 como deputado na Câmara dos

Comuns (até 1794) e secretário particular de Lorde Rockingham, um dos dirigentes do partido *Whig*. Burke teve sempre aversão por autores teóricos na política. Ele morreu em 1797, em Beaconsfield.

Obra principal

Reflections on the Revolution in France (Reflexões sobre a Revolução na França), 1790.

Tradução

Burke. *Betrachtungen über die Französische Revolution* (Reflexões sobre a Revolução Francesa). Trad. al. F. Gentz, org. e epílogo de L. Iser, introdução de D. Henrich. Frankfurt a. M., 1967.

Bibliografia

Barth, H. Edmund Burke und die deutsche Staatsphilosophie im Zeitalter der Romantik (Edmund Burke e a filosofia do Estado na época do romantismo). In: *Die Idee der Ordnung* (A idéia da ordem). Zurique/Stuttgart, 1958.
Braune, F. *Edmund Burke in Deutschland* (Edmund Burke na Alemanha). Heidelberg, 1917.
Ganzin, M. *La Pensée politique d'Edmund Burke* (O pensamento político de Edmund Burke). Paris, 1972.
Hilger, D. *Edmund Burke und seine Kritik der französischen Revolution* (Edmund Burke e sua crítica da Revolução Francesa). Stuttgart, 1960.
O'Gormann, F. *Edmund Burke*. His Political Philosophy (Edmund Burke. Sua filosofia política). Londres, 1973.
Schneider, F. *Das Rechts- und Staatsdenken E. Burke* (O pensamento jurídico e de Estado de Edmund Burke). Bonn, 1965.
Stanlis, P. *Edmund Burke and the Natural Law* (Edmund Burke e o direito natural). Ann Arbor, 1958.
Willi, H. U. *Die Staatsauffassung Edmund Burkes (1729-1797)* (A concepção de Estado de Edmund Burke). Diss. Bern, Winterthur, 1964.

Artigos em revistas

Carnavan, F. Burke on Prescription of Government (Burke sobre a prescrição do governo). In: *RPs* 35, 1973, pp. 454-74.

Benedictus de Espinosa
Filósofo

Filho de uma família judia emigrada de Portugal, Espinosa nasceu em 1632. Após ter recebido uma educação e formação judaico-rabínica, ele se voltou para a filosofia geral e se ocupou particularmente de Descartes e de Hobbes. Em 1665 foi excluído da sinagoga em razão de sua posição contrária à ortodoxia judaica. Espinosa, que ganhava a vida como lapidador de vidro, declinou um convite da Universidade de Heidelberg. Morreu em 1677, em Haia.

Obras principais

Tractatus theologico-politicus, 1670.
Ethik, 1677.
Tractatus politicus (inacabado), 1677.

Traduções

Spinoza, *Theologisch-politischer Traktat* (Tratado teológico-político). Tradução e introdução de C. Gebhardt. 5.ª ed., Hamburgo, 1955.
Spinoza, B. de. *Opera, Werke* (Obras). Latim-alemão, org. por K. Blumenstock, II: Tractatus de intellectus emendatione, Ethica. Darmstadt, 1967.
Benedict de Spinoza. *Die Ethik nach geometrischer Methode* (A ética segundo o método geométrico). Organização e tradução de O. Baensch. Hamburgo, 1955.

Bibliografia

Fischer, K. *Spinozas Leben, Werke und Lehre* (A vida, a obra e a doutrina de Espinosa). Heidelberg, 1946.
Freudenthal, J., Gebhardt, C. *Espinosa Leben und Lehre* (A vida e a doutrina de Espinosa). 2 vols., Heidelberg, 1927.
Hecker, K. *Gesellschaftliche Wirklichkeit und Vernunft in der Philosophie Spinozas* (A realidade social e a razão na filosofia de Espinosa). Regensburg, 1975.
Hubbeling, H. G. *Spinoza*. Freiburg i. Br., 1978.
Matheron, A. *Individu et communauté chez Spinoza* (Indivíduo e comunidade segundo Espinosa). Diss. Paris, 1969.
McShea, R. J. *The Political Philosophy of Spinoza* (A filosofia política de Espinosa). Nova York/Londres, 1968.

Röhrich, W. *Staat und Freiheit*. Zur politischen Philosophie Spinozas (Estado e liberdade. Sobre a filosofia política de Espinosa). Darmstadt, 1969.
Steffen, H. *Recht und Staat im System Espinosa* (O direito e o Estado no sistema de Espinosa). Bonn, 1968.
Zweig, A. *Baruch Spinoza*. Porträt eines freien Geistes (Benedictus de Espinosa. Retrato de um espírito livre). Leipzig, 1961.

Artigos em revistas

Dijn, H. de. Kroniek van de Spinoza-literatuur 1960-1970. In: *Tijdschrift voor Filosofie* (Revista de filosofia). Leuven 34, 1972, pp. 130-39.
Röd, W. Spinozas Lehre von der sociétas (A teoria de Espinosa sobre as *sociétas*). In: F 18, 1967, pp. 777-806; 19, 1968, pp. 671-98.

"The Federalist"

"The Federalist" é uma coleção compreendendo 85 artigos de jornal, escritos para defender a nova Constituição americana de 1787. Os autores destes artigos – os juristas e políticos Alexander Hamilton (1757-1804), James Madison (1751-1836) e John Jay (1745-1829) – criaram, com seus ensaios sobre o projeto de Constituição, uma obra de importância crucial para o estudo do direito constitucional americano. Hoje "The Federalist" é considerada uma das obras clássicas no domínio das ciências políticas.

Tradução

Der Föderalist (O federalista) de A. Hamilton, J. Madison e J. Jay. Trad. do inglês por K. Demmer. Organização e introdução de F. Ermacora. Viena, 1958.

Bibliografia

Dietze, G. *The Federalist* (O federalista). Baltimore, 1960.
Konepsky, S. I. *John Marshall and Alexander Hamilton*. Nova York, 1964.
Monaghan, F. *John Jay*. Nova York, 1935.
Schultz, H. S. *James Madison*. Nova York, 1970.

Hugo Grócio
Diplomata e especialista em direito internacional

Hugo Grócio nasceu em 1583, em Delft. Jovem excepcionalmente dotado, após estudos na Universidade de Leiden recebeu, aos 15 anos de idade, o grau de doutor em direito pela Universidade de Orléans. Desde 1607 exerceu a atividade de funcionário público e de diplomata. O seu espírito crítico levou-o a se opor aos Estados Gerais e, em 1619, foi preso e condenado à prisão perpétua por crime contra o Estado. Em 1621 conseguiu fugir para Paris, onde recebeu asilo e proteção de Louis XIII. Em seu exílio escreveu, em 1625, o seu principal tratado sobre o direito internacional. A partir de 1635, ele retomou as suas atividades como diplomata, desta vez representando a Suécia. Morreu em 1645, em Rostock.

Obra principal

De iure belli ac pacis libri tres, 1625.

Tradução

Grócio. *Vom Recht des Krieges und des Friedens* (Do direito da guerra e da paz). Nova tradução e introdução de W. Schätzel. Tübingen, 1950.

Bibliografia

Huizinga, J. *Zwei Gedenkreden auf Hugo Grotius*. Wege der Kulturgeschichte (Dois discursos em memória de Hugo Grócio. Caminhos da história da cultura). Amsterdam/Leipzig, 1930.
Knight, W. S. M. *The Life and Works of Hugo Grotius* (A vida e a obra de Hugo Grócio). Londres, 1925.
Ottenwaelder, P. *Zur Naturrechtslehre des Hugo Grotius* (Sobre a doutrina do direito natural de Hugo *Grócio*). Tübingen, 1950.
Tooke, J. D. *The Just War in Aquinas and Grotius* (A guerra justa em Aquino e Grócio). Londres, 1965.
Vollenhoven, C. van. *The Framework of Grotius' Book "de iure belli ac pacis"* (A estrutura da obra "iure belli ac pacis" de Grócio). Amsterdam, 1931.
Wehberg, H. *Hugo Grotius*. Wiesbaden, 1956.

Artigos em revistas

Edwards, Ch. The Law of Nature in the Thought of Hugo Grotius (A lei da natureza no pensamento de Hugo Grócio). In: *JPol* 1970, pp. 784-807.

Herbert Lionel Adolphus Hart
nascido em 1907

H. L. A. Hart é professor de direito na Universidade de Oxford e é considerado atualmente um dos mais influentes representantes de sua disciplina. A maior e mais representativa parte de seus trabalhos no domínio do direito é consagrada às investigações lógicas e empíricas. Utilizando métodos da moderna filosofia analítica da linguagem, ele deu novo impulso à pesquisa fundamental no domínio das ciências jurídicas. Em sua obra *The Concept of Law* (O conceito de direito), publicada em 1961, Hart foi o primeiro a tentar questionar o direito por meio da análise lingüística.

Obra principal

The Concept of Law (O conceito de direito). Oxford, 1961.

Tradução

Hart, H. L. A. *Der Begriff des Rechts* (O conceito de direito). Trad. do inglês por A. von Bayer. Frankfurt a. M., 1973.
Hart, H. L. A. *Recht und Moral*. Drei Aufsätze (Direito e moral. Três ensaios). Trad. do inglês, introdução e organização de N. Hoerster. Göttingen, 1971.

Bibliografia

Eckmann, H. *Rechtspositivismus und sprachanalytische Philosophie*. Der Begriff des Rechts in der Rechtstheorie H. L. A. Harts (O positivismo jurídico e a filosofia analítica da linguagem. O conceito de direito na teoria de direito de H. L. A. Hart). Berlim, 1969.

Artigos em revistas

Hodson, J. D. Hart on the Internal Aspect of Rules (Hart no aspecto interno das regras). In: *ARSP* 62, 1976, pp. 381-99.
Lovin, K. H. L. A. Hart and the Morality of Law (Hart e a moralidade do direito). In: *AJJ* 21, 1976, pp. 131-43.
Byles, M. D. Hart on problems in legal Philosophy (Hart e os problemas na filosofia jurídica). In: *Metaphilosophy* (Albany) (Metafilosofia). 1971, pp. 50-7.
Miller, B. Hart's "Minimum Content of Natural Law" ("O conteúdo mínimo do direito natural" de Hart). In: *NS* 43, 1969, pp. 425-31.

Georg Wilhelm Friedrich Hegel
Filósofo

Filho de um funcionário da administração pública, Hegel nasceu em 1770 em Stuttgart, onde freqüentou a escola primária e o secundário. Em 1788 iniciou os estudos teológicos em Tübingen, onde encontrou Hölderlin e Schelling, com os quais estabeleceu laços de amizade. Após o término dos seus estudos, Hölderlin indicou-o para o cargo de preceptor em Berna e Frankfurt. Em 1800, Schelling chamou-o para Jena para desempenhar a função de livre docente, onde ensinou até 1808, ano em que Napoleão invadiu a cidade. Nesta época escreveu a sua obra *Phänomenologie des Geistes* (Fenomenologia do espírito). Após um curto período como redator de jornal em Bamberg, ele aceitou – sem muita satisfação – um posto de diretor de ginásio em Nürnberg. Nas suas horas vagas escreveu a obra *Wissenschaft der Logik* (Ciência da lógica). Após uma permanência de um ano em Heidelberg, na qualidade de professor, foi chamado a Berlim, onde ministrou aulas até 1831 quando, vitimado pela cólera, morreu aos 61 anos de idade. Durante a sua estadia em Berlim, Hegel tornou-se o filósofo por excelência do Estado prussiano.

Obras principais

Phänomenologie des Geistes (Fenomenologia do espírito), 1807.
Enzyklopädie der philosophischen Wissenschaften (Enciclopédia das ciências filosóficas), 1817.
Wissenschaft der Logik (Ciência da lógica), 1812-1826.
Grundlinien der Philosophie des Rechts (Princípios da filosofia do direito), 1821.

Bibliografia

Adorno, Th. W. *Drei Studien zu Hegel* (Três estudos sobre Hegel). Frankfurt a. M., 1974.
Barion, J. *Hegel und die marxistische Staatslehre* (Hegel e a teoria marxista do Estado). 2.ª ed. Bonn, 1970.
Fetscher, I. (Org.). *Hegel in der Sicht der neueren Forschung* (Hegel do ponto de vista da nova pesquisa). Darmstadt, 1973.
Kaltenbrunner, G. K. (org.). *Hegel und die Folgen* (Hegel e as conseqüências). Freiburg i. Br., 1970.
Marcuse, H. *Reason and Revolution*. Hegel and the Rise of Social Theorie (Razão e revolução. Hegel e a ascensão da teoria social). Londres, 1955.

Marcuse, H. *Vernunft und Revolution*. Hegel und die Entstehung der Gesellschaftstheorie (Razão e revolução. Hegel e o surgimento da teoria social). Trad. al. A. Schmidt, 2.ª ed., Neuwied, 1976.
Ritter, J. *Hegel und die französische Revolution* (Hegel e a Revolução francesa). Frankfurt a. M., 1965.
Riedel, M. *System und Geschichte*. Studien zum historischen Standort von Hegels Philosophie (Sistema e história. Estudos sobre a posição histórica da filosofia de Hegel). Frankfurt a. M., 1973.
Rosenzweig, F. *Hegel und der Staat* (Hegel e o Estado). 2 vols., Munique e Berlim, 1920. Nova impressão 1962.

Artigos em revistas

Rothe, K. Hegels politische Philosophie (A filosofia política de Hegel). In: *Der Staat* 14 (O Estado), 1975, pp. 414-22.
Müller, F. Der Denkansatz der Staatsphilosophie bei Rousseau und Hegel (O princípio do pensamento da filosofia do Estado em Rousseau e em Hegel). In: *Der Staat* 10 (O Estado), 1971, pp. 215-27.
Enchner, W. Freiheit, Eigentum und Herrschaft bei Hegel (Liberdade, propriedade e dominação em Hegel). In: *PV* 11, 1970, pp. 531-55.
Küchenhoff, G. Ganzheitlich fundierte Kritik an Hegels Staatsidee (Crítica totalmente fundamentada à idéia de Estado de Hegel). In: *ARSP* 56, 1970, pp. 387-411.

Thomas Hobbes
Filósofo

Thomas Hobbes nasceu em 1588, em Malmesbury. Filho de um pároco de aldeia. Após seus estudos em Oxford, esteve várias vezes na França, onde recebeu forte influência do pensamento de Descartes e de Galileu. Em 1636, ao deixar Paris ao final de seu terceiro período de permanência na cidade, ele já havia concebido o essencial do seu sistema enciclopédico, a saber, a teoria do corpo, do homem e do Estado. De 1640 a 1651, ele permaneceu novamente em Paris, desta vez na qualidade de emigrante. Após a anistia de 1651, retornou à Inglaterra e, em 1660, teve novamente acesso à Corte. Até a sua morte, em 1679, em Hardwicke, Hobbes manteve de modo infatigável as suas atividades.

Obras principais

Elementae philosophiae, três partes (*De corpore, De homine, De cive*), 1642-1658, Leviathan, 1651.

The Elements of Law, Natural and Politic (Os elementos do direito natural e política), 1640.

Traduções

Hobbes, Th. *Leviathan oder Stoff, Form und Gewalt eines bürgerlichen und kirchlichen Staates* (Leviatã ou matéria, forma e poder de um Estado civil e eclesiástico). Org. I. Fetscher. Neuwied, 1966.
Hobbes, Th. *Grundzüge der Philosophie* (Elementos de filosofia). Leipzig, 1915. Nova impressão, 1949.
Hobbes, Th. *Vom Körper.* Elemente der Philosophie I (Do corpo. Elementos da filosofia I). Seleção e tradução de M. Frischeisen-Köhler. 2.ª ed., Hamburgo, 1967.
Hobbes, Th. *Vom Menschen – Vom Bürger* (Do homem – do cidadão). Org. G. Gawlick. Hamburgo, 1977.

Bibliografia

Bowle, J. *Hobbes and his Critics* (Hobbes e seus críticos). Nova York, 1969.
Braun, D. *Der sterbliche Gott oder Leviathan gegen Behemoth* (O Deus mortal ou Leviatã contra Behemoth). Zurique, 1936.
Hoenigswald, R. *Hobbes und die Staatsphilosophie* (Hobbes e a filosofia do Estado), 1924. Reimpressão Darmstadt, 1971.
Hood, F. C. *The Divine Politics of Thomas Hobbes* (A política divina de Thomas Hobbes). Londres, 1964.
Kirzon, M. *Elements of Totalitarism in the Political Philosophy of Thomas Hobbes* (Elementos de totalitarismo na filosofia política de Thomas Hobbes). Washington, 1949.
Kondalle, K.-M. *Thomas Hobbes – Logik der Herrschaft und Vernunft des Friedens* (Thomas Hobbes – Lógica da combinação e razão da paz). Münchner Studien zur Politik 20 (Estudos de política de Munique). Munique, 1972.
Kriele, M. *Die Herausforderung des Verfassungsstaates.* Hobbes und die englische Juristen (O desafio do Estado constitucional. Hobbes e os juristas ingleses). Berlim, 1970.
Mayer-Tasch, P. C. *Thomas Hobbes und das Widerstandsrecht* (Thomas Hobbes e o direito de resistência). Tübingen, 1965.
Schmitt, C. *Der Leviathan in der Staatslehre des Thomas Hobbes* (O Leviatã na teoria do Estado de Thomas Hobbes). Hamburgo, 1938.
Schnur, R. *Individualismus und Absolutismus.* Zur politischen Theorie von Thomas Hobbes (Individualismo e absolutismo. Sobre a teoria política de Thomas Hobbes). Berlim, 1963.

Strauss, L. *Hobbes politische Philosophie* (A filosofia política de Hobbes). Neuwied, 1965.
Toennies, F. *Hobbes*. Stuttgart, 1925.
Willms, B. *Die Antwort des Leviathan*. Thomas Hobbes politische Theorien (A resposta do Leviatã. As teorias políticas de Thomas Hobbes). Politica 28. Neuwied/Berlim, 1970.

Artigos em revistas

Gehrmann, S. Zum Recht des Naturzustandes und seiner Bedeutung für die Stellung der Staatsgewalt bei Thomas Hobbes (Sobre o direito do estado de natureza e sua importância para a posição do poder do Estado em Thomas Hobbes). In: *ZPF* 29, 1975, pp. 195-205.

Hans Kelsen
Teórico do Estado

Hans Kelsen nasceu em Praga, em 1881. Estudou direito público, direito internacional e filosofia do direito em Viena, Heidelberg e Berlim. Com a sua tese de habilitação *Hauptprobleme der Staatsrechtslehre entwickelt aus der Lehre vom Rechtssatze* (Principais problemas da teoria do direito do Estado segundo a teoria da norma jurídica), ele fundou a assim denominada teoria pura do direito. Seguiu-se a isso uma rica atividade científica, ao longo da qual redigiu em 1920 também a Constituição austríaca. Em 1940, Kelsen foi obrigado a emigrar para os Estados Unidos passando a viver em Berkeley, na Califórnia. Morreu em 1973, em Berkeley, tendo se mantido extremamente ativo em suas pesquisas até uma idade bastante avançada.

Obras principais

Hauptprobleme der Staatsrechtslehre entwickelt aus der Lehre vom Rechtssatze (Principais problemas da teoria do direito do Estado segundo a teoria da norma jurídica), 1910 (Tese de habilitação).
Der soziologische und der juristische Staatsbegriff (Os conceitos sociológicos e jurídicos de Estado), 1922.
Allgemeine Staatslehre (Teoria geral do Estado), 1925.
Reine Rechtslehre (Teoria pura do direito), 1934, 2.ª ed. 1960.
Vom Wesen und Wert der Demokratie (Da natureza e do valor da democracia), 1920.

Das Problem der Souveranität und die Theorie des Völkerrechts (O problema da soberania e a teoria do direito internacional), 1920.

Bibliografia

Métall, R. A. *Hans Kelsen. Leben und Werk. Eine autorisierte Biographie mit vollständigem Literatur- und Schrifttumsverzeichnis* (Hans Kelsen. Vida e obra. Uma biografia autorizada com uma relação completa das obras e da bibliografia sobre o autor). Viena, 1969.

Ibn Khaldûn
Estadista, jurista e historiador

Ibn Khaldûn nasceu em Túnis, em 1332, e era filho de uma família culta e influente. Após uma educação tradicional, estudou de 1347 a 1357 em Tunes e em Fez. A sua vasta cultura e habilidade política fizeram dele um dos conselheiros mais procurados do mundo árabe, tendo exercido muitos cargos importantes em diversas cortes. De 1374 a 1378, o único período de sua vida no qual levou uma existência muito retirada, escreveu a sua história universal. A introdução desta história universal, intitulada "Al Mugaddima", tornou-se posteriormente a sua obra mais conhecida. A partir de 1384, Ibn Khaldûn viveu no Cairo, onde trabalhou como juiz e professor. Morreu nesta cidade, em 1406.

Obra principal

Kitâb al-'Ibar, 1378 (História universal), bem como a introdução da mesma " Al Mugaddima".

Traduções

Ibn Chaldoun. *Ausgewählte Abschnitte aus der mugaddima* (Trechos selecionados da Mugaddima). Tradução do árabe e organização A. Schimmel. Tübingen, 1951.
Ibn Khaldûn. *The Mugaddimah*. Tradução para o inglês por F. Rosenthal. 3.ª ed., Princeton, 1974.

Bibliografia

Bouthoul, G. *Ibn Khaldoun, sa philosophie sociale* (Ibn Khaldûn, sua filosofia social). Paris, 1930.

Hussein, T. *Etude analytique et critique de la philosophie sociale d'Ibn Khaldoun* (Estudo analítico e crítico da filosofia social de Ibn Khaldûn). Paris, 1917.
Kremer, A. von. *Ibn Chaldoun und seine Kulturgeschichte der islamischen Reiche* (Ibn Khaldûn e sua história cultural dos impérios islâmicos). Viena, 1879.
Nassar, N. *La pensée réaliste d'Ibn Khaldoun* (O pensamento realista de Ibn Khaldûn). Diss. Paris, 1967.
Rabi', M. M. *The Political Theory of Ibn Khaldoun* (A teoria política de Ibn Khaldûn). Leiden, 1967.
Rosenthal, E. *Ibn Khalduns Gedanken über den Staat* (As idéias de Ibn Khaldûn sobre o Estado). Munique/Berlim, 1932.
Simon, H. *Ibn Khaldûns Wissenschaften von der menschlichen Kultur* (As ciências da cultura humana de Ibn Khaldûn). Leipzig, 1959.
Sivers, P. von. *Khalifat, Königtum und Verfall. Die politische Theorie Ibn Khaldûns* (Califado, reinado e queda. A teoria política de Ibn Khaldûn). Munique, 1968.

John Locke
Filósofo

Filho de um jurista, John Locke nasceu em 1632 próximo a Bristol. Após os estudos de ciências naturais e de medicina em Oxford, voltou-se à filosofia. De 1667 a 1675 atuou como médico e preceptor na mansão de Lorde Anthony Ashley. A seguir, viajou para a França para realizar estudos filosóficos e retornou à Inglaterra em 1679. Em 1683, emigrou à Holanda, temendo perseguições políticas. Juntamente com Guilherme d'Orange, retornou ao seu país após a Revolução Gloriosa. Locke morreu em 1704 em Oates Manor, em Essex.

Obras principais

Two Treatises of Government (Dois tratados sobre o governo), 1690.
Essay concerning Human Understanding (Ensaio sobre o entendimento humano), 1690.
Letters concerning Toleration (Carta sobre a tolerância), 1685-1692.

Traduções

Locke, J. *Über die Regierung* (Do governo). Trad. al. D. Tidow, org. P. C. Mayer-Tasch. Stuttgart, 1974.

Locke, J. *Ein Brief über Toleranz* (Carta sobre a tolerância). Trad. do inglês, introdução e notas explicativas por J. Ebbinghaus. Hamburgo, 1957.

Locke, J. *Über den richtigen Gebrauch des Verstandes* (Sobre o emprego correto da razão). Introdução e tradução O. Martin. Hamburgo, 1978.

Bibliografia

Dunn, J. *The Political Thought of John Locke* (O pensamento político de John Locke). Cambridge, 1969.

Euchner, W. *Naturrecht und Politik bei John Locke* (Direito natural e política em John Locke). Frankfurt a. M., 1969.

Gough, J. W. *John Locke's Political Philosophy* (A filosofia política de John Locke). 2.ª ed., Oxford, 1973.

Laski, H. *Political Thought in England from Locke to Bentham* (O pensamento político na Inglaterra de Locke a Bentham). Londres, 1961.

Macpherson, C. B. *Die politische Theorie des Besitzindividualismus. Von Hobbes bis Locke* (A teoria política do individualismo da posse. De Hobbes a Locke). Frankfurt a. M., 1973.

Polin, R. *La politique morale de John Locke* (A política moral de John Locke). Paris, 1960.

Tellkamp, A. *Das Verhältnis John Lockes zur Scholastik* (A relação de John Locke com a escolástica). Aschendorff, 1927.

Vossler, O. "Federative Power" and "Consent" in der Staatslehre John Lockes ("Federative Power" and "Consent" na teoria do Estado de John Locke). In: *Festgabe für P. Kirn* (Edição comemorativa para P. Kirn. Berlim, 1961.

Artigos em revistas

Hancey, J. O. John Locke and the Law of Nature (John Locke e o direito natural). In: *PTh* 4, 1976, pp. 439-54.

Olivecrona, K. Appropriation in the State of Nature: Locke on the Origin of Property (Apropriação no estado de natureza: Locke e a origem da propriedade). In: *JHI* 35, 1974, pp. 211-30.

Nicolau Maquiavel
Diplomata e escritor

Maquiavel nasceu em Florença, em 1469. Estudou direito e, em 1498, entrou na política, na qual desempenhou como principal atividade a diplomacia. Com o retorno dos Médici no ano de 1512 e a queda do governo anterior, Maquiavel perdeu o seu emprego. A partir de então, voltou-se à atividade de escritor. Morreu em 1527, em Florença.

Obras principais

Il principe (O príncipe), 1513.
Discorsi (Discursos), 1513-1521.
Arte della Guerra (A arte da guerra), aproximadamente em 1520.

Traduções

Machiavelli, *Der Fürst* (O príncipe). Trad. al. e org. R. Zorn, 6.ª ed., Stuttgart, 1978.
Machiavelli, *Gedanken über Politik und Staatsführung* (Reflexões sobre política e condução do Estado). Trad. al. e org. R. Zorn. Stuttgart, 1977.

Bibliografia

Bondanella, P. E. *Machiavelli and the Art of Renaissance History* (Maquiavel e a arte da história renascentista). Detroit, 1973.
Burnham, J. *Die Machiavellisten* (Os maquiavelistas). Zurique, 1949.
Chevallier, J. *Les grandes oeuvres politiques de Machiavel à nos jours* (As grandes obras políticas de Maquiavel em nossos dias). Paris, 1950.
Freyer, H. *Machiavelli*. Leipzig, 1938.
Heyer, K. *Machiavelli und Ludwig XIV.* Beiträge zur Geschichte des Abendlandes, Freies Geistesleben (Maquiavel e Luís XIV. Contribuições para a história da vida intelectual livre do Ocidente). 2.ª ed., Stuttgart, 1964.
Houvinen, L. *Das Bild des Menschen im politischen Denken Machiavellis* (A imagem do homem no pensamento político de Maquiavel). Helsinki, 1951.
Kluxen, K. *Politik und menschliche Existenz bei Machiavelli, dargestellt am Begriff der necessità* (Política e existência humana em Maquiavel, apresentadas no conceito da *necessità*). Stuttgart, 1967.
Muralt, L. von. *Machiavellis Staatsgedanke* (A idéia de Estado de Maquiavel). Basiléia, 1945.
Ritter, G. *Dämonie der Macht* (Demônios do poder). 6.ª ed., Munique, 1948.
Sasso, G. *Niccolò Machiavelli*. Geschichte seines politischen Denkens (Nicolau Maquiavel. História do seu pensamento político). Stuttgart, 1965.

Artigos em revistas

Geerken, J. H. Machiavelli studies since 1969 (Os estudos de Maquiavel desde 1969). In: *JHI* 37, 1976, pp. 351-68.

Kluxen, K. Die necessità als Zentralbegriff im politischen Denken Machiavellis (A *necessità* como conceito central no pensamento político de Maquiavel). In: *ZRGG* 20, 1968, pp. 14-27.

Marsílio de Pádua
Médico, político e escritor

Marsílio nasceu em 1275, em Pádua. Estudou medicina e filosofia em Pádua e, em 1312, tornou-se reitor da Universidade de Paris. Nesta conheceu, dentre outros, Jean de Janduno, com quem redigiu a sua mais célebre obra, intitulada *Defensor pacis*. Ele dedicou esta obra a Luis da Baviera, do qual mais tarde se tornaria conselheiro. As suas obras foram energicamente combatidas pelo Papa. Marsílio morreu por volta de 1343.

Obras principais

Defensor pacis (O defensor da paz).
De translatione imperii.

Traduções

Marsílio de Pádua. *Der Verteidiger des Friedens* (O defensor da paz). Trad. W. Kunzmann, 2 vols., Darmstadt, 1958.
Marsilius von Padua. Nova impressão da edição de Leipzig, 1914. Hildesheim, 1971.

Bibliografia

Emerton, E. *The Defensor Pacis of Marsiglio of Padua* (O defensor da paz de Marsílio de Pádua). Cambridge/Mass., 1920.
Gewirth, A. *Marsilius of Padua and Medieval Political Philosophy* (Marsílio de Pádua e a filosofia política medieval). Nova York, 1956.
Lagarde, G. de. *Marsile de Padoue ou le premier théoricien de l'état laïque* (Marsílio de Pádua ou o primeiro teórico de Estado leigo). Paris, 1948.
Segall, H. *Der Defensor Pacis des Marsilius von Padua* – Grundfragen der Interpretation (O defensor da paz de Marsílio de Pádua – Questões fundamentais da interpretação). Wiesbaden, 1959.
Stieglitz, L. *Die Staatstheorie des Marsilius von Padua* (A teoria de Estado de Marsílio de Pádua). Leipzig/Berlim, 1914.

Karl Marx
Teórico social e filósofo

Filho de um advogado, Karl Marx nasceu em 1818. De 1835 a 1841, ele estudou filosofia e direito em Berlim e em Bonn e doutorou-se em 1841, em Jena. Um ano mais tarde, tornou-se redator-chefe do *Rheinischen Zeitung*, recém-criado e de tendência democrático-liberal mas que, já em 1843, teve sua publicação proibida. No outono deste mesmo ano, Marx encontrou em Paris um campo de atividade, mas no início de 1845 foi expulso da França por iniciativa do governo prussiano. A seguir, durante sua permanência em Bruxelas, ele foi encarregado por um grupo de socialistas alemães de redigir, em colaboração com Engels, um programa juntamente com um estatuto. Esta solicitação resultou no célebre *Manifesto do Partido Comunista*, publicado em 1848. Após o colapso do movimento revolucionário na Europa no início de 1849, Marx se refugiou em Londres, onde permaneceu até sua morte. Neste período trabalhou na verdadeira obra de sua vida, *O Capital*, da qual somente o primeiro volume foi publicado em vida. Engels publicou o segundo e o terceiro volume. Marx morreu em 1883, em Londres.

Obras principais

Misère de la philosophie; Réponse à la philosophie de la misère de M. Proudhon (Miséria da filosofia; Resposta à filosofia da miséria de M. Proudhon), 1847.
Manifest der Kommunistischen Partei (Manifesto do Partido Comunista), 1848.
Zur Kritik der politischen Oekonomie (Contribuição para a crítica da economia política), 1859.
Das Kapital (O capital); *Kritik der politischen Oekonomie* (Crítica da economia política), 3 vols., 1867/1894.
Der achtzehnte Brumaire des Louis Bonaparte (O 18.º Brumário de Napoleão Bonaparte), 1869.

Tradução

Das Elend der Philosophie. Antwort auf Proudhons "Philosophie des Elends" (A miséria da filosofia. Resposta à "Filosofia da miséria" de Proudhon). Trad. por E. Bernstein, K. Kautsky. Prefácio de F. Engels. Stuttgart, 1885. Nova edição, Berlim (Oriental), 1957.

Bibliografia

Adler, M. *Marx als Denker* (Marx como pensador). Berlim, 1925.
Fetscher, L. *Von Marx zur Sowjetideologie* (De Marx à ideologia soviética). 19.ª ed., Frankfurt a. M., 1975.
Fleischer, H. *Marx und Engels. Die philosophischen Grundlinien ihres Denkens* (Marx e Engels. Os princípios filosóficos de seu pensamento). Munique, 1970.
Friedrich, M. *Philosophie und Oekonomie beim jungen Marx* (Filosofia e economia no jovem Marx). Berlim, 1960.
Hartmann, K. *Die Marxsche Lehre. Eine philosophische Untersuchung zu den Hauptschriften* (A doutrina marxista. Uma investigação filosófica das principais obras). Berlim, 1970.
Popitz, H. *Der entfremdete Mensch. Zeitkritik und Geschichtsphilosophie des jungen Marx* (O homem alienado. Crítica de época e filosofia da história do jovem Marx). Basiléia, 1953.
Stadler, P. *Karl Marx. Ideologie und Politik* (Karl Marx. Ideologia e política). 2.ª ed., Zurique, 1971.
Thier, E. *Das Menschenbild des jungen Marx* (A imagem de homem do jovem Marx). Göttingen, 1957.
Vranick, P. *Geschichte des Marxismus* (História do marxismo). 2 vols., Frankfurt a. M., 1972-1974.

John Stuart Mill
Filósofo e político

John Stuart Mill nasceu em 1806, em Londres, e era filho do célebre economista James Mill. Ao término de sua educação, o jovem Mill não tardou a freqüentar, graças às relações familiares, os mais altos círculos científicos da Inglaterra. Uma viagem à França, em 1821, despertou uma inclinação pela cultura e pelo espírito franceses que ele manteve por toda a vida. De 1823 a 1858, foi funcionário da Companhia das Índias Orientais, cargo que lhe deixava bastante tempo livre para os seus estudos científicos. De 1866 a 1868, Mill foi membro da Câmara dos Comuns. Após a morte de sua mulher, em 1858, passou a permanecer a maior parte do ano em Avignon, onde morreu em 1873.

Obras principais

System of Logik (Sistema de lógica), 1843.
Principles of Political Economy (Princípios de economia política), 1848.
On Liberty (A liberdade), 1859.

Considerations on Representative Government (Considerações sobre o governo representativo), 1861.
Utilitarianism (Utilitarismo), 1863.

Traduções

Mill, J. St. *Die Freiheit* (A liberdade). Trad. e org. por A. Grabowsky. 4.ª ed., Darmstadt, 1973.
Mill, J. St. *Betrachtungen über die repräsentative Demokratie* (Considerações sobre a democracia representativa). Nova tradução por H. Irle-Dietrich. Paderborn, 1971.
Mill, J. St. *Der Utilitarismus* (O utilitarismo). Stuttgart, 1976.

Bibliografia

Anschutz, R. P. *The Philosophy of John Stuart Mill* (A filosofia de John Stuart Mill). Oxford, 1953.
Britton, K. *John Stuart Mill*. Londres, 1953.
Cowling, M. *Mill and Liberalism* (Mill e o liberalismo). Cambridge, 1963.
Duncan, G. *Marx and Mill*. Two Views of Social Conflict and Harmony (Marx e Mill. Dois pontos de vista sobre o conflito e a harmonia sociais). Cambridge, 1973.
Hamburger, J. *Intellectuals in Politics*. John Stuart Mill and the philosophic radicals (Intelectuais na política. John Stuart Mill e os radicais filosóficos). New Haven, 1965.
Jacobs, H. *Rechtsphilosophie und politische Philosophie bei John Stuart Mill* (Filosofia do direito e filosofia política em John Stuart Mill). Bonn, 1965.
Robson, M. *The Improvement of Mankind*. The social and political Thought of John Stuart Mill (A evolução da humanidade. O pensamento político e social de John Stuart Mill). Londres, 1968.

Artigos em revistas

Griffin-Collart, E. Le principe d'utilité et l'égalité: Bentham et J. St. Mill (O princípio de utilidade e a igualdade: Bentham e J. St. Mill). In: *RIP* 25, 1971, p. 312-30.
Brose, K. Marx und Mill. Eine Konfrontation (Marx e Mill. Uma confrontação). In: *ARSP* 61, 1975, p. 99-107.
Marshall, J. The proof of utility and equity in Mill's Utilitarism (A prova de utilidade e de eqüidade no utilitarismo de Mill). In: *Canadian Journal of Philosophy* (Alberta) (Jornal canadense de filosofia), 1973, pp. 13-26.

Lyons, D. Mill's theory of morality (A teoria da moralidade de Mill). In: *Noûs* (Bloomington) 10, 1976, pp. 101-2.

Charles-Louis de Secondat Montesquieu
Jurista e filósofo da história

Montesquieu, filho de uma família nobre, nasceu em 1689 no Castelo de la Brède, perto de Bordeaux. Após seus estudos, ele assumiu um cargo de juiz em Bordeaux e, em 1721, publicou uma obra anônima intitulada *Cartas persas*. Em 1728, empreendeu uma longa viagem por vários países da Europa que também o conduziu à Inglaterra. As impressões desta viagem, mas sobretudo a experiência da realidade constitucional inglesa, marcarem a sua existência e sua ação. Em 1743, Montesquieu começou a escrever a sua célebre obra *O espírito das leis*, que publicou em 1748, em Genebra, alcançando uma repercussão que se manteria ao longo dos séculos. Montesquieu morreu em 1755, em Paris.

Obras principais

Lettres persanes (Cartas persas), 1721.
Considérations sur les causes de la grandeur des Romains et de leur décadence (Considerações sobre as causas da grandeza dos romanos e da sua decadência), 1734.
De l'esprit des lois (O espírito das leis), 1748.

Tradução

Montesquieu. *Vom Geist der Gesetze* (O espírito das leis). Seleção, tradução e introdução de E. Forsthoff. Munique, 1967.

Bibliografia

Althusser, L. M. *Montesquieu*. La politique et l'histoire (Montesquieu. A política e a história). Paris, 1959.
Dietrich, R. "Problem sine matre creatam". Untersuchungen zum Begriff der Freiheit bei Montesquieu ("Problem sine matre creatam". Investigações sobre o conceito de liberdade em Montesquieu). In: *Festschrift für H. Herzfeld* (Edição comemorativa para H. Herzfeld). Berlim, 1958.
Eiselin, A. *Die Grundgedanken Montesquieus zu Staat und Gesetz* (As idéias fundamentais de Montesquieu sobre o Estado e a lei). Colônia, 1964.

Fletcher, F. T. H. *Montesquieu and English Politics* (Montesquieu e a política na Inglaterra). Londres, 1939.
Goehring, M. *Montesquieu*. Historismus und moderner Verfassungsstaat (Montesquieu. Historicismo e Estado constitucional moderno). Wiesbaden, 1956.
Goyard-Fabre, S. *La philosophie du droit de Montesquieu* (A filosofia do direito de Montesquieu). Paris, 1973.
Imboden, M. *Montesquieu und die Lehre von der Gewaltentrennung* (Montesquieu e a teoria da separação dos poderes). Berlim, 1959.
Krauss, G. Die Gewaltengliederung bei Montesquieu (A divisão dos poderes em Montesquieu). In: *Festschrift für Carl Schmitt* (Edição comemorativa para Carl Schmitt). Berlim, 1959.
Maier, H. Montesquieu und die Tradition (Montesquieu e a tradição). In: *Festschrift für H. Kuhn* (Edição comemorativa para H. Kuhn). 1964.
Pangle, Th. L. *Montesquieu's Philosophy of Liberalism* (A filosofia do liberalismo de Montesquieu). Chicago, 1973.
Struck, W. *Montesquieu als Politiker* (Montesquieu como político). Berlim, 1933.

Artigos em revistas

Morkel, A. Montesquieus Begriff der Despotie (O conceito de despotismo de Montesquieu). In: *ZfP* 13, 1966, pp. 14-32.

Thomas More
Jurista e estadista

Filho de uma família de juristas conceituados, Thomas More nasceu em Londres, em 1478. No ano de 1501 concluiu os seus estudos de direito. Influenciado pela formação humanista, o jovem More teve uma ascensão muito rápida. Em 1504 tornou-se membro do parlamento, em 1518 entrou para o serviço do rei; em 1521 foi nomeado cavaleiro e Lord Chancellor em 1529. A sua entrada na função já foi obscurecida em razão do divórcio de Henrique VIII. Thomas More entrou cada vez mais em conflito com o rei e, em 1532, apresentou a sua demissão. Uma vez que se negava a dar o seu consentimento para o novo casamento do rei, foi condenado à morte por alta traição. Sua execução deu-se em 1535, em Tower Hill.

Obra principal

Utopia.

Tradução

More, Th. *Utopia*. trad. de G. Ritter. Stuttgart, 1976.

Bibliografia

Bendemann, O. *Studie zur Staats- und Sozialauffassung des Thomas Morus* (Estudo sobre a concepção de Estado e de sociedade de Thomas More). Berlim, 1928.

Campbell, W. E. *Erasmus, Tyndale and More* (Erasmo, Tyndale e More). Londres, 1949.

Chambers, R. W. *Thomas More. Ein Staatsmann Heinrichs VIII* (Thomas More. Um estadista de Henrique VIII). Munique, 1946.

Donner, H. W. *Introduction to Utopia* (Introdução à Utopia). Uppsala, 1945.

Moebus, G. *Macht und Menschlichkeit in der Utopia des Thomas Morus* (Poder e humanidade na Utopia de Thomas More). Berlim, 1953.

Oncken, H. Die Utopia des Thomas Morus und das Machtproblem in der Staatslehre (A Utopia de Thomas More e o problema do poder na teoria do Estado). In: *Nation und Geschichte* (Nação e história). Berlim, 1935.

Ruegg, A. Des Erasmus Lob der Torheit und des Thomas Morus Utopia (Do Elogio da loucura de Erasmo e da Utopia de Thomas More). In: *Gedenkschrift zum 400. Todestag des Erasmus* (Edição comemorativa aos 400 anos da morte de Erasmo). Basiléia, 1936.

Sturtz, E. L. *The Praise of Pleasure, Philosophy, Education and Communism in More's Utopia* (O elogio do prazer, da filosofia, da educação e do comunismo na Utopia de More). Cambridge, 1957.

Wartburg, W. von. Die Utopia des Thomas Morus. Versuch einer Deutung (A Utopia de Thomas More. Tentativa de uma interpretação). In: *Discordia Concors*. Festgabe für E. Bonjour (Discordia Concors. Edição comemorativa para E. Bonjour). Vol. I. Basiléia, 1968.

Nicolau de Cusa
Teólogo, filósofo e político

Filho de uma rica família de navegadores, Nicolau de Cusa nasceu em 1401, em Cusa, à margem do rio Mosela. Após longos estudos em Heidelberg, Pádua e Colônia, participou a partir de 1432 do Concílio de Basiléia, onde passou a exercer grande influência. Foi ali que em 1433 escreveu a sua obra Fundamental sobre a Reforma *De concordantia catholica*. Em 1448, foi consagrado cardeal. Após tensões com o Duque do Tirol, em 1460 teve de deixar o seu episcopado. A partir de então tornou-se conselheiro próximo do Papa Pio II. Nicolau de Cusa morreu em 1464 em Todi (Úmbria).

Obras principais

De concordantia catholica, 1433
De pace fidei, 1453.

Traduções

Philosophische-theologische Schriften (Escritos filosófico-teológicos). Org. L. Gabriel, traduzido e comentado por D. e W. Dupré, latim-alemão, 3 vols. Viena, 1964-1967.
Cusanus-Texte (Textos de Cusa), latim-alemão, org. E. Hoffmann e R. Klibansky. Heidelberg, 1929 ss.

Bibliografia

Gandillac, M. D. *Nikolaus von Cusa*. Düsseldorf, 1953 (Nicolau de Cusa).
Grass, N. (org.). *Cusanus-Gedächtnisschrift* (Cusa – Publicação homenageosa). Innsbruck, 1970.
Heinz-Mohr, G. *Unitas christiana. Studien zur Gesellschaftsidee des Nikolaus von Kues* (Unitas christiana. Estudos sobre a idéia de sociedade de Nicolau de Cusa). Org. J. Lenz. Trier, 1958.
Jaspers, K. *Nikolaus Cusanus* (Nicolau de Cusa). Munique, 1964.
Kleinen, H. Cusanus-Bibliographie (1920-1961) (Bibliografia de Cusa). Org. H. Kleinen e R. Danzer. In: *Mitteilungen und Forschungsbeiträge der Cusanus-Gesellschaft 1* (Informações e contribuições de pesquisa da Sociedade Cusa 1). 1961, p. 95-126. Complementação até 1964 por R. Danzer, id. 3, 1963, pp. 223-37.
Kuhn-Emmerich, B. *Die Toleranzidee bei Nicolaus von Cusa. Das Ergebnis seiner religiösen Denkweise* (A idéia de tolerância em Nicolau de Cusa. O resultado de seu pensamento religioso). Diss. Bonn, 1967.
Mitteilungen und Forschungsbeiträge der Cusanus-Gesellschaft (Informações e contribuições de pesquisa da Sociedade Cusa). Org. R. Haubst. Mainz, 1961 ss.
Posch, A. *Die "Concordantia catholica" des Nikolaus von Cusa* (A "Concordantia catholica" de Nicolau de Cusa). Paderborn, 1930.
Schultz, R. *Die Staatsphilosophie des Nikolaus von Kues* (A filosofia do Estado de Nicolau de Cusa). Meisenheim, 1948.

Sigmund, P. E. *Nicholas of Cusa and medieval political thought* (Nicolau de Cusa e o pensamento político da Idade Média). Cambridge/Mass., 1963.

Watanabe, M. *The Political Ideas of Nicholas of Cusa with Special Reference to his De concordantia catholica* (As idéias políticas de Nicolau de Cusa com especial referência à sua obra De concordantia catholica). Genebra, 1963.

Artigos em revistas

Kallen, G. Der Reichsgedanke in der Reformschrift De concordantia catholica des Nikolaus von Kues (A idéia de império no estudo sobre a Reforma "De concordantia catholica de Nicolau de Cusa"). In: *Neue Heidelberger Jahrbücher* (Novos anuários de Heidelberg), 1940, pp. 59-76.

____. Die politische Theorie im philosophischen System des Nikolaus von Kues (A teoria política no sistema filosófico de Nicolau de Cusa). In: *Historische Zeitschrift* 165 (Revista histórica), 1942, pp. 246-77.

Stüttler, J. A. Die Grundlegung des Rechts bei Nikolaus von Kues (A base do direito em Nicolau de Cusa). In: *Tijdschrift voor Filosofie* (Revista de Filosofia), Leuven 26, 1964, pp. 670-703.

Barão Samuel von Pufendorf
Teórico do direito e historiador

Pufendorf nasceu em 1632, em Dorfchemnitz, na Saxônia. Após estudos em Leipzig, Jena e Leiden, tornou-se professor, em 1670, da recém-fundada Universidade de Lund, na Suécia. Ali, Pufendorf publicou as suas principais obras. Quando em 1677 Lund passou a pertencer à Dinamarca, em razão de uma cessão territorial, Pufendorf tornou-se historiador da Corte, em Estocolmo. A partir de 1688, assumiu o mesmo cargo em Berlim, onde morreu em 1694.

Obras principais

De iure et gentium libri octo, 1672.
De officio hominis et civis, 1673.

Traduções

Pufendorf, S. von. *Die Verfassung des Deutschen Reiches* (A Constituição do Império alemão). Trad. de H. Denzer. Stuttgart, 1976.

____. *Die Gemeinschaftspflichten des Naturrechts*. Ausgewählte Schriften aus "De officio hominis et civis" (Os deveres comunitários do direito natural. Textos selecionados da obra "De officio hominis et civis"). 2.ª ed., Frankfurt a. M., 1948.

Bibliografia

Denzer, H. *Moralphilosophie und Naturrecht bei Samuel Pufendorf* (Filosofia moral e direito natural em Samuel Pufendorf). Munique, 1972.
Funke, H. *Die Lehre vom Fürsten bei Samuel Pufendorf* (A doutrina do príncipe em Samuel Pufendorf). Berlim, 1930.
Krieger, L. *The Politics of Discretion*. Pufendorf and the Acceptance of Natural Law (A política da discrição. Pufendorf e a aceitação do direito natural). Chicago, 1965.
Medick, H. *Naturzustand und Naturgeschichte der bürgerlichen Sozialtheorie als Geschichtsphilosophie und Sozialwissenschaft bei Samuel Pufendorf* (O estado de natureza e a história natural da teoria social civil enquanto filosofia da história e ciência social em Samuel Pufendorf). Göttingen, 1973.
Olivecrona, K. The concept of a right according to Grotius and Pufendorf (O conceito de um direito de acordo com Grócio e Pufendorf). In: *Rechtsfindung*. Beiträge zur juristischen Methodenlehre. Festschrift für O. A. Germann zum 80. Geburtstag (Jurisdição. Contribuições para a metodologia do direito. Edição comemorativa para o 80.º aniversário de O. A. Germann). Berna, 1969.
Welzel, H. *Naturrechtslehre Samuel Pufendorfs* (A doutrina do direito natural de Samuel Pufendorf). Heidelberg, 1930.

Artigos em revistas

Dufour, A. Samuel Pufendorf. Seine Staatstheorie (Samuel Pufendorf. A sua teoria do Estado). In: *Archives de philosophie du droit* 21 (Arquivos de filosofia do direito), 1976.

Jean-Jacques Rousseau
Filósofo

Filho de um relojoeiro, Jean-Jacques Rousseau nasceu em 1712, em Genebra. Aos dezesseis anos de idade abandonou os seus estudos. Sob a influência de uma mulher muito mais velha que, ao mesmo tempo, desempenhou o papel de mãe e de amante, Rousseau abandonou o calvinismo, no qual fora educado, e se voltou ao catolicismo, que também não tardaria a abandonar. Em 1750 tornou-se repentinamente célebre com a sua obra *Discours sur les sciences et les arts*. Graças ao apoio e ao sustento de mecenas e de amigos, Rousseau levou uma vida instável e movimentada que o conduziu à França, à Suíça e à Inglaterra. Em 1778 morreu em Ermenonville, nas proximidades de Paris.

Obras principais

Discours sur les sciences et des arts (Discurso sobre as ciências e as artes), 1750.
Discours sur l'origine et les fondaments de l'inégalité parmi les hommes (Discurso sobre a origem e os fundamentos da desigualdade entre os homens), 1755.
Le contract social, ou principes du droit politique (O contrato social, ou princípios do direito político), 1762.
Les confessions (As confissões), 1781/1782.

Traduções

Rousseau, J.-J. *Der Gesellschaftsvertrag* (O contrato social). Tradução melhorada e revisada por H. Denhardt. Org. por H. Weinstock. Stuttgart, 1975.
____. *Über den Ursprung der Ungleichheit unter den Menschen. Über Kunst und Wissenschaft* (Sobre a origem da desigualdade entre os homens. Sobre a arte e a ciência). Tradução e anotações de K. Weigand. 2.ª ed., Hamburgo, 1971.

Bibliografia

Bäumlin, R. Jean-Jacques Rousseau und die Theorie des demokratischen Rechtsstaats (Jean-Jacques Rousseau e a teoria do Estado de direito democrático). In: *Berner Festgabe zum schweizerischen Juristentag 1979* (Edição comemorativa de Berna para o dia do jurista suíço), pp. 13 ss.
Brandt, R. Rousseaus Philosophie der Gesellschaft (A filosofia da sociedade de Rousseau). In: *Problemata 16*, Stuttgart, 1973.
Broome, J. H. *Rousseau. A Study of his Thought* (Rousseau. Um estudo sobre o seu pensamento). Londres, 1963.
Burgelin, P. *La philosophie de l'existence de J.-J. Rousseau* (A filosofia da existência de J.-J. Rousseau). Paris, 1948.
Cobban, A. *Rousseau and the Modern State* (Rousseau e o Estado moderno). Hamden, 1964.

Erdmann, K. D. *Das Verhältnis von Staat und Religion nach der Sozialphilosophie Rousseaus* (A relação entre o Estado e a religião segundo a filosofia social de Rousseau). Berlim, 1935.
Fetscher, I. *Rousseaus politische Philosophie. Zur Geschichte des demokratischen Freiheitsbegriffs* (A filosofia política de Rousseau. Sobre a história do conceito democrático de liberdade). 3.ª ed. ampliada, Frankfurt a. M., 1975.
Hall, J. C. *Rousseau. An Introduction to his Political Philosophy* (Rousseau. Uma introdução à sua filosofia política). Londres, 1973.
Polin, R. *La politique de la solitude. Essay sur J.-J. Rousseau* (A política da solidão. Ensaio sobre J.-J. Rousseau). Paris, 1971.
Scheffold, D. *Rousseaus doppelte Staatslehre* (A dupla teoria do Estado de Rousseau). In: *Der Staat als Aufgabe. Gedenkschrift für M. Imboden* (O Estado enquanto tarefa. Edição comemorativa para M. Imboden). Org. P. Saladin e L. Wilshaber. Basiléia/Stuttgart, 1972.
Vossler, O. *Rousseaus Freiheitslehre* (A teoria da liberdade de Rousseau). Göttingen, 1963.

Artigos em revistas

Favre, P. Unanimité et majorité dans le contrat social de Jean-Jacques Rousseau (Unanimidade e maioria no contrato social de Jean-Jacques Rousseau). In: *RDPSP* 92, 1976, pp. 111-86.
Griffin-Collart, E. L'égalité: Condition de l'harmonie sociale pour J.-J. Rousseau (A igualdade: condição da harmonia social para J.-J. Rousseau). In: *RIP* 25, 1971, pp. 298-311.

João Duns Scot
Filósofo e teólogo

João Duns Scot nasceu por volta de 1266. Não há dados precisos nem em relação à sua origem nem sobre a sua juventude. Ele estudou e ensinou em Oxford e em Paris. Em 1304, em decorrência de uma discussão com o rei Felipe o Belo, foi banido da França, mas já no ano seguinte retornou a Paris. Em 1307 foi chamado a Colônia, onde, um ano depois, morreu aos 42 anos de idade.

Obra principal

Opus Oxoniense, 1305-1306 (uma espécie de comentário sobre sentenças).

Tradução

Duns Scot, J. *Abhandlung über das erste Prinzip* (Tratado sobre o primeiro princípio). Org. e traduzido por W. Kluxen. Darmstadt, 1974.

Bibliografia

Beckmann, J. P. *Die Relationen der Identität und Gleichheit nach Johannes Duns Scotus* (As relações de identidade e de igualdade segundo João Duns Scot). Bonn, 1967.
Detloff, W. *Die Entwicklung der Akzeptations- und Verdienstlehre von Duns Scotus bis Luther* (O desenvolvimento da teoria da aceitação e do merecimento de Duns Scot a Lutero). Werl, s/d.
Hoeres, W. *Der Wille als reine Vollkommenheit nach Duns Scotus* (A vontade como perfeição pura segundo Duns Scot). Munique, 1962.
Stadter, E. *Psychologie und Metaphysik der menschlichen Freiheit* (Psicologia e metafísica da liberdade humana). Paderborn, 1971.
Stratenwerth, G. *Die Naturrechtslehre des Johannes Duns Scotus* (A teoria do direito natural de João Duns Scot). Diss. Göttingen, 1951.

Oswald Spengler
Filósofo da história

Oswald Spengler nasceu em 1880, em Blankenburg am Harz. Após os estudos das ciências naturais em Halle, Munique e Berlim, dedicou-se ao ensino até 1910, quando renunciou à função. A partir deste momento dedicou-se a escrever a sua obra principal, intitulada *Der Untergang des Abendlandes* (O declínio do Ocidente), que encontrou grande ressonância no ambiente de crise da Alemanha pós-guerra. A partir de 1919, Spengler tornou-se muito ativo como jornalista político e morreu em 1936, em Munique.

Obras principais

Der Untergang des Abendlandes (O declínio do Ocidente). Vol. 1, Leipzig/Viena, 1918; vol. 2, Munique, 1922.
Der Mensch und die Technik (O homem e a técnica), Munique, 1931.
Jahre der Entscheidung (Anos de decisão), Munique, 1933.

Bibliografia

Adorno, Th. W. Spengler nach dem Untergang (Spengler após o declínio). In: *Prismen* (Prismas). Berlim/Frankfurt a. M., 1955.

Koktanek, A. M. *Oswald Spengler in seiner Zeit* (Oswald Spengler em sua época). Munique, 1968.
Schroeter, M. *Metaphysik des Untergangs. Kulturkritische Studie über Oswald Spengler* (Metafísica do declínio. Estudo crítico-cultural sobre Oswald Spengler). Munique, 1948.
Stutz, E. E. *Die philosophische und politische Kritik Oswald Spengler* (A crítica filosófica e política de Oswald Spengler). Diss. Zurique, 1958.

Artigos em revistas

Müller, G. Sorokin und Spengler (Sorokin e Spengler). In: ZPF 19, 1965, pp. 328-48.

William Graham Sumner

William Graham Sumner nasceu em 1840 em Paterson, no estado de Nova Jersey, e estudou sociologia e teologia nas universidades de Yale, Genebra, Göttingen e Oxford. De 1866 a 1869, ministrou aulas em Yale. De 1869 a 1872 atuou como sacerdote na Igreja episcopal. De 1872 até praticamente a sua morte, foi professor das ciências do Estado na Universidade de Yale. Sumner foi presidente da American Sociological Society e morreu em 1910, em Englewood, Nova Jersey.

Obra principal

Folkways. A Study of the Sociological Importance of Usages, Manners, Customs, Mores, and Morals (Modos de vida. Um estudo sobre a importância sociológica dos usos, maneiras, costumes e moral) (1907). Boston, 1940.

Bibliografia

J. K. *William Graham Sumner*, 1840-1910. Marburg, 1963.

Alexis de Tocqueville
Jurista, político e historiador

Filho de uma família real ultra-realista, Tocqueville nasceu em 1805. Além dos acontecimentos políticos de sua época – a saber, a

Revolução de Julho de 1830, o golpe de Estado de Luís Napoleão em 1851 e a Revolução de 1848 –, três viagens influenciaram sobretudo a sua vida e obra: a primeira, uma viagem à Itália, aos 21 anos; a segunda, à América, em 1831; e a terceira à Inglaterra, em 1836. Nesta última, ele estabeleceu laços de amizade com John Stuart Mill. Tocqueville retirou-se da vida pública em 1851 e morreu em 1859, em Cannes.

Obras principais

De la démocratie en Amérique (A democracia na América), 1835-1840.
L'Ancien régime et la révolution (O antigo regime e a revolução), 1856.

Traduções

Tocqueville, A. de. *Über die Demokratie in Amerika* (A democracia na América). Tradução do francês por H. Zbinden. Munique, 1976.
Tocqueville, A. de. *Der alte Staat und die Revolution* (O antigo regime e a revolução). Com um prólogo de J. P. Mayer. Munique, 1978.

Bibliografia

Drescher, S. *Tocqueville and England* (Tocqueville e a Inglaterra). Cambridge/Mass., 1964.
Feldhoff, J. *Die Politik der egalitären Gesellschaft. Zur sociologischen Demokratie-Analyse bei Alexis de Tocqueville* (A política da sociedade igualitária. Sobre a análise sociológica da democracia em Alexis de Tocqueville). Opladen, 1968.
Lively, J. *The Social and Political Thought of Alexis de Tocqueville* (O pensamento social e político de Alexis de Tocqueville). Oxford, 1962.
Mayer, J. P. *Alexis de Tocqueville*. Prophet des Massenzeitalters (Alexis de Tocqueville. Profeta da era das massas). Munique, 1972.
Vossler, O. *Alexis de Tocqueville*. Freiheit und Gleichheit (Alexis de Tocqueville. Liberdade e igualdade). Frankfurt a. M., 1973.
Zeitlin, M. *Liberty, Equality and Revolution in Alexis de Tocqueville* (Liberdade, igualdade e revolução em Alexis de Tocqueville). Boston, 1971.
Zetterbaum, M. *Tocqueville and the Problem of Democracy* (Tocqueville e o problema da democracia). Stanford, 1967.

Artigos em revistas

Gibert, P. Fragile et nécessaire démocratie, selon Tocqueville (Democracia frágil e necessária, segundo Tocqueville). In: *Projet*, Paris, 1971, p. 5-16.

Tomás de Aquino
Doutrinador eclesiástico e filósofo

Tomás de Aquino nasceu em 1225. Em 1244, entrou para a Ordem dos Dominicanos. Mais tarde foi aluno de Alberto Magno, em Paris. De 1262 a 1264 foi teólogo na corte pontificial de Urbano IV. A sua segunda estadia em Paris, de 1269 a 1272, constituiu o apogeu dos seus trabalhos científicos. Morreu em 1274.

Obras principais

Summa theologica, 1266-1273.
Summa contra gentiles, 1258-1264.
Quaestiones disputatae, 1256-1259.
Kommentare zu Aristoteles, 1266-1272. (Comentários sobre Aristóteles, 1266-1272)

Traduções

Thomas von Aquin. Org. Albertus-Magnus-Akademie Wallerberg bei Köln (Academia Albert-Magnus de Wallerberg, em Colônia). Obra completa em 33 vols. e 2 vols. complementares. Heidelberg/Graz, 1934 ss.
Thomas von Aquin. Über die Herrschaft des Fürsten (Tomás de Aquino. Do governo dos príncipes). Tradução de F. Schreyvogel. Stuttgart, 1975.
Thomas von Aquin. Ausgewählte Schriften zur Staats- und Wirtschaftslehre des Thomas von Aquin (Tomás de Aquino. Textos selecionados sobre a doutrina do Estado e da economia de Tomás de Aquino). Nova tradução com anotações e uma introdução crítica de F. Schreyvogel. Jena, 1923.

Bibliografia

Baumann, J. J. *Die Staatslehre des hl. Thomas von Aquino* (A teoria do Estado de São Tomás de Aquino). Leipzig, 1909.
Faller, F. *Die rechtsphilosophische Begründung der gesellschaftlichen und staatlichen Autorität bei Thomas von Aquin* (A fundamentação filosófico-jurídica da autoridade social e estatal em Tomás de Aquino). Heidelberg, 1954.
Gilby, T. *The Political Thought of Thomas Aquinas* (O pensamento político de Tomás de Aquino). Chicago, 1958.

Grabmann, M. *Thomas v. Aquin*. Persönlichkeit und Gedankenwelt (Tomás de Aquino. Personalidade e pensamento). 8.ª ed., Munique, 1949.

Kluxen, W. *Philosophische Ethik bei Thomas von Aquin* (Ética filosófica em Tomás de Aquino). Mainz, 1964.

Lachance, L. *L'Humanisme politique de Saint Thomas d'Aquin*. Individu et état (O humanismo político de São Tomás de Aquino. O indivíduo e o Estado). Paris, 1965.

Pieper, J. *Hinführung zu Thomas von Aquin* (Guia para Tomás de Aquino). 2.ª ed., Munique, 1963.

Roland-Gosselin, B. *La doctrine politique de S. Thomas d'Aquin* (A doutrina política de São Tomás de Aquino). Paris, 1928.

Schilling, O. *Die Staats- und Soziallehre des hl. Thomas von Aquin* (A doutrina da sociedade e do Estado de São Tomás de Aquino). Munique, 1930.

Artigos em revistas

Goertz, H. Staat und Widerstandsrecht bei Thomas von Aquin (O Estado e o direito de resistência em São Tomás de Aquino). In: *FZPT* 17, 1970, pp. 308-43.

Oeing-Hanhoff, L. Mensch und Recht nach Thomas von Aquin (O homem e o direito segundo Tomás de Aquino). In: *PJ* 82, 1975, pp. 10-30.

Raab, H. Die Wiederentdeckung der Staatslehre des Thomas von Aquin in Deutschland im 19. Jh. (A redescoberta da teoria do Estado de Tomás de Aquino na Alemanha no século XIX). In: *HistJ* 94, 1974, pp. 191-221.

Nicolas, M.-J. L'idée de nature dans la pensée de Saint Thomas d'Aquin (A idéia de natureza no pensamento de São Tomás de Aquino). In: *RT* 74, 1974, pp. 533-90.

Max Weber
Jurista e especialista em ciências sociais

Filho de um jurista, Max Weber nasceu em Erfurt, em 1864. Após estudos em Heidelberg, Göttingen e Berlim, defendeu sua tese de habilitação em 1891, na Universidade de Berlim, intitulada *Agrargeschichte des Altertums* (História da agricultura na Antiguidade). Em 1893 tornou-se professor extraordinário em Berlim; em 1894 ocupou

DADOS SOBRE ALGUNS FILÓSOFOS NA HISTÓRIA MUNDIAL 689

uma cadeira em Freiburg e, em 1896, seguiu para Heidelberg, onde conheceu, dentre outros, Jellinek. Em 1898 sofreu uma crise nervosa, da qual se recuperaria apenas muito lentamente. A partir de então concentrou os seus trabalhos na sociologia. Foi somente em 1919 que pôde retomar a sua atividade docente. Morreu em 1920, em Munique.

Obras principais

Gesammelte Aufsätze zur Religionssoziologie (Ensaios reunidos sobre sociologia da religião), Tübingen, 1920-1921.
Gesammelte politische Schriften (Artigos políticos reunidos), Munique, 1921.
Gesammelte Aufsätze zur Wissenschaftslehre (Ensaios reunidos sobre a teoria científica), Tübingen, 1922.
Gesammelte Aufsätze zur Sozial- und Wirtschaftsgeschichte (Ensaios reunidos sobre a história da sociedade e da economia), Tübingen, 1924.
Gesammelte Aufsätze zur Sociologie und Sozialpolitik (Ensaios reunidos sobre sociologia e política social), Tübingen, 1924.

Bibliografia

Baumgarten, E. *Max Weber, Werk und Person* (Max Weber, obra e autor). Tübingen, 1964.
Gedächtnisschrift der Ludwig-Maximilian-Universität München zur 100. Wiederkehr seines (Max Weber) Geburtstages (Edição comemorativa da Ludwig-Maximilian-Universität de Munique em memória do centenário de nascimento de Max Weber). Berlim, 1966.
Hennen, M. *Krise der Rationalität, Dilemma der Soziologie.* Zur kritischen Rezeption Max Webers (Crise da racionalidade, dilema da sociologia. Sobre a recepção crítica de Max Weber). Stuttgart, 1976.
Hufnagel, G. *Kritik als Beruf.* Der kritische Gehalt im Werk Max Webers (Crítica como profissão. O conteúdo crítico da obra de Max Weber). Frankfurt a. M., 1971.
Jaspers, K. *Max Weber.* Politiker, Forscher, Philosoph (Max Weber. Político, pesquisador, filósofo). Munique, 1958.
Kaesler, D. *Max Weber,* Sein Werk und seine Wirkung (Max Weber. Sua obra e seu alcance). Munique, 1972.
Loewenstein, K. *Max Webers staatspolitische Auffassungen in der Sicht unserer Zeit* (As concepções de Max Weber sobre política do Estado do ponto de vista da nossa época). Frankfurt a. M., 1965.

Mommsen, W. *Max Weber und die deutsche Politik, 1890-1920* (Max Weber e a política alemã de 1890 a 1920). Tübingen, 1959.
Stallberg, F. W. *Herrschaft und Legitimität* (Dominação e legitimidade). Meisenheim, 1975.
Stammer, O. (org.). *Max Weber und die Soziologie heute* (Max Weber e a sociologia hoje). Tübingen, 1965.
Winckelmann, J. *Legitimität und Legulität in Max Webers Herrschaftssoziologie* (Legitimidade e legalidade na sociologia da dominação de Max Weber). Tübingen, 1952.

Artigos em revistas

Tenbruck, F. H. Das Werk Max Webers (A obra de Max Weber). In: *KZS* 1975, pp. 663-702.

ÍNDICE ONOMÁSTICO

O primeiro número indica o páragrafo (§)
e o segundo a alínea correspondente.

Aegidius Romanus 13/3
Alquidamas 8/1
Althusius 32/1, 37/10
Aristóteles 2/19, 3/3, 3/24, 5/6 s.,
　7/4, 8/3 ss., 12/11, 19/11,
　20/2 s., 20/10, 20/14, 20/17 s.,
　25/49, 27/1, 27/5 ss., 28/2,
　29/7, 34/10, 37/12, 38/7
Agostinho, Santo 4/30 ss.,
　10/34, 33/24
Austin 14/49, 15/6, 15/12 ss.,
　16/22, 18/12, 27/2, 28/7

Bacon 21/17, 29/5
Bakunin 23/7, 23/9, 23/14
Bentham 8/27, 34/20
Bismarck 21/52
Bolch 8/26
Bluntschli 5/17
Bodin 12/5, 14/19 ss., 14/39,
　14/41, 14/52, 14/54, 15/11,
　15/17, 15/22, 16/2 s., 16/8 ss.,
　16/15, 16/20 s., 18/3, 18/14,
　18/16, 21/17, 28/7
Burke 26/31 s.

Calvino 22/26, 33/27
Campanella 8/27, 29/5
Christopher Saint German
　21/17
Churchill 24/11
Cícero 5/7, 8/5, 20/17
Confúcio 7/3, 10/7, 15/36, 27/3
Cromwell 8/16, 20/17, 21/23 s.,
　26/15

Darwin 10/64, 38/12
De Gaulle 21/98, 21/105
Defoe 3/11, 37/15
Duns Scot 28/6

Engels 4/16
Epicteto 8/6

Fichte 8/22 s., 10/37
Fourier 8/27
Freedman 8/32

Gaius 28/3
Gandhi 16/36, 35/22
Gneist 37/9
Goethe 21/48

Grócio 6/22, 10/50, 13/20, 13/22, 18/1 ss., 18/19
Gutenberg 32/1 s.

Hamilton 22/12
Han Fei Tzu 1/5, 2/10, 3/36, 27/3 ss.
Hart, H. L. A. 15/18, 38/24
Hegel 1/5, 5/9, 5/11 ss., 5/29, 10/37, 10/95, 14/49, 23/15, 26/10, 37/1 s., 37/16
Hindenburg 21/59 s.
Hitler 21/59, 26/16
Hobbes 2/5, 2/9, 2/12, 4/6 ss., 4/22 s., 5/14, 5/23, 6/10, 6/14, 6/23, 6/31, 8/18, 8/21, 8/39, 10/19, 10/53, 12/13 s., 14/24, 14/34, 14/49, 15/16, 15/18, 16/15 s., 16/21, 16/34, 21/17, 22/3, 27/2, 28/7, 32/1
Humboldt 29/14 s., 35/2
Hume 38/10, 38/37

Ibn Khaldûn 1/5, 2/12, 2/15, 2/19, 3/38, 6/17, 6/29, 12/6, 12/12, 13/2, 14/12, 19/4, 27/2
Imboden 27/35
Imperador Frederico Guilherme IV 21/51
 Carlos Magno 13/3, 21/38
 Maximiliano I 13/8
 Napoleão I 17/43, 21/46, 22/29, 22/31, 33/2

Jellinek 4/30, 5/8, 12/23 ss., 18/14, 26/35, 28/20, 30/3, 37/8
Jean de Paris 13/4
John Salisbury 8/10, 16/33

Kant 1/5, 4/4, 4/26 ss., 8/24, 10/6, 10/37, 16/28, 16/34, 28/17, 38/8

Kelsen 1/5, 2/5, 11/26, 12/21, 14/49, 15/4, 18/12 ss., 20/4, 27/16, 28/8
Kropotkin 38/15

Laband 17/16, 28/19 s.
Lactantius Firmianus 10/34
Lao-tsé 2/9
Lassalle 8/27, 8/40, 23/9
Lenin 4/16, 20/5, 23/7 ss.
Lincoln 9/17
Locke 1/5, 2/5, 4/21 ss., 5/14 s., 5/23, 8/15 ss., 8/32, 8/39, 9/11, 10/19, 10/50 ss., 10/79, 10/99, 10/103, 12/13, 14/16, 16/16, 16/34 s., 22/3, 22/10, 27/3 ss., 34/10
Lutero 4/33 s., 16/38, 32/1, 33/24 s.

Maquiavel 1/5, 11/6, 15/36
Madison 26/37, 26/41 s., 27/12 ss.
Mao Tsé-tung 19/33, 20/5
Marcuse 8/25
Marsílio de Pádua 2/9, 2/14, 8/13 s., 24/3, 25/6, 25/25 s., 28/1, 28/7, 38/18
Marx 2/9, 4/6, 4/12 ss., 8/40, 23/7, 23/15 s.
Mill, J. St. 6/25, 8/32, 10/98, 10/101, 20/5, 34/20 s.
Milton 8/16 s., 10/41, 10/43
Mohl, R. de 28/18
Montesquieu 1/5, 8/17, 20/8, 21/85, 21/101, 22/38, 27/9 ss., 28/1, 28/4 s., 32/1
More, Th. 8/27, 20/17, 29/4 s.

Nawiasky 17/5
Nicolau de Cusa 8/15, 28/7
Nozik 8/32, 34/11

ÍNDICE ONOMÁSTICO

Occam 8/15, 28/6
Orwell 32/3
Owen 8/27

Papa Gregório VII 14/14
  João XXIII 33/22
  João Paulo II 16/37, 33/29
  Leão XIII 4/37, 8/8, 16/37, 33/20
Pareto 10/65, 31/14, 34/15
Pestalozzi 10/37
Platão 5/7, 7/4, 8/2, 8/5, 8/27, 24/3, 27/1, 28/2, 29/2 ss., 34/10
Polybios 5/7
Popper 10/98
Proudhon 8/27, 8/30, 23/9, 38/14
Pufendorf 8/19 ss., 10/59, 14/34, 32/1

Quesnay 34/14

Rainha Elizabeth I 3/34, 21/19
Rawls 1/5, 2/5, 4/29, 6/29, 10/100, 25/18, 28/17, 34/5, 38/8 s., 38/24 ss., 38/34, 38/39
Rei Carlos I 21/22, 26/15, 35/13
  Carlos II 21/24
  Eduardo I 21/5, 21/9 s., 26/8, 26/10
  Eduardo II 21/12
  Eduardo III 21/12
  Henrique III 21/9
  Henrique VIII 21/16, 21/19, 26/11
  Jaime I 6/21, 22/7
  Jaime II 21/24
  João sem Terra 9/2
Robespierre 25/20, 26/30

Rousseau 1/5, 2/5 s., 2/9, 5/9, 5/22 ss., 8/24, 10/19, 10/95, 16/2, 20/8, 22/24, 25/2, 25/20 s., 25/26 ss., 26/13, 26/29 s., 30/5, 32/1, 38/8 s., 38/16 ss., 38/39

Saint-Simon 8/27, 38/14
Schopenhauer 35/1
Sêneca 8/6
Sieyes 26/29 s.
Simon de Montfort 21/9
Smith, Adam 10/63, 34/13
Spencer 10/63 s., 38/12 s., 38/37
Spinoza 8/18, 10/37
Stalin 23/18
Stein, K. von 21/46
Sumner 10/64

"The Federalist" 22/12, 22/15, 26/37, 27/12 s.
Thomasius 8/21
Tomás de Aquino 4/5, 4/35 ss., 8/8, 8/11, 10/34, 12/5, 16/33, 18/19, 20/3, 24/3, 28/4 s.
Thoreau 16/36
Tocqueville 10/47, 20/5
Trotzki 23/9, 23/12 s.
Tucholsky 32/17

Vasquez, Gabriel 13/20
Vattel 18/4, 18/16
Vitoria, F. de 13/20

Walras 34/15
Weber, Max 6/19, 10/93, 15/27, 15/32
Wolff 8/21

Zachariae 28/18
Zwingli 22/26, 33/27

ÍNDICE REMISSIVO

O primeiro número indica o parágrafo (§)
e o segundo a alínea correspondente.

Absolutismo 3/34, 4/11, 5/9,
 5/11, 10/52, 12/14, 14/22,
 20/13 ss., 21/15, 21/18, 22/27,
 26/22, 26/30, 28/14, 37/7
Abuso de poder 2/16, 3/13, 4/11,
 6/8 ss., 6/27 ss., 7/1 s., 7/5,
 16/42, 24/10, 26/44, 27/4,
 27/9, 27/12, 27/19, 27/31 s.,
 32/21, 36/23 s., 37/37 s., 38/35
Acordo de bitributação 13/17
Acordos de cooperação jurídica
 13/16
Administração como quarto
 poder 27/20 ss.
Agonia do Estado 4/16 s., 6/13,
 8/28, 23/7, 23/14
Aliança da Alemanha do Norte
 21/52 ss.
 Chanceler alemão ou do *Reich*
  (*Reichskanzler*) 21/53 s.
 Conselho federal (*Bundesrat*)
  21/53
 Parlamento, Assembléia
  nacional do *Reich*
  (*Reichstag*) 21/53 s.
Alienação 4/6, 4/12 ss., 6/11,
 8/25, 23/16, 34/6

Alteração da Constituição 10/86,
 25/23
Anabatista 10/36
Anarquia 2/4, 2/10, 3/50, 4/2,
 8/25, 10/2, 15/23, 16/41, 23/7,
 23/14, 23/16, 35/21, 38/15
Anexação 13/25, 13/27, 14/35
Aperfeiçoamento da
 Constituição, jurídico 8/33,
 10/81 ss.
Aristocracia 20/3, 22/21, 27/1
Aristocracia de funções 3/38
Associações 22/50, 29/20 ss.,
 30/29, 31
 e Estado 31/5 ss.
 possibilidades de influência
  25/34, 31/5 ss.
 tipos e função 31/1 ss.
 valorização da atividade da
  associação 31/14 ss.
Auto-administração 22/34,
 23/19, 36/1, 38/15
Autonomia
 como princípio da
  democracia 17/9
 da família 2/14, 3/15, 3/24,

3/29, 3/41, 3/55, 3/58,
5/31, 6/5, 6/17, 29/7,
37/10 s.
das minorias nacionais 11/17,
12/14, 12/18, 12/31 s.
do Estado 3/53 ss., 9/19,
11/20, 19/20, 35/7, 35/11
Autoridade, *ver* Poder do
Estado

Base continental 13/20 ss.
Bem comum 4/22, 5/9, 5/19 ss.,
6/20 s., 6/27, 8/41, 14/45,
17/11, 24/4, 33/29, 34/5,
34/13 s.
Bem comum –
desenvolvimento 37/12 ss.
Bem-estar, *ver* Bem comum
Bill of Rights 9/7, 9/9 s., 10/35,
10/40, 21/9, 21/24
Burocracia 3/32 s., 3/51 s.,
10/102, 17/6 s., 17/11, 19/4 ss.,
20/8, 22/2, 26/24, 27/20,
27/25, 37/29 ss.

Caçadores e coletores 2/14,
3/16, 3/22, 4/13, 10/50, 19/3,
23/16
Câmara Alta ou Câmara dos
Lordes, *ver* Inglaterra
Câmara dos Comuns, *ver*
Inglaterra
Câmara dos Lordes, *ver*
Inglaterra
Capacidade de direito 8/21
Capitalismo, capitalistas,
capitalista 1/8, 1/10, 4/13,
8/25, 10/60 s., 10/63, 12/28,
20/5, 36/15, 38/15
Carta Magna 9/2 s., 9/7, 10/23,
14/17, 21/9

Cartas de independência 22/19,
22/24
Casa de Representantes dos
EUA, *ver* Estados Unidos da
América
Centralismo, centralista 3/46,
13/7 ss., 14/46, 17/6, 17/8,
17/10, 17/32, 17/34 s., 19/19,
20/9, 22/36, 26/30, 38/42
Centralização 3/32, 3/45, 11/2,
11/4, 14/42, 20/11, 22/33,
22/36, 22/52
Checks and Balances, *ver*
Separação dos poderes
Chefe do Estado 21/62
China 3/34 ss., 6/30, 7/1, 7/4,
19/6, 20/8, 23/25 ss.
Coação das facções 22/14, 26/5,
30/8
Colonialismo, Estados coloniais
11/15 s., 12/13, 12/26 s.,
13/25, 14/35, 17/12, 18/21,
19/25, 21/21, 21/82, 21/87 ss.
Commonwealth, *ver* Inglaterra
Competência para estabelecer a
própria competência 11/24,
14/55, 16/8
no Estado federal 17/4, 17/21
Comunicação
capacidade 3/4, 3/6, 4/1
possibilidade 3/46, 3/50,
3/52 s., 12/15, 19/27, 19/32,
32/1 ss., 35/19
Comunidade
grupo
afinidade 2/15, 2/17, 12/3,
19/4 s.
necessidade de proteção
2/19, 3/1, 3/12, 3/18, 3/20
liberal 29/10, 29/14
totalitária 29/2 ss.

tribo ou clã 2/14 ss., 3/11 s., 12/3 ss., 37/10 s., 37/13
poder da tribo ou do clã, Estado tribal 2/16 s., 3/19 ss., 11/15, 13/12, 19/3 ss.
Comunidades européias 18/5, 18/22 ss., 36/27
Comunismo, comunistas, comunista 3/46, 12/28, 16/3, 19/1 s., 19/24, 20/5 s., 23/4, 23/7 ss., 27/19, 29/4, 36/1 ss.
Conceito ou noção de lei 28/2 ss., 28/15, 28/18 ss., 28/29
Concepção de Estado 11, 12/22, 37/7
e teoria geral do Estado 11/20 ss.
evolução 11/1 ss., 14/1
Confederação alemã (*Deutscher Bund*) 21/46
Congresso (*Bundestag*) 21/47
Parlamento (*Ständeversammlung*) 21/46
Confederação de Estados 17/1, 17/4, 22/31
Congresso dos Estados Unidos da América, *ver* Estados Unidos
Consciência comunitária 3/3, 3/33, 4/35, 6/17
Conselho de anciãos 2/14, 2/16, 3/16, 3/23, 19/3, 37/10 s., 37/13
Constituição
como lei fundamental 28/25, 28/27 ss.
Constituição federal da Confederação suíça 9/15, 10/28, 10/76, 10/80 s., 17/4, 21/69, 22/32, 22/42, 30/8, 30/27, 31/7, 31/13, 33/9, 34/3, 35/3, 36/4,
anteprojeto 77 8/33, 30/20, 34/2, 35/6
da França 21/98 ss., 31/8
da República popular da China 23/25 ss.
da União Soviética 23/18 ss., 36/1 ss.
dos Estados Unidos da América 9/6, 9/11 ss., 10/23, 10/36, 10/83, 21/20, 21/32, 22/9, 22/15 s., 27/12 ss., 27/18, 33/1
Constituição alemã – Lei fundamental de Bonn 9/15, 10/28, 10/69, 10/77 ss., 10/86, 17/17, 21/51, 21/62, 21/65, 21/69, 28/20, 30/8, 30/11, 31/10, 33/8, 35/5, 37/6
Constituição de Weimar 21/53, 21/55 ss., 26/35, 33/8
Contrat social, *ver* Teoria do contrato social
Contrato social, *ver* Teoria contratual
Controle de normas jurídicas, *ver* Jurisdição constitucional
Convenção européia dos direitos humanos 9/28
Corão, *ver também* Islão 3/36, 23/29, 23/31 ss.
Corrupção, economia corrupta 2/17, 3/51, 6/9, 10/45, 15/24, 21/28
Critérios de justiça
consideração pelo Estado 38/36 ss.
critérios formais 38/8, 38/16 ss.
princípio da igualdade 38/25 ss., 38/34

princípio da abertura 38/25, 38/32 ss.
princípio da desigualdade 38/25, 38/29 ss., 38/34
volonté générale 38/16 ss.
critérios materiais 38/8 ss.
necessidades 38/14 s., 38/38, 38/40
princípio do desempenho 38/12 s., 38/37
proteção dos direitos 38/10 s., 38/20, 38/22 s., 38/37
Cuius regio eius religio 8/19
Culto dos ancestrais 2/20, 3/4, 3/13

Darwinismo social 10/63 s., 38/12 s.
Decisão majoritária 22/40, 25/6 ss.
Decisão popular, *ver também* Plebiscito 16/13, 17/22 s., 25/43, 26/37, 30/24, 31/6
Democracia 17/7 s., 20/1 ss., 25, 26, 31/14, 32/14
anárquica 2/16, 3/16 ss.
como justificação do poder do Estado 25/16 ss., 26/19
direta 16/7, 22/40 s., 22/49, 25/43, 25/49, 28/23, 30/24
e autodeterminação 25/4 s.
evolução 3/43, 5/29, 8/18, 16/2, 19/9 ss., 19/16, 19/18, 19/31, 37/38
parlamentar 20/6, 20/15, 20/19, 21/1, 22/42 ss., 22/48 s., 25/41 s., 30/6 ss., 31/5
presidencial 20/19, 21/32
dos Estados Unidos 20/15, 21/32

representativa 26
e bem comum 26/5 s., 26/29, 26/32 s., 26/37
evolução na Alemanha 26/33 ss.
evolução na Inglaterra 26/8 ss.
na Suíça 22/40, 25/28, 26/39 ss.
nos Estados Unidos 26/37 s.
semidireta 25/25 ss., 26/1, 31/16
com participação na legislação 25/25 ss.
totalitária 16/2, 26/13, 38/18
Democratização 3/46, 10/61, 21/33, 32/1
da economia 3/46, 17/9
das empresas (participação, cogestão) 10/61
das Igrejas 8/8, 33/27
do Estado 21/28 s., 25/26, 30/1, 33/27
Descentralização, *ver também* Federalismo 10/32, 13/7 ss., 17/9, 19/21
organização descentralizada 27/25, 37/32
Desemprego 3/42, 29/17, 38/30
Direito ao trabalho, *ver* Direitos sociais
Direito constitucional, *ver* Constituição
Direito consuetudinário 2/15, 3/4, 3/37, 13/28, 14/31
Direito de autodeterminação dos povos 2/2, 9/19, 11/13, 11/16, 12/19 s., 12/26 ss., 16/12, 16/14, 16/18, 16/20, 25/19, 25/23, 28/27, 35/10

Direito de resistência 4/27, 6/27, 8/9, 8/19, 8/38, 12/32, 14/21, 15/10, 16/31 ss., 21/65, 33/20

Direito de trabalho 6/13, 19/23, 26/23, 31/11, 37/18

Direito de veto 25/4, 27/13
  do presidente dos Estados Unidos da América 22/12, 27/14
  no Conselho de Segurança 18/26 s.

Direito de voto 9/10, 10/61, 21/24, 21/28 s., 21/52, 33/6
  one man one vote 10/20, 24/9, 26/20 ss., 33/4, 37/18

Direito do mais forte 3/3, 25/9, 36/21

Direito e poder 1/16, 14/29, 14/39 s., 14/50, 15/6 ss., 16/5, 16/23

Direito internacional 11/20 s., 12/19, 12/29, 13/25 ss., 16/30
  direito do país, *ver também* Soberania exterior 18/8 ss., 18/17
    teoria dualista 18/9 s., 18/15, 18/17
    teoria monista 18/10 ss.
  direito internacional de guerra 9/17 ss., 12/27, 12/31, 13/26, 18/6
  e princípio de territorialidade 13/17 ss.
  e soberania do Estado 9/19, 9/30
  evolução 12/5, 13/14, 18/1 ss.

Direito internacional de guerra, *ver* Direito internacional

Direito internacional de paz, *ver* Direito internacional

Direito natural 4/21 ss., 8/15 s., 8/19, 8/26, 9/11, 14/8, 14/24, 16/28, 28/8, 33/20, 37/8

Direito privado 10/57, 10/59, 11/3, 37/35

Direito privado internacional 12/5, 13/13, 13/17

Direito público 10/59, 11/3, 37/35

Direito transnacional 3/56

Direitos da população, *ver também* Suíça 8/24, 25/17, 25/20, 28/14 s.

Direitos de liberdade, *ver* Direitos fundamentais

Direitos dos homens, *ver* Direitos fundamentais

Direitos fundamentais
  conteúdo 10
    direitos de liberdade econômica 10/15, 10/49 ss.
    direitos de liberdade intelectual 10/15, 10/34 ss.
    igualdade dos homens 10/15 ss.
    integridade física 10/15, 10/22 ss.
  desenvolvimento institucional 9, 10/1, 21/51 s.
  direitos dos cidadãos, direitos dos homens 7/5 ss., 28/31 ss., 33/29, 34/25
  e decisões democráticas da maioria 6/23 ss., 8/35, 10/83 s.
  e imagem do homem 8/8, 8/18 ss., 10/6 ss.
  e marxismo 8/25 ss.
  e separação de poderes 8/17, 27/8 ss., 27/15

efeitos sobre terceiros 8/33 s.,
    8/42, 37/6
evolução da história das
    idéias 3/43, 8, 10/16 s.
garantias do direito
    internacional 9/17 ss., 12/16
limites 10/12, 10/74 ss., 37/6,
    38/28
origem 7
perda, *ver* Limites
sociais 3/49, 8/21, 8/23, 8/32,
    8/42, 10/61, 10/70 ss., 34/2
status negativo 8/34
validade para estrangeiros
    12/16
vigência anterior ao Estado
    2/6, 4/24, 7/8, 8/1 ss., 8/15,
    8/32, 8/39, 8/44, 10/52
Disciplina das facções 30/9, 31/5
Discriminação 8/33, 8/36, 10/20,
    12/1, 12/17, 16/27, 38/26
Discriminação racial, *ver também*
    Discriminação 6/25, 8/33,
    8/36, 10/20, 10/83, 16/15
Disputa de investidura 14/16
Ditadura 23/4, 26/15 s.
    do proletariado 10/2, 23/7 ss.
Divisão do trabalho 2/14, 3/1,
    3/10, 3/12, 3/15, 3/30, 3/55,
    5/19 s., 6/2, 6/5 s., 6/13 s.,
    8/41, 19/9, 23/15, 29/8,
    30/41 s., 34/7, 37/11
Doutrina da soberania 27/2
    de Bodin 14/19 ss., 15/22,
    16/8 ss., 16/20, 21/17
    desenvolvimento 14/1, 14/3,
    14/8, 14/10, 18/8
    significado 14/1 ss., 14/34 ss.,
    18/3
Due process, *ver também* Estado
    de direito 9/5 ss., 10/22 ss.

Economia planificada 5/32,
    35/20
Efeitos dos direitos
    fundamentais sobre terceiros,
    ver Direitos fundamentais
Emancipação do ser humano
    3/49, 4/19
Empregador 3/41 ss., 19/22 s.,
    29/17, 30/1 ss., 31/13
Escola chinesa dos legalistas
    2/11, 3/36
Escravidão 3/25, 8/4 ss., 8/11,
    8/37, 10/18, 19/11, 19/19
Estabilidade 20/6, 37/28
Estado
    como fonte do direito 4/11,
        11/26, 14/37 ss., 16/21 ss.
    como fundamento consciente
        da comunidade 14/5
    como instância suprema
        5/5 ss., 26/34
    como instrumento da classe
        dirigente 4/14 ss., 23/2
    como personificação do bem
        comum 5/19 ss.
    e Igreja, *ver também* Igreja
        22/26, 33
        conflito 13/11, 14/10 ss.
        separação 10/36, 21/16,
            33/2, 33/8, 33/11
    e sociedade 31/17; 32/24,
        37, 38
        critérios da divisão de
            tarefas 38
        dualidade 37/4, 37/7 s.,
            37/19
        identidade 37/19 ss.
        separação 22/24, 24/1, 24/5,
            32/24, 33/17, 34/22, 37
    inutilidade 2/4, 4/4
    justificação, *ver também*

ÍNDICE REMISSIVO

Justificação do poder do Estado 14/41
secularização 7/6, 8/13 s., 8/39, 14/24, 14/33, 14/43, 16/15 s., 20/11, 20/13, 22/1, 23/40, 23/45 s., 28/7, 33/1, 34/12, 37/16
Estado constitucional 9/11 ss.
Estado de classes 3/38, 21/14, 23/15, 26/8, 26/30 s., 26/34, 37/14 ss.
Estado de direito, *ver também Due process* 8/20, 10/28 ss., 10/82, 23/44, 28/1 ss., 38/39
Estado de polícia, *ver* Absolutismo
Estado do bem-estar ou da assistência social 10/60, 22/33, 26/21, 36, 38/3
Estado federal, *ver também* Federalismo 17/1 ss., 17/13 ss., 20/9
   autoridade do Estado no 17/28 s.
   separação dos poderes no 17/28 s.
   soberania fiscal no 17/30 s.
Estado gendarme, *ver também* Separação entre o Estado e a sociedade 8/30, 8/32, 8/40
Estado social, *ver também* Estado do bem-estar social 28/31 s.
Estado territorial, *ver também* Princípio da personalidade, território do Estado
   evolução 3/30, 3/40, 13/1 ss., 23/43
Estado totalitário 3/44, 16/3, 16/39, 19/19, 19/30, 20/5 s., 33/1

Estado unitário 13/11, 17/1, 17/15 s., 17/35, 22/31 s.
Estados Unidos da América 9/11, 20/19, 21/1, 22/2 s., 22/6 ss., 30/1, 35/17 s.
   Casa dos representantes, Senado, *ver também* Sistema de duas câmaras 27/14, 31/5
   Congresso 9/14, 20/15, 22/11, 22/13 ss., 27/14, 31/5, 31/15
   Declaração de independência 22/10
   divisão dos poderes 20/15, 22/3, 22/11 ss., 22/37, 22/39, 27/12 ss.
   federalismo 17/28, 22/16 s.
   lobby, lobismo 31/5, 31/15
   presidente 22/11 ss., 27/14
   Suprema Corte, *ver aí*
Estrutura escalonada da ordem jurídica 28/34 ss.
Ethos social, *ver* Concepções de valor
Etnia, *ver* Comunidade
Executivo 22/39, 22/43 s., 22/47 ss., 26/40, 27/7 ss., 28/15, 28/17, 28/19 ss., 28/29, 30/25
Exploração 3/41 ss., 5/21, 6/8 s., 8/25, 8/28, 10/2, 19/17, 30/2, 34/23, 36/2
Explosão demográfica 3/53

Facção 22/14, 26/2, 26/5, 30/8, 30/10, 30/15 s., 30/19, 30/29
Facção majoritária 26/44, 27/17, 30/7, 30/15
Fascismo, fascista 16/3, 16/39, 37/7

Favoritismo, *ver também*
  Corrupção 2/17 s., 10/33, 10/45, 17/6
Federalismo, *ver também* Suíça, soberania e Estado federal 12/14, 17/2 s., 17/6 ss.
  como realidade política e sociológica 17/19, 17/34 ss.
  desenvolvimento histórico 17/6 s.
  e capacidade de adaptação 17/10
  e doutrina da soberania 17/15 ss.
  e Estados socialistas 17/32 s.
  e humanidade 17/11
  e justiça 17/13
  e liberdade 17/8 s.
  e proteção das minorias 17/12
Federalist papers 22/12, 22/15, 26/37, 27/12 s.
Fins da ação do Estado, *ver* Fins do Estado
Fins do Estado, *ver também* Tarefas do Estado 1/2, 3/42 ss., 34, 37/22, 37/37
Fins visando à política externa 35/4 ss.
Fisiocratas 34/14
Formas de Estado, *ver também* Aristocracia, Democracia, Monarquia, Oligarquia 10/4, 20, 24/11, 27/8
  critérios de divisão 20/6 ss.
França 13/8, 20/7 ss., 21/14 21/98 ss., 22/2, 26/30, 30/18, 32/7
  Conselho social e econômico 31/8 s.
  parlamento 21/98 ss.
  separação de poderes 21/101 s.
Função social da propriedade, *ver* Propriedade
Funcionalismo
  nascimento 3/32 s.
Funcionários 17/11, 19/6 s., 27/21 ss., 37/29

Garantia da propriedade 10/49 ss., 10/71
Garantia de direito 36/21 ss.
Glorious Revolution 21/24
Greve 31/11, 35/15
Grupo, *ver* Comunidade
Grupos de interesse, *ver* Poderes intermediários
Guerra de todos contra todos 2/9, 2/12, 3/1, 4/3, 4/6 ss., 6/14

Habeas Corpus Act 9/4, 9/7, 10/22s.
Homo homini lupus 6/14

Ideologias 10/66, 11/18, 18/20, 19/1 s., 19/32 s.
Igreja
  católica 4/37, 8/8, 10/35, 16/37, 20/11, 33/18 ss., 33/27 ss.
  e Estado 33/1 ss.
    na República Federal da Alemanha 33/5 ss.
    na Inglaterra 33/4
    na França 33/2 s., 33/8
    na Suíça 22/26 s., 33/9 ss.
  evangélica 10/35, 16/38, 33/24 ss.
Igualdade 8/28 ss., 19/9
  de chances 10/8, 10/21, 10/70, 30/2

de direito 3/36, 8/23, 10/21, 10/28, 10/83, 15/34, 17/13, 28/25, 37/25, 37/33
e liberdade 8/29 s., 38/26 ss.
entre os Estados 11/16, 18/4 s., 18/7, 18/16, 18/28
entre os homens 8/1, 8/4 ss., 8/11, 8/37, 10/16 ss.
jurídica, *ver* Igualdade de direito
Iluminismo 4/21 ss., 8/11, 8/18 ss., 8/25, 16/28, 16/37, 33/8, 33/12, 34/10, 34/12, 36/16
Impeachment 21/92, 22/12 s., 27/13 s.
Império alemão (*Deutsches Reich*) 13/8 s., 21/38 ss., 22/19, 22/25 s., 33/5
Parlamento (*Reichstag*) 21/40 ss., 21/44
Estamentos da Alemanha (*Reichsstände*) 21/41 s.
Tribunal do Império (*Reichskammergericht*) 21/43, 21/66, 22/25
Imperium e Dominium 10/56 ss.
separação 10/57 ss., 13/5 s.
Impostos, pagamento 2/17 s., 3/14, 17/30 s., 19/13, 19/15, 21/7, 21/10 ss., 21/21 s., 21/39 s., 21/44 s., 22/53
Índia 19/12, 19/25
parlamento 21/1, 21/70, 21/77 ss.
sistema de castas 19/25, 21/78
Industrialização 3/40 ss., 4/13, 5/31 s., 8/37, 19/14 ss., 21/21
Inglaterra 13/8, 19/15 s., 22/2, 35/14 ss.

Common Law 27/17, 28/13
Commonwealth 21/20, 21/23, 21/33
história da Constituição 9/2 ss.
Labour 21/30, 26/21, 30/6, 35/15
Parlamento 9/7 ss., 14/17, 21/1 ss., 22/7 s., 30/6 ss., 33/4
Câmara dos Comuns 13/10, 21/5, 21/13, 21/20 ss., 22/7, 22/9
Câmara dos Lordes 13/10, 19/16, 21/5, 21/13, 21/20 s., 21/24, 21/28, 21/31 ss., 22/7, 26/20
e rei 9/7 ss., 13/10, 14/17, 19/15 s., 21/2, 21/5 ss., 22/7 s., 22/12
enquanto órgão colegiado 22/8
história 21/1 ss., 26/8 ss., 26/31 s.
rei 9/7 ss., 13/10, 14/17, 19/15 s., 26/8 ss., 27/17, 30/6 s.
separação dos poderes 21/27, 21/33, 27/13, 27/17
Tories 21/27, 30/1, 30/6, 35/15
Whigs 21/27, 21/30, 26/31, 30/1, 30/6
Iniciativas dos cidadãos 30/17
Interdição à força 13/26, 18/19, 35/10
Interdição à intervenção, *ver* Interdição à força
Interesse público, *ver também* Bem comum 3/32 s., 3/44, 5/18, 14/45, 17/11, 34/5
como limitação dos direitos fundamentais 10/10, 10/12, 10/88, 10/101

Islão, Estado islâmico 20/7,
  23/29 ss., 27/2
  Estado e Igreja 14/12,
  23/29 ss.
Ius emigrandi, ver também
  Liberdade de crença e
  consciência 8/19, 10/35

Japão 19/6, 19/12, 20/7 s., 21/91,
  35/6
  parlamento 21/1, 21/70 ss.,
  21/82 s.
Jurisdição, *ver também* Jurisdição
  constitucional, Jurisdição
  administrativa, alguns países
  27/7 ss.
Jurisdição administrativa 9/16,
  10/29 ss., 22/51, 27/15, 27/17,
  27/26, 37/36
Jurisdição constitucional 9/14 ss.,
  10/83 ss., 21/35, 21/65 ss.,
  22/10, 27/14, 27/17, 28/25 s.
Justiça 5/33, 6/19, 6/27, 10/21,
  10/27, 10/63, 18/28 s., 26/41,
  26/43, 34/5, 37/22, 37/24 s.,
  37/27, 38/3 ss.
Justificação do poder do Estado
  1/1 s., 1/4, 1/10, 2/1 ss., 6,
  11/7, 13/9, 14/24, 14/43
  e imagem do homem 4

Legalidade 10/89, 15/34, 38/39
Legalidade da administração,
  ver Estado de direito
Legislação 3/36 s., 3/47, 14/3 ss.,
  25/25 ss., 28/4, 28/9, 28/19,
  28/23, 28/33, 28/37, 31/19
Legislador 10/82 ss., 16/12 s.,
  28/2, 28/9, 28/11, 28/19 s.,
  28/29, 28/32 s., 37/24, 38/19

Legislativo, *ver também* países
  particulares 22/39, 22/43 s.,
  22/48, 27/7 ss., 28/24 s., 28/29
Legitimação, legitimidade, *ver
  também* Soberania, Poder do
  Estado 6/17 ss., 12/31, 14/29,
  15/9 s., 15/19 ss., 15/32, 15/36,
  16, 22/18, 22/33, 22/47,
  22/52 s., 23/1, 23/3, 37/17,
  37/21
Lei 28, 38/18 s., 38/23
  e separação dos poderes
  28/10 ss.
Lei de Parkinson 3/51, 17/11
Lei irrevogável da oligarquia
  25/12 ss.
Liberalismo, liberal, *ver também*
  Liberalismo econômico,
  Tarefas do Estado 8/24,
  8/29 ss., 8/40, 10/61, 10/82,
  11/23, 22/32, 28/31, 30/1 s.,
  34/4, 34/22 ss., 36/6, 38/3
Liberalismo econômico
  10/63 ss., 34/13 ss., 36/24
Liberalização 21/46, 21/48 ss.,
  32/22
Liberdade 8/43 s., 10/90 ss.
  da indústria e do comércio
  8/33, 10/63 ss., 10/71, 30/2,
  36/4
  de concorrência 10/64
  de crença e de consciência
  8/8, 8/11, 8/21, 10/34 ss.,
  33/1 s., 33/8 s., 33/13 ss.,
  33/21, 33/29, 38/28
  de culto, *ver* Liberdade de
  crença e de consciência
  de ensino 8/22, 21/48
  de expressão 8/22, 8/26, 8/29,
  10/40, 10/43 ss., 10/81,
  32/24

de imprensa, *ver também*
Liberdade de expressão
8/16, 8/22, 8/26, 8/33, 10/10,
10/12, 10/40 s., 19/30 s.,
21/48, 32/10, 32/23 s., 37/5,
38/28
de informação 10/48, 32/10,
32/24
de profissão, *ver* Liberdade da
indústria e do comércio
de religião, *ver* Liberdade de
crença e de consciência
econômica, *ver* Liberdade da
indústria e do comércio
e igualdade 10/99, 37/4 ss.,
38/13, 38/26 ss.
pessoal 8/21 s., 10/22 ss.,
10/81, 29/3, 32/3, 36/18
Limites do domínio do Estado
13/19 ss.
Livre exercício da profissão, *ver*
Liberdade da indústria e do
comércio
Lobby, *ver* Estados Unidos da
América

Maioria das facções 22/48, 30/8,
30/18, 31/5
Marxismo, marxista 2/2, 2/5,
3/49, 4/12 ss., 6/11, 8/25 ss.,
8/40, 10/66, 19/26, 23/2,
23/15 s., 27/19, 34/4, 34/23 s.,
36/6
Mass-media 3/52, 26/16, 29/23,
30/8, 32
e Estado 19/28 ss., 32/14 ss.
significado 19/27 ss., 29/23,
32/1 ss.
rádio e televisão 32/3 s., 32/6 ss.
na República Federal da
Alemanha 32/9 s.

na Suíça 32/11 ss.
nos Estados Unidos 32/8
organização 32/6 ss.
Medidas de fomento dos
poderes públicos 10/33, 17/13,
37/5, 37/20 ss., 37/35
Milícia popular 35/17, 35/21
Minorias, *ver* Minorias
nacionais
Minorias nacionais, *ver também*
Autonomia 12/18 ss., 12/28 ss.
Mobilização das massas
19/32 ss., 20/5, 26/16, 32/4
Monarquia 2/3, 4/9, 20/1, 20/3,
27/1
constitucional 21/54, 21/59
Monopólio do poder do Estado
11/7, 14/36, 15/28, 16/22,
29/10, 35/22, 37/16 s., 37/33 s.

Nação 12/21 ss.
Nação industrial, Estado
industrial 3/45, 18/21, 18/29,
19/22, 21/21, 34/27, 35/10
Nacional-socialismo 4/11, 6/25,
16/39 s.
Nações Unidas, *ver* ONU
Natureza da teoria geral do
Estado 1
Necessidade do homem de viver
em comunidade 2, 6/2, 12/11,
29/7, 38/2
Nivelamento de interesses
25/11, 25/13, 25/31, 25/36,
26/41 ss., 31/20 s.
*No taxation without
representation* 10/57, 10/82,
21/10
Noções de valor, vigentes 14/4,
16/24, 25/37, 28/30, 28/32 s.,
31/21, 34/26

Ocupação 13/25 s., 14/35
Oligarquias 19/3, 19/9 s., 20/1, 20/3, 20/5, 20/17, 22/4, 22/21, 25/12 ss., 27/1, 31/14, 38/30, 38/32
Ombudsmann 10/31 s., 27/25
ONU (Organização das Nações Unidas) 1/2, 9/21 ss., 11/12 ss., 18/25 ss.
    Carta 9/20, 11/12, 11/16, 11/18, 12/19 s., 12/26, 12/32, 13/26 s., 18/5, 18/19, 18/25, 35/4, 35/10
    Conselho de segurança 18/5, 18/25 ss.
    Tribunal internacional 9/5, 13/20, 18/18
Opinião pública 19/28, 29/23, 32/4, 32/10, 32/14, 35/4
Oposição 21/65, 22/48 s., 26/19, 26/35, 26/45, 27/17, 30/13, 30/15, 30/22
Oposição extra-parlamentar 30/17, 30/19
Optimum de Pareto 34/15 ss.
Organização do Estado, *ver também* países particulares 1/2 s., 1/5, 1/13, 1/17, 10/4
    critérios 24
    fundamentos sociais 19
    soberania centralizada no parlamento 21, 26/12 s.
        América Latina 21/85 ss.
        França 21/98 ss.
        Índia e Japão 21/70 ss.
        Inglaterra 21/1 ss.
        República Federal da Alemanha 21/35 ss.
    soberania dividida 22
        Estados Unidos da América 22/2 s., 22/6 ss.
        Suíça 22/2, 22/4 ss., 22/18 ss.
    soberania dos poderes externos ao Estado 23, 27/19
    do Corão 20/20, 23/29 ss.
    do partido 20/20, 23/4 ss.
Organizações de proteção dos consumidores 29/20 s., 31/1, 31/3
Organizações internacionais, 1/2, 18/5 s., 18/22 ss., 35/12, 36/27
Organizações supranacionais 18/22 s.
Órgãos colegiados 22/23, 22/30, 22/39, 25/4
    e limitação dos poderes 22/44, 27/33
Órgãos do Estado 11/23, 23/1 ss.

Parceiro social 3/43, 19/23, 25/35, 29/21, 31/8, 31/11 ss.
Parlamento, *ver também* países particulares 8/35, 26
    como órgão colegiado 26/15 ss.
    e associações 31/5
Partido comunista, *ver também* Partidos políticos 2/2, 4/17 s., 19/19, 23/2, 23/18 ss.
Partidos políticos 30, 31/1
    Estado de partido único 20/15
    financiamento 30/11 ss.
    igualdade de chances nas eleições 30/12 s.
    início da existência de partidos 30/1 s., 30/4
    na democracia parlamentar 30/6 ss.
    na Inglaterra 21/30, 26/13 s.
    na República Federal da Alemanha 30/1, 30/8, 30/11 ss.

ÍNDICE REMISSIVO

  na Suíça 22/48 s., 25/29, 30/1,
    30/3, 30/5, 30/18 ss., 30/27 ss.
  no Estado pluralista 29/19 s.
  no sistema eleitoral 30/26 ss.
  nos Estados Unidos da
    América 30/1, 30/18
  segundo a doutrina marxista
    23/7 ss.
Personificação do Estado 5/1 ss.
Petition of Rights 9/4, 9/7, 10/23
Pluralismo, pluralista 16/4,
  32/21, 32/24, 33/14, 33/21,
  37/38
Poder do Estado, *ver também*
  Legitimação 15/8, 15/25 ss.
  autoridade do Estado 11/14,
    11/17 s., 15/23 s., 15/28,
    15/30 ss., 16/1
  autoridade pública 15/8,
    15/10, 15/27 ss., 16/1, 16/3
  legitimação 16/15 ss.
  legitimação democrática
    16/15 ss., 17/22 ss.
  soberania 15/8, 15/10
Poder feudal 2/17, 3/23, 3/25 ss.,
  3/43, 11/1 ss., 14/17, 17/27,
  19/1 s., 19/6 ss., 21/8 s., 21/39,
  26/8 s.
Poderes intermediários 3/52,
  29/18 ss., 30, 31, 33
Poderes sociais, *ver* Poderes
  intermediários
Polícia, tarefas da polícia *ver
  também* Tarefa de proteção do
  Estado 35/13 ss.
População de um Estado
  11/8 ss., 12, 16/17
  conceito 11/24, 12/19, 12/21 ss.
  e contrato social 12/13 ss.
  e sentimento comunitário
    12/3 ss., 12/10, 12/12

  e solidariedade 12/8 ss.,
    12/25, 16/17
Positivismo 1/6, 11/24, 11/26,
  12/14, 14/24, 15/16 ss., 16/22,
  28/6 ss., 33/26
Povo, *ver* População de um
  Estado
Prestações do Estado 15/33 s.
Prevenção em relação à vida,
  ver Tarefas do Estado
Primazia do direito
  internacional, *ver* Direito
  internacional
Princípio da legalidade 28/1
Princípio da personalidade
  13/12, 13/15 s.
  como princípio de poder
    original 13/2 ss.
Princípio da subsidiariedade
  34/19, 36/6, 36/20, 37/14,
  38/41 ss.
Princípio da territorialidade
  significado 13/12 ss.
  limites do 13/17 ss.
Princípio das prestações 38/7,
  38/12 ss., 38/35, 38/37
Princípio majoritário 10/83 s.,
  16/11, 25/4 s.
  restrições 25/22 ss.
Proporcionalidade 10/88 s.
Propriedade 8/23, 29/12,
  38/10 ss., 38/22 s.
  conceito na Idade Média 8/12,
    10/49
  e poder do Estado 8/20,
    10/55 ss.
  função social 10/61, 37/6
Proteção das minorias 10/47,
  10/83 s., 12/20, 12/31 s.,
  16/13, 24/7, 37/23

Proteção do meio ambiente 3/55, 3/57, 10/61, 25/8, 25/35, 34/3, 38/42
Protecionismo 10/63, 26/42, 31/3

Razão, direito racional, *ver* Iluminismo
Razão do Estado 10/11, 18/11
Recusa de servir, *ver também* Direitos fundamentais 10/11, 10/40, 38/28
Referendum, ver Suíça
Regime soviético 26/40, 30/9
Religião como legitimação do poder do Estado 2/17, 3/12, 3/22, 3/28, 3/35, 4/5, 7/5 s., 14/11, 14/14, 23/39 ss., 30/3, 33/1
Representação proporcional, *ver* Sistema proporcional
República de Weimar 21/34, 21/61, 21/63, 21/78, 21/99, 21/104
   Assembléia nacional do *Reich* 21/55 ss.
   Chanceler do *Reich* 21/55 ss.
   Conselho do *Reich* 21/57
   governo do *Reich* 21/56, 21/60
   Presidente do *Reich* 21/55, 21/59 s., 21/62, 26/35
República Federal da Alemanha 21/35 ss., 21/61, 21/83, 35/81
   Bundesrat, Bundestag, ver também Sistema de duas Câmaras 21/64, 21/67, 30/8
   Chanceler 21/62 s.
   Corte constitucional 21/65 s., 30/11, 32/10
   Parlamento
      história 21/36 ss.

      comparação com a evolução na Inglaterra 21/38 ss.
Presidente da República 21/62
Retroatividade das leis 28/1
Revolução 3/50, 4/17, 10/46, 12/19, 16/42, 19/1 s., 19/17 ss., 19/25, 21/22 s.
Revolução Francesa 8/29, 9/12, 10/36, 12/22, 17/35, 19/1, 19/32, 21/46, 23/6 s., 25/19, 26/29, 27/11, 27/15, 28/14, 28/22, 33/2, 36/16
Robinson e Sexta-Feira 3/2, 3/7 ss., 5/20, 14/2 ss., 15/19, 24/1, 29/1, 29/3, 29/8 ss., 37/15, 38/3 s., 38/7

Salvaguarda do emprego 29/22, 36/26, 36/29
Secularização, *ver* Estado
Senado dos EUA, *ver* Estados Unidos da América
Separação dos poderes, *ver também* Lei, países particulares 3/46, 6/10, 6/12, 27, 37/38
   desenvolvimento 27/1 ss.
   e enfraquecimento do Estado 27/31 ss.
   e Estado constitucional 27/11 ss.
   entendida como divisão do trabalho 27/5 ss.
   na administração 27/25 ss.
   na China antiga 27/3 s.
   no Islão 23/44 s., 27/2
Sindicatos 3/43, 3/52, 8/27, 10/61, 19/22 ss., 29/17, 29/21 s., 30/1 ss.
Sistema de duas câmaras

ÍNDICE REMISSIVO 709

Estados Unidos da América 17/17
República Federal da Alemanha 17/17 s., 21/67 ss.
Suíça 17/17, 17/19, 22/37 ss.
Sistema majoritário 26/3 s., 31/5
Sistema proporcional 22/40, 25/4, 26/4, 30/28
Soberania 10/4, 11/9 ss., 12/19, 14, 15, 16, 17, 18
  absoluta 14/54, 17/1, 20/13 ss., 22/2 ss., 22/11, 22/17, 22/26, 27/18
  como imediaticidade do direito internacional 14/53, 18/16 ss., 18/28
  como pressuposto da estadicidade 14/32 ss.
  do Estado 14/26 ss., 14/41, 14/48 ss.
  do monarca 14/20, 16/2 ss., 16/9 s.
  do órgão 11/20, 14/26 ss., 14/41, 14/54
  do povo 14/43 ss., 14/54, 16/1 ss., 16/18 ss., 17/24 ss., 21/107, 25/2, 25/18 ss., 26/29 s., 30/5
  e Estado federal 17
  e legitimação do direito 16
  e poder 11/7, 15
  externa 14/53, 18
    desenvolvimento 18/1 ss.
    função 18/6 s.
  interna 11/18, 11/23, 14/53
    divisibilidade 14/30, 16/8, 17/2 ss., 17/15, 20/15 s., 20/19, 22/3, 22/6, 22/11, 22/16 s., 22/33, 22/37, 22/51 ss., 27/15, 30/3

  jurídica 14/52, 15/14, 16/4, 18/18
  negativa 14/56
  política 14/52, 15/14, 16/4, 18/18, 18/25
  positiva 14/56
  relativa 14/54
Soberania popular, *ver* Soberania
Social-democracia 8/26 ss., 26/33, 29/6, 29/22, 30/2
Socialização 3/46
Sociedade
  arcaica 2/13, 3/4
  e Estado, *ver* Estado
  fundada na divisão do trabalho 2/14 s., 2/19, 3/1 ss., 3/18, 3/48, 6/4 ss., 8/43, 36/6, 36/15, 36/22
  pluralista 29/18 ss., 32/10
  sem classes 8/25, 36/1
Sociedade arcaica, *ver* Sociedade
Sociedade fundada sobre a divisão do trabalho, *ver* Sociedade
Solidariedade, *ver* População de um Estado
State Action Doctrin, *ver* Direitos fundamentais, efeitos sobre terceiros
Suíça 22/2, 22/4 ss., 35/18
  Assembléia federal (*Bundesversammlung*) 22/39
    desenvolvimento democrático 22/19 ss., 22/40 ss., 33/27
  Conselho federal (*Bundesrat*) 22/34, 22/41 ss., 22/47, 25/29, 27/28, 27/33, 30/22, 30/25, 32/11 ss.

Conselho nacional, conselho parlamentar, *ver também*
Sistema de duas câmaras 22/37, 30/27 ss.
direito internacional 22/40 ss., 26/39
federalismo 17/19, 17/21 ss., 22/18, 22/34 s., 22/39, 30/21
iniciativa 22/40 s., 22/50, 25/29, 25/42, 26/39, 28/23, 29/20, 30/3, 30/19, 30/23 s., 31/6
Landsgemeinde (Assembléia Cantonal) 21/14, 22/19, 22/23, 22/28, 22/30, 22/47, 22/51, 25/4, 25/39, 28/21
plebiscito 17/19, 22/54, 25/4, 25/30, 25/32, 25/37 ss., 26/43 s., 29/23, 31/6
referendum 22/40 s., 22/50, 25/45, 26/39, 28/23, 30/3, 30/19, 30/24, 31/6
Reforma 22/26 ss., 33/5
separação de poderes 22/30, 22/37 ss., 22/51
significado das associações 31/6 s., 31/10, 31/15 ss.
soberania dos povos 14/47, 16/18, 22/42 ss., 28/26
Tribunal federal (*Bundesgericht*) 10/82, 10/87
Suprema Corte 8/33, 9/6, 9/14 s., 10/83, 21/65

Tabu do incesto 2/19, 3/4
Tarefa de proteção do Estado 3/31, 3/42, 3/49

Tarefas do Estado, *ver também*
Fins do Estado 10/60 ss., 29/2 s., 29/8, 30/2, 32/6, 33/22, 34/1 s., 34/6, 34/8, 35, 36, 37/1 ss., 38/3 ss., 38/37, 38/41 ss.
fornecimento dos meios 36/32 ss.
garantia da possibilidade de desenvolvimento 6/13, 10/80, 36/15 ss., 37/4
outras 36/21 ss.
segundo a teoria liberal 10/102, 34/11, 34/13 ss.
tarefa de proteção 10/102, 29/14 s., 34/10 s., 35, 37/3, 37/22
tarefas sociais 3/42, 34/11, 36
assegurar a existência 6/14, 36/9 ss.
Tarefas sociais do Estado, *ver* Tarefas do Estado
Teoria contratual 4/21 s., 5/24 s., 5/29, 9/12, 14/24, 14/33, 16/21, 16/34 s., 22/1, 23/44, 27/2, 28/27
como teoria da legitimação 2/6, 4/6 ss., 6/16, 8/39, 11/7, 14/43 ss., 16/15 ss., 17/27, 25/18, 25/26, 28/25 s.
e direitos fundamentais 8/18, 8/34, 10/19, 10/50 ss.
Teoria da democracia 21/1, 25
Teoria da mais-valia 4/13 s.
Teoria da transformação 18/9
Teoria das duas espadas 8/10, 13/3, 14/14, 14/21, 16/33, 33/19 s.
Teoria dos dois reinos 33/24 ss.
em Lutero 4/33 s., 33/24 s.

Teorias da justiça 1/5, 4/29, 38/8 ss.
Teorias do organismo 5/17
Território do Estado, *ver também* Estado territorial 11/8 ss., 13
Terrorismo 19/8, 19/26
Tipos de Estado, *ver* Formas de Estado
Tirania 6/25, 10/47, 16/33, 20/3, 20/5, 23/24, 25/20, 25/22, 27/1, 27/12
Tolerância 8/21, 10/35, 10/97, 17/7, 33/13
Trabalhador 3/41 ss., 10/61, 19/22 ss., 26/21 ss., 29/16, 30/1 ss., 31/11, 31/13
Trustes multinacionais 1/2, 3/52, 13/18, 19/28, 29/19, 29/21, 29/24, 35/7

União Soviética 17/32, 20/8, 23/7 ss.
Urbanização 3/50

USA, *ver* Estados Unidos da América
USSR, *ver* União Soviética
Utilitarismo 4/4, 8/27, 8/41, 26/38, 34/5, 34/20 s.
Utopias 8/27, 8/30, 29/4 ss.

Vigência anterior ao Estado dos direitos fundamentais, *ver* Direitos fundamentais
Volonté de tous 5/27, 20/4, 26/29 s., 26/39, 38/8, 38/17
Volonté générale 5/9, 5/22, 5/26 ss., 10/94, 16/2, 20/4, 21/105 s., 24/4, 25/20, 26/13, 26/29 s., 26/33, 26/37 ss., 26/45, 28/16, 30/5, 37/20, 38/8, 38/16 ss.
Votação pela maioria, *ver* Sistema majoritário
Voto de desconfiança 21/63, 22/39

Zona de três milhas, zona de doze milhas marinhas 13/22

IMPRESSÃO E ACABAMENTO:
YANGRAF Fone/Fax: 6195.77.22
e-mail:yangraf.comercial@terra.com.br